KB181499

빠삐용

PAPILLUN

빠삐용

앙리 샤리에르 | 문신원 옮김

황소자리

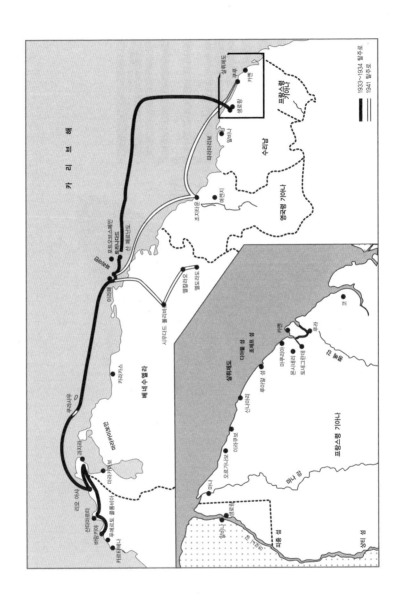

아홉 차례에 걸친 탈출 시도 끝에 자유를 되찾은 앙리 샤리에르. 《빠삐용》 초판이 출간된 직후의
모습이다.

다시 만난 과지라 부족 여인들과 함께.

무기징역형을 받고 수감 중이던 13년 간 줄곧 몸속에 지녔던 휴대용 금고. 일명 '계획' 만드는 과정을 재연한 사진.

디아블(악마의 섬)에서 코코넛 부대 두 개를 뗏목 삼아 탈출하던
상황을 몸소 재연하고 있다.

| 차례 |

책머리에 11

베네수엘라 사람들에게,
파리아 해협의 소탈한 어부들에게,
내게 새로운 삶의 기회를 준 모든 이들 —
지식인들과 군인들, 그 밖의 모든 사람들에게,

그리고 내 아내이자 가장 소중한 친구인 리타에게.

카라카스에 엄청난 지진이 일어났던 이듬해인 1967년 7월, 60세의 한 '사내'가 〈카라카스 신문〉에서 알베르틴 사라쟁에 관한 기사를 읽지 않았다면 이 책은 아마 쓰이지 않았을 것이다. 일년 만에 자신의 탈출과 수감 생활에 관한 이야기를 포함해 세 권의 책을 쓴 자그마한 흑인 여성 알베르틴 사라쟁이 숨을 거두었다는 기사였다.

사내의 이름은 앙리 샤리에르. 1933년에 살인 누명을 쓰고 종신형을 선고받아 카옌의 도형지로 보내졌다가 먼 길을 돌아온 사람이었다. 한때 '빠삐용'이라 불렸던 앙리 샤리에르는 1906년에 아르데슈의 교육자 집안에서 프랑스인으로 태어나 지금은 베네수엘라 사람으로 살고 있다. 그가 베네수엘라에 둥지를 튼 것은 그의 범죄 기록보다는 그의 시각과 말솜씨에 감명받은 베네수엘라 국민들 덕이기도 했고, 13년에 걸쳐 지옥 같은 도형지를 벗어나고자 했던 노력과 투쟁이 과거보다는 미래를 향한 것이기 때문이었다.

앙리 샤리에르는 1967년 7월 카라카스의 프랑스 서점에서 알베르틴 사라쟁의 《아스트라갈》을 샀다. 그때까지만 해도 샤리에르는 자신이 겪었던 모험에 대해 글을 쓸 생각은 한 번도 해보지 않았다. 하지만 그는 활동가이고 삶의 열정을 지닌 사람이었다. 예리해 보이는 눈빛에 너그러운 마음이 묻어나는 그는 남프랑스 특유의 걸걸하고 따스한 음성으로 입담 좋게 이야기를 풀어내서 그의 이야기를 듣다 보면 몇 시간이고 정신없이 빠져들게 된다. 그는 내게 보내는 편지에서 이렇게 썼다. '당신에게 내 모험을 보냅니다. 전문 작가에게 이걸 쓰게 해주십시오.'

그렇게 해서 마치 직접 이야기 듣는 것처럼 생생한 그의 모험담이 세상에 나왔다. 샤리에르는 《아스트라갈》을 읽은 지 사흘 만에 학생들이 쓰는 스프링 달린 공책 두 권 분량을 쉬지 않고 써내려갔다. 그리고 그 새로운 모험에 대해 한두 가지 조언을 수집하느라고 잠시 쉬었다가 1968년 초에 다시 글을 이어갔다. 그렇게 두 달 만에 열세 권의 노트를 채웠다. 그해 9월, 사라쟁의 경우와 마찬가지로 그의 원고 역시 우편으로 내게 배달되었다. 3주 후에 샤리에르는 파리에 있었다. 나는 사라쟁의 책을 장 자크 포베르와 함께 출간했다. 샤리에르가 자신의 책을 내게 맡긴 것은 그 때문이었다.

이 책은 그가 생생한 기억을 토대로 해서 열정적으로 타이핑해 넣은 그대로이다. 거의 손을 대지 않았다는 뜻이다. 내가 한 일이라고는 이따금 구두점을 수정하고, 뜻이 불분명한 스페인어를 바꾸어 놓고, 몇 가지 의미가 모호한 부분을 바로잡은 것뿐이다.

그가 쓴 글의 신빙성은 내가 보장할 수 있다. 두 번인가, 샤리에르가 파리에 왔을 때 우리는 오랫동안 이야기를 나누었다. 며칠씩,

때로는 밤도 새워가면서. 물론 30년이나 지난 일이니 몇 가지 세세한 부분들은 기억이 흐릿해서 조금 바뀌었을 수도 있다.

배경이 되는 사실들에 관해서 궁금한 독자는 드베즈 박사의 《카옌》(Julliard's Collected Archives, 1965)을 읽으면, 샤리에르가 도형지 풍습과 그가 겪은 끔찍한 생활에 대해 결코 과장하지 않았음을 알게 될 것이다. 오히려 그 반대라는 것을.

우리는 원칙적으로 모든 도형수와 간수들, 형무소장의 이름을 바꾸었다. 이 책의 의도는 인신공격을 하려는 것이 아니라 특별한 사회에 속한 특별한 유형의 사람들을 묘사하려는 것이기 때문이다. 날짜의 경우, 일부 날짜는 정확하지만 대부분은 근사치로만 적었다. 그 정도로 충분하니까. 샤리에르는 역사학자로서 책을 쓰고자 한 것이 아니라 자신이 직접 겪은 일을 자신의 신념에 따라 아무 제한 없이 쓰고자 했다.

이 책은 범죄자들로부터 사회를 지키고자 하는 합리적 의지와 문명 국가에 걸맞지 않은 억압 사이에 존재하는 부조리, 그것과 맞서 싸운 한 인간의 특별한 서사시이다.

장 피에르 카스텔노

나락의 길

중죄재판

따귀를 어찌나 세게 맞았던지 다시 일어서기까지 무려 13년이나 걸렸다. 사실 흔히 있는 타격도 아니었던지라 나를 때려눕히기 위해 그들 역시 적잖이 힘들었을 것이다.

1931년 10월 16일이었다. 아침 8시, 나는 일년 전부터 신세를 지고 있던 콩시에르주리의 독방에서 끌려나왔다. 새로 면도를 하고 솜씨 좋은 재단사가 지어준 세련돼 보이는 옷으로 갖춰입었다. 흰 셔츠에 푸르스름한 나비넥타이는 옷차림을 더욱 돋보이게 해주었다.

나는 스물다섯 살이었지만 겉보기에는 스무 살처럼 보였다. 헌병들은 '신사' 같은 내 거동에 조금 기가 눌렸는지 공손히 대해주었다. 심지어 수갑도 끌러주었다. 우리 일행은 모두 여섯. 헌병 다섯 명과 나는 휑한 방 안의 의자 두 개에 나누어 앉았다. 바깥 날씨는 우중충했다. 우리 정면에는 필시 중죄재판소로 통하는 것이 분명한 문이 하나 있었다. 우리가 있는 곳은 파리 센 강의 최고재판소였다.

잠시 후면 나는 살인죄로 기소될 예정이었다. 내 변호사 레몽 위베르가 인사를 하러 다가왔다.

"당신에게 불리한 증거는 하나도 없으니 분명히 우리는 무죄 석방될 겁니다."

나는 그 '우리는'이라는 표현에 슬며시 웃었다. 아마 위베르도 재판에서는 피의자처럼 비칠 것이고, 유죄 판결이 난다면 그 또한 비난을 면치 못할 것이다.

집행관이 문을 열어 우리를 들여보냈다. 문이 활짝 열리고, 나는 헌병 네 명과 하사관 한 명이 에워싼 문을 지나 거대한 홀 안으로 들어갔다. 내가 받은 충격을 완화시켜주려는 듯 카펫이며, 큰 창의 커튼들이며, 잠시 후면 내게 판결을 내릴 판사들의 법복까지 온통 붉은 핏빛이었다.

"전원 기립!"

오른쪽 문으로 여섯 명이 줄줄이 들어왔다. 머리에 법관 모자를 쓴, 재판장과 다섯 명의 사법관들이었다. 재판장은 중앙 의자 앞에 멈춰섰고, 배석 판사들이 그의 좌우로 자리를 잡았다. 나를 포함해 모든 이들이 서 있는 홀 안이 쥐 죽은 듯 조용해졌다. 판사들과 함께 우리 모두는 자리에 앉았다.

발그스레한 광대뼈에 볼이 통통하고 준엄해 보이는 재판장이 아무런 감정도 비치지 않는 표정으로 나를 바라보았다. 그의 이름은 베뱅이었다. 잠시 후면 공정하게 토론이 진행될 것이고, 그의 태도에 따라 모든 사람들은 직업 판사인 그가 증인들과 경찰관들의 진지한 태도를 그다지 신뢰하지 않는다는 사실을 깨닫게 될 것이다.

아무렴, 그는 나를 후려친 일격에 아무런 책임도 없으며, 오로지 나에게 유리하게 행동해줄 것이다.

차장검사는 프라델 법관이었다. 변호사회의 모든 변호사들이 꺼리는 검사였다. 그는 프랑스와 영국의 단두대와 형무소의 일등 공급자라는 서글픈 명성을 얻고 있는 사람이었다. 프라델이 공소를 제기했다. 그는 공식적인 기소자일 뿐, 인간미라고는 눈곱만큼도 없는 사람이었다. 법과 정의를 대변하고, 법을 능란하게 다루어 자기 편으로 기울게 만들기 위해 최선을 다할 사람이었다. 그는 독수리 같은 눈을 살짝 내리깔아 매서운 눈빛으로 나를 내려다보았다. 내 자리보다 높은 단석에서, 족히 1미터 80센티는 됨직한 큰 키로 거만하게 내려다보았다. 붉은 망토는 벗지 않았지만 법관 모자는 벗어서 앞으로 놓고, 빨랫방망이처럼 큼지막한 두 손은 단상을 짚고 있었다. 금반지는 그가 기혼자임을 나타냈고, 새끼손가락에는 윤이 나는 말발굽으로 만든 고리를 반지처럼 끼고 있었다.

그는 나를 더욱 압도하기 위해 내 쪽으로 몸을 살짝 숙였다. 마치 이렇게 말하는 듯했다.

'이봐, 내 손아귀에서 빠져나갈 수 있다고 생각한다면 오산이야. 맹수의 앞발 같은 내 손은 네 눈에 보이지 않더라도, 너를 갈가리 찢을 발톱이 내 영혼 속에 있지. 모든 변호사들이 나를 두려워해. 사법관직에서도 제일 위험한 차장검사로 몰린 것도 바로 내가 한번 노린 먹이는 절대 놓치지 않기 때문이라고. 네가 유죄인지 무죄인지는 궁금하지 않아. 나는 그저 네게 불리한 모든 증거를 활용할 뿐이야. 몽마르트르에서 보낸 네 방랑 생활, 경찰이 모은 증언과 자료들, 그리고 예심판사가 모은 그 역겨운 잡동사니들로 널 철저히 혐

오스런 인간으로 만들 거야. 저 배심원들이 널 이 사회에서 몰아내도록 하고 말겠어.'

내가 최소한 꿈을 꾸는 것이 아니라면 그가 실제로 그렇게 말하는 것처럼 너무나 분명하게 들리는 듯했다.

'그냥 가만히 있으라고, 변명할 생각은 하지도 말고. 내가 널 나락의 길로 인도해줄 테니. 배심원들을 믿지 않길 바란다. 착각하지 말란 얘기지. 저 열두 명은 인생에 대해서는 아무것도 모르거든. 네 앞에 줄지어 앉아 있는 저 사람들을 봐. 잘 보이지? 외진 시골 촌구석에서 파리에 상경한 열두 개의 치즈 덩어리들이야. 저들은 소시민에 퇴직자, 장사치들이야. 저들에게 네 자신을 설명하느라 수고할 필요 없어. 심지어 너의 25년 인생과 몽마르트르에서 지내온 생활에 대해서 그들을 설득시킬 만한 꺼리도 없잖아. 저 사람들에게 피갈과 블랑슈 광장은 지옥 그 자체고, 밤생활을 하는 모든 사람들은 사회의 적이라고. 모두들 오로지 그 어려운 중죄재판소 배심원이 되었다는 사실만을 자랑스러워하고 있지. 게다가 장담컨대 저들은 옹색한 소시민이라는 자신들의 위치 때문에 고통받고 있거든. 그리고 넌 젊고 잘생겼지. 내가 거리낌없이 너를 몽마르트르의 밤의 돈 후안으로 묘사하리라는 걸 잘 알 거야. 처음에는 그렇게 해서 저 배심원들을 너의 적으로 만들 거야. 너는 옷도 잘 차려입었잖아. 좀더 소박하게 입고 왔어야 하는데 말이야. 바로 거기서 넌 커다란 전술상의 실수를 저지른 거야. 저들이 네 옷차림을 시기할 거라고는 생각하지 않나? 사마리아 사람처럼 차려입은 저들은 재단사에게 옷을 해 입는다는 건 꿈에도 생각 못 해봤을걸.'

오전 8시, 드디어 심리가 벌어지려 하고 있었다. 내 앞에 있는 여섯 명의 사법관들 중에서 가장 공격적인 검사는 저 열두 명의 서민들에게 우선 내가 유죄임을 피력한 다음, 적절한 구형은 오로지 형무소나 단두대뿐임을 설득하기 위해 자신이 가진 권모술수와 지식을 총동원하겠지. 나는 몽마르트르 사회의 포주이자 *끄나풀*인 사람을 살해한 죄로 판결을 받게 된 것이다. 아무런 증거도 없지만, 경관들 — 범죄 주모자를 적발할 때마다 진급하는 — 은 내가 범인임을 입증할 '기밀' 정보들을 갖고 있다고 말할 것이다. 그들이 내세운 증인인 폴랭이라는 이름의 경찰 *끄나풀*은 가장 효율적인 고발장이었다. 내가 그런 사람을 모른다고 주장하자, 적당한 순간에 재판장은 대단히 불공평하게도 내게 이렇게 물었다.

"이 증인이 거짓말을 하고 있다는 거군요. 좋습니다. 그런데 이 사람이 왜 거짓말을 할까요?"

"재판장님, 제가 체포된 이후로 밤새 잠을 자지 못하는 것은 제가 롤랑 르 프티를 살해했기 때문이 아니라 제가 한 짓이 아니기 때문입니다. 제가 알고 싶은 것이야말로 무슨 이유로 저 증인이 저를 악착스럽게 추격하고 비난이 약해질 때마다 새로운 이야기를 들이밀며 비난을 강화시키는가 하는 겁니다. 재판장님, 생각 끝에 저는 경관들이 중대한 범죄를 저지르는 그 사람을 현장에서 붙잡아 그와 거래를 했다는 결론에 도달했습니다. 네가 *빠삐용*을 맡는다면 네게서 손을 떼마, 했겠죠."

내가 제대로 말을 한 건지도 모르겠다. 당시 선량한 증인으로 위장해 나를 궁지로 몰아넣었던 그 폴랭이라는 작자는 몇 년 뒤 체포되어 코카인 밀매로 유죄 판결을 받았다.

위베르는 나를 변호해주려고 노력했지만 검사에게는 상대도 되지 않았다. 목격자 부페만이 격렬히 분개하여 잠시나마 그 검사에게 애를 먹였을 뿐이었다. 아쉽게도 그것도 그리 오래가지 않았고, 교활한 프라델이 그 싸움에서 이겼다. 게다가 프라델은, 법관들로부터 협조자로 대우받는다는 자부심에 잔뜩 부풀어오른 배심원들의 비위를 맞추기까지 했다.

밤 11시에 승부는 끝이 났다. 내 변호인들은 꼼짝도 못하고 궁지에 몰렸다. 아무 죄도 없는 나는 유죄 판결을 받았다. 프라델 차장 검사로 대표되는 프랑스 사회는 스물다섯 살의 젊은이를 영원히 제거했다. 에누리도 없이 말이다! 내게는 베뱅 재판장의 건조한 음성으로 푸짐한 요리가 제공되었다.

"피고, 일어서시오."

나는 일어섰다. 홀 안에는 침묵만이 가라앉은 채 숨소리도 멎었고, 내 심장은 가볍게 더 빨리 고동쳤다. 배심원들은 부끄러운 기색으로 나를 바라보거나 고개를 숙이고 있었다.

"피고, 배심원들이 사전 계획 여부를 제외하고 모든 문제에 '네'라고 대답했으므로 당신에게 무기징역형을 선고한다. 할 말 있나?"

나는 비틀거리지 않았다. 평상시와 같은 태도로 다만 피고석 난간만 조금 더 세게 쥐었을 뿐이다.

"네, 재판장님. 전 제가 정말로 죄가 없으며 경찰의 음모에 희생되었다고 말하고 싶습니다."

법정 뒤편에 귀빈으로 초대되어 앉아 있던 세련된 여성들 쪽에서 숙덕대는 소리가 나에게까지 들려왔다. 나는 언성도 높이지 않고 그들을 향해 말했다.

"조용히 하시죠, 병적인 감동을 찾아 이곳에 온 숙녀 여러분. 코미디는 끝났습니다. 살인 사건 하나가 여러분의 경찰과 정의를 통해 행복하게 해결되었으니 퍽도 만족스러우시겠습니다!"

"경비, 죄인을 데려가시오."

재판장이 말했다.

나는 퇴장하기 전에 이렇게 외치는 소리를 들었다.

"걱정 마, 여보. 내가 그리로 당신을 만나러 갈게."

자신의 사랑을 외치는 착하고 예쁜 나의 네네트였다. 그러자 홀 안에 있던 나의 주변 친구들이 박수를 쳤다. 그들은 이 살인 사건에 대한 진실을 알고 있었기에 내가 순순히 누군가를 밀고하지 않은 점을 자랑스럽게 여긴다는 사실을 그런 식으로 보여준 것이다.

심리 전에 대기하던 그 작은 방으로 돌아오자 헌병들은 내게 수갑을 채웠다. 그들 중 하나는 짧은 쇠고랑으로 내 오른쪽 손목과 자신의 왼쪽 손목을 묶었다. 한 마디 말도 없었다. 나는 담배 한 대만 달라고 부탁했다. 하사관이 한 개비를 건네고 불을 붙여주었다. 내가 담배를 입에서 떼거나 물 때마다 나와 함께 묶인 헌병은 내 움직임에 맞춰 팔을 오르락내리락해야 했다.

나는 선 채로 담배의 4분의 3가량을 피웠다. 어느 누구도 말을 꺼내지 않았다. 하사관을 바라보면서 먼저 말을 건넨 것은 나였다.

"갑시다."

열두 명 헌병들의 호위를 받으며 계단을 내려간 뒤 최고재판소의 안뜰에 도착했다. 죄수 호송차가 우리를 기다리고 있었다. 그곳은 독방도 아닌지라 우리는 거의 열 개 가량의 의자에 붙어앉았다. 하사관이 말했다.

"콩시에르주리로."

콩시에르주리

마리 앙투아네트의 '최후의 성'에 도착하자 헌병들은 우리를 간수장에게 넘겼다. 아무 말도 없이 떠나가던 하사관이 느닷없이 수갑에 묶인 내 두 손을 꼭 잡아주었다.

간수장이 내게 물었다.

"얼마나 때려 맞았냐?"

"종신형이오."

"정말?"

그는 헌병들을 쳐다보고는 그 말이 사실임을 알아차렸다. 쉰 살의 간수는 숱한 일들을 보아왔고 내 사건도 잘 알고 있었기에 나를 위해 이렇게 말해주었다.

"에이, 나쁜 놈들! 정신나간 놈들이야!"

그는 부드럽게 수갑을 벗겨주고는 사형수들, 미치광이들, 제일 위험한 인물들이나 중노동형을 받은 사람들을 위해 특별히 쿠션을 놓아 꾸민 독방으로 직접 친절하게 안내했다.

"기운 내라고, 빠삐용. 자네가 이전 독방에서 쓰던 물건 몇 가지하고 먹을 것이 곧 도착할 걸세. 기운 내!"

"고맙습니다, 간수장님. 걱정 마세요, 전 기죽지 않아요. 무기징역 따위는 그놈들 목구멍에나 콱 걸리라죠."

잠시 후에 누군가가 문을 긁었다.

"누구요?"

누군가가 대답했다.

"아무것도 아니야. 그냥 판지 한 장을 매다느라고."

"왜요? 뭐라고 적혀 있는데요?"

"무기징역. 엄중히 감시할 것."

정말이지 정신나간 사람들이었다. 나처럼 지금 막 정신적으로 엄청난 충격을 받은 사람이 그새 자살 기도라도 할 것이라고 생각한단 말인가? 나는 지금도 그리고 앞으로도 절대 기죽지 않을 것이다. 모두를 상대로 싸울 것이다. 당장 내일부터 행동에 옮길 것이다. 아침마다 커피를 마시면서 나는 스스로에게 질문을 던졌다.

'상고할까? 무엇 때문에? 다른 법정에 서면 더 나은 기회가 있을까? 그러려면 시간을 얼마나 허비해야 할까? 일년, 어쩌면 열여덟 달……. 무엇 때문에? 무기징역 대신 20년형을 받으려고?'

결국 어떻게든 탈옥하기로 마음을 먹자 형기 따위는 더 이상 중요하지 않았다. 재판장에게 이렇게 묻던 한 죄수의 말이 떠올랐다.

'재판장님, 프랑스에서는 무기징역이 몇 년이나 되나요?'

나는 독방 안을 서성였다. 아내를 달래주기 위해 아내에게 속달 우편을 한 통 보냈고, 또 한 통은 세상과 맞서 혼자서 꿋꿋이 오빠를 변호해주었던 누이동생에게 보냈다.

이제 끝났다. 막은 내렸다. 나를 사랑하는 사람들은 나보다 더 가슴 아파할 것이다. 가엾은 아버지는 외딴 시골 촌구석에서 그 무거운 십자가를 지고 얼마나 괴로워하고 계실까.

갑자기 정신이 퍼뜩 들었다.

'난 무죄잖아! 죄가 없어, 그런데 누가 날 믿어주지? 그래, 내가 죄가 없다는 걸 도대체 누가 믿어준단 말이야?' 나는 나 자신에게 말했다. '네가 무죄라고 사람들에게 떠벌일 것도 없어. 그래봤자 비웃기만 할 거야. 포주 노릇이나 하고 산 대가를 평생 치르게 되었는데, 게다가 정작 그 짓을 한 놈은 따로 있다니. 웃기는 일이지 뭐야. 그러니 주둥이 닥치고 있는 게 상책이야.'

구류 기간 동안 상테 감옥에서건 콩시에르주리에서건 그렇게 무거운 형벌을 받으리라고는 한 번도 생각해보지 못했고, '나락의 길'이 뭔지 알기 전에는 걱정조차 하지 않았다. 좋다. 제일 먼저 할 일은 나중에 탈옥 동지가 될 만한 죄수들과 접촉하는 일이다.

나는 마르세유 출신의 드가를 떠올렸다. 이발소에 가면 분명히 만나게 될 것이다. 그는 매일 면도를 하러 들르니까. 이발소에 보내달라고 요청해야겠다. 내가 이발소에 도착했을 때 마침 그는 그곳에서 자기의 차례를 조금이라도 더 늦추려고 다른 사람을 슬그머니 앞으로 보내고 있었다. 나는 곧장 그 옆으로 가서 다른 사람을 밀쳐내고 섰다. 그리고 재빨리 속삭였다.

"어이, 드가. 어때요?"

"괜찮아, 빠삐. 난 15년이야, 자넨? 자네 세게 받았다면서?"

"그래요, 종신형."

"상고할 건가?"

"아뇨. 잘 먹고 체력 단련을 해둘 거예요. 당신도 건강하라고요, 드가. 언젠가 튼튼한 체력이 필요할 때가 있을 테니까. 그런데 드가, 돈 좀 있어요?"

"응. 파운드화로 1만 프랑 있어. 자넨?"

"없어요."

"충고 하나 하지. 빨리 마련하는 게 좋아. 자네 변호사 이름이 위베르던가? 그 자는 얼간이야. 절대 손가락 하나 까딱 안 할 거야. 부인에게 준비를 시켜서 돈을 당트의 집으로 보내. 그걸 도미니크르 리슈에게 주라고 하면 자네가 받을 수 있도록 내가 손을 쓰지."

"쉿, 간수가 쳐다보고 있어요."

"그 틈에 잡담들을 하고 있나?"

간수가 다가오며 물었다.

"아, 아무것도 아녜요. 이 친구가 몸이 좀 안 좋다고 해서요."

드가가 대답했다.

"어디가 안 좋은데? 재판 후유증 소화 불량인가?"

미련하게 생긴 뚱보 간수가 낄낄대며 말했다. 그런 식이었다. 나는 이미 '나락의 길'에 들어서 있었다. 사람들은 평생을 담보로 잡힌 스물다섯 살의 젊은 죄수를 놀리며 그렇게 낄낄댔다.

내게도 '계획'이 있었다. 그건 가운데 부분의 나사를 돌리면 열리는 반질반질 윤이 나는 알루미늄 파이프였다. 그 파이프 안에는 빳빳한 새 지폐로 5,600프랑이 들어 있었다. 그걸 넘겨받았을 때 나는 6센티미터 길이에 엄지손가락 굵기만한 그 파이프 끝에 입을 맞추었다. 그랬다. 그렇게 입을 맞춘 다음에는 항문 속에 쑤셔넣었다. 그리고 대장 속까지 올라가도록 깊이 숨을 들이마셨다. 그것은 나의 금고였다. 그들은 나를 발가벗기고, 다리를 벌리게 하고, 기침을 시키고, 몸을 숙이게 하여 혹시 내가 무얼 갖고 있는지 확인하려고 했지만 아무것도 찾지 못했다. 금고는 대장 깊숙이 올라가 있었으니까. 그 금고는 나의 일부가 되었다. 그 안에 담긴 것은 나의 인생이요 자유였다. 복수의 길로 인도해줄⋯⋯. 내가 생각한 것은 바로 복수였던 것이다! 내게는 오로지 그 생각뿐이었다.

밖이 어둑어둑해졌다. 난 독방 안에 홀로 있었다. 천장에 매달린 밝은 불빛은 문에 난 작은 구멍 사이로 간수가 내 모습을 볼 수 있게 해주었다. 그 강렬한 불빛 때문에 눈이 시려서 손수건을 접어 눈에 대고 있어야 했다. 나는 베개도 없는 철제 침대 매트리스 위에 누워서 그 끔찍한 소송을 낱낱이 다시 떠올렸다.

자, 이제, 여러분이 이 긴 이야기의 뒷부분을 이해할 수 있도록, 내 투쟁에서 나를 지탱시켜줄 기본 토대를 충분히 이해할 수 있도록, 어쩌면 이야기가 조금 장황해질지도 모르겠지만 나에게 무슨 일이 닥쳤는지, 산 채로 매장되었던 처음 며칠 동안 내 마음 속에서 실제로 내가 무엇을 보았는지 이야기해야겠다.

탈옥을 하면 그 다음에는 어떻게 할까? 당장은 수중에 '계획'도 있었고, 내가 탈옥하리라는 사실을 조금도 의심하지 않았다.

우선 최대한 빨리 파리로 돌아갈 것이다. 제일 먼저 죽일 놈은 폴랭이라는 그 위증자다. 그 다음에는 사건을 맡았던 두 형사다. 하지만 두 형사만으로는 성이 차지 않는다. 형사들은 모조리 죽여야 한다. 최대한 많이. 아, 물론 나도 안다. 일단 자유로워지면 파리로 돌아가야 한다. 트렁크 속에 폭탄을 가득 담을 것이다. 글쎄, 잘은 모르겠다, 10킬로, 15킬로, 어쩌면 20킬로그램쯤. 피해자를 많이 만들려면 폭탄이 얼마나 많이 있어야 하는지 계산을 해보아야겠다.

다이너마이트로 할까? 아니다, 체다이트(강력 폭약의 일종 — 옮긴이)가 낫겠다. 니트로글리세린은 어떨까? 좋다, 나보다 더 잘 아는 사람들에게 조언을 구해야겠다. 어쨌든 그 형사 놈들에게는 분명히 이 빚을 갚고야 말 것이다.

난 여전히 눈을 감은 채 눈꺼풀 위에 손수건을 대고 있었다. 트렁크가 눈에 선하게 보였다. 겉보기에는 아무런 해도 없어 보이지만 속에는 폭탄과 기폭제를 작동시키도록 잘 맞추어진 트리거가 들어 있는 트렁크. 조심하시라, 그 트렁크는 오르페브르 강변로 36번지 경찰청 2층의 작전실에서 아침 10시에 폭발할 테니. 그 시간이면 그 날의 명령을 받고 보고서를 보고 있을 형사가 적어도 150명 정도는 모여 있겠지. 절대 실수해선 안 된다.

그 트렁크가 터져야 할 정확한 순간에 목적지에 도착할 수 있도록 필요한 시간을 꼼꼼히 계산해야 한다. 그런데 누가 그 트렁크를 옮기지? 좋아, 용기를 내자. 경찰청 문 앞까지 택시를 타고 가서 문 앞을 지키는 경관 두 명에게 위엄 있는 목소리로 이렇게 말을 하는 것이다. '이 가방을 작전실까지 옮겨주게. 내가 뒤따라 가지. 뒤풍 청장에게 뒤부아 경감이 이걸 보냈다고 하고 내가 곧 도착한다고 전하게.'

그런데 그들이 순순히 따를까? 만에 하나 그 우글대는 바보들 중에서 하필이면 유일하게 똑똑한 두 놈을 만나게 되면 어쩌지? 그러면 끝장나는 것이다. 다른 방법을 찾아봐야겠다. 나는 생각하고 또 생각했다. 100퍼센트 확실한 방법을 찾아야만 한다. 나는 물을 마시려고 일어섰다. 하도 생각을 많이 했더니 머리가 지끈거렸다.

눈가리개 없이 다시 누웠다. 시간이 좀체 가질 않았다. 그리고 저 불빛, 저 놈의 빌어먹을 불빛! 손수건을 적셔서 다시 갖다댔다. 차가운 물에 적시면 기분도 상쾌해지고 수압 때문에 손수건이 눈꺼풀 위에 더 잘 달라붙었다. 이제부터는 항상 이 방법을 사용해야겠다.

미래의 복수를 꿈꾸는 그 긴 시간이 어찌나 강렬했던지, 마치 그 계획이 이미 실행되고 있는 것처럼 한 치의 오차도 없이 행동하는 내 모습이 선하게 보이는 듯했다. 매일 밤 그리고 심지어 낮 동안에도 나는 이미 탈옥에 성공한 것처럼 파리를 누비고 다녔다. 내가 탈옥에 성공해 파리에 가게 될 것은 확실했다. 당연히 제일 먼저 할 일은 우선 폴랭에게, 그 다음에는 형사들에게 청구서를 제출하는 일이다. 그리고 판사들은, 그 머저리들은 계속 편하게 살게 놔둬? 그 늙다리들은 임무를 완수한 것을 뿌듯해하며 집으로 돌아가 이웃들과 집에서 부스스한 머리로 기다리는 마누라들 앞에서 우쭐대며 게걸스럽게 수프를 처먹겠지. 좋다. 그 판사들에게는 어떻게 해야 하지? 방법이 없었다. 그냥 불쌍한 머저리들이라고 생각하자. 그 자들은 검사가 힘 하나 들이지 않고 그들의 주머니 속에 쑤셔넣은 논고대로 따랐을 뿐이니 실질적인 책임은 없는 셈이다. 그러니 그 자들에게는 아무런 해도 입히지 않을 것이다.

이미 오래전에 내가 했던 이 모든 생각들, 지금 다시 생각해보아도 끔찍할 만큼 선명하게 나를 괴롭히는 생각들을 글로 적으면서 나는 독방에 갇힌 젊은 청년에게 가해지는 절대적인 침묵, 완전한 고립이 얼마만큼 그를 미친 상상으로 이끌 수 있는지 새삼 놀라게 된다. 너무나도 강력하고 생생해서 인간은 말 그대로 두 개의 삶을 살게 된다. 상상의 날개를 펴고 마음 가는 대로 방랑을 떠나게 된다. 살던 집으로, 아버지 어머니 가족에게로, 어린 시절로, 다양한 과거의 시절로. 급기야는 정신분열증에 가까운 풍부한 상상력으로 지어낸 스페인의 성으로 가서 꿈 같은 인생을 살고 있다고 착각하게 된다.

36년이 지났어도 내 펜은 그 시절 내가 실제로 생각했던 것을 굳이 힘들게 기억을 더듬지 않고도 술술 되살리고 있다.

아니, 난 판사들에게 아무 짓도 하지 않을 것이다. 그렇다면 차장 검사에게는? 아, 그 작자에게는……. 섣불리 일을 망쳐서는 안 된다. 게다가 그 자를 위해서는 알렉상드르 뒤마 덕에 제대로 된 요리법도 준비해두었다. 《몽테크리스토 백작》에서 동굴 같은 감옥 속에 갇혀 굶어죽도록 내팽개쳐졌던 그 불쌍한 녀석과 똑같이 할 것이다.

그래, 그 검사는 분명 책임이 있다. 빨간 옷을 입은 그 독수리가 한 짓은 최대한 무시무시한 최후를 받아 마땅하다. 그래, 그거다. 폴랭과 형사들 다음으로는 그 독수리에게만 매달릴 것이다. 일단 빌라를 하나 빌릴 것이다. 두툼한 벽과 아주 육중한 문으로 막힌 깊고 깊은 지하 동굴이 있는 빌라여야 한다. 만일 문이 충분히 두껍지 않다면 내가 직접 매트리스와 삼 부스러기로 틈을 메울 것이다. 그 다음 그놈을 납치해서 그곳에 가둘 테다. 벽에 고리를 박아서 사슬로 꽁꽁 묶어놓아야지. 그러고 나면 그때는 내 차례인 것이다!

나는 그놈 앞에 서 있었다. 감은 눈꺼풀 아래로 그놈의 모습이 선명히 보였다. 그래, 나는 그놈이 재판소에서 나를 바라보던 것과 똑같은 식으로 그놈을 바라보고 있었다. 그 장면이 어찌나 또렷한지 내 코앞에서 그놈의 뜨거운 숨결이 느껴지는 듯하다. 거의 살이 맞닿을 정도로 바짝 다가서서 얼굴을 마주대고 있기 때문이다.

내가 그놈 쪽으로 돌려놓은 지독히 강한 등불 빛에 그놈의 매 같은 눈이 부셔서 미쳐버릴 지경일 것이다. 그놈은 벌겋게 충혈된 얼굴 위로 흐르는 굵은 땀방울을 닦고 있었다. 그래, 내가 하는 질문이, 그놈이 하는 대답이 들렸다. 그 순간이 생생하게 눈앞에 보였다.

'이 자식아, 날 알아보겠냐? 나다, 네 놈이 아무 생각 없이 무기징역을 보내버린 빠삐용이다. 그렇게 여러 해 동안 힘들게 공부하고 로마 법전이며 다른 법전들을 밤새워 읽은 게, 잘난 웅변가가 되겠다고 청춘을 허비해가며 라틴어와 그리스어를 배운 게 고작 이

거냐? 뭘 하겠다고, 이 얼간아? 더 나은 사회 도덕이라도 만들겠다고? 사람들에게 평화가 세상에서 가장 좋은 것이라고 설득이라도 하겠다고? 굉장한 종교 철학이라도 설파하겠다고? 그것도 아니면 그 잘난 대학에서 공부한 실력으로 남들에게 더 나은 사람이 되라거나 나쁜 짓을 그만 하도록 영향을 주겠다고? 말해보란 말이야! 네가 배운 지식으로 사람들을 구했는지 아니면 물에 빠뜨려 죽였는지 말이야. 그도 저도 아무것도 아닐걸. 널 움직이게 한 야망은 하나뿐이었어. 출세, 출세, 출세. 너의 그 구역질 나는 출세욕 말이야. 네가 얻은 영광이라고는 최고의 감옥 공급자, 교수대와 단두대의 최대 공급자지. 데이블러(1932년에 사형 집행을 담당하던 사람)가 조금이라도 감사하는 마음을 가졌다면 매년 연말 너에게 제일 좋은 샴페인 한 박스라도 보냈어야지. 돼지 같은 네 녀석 덕에 올해에도 대여섯 명의 목을 잘랐을 거 아냐? 어찌되었든 지금은 내가 널 이 벽에 아주 단단히 묶어놓고 있다 이거지. 그래, 네 녀석의 미소가 생각난다. 네 논고가 끝나고 내 판결을 들으면서 짓던 승자 같은 표정이 생각나. 여러 해가 지났는데도 꼭 어제 일처럼 생생하지. 몇 년이 지났더라? 10년? 20년?'

그런데 내가 어떻게 된 거지? 왜 10년이라는 거야? 왜 20년이지? 널 봐, 빠삐용. 넌 젊고 튼튼하고 뱃속에는 5,600프랑이나 들어 있다고. 2년, 그래, 딱 2년뿐이야. 맹세코 그 이상은 절대 안 돼.

자, 기운내자! 너무 고지식해졌어, 빠삐용. 이 독방, 이 침묵이 널 미쳐가게 만들고 있어. 담배가 떨어졌다. 어제 마지막 남은 한 개비를 피워버렸다. 좀 걸어야겠다. 무엇보다도 눈앞에 펼쳐지는 광경을 계속해서 보기 위해 눈을 감을 필요도, 손수건을 눈에 댈 필요도 없었다. 그거야! 나는 벌떡 일어섰다. 독방 길이는 4미터, 다시 말하면 문에서부터 벽까지 작은 보폭으로 다섯 걸음이었다. 나는 뒷짐을 지고 걷기 시작했다. 그리고 다시 시작했다.

'좋아. 방금 말한 것처럼 그때 네가 짓던 승자 같은 미소가 아주 선명하게 떠올라. 이제 내가 그 의기양양한 미소를 일그러진 미소로 바꿔주지! 네가 나보다 유리한 점이 한 가지 있지. 난 맘대로 소리도 지를 수 없었지만 넌 괜찮아. 소리쳐봐, 맘껏 할 수 있는 만큼 크게 소리쳐보라구. 어떻게 해줄까? 뒤마의 처방대로? 굶어죽게 해줄까? 아니, 그걸로는 충분하지 않아. 우선 네 눈을 파주마. 어라? 아직도 의기양양한 표정을 짓고 있네. 내가 네 눈을 파내면 적어도 더 이상 내가 보이지 않아 좋겠다는 생각을 하고 있나 보군. 다른 한편으로는 나 역시 네 동공 속에 비친 반응을 읽는 기쁨을 빼앗길 테고 말이야. 그래, 네가 옳다, 네 눈을 파내면 안 되겠다. 적어도 당장은 말이야. 그건 좀더 나중에 하자고.

네 혀를 잘라내야겠다. 칼처럼, 아니 그냥 칼이 아니라 면도날처럼 예리하고 끔찍한 그 혀를 말이야! 너의 영광스러운 경력을 위해 더러워진 그 혀를. 네 마누라, 새끼들 그리고 애인에게 달콤한 말들을 속삭이던 바로 그 혀를. 애인이 한 명이냐? 어쩌면 남자 애인일지도 모르겠군. 사내에게 엉덩이를 들이밀고 있는 모습이 더 어울리겠어. 그래, 네 혀부터 없애야겠어. 두뇌의 명령을 제일 먼저 듣는 게 바로 혀니까 말이야. 그 혀 덕분에, 그 혀를 잘 놀린 덕분에 배심원을 설득해서 질문에 '네'라고 대답하게 만들었으니까 말이야.

그 혀 덕분에, 너는 그 형사들을 자신들의 의무를 따른 신성한 사람들처럼 소개했지. 그 혀 덕분에, 엉터리 증인을 세웠지. 그 혀 덕분에 나는 12명의 촌뜨기들에게 파리에서 가장 위험한 인물로 보였지. 너에게 사람들과 사실들 그리고 사물들을 왜곡시키는 그 교묘하고 설득력 있고 음흉한 혀가 없었더라면 나는 아직도 블랑슈 광장의 그랑카페 테라스에 앉아서 꼼짝도 하지 않고 있었을 테지. 그러니 내가 네 혀를 뽑아버리는 건 당연해. 그런데 뭘로 뽑아줄까?'

나는 걷고 또 걸었다. 머리가 빙빙 돌았지만 여전히 그 자와 얼굴을 맞대고 있었다. 별안간 불이 꺼지며 희미한 햇살이 창살 틈으로 내 독방을 뚫고 들어왔다.

어떻게 된 거지. 벌써 아침인가? 내가 복수할 생각으로 밤을 새웠단 말인가? 얼마나 행복한 시간을 보냈는지! 그 긴 밤이 어찌나 빨리 지나갔는지!

침대 위에 앉아 귀를 기울여보았다. 아무 소리도 들리지 않았다. 절대적인 침묵뿐이었다. 이따금 내 방문에서 '틱' 하는 작은 소리가 들렸다. 소리를 내지 않기 위해 슬리퍼를 신은 간수가 내가 눈치채지 못하게 작은 구멍에 눈을 갖다대고 나를 살피려고 작은 철제 칸막이를 들어올린 것이다. 프랑스 공화국이 고안해낸 그 물건은 이제 두 번째 단계에 와 있었다. 그 물건은 환상적으로 작용해서 첫 단계로 국가에 성가신 존재가 될지도 모를 사람을 제거했다. 그런데 그걸로는 충분치 않았다. 죄수가 너무 빨리 죽어서는 안 된다. 자살로 모면해서도 안 된다. 그들은 죄수가 필요했다. 형사재판부에 죄수가 없으면 어떻게 되겠는가? 그래서 죄수는 감시받아야 한다. 그 죄수는 도형지로 가서 그곳에서 다른 관리들의 생계를 유지해주어야 한다. 그 '틱' 소리가 다시 나자 나는 미소를 지었다.

괜한 걱정 말라고, 달아나지 않을 테니까. 적어도 너희가 두려워하는 자살이라는 방법으로는 말이야.

내가 원하는 것은 최대한 건강하게 지내다가 최대한 빨리 그 프랑스령 기아나로 떠나는 것뿐이었다.

매순간 '틱' 소리를 내는 나의 오랜 간수 양반, 자네 동료들이 순진한 풋내기들이 아니라는 걸 난 알고 있지. 자네는 그 간수들에 비하면 다정한 아버지나 같아. 오래전부터 알고 있었어. 나폴레옹이 도형지를 만들었을 때 사람들이 그에게 '누굴 시켜서 그 악당들을 지키실 생각입니까?' 하고 묻자 '그들보다 더한 악당들로'라고 대답했다지. 나중에 나는 도형지를 만든 나폴레옹이 거짓말을 하지 않았다는 사실을 확인할 수 있었다.

찰칵, 찰칵. 20센티미터 정사각형 쪽문이 열렸다. 그 틈으로 커피와 750그램짜리 빵 덩어리 하나를 건네받았다. 유죄 판결을 받은 이상 식당에 가서 식사를 할 수는 없지만 돈만 내면 초라한 매점에서 담배와 몇 가지 먹을 것을 살 수는 있었다. 며칠만 더 있으면 그 돈도 바닥이 날 것이다. 콩시에르주리는 고독한 은둔의 대기실인 셈이었다. 나는 한 갑에 6프랑 60상팀을 내야 하는 럭키 스트라이크를 맛있게 피웠다. 그 담배를 두 갑 샀다. 얼마 남지 않은 잔돈을 써버린 것이다. 어차피 재판 비용 때문에 다 빼앗길 테니까.

빵 속에서 작은 쪽지를 발견했다. 드가가 나를 이 잡는 방으로 부르기 위해 써서 보낸 것이었다. '성냥갑 속에 이 세 마리가 있어.' 성냥들을 꺼내고 보니 그 속에 크고 튼튼한 이들이 있었다. 그게 무슨 뜻인지 알 수 있었다. 그 이들을 간수에게 보여주면 그는 내일 매트리스를 포함한 내 소지품을 모두 챙겨 기생충을 박멸하기 위해 나를 증기실로 보낼 것이다. 그러면 그곳에서 드가를 만나게 된다. 증기실에서는 간수 한 명도 없이 우리끼리 만날 수 있었다.

"고마워요, 드가. 당신 덕분에 '계획'이 생겼어요."

"고생하지 않았나?"

"아뇨."

"화장실에 갈 때마다 집어넣기 전에 잘 씻어."

"알았어요. 끄떡없어요. 지폐들을 잘 접어서 온전한 상태거든. 그런데 넣고 다닌 지 벌써 일주일이나 됐어요."

"그럼 괜찮아."

"어떻게 할 셈이에요, 드가?"

"미친 척할 거야. 도형지에 가고 싶지 않거든. 여기 프랑스에서는 10년이면 충분하겠지. 인맥이 있어서 적어도 5년은 감형될 거야."

"지금 몇 살이죠?"

"마흔둘."

"미쳤어요! 지금 여기서 그 세월을 허비하면 다 늙어서야 나가게 될 거라고요. 징역살이가 무서워요?"

"그래. 난 도형지가 무서워. 이렇게 말하는 것도 별로 부끄럽지 않아, 빠삐용. 이봐, 기아나는 끔찍한 곳이야. 해마다 80퍼센트는 죽는단 말이야. 호송대는 다른 호송대로 바뀌고, 호송대들은 보통 800명에서 2,000명 정도를 실어나른다고. 나병에 걸리지 않으면 황열병이나 이질에 걸릴지도 모르고, 결국은 결핵이나 말라리아에 걸려서 죽게 될 거야. 다행히 병에 걸리지 않더라도 자네가 가진 '계획' 때문에 목숨을 잃거나 탈출하려다가 죽게 될 테지. 내 말 들어, 빠삐용. 자네 기를 꺾으려고 이런 말을 하는 게 아니야. 5년이나 7년쯤 단기 징역을 선고받고 프랑스에서 왔던 죄수들을 여러 명 만

난 적이 있기 때문에 좀 아는 거야. 그야말로 인간 넝마가 되었더라니까. 탈옥을 한다는 게 흔히 생각하는 것처럼 쉬운 일이 아니라고 하더라고."

"당신 말은 알지만 드가, 난 나 자신을 믿어요. 나는 절대 그곳에서 꾸물거리지 않을 자신이 있다고요. 나는 뱃사람이라 바다를 잘 알아서 분명히 금세 탈출할 수 있어요. 그리고 10년이나 외롭게 살 수 있겠어요? 확실하진 않지만 5년이 감형된다 해도 완전하게 고립된 상태로 미치지 않고 견딜 수 있겠냐고? 난 지금 있는 그 독방에서 하루 24시간 내내 책 한 권도 없이, 외출도 못하고, 말상대도 없이 지내고 있어요. 그 시간들은 60분이 아니라 600분처럼 느껴진다고요. 게다가 그게 전부가 아니에요."

"그럴 수도 있지. 하지만 자네는 젊고 난 마흔두 살이나 먹었단 말야."

"이봐요, 드가. 솔직히 말해서 제일 무서운 게 뭐예요? 다른 죄수들 아닌가요?"

"솔직히 말하면 그래, 빠삐. 다들 내가 돈이 많은 줄 알거든. 내가 가까운 곳에 5만 프랑이나 10만 프랑씩 숨겨놓고 있는 줄 알고 죽이려고도 하지."

"그럼 거래합시다. 당신은 정신병원에 가지 않겠다고 약속해요. 난 늘 당신 곁에 있겠다고 약속할게요. 상부상조하는 거죠. 나는 힘도 세고 날쌘 데다가 아주 어렸을 때부터 싸우는 방법을 배워서 칼 쓰는 법도 잘 알아요. 그러니까 다른 죄수들이 얌전히 굴 거예요. 우리를 존중하는 정도가 아니라 무서워하겠죠. 탈옥의 경우는 아무도 필요 없어요. 당신에게도 나에게도 돈이 있고, 나는 나침반을 볼

줄도 알고 배를 몰 줄도 알아요. 이 정도면 되지 않아요?"

그는 내 눈을 가만히 응시했다. 그리고 포옹을 했다. 거래가 성사된 것이다. 잠시 후 문이 열렸다. 그는 그대로, 나는 나대로 각자 소지품을 챙겨서 떠났다. 우리는 서로 그리 멀지 않은 곳에 있어서 이발소나 의사에게 건강검진을 받을 때 또는 일요일에 예배당에서 이따금 만나게 될 것이다.

드가는 국방부 위조지폐 사건으로 체포되었다. 한 위조자가 대단히 독창적인 방법으로 위조지폐를 만들었다. 그는 500프랑 지폐들을 탈색한 다음 그 위에다가 1만 프랑으로 완벽하게 다시 인쇄를 했다. 종이가 똑같았기 때문에 은행과 상인들은 아무 의심 없이 그 지폐를 받았다. 그 일이 여러 해 동안 지속되어 재무부도 더 이상 어찌해야 좋을지 몰라할 즈음 브리울레라는 사람이 현행범으로 체포되었다. 루이 드가는 매일 밤 세상의 위험한 떠돌이들이 서로 어울리던 자신의 마르세유 바에서 조신하게 지내고 있었다.

1929년에 그는 백만장자였다. 어느 날 밤, 잘 차려입은 아름다운 아가씨가 바에 나타났다. 그녀는 루이 드가를 불러달라고 했다.

"전데요, 아가씨, 무슨 일이십니까? 옆 방으로 가실까요?"

"전 브리울레의 아내예요. 그는 위조지폐를 판 죄로 파리 감옥에 있어요. 상테 감옥의 면회실에서 남편을 만났는데 저에게 이 바의 주소를 주면서 당신을 만나 변호사에게 지불할 2만 프랑을 달라고 하랬어요."

그러자 프랑스에서 가장 위험한 인물 중 한 사람이었던 드가는, 위조지폐 사건에서 자신이 맡았던 역할을 알고 있는 이 여자에게 결코 해서는 안 될 대답을 하고 말았다.

"부인, 전 당신 남편을 모릅니다. 돈이 필요하면 길거리로 나가봐요. 당신은 젊고 예쁘니 당신에게 필요한 액수보다 더 많은 돈을 벌 겁니다."

가엾은 여자는 있는 대로 화가 나서 울며 뛰쳐나갔다. 그녀는 남편에게 그 일을 그대로 말했고, 격분한 브리올레는 바로 그 다음날 예심판사에게 자신이 알고 있는 사실을 전부 말해서 드가를 위조지폐 공급자로 정식 기소하게 만들었다. 프랑스에서 가장 노련한 형사 팀이 드가를 따라붙었다. 그리고 한 달 후 위조범이자 인쇄업자인 드가는 11명의 공범들과 같은 시간에 서로 다른 장소에서 체포되어 창살에 갇히는 신세가 되었다. 그들은 센 중죄재판소에 출두했고 소송은 보름 간 계속되었다. 각각의 죄인들은 최고의 변호사를 선임했다. 브리올레는 고소를 취하하지 않았다. 그 결과, 딱한 돈 2만 프랑과 어리석은 말 한 마디 때문에 프랑스에서 가장 위험한 인물은 파멸하고 10년은 더 폭삭 늙어서 15년 징역형을 받았다. 내가 생사를 걸고 거래를 맺은 인물이 바로 그런 사람이었다.

레몽 위베르가 나를 만나러 왔다. 하지만 그도 별 말이 없었고 나역시 아무런 대꾸도 하지 않았다.

하나, 둘, 셋, 넷, 다섯, 다시 돌아서……. 하나, 둘, 셋, 넷, 다섯, 또 돌고. 벌써 몇 시간째 나는 독방의 창가에서 문까지 계속 서성이고 있었다. 담배를 피웠다. 마음이 편안해지면서 무슨 일이든 견딜수 있을 것 같아졌다. 당장은 복수 생각을 하지 않기로 결심했다.

그 검사는 아직 어떤 식으로 끝장을 내야 할지 결정하지 못했으니 일단은 내 눈앞에, 벽의 고리에 매달아놓은 채 놔두기로 했다.

갑자기 비명 소리가, 끔찍하게 절망에 찬 날카로운 비명 소리가 내 독방 벽을 뚫고 들려왔다. 무슨 일이지? 고문을 받는 사람의 비명 같았다. 그렇지만 이곳에 경찰서는 없다. 도대체 무슨 영문인지 알 방법도 없었다. 한밤중에 들려오는 그런 비명 소리는 마음을 어수선하게 만들었다. 그들은 무슨 힘이 있어서 저 두툼한 문을 꿰뚫는 것일까. 아마도 누군가가 미친 모양이다. 나는 혼자 큰 소리로 나 자신에게 외쳤다.

"그게 너하고 무슨 상관이냐? 너만 생각해. 오로지 너하고 네 새 동료 드가만 생각해."

나는 몸을 숙였다가 세우면서 가슴을 주먹으로 한 대 쳤다. 정말 아팠지만 그래도 괜찮았다. 팔 근육은 멀쩡했다. 그러면 다리는? 축하해야 할 일이었다. 16시간도 넘게 걸었지만 피곤하지도 않았으니까 말이다.

프랑스인들은 침묵을 만들었다. 그들은 기분 전환할 방법을 모조리 없앴다. 책도 종이도 연필도 없고, 두꺼운 쇠창살로 막힌 창은 나무판자로 완전히 봉쇄되어 작은 구멍 몇 개만 아주 희미한 빛을 투과시키고 있었다. 그 찢어지는 듯한 비명에 크게 마음이 흔들린 나는 우리 안에 갇힌 동물처럼 서성였다. 정말이지 세상에서 버림받아 말 그대로 산 채로 묻힌 느낌이었다. 그랬다, 나는 홀로 있었고 비명 소리 말고는 아무것도 내 곁에 오지 못했다.

문이 열렸다. 늙은 신부가 나타났다. 넌 혼자가 아니야, 네 앞에 신부가 있어.

"안녕하신가. 일찍 오지 못해서 미안하지만 휴가 중이었다네. 지내기 어떤가?"

마음 착한 늙은 신부는 스스럼없이 독방에 들어와서 내 초라한 침대에 아무렇지 않게 앉았다.

"고향이 어딘가?"

"아르데슈요."

"부모님은?"

"어머닌 제가 열한 살 때 돌아가셨어요. 아버진 절 무척 사랑하셨고요."

"아버진 무슨 일을 하셨나?"

"초등학교 교사요."

"아직 생존해 계시고?"

"네."

"생존해 계시는데 왜 꼭 돌아가신 것처럼 말했나?"

"아버진 살아 계셔도 제가 죽었으니까요."

"이런! 그렇게 말하지 말게. 무슨 짓을 저질렀나?"

한순간 내가 무죄라고 말하면 얼마나 우스꽝스러울까 하는 생각이 머리를 스쳐서 얼른 대답했다.

"경찰은 제가 살인을 했다고 하더군요. 경찰이 그렇게 말하면 그런 거겠죠."

"장사꾼이었나?"

"아뇨, 포주였어요."

"그래서 암흑가 일 때문에 무기징역형을 선고받은 건가? 이해가 되질 않는군. 계획적인 범죄였나?"

"아뇨."

"믿을 수가 없구먼. 자네를 위해서 무얼 해주면 좋겠나? 나와 함께 기도할까?"

"신부님, 용서하십시오. 전 종교 교육을 받은 일이 없어서 기도할 줄도 모릅니다."

"그런 건 아무래도 상관 없네, 젊은이. 내가 자네를 위해 기도해 줌세. 자비로우신 하느님께서는 모든 자식들을 사랑하시지. 내가 하는 말을 그대로 따라하기만 하면 되네. 하겠나?"

그의 눈이 어찌나 온화한지, 커다란 얼굴에서 어찌나 다정하게 빛이 나던지 그의 말을 거절하기가 부끄러웠다. 그래서 그가 무릎을 꿇자 나도 똑같이 했다. '하늘에 계신 우리 아버지……' 내 눈에서 눈물이 흘러내리자 그걸 본 신부는 뭉툭한 손가락으로 굵은 눈물 방울을 거두어 자신의 입술에 댔다.

"자네의 눈물이 나에게는 하느님께서 오늘 자네를 통해 내게 보내주신 가장 위대한 보상일세. 고맙네."

그러고는 일어서면서 내 이마에 입을 맞추었다.

우리는 다시 침대 위에 나란히 앉았다.

"얼마 만에 울어본 건가?"

"14년 만입니다."

"왜 하필 14년이지?"

"제 어머니가 그때 돌아가셨거든요."

그는 내 손을 꼭 잡아 쥐고 말했다.

"자네를 이토록 고통스럽게 만든 자들을 용서하게."

나는 매몰차게 손을 빼고 나도 모르게 독방 한가운데로 갔다.

"아뇨, 그건 안 돼요! 절대 용서하지 않을 겁니다. 제가 한 가지 고백할까요, 신부님? 그래요. 매일 밤낮으로, 매시간, 매순간 언제 어떻게 어떤 식으로 날 이곳에 보낸 인간들을 전부 죽일까 생각하면서 시간을 보내고 있어요."

"그렇게 생각하고 있었군, 젊은이. 자네는 젊네, 아주 젊어. 좀더 나이가 들면 응징과 복수 생각을 포기하게 될걸세."

34년이 지나고 나서야 나는 그처럼 생각하게 되었다.

"자네를 위해서 내가 뭘 해주면 좋겠나?"

신부가 다시 물었다.

"위법 행위를 해주십시오, 신부님."

"어떤 일 말인가?"

"37번 독방에 있는 드가에게 가서서 변호사에게 캉 중앙형무소로 보내달라고 부탁하라 전해주십시오. 저도 오늘 그렇게 했다고 해주시고요. 빨리 콩시에르주리에서 벗어나 기아나로 가는 호송대를 모으는 중앙형무소로 가야 합니다. 첫 배를 놓치면 다른 배가 올 때까지 2년을 더 기다리면서 독방 생활을 해야 한다고요. 그를 만난 다음에는 다시 이리로 오셔야 합니다, 신부님."

"뭐라고 하고 말인가?"

"가령, 기도서를 두고 나왔다고……. 대답을 기다리겠습니다."

"그런데 그 끔찍한 도형지에 못 가서 왜 그렇게 안달인가?"

나는 나를 절대 배신하지 않을, 하느님이 보내주신 전령사인 그 신부를 바라보았다.

"더 빨리 탈출하려고요, 신부님."

"하느님이 자넬 도우실걸세, 젊은이. 나는 확신하네. 그리고 자네가 인생을 다시 시작하게 되리라는 것이 느껴지네. 이보게, 자네는 선량한 청년의 눈과 고결한 영혼을 갖고 있네. 37번 방에 가봄세. 대답을 기다리게."

그는 곧 돌아왔다. 드가는 동의했다. 신부는 이튿날까지 내 방에 자신의 기도서를 맡겨두었다. 오늘 내가 받은 햇살이 얼마나 화사한지 내 독방도 환해졌다. 그 성자 덕분이었다.

하느님이 계시다면 왜 지상에 이렇게 다른 인간들을 만드신 걸까? 검사, 경찰들, 폴랭 그리고 그 다음에는 콩시에르주리의 신부까지 말이다. 그 성자의 방문은 나에게 큰 도움이 되었다.

우리가 한 부탁의 결과는 오래 걸리지 않아 나타났다. 일주일 후 새벽 4시에 콩시에르주리 복도에 줄지어 선 인원은 일곱 명이었다. 간부들도 전원 참석했다.

"옷 벗어!"

모두 느릿느릿 옷을 벗었다. 날이 추워서 온몸에 소름이 돋았다.

"소지품을 앞에 내려놔라. 뒤로 돌아 한 걸음 물러서!"

각자의 앞에는 꾸러미가 하나씩 놓여 있었다.

"옷 입어!"

조금 전까지 내가 입었던 면 셔츠는 표백하지 않은 뻣뻣하고 두툼한 셔츠로 바뀌었고, 내 멋진 겉옷은 거친 모직물로 만든 윗도리와 바지로 바뀌었다. 내 구두는 온데간데없이 사라지고 대신 나는 투박한 나막신을 신었다. 그 전까지 우리는 정상인처럼 보였다. 나는 나머지 여섯 명을 바라보았다. 얼마나 흉하던지 각자의 개성은 사라지고 없었다. 불과 2분 만에 우리는 진짜 죄수들로 변해 있었다.

"오른쪽으로 정렬! 앞으로 전진!"

우리는 20여 명의 호위를 받으면서 뜰에 도착해 차례차례 경찰차의 좁은 칸막이를 헤치고 안으로 들어갔다. 그리고 캉 중앙형무소 볼리외로 출발했다.

캉 중앙형무소

도착하자마자 우리는 소장 사무실로 인도되었다. 소장은 1미터는 족히 됨직한 연단 위에 놓인 제국 같은 책상 앞에 군림하듯 앉아 있었다.

"차렷! 소장님 말씀이 있겠다."

"죄수들, 너희들은 도형지로 떠날 때까지 이곳에 임시로 수용된다. 이곳은 중앙형무소다. 어느 때고 침묵을 엄수할 것, 면회도 없고 편지도 사절이다. 복종하지 않으면 끝이다. 너희들에게는 두 가지 문이 있다. 하나는 제대로 처신해서 도형지로 무사히 가는 문이고, 또 하나는 무덤으로 가는 문이다. 처신을 잘못해서 사소한 실수라도 저지르면 지하 감방에서 빵과 물만 먹으며 60일 동안 지내는 벌을 받게 된다. 그 두 가지 형벌을 받으면서 살아남은 사람은 아무도 없다. 잘 알아들었기를 바란다, 이제 그만!"

그가 스페인에서 송환된 피에르 르 푸에게 말했다.

"직업이 뭐였나?"

"기마 투우사였습니다, 소장님."

그 대답을 들은 소장이 버럭 화를 내며 소리쳤다.

"이놈을 끌고 나가!"

기마 투우사는 너덧 명의 간수들에게 곤봉으로 두들겨 맞고는 순식간에 어딘가로 끌려갔다. 그가 이렇게 소리치는 것이 들려왔다.

"이 빌어먹을 놈들아! 5대1로 덤벼서 곤봉까지 휘두르냐, 이 나쁜 놈들아!"

상처 입은 짐승의 숨 넘어가는 것 같은 비명이 이어지더니 더 이상 아무 소리도 들리지 않았다. 무언가가 바닥에 질질 끌려가는 듯 시멘트 바닥 스치는 소리만 들렸다.

드가는 내 곁에 서 있었다. 그는 손가락 하나로 내 바지를 툭 건드렸다. 나는 그가 무슨 말을 하려는지 알아차렸다. '살아서 도형지에 가고 싶으면 잘해.' 10분 후, 우리들 각자는 (지옥 같은 지하 감방으로 끌려간 피에르 르 푸만 빼고) 중앙형무소의 규율 구역 독방에 배치되었다.

운 좋게도 드가는 바로 내 옆방이었다. 좀전에 우리는 키가 1미터 90센티는 넘어 보이는 괴물 같은 작자에게 넘겨졌다. 적갈색 머리에 애꾸눈, 오른손에 완전히 새 것으로 보이는 소가죽 채찍을 들고 있는 그는 간수들의 명령에 따라 고문관 역할을 하는 모범수 감방장이었다. 그는 죄수들에게 공포의 대상이었다. 덕분에 간수들은 몽둥이질과 채찍질을 하는 수고를 덜어서 한편으로는 힘을 쓰지 않아도 되고 다른 한편으로는 만일 죄수가 죽을 경우 행정적인 책임을 지지 않아도 되었다.

며칠 후 나는 잠시 의무실에 들렀다가 그 인간 짐승의 이야기를 듣게 되었다. 소장은 훌륭한 사형집행인을 골랐다고 축하받을 만했다. 문제의 사내는 채석공이었다. 어느 날 자신이 살던 북부의 작은 마을에서 아내를 죽이고 자신도 자살하려고 했다. 그가 자살하기 위해 사용한 것은 제법 커다란 다이너마이트 한 상자였다. 그는 7층짜리 건물 3층에 누워 있는 아내 곁에 누웠다. 아내는 잠들어 있었다. 그는 왼손에 든 다이너마이트를 자신과 아내의 머리 사이에 둔 다음 다이너마이트 심지에 불을 붙이는 데 사용했다. 곧이어 굉장한 폭발이 일어났다. 그 결과, 그의 아내는 말 그대로 산산조각이

나고 말았다. 건물은 부분적으로 붕괴되었고, 세 자녀와 일흔 살의 노파 한 명이 건물 잔해에 깔려 죽었다. 나머지 사람들은 중경상을 입었다.

그 사내 트리부야르는 왼손 일부를 잃어서 새끼손가락과 엄지손 가락 절반만 남았고 왼쪽 눈과 왼쪽 귀도 잃었다. 머리에도 절개수 술을 받아야 할 만큼 심한 부상을 입었다. 유죄 선고를 받은 이후부 터 그는 중앙형무소 규율 구역의 감방장이 되었다. 그 반미치광이 는 문제를 일으킨 불쌍한 사람들을 마음대로 처분할 수 있었다.

하나, 둘, 셋, 넷, 다섯, 돌고, 하나, 둘, 셋, 넷, 다섯, 돌아서…….
독방의 벽에서 문까지 이어지는 그 끝없는 왕복을 시작했다.

낮 동안에는 누워 있을 권리가 없었다. 새벽 5시에 날카로운 호 각 소리가 모든 사람을 깨웠다. 그러면 일어나서 침대를 정리한 뒤 씻고, 걷거나 벽에 붙어 있는 걸상에 앉아야 했다. 정교한 징벌 체 제의 극치는 단연 저절로 들어올려져서 벽에 걸리는 침대였다. 그렇 게 하면 죄수는 자연히 누울 수가 없었고 감시하기는 더 편했다.

하나, 둘, 셋, 넷, 다섯……. 열네 시간째 걷고 있었다. 그렇게 그 운동을 자동적으로 반복하려면 고개를 숙이고, 두 손은 뒷짐을 지 고, 너무 빠르지도 너무 느리지도 않게, 일정한 보폭으로 걷다가 독 방의 한쪽 끝에서는 왼발로 반대편에서는 오른발로 자동적으로 몸 을 돌리는 방법을 습득해야 한다.

하나, 둘, 셋, 넷, 다섯……. 독방들은 콩시에르주리보다는 환하 고 외부 소음도 들려서 규율 구역의 소리와 바깥 들판에서 들려오 는 몇 가지 소리도 들을 수 있었다. 밤이 되면 들판에서 일을 마치 고 사과주 한 잔에 얼큰해서 기분 좋게 집으로 돌아가는 농부들의 휘파람 소리나 노랫소리도 들을 수 있었다.

나는 크리스마스 선물을 받았다. 창을 막아놓은 널빤지 틈새로 눈이 새하얗게 덮인 들판과 둥근 보름달에 환히 밝혀진 시커먼 나무 몇 그루가 보인 것이다. 크리스마스의 전형적인 우편엽서 속 풍경을 보는 것만 같았다. 바람에 흔들린 나무들이 입고 있던 눈 망토를 벗어던지자 그 덕에 분간이 더 잘 되었다. 나머지 부분의 어두운 얼룩 위로 하얀 부분이 더 선명하게 보였기 때문이다. 온 세상에 크리스마스가 찾아온 것처럼 감옥 일부에도 크리스마스가 찾아왔다. 행정관들도 임시 도형수들에게 한 가지 선물을 해주었다. 막대 초콜릿 두 개씩을 살 수 있도록 허락해준 것이다. 정제형 초콜릿 두 알이 아니라 막대 초콜릿을 두 개씩이나. 그 애그벨 초콜릿 두 개는 나의 1931년 섣달 그믐날 밤참이었다.

하나, 둘, 셋, 넷, 다섯……. 수감 생활은 나를 시계추로 바꾸어놓았고, 독방에서의 왕복 운동은 나의 세계 전부였다. 그것은 수학적으로 계산되었다. 독방 안에는 절대 그 어느 것도 놔둘 수가 없었다. 특히 죄수가 기분 전환을 할 수 있게 해서는 안 될 일이었다. 만일 창의 그 나무 틈새로 밖을 보다가 들키면 혹독한 처벌을 받을 것이 분명했다. 사실 그들의 생각이 옳은지도 모른다. 그들에게 나는 살아 있는 시체에 지나지 않으니 말이다. 무슨 권리로 내가 감히 자연을 보면서 즐거움을 느끼겠는가?

나비 한 마리가 날아갔다. 검은색 작은 줄무늬가 있는 하늘색 나비였다. 벌 한 마리가 그 나비로부터 멀리 떨어지지 않은 창가에서 윙윙댔다. 저 곤충들은 하필 이런 곳에서 무얼 찾는 것일까? 저 겨울 태양에 미쳤나보다. 아니면 너무 추워서 감옥 안으로라도 들어오고 싶은 것이든지. 겨울 나비는 부활한 나비인가보다. 어떻게 죽지 않고 살아 있을까? 그리고 저 벌은 왜 제 벌집을 떠나왔을까? 이런 곳에 다가오다니 얼마나 무모한 바보인지 모르겠다. 감방장에게 날개가 없어서 정말 다행이다. 오래 살지 못할 테니까.

트리부야르는 끔찍한 사디스트였다. 나는 그와 관련된 어떤 일이 벌어지리라는 예감이 들었다. 그리고 불행히도 나의 예상은 적중했다. 그 매혹적인 곤충 두 마리가 나를 찾은 다음날, 몸이 좋지 않았다. 기진맥진한 데다가 외로워 죽을 것만 같았다. 누군가 사람의 얼굴이 보고 싶고, 사람의 목소리도 듣고 싶었다. 흉한 얼굴이어도 좋고 최소한 목소리만이라도, 그냥 무슨 소리만이라도 듣고 싶어 미칠 지경이었다.

얼어붙을 것같이 추운 복도에서 발가벗은 상태로, 벽에 코가 닿을 정도로 가까이 붙은 채 여덟 명이 늘어서 있었다. 나는 그 줄의 끝에서 두 번째에 서서 의사 앞으로 갈 차례를 기다리는 중이었다. 나는 세상이 보고 싶었다. 그 점에서는 성공한 셈이었다. 이른바 망치 인간이라고 불리는 쥘로에게 무어라 속삭이다가 그만 감방장에게 걸리고 말았다. 그 야만적인 감방장의 반응은 무시무시했다. 느닷없이 주먹으로 내 뒷통수를 후려치며 나를 거의 반은 죽이다시피 했다. 미처 주먹이 날아오는 것을 보지 못해 그대로 벽에 코를 찧고 말았다. 코에서 피가 솟구쳤다. 다시 몸을 일으킨 나는 머리를 흔들며 정신을 차리려고 애를 썼다. 내가 얼떨결에 반항의 몸짓을 하자 그 거인은 때를 기다렸다는 듯이 배를 걷어차서 나를 다시 바닥에 쓰러뜨린 뒤에 소가죽으로 채찍질하기 시작했다. 쥘로는 그 광경을 견딜 수가 없었는지 그 거인에게 달려들었고 둘은 굉장한 몸싸움을 벌였다. 그러나 쥘로가 밑에 깔려 있었기 때문에 간수들은 태연히 싸움 구경을 했다. 아무도 내게 신경 쓰지 않는 틈에 나는 다시 일어섰다. 그러고는 주위에 무기로 쓸 만한 것이 없나 두리번거렸다. 순간, 면회실 안락의자에 앉아 복도에서 일어나는 일을 보려고 기웃거리는 의사가 눈에 들어오는 것과 동시에 수증기의 압력에 들썩이는 냄비 뚜껑이 보였다. 그 커다란 에나멜 냄비는 의사의 진찰실을 훈훈하게 해주는 석탄 난로 위에 얹혀 있었다. 아마도 그 수증기로 공기를 정화시키는 모양이었다.

나는 잽싸게 냄비 손잡이를 움켜잡았다. 데일 듯이 뜨거웠지만 놓치지 않고 쥘로와 싸우느라고 미처 나를 보지 못한 감방장의 얼굴에 그 끓는 물을 단숨에 끼얹었다. 무시무시한 비명 소리가 그 녀석의 목구멍에서 터져나왔다. 제대로 당한 것이었다. 그는 바닥을 데굴데굴 구르며 옷을 벗으려 했지만 털스웨터를 세 개나 껴입었기 때문에 옷을 벗기가 쉽지 않았다. 그가 세 번째 스웨터를 벗으려고 하자 피부도 함께 벗겨졌다. 스웨터 목이 좁아서 벗으려고 안간힘을 쓰는 통에 스웨터에 붙어버린 가슴과 목 그리고 뺨의 피부가 같이 벗겨진 것이다. 하나 남은 눈마저 끓는 물에 데어 앞이 보이지 않게 되었다. 결국 살갗이 벗겨진 피투성이의 추한 몰골로 간신히 몸을 일으켰는데, 쥘로가 그 틈을 타 그의 샅을 잔인하게 걷어찼다. 그 거인은 풀썩 쓰러져 토하고 입에서 거품을 뿜기 시작했다. 한편, 우리는 그리 오래 기다릴 것도 없었다.

그 장면을 지켜보던 간수 두 명은 우리에게 덤빌 만큼 배짱이 좋지 못했다. 그래서 경보기를 울려 지원을 요청했다. 그들은 사방에서 우리를 에워싸고 우레 같은 곤봉 세례를 퍼부었다. 나는 운 좋게도 일찌감치 곤죽이 되도록 맞은 덕에 얻어맞는 통증을 느끼지 못했다. 나는 알몸으로 두 층 아래로 끌려가 물이 흥건하게 들어찬 지하 감방에 갇혔다. 서서히 감각이 되살아났다. 손으로 통증이 느껴지는 몸을 쓰다듬었다. 머리에는 적어도 열 두 개에서 열 다섯 개정도의 혹이 나 있었다. 지금이 몇 시일까? 알 수가 없었다. 그곳은 밤도, 낮도, 불빛도 없는 곳이었다. 벽을 두드리는 소리가 멀리서 들려왔다.

"팡, 팡, 팡, 팡, 팡."

그 소리는 일종의 '전화'벨 소리였다. 내가 그 통신을 받아들이길 원하면 나도 벽을 두 번 두드리면 되었다. 그런데 뭘로 두드리지? 캄캄해서 쓸 만한 것이 뭐가 있는지 알 수 없었다. 주먹으로는 불가능했다. 소리가 제대로 울리지 않기 때문이었다. 나는 문이 있으리라고 생각되는 쪽으로 다가갔다. 아무래도 그쪽이 조금 덜 어두울 것 같아서였다. 미처 보지 못해 철창에 부딪혔다. 손으로 더듬어 내가 있는 곳에서 1미터 이상 떨어진 곳에 문이 있고 내가 부딪힌 철창이 문까지 가지 못하도록 막고 있다는 사실을 알게 되었다. 그렇게 해서 위험한 죄수의 방에 누군가가 들어오더라도 우리 안에 갇힌 죄수는 그 사람을 건드릴 수 없게 해놓은 것이다. 죄수에게 아무 위험 없이 말을 걸 수도 있고, 물을 뿌릴 수도 있고, 음식을 던져줄 수도 있고, 모욕을 할 수도 있다. 반면에 스스로 위험을 자초하지 않고는 그를 때릴 수도 없다. 때리려면 철창을 열어야 하니까.

두드리는 소리는 이따금 반복되었다. 도대체 누가 나를 부르는 걸까? 들키면 어떤 화를 입을지 모르는데. 그가 위험을 무릅쓰고 있으니 꼭 대답을 해줘야 할 것 같았다. 어둠 속을 서성이다가 하마터면 크게 넘어질 뻔했다. 발치에 뭔가 단단하고 둥근 것이 부딪혔다. 만져보니 나무 숟가락이었다. 얼른 그걸 주워서 대답을 해주려고 했다. 벽에 귀를 대고 기다렸다.

팡, 팡, 팡, 팡, 스톱. 팡, 팡. 나도 대답을 해주었다. '팡, 팡.' 그 두 번은 나를 부르는 사람에게 이렇게 말하는 뜻이었다. '계속 해봐, 나 여기 있어.' 팡, 팡, 팡. 알파벳 문자가 빠르게 지나갔다. a b c d e f g h i j k l m n o p, 스톱. 문자 p에서 멈추었다. 나는 세게 한 번 쳤다, 팡. 그렇게 하면 그는 내가 문자 p를 가리킨 것을 알게 되고 그 다음에는 a, p, i 하는 식이었다. 결국 그가 내게 하는 말은 이런 내용이었다. "빠삐용, 괜찮아? 너 정말 많이 맞았잖아. 난 팔 하나가 부러졌어.'

쥘로였다. 우리는 두 시간 넘게 붙잡힐 염려 없이 이야기를 주고받았다. 말 그대로 글자 교환에 넋을 잃었다. 쥘로에게 나는 아무 데도 부러지지 않았고 머리에 혹만 잔뜩 났다고 말해주었다.

그는 내가 한쪽 발을 붙잡힌 채 끌려 계단을 내려가는 모습을 보았는데 계단 하나를 내려갈 때마다 머리가 앞 계단에 떨어지며 부딪히더라고 했다. 그는 의식을 잃지 않았다고 전했다. 트리부야르는 스웨터 때문에 부상 정도가 심할 것이고 아직도 스웨터 하나는 입고 있을 거라고도 했다.

그러다 갑자기 세 번을 반복해서 빠르게 두드리는 소리가 들렸다. 문제가 생긴 것이다. 나는 얼른 멈추었다. 실제로 잠시 후 문이 열리더니 누군가 이렇게 소리쳤다.

"뒤로 물러서, 이 더러운 놈아! 안쪽으로 들어가서 차렷!"

새 감방장이었다.

"내 이름은 바통이고, 이건 내 본명이자 별명이기도 하다(바통은 곤봉이라는 뜻이 있다 — 옮긴이)."

그는 배에서 쓰는 커다란 랜턴으로 감방 안과 벌거벗은 내 몸을 비추었다.

"자, 입을 옷이다. 거기서 움직이지 마. 이건 물과 빵이다. 한 번에 다 먹지 말아라. 앞으로 24시간 안으로는 더 먹을 것이 없으니까."

그는 짐승 같이 고함을 치고는 랜턴을 자기 얼굴에 비추었다. 웃는 얼굴이 보였는데 그렇게 고약하게 느껴지지는 않았다. 그는 손가락 하나를 입에 대더니 내게 자신이 가져온 것을 가리켜 보여주었다. 오른쪽 복도에 간수가 한 명 있었기 때문에 그런 식으로 자신이 적이 아니라는 사실을 알려주고 싶었던 것이다.

과연 빵 속에는 커다란 삶은 고기 한 덩어리가 들어 있었고 바지 주머니 속에는 담배 한 갑과 라이터 한 개가 들어 있었다. 이곳에서 그런 선물은 100만 프랑의 가치가 있다. 셔츠도 두 벌이었고 모직 바지는 발목까지 내려왔다. 나는 바통을 결코 잊지 못할 것이다. 이 모든 것은 트리부야르를 없애준 것에 대한 보상으로 그가 나에게 주는 선물이다. 사고가 있기 전에 그는 보조 감방장에 불과했다. 그런데 내 덕에 이제는 만족스런 지위를 얻게 되었다. 요컨대 내 덕에 승진을 했으니 그렇게 감사의 뜻을 나타낸 것이다.

연통이 어디에서 오는지 알아내기 위해서는 참을성 있게 기다려야 했고, 그 일은 오로지 모범수만이 할 수 있는 일이었다. 다행히 간수들이 몹시 게을러서 쥘로와 나는 바통의 비호를 받으며 맘껏 이야기를 나눴다. 우리는 온종일 서로 문자를 주고받았다. 쥘로를 통해서 우리의 도형지행이 임박했다는 사실을 알게 되었다. 석 달

아니면 넉 달 남짓밖에 남지 않았다.

이틀 후 우리는 지하 감방에서 나왔고, 각자 두 명의 간수들에게 둘러싸인 채 소장 사무실로 끌려갔다. 문 정면에 세 명이 책상 앞에 앉아 있었다. 일종의 법정인 셈이었다. 소장은 재판장이었고, 부소장과 간수장은 배석판사였다.

"어이, 친구들, 드디어 왔구먼! 무슨 할 말 있나?"

쥘로는 안색이 창백하고 눈이 부은 것으로 보아 열이 나는 것 같았다. 사흘 전에 부러진 팔 때문에 몹시 고통스러운 모양이었다.

쥘로가 조심스럽게 대답했다.

"팔이 부러졌습니다."

"그건 네가 자초한 거지. 다른 사람들을 괴롭히면 어떻게 되는지 단단히 배웠겠지. 의사가 오는 대로 만나게 될 거다. 일주일 정도 걸릴 게야. 기다리면서 고통을 느끼며 뭔가를 배운다면 나름대로 유용한 일이 되겠지. 설마 너 같은 놈을 위해서 특별히 의사를 불러주길 바라는 건 아니겠지? 그러니 중앙형무소 의사가 여기까지 올 짬이 나서 치료해줄 때까지 기다려라. 그리고 그것과 상관없이 너희 둘 다 새 명령이 내려질 때까지 지하 감방에 남도록 명한다."

쥘로는 나를 똑바로 쳐다보았다. '번듯하게 차려입은 이 자는 다른 사람의 목숨을 아무렇지 않게 갖고 놀고 있어.' 그는 이렇게 말하는 듯했다.

나는 다시 소장 쪽으로 고개를 돌려 바라보았다. 그는 내가 무슨 말을 하려는 줄 알았는지 이렇게 물었다.

"넌 이 결정이 마음에 안 드나? 뭐 또 할 말 있나?"

나는 대답했다.

"전혀 없습니다 소장님. 그저 당신 면상에 침을 뱉어주고 싶을 뿐이지만 하지 않겠습니다. 제 침이 더러워질까봐서요."

그는 얼굴이 벌겋게 달아오를 정도로 경악을 해서 어떻게 반응해야 좋을지 모르는 것 같았다. 그렇지만 간수장은 달랐다. 그가 간수들에게 소리질렀다.

"이놈을 끌어내서 손 좀 봐줘! 한 시간 안에 벌벌 기면서 잘못했다고 비는 꼴을 봐야겠다. 끌어내! 저놈의 혓바닥으로 내 신발을 바닥까지 닦고 말 테다. 너희들에게 전적으로 맡길 테니 아주 호되게 다루어라."

간수 두 명이 내 오른팔을, 다른 두 명이 왼팔을 붙잡았다. 나는 강제로 바닥에 엎드린 채 손바닥이 위로 가게 손을 쳐들었다. 수갑이 채워지고 엄지손가락을 죄는 고문 기구가 왼쪽 검지와 오른쪽 엄지를 연결했다. 간수장은 내 머리채를 잡아당겨 짐승처럼 일으켜 세웠다.

나에게 닥친 일을 자세히 설명할 필요는 없을 것이다. 열하루 동안 등뒤로 수갑을 차고 있었다는 것만 이야기해도 충분할 테니까. 나는 바통 덕분에 간신히 목숨을 부지할 수 있었다. 그는 내 지하 감방에 매일 꼬박꼬박 빵 덩어리를 던져주었지만 손이 자유롭지 못해 먹을 수가 없었다. 머리를 이용해서 빵을 철창에 끼워도 보았지만 도저히 깨물 수가 없었다. 그러자 바통은 내가 살아남기에 충분한 양의 빵을 한 입 크기로 잘라서 던져주었다. 나는 그 빵마저도 발로 잘게 부수어서 배를 깔고 엎드린 다음 개처럼 주워먹었다. 빵 조각마다 충분히 씹어서 남김없이 먹어치웠다.

12일째 되던 날 수갑이 벗겨졌다. 금속이 살에 박혀서 수갑에는 군데군데 썩어 문드러진 살점이 붙어 있었다. 내가 고통을 참지 못하고 기절하자 간수장도 겁을 집어먹었다. 내가 정신을 차리자마자 그들은 날 의무실로 데려가 소독약을 발라주었다. 의무병은 파상풍 예방주사를 맞아야 한다고 했다. 두 팔의 관절은 경직되어서 정상적인 자세를 취할 수가 없었다. 장뇌유로 반 시간 동안 마사지를 받은 다음에야 간신히 두 팔을 내려뜨릴 수가 있었다.

나는 다시 지하 감방으로 내려갔고, 간수장은 빵 덩어리 열한 개를 보더니 이렇게 말했다.

"파티를 열 모양이지? 웃기는 일이군! 열하루 동안 굶은 놈치고는 별로 마르지도 않았는걸."

"물을 많이 마셨습니다."

"아! 그렇군, 이제 알겠다. 그럼 실컷 먹고 기운을 차리라고."

그러고는 가버렸다. 바보 같은 놈! 그는 내가 열하루 동안 아무것도 먹지 못해서 갑자기 과식을 하면 소화불량으로 죽을 거라고 생각했다. 밤마다 바통은 내게 담배 마는 종이와 담배를 넣어주었다. 나는 담배를 피우고 또 피우며 담배 연기를 전혀 작동되지 않는 난방 배관 속으로 불어넣었다. 적어도 그 용도로는 쓸모가 있었다.

한참 후에 쥘로를 불렀다. 그는 내가 열하루 동안 굶었을 거라고 생각하고는 천천히 먹으라고 충고했다. 어떤 놈이 우연히 우리가 주고받는 말을 알아들을까봐 쥘로에게도 사실을 말해주기는 두려웠다. 팔에 깁스를 했지만 정신은 또렷했던 그는 내가 잘 버틴 것을 축하했다.

쥘로의 말에 따르면, 호송대가 곧 당도할 예정이었다. 의무병에게 도형지로 가는 백신이 이미 도착했다는 얘기를 들었다고 했다.

일반적으로 백신은 출발 한 달 전에 도착했다. 쥘로는 경솔하게도 내게 '계획'을 버리지 않았는지 물었다. 그랬다. 난 '계획'을 버리지 않고 있었다. 그렇지만 내가 그 재산을 지키기 위해 한 짓은 도저히 말로 설명할 수가 없었다. 항문이 너무나 쓰라렸다.

3주 후에 우리는 지하 감방에서 나왔다. '무슨 일이지?' 그들은 놀랍게도 우리에게 더운물과 비누로 샤워를 할 수 있게 해주었다. 어쨌든 살 것 같았다. 쥘로는 아이처럼 웃었고, 피에르 르 푸는 좋아서 얼굴이 환해졌다.

무슨 일로 우리를 지하 감방에서 끌어낸 건지 몹시 궁금했다. 그렇지만 이발사는 내가 입술을 달싹거려 중얼거리듯 재빨리 물어도 아무 대답도 해주지 않았다.

"무슨 일입니까?"

못생긴 낯선 죄수가 말했다.

"아무래도 지하 감방형에서 사면받았나봐. 어쩌면 감사관이 들를까봐 무서웠는지도 모르지. 중요한 건 이렇게 살아 있다는 거라고."

우리는 각각 정상적인 독방으로 인도되었다. 점심에 43일 만에 처음으로 받은 따뜻한 수프 속에서 나뭇조각 하나를 발견했다. 그 위에는 이렇게 씌어 있었다. '일주일 후에 출발. 내일 예방접종.'

'누가 보냈지?' 전혀 알 길이 없었다. 어쩌면 어떤 친절한 죄수가 알려준 건지도 모르겠다. 그는 우리 중 한 사람만 알아도 모두 알게 된다는 사실을 아는 듯했다. 하필 내게 그 메시지가 도착한 것은 순전히 우연이었을 것이다. 나는 얼른 쥘로에게 연통을 보냈다.

"이 말을 전달해."

밤새도록 연통을 주고받는 소리가 들려왔다. 나는 일단 한번 보냈으므로 더 보낼 필요가 없었다. 침대 위에 편안히 누웠다. 성가신 일에 휘말리고 싶지 않았다. 그리고 지하 감방으로 돌아간다 해도 아무렇지도 않았다. 적어도 오늘은 아닐 테니까.

도형지로 출발하다

생 마르탱 드 레

그날 밤 바통은 내게 담배 세 갑과 종이 한 장을 넣어주었는데, 그 종이에는 이렇게 쓰여 있었다. '빠삐용, 네가 나에 대해 좋은 기억을 갖고 떠나리라는 걸 알고 있어. 나는 감방장이지만 죄수들에게 가능하면 나쁜 짓을 하지 않으려고 애쓰고 있어. 내가 이 자리를 맡은 것은 자식이 아홉 명이나 있어서 빨리 사면받고 싶기 때문이야. 크게 나쁜 짓 하지 않고 사면되도록 노력할 거야. 잘 가. 행운을 빌어. 호송대는 모레 출발할 거야.'

이튿날 우리는 규율 구역 복도에 30명씩 그룹을 지어 모였다. 캉에서 온 의무병들이 우리에게 열대병 예방주사를 놓았다. 우리는 각자 주사 세 대와 우유 2리터씩을 받았다. 드가는 내 곁에 있었다. 그는 생각에 잠겨 있었다. 우리는 더 이상 침묵의 규칙을 지키지 않았다. 예방접종을 한 다음에는 우리를 지하 감방에 가둘 수 없다는 사실을 알고 있었기 때문이다. 우리는 간수 코앞에서 낮은 소리로 잡담을 나누었지만, 그래도 간수는 도시에서 온 의무병들 때문에 차마 아무 말도 하지 못했다. 드가가 내게 말했다.

"우리를 전부 한꺼번에 데려갈 만큼 죄수 호송차가 넉넉할까?"

"그렇진 못할걸요."

"생 마르탱 드 레는 멀어. 하루에 60명씩 데려간다 해도 열흘은 걸릴 거야. 이곳에만 600명 가까이 되니까 말이야."

"중요한 건 예방접종을 했다는 거예요. 그건 우리가 명단에 올랐다는 뜻이고 머잖아 도형지에 가게 된다는 뜻이니까. 용기를 내요, 드가. 이제 다음 단계가 시작되는 거예요. 내가 당신을 믿는 것처럼 당신은 나만 믿어요."

그는 만족감 어린 눈으로 나를 바라보며 내 팔을 잡고 말했다.

"살아서나 죽어서나, 빠삐."

호송 중에는 이야기할 만한 여유가 거의 없었다. 다만 각자가 호송차의 작은 독실에 갇혀서 숨이 막혔다. 간수들은 문을 살짝 열어서 공기를 좀 쐬게 해달라는 우리의 청을 묵살했다. 라로셸에 도착해보니 함께 호송되던 죄수 둘이 질식해 죽어 있었다.

생 마르탱 드 레는 작은 섬이어서 해협을 건너려면 배를 타야 했다. 부두에는 불쌍한 죄수들을 가까이서 보려는 구경꾼들이 모여 있었다. 그래도 우리에게 적대감을 보이지는 않았다. 헌병들은 우리의 생사와 관계없이 무조건 인도해야 했기에 시신들도 우리와 함께 배에 실었다.

항해는 길지 않았지만 그동안이나마 우리는 바다 냄새를 맘껏 맡을 수 있었다. 나는 드가에게 말했다.

"탈출의 냄새가 나는데요."

그 말에 드가가 슬며시 웃자 옆에 있던 쥘로가 우리에게 말했다.

"그래. 탈출의 냄새가 나지. 나는 5년 전에 탈출했던 곳으로 돌아가는 거야. 10년 전 내 사건 때 날 밀고한 놈을 해치우려던 찰나에 바보같이 체포되었지 뭐야. 우리 서로 꼭 붙어 있자고. 생 마르탱에서는 되는 대로 열 명씩 그룹을 지어서 감방에 넣거든."

쥘로의 말은 틀렸다. 그곳에 도착하자 쥘로와 다른 두 명은 호출되어 따로 수감되었다. 그 세 명은 도형지에서 탈출했다가 프랑스에서 체포되어 두 번째로 돌아온 죄수들이었던 것이다.

열 명씩 그룹을 지은 감방 생활은 우리에게는 기다리는 삶의 시작이었다. 우리는 대화를 나눌 수도, 담배를 피울 수도 있었고 식사도 괜찮았다. 그 시기에는 오로지 내가 갖고 있는 '계획'만 위험했다. 영문도 모른 채 난데없이 소환되어 발가벗겨진 채 꼼꼼하게 몸수색을 당했다. 몸 구석구석부터 발바닥까지 수색을 당한 다음에는 옷도 검사를 받았다.

"옷을 입어라!"

그러면 다시 감방으로 돌아갔다.

감방, 식당, 뜰에서 우리는 몇 시간씩 줄을 지어 걸었다. 하나, 둘! 하나, 둘! 하나, 둘……. 우리는 150명씩 무리를 지어 걸었다. 줄은 길었고, 나막신들은 덜그럭거렸다. 침묵은 필수였다. 그러다가 '해산' 하는 소리가 들리면 저마다 사회적 부류에 따라 무리를 지어 바닥에 앉았다. 우선 코르시카, 마르세유, 툴루즈, 브르통, 파리 등 출신지와 상관없는 암흑가 출신들이 한데 모였다. 그 중에는 나와 같은 아르데슈 사람도 있었다. 1,900명 가량의 호송 죄수들 중에는 아르데슈 출신이 딱 두 명 있었다. 제 아내를 죽인 전원 감시인과 나였다. 아무래도 아르데슈인들은 태생적으로 용감한 모양이다. 한편, 다른 무리들은 아무렇게나 모였다. 암흑가 일원들보다는 아마추어들이 더 많았기 때문이다. 그 기다림의 날들은 관찰 시기라고 불리기도 한다. 실제로 우리는 다각도로 관찰되었다. 어느 날 오후, 내가 햇빛을 쬐며 앉아 있는데 한 사내가 다가왔다. 작고 깡마른 체구에 안경을 쓴 사내였다. 나는 그의 정체를 파악하려고 했지만 획일적인 죄수복 차림으로는 쉽지 않은 일이었다.

"네가 빠삐용이냐?"

그의 말투에는 코르시카 억양이 강하게 배어 있었다.

"그래, 나다. 무슨 일인데?"

"화장실로 따라와."

그는 그렇게 말하고는 앞장서 가버렸다.

"거긴 코르시카인들 구역이야. 아무래도 산적 같은데. 자네한테 무슨 볼 일일까?"

드가가 내게 말했다.

"알아봐야죠."

나는 뜰 한가운데에 있는 화장실로 가서 소변을 보는 척했다. 사내가 내 옆에 와서 똑같은 자세를 취했다. 그는 내 쪽을 쳐다보지도 않고 말했다.

"나는 파스칼 마트라의 매부야. 파스칼이 면회 왔을 때 도움받을 일이 있으면 자기 이름을 대고 너에게 부탁하라고 하더군."

"그래, 파스칼은 내 친구 맞아. 원하는 게 뭔데?"

"더 이상 '계획'을 지탱할 수가 없어. 이질에 걸렸거든. 맘놓고 의논할 상대도 없고 누가 훔쳐가거나 간수들이 찾아낼까 봐 무서워. 부탁이야, 빠삐용. 며칠만 네가 대신 갖고 있어줘."

그러고는 내 것보다 훨씬 더 두둑해 보이는 '계획'을 보여주었다. 나는 혹시 그가 함정을 파거나 내가 얼마나 갖고 있는지 떠보려고 묻는 게 아닐까 겁이 났다. 내가 두 개나 넣을 수 있을지 모르겠다고 말하면 그가 알아챌 것이 분명했다. 그래서 냉랭하게 물었다.

"얼마나 들었는데?"

"2만 5,000프랑."

더 이상 아무 말 않고 그 '계획'을 받아들었다. 게다가 아주 깨끗했다. 나는 한 사람이 두 개씩이나 넣고 다녀도 되나 싶으면서도 그가 보는 앞에서 묵묵히 항문에 집어넣었다. 다시 일어나서 바지를 입었다. 다 괜찮았다. 전혀 불편하지 않았다.

"내 이름은 이그나스 갈가니야. 고마워, 빠삐용."

그는 그렇게 말하고 먼저 갔다. 나는 드가 곁으로 돌아와서 좀전에 있었던 일을 들려주었다.

"너무 무섭지 않아?"

"아뇨."

"그럼 됐어."

우리는 탈출 경험자들과 접촉해보려고 애썼다. 혹시 가능하다면 쥘로나 기투하고. 우리는 정보에 대한 갈증을 느꼈다. 그곳은 어떤 곳인지, 죄수를 어떻게 다루는지, 단짝 친구와 둘이 붙어 있으려면 어떻게 해야 하는지 등등. 그러다 운 좋게도 아주 특이한 친구를 만났다. 유형지에서 태어난 코르시카인이었다. 아버지는 그곳 간수였고 살뤼 제도에서 아내와 함께 살았다. 그는 살뤼 제도의 세 섬인 루아얄, 생 조제프, 디아블(악마의 섬) 중 루아얄 섬에서 태어났고, 지금은 간수의 아들이 아닌 죄수로서 돌아가는 길이었다.

그는 침입강도죄로 12년 징역형을 선고받았다. 열아홉 살에, 맑고 투명한 눈을 가진 순진한 얼굴의 청년이었다. 드가와 나는 그가 기구한 희생자임을 한눈에 알아보았다. 그는 암흑가에 대해서는 거의 아는 것이 없었지만 우리가 닥칠 상황에 대해 가능한 온갖 정보를 줄 수 있는 유용한 인물이었다. 그는 우리에게 자신이 14년 간 겪었던 섬 생활에 대해 들려주었다. 이를테면, 섬에서 그를 키워준 보모가 일명 '황금의 머리'라는 별명을 갖고 있던 파리의 한 매춘부를 둘러싸고 파리의 두 건달패가 칼싸움을 벌였던 사건으로 중형을 선고받은 유명한 죄수였다는 사실을 알려주었다.

그가 우리에게 해준 귀중한 조언에 따르면, 섬에서는 탈출이 불가능하니 그랑테르에서 해야 했다. 그리고 위험인물 명단에 올라서는 절대 안 된다고 했다. 그렇게 되면 우리의 목적지인 생 로랑 뒤 마로니에 도착하자마자 평가 정도에 따라 일시적으로나 혹은 평생 동안 감금된다는 것이었다. 일반적으로 호송된 죄수 100명 중 적어도 다섯 명은 섬에 감금되고 나머지는 그랑테르에 남는다고 했다. 섬들은 그나마 건강에는 좋겠지만, 전에 드가가 해준 말대로라면 그랑테르는 갖가지 질병이나 다양한 형태의 돌연사, 살해 등으로 죄수들을 차츰차츰 말려 죽이는 빌어먹을 곳이었다.

드가와 나는 섬에 갇히지 않기를 바랐다. 그런데 한 가지가 마음에 걸렸다. 혹시 내가 위험인물로 평가받았으면 어쩌지? 내가 받은 무기징역형에다가 트리부야르 사건과 소장 사건이면 충분히 가능한 얘기였다!

어느 날 한 가지 소문이 돌았다. 어떤 핑계를 대더라도 절대 의무실에 가지 말라는 얘기였다. 여행을 하기에 몸이 지나치게 약하거나 많이 아픈 사람들을 그곳에서 독살한다는 것이었다. 분명 유언비어였을 것이다. 파리 출신인 프랑시스 라 파스는 그 말이 허풍이라고 확신했다. 실제로 독을 먹은 사람이 있긴 했지만. 의무실에서 일하는 그의 동생이 실제 일어났던 일에 대해 들려주었다고 했다.

독을 먹고 자살한 사내는 금고털이 전문범이었는데 전시에 프랑스인들을 돕기 위해서 독일과 제네바, 로잔 대사관을 털었다고 했다. 대단히 중요한 문서들을 훔쳐서 프랑스 요원들에게 넘긴 것이다. 그 일을 시키기 위해서 경찰들은 5년형을 선고받았던 그를 감옥에서 꺼냈다. 그리고 그는 1920년부터 일년에 한두 차례 활동을 하고 평온하게 살았다. 체포될 때마다 정보부에 적당히 협박을 하면 서둘러 나서서 도와주었다. 그런데 이번에는 그게 통하지 않았다. 그는 20년형을 선고받고 우리와 함께 출발할 예정이었다. 그는 아픈 척을 하고 의무실에 들어갔다. 어디까지나 프랑시스 라 파스의 동생 말에 따르면, 시안화물 알약 하나로 일은 끝이 났다. 금고들과 정보부는 편안히 잠들 수 있게 되었다.

그 뜰에는 이야기가 무성했다. 그 중 어떤 이야기는 사실이었고, 어떤 이야기는 거짓이었다. 어찌되었든 그 이야기들을 듣노라면 시간이 잘 흘러갔다.

뜰에서나 감방 안에서나 내가 화장실에 갈 때면 반드시 드가가 함께 가주어야 했다. 내가 일을 보는 동안 그가 내 앞에 서서 호기심에 찬 시선으로부터 가려주었다. '계획'이 하나만 있어도 사건인데 갈가니가 점점 몸이 안 좋아지는 통에 나는 늘 두 개씩이 갖고 있었다. 그런데 거기에서 의문이 생겼다. 나중에 넣은 것이 늘 나중에 나왔고, 먼저 넣은 것이 늘 먼저 나왔던 것이다. 그것들이 내 뱃속에서 어떻게 방향을 바꾸는지는 알 수가 없었지만 어쨌든 그랬다.

어제는 이발소에서 클루지오가 면도를 하다가 살해될 뻔한 일이 있었다. 심장에 칼 두 개가 꽂혔다. 그래도 기적적으로 죽지는 않았다. 그의 친구 하나를 통해 나는 사건의 전모를 알게 되었다. 그 특이한 이야기는 나중에 기회가 되면 들려주겠다. 그 암살 시도는 일종의 빚 청산이었다. 일을 망친 사람은 그로부터 6년 후에 카옌에서 중크롬산염 칼륨이 든 렌즈콩을 삼키고 끔찍하게 고통받으며 죽었다. 부검에서 의사를 보조했던 의무병은 우리에게 장 끝부분 10여 센티미터를 가져다주었다. 거기에는 구멍이 열일곱 개나 나 있었다. 두 달 후에 그의 암살자는 침상에서 목이 매달린 채로 발견되었다. 누가 한 짓인지는 결코 알 수 없었다.

우리가 생 마르탱 드 레에 온 지도 이제 열이틀이 지났다. 요새는 죄수들로 가득했다. 밤낮으로 보초병들이 순찰로에서 보초를 섰다.

샤워실에서 두 형제들 간에 싸움이 벌어졌다. 그들은 마치 개들처럼 엉겨붙어 싸우다가 둘 중 하나가 우리 감방에 들어왔다. 그의 이름은 앙드레 바야르였다. 그가 말하길, 그건 행정부의 실수였기 때문에 자신에게 벌을 줄 수가 없다고 했다. 간수들은 무슨 일이 있어도 두 형제가 서로 마주치는 일이 없도록 하라는 명령을 받았기 때문이었다. 형제의 사연을 들으면 그 까닭을 이해하게 된다.

앙드레는 연금을 받아 생활하던 노파 한 명을 살해했고, 그의 동생 에밀이 노파의 재산을 숨겼다. 에밀은 강도죄로 3년형을 받았다. 어느 날 지하 감방에 다른 죄수들과 함께 갇혀 있던 에밀은 담뱃값도 제대로 보내주지 않은 형이 원망스러운 마음에 동료들에게 노파를 죽인 것은 형이고 자신은 돈만 감추었을 뿐이라고 모든 것을 털어놓았다. 죄수 한 명이 형무소 소장에게 가서 자신이 들은 내용을 그대로 고해바쳤다. 결국 앙드레도 체포되었고 두 형제 모두 사형을 선고받았다. 상테 감옥의 사형수 구역에서 그들은 나란히 붙은 독방을 썼다. 형제는 각자 특사청원을 했다. 에밀의 청원은 나흘째에 받아들여졌지만, 앙드레는 기각되었다. 그렇지만 에밀은 앙드레에 대한 연민 때문에 사형수 구역에 남았다. 두 형제는 매일 발목에 사슬을 매단 채 줄지어 함께 산책을 했다.

46일째 되던 날 4시 30분에 앙드레의 감방 문이 열렸다. 소장과 간수장, 검찰관이 문 앞에 서 있었다. 사형집행일이었던 것이다. 소장이 무어라 말을 하려는 순간에 그의 변호사가 다른 한 명과 함께 달려와 검찰관에게 서류 한 장을 내밀었다. 모두들 복도로 다시 나왔다. 앙드레는 너무 긴장한 나머지 목이 조여와 침도 못 삼킬 지경이었다. 한 번도 사형집행이 중단된 적은 없었다. 그런데 그런 일이 일어났다. 불안한 마음으로 하루를 꼬박 지내고 그 다음날이 되어서야 변호사가 와서 사형집행 예정일 전날에 두메르 대통령이 고르겔로프에게 암살되었다는 소식을 들려주었다. 그러나 두메르 대통령은 그 자리에서 즉사하지는 않았다. 변호사는 만일 대통령이 사형집행 시간(4시 반에서 5시 사이) 전에 사망한다면 행정부 수반의 공석을 이유로 집행 연기를 신청할 수 있다는 사실을 알고 밤새 병원 앞을 지켰다. 두메르는 4시 20분에 사망했다. 변호사는 허겁지겁 이 사실을 법무부에 알리고 집행유예 명령 전달자와 함께 택시에 뛰어올랐다. 두 형제의 형벌은 무기징역형으로 감형되었다. 새 대통령이 선출되던 날 변호사는 베르사유에 들렀고, 알베르 르브룅이 선출되자 그에게 특사청원서를 제출했다. 실제로 대통령이 선출되고 받은 첫 특사청원을 거절하는 법은 없었다.

"르브룅 대통령이 승인을 해서 난 지금 이렇게 무사히 기아나로 가고 있는 거야."

앙드레는 그렇게 이야기를 마쳤다. 나는 운 좋게 단두대를 벗어난 앙드레를 바라보면서 내가 그동안 아무리 괴로웠다 한들 앙드레가 겪은 고난에는 비할 바가 아니라고 생각했다.

그래도 앙드레와는 절대 어울리지 않았다. 돈 몇 푼 훔치자고 가없은 노파를 죽였다고 생각하니 역겨웠던 것이다. 한참 후에 생 조제프에서 앙드레는 자기 동생을 살해했다. 여러 도형수들이 그 장면을 목격했다. 에밀은 암초 위에 서서 낚시에 몰두하고 있었다. 요란한 파도 소리가 주위의 다른 소음을 모두 삼켜 형이 뒤에서 다가오는 소리를 듣지 못했다. 앙드레는 손에 3미터는 족히 되는 커다란 대나무를 들고 등뒤에서 동생을 힘껏 떠밀었다. 그 주변은 상어 떼가 들끓는 곳이어서 에밀은 순식간에 상어 밥이 되고 말았다. 저녁 점호 시간에 에밀의 모습이 보이지 않자 탈출을 시도하다 죽은 것으로 간주되었다. 아무도 그 일에 대해서 이야기하지 않았다. 섬의 높은 곳에서 코코넛을 줍던 죄수 너댓 명만 그 장면을 목격했을 뿐이었다. 물론 간수들을 제외한 모두가 사실을 알고 있었지만 앙드레 바야르가 불안해할 일은 전혀 없었다.

그는 '모범적인 행동'으로 구금 상태에서 풀려나 생 로랑 뒤 마로니의 작은 감방에서 편안히 지냈다. 그러던 어느 날 그는 악랄하게도 일부러 다른 도형수에게 시비를 걸어 자신의 감방으로 쳐들어오게 유도한 다음 가슴 한복판을 칼로 찔러 죽였다. 그럼에도 그의 행동은 정당방위로 인정되어 무죄를 선고받았다. 도형지가 폐지될 때 여전히 '모범적인 행동'을 인정받던 그는 사면되었다.

생 마르탱 드 레는 죄수들로 득실거렸다. 그곳에는 두 부류의 죄수가 있었다. 단순히 징역살이를 하는 800명에서 1,000명 가량의 도형수들과 유형에 처해진 900명쯤 되는 유형수들이 서로 달랐다. 도형수들의 경우는 뭔가 심각한 범죄를 저지른 사람들이었다. 형벌은 7년 징역형에서 무기징역형까지 다양했다. 사형에서 감형되면 자동적으로 무기징역이 되었다. 그런데 유형수들은 좀 달랐다. 세 번에서 일곱 번의 유죄 판결을 받으면 유형수가 된다. 사실 그들 모두가 도저히 구제할 길 없는 도둑들이어서 우리는 왜 사회가 그들로부터 일반인들을 보호해야 하는지 이해할 수 있다. 어찌되었든 문명인에게 그런 특별한 형벌을 가한다는 것은 수치스러운 일이다. 서툴게 좀도둑질을 하다가 여러 번 붙잡혀서 유형수가 되는 이들도 있었다. 그 시절에는 평생 도둑질을 해봐야 1만 프랑도 훔치지 못하는 이들이 무기징역형까지 받는 경우도 있었다. 그거야말로 프랑스 문명의 가장 큰 난센스가 아닐 수 없다. 국민은 복수를 할 권리도 없고, 사회에 말썽을 일으키는 사람들을 신속하게 제거할 방법도 없다. 그런 사람들이야말로 그렇게 비인간적인 방법으로 치료해야 하는 대상인데도 말이다.

우리가 생 마르탱 드 레에 온 지도 17일이 되었다. 우리를 도형지로 싣고 갈 배의 이름은 '라 마르티니에르' 호였다. 그 배는 1,890명의 죄수들을 싣고 가게 될 것이다. 800명이나 900명의 죄수들은 그날 아침 요새 뜰에 모였다. 거의 한 시간 전부터 우리는 장방형의 뜰 안을 가득 메우고 열 명씩 줄지어 서 있었다. 문이 열리자 우리가 익숙히 보아왔던 간수들과는 다른 차림을 한 사내들이 나타났다. 그들은 군대식의 하늘색 제복을 입고 있었다. 헌병이나 군인과도 달랐다. 다들 커다란 벨트에 권총집을 매달고 있었다. 총의 개머리판이 보였다. 대략 80명쯤 되는 듯했다. 일부는 견장을 달고 있었다. 연령층은 서른다섯쯤에서 쉰 살까지 다양해 보였지만 하나같이 햇볕에 그을린 피부를 갖고 있었다. 나이 든 사람들은 거만하게 가슴을 내밀고 있는 젊은이들보다 호의적으로 보였다. 그 사내들의 지휘관은 생 마르탱 드 레의 형무소장과 헌병 대령, 식민지 부대 병사 차림새를 한 서너 명의 군의관 그리고 두 명의 흰 겉옷을 입은 신부들과 함께 왔다. 헌병 대령은 확성기를 입에 대고 말했다. 우리는 당연히 '차려'라는 말을 기다렸다. 그가 소리쳤다.

"잘 들어라. 이 시간부터 너희는 프랑스령 기아나의 형사 행정권을 대변하는 법무부 관리들의 관할로 넘겨진다."

이어서 그는 소장을 보고 말했다.

"소장님, 당신에게 여기 있는 816명의 죄수들을 넘깁니다. 여기 그 명단입니다. 전원 있는지 확인하십시오."

즉시 점호가 시작되었고 두 시간이나 걸려서 끝이 났다. 이어서 두 지휘관들이 임시로 준비된 작은 탁자에 앉아서 서로 서명을 주고받았다. 대령만큼이나 견장을 많이 달았지만 은색이 아닌 금색 견장을 단 바로 소장이 확성기를 넘겨받았다.

"호송자들, 너희들은 이제부터 그 호칭으로만 불릴 것이다. 호송자 아무개 혹은 너희들이 받은 번호에 따라 호송자 몇 번이라고 불릴 것이다. 지금부터 너희들은 도형지의 특별법과 규칙을 따를 것이며 내부 재판소에서 때에 따라 너희에 대해서 필요하다고 생각되는 결정을 내릴 것이다. 이 자치재판소는 너희가 도형지에서 저지르는 잘못에 따라 단순한 감방형에서부터 사형까지 다르게 처벌할 수도 있다. 물론 그 징계는 행정권 관할에 있는 그 어떤 장소에서도 적용된다. 너희들 정면에 보이는 관리들은 교도관님이라고 불러라. 식사 후에는 각자 죄수복이 담긴 해군 가방 하나씩을 받게 될 거다. 모든 것은 예정대로 진행된다. 내일 너희는 '라 마르티니에르' 호에 승선한다. 우리는 함께 여행을 하게 될 것이다. 떠난다고 섭섭해할 것 없다. 프랑스에 갇혀 있는 것보다는 도형지에서 지내는 것이 훨씬 나을 것이다. 너희들은 말을 할 수도 있고 놀 수도, 노래를 부를 수도, 담배를 피울 수도 있다. 너희가 처신만 잘 하면 학대받을 일은 없으니 염려할 것 없다. 혹시 개인적으로 남들과 다른 점이 있더라도 도형지에 도착할 때까지는 참기 바란다. 여행 중의 규율은 매우 엄격하게 지켜져야 하므로 충분히 납득하리라 믿는다. 혹시 몸 상태가 여행하기에 좋지 않다고 생각되는 사람이 있다면 의무실로 가라. 호송선에 동승할 군의관들이 진찰해줄 것이다. 여행 잘 하길 바란다."

그렇게 의식은 끝이 났다.

"어떤 것 같아요, 드가?"

"이보게 빠삐용, 우리가 극복해야 할 가장 큰 위험은 다른 도형수들이라고 했던 내 말이 맞는 것 같군. 소장이 그랬잖아. '남들과 다른 점이 있더라도 도형지에 도착할 때까지 참아라.' 그건 의미심장한 말이라고. 분명 살인 사건도 많이 일어날 거야!"

"너무 그러지 말고 날 믿어요."

나는 프랑시스 라 파스를 찾아서 이렇게 말했다.

"네 동생이 아직도 의무병이야?"

"응, 그 녀석은 유형수거든."

"최대한 빨리 동생에게 연락해서 메스 하나 구해봐. 돈을 내라고 하거든 얼마든지 줄게."

두 시간 뒤 나는 아주 단단한 강철 손잡이가 달린 메스 하나를 손에 넣었다. 한 가지 흠이 있다면 조금 크다는 것이었지만, 그래도 그만하면 무시무시한 무기였다.

나는 뜰 중앙의 화장실 근처에 앉아서 갈가니를 찾아 그에게 그의 '계획'을 돌려주려고 했지만 800명이 우글대는 드넓은 뜰에서 그를 찾기는 쉽지 않을 듯했다. 그곳에 도착한 이후로 쥘로도, 기투도, 쉬지니도 눈에 띄지 않았다.

단체 생활의 이점은 새로운 사회에 소속되어 살면서 대화를 나눈다는 점이다. 그것도 사회라고 부를 수만 있다면. 그곳에서는 채 생각할 겨를이 없을 정도로 할 말도, 들을 말도, 할 일도 많았다. 지난 과거가 얼마나 흐릿해졌고 일상 생활에 비해 부차적인 자리로 밀려났는지 문득 깨달았다. 아마도 도형지에 도착한 다음에는 탈출해야겠다는 일념에 사로잡혀 우리가 누구였는지, 어쩌다가 그곳까지 떠밀려 오게 되었는지 죄다 잊고 말 것이라는 생각이 들었다. 그러나 그건 틀린 생각이었다. 가장 중요하고 열중해야 할 일은 무엇보다도 살아남는 것이었기 때문이다. 형사들, 판사들, 중죄재판소, 사법관들, 내 아내, 아버지, 친구들은 어디 있을까? 그들은 분명 내 가슴 속에 제각각 살아서 숨쉬고 있지만 떠난다는 흥분, 낯선 곳에 뛰어든다는 긴장감, 저마다 다른 사람들과 새로 맺게 될 우정에 들떠서 전처럼 중요하게 여겨지지 않았다.

갈가니가 사람들의 손에 이끌려 내게로 왔다. 그는 두툼한 안경을 썼음에도 앞을 잘 볼 수 없었다. 그래도 상태는 좋아 보였다. 그는 아무 말 없이 다가와 내 손을 잡았다. 내가 말했다.

"이제 네 '계획'을 돌려주고 싶어. 네 상태도 좋아졌으니 직접 갖고 다닐 수 있잖아. 내가 여행하면서까지 갖고 다니기에는 너무 책임이 무거운 데다가 또 누가 보장하겠어. 우리가 서로 떨어지지 않고 도형지에서도 자주 만날 수 있을지? 그러니까 이제 네가 가져가는 게 좋겠어."

갈가니는 불쌍한 표정을 지으며 나를 쳐다보았다.

"자, 화장실로 가자. 네 '계획'을 돌려줄게."

"그러고 싶지 않아. 네가 가져. 그냥 줄게. 나는 이제 필요없어. 전부 네 거야."

"왜 그러는데?"

"'계획' 때문에 죽고 싶진 않아. 돈 때문에 죽느니 차라리 돈 한 푼 없이 사는 게 낫겠어. 그리고 내 돈을 지키느라고 네 목숨이 위험해지는 건 말도 안 되는 일이니까 그냥 네가 가져. 그럼 적어도 너 자신을 위해서 위험을 무릅쓰는 셈이잖아."

"겁나는군 갈가니. 누가 협박했어? 누가 돈이 있는지 의심하든?"

"응. 아랍인 세 놈이 계속 뒤를 밟고 있어. 그래서 널 만나러 한 번도 못 왔던 거야. 우리가 만나는 걸 의심받지 않으려고. 밤이고 낮이고 내가 화장실에 갈 때마다 세 놈 중 하나가 꼭 날 바짝 따라붙어. 돈이 없는 척하려고 일부러 아무것도 없다는 걸 보여줬는데도 계속 감시하고 있어. 누군가 다른 사람이 내 '계획'을 갖고 있다고 생각하는 모양인데, 그게 누군지 모르니까 다시 내 수중에 돌아올 때를 노리고 계속 따라다니고 있어."

갈가니를 보노라니 그가 정말 겁에 질려 있다는 사실이 전해졌다.

"그놈들이 자주 가는 데가 어디야?"

"주방 쪽하고 세탁장 쪽."

"좋아, 넌 여기 있어. 갔다올게. 아니야, 나하고 같이 가자."

나는 모자 속에서 메스를 꺼내서 칼날이 오른쪽 소매 속에 감추어지도록 자루를 잡았다. 그곳에 도착하니 아랍인들이 보였다. 전부 네 명이 있었다. 아랍인 세 명하고 지랑도라고 불리는 코르시카 출신 한 명이었다. 나는 그 즉시 모든 걸 알아차렸다. 암흑가 출신들에게 따돌림을 받던 그 코르시카 녀석이 아랍 놈들에게 말을 퍼뜨린 것이다. 그는 갈가니가 파스칼 마트라의 매부이니 돈을 갖고 있는 게 틀림없다고 생각했던 모양이다.

"어이, 모크란, 잘 지내?"

"그래, 빠삐용. 넌 어때?"

"그저 그래. 너희들에게 갈가니가 내 친구라는 걸 보여주려고 왔어. 갈가니에게 무슨 일이 생기면 제일 먼저 지랑도 너부터 당할 줄 알아. 나머지는 그 다음이고. 알아서들 하라고."

모크란이 자리에서 일어섰다. 그도 나만큼이나 키가 컸다. 키가 대충 1미터 75센티는 되는 것 같았고 체격도 좋았다. 내 말에 자극을 받은 그가 한 판 붙을 태세를 보이기에 나는 얼른 새것처럼 번쩍이는 메스를 꺼내어 움켜쥐고 말했다.

"움직이기만 해봐, 개죽음 당할 테니까."

끊임없이 수색을 당하는 곳에서 내가 손에 무기를 들고 있는 모습을 본 놈들은 당황한 데다가 내 기세와 무기의 길이에 놀랐는지 이렇게 얼버무렸다.

"싸우자는 게 아니라 얘기나 좀 하자고."

사실이 아니라는 걸 알았지만 친구들 앞에서 체면을 살려주는 편이 이롭겠다 싶어서 그에게 편히 나갈 수 있는 출구를 열어주었다.

"좋아. 얘기나 하자고 일어섰다니……."

"갈가니가 네 친구인 줄은 몰랐어. 그냥 풋내기인 줄로만 알았지. 너도 알지, 빠삐용. 이곳에서 탈출하려면 어떻게든 돈을 구해야 하잖아."

"그야 당연하지. 모크란, 너는 목숨을 걸고 싸울 권리가 있어. 단, 여기는 금지된 영역이야. 딴 데 가서 알아보라고."

그는 내게 손을 내밀었고, 나는 그 손을 잡았다. 맙소사! 하마터면 큰일날 뻔했다. 녀석을 죽였더라면 나도 내일 떠나지 못할 뻔했다. 내가 실수를 했다는 건 조금 더 시간이 흐르고 나서야 깨달았다. 갈가니는 나와 함께 돌아왔다. 나는 그에게 말했다.

"이 일에 대해서 아무에게도 말하지 마. 드가한테 욕먹고 싶지 않으니까."

나는 갈가니에게 '계획'을 가져가라고 설득하려 했지만 그는 이렇게 말했다.

"내일, 떠나기 전에."

그런데 정작 다음날이 되자 그가 숨어버려서 나는 할 수 없이 '계획' 두 개를 모두 지니고 승선해야 했다.

그날 밤, 열한 명이 함께 지내는 우리 감방에서는 어느 누구도 입을 열지 않았다. 다들 그날이 프랑스 땅에서 보내는 마지막 날이라는 생각을 하고 있었던 것이다. 우리들 각자는 영원히 프랑스를 등지고 마치 운명처럼 낯선 체제, 낯선 땅으로 가야 한다는 사실에 이미 향수를 느끼고 있었다. 드가도 아무 말 하지 않았다. 그는 바깥 공기가 조금 들어오는 복도 쪽 철창 문 근처에 나와 함께 나란히 앉아 있었다. 나도 그야말로 갈피를 잃은 기분이었다. 우리가 처할 상황에 대해 그동안 모은 정보들이 워낙 서로 달라서 슬프든 절망스럽든 참아야 한다고 생각했다.

감방 안에서 우리를 둘러싼 사람들은 모두 암흑가 사내들이었다. 그 세계 출신이 아닌 사람은 도형지에서 태어난 어린 코르시카인뿐이었다. 사람들은 모두 무력한 상태였다. 그 순간의 진지함과 중대성이 그들을 침묵하게 만들었다. 감방 밖으로 새어나가는 담배 연기가 마치 구름처럼 뿌옇게 복도에 깔렸다. 눈이 따가운 게 싫으면 그 연기 구름보다 몸을 낮춰 앉아야 했다.

내 지난 인생이 마치 영화처럼 눈앞을 빠르게 스쳐 지나갔다. 화목한 가정에서 훌륭한 가르침과 예절 교육을 받으면서 자라던 어린 시절, 들판에 핀 꽃들, 갈대 스치는 소리, 우리집 마당에 수북이 열리던 호두와 복숭아 그리고 자두의 맛, 봄만 되면 대문 앞에 활짝 피던 미모사의 향기, 내 가족의 특별한 움직임들로 가득한 실내와 집 주변. 그 모든 것들이 주마등처럼 눈앞을 스쳤다. 나를 무척이나 사랑하셨던 가엾은 어머니의 목소리와 늘 다정하고 자상하셨던 아버지의 목소리, 아버지의 사냥개 클라라가 마당에서 함께 놀자고 나를 부르며 짖는 소리, 내 인생에서 가장 아름다웠던 어린 시절에 함께 놀던 친구들의 목소리가 들렸다. 마치 굳이 보려고 마음먹지 않아도 저절로 눈에 들어오는 영화 같았다. 나의 의지와 무관하게 돌아가는 마법의 영사기가 투사한 그 영화는 미지의 삶에 뛰어들기 위해 기다리는 그날 밤을 뭉클한 감동으로 채워주었다.

현실을 명확히 점검할 시간이었다. 나는 스물여섯 살, 신체 건강하고, 내 몫으로 5,600프랑과 갈가니 몫으로 2만 5,000프랑을 뱃속에 넣고 있었다. 내 옆에 있는 드가는 1만 프랑을 갖고 있었다. 4만 프랑에 의지해도 좋을 것 같았다. 갈가니가 이곳에서 그런 거액을 지킬 능력이 없다면 배에 올라서나 기아나에 가서도 역시 그럴 능력은 없을 테니까. 게다가 그 역시 그 사실을 알고 있기에 자신의 '계획'을 찾으러 오지 않은 것이다. 결국 나는 그 돈에 기댈 수 있는 셈이다. 물론 갈가니를 데려가는 조건으로. 그 돈은 원래 그의 몫이니까. 4만 프랑이라는 돈은 꽤 많은 액수이니 죄수들과 간수들 중에서 쉽게 공모자를 매수할 수 있을 것이다.

점검 결과는 일단 긍정적이었다. 도착하자마자 드가, 갈가니와 함께 탈출해야 한다. 그것만이 내가 몰두할 유일한 주제였다. 나는 메스의 차가운 강철 손잡이를 만지작거리며 흡족해했다. 그렇게 무시무시한 무기를 갖고 있다는 사실에 안심이 되었다. 이미 아랍인들 사건에서 그 위력을 확인하지 않았던가. 새벽 3시쯤, 우리 감방밖에는 커다란 꼬리표가 하나씩 붙어 있는 열한 개의 불룩한 해군 가방이 줄지어 놓였다. 그 중 하나에는 이렇게 적혀 있었다. 'C—피에르, 30세, 1미터 73센티, 사이즈 42, 신발 사이즈 41, 번호 X…….' 그 피에로는 파리에서 스무 살에 살인죄로 강제징역형을 선고받은 보르도 출신의 피에르 르 푸였다.

그는 나도 잘 아는 암흑가 출신의 정직하고 올바르고 용감한 사내였다. 꼬리표는 도형지를 다스리는 그 행정권이 얼마나 세심하고 꼼꼼하게 조직되어 있는지 깨닫게 해주었다. 이곳에서는 모든 것이 등록되어 누구나 자신의 사이즈에 맞는 의류를 받게 되는 것이다. 가방의 제일 위에 있는 작업복 끝자락을 보고 옷이 붉은색 수직 줄무늬가 있는 흰색이라는 사실을 알았다. 그런 차림새로는 눈에 띄지 않을 수가 없을 것이다.

나는 열심히 중죄재판소, 판사들, 검사 등의 이미지를 떠올리려고 노력했다. 그런데 머리가 말을 듣질 않아 어렴풋한 윤곽밖에는 떠오르지 않았다. 그제야 난 콩시에르주리나 볼리외의 장면들을 당시에 겪었던 그대로 생생하게 떠올리려면 반드시 혼자 있어야만 한다는 사실을 깨달았다. 그 사실을 깨닫고 나자 마음이 가벼워지면서 앞으로 내가 겪을 단체 생활에서는 다른 욕구들, 다른 반응들, 다른 계획들이 필요하리라고 생각했다.

피에르 르 푸가 철창 쪽으로 다가와서 내게 말했다.

"괜찮아, 빠삐?"

"넌?"

"좋아. 난 항상 미국에 가는 꿈을 꾸었는데 도박하느라고 여행 갈 돈을 모으지 못했어. 그래서 형사 놈들이 나한테 이렇게 공짜 여행을 시켜주려고 했나봐. 뭐, 괜찮아. 나쁠 것 없지, 안 그래 빠삐?"

그는 아무렇지 않게 말했다. 진심인 것 같았다. 그가 진심으로 스스로에 대해서 확신을 갖고 있는 것이 느껴졌다.

"이 공짜 미국 여행에는 확실히 좋은 점이 있어. 난 프랑스에 갇혀서 15년이나 때우느니 차라리 도형지에 가는 게 더 좋아."

"최종 결과를 생각해야지 피에르. 안 그래? 어쨌든 내 생각에도 감방에서 미치든지 프랑스 어느 지하 감방에서 비참한 상태로 죽는

게 문둥병이나 황열병에 걸려 죽는 것보다 더 끔찍한 것 같아."

"나도 그렇게 생각해."

"봐, 피에르. 이 꼬리표는 자네 거야."

그는 몸을 숙여 유심히 들여다보면서 소리내어 읽었다.

"이 옷을 빨리 입고 싶군. 당장 가방을 열어서 입고 싶어. 그래도 아무도 뭐라고 안 하겠지. 어차피 내 거잖아."

"그만둬. 지금 말썽 일으키면 안 돼. 난 조용히 있고 싶다고."

그도 이해하고 제자리로 돌아갔다. 드가가 날 바라보며 말했다.

"이봐, 오늘이 마지막 밤이야. 내일이면 우리의 아름다운 조국에서 멀어질 거라고."

"그놈의 우리 아름다운 조국에는 아름다운 정의감은 없는 것 같아요, 드가. 우리나라보다 아름다운 나라는 없을지 몰라도 적어도 잘못을 저지른 사람들을 더 인간적으로 다루는 나라는 많을걸요."

내 말이 맞는지는 모르겠지만 살다보면 알게 될 것이다. 그리고 다시 침묵이 이어졌다.

도형지로 출발

6시에 잠에서 깼다. 죄수들이 우리에게 커피를 가져다주었고, 곧이어 간수 넷이 들어왔다. 오늘은 흰 옷 차림이었고, 여전히 한쪽에 권총을 차고 있었다. 그들이 입은 흠잡을 데 없이 새하얀 긴 웃옷의 단추들은 금색이었다. 한 사람은 왼쪽 소매에 V자 모양의 금빛 계급장을 세 개나 달고 있었는데 어깨에는 하나도 없었다.

"호송자들은 둘씩 짝을 지어 복도로 나간다. 가방에 이름표가 있으니 각자 자기 가방을 찾아라. 가방을 무릎 앞으로 들고 복도 쪽을 향해 벽에 붙어 서라."

모두가 가방을 앞에 들고 정렬하는 데까지 20여 분이 걸렸다.

"옷을 벗고 옷가지를 한데 모아 상의 속에 담아서 소매로 묶어라……. 좋다. 거기, 너. 꾸러미를 모아서 감방 안에 넣어둬……. 이제 새 옷을 입는다. 팬티, 내의, 줄무늬 바지, 셔츠, 신발과 양말……. 다 입었나?"

"네, 교도관님."

"좋다. 비가 오거나 추울 때를 대비해서 스웨터는 가방 바깥쪽에 넣는다. 가방을 왼쪽 어깨에 메라! 2열 종대로 나를 따라와라."

하사관이 양 옆에 한 사람씩 거느린 채 앞장을 서고, 네 번째 간수가 맨 끝에 섰다. 그러고는 뜰로 향했다. 두 시간 만에 810명의 죄수들이 정렬했다. 나와 드가, 탈주 전과가 있는 쥘로와 갈가니 그리고 상티니를 포함한 마흔 명이 호명되었다. 그 마흔 명은 열 명씩 줄을 지었다. 각 줄의 맨 앞에는 간수 한 명이 옆에 섰다. 사슬도, 수갑도 없었다. 우리 앞 3미터 정도 떨어진 곳에서는 헌병 열 명이 뒷걸음으로 걸었다. 그들은 우리를 주시하면서 한 손에는 소총을 들고 각자 옆에서 다른 헌병이 멜빵을 잡아당기며 인도를 해주는 식으로 걸었다.

요새의 정문이 열리고 행렬이 서서히 전진하기 시작했다. 요새 밖으로 나가자 한 손에 소총이나 경기관총을 든 헌병들이 호송대에 합류해서 약 2미터 정도 떨어져 뒤를 따랐다. 그들은 도형지로 떠나는 우리 모습을 보기 위해 몰려든, 호기심에 찬 구경꾼들을 제지

했다. 가는 도중에 어느 집 창가에서 가벼운 휘파람 소리가 들렸다. 고개를 들어보니 아내 네네트와 오랜 친구 앙투안 D가 창가에 매달린 모습이 보였다. 다른 창가에서 드가의 아내 폴라와 그의 친구 앙투안 질레티의 모습도 보였다. 드가도 그들을 보았고, 우리는 최대한 오래 그 창에서 눈을 떼지 않은 채 걸었다. 그것이 아내를 마지막으로 본 것이었다. 친구 앙투안 역시 후에 마르세유 폭격 때 죽어 다시는 만날 수 없었다. 아무도 말을 하지 않고 침묵을 지켰다. 죄수도, 간수도, 헌병도, 군중도 그 비통한 침묵을 깨지 못했다. 모두들 그 1,800명의 사내들이 평범한 삶을 영원히 뒤로한 채 멀어진다는 사실을 알고 있었다.

우리는 배에 올랐다. 제일 앞에 서 있던 우리 마흔 명은 배 밑창으로 끌려가 굵은 창살로 막힌 우리 안에 갇혔다. 창살에는 판자 하나가 붙어 있었다. 거기에는 이렇게 쓰여 있었다. '1번 방. 특별한 부류 40명. 지속적으로 엄중 감시할 것.'

우리는 각자 둘둘 말린 해먹 하나씩을 받았다. 거기에는 해먹을 걸 만한 고리가 잔뜩 있었다. 갑자기 누군가 나를 얼싸안았다. 쥘로였다. 그는 10년 전에 이미 여행을 해본 터라 뭘 어떻게 하는지 잘 알았다. 그가 말했다.

"빨리 이리 와. 네 가방을 해먹 매달 고리에 걸어놔. 이쪽에는 닫힌 현창 두 개가 가까이 있어. 그래도 바다에 나가면 창이 열려서 우리 안의 다른 곳보다 훨씬 숨쉬기가 편해."

난 그에게 드가를 소개했다. 우리가 한참 이야기를 나누는데 한 사내가 다가왔다. 쥘로는 팔을 들어 그를 가로막고 말했다.

"살아서 도착하고 싶거든 이쪽으로는 절대 오지 마. 알겠어?"

"알았어."

"왠지 알아?"

"알아."

"그럼 꺼져."

사내는 다시 갔다. 드가는 그 세력 과시에 기분이 좋아졌다.

"자네들 둘만 있으면 맘 편히 잘 수 있겠군."

쥘로가 말했다.

"우리와 함께 있으면 당신은 창문 열린 해변 빌라에 있는 것보다 더 안전할걸요."

여행은 18일이 걸렸다. 그동안 딱 한 번의 사고가 있었다. 어느 날 밤, 커다란 비명 소리에 모두들 잠에서 깼다. 사내 하나가 양 어깨 사이에 커다란 칼이 꽂힌 채 죽어 있었다. 그 칼은 해먹을 뚫고 밑에서 위로 꽂혔다. 길이 20센티미터가 넘는 무시무시한 무기였다. 그 즉시 서른 명 가까운 간수들이 소총이나 경기관총을 우리에게 들이대면서 소리쳤다.

"모두 옷 벗어, 빨리!"

전부 옷을 벗었다. 나는 몸수색을 당하리라는 것을 알아챘다. 그래서 얼른 메스를 오른발 밑에 감추고 발이 다치지 않도록 오른쪽보다 왼쪽 다리에 더 힘을 주고 서 있었다. 간수 넷이 안으로 들어와 옷가지와 신발을 뒤지기 시작했다. 들어오기 전에 그들은 무기를 내려놓고 철창문을 닫았지만 밖에서는 여전히 다른 간수들이 총을 겨눈 채 우리를 주시하고 있었다.

"제일 먼저 움직이는 놈은 죽는다."

간수장이 말했다. 그들은 수색 끝에 칼 세 자루와 날카로운 못 두 개, 코르크 마개뽑이 하나, 금궤 하나를 찾아냈다. 여섯 명이 여전히 벌거벗은 채 갑판으로 호출되었다. 바로 소장이 군의관 두 명과 선장을 대동하고 도착했다. 간수들이 철창 밖으로 나가자 명령을 기다리지 않고 모두 옷을 입었다. 나는 메스를 다시 숨겼다.

간수들은 갑판 뒤쪽으로 물러섰다. 소장이 한가운데에 섰고, 나머지는 계단 옆에 서 있었다. 여섯 명은 알몸으로 차렷 자세를 한 채 그들 앞에 줄지어 서 있었다.

"이건 이놈 겁니다."

수색을 한 간수가 칼 하나를 들고 그 임자를 가리키며 말했다.

"맞습니다, 제 겁니다."

죄수가 시인하자 소장이 명령을 내렸다.

"좋다. 이놈은 엔진 위 감방에서 지내게 한다."

나머지 죄수들도 차례대로 못이나 코르크 마개뽑이, 칼 임자로 지목되었고, 모두 자신의 물건임을 인정했다. 그들 모두 여전히 발가벗은 채로 각각 두 명의 간수에게 감시를 받으며 계단을 올라갔다. 바닥에는 칼 한 자루와 금궤 하나가 남아 있었다. 이제 남은 사람은 한 명뿐이었다. 그는 스물셋이나 스물다섯 살 정도 된 젊은 청년이었다. 키는 적어도 1미터 80센티나 될 것 같았고 운동선수처럼 건장한 체격에 푸른 눈을 한 사내였다. 간수가 금궤를 내밀면서 물었다.

"이건 네 거지?"

"네, 제 겁니다."

바로 소장이 받아들고 물었다.

"이 안에 뭐가 들어 있지?"

"영국화로 300리브르 200달러 그리고 5캐럿짜리 다이아몬드 두 개입니다."

"좋아, 한번 보지."

그가 열었다. 소장이 다른 간수들에 둘러싸여 있어서 우리에게는 아무것도 보이지 않았지만 이렇게 말하는 것이 들렸다.

"맞군. 이름이 뭐지?"

"살비디아 로메오입니다."

"이탈리아인인가?"

"네, 소장님."

"이걸로는 처벌을 받지 않겠지만 칼은 문제가 다르다."

"죄송하지만 칼은 제 것이 아닙니다."

순간, 옆에 서 있던 간수가 발끈하며 그를 다그쳤다.

"웃기지 마라, 네 신발 속에서 찾았단 말이야."

"다시 말씀드리지만 칼은 제 것이 아닙니다."

"그럼 내가 거짓말을 한단 말이냐?"

"그게 아니라 잘못 아신 거겠죠."

두 사람의 대화를 가로막으며 소장이 말했다.

"그렇다면 이 칼이 누구 거냐? 네 것이 아니라면 다른 사람 것이란 말이잖아?"

"제 것이 아니라는 것밖엔 모릅니다."

"보일러실 위의 지하 감방에서 통구이가 되기 싫으면 누구 것인지 말해라."

"모릅니다."

"내 앞에서 허튼 수작 부리는 거냐? 네 신발 속에서 칼이 나왔는데 누구 건지도 모른다고? 내가 바보인 줄 알아? 네 것이거나 아니면 누가 거기에 넣었는지 알고 있겠지. 대답해."

"누구 것인지 말씀드릴 수 없습니다. 저는 밀고자가 아닙니다. 혹시 제가 여기 간수처럼 보이는 건 아니겠죠?"

"교도관, 이놈에게 수갑을 채워라. 건방지게 군 대가를 톡톡히 치르게 될 거다."

소장과 선장은 서로 이야기를 주고받았다. 선장이 부하 한 명에게 명령을 내리자 명령을 받은 부하가 위로 올라갔다. 잠시 후 브르타뉴 출신의 거인 같은 선원 한 사람이 바닷물이 가득 담긴 나무 양동이 하나와 손목 굵기의 굵은 밧줄을 들고 내려왔다. 로메오는 무릎을 꿇린 채 마지막 계단에 묶였다. 그 거인 선원은 밧줄을 양동이에 담갔다가 가엾은 로메오의 엉덩이와 허리 그리고 등을 천천히 온 힘을 다해 후려쳤다. 로메오는 엉덩이와 옆구리에서 피가 흐르는데도 이를 악물고 비명 한 번 지르지 않았다. 그 무덤 같은 침묵을 뚫고 우리 철창 한쪽에서 항변의 외침이 터져나왔다.

"나쁜 놈들!"

그 말이 끝나기가 무섭게 모두가 소리치기 시작했다.

"살인마들! 개자식들! 썩어빠진 놈들!"

그들이 협박하면 할수록 우리는 더 큰 소리로 울부짖었다. 그때 갑자기 소장이 소리쳤다.

"증기를 내라!"

바퀴가 돌아가고 수증기가 세차게 뿜어져 나오면서 우리 모두는 순식간에 바닥에 나동그라졌다. 수증기는 가슴 높이로 분출되었다.

우리는 집단적으로 공포에 사로잡혔다. 화상을 입은 사람들은 감히 신음 소리도 내지 못했다. 약 1초 정도 일어난 일임에도 모두들 겁에 질렸다.

"이젠 알았겠지, 이 돌대가리들아. 작은 말썽이라도 일으켰다가는 또 증기를 틀어주마. 알았나? 일어나!"

세 명만 심하게 화상을 입었다. 그들은 의무실로 끌려갔다. 채찍을 맞은 로메오는 우리에게 맡겨졌다. 6년 후에 그는 나와 함께 달아나다가 죽었다.

18일 간 항해를 하면서 우리는 도형지에 대한 정보를 얻었다. 쥘로가 염려했던 것 같은 일은 일어나지 않았지만 어쨌든 쥘로는 최선을 다했다. 예를 들면, 우리는 생 로랑 뒤 마로니가 바다에서 120킬로미터 떨어진 마을이고 그 바다로 흘러드는 강 이름이 마로니라는 사실을 알게 되었다. 쥘로는 우리에게 설명해주었다.

"형무소가 바로 그 마을에 있어. 도형지의 본부인 셈이지. 그곳에서 우리는 부류별로 나뉜다고. 유형수들은 거기에서도 150킬로미터 떨어진 생 장 교도소로 곧장 가게 돼. 나머지 도형수들은 세 그룹으로 나뉘고. 제일 위험한 죄수들은 도착하자마자 호명되어서 규율 구역 감방에 갇혀 있다가 살뤼 제도로 이송되지. 그리고 일시적이든 아니면 평생이든 형에 따라 그곳에 수용돼. 살뤼 제도는 생 로랑에서 150, 카옌에서 100킬로미터 떨어진 곳에 있어. 살뤼 제도에서 우리가 기억해야 할 섬은 루아얄 섬, 제일 큰 생 조제프 섬 그리고 제일 작은 디아블 섬이야. 도형수들은 아주 드문 경우가 아니면 디아블 섬에 갈 일이 없어. 그 섬에 있는 사람들은 정치범들이야. 그리고 두 번째 부류인 위험인물들은 생 로랑에서 원예 일이라든지 밭일을 하면서 지내게 돼. 일이 있을 때마다 아주 혹독한 수용소로 보내지지. 포레스티에, 샤르뱅, 카스카드, 크리크 루즈까지 42킬로미터는 죽음의 수용소라고 불려. 그 다음으로 소위 정상적인 부류가 있어. 그들은 행정부나 주방에서 일을 하거나 마을과 수용소 청소 또는 여러 작업장에서 일을 해. 공장, 목공, 그림, 철공, 전기, 매트리스 만들기, 재봉, 세탁 등등. 결국 진실의 시간은 도착 시간이야. 호명되어서 감방으로 끌려가면 제도에 수용된다는 뜻이고, 그럼 탈출의 희망은 날아가는 거지. 유일한 기회는 재빨리 몸에 상처를 내는 것뿐이야. 무릎이나 배를 째서 병원에 간 다음 거기서 탈출하는 거지. 암튼 무슨 일이 있어도 제도로 가는 건 피해야 돼. 또 다른 희망은, 제도에 수용자들을 싣고 가는 배가 운 좋게 항해 준비가 되지 않을 경우에 얼른 돈을 꺼내갖고 의무병에게 뇌물을 주는 거야. 그럼 의무병이 관절에 테레빈유 주사를 한 방 놔주거나 소변에 적신 머리카락 한 올을 살에 붙여서 곪게 만드는 거야. 아니면 황냄새를 들이마시게 한 다음에 의사에게 열이 40도나 된다고 말해주는 거지. 그렇게 며칠 기다리는 사이에 무슨 수를 써서라도 병원에 가야 해. 만약에 호명이 되지 않고 다른 사람들과 함께 수용소 막사에 남겨지면 얼른 행동에 옮겨야 해. 그럴 경우에는 수용소 안에서 일거리를 찾으면 안 돼. 책임자에게 뇌물을 주고 마을에서 오물 수거라든지 청소 일을 찾거나 민간인이 경영하는 제재 공장에 고용되어야 해. 수용소 밖으로 일하러 나갈 때하고 매일 저녁 수용소로 돌아올 때 짬짬이 마을에 사는 해방 죄수들이나 중국인들과 접촉하면 그들이 탈출 준비를 시작해줄 수 있어. 마을 주변에 있는 수용소는 피해야 해. 그곳 사람들은 전부 빨리 죽어. 어느 누구도 석 달 이상은 절대 버티지 못하는 수용소들이거든. 관목 숲 한가운데에서 하루도 쉬지 않고 종일토록 나무를 잘라야 한대."

쥘로는 그 모든 소중한 정보들을 향해 내내 되새겨주었다. 그는 자신이 한 번 탈출했다가 잡혀왔기 때문에 곧장 지하 감방으로 가리라는 사실을 알았다. 그래서 아주 작은 칼 하나를 숨겨 갖고 있었다. 도착하면 꺼내서 그걸로 무릎을 찢을 것이라고 했다. 배에서 계단을 내려가다가 모든 사람들이 지켜보는 앞에서 굴러떨어질 것이라고 했다. 그러면 곧장 부두에서 병원으로 옮겨질 것이라고. 실제로 그렇게 진행되었다.

생 로랑 뒤 마로니

간수들은 옷을 갈아입느라고 교대를 했다. 그들은 각자 차례로 케피모 대신 식민지 풍의 모자를 쓰고 흰 옷 차림으로 돌아왔다. 쥘로가 말했다.

"다 왔다."

현창이 닫혀 있어서 찌는 듯이 더웠다. 현창 너머로 관목 숲이 보였다. 드디어 마로니에 온 것이다. 주변은 온통 흙탕물이었다. 처녀림의 푸르름이 인상 깊었다. 배의 경적 소리에 놀란 새들이 날아올랐다. 배가 아주 천천히 움직여서 무성하고 조밀한 짙은 초록의 식물들을 느긋이 관찰할 수 있었다. 함석 지붕을 얹은 목조 주택들이 보였다. 흑인 남녀들이 문 앞에서 배가 지나가는 것을 보고 있었다. 배에서 인간 화물이 내리는 것을 자주 보아온 터라 반기는 기색도 전혀 없었다. 경적 세 번과 스크루 소음이 도착을 알리고 이어서 모든 기계 음이 멈추었다. 파리가 날아다니는 소리가 들릴 정도였다.

아무도 입을 열지 않았다. 쥘로는 칼을 꺼내 바지 무릎 부분을 찢어서 가장자리를 들쭉날쭉하게 잘게 잘랐다. 핏자국을 남기지 않으려면 무릎을 베는 건 뭍으로 연결된 배다리 위에서 해야 했다. 간수들이 철창 문을 열어 우리를 셋씩 세웠다. 나는 쥘로와 드가와 함께 네 번째 줄에 섰다. 우리는 배다리 위로 올라갔다. 때는 오후 2시여서 불 같은 태양이 짧게 깎인 내 정수리와 눈을 찔렀다. 배다리 위에 줄지어 선 우리는 선창으로 인도되었다. 맨 앞줄 사람들이 선창에 발을 디디려 하자 다들 조금씩 머뭇거렸다. 나는 쥘로의 어깨에 걸쳐진 가방을 잡았고, 쥘로는 두 손으로 한 쪽 무릎 피부를 잡아당기며 칼을 찔러서 단번에 7에서 8센티미터를 죽 찢었다. 그는 내게 칼을 넘겨주고 가방만 움켜잡았다. 우리가 선창에 오르는 순간 쥘로는 넘어지며 아래로 굴러떨어졌다. 사람들이 그를 일으켜세운 뒤 상처를 입은 것을 보고는 들것 나르는 사람들을 불렀다. 각본대로 진행되었다. 그는 들것에 실려갔다.

어중이떠중이들이 모여서 호기심에 찬 얼굴로 우리를 바라보았다. 흑인들, 흑백 혼혈아들, 원주민들, 중국인들, 백인 쓰레기들(그 백인들은 해방된 죄수들인 것 같았다)은 육지에 발을 딛고 나란히 줄을 서는 사람들 하나하나를 유심히 살폈다. 간수들 뒤에 선 잘 차려입은 민간인들, 여름 옷차림의 여성들, 꼬맹이들은 하나같이 식민지 풍의 모자를 쓰고 있었다. 그들도 새로 온 사람들을 쳐다보고 있었다. 우리는 약 10분 가량을 걸어서 어느 건물 앞에 도착했다. 건물의 두꺼운 문 위에는 이렇게 쓰여 있었다. '생 로랑 뒤 마로니 교도

소. 3,000명 수용.' 문이 열리고 우리는 열 명씩 줄 맞춰 들어갔다. '하나, 둘, 하나, 둘, 앞으로!' 많은 도형수들이 우리가 도착하는 것을 지켜보고 있었다. 그들은 더 잘 보이는 창가에 매달리거나 커다란 바위 위에 올라서 있었다.

마당 한가운데에 도착하자 간수 하나가 이렇게 외쳤다.

"멈춰! 가방을 내려놔라. 거기 너희들은 모자를 나눠주어라!"

우리는 각자 밀짚모자 하나씩을 받았다. 마침 필요하던 참이었다. 두세 명은 벌써 일사병으로 쓰러졌다. 드가와 나는 서로 마주보았다. 계급장을 붙인 간수 한 명이 손에 명단을 들었기 때문이었다. 우리는 쥘로가 해준 말을 떠올렸다. 그들은 기투를 불렀다.

"이쪽으로!"

기투는 간수 두 명에게 둘러싸여서 갔다. 쉬지니도 지라솔도 똑같았다.

"쥘 피냐르(쥘로의 본명이다)!"

"쥘 피냐르는 부상당해서 병원으로 호송되었습니다."

"좋다."

그들은 모두 제도 수용자들이었다. 간수가 이어서 말했다.

"잘 들어라. 내가 지금부터 호명하는 사람들은 어깨에 가방을 메고 줄 밖으로 나와서 노란색 1번 막사 앞에 가서 줄 맞춰 선다."

드가와 카리에와 나는 막사 앞에 줄을 선 다른 사람들과 합류했다. 문이 열리고 우리는 약 20미터 길이의 장방형 홀 안에 들어섰다. 중앙에는 폭이 2미터 정도 되는 통로가 있었다. 오른쪽과 왼쪽에 쇠막대가 하나씩 길게 뻗어 있었다. 해먹 침대로 쓰이는 두꺼운 천들이 막대와 벽 사이에 매달려 있었고, 천 하나마다 모포가 딸려 있었다. 각자 마음에 드는 곳에 자리를 잡았다. 드가, 피에르 르 푸, 상토리, 그랑데와 나. 우리는 서로 나란히 자리를 잡아 순식간에 참호를 이루었다. 나는 홀 안쪽으로 갔다. 오른쪽에는 샤워실, 왼쪽에는 화장실. 수돗물은 없었다. 우리는 창살에 매달린 채 우리 뒤로 도착하는 사람들이 배급받는 것을 구경했다. 루이 드가, 피에르로 르 푸와 나는 기쁨에 들떠 있었다. 공동 막사에 들어왔으니 구금되지는 않은 것이다. 그렇지 않았다면 쥘로가 설명했던 것처럼 벌써 감방에 있었어야 할 테니까. 모두들 만족했다. 적어도 저녁 5시쯤 모든 것이 끝나고 그랑데가 이렇게 말할 때까지는.

"웃기네. 이 호송대에서는 한 명도 구금된 사람이 없어. 이상한 일이야. 잘 됐지 뭐."

그랑데는 중앙은행에서 금고를 훔쳐서 프랑스 전국을 떠들썩하게 만든 사람이었다.

열대 지방에서는 황혼도 여명도 없었다. 그런 식으로 일년 내내 순식간에 밤과 낮이 이어졌다. 저녁 6시 반이 되자 갑작스럽게 어두워졌다. 그리고 두 늙은 도형수가 기름 램프 두 개를 가져와서 천장의 고리에 매달았다. 램프들은 희미한 불빛을 줄 뿐이었다. 홀의 4분의 3은 완전한 암흑 상태였다. 9시에는 모두 잠자리에 들었다. 도착했다는 흥분감에다 더위로 지쳐 있었기 때문이다. 바람 한 점 들어오지 않아 모두들 팬티 차림이었다. 나는 드가와 피에르 르 푸 사이에 누워서 속삭이며 이야기를 나누다가 잠이 들었다.

이튿날 아침 나팔 소리가 울렸을 때에도 밖은 여전히 어둑했다. 각자 일어나서 씻고 옷을 입었다. 우리는 커피와 빵 한 덩어리씩을 받았다. 벽에 판자 하나가 붙어서 빵과 그릇과 나머지 물품을 올려놓는 선반으로 쓰이게 되어 있었다. 9시에 간수 둘과 젊고 줄무늬 없는 흰 옷 차림의 도형수 한 사람이 들어왔다. 두 간수는 코르시카 인들이어서 동향인 죄수들과 코르시카어로 이야기를 주고받았다. 그러는 사이에 의무병 역할을 하는 도형수가 홀 안을 돌아다녔다. 내 앞에 오자 이렇게 말했다.

"잘 있었나, 빠삐? 나 모르겠어?"

"모르겠습니다."

"나 알제리 사람 시에라야. 파리 당트의 집에서 봤잖아."

"아, 그래. 이제 알겠다. 넌 29년에 갔잖아, 지금은 33년인데 아직도 여기 있는 거야?"

"그래, 이곳을 나가기가 쉽진 않아. 아프다고 그래. 그런데 이 사람은 누구야?"

"드가, 내 친구야."

"자네도 왕진 명단에 넣어주지. 어이 빠삐, 넌 이질이야. 그리고 노인네 자네는 천식 발작이 있어. 11시에 왕진 올게. 할 말이 있어."

그는 가던 길을 계속 가다가 큰 소리로 외쳤다.

"여기 누구 아픈 사람 있나?"

그는 손을 든 사람들에게 가서 이름을 받아적었다. 그가 다시 우리 앞을 지나칠 때는 검게 그을린 늙은 간수 한 명과 함께였다.

"빠삐용, 내 상관을 소개할게. 의무 교도관 바르틸로니야. 바르틸로니 씨, 이 친구하고 저 친구가 아까 말씀드린 친구들입니다."

"좋아, 시에라. 왕진에 넣을게. 나만 믿어."

11시에 그들은 우리를 데리러 왔다. 몸이 안 좋은 사람들은 아홉 명이었다. 우리는 막사들 사이로 수용소를 가로질러 붉은색 십자가

가 그려진, 비교적 새로 지은 듯한 하얀색 막사 앞에 도착했다. 홀 안으로 들어가니 약 예순 명 가량의 사람들이 모여 있는 대기실이 나왔다. 간수 두 명이 양쪽에 서 있었다. 시에라가 새하얀 가운을 입고 나타났다. 그가 말했다.

"너, 너, 그리고 너, 들어와."

우리는 한눈에 의사의 진찰실임을 알 수 있는 방 안으로 들어갔다. 그는 노인 세 명에게 스페인어로 말했다. 나는 그 중 스페인 노인 한 명을 단박에 알아보았다. 파리의 마드리드 카페에서 아르헨티나인 세 명을 죽인 페르난데즈였다. 그들은 서로 잠시 말을 주고받았다. 그러더니 시에라가 페르난데즈를 홀 옆에 붙어 있는 화장실로 들여보내고 다시 우리에게 와서 말했다.

"빠삐, 한번 안아보자. 너와 네 친구를 도울 수 있게 돼서 무척 기뻐. 두 사람 모두 강제 구금이야. 잠깐, 마저 말할게! 빠삐용은 영구, 그리고 드가 당신은 5년. 너희들 돈은 좀 있어?"

"응."

"그럼 각자 내게 500프랑씩을 주면 내일 아침에는 입원하게 될 거야. 넌 이질로. 그리고 드가는 밤에 문을 두드려. 아니 그보다 더 나은 건 누군가 간수를 불러서 드가가 호흡 곤란을 일으켰다면서 의무병을 불러달라고 하는 거야. 나머지는 내가 알아서 할게. 빠삐용, 한 가지 부탁할 게 있어. 혹시 탈출하려거든 미리 알려줘. 그러면 내가 만나러 갈게. 병원에서는 각각 일주일에 100프랑씩이면 한 달은 병원에 있게 해줄 거야. 그러니 빨리 움직여야 해."

페르난데즈는 화장실에서 나와 우리가 보는 앞에서 시에라에게 500프랑을 넘겨주었다. 나도 화장실에 다녀와 그에게 1,000프랑이 아닌 1,500프랑을 건넸다. 그는 500프랑은 사양하면서 말했다.

"네가 주는 돈은 간수 몫이야. 나는 필요 없어. 우린 친구잖아, 안 그래?"

이튿날, 드가와 나 그리고 페르난데즈는 병원의 넓은 감방에 있었다. 드가는 한밤중에 입원했다. 홀의 의무병은 샤탈이라는 서른다섯 살의 남자였다. 샤탈은 시에라에게 우리 셋에 대한 지침을 받은 터였다. 의사가 오면 샤탈이 배변 검사 결과를 보여줄 것이다. 나는 속이 아메바로 가득 차 상태가 안 좋은 것으로 되어 있었다. 드가는 왕진 10분 전에 소량의 황에 데어서 얼굴에 수건을 덮고 증기를 쐬고 있었다. 페르난데즈는 한쪽 뺨이 엄청나게 부어 있었다. 뺨 안쪽에 피하주사를 맞아 한 시간 사이에 있는 대로 부풀어올라 눈을 뜨지도 못할 정도였다. 건물 2층 감방에는 일흔 명 가량의 환자들이 있었는데 그 중 대부분이 이질이었다. 나는 의무병에게 쥘로는 어디 있냐고 물었다.

"맞은편 건물에. 전할 말이라도 있나?"

"빠삐용과 드가가 여기 있다고, 창가로 나오라고 전해주세요."

의무병들은 마음대로 드나들 수가 있었다. 그 의무병이 문을 두드리자 아랍인 한 명이 열어주었다. 아랍인은 간수들의 조수 노릇을 하는 열쇠지기, 말하자면 '옥졸'인 셈이었다. 문 양쪽에 놓인 의자에 간수 셋이 무릎 위에 단총을 올려놓고 앉아 있었다. 창을 막고 있는 창살은 마치 철로 같아서 저걸 어떻게 해야 자를 수 있을까 하는 생각이 들었다. 나는 창가에 앉았다.

우리가 있는 건물과 쥘로가 있는 건물 사이에는 아름다운 꽃이 만발한 정원이 있었다. 쥘로가 한 손에 석판 하나를 들고 창가에 모습을 나타냈다. 석판에는 연필로 '브라보'라고 쓰여 있었다. 한 시간 뒤 의무병이 와서 쥘로의 편지를 건네주었다. '네 방으로 가려고 애쓰고 있어. 혹시 내가 실패하면 네가 내 방으로 와줘. 네 방에 원수 같은 놈들이 있다고 말하는 거야. 너도 수용된 거지? 기운내, 잘될 거야.' 둘이 함께 고생했던 볼리외 중앙형무소 사건으로 우리 사이에는 커다란 유대감이 생겼다. 쥘로는 나무 망치를 기가 막히게 다루었다. 그래서 그에게 인간 망치라는 별명이 생긴 것이다. 그는 한낮에 차를 타고 어느 보석상 앞에 도착했는데, 그 시간은 가장 아름다운 보석들이 진열대 보석상자에 담긴 채 전시되는 시간이었다. 다른 사람이 운전하는 자동차는 시동이 걸린 채 서 있었다. 쥘로는 커다란 나무 망치를 들고 재빨리 차에서 내려 단번에 유리를 깨부수고 보석상자를 최대한 움켜쥔 채 다시 차에 올라 전속력으로 출발했다. 리옹, 앙제, 투르, 르아브르에서도 연달아 성공한 후 오후 3시에 파리의 큰 보석상을 습격, 100만 프랑어치의 보석을 훔친 것이다. 범행 동기나 어쩌다가 정체가 탄로났는지에 대해서는 한 번도 얘기해주지 않았다. 그는 20년형을 선고받았고, 4년 만에 탈출했다. 그리고 우리에게 들려준 바에 따르면 파리로 돌아가다가 붙잡혔다. 쥘로는 자신을 숨겨주었던 사람을 찾아가 죽이려고 작정했었다. 그치가 자신에게 돌려주어야 할 막대한 금액의 돈을 누이동생에게 넘기지 않았기 때문이다. 그치는 자신이 사는 동네에서 쥘로가 어슬렁거리는 것을 보자 경찰에 신고했고, 쥘로는 결국 붙잡혀서 우리와 함께 도형지로 돌아오게 된 것이다.

우리가 병원에 들어온 지도 벌써 일주일이 되었다. 어제 나는 샤탈에게 200프랑을 넘겼다. 그 돈은 우리 둘이 병원에서 지내는 일주일치의 대가였다. 우리 편으로 만들기 위해서 담배가 없는 사람들 모두에게 담배를 주기도 했다. 카로라라는 마르세유 출신의 60대 죄수는 드가와 친구가 되어 여러 가지 조언을 해주었다. 하루에도 여러 차례 혹시 돈이 많으면 마을 사람들이 다 알고 있으니까(프랑스에서 오는 신문을 통해 사람들은 잡다한 소식을 알고 있었다) 섣불리 탈출하지 않는 편이 좋다고 했다. 마을에 사는 해방된 죄수들이 '계획'을 훔치려고 죽일지도 모를 일이기 때문이었다. 드가는 카로라와 나눈 대화 내용을 나에게 알려주었다. 나는 그 노인이 하는 얘기는 20년 전 일이니까 신경 쓰지 말라고 했지만, 드가는 내 말을 들으려하지 않았다. 드가가 노인의 말에 잔뜩 겁을 집어먹어서 그를 진정시키고 다시 믿음을 주느라고 한참 애를 먹었다.

나는 시에라에게 갈가니를 내게 데려다 달라고 쪽지를 건넸다. 그리 오래 걸리지는 않았다. 이튿날 갈가니가 병원에 왔지만 창살도 없는 다른 방에서 만나게 되었다. 어떻게 그에게 그의 '계획'을 넘겨주지? 나는 샤탈에게 갈가니와 꼭 할 얘기가 있다고 말하면서, 그 일이 탈출 계획과 관련이 있다는 암시를 주었다. 그는 간수들이 교대하는 시간인 12시 5분 정각에 갈가니를 데려오겠다고 말했다. 샤탈은 갈가니를 베란다로 올려보내 창가에서 이야기할 수 있게 해주기로 했다. 갈가니가 낮 12시에 창가로 이끌려오자 나는 얼른 그의 손에 '계획'을 쥐어주었다. 그는 그 자리에 서서 울기만 했다. 이틀 후 나는 갈가니에게 1,000프랑짜리 지폐 다섯 장과 고맙다는 한마디가 적힌 쪽지가 들어 있는 잡지를 받았다.

내게 잡지를 건네준 샤탈도 그 돈을 보았다. 그는 아무 말도 하지 않았지만 나는 돈을 약간 주려고 했다. 그는 거절했다.

"우리는 떠날 거야. 우리하고 함께 갈래?"

"싫어, 빠삐용. 나는 다른 사람과도 관계가 있어. 다섯 달만 있으면 내 동료가 석방되는데 탈출하고 싶지 않아. 탈출은 만반의 준비가 되어야만 해. 네가 마음이 급한 건 이해해. 하지만 여기서는 이렇게 창살로 막혀 있어서 많이 힘들 거야. 내가 도와줄 거라고는 기대하지 마. 난 이 자리를 위태롭게 만들고 싶지 않다고. 난 여기서 내 친구가 나올 때까지 조용히 기다릴 거야."

"잘 알았어, 샤탈. 이런 데 살면서 서로 솔직해야지. 다시는 아무 말도 하지 않을게."

"하지만 어쨌든 쪽지나 다른 심부름은 해줄게."

"고마워, 샤탈."

그날 밤, 경기관총 일제 사격 소리가 들렸다. 이튿날 알아보니 인간 망치 쥘로가 탈출을 한 것이었다. 신의 가호가 있기를. 그는 좋은 친구였다. 기회를 포착해서 제대로 활용한 모양이었다. 그에게는 잘된 일이었다.

15년 후인 1948년에 나는 베네수엘라인 백만장자와 함께 아이티에 있었다. 그곳에서 카지노 사장과 그의 도박장 경영을 두고 계약을 하던 중이었다. 어느 날 밤 카바레에서 샴페인을 마시고 나가는데 우리와 동행했던 흑인 아가씨—숯처럼 검은 피부였지만 프랑스 지방의 좋은 가정에서 잘 교육받은 것 같은—가 내게 말했다.

"우리 할머니는 부두교 성직자인데 지금 프랑스 노인과 살고 있어요. 그분은 카옌에서 탈출해서 20년째 우리 할머니하고 살죠. 허구한 날 술만 마셔요. 그분 이름이 쥘 마르토지요."

나는 술이 번쩍 깨는 듯했다.

"아가씨, 지금 당장 할머니 댁으로 날 데려가줘요."

그녀는 아이티 사투리로 택시 기사에게 전속력으로 가자고 말했다. 우리는 불빛이 번쩍이는 나이트클럽 앞을 지났다.

"세워요."

나는 안으로 들어가서 페르노(알코올 도수가 높은 아니스 주류의 일종─옮긴이) 한 병과 샴페인 두 병, 지방 럼주 두 병을 샀다.

"갑시다."

바닷가에 도착해 붉은 기와 지붕을 한 아담한 하얀 집 앞에 이르렀다. 바닷물이 층계참까지 찰랑였다. 여자가 문을 두드리자 머리가 하얗게 센 키 큰 흑인 할머니가 나왔다. 노파는 발목까지 내려오는 캐미솔 차림이었다. 두 여자가 사투리로 이야기를 주고받더니 노파가 말했다.

"들어오세요, 여긴 당신 집이랍니다."

기름 램프가 새와 물고기로 가득한 깔끔한 실내를 비추었다.

"쥘로를 만나고 싶으시다고요? 기다리세요, 곧 나올 거예요. 쥘로, 쥘로! 당신을 만나러 온 사람이 있어요."

도형지 죄수복을 떠올리게 하는 푸른색 줄무늬 잠옷을 입은 맨발의 노인이 다가왔다.

"이 시간에 누가 날 만나러 왔다고? 빠삐용! 세상에 맙소사!"

그는 나를 끌어안고 말했다.

"등 좀 가져와요, 내 친구 얼굴 좀 자세히 보게. 세상에! 정말, 자네 맞구먼. 친구! 정말 자네야! 잘 왔어! 이 집, 내가 가진 얼마 안되는 돈, 내 마누라의 손녀, 전부 자네 거야. 말만 해."

우리는 페르노와 샴페인, 럼주를 마셨고, 사이사이에 쥘로는 노래도 불렀다.

"우린 참 많은 일을 겪었어, 그렇지 친구? 이젠 모험 같은 건 없어. 난 콜롬비아, 파나마, 코스타리카, 자메이카를 거쳐서 20년 전쯤 이곳에 왔지. 남자가 만날 수 있는 최고의 아내를 얻어서 행복하게 살고 있어. 언제 가나? 여기 오래 있을 건가?"

"아니, 일주일."

"여긴 왜 왔는데?"

"카지노 사장과 계약할 게 있어서."

"이봐 친구, 난 자네가 이 벽촌에서 남은 여생을 나와 함께 보냈으면 좋겠어. 카지노 사장하고 계약을 했다지만 그 자식하고는 아무 일도 하지 말아. 거래가 끝나면 자넬 죽일지도 몰라."

"충고 고맙네."

"여보, 당신이 하는 그 부두쇼 좀 해봐, '관광객용' 말고. 내 친구를 위해서 진짜 제대로 된 걸로 말야! 다음 기회에 내가 그 유명한 부두쇼 얘기 해줄게."

그러니까 쥘로는 탈출을 했고, 드가와 페르난데즈와 나는 여전히 기다리고 있었다. 나는 때때로 아무렇지 않은 척하며 창문의 창살을 바라보곤 했다. 그 창살은 정말로 촘촘해서 어찌 해볼 방법이 없었다. 이제 남은 건 문뿐이었다. 밤낮으로 무장한 간수 세 명이 지키고 있었다. 쥘로가 탈출한 뒤로 감시가 강화되었다. 순찰 간격이 더 짧아졌고, 의사는 전처럼 친절하게 대해주지 않았다. 샤탈은 하루에 두 번, 주사 시간과 체온 잴 때만 방에 왔다. 두 주가 지나고 나는 다시 200프랑을 지불했다. 드가는 많은 얘기를 했지만 탈출 얘기만은 하지 않았다. 어제 그는 내 메스를 보더니 이렇게 말했다.

"그거 아직도 갖고 있어? 뭐 하려고?"

나는 퉁명스럽게 대꾸했다.

"필요하다면 나와 당신 목숨을 지키려고."

페르난데즈는 스페인 사람이 아니라 아르헨티나 사람이었다. 그는 남자답고 모험을 좋아하는 사내였지만 그 역시 카로라 노인의 수다에 영향을 받았다. 어느 날, 그가 드가와 이런 얘기를 하는 것을 들었다.

"제도는 여기와 달리 꽤 안전한 것 같아. 덥지도 않고. 여기서 이질에 걸리는 건 화장실만 가도 병균이 득시글거리기 때문이라고."

일흔 명이 함께 있는 방에서는 매일 한두 명이 이질에 걸려 죽었다. 신기한 건 그들 모두 오후나 저녁 썰물 때에 죽었다는 점이다. 아침에 죽은 환자는 한 명도 없었다. 왜일까? 아마도 자연의 신비였던 모양이다.

그날 밤, 나는 드가와 의논을 했다. 나는 매일 밤 열쇠지기 아랍인이 이따금 방에 들어와서 얼굴이 덮여 있는 중환자들의 시트를 들춰 확인해보곤 한다고 말했다. 그를 때려눕히고 옷을 빼앗아 입기는 쉬운 일이었다(우리가 몸에 걸친 건 겉옷 하나와 샌들이 전부였다). 일단 옷을 갈아입은 다음 내가 나가서 간수 한 명의 단총을 빼앗아 그들에게 겨누고 감방에 집어넣은 뒤 문을 잠근다. 그 다음 마로니 병원의 담을 넘어서 물에 뛰어들어 파도에 몸을 싣는 것이다. 그 후에는 차차 알게 될 테고. 우리에게는 돈이 있으니까 배 한 척과 항해에 필요한 생필품들을 산다. 두 사람 모두 무조건 그 계획을 거절했다. 소심한 그들의 태도에 나는 몹시 실망했고, 그렇게 여러 날이 지나갔다.

우리가 병원에서 지낸 지도 이틀 모자란 3주가 되었다. 탈출 시도를 할 시간은 열흘에서 보름 정도밖에 남지 않았다. 오늘, 기억할 만한 날인 1933년 1월 21일, 생 마르탱 이발소에서 암살될 뻔했던 사내 요아네스 클루지오가 방에 들어왔다. 그는 거의 앞이 보이지 않는 눈을 꼭 감고 있었다. 그의 눈은 고름으로 꽉 차 있었다. 샤탈이 나가기 무섭게 나는 그의 옆으로 갔다. 그는 다른 수용자들은 벌써 보름 전에 제도로 출발했는데 자신만 뒤에 남겨졌다는 얘기를 재빨리 들려주었다. 관리 한 명이 사흘 전에 그들이 떠날 거라고 미리 알려주었단다. 그는 눈에 피마자를 집어넣어 고름이 생기게 만들어 병원으로 오게 되었다. 필요하다면 살인이든 무슨 짓이든 해서라도 떠나고 싶다고 말했다. 그는 3,000프랑을 갖고 있었다. 눈을 따뜻한 물로 씻고 나니 금세 시야가 밝아졌다. 내가 그에게 탈출 계획을 얘기해주니 그는 훌륭하다면서도 간수들을 덮치려면 둘이나 가능하면 세 명이 함께 나가야 할 거라고 말했다. 침대 다리를 떼어내 한 손에 철제 다리를 하나씩 들고 그들을 때려눕히면 될 거라고 했다. 그의 말에 따르면, 간수들은 죄수가 아무리 손에 단총을 들고 있어도 절대 방아쇠를 당기지 못할 거라고 생각해서 약 20미터 정도 떨어진, 쥘로가 달아났던 건물에 있는 간수들을 부를 가능성이 높았다.

세 번째 노트

첫 번째 탈출

병원에서 탈출하다

그날 밤, 나는 드가와 페르난데즈를 차례로 구슬렀다. 드가는 그 계획을 믿을 수 없다면서도 필요하다면 큰돈을 써도 좋으니 제도 수용소는 피하고 싶다고 말했다. 그는 내게 시에라에게 편지를 써서 그런 제안이면 혹시 가능하지 않은지 물어보라고 했다. 그날 샤탈이 쪽지를 가져왔는데 대답은 이랬다.

'제도 수용소를 피할 생각으로 누군가에게 돈을 주지는 말아. 그건 프랑스에서 오는 방침이기 때문에 형무소 소장이라 해도 절대 바꿀 수 없어. 무슨 일이 있어도 꼭 나가야겠거든 제도로 가는 '마나' 호라는 배가 출발한 다음날 시도해봐.'

제도로 떠나기 전에 감방에서 여드레 동안 지내게 되므로 어쩌면 병원에서 지내던 방보다는 그곳이 탈출하기는 더 쉬울 것도 같았다. 그 쪽지에서 시에라는 내가 원한다면 해방 죄수 한 명을 보내서 병원 뒤편에 배를 준비할 수 있도록 도와주겠다고 했다. 그렇게 해서 날 찾아온 사람은 툴룽 출신의 지저스라고 불리는 사내였다.

이튿날, 드가와 페르난데스는 병원을 나가느냐고 물었다. '마나' 호는 아침에 출발했다. 그들은 수용소 감방을 벗어나고 싶어했고 나는 내 계획을 바꾸지 않았다. 나는 지저스를 만났다. 그는 훈제시킨 물고기처럼 비쩍 마른 체구에 검게 그을린 얼굴, 얼굴에 무시무시한 흉터가 두 개나 있는 늙은 해방 죄수였다. 한쪽 눈은 우는 것처럼 축축하게 젖어 있었다. 추한 얼굴에 표정도 보기 흉했다. 믿을 만한 구석이라고는 한 군데도 없어 보였고, 후에 내 예상이 옳았다는 걸 깨달았다. 우리는 재빨리 이야기를 나누었다.

"네 명 혹은 최대한 다섯 명이 탈 수 있는 배를 한 척 준비해줘요. 물 1톤, 생필품, 커피, 담배도요. 노 세 자루, 빈 밀가루 부대 몇 개, 직접 돛을 만들 수 있는 실과 바늘, 나침반 하나, 손도끼 하나, 칼 한 자루, 타피아(기아나 럼주) 5리터. 전부 2,500프랑에 구해줘요."

"사흘 뒤에는 달이 보이지 않을 거요. 당신이 이 제안을 받아들인다면 나흘 후부터 8일 동안 밤마다 11시부터 새벽 3시까지 배 위에서 당신을 기다릴 거요. 달이 기울기 시작하면 더는 기다리지 않을 거요. 배는 병원 담장 아래 모퉁이 바로 맞은편에 있을 겁니다. 벽을 짚으면서 와요. 2미터만 떨어져 있어도 앞이 잘 보이지 않을 테니까. 그런데 돈은 준비됐소?"

"시에라를 통해 보낼게요."

우리는 악수도 하지 않고 헤어졌다. 어쩐지 그다지 순조로울 것 같지 않은 느낌이 들었다.

3시에 샤탈은 시에라에게 2,500프랑을 전해주러 수용소로 갔다.

나는 이렇게 혼잣말을 했다. '갈가니 덕에 이 돈으로 모험을 하게 되는구나. 부디 그가 이 돈으로 술이나 사마시지 않기를!'

클루지오는 좋아서 어쩔 줄을 몰라했다. 그는 자신과 나 그리고 이 계획을 굳게 믿었다. 그가 마음에 걸려하는 것은 단 한 가지였다. 매일 밤은 아니지만 종종 열쇠지기 아랍인이 방에, 그것도 어떤 때는 아주 늦은 시간에 들어온다는 사실이었다. 또 한 가지 문제가 있었다. 누가 제3의 인물을 골라서 제안을 하지? 비아지라는 이름의 니스 출신 코르시카인이 한 명 있었다. 그는 1929년부터 도형지에서 지내고 있는데, 어떤 사람을 살해했기 때문에 감시가 삼엄한 병실에 배치되었다. 클루지오와 나는 그에게 말을 해볼지 그리고 한다면 언제가 좋을지 의논했다. 우리가 소리를 낮춰 의논하고 있는데 열여덟 살쯤 된, 계집애처럼 곱상하게 생긴 청년 하나가 다가왔다. 그의 이름은 마튀레트였고, 친구와 함께 택시 기사를 살해한 혐의로 사형을 선고받았다가 나이가 어려서 — 당시 17세였다 — 집행이 연기되었다. 둘 모두 열여섯과 열일곱밖에 안 된 아이들이었는데 재판정에서 서로를 비난하기는커녕 오히려 서로 자신이 기사를 죽였다고 말했다. 그런데 기사가 총을 맞은 것은 한 발뿐이었다. 그들의 그런 태도는 모든 죄수들에게 호감을 불러일으켰다.

마튀레트는 우리에게 다가와 여자 같은 목소리로 담뱃불 좀 빌려달라고 했다. 우리는 담뱃불을 빌려주면서 덤으로 담배 네 개비와 성냥 한 갑도 선물로 주었다. 그는 매력적인 미소를 지으면서 고맙다고 인사했고, 우리는 그가 멀어질 때까지 기다렸다. 느닷없이 클루지오가 말했다.

"빠삐, 이제 살았다. 그 아랍 놈을 우리가 원하는 대로, 원하는 시간에 들어오게 할 수 있어. 식은 죽 먹기야."

"어떻게?"

"간단해. 저 꼬마에게 그놈을 유혹하라고 하는 거야. 아랍 사람들이 젊은 남자애들 좋아하는 거 알잖아. 밤에 저 꼬마를 따먹으러 들어오게 만드는 거지. 꼬마가 남들이 볼까봐 무섭다고 말하게 해서 그 아랍 놈이 우리에게 적당한 시간에 들어오게 만드는 거야."

"그래, 한번 해보자."

내가 마튀레트에게 다가가자 그는 상냥한 미소로 나를 맞아주었다. 그는 자신이 처음 지었던 그 매력적인 미소에 내가 자극을 받았다고 생각하는 모양이었다. 나는 얼른 말했다.

"할 얘기가 있으니까 화장실로 가자."

화장실에 가서 내가 계속 말을 이었다.

"내가 지금부터 하는 말을 한 마디라도 흘렸다가는 넌 죽은 목숨인 줄 알아. 너 돈 좋아하지? 얼마나 줄까? 우리를 도와줄래? 아니면 우리하고 함께 갈래?"

"당신들하고 같이 가고 싶어요."

우리는 서로 동의하고 손을 잡았다. 그날 밤 8시, 마튀레트가 일어나서 창가로 갔다. 그가 굳이 부르지 않았는데도 아랍인이 알아서 들어왔고, 두 사람은 낮은 목소리로 대화를 시작했다. 10시쯤 마튀레트는 다시 잠자리에 들었다. 우리가 해준 조언대로 마튀레트는 이튿날 밤 11시에 그와 만날 약속을 했다. 아랍인은 그 시간에 들어와서 꼬마의 발을 잡아당겨 깨운 다음 화장실로 가고 마튀레트는 그를 뒤따라갈 것이다. 15분 정도 지나면 아랍인은 곧장 문 밖으로 나가고 마튀레트는 돌아와 아무 말 없이 잠자리에 들 것이다. 요컨대, 다음날에도 똑같은 일이 일어난다. 다만 그 시간은 자정일 것이다.

1933년 11월 27일. 몽둥이로 사용될 침대 다리 두 개도 준비되었다. 나는 오후 4시에 시에라의 쪽지를 기다렸다. 의무병 샤탈이 빈손으로 왔다. 그는 이 말만 전했다.

"지저스가 약속 장소에서 널 기다릴 거라고 전하래. 행운을 빈다."

저녁 8시에 마튀레트는 아랍인에게 말했다.

"자정이 지난 후에 오세요. 그 시간이면 함께 더 오래 있을 수 있을 거예요."

아랍인은 자정이 지나서 오겠다고 말했다. 정확히 자정이 되었을 때에는 만반의 준비가 되어 있었다. 아랍인은 12시 1분에 들어와서 곧장 마튀레트의 침대로 가 그의 발을 잡아당긴 다음 화장실로 향했다. 마튀레트도 그와 함께 들어갔다. 나는 침대 다리 하나를 뽑았다. 다리가 떨어지면서 작은 소리를 냈다. 클루지오는 아무 소리도 내지 않았다. 나는 화장실 문 뒤에 서 있고 클루지오가 안쪽으로 가서 아랍인의 관심을 끌기로 했다. 20분 정도 후에 벌어진 일은 순식간이었다. 아랍인이 화장실에서 나오다가 클루지오를 보고 깜짝 놀라며 말했다.

"이 시간에 거기 서서 뭘 하고 있는 거야? 얼른 가서 자."

동시에 그는 정수리를 한 대 얻어맞고 풀썩 쓰러졌다. 나는 재빨리 그의 옷으로 갈아입고 그의 신발을 신었다. 그리고 그를 침대 밑으로 끌고 가서 완전히 밀어넣기 전에 목덜미를 한 번 더 내리쳤다. 그는 완전히 뻗었다.

방 안에 있던 여든 명 중에 움직이는 사람은 아무도 없었다. 나는 문으로 달려갔다. 클루지오와 마튀레트는 잠옷 차림으로 내 뒤를 따랐다. 나는 문을 두드렸다. 간수가 문을 열어주자 나는 철제 다리를 휘둘렀다. '탁!' 문을 연 간수의 머리에서 난 소리였다. 맞은편에 있던 간수는 단총을 떨어뜨린 채 곤히 잠들어 있었다. 그가 반응을 보이기도 전에 나는 그를 때려눕혔다. 내가 맡은 간수들은 소리 한 번 지르지 않았고, 클루지오가 맡은 간수는 쓰러지기 전에 '아!' 하는 외마디 소리를 냈다. 내가 맡은 간수들은 의자 위에 그대로 쓰러지거나 뻣뻣하게 대자로 뻗었다. 우리는 숨소리도 억눌렀다. 우리에게 그 '아!' 하는 외마디 소리는 마치 온 세상이 모두 들었을 것만 같은 소리였다. 사실 그 소리는 제법 컸지만 아무도 움직이지는 않았다. 우리는 방 안으로 돌아가지 않고 단총 세 자루를 들고 출발했다. 클루지오가 앞장서고, 꼬마가 가운데, 내가 맨 뒤에 서서 등 하나로는 채 밝혀지지 않는 계단을 내려갔다. 클루지오는 들고 있던 철제 다리를 버렸지만, 나는 왼손에는 그걸 들고 오른손에는 단총을 들고 있었다. 아래층에는 아무것도 없었다. 주위에는 칠흑 같은 어둠이 깔려 있었다. 강으로 가는 벽을 찾느라 눈을 크게 뜨고 서둘러 움직였다. 벽에 다다르자 나는 얼른 손으로 발 디딤대를 만들었다. 클루지오가 먼저 올라가 담장 위에 걸터앉아 마튀레트와 나를 차례로 끌어올렸다. 클루지오는 발을 헛디뎌 삐끗했지만, 마튀레트와 나는 탈 없이 내려갔다. 우리는 둘 다 일어서서 단총을 먼저 버렸다. 클루지오는 일어서려고 했지만 발이 말을 듣질 않았다. 다리가 부러진 것 같다고 했다. 나는 마튀레트를 클루지오 곁에 남겨두고 벽으로 손을 짚으면서 모퉁이를 향해 달려갔다. 어찌나 어두운지 벽 끝에 도착한 것도 모르고 손이 허공을 짚어 하마터면 넘어질 뻔했다. 강 쪽에서 음성이 들려왔다.

"당신이요?"

"그래요. 지저스?"

"맞아."

그가 성냥을 켰다. 그가 어디 있는지 확인한 뒤 물 속으로 들어가 다가갔다. 전부 두 명이었다.

"먼저 올라와. 누구요?"

"빠삐용."

"좋아."

"지저스, 다시 거슬러 올라가야 해요. 내 친구가 벽에서 뛰어내리 다가 다리가 부러졌어요."

"그럼 이 노를 잡고 저어."

노 세 자루가 물 속에 들어가자 배는 친구들이 있으리라고 여겨 지는 곳까지 몇 백 미터를 가볍게 거슬러 올라갔다. 내가 불렀다.

"클루지오!"

"조용히 해, 제기랄! 랑플레, 라이터를 켜."

지저스가 말했다. 불똥이 번쩍이자 비로소 그들의 모습이 보였 다. 클루지오는 휘파람을 불었다. 그리 큰 소리는 아니었지만 우리 는 분명히 들을 수 있었다. 마치 뱀이 내는 소리 같았다. 그는 계속 해서 휘파람을 불며 우리를 자신이 있는 쪽으로 인도했다. 랑플레 라는 사람이 내려서 클루지오의 팔을 잡아 배에 태웠다. 마튀레트 가 그 다음에, 랑플레가 뒤를 이어 탔다. 다섯 명이 모두 올라타자 뱃머리에 물이 만져졌다.

"누구든 몸을 움직이기 전에는 미리 말해. 빠삐용, 노 그만 젓고 노를 무릎 사이에 끼우라고. 출발해, 랑플레!"

물살이 도와 배는 금세 어둠 속을 헤치고 나갔다.

1킬로미터 정도 떨어진, 엉성한 발전기가 만들어내는 전기로 희미하게 불빛이 비치는 형무소 앞을 지날 때, 우리는 강 한가운데에서 물살을 타며 믿을 수 없을 정도의 속력으로 나아가고 있었다. 랑플레는 노를 거두어 올렸다. 지저스만 노를 넓적다리에 바짝 붙이고 배가 흔들리지 않게 균형을 잡고 있었다. 굳이 노를 젓지 않아도 배는 저절로 움직였다.

지저스가 말했다.

"이제는 말도 하고 담배도 피워도 돼. 잘된 것 같아. 분명히 아무도 안 죽었지?"

"그런 것 같아요."

내 말이 끝나자마자 랑플레는 우리를 보며 투덜거렸다.

"제기랄! 날 속였지, 지저스! 그냥 단순한 탈출이라더니 이제 보니 수용자들이 탈출하는 거잖아."

"그래, 수용자들이야, 랑플레. 일부러 말하지 않았어. 말했으면 날 도와주지 않을 것 같아서. 사람이 한 명 더 필요했단 말이야. 너무 열 올리지 마. 혹시 잡히면 내가 다 책임질게."

"당연하지, 지저스. 혹시 죽은 사람이라도 있으면 내 목을 내놓아야 하고 부상당한 사람이 있으면 무기징역까지 무릅써야 하는데 네가 나한테 달랑 준 100프랑으로 그렇게까지 하고 싶진 않다고."

"랑플레, 당신들 두 사람에게 1,000프랑 줄게."

내가 말했다.

"그렇다면 좋아. 고맙군, 마을에선 사람들이 굶어죽어. 차라리 간혀 있는 게 나을 지경이지. 적어도 감방에 있으면 매일 먹고 입을 걱정은 안 하잖아."

그러자 지저스가 힘겨워하는 클루지오에게 물었다.

"이봐, 많이 아프진 않아?"

"괜찮아. 그런데 이 부러진 다리는 어떻게 하지, 빠삐용?"

"좀 두고 보자. 어디로 가는 거지, 지저스?"

"강어귀에서 30킬로미터 떨어진 샛강에 자네들을 숨겨줄 거야. 거기에서 여드레 동안 머물면서 간수들과 인간 사냥꾼들의 열기가 식을 때까지 기다려. 자네들이 오늘 밤에 마로니를 벗어나 바다로 갔다는 인상을 주어야 해. 인간 사냥꾼들은 모터 없는 배를 타고 다니는데, 그들이 제일 위험해. 혹시 그들이 멀지 않은 곳에 있을지도 모르니 불, 이야기, 기침은 치명적이야. 간수들은 샛강에 들어오기에는 너무 큰 똑딱선을 타고 다니니 헛다리만 짚을 거야."

어둠이 조금씩 희미해져갔다. 새벽 4시쯤, 한참을 헤맨 끝에 간신히 지저스만 알아볼 수 있는 지표를 찾아서 우리는 말 그대로 관목 숲 속으로 들어갔다. 배가 지나가면서 납작해진 관목이 뒤에서 다시 일어서며 아주 두꺼운 장막을 드리워주었다. 배를 띄울 수 있을 만큼 물이 충분한지 보려면 마술이라도 부려야 할 것 같았다. 우리는 길을 가로막는 나뭇가지들을 헤치면서 한 시간이 넘도록 관목 숲 속으로 들어갔다. 우리는 단번에 일종의 수로 같은 것을 찾아내서 멈추었다. 제방은 말끔하고 푸르렀으며, 나무들은 거대했고, 햇빛은 6시가 되었어도 녹음을 뚫고 들어오지 못했다. 그 위압적인 둥근 천장 아래에서 들려오는 수많은 짐승의 소리는 낯설기만 했다. 지저스가 말했다.

"여기서 여드레 동안 기다리라고. 내가 이레째 되는 날 생필품을 가지고 올게."

그는 빽빽한 식물군 속에서 2미터 정도밖에 안 되는 아주 작은 카누 하나를 꺼냈다. 그 안에는 노가 두 자루 있었다. 그가 밀물과 함께 생 로랑으로 돌아갈 때 탈 배였다.

이제 제방 위에 쓰러져 있는 클루지오를 돌봐야 할 차례였다. 클루지오는 여전히 맨다리를 드러낸 잠옷 차림이었다. 우리는 손도끼로 마른 나뭇가지들을 잘라 부목을 만들었다. 랑플레가 발을 잡아당기자 클루지오는 굵은 땀방울을 훔쳐내다가 갑자기 소리쳤다.

"그만! 이 자세로 있으면 덜 아파. 뼈가 제자리를 찾나봐."

우리는 부목을 대서 배 안에 있던 새 밧줄로 묶었다. 통증이 한결 가라앉은 모양이었다. 지저스는 바지 네 벌, 셔츠 네 벌, 원래는 유형수들의 몫인 털스웨터 네 벌을 구해놓았다. 마튀레트와 클루지오는 옷을 갈아입었고, 나는 그대로 아랍인의 옷을 입고 있었다. 우리는 럼주를 마셨다. 출발한 이후로 두 병째였다. 술을 마시니 다행히도 몸이 따뜻해졌다. 모기들이 쉴새없이 괴롭히는 통에 담배 한 갑을 희생해야 했다. 담배를 물병에 담근 다음 니코틴 즙을 얼굴과 손발에 발랐다. 털스웨터는 살을 파고드는 습기 속에서 몸을 따뜻하게 해주었다.

랑플레가 말했다.

"이제 가자. 분명히 1,000프랑 주기로 한 것 잊지 마!"

지저스도 말했다.

"잘들 있으라고. 여드레 동안은 여기서 꼼짝하지 말고. 우린 이레째 되는 날 올게. 여드레째에는 바다로 나갈 거야. 그동안 돛이랑 삼각돛도 만들고 배도 정리해둬. 물건들 전부 자리잡아놓고 떼어놓은 키도 잘 맞춰놓고. 혹시 열흘이 지나도 우리가 돌아오지 않으면 마을에서 체포된 줄 알아. 자네들이 간수들을 공격해서 일을 복잡하게 만들어놓았으니 아마 한바탕 살벌한 소동이 벌어질 거야."

클루지오는 자신이 단총을 벽 아래쪽에 버리지 않고 담장 너머로 던졌는데 어쩌면 담 바로 아래로 흐르는 강물 속에 빠졌을지도 모르겠다고 말했다. 지저스는 단총을 찾지 못하면 인간 사냥꾼들이 우리가 무장을 하고 있을 거라고 생각할 테니 차라리 잘됐다고 말했다. 그들은 권총하고 칼만 갖고 다니기 때문에 우리에게 단총이 있다고 생각하는 한은 멀리까지 찾으러 오지 못할 것이 분명했다. 만일 우리가 발각되어 배를 버려야 하는 일이 생긴다면 물이 없는 관목 숲까지 샛강을 거슬러 올라가서 나침반을 이용해 북쪽으로 향해야 했다. 운이 좋다면 2~3일 만에 일명 '샤르뱅'이라 불리는 죽음의 수용소에 도착할지도 모른다. 그곳에서라면 누군가에게 돈을 쥐어주고 지저스에게 우리가 있는 장소를 알려줄 수 있을 것이다. 두 사람은 떠나갔다. 몇 분 후에 그들이 탄 카누의 모습이 사라지자 더이상은 아무것도 보이지도 들리지도 않았다.

관목 숲에는 햇살이 굉장히 특이하게 들어왔다. 마치 햇빛이 꼭대기에만 들어오고 아래로는 조금도 투과되지 않는 아케이드 안에 들어와 있는 듯했다. 날이 더워지기 시작했다. 마튀레트와 클루지오와 나, 이렇게 우리 셋뿐이었다. 우리의 첫 번째 반응은 웃는 것이었다. 일이 순조롭게 진행되는 것 같아서 터져나온 웃음이었다. 한 가지 불편한 점은 바로 클루지오의 다리였다. 클루지오는 나뭇가지로 부목을 만들어 대고 나니 한결 낫다고 말했다. 일단은 커피로 몸을 훈훈하게 만들 수 있을 것 같았다. 우리는 불을 피워서 각자 흑설탕을 넣은 블랙커피를 한 잔씩 마셨다. 꿀맛 같았다. 어제 저녁부터 참으로 엄청난 체력 소모를 했던지라 배를 살피거나 소지품을 확인할 엄두도 나지 않았다. 나중에나 볼 수 있을 것 같았다. 우리는 자유, 자유, 자유다. 그곳에 도착한 지 정확히 37일째였다. 탈출에 성공한다면 나의 무기징역은 그다지 길지 않을 것이다. 나는 말했다.

"대통령님, 프랑스에서는 무기징역형이 몇 년이나 되나요?"

그리고 웃음을 터뜨렸다. 마튀레트도 무기징역형이었다. 클루지오는 말했다.

"아직은 승리의 노래를 부를 때가 아니야. 콜롬비아는 아직도 멀리 떨어져 있고, 이 배는 내가 보기엔 항해를 하기엔 형편없어 보이는걸."

나는 아무 대꾸도 하지 않았다. 솔직히 말해서 그 순간까지 그 배가 우리를 진짜 배가 있는 곳까지 태워다줄 카누라고 생각했기 때문이다. 내가 착각했다는 걸 그제야 깨달았지만 친구들에게는 차마 아무 말도 할 수가 없었다. 나쁜 영향을 끼칠 것 같아서였다.

우리는 그 첫날, 이야기를 나누고 관목 숲이라는 낯선 장소와 접촉하면서 보냈다. 원숭이들과 작은 다람쥐 같은 짐승들이 우리 머리 위에서 무섭게 재주를 넘으며 뛰놀았다. 작은 멧돼지 떼가 와서 물을 마시고 목욕을 했다. 적어도 2,000마리는 됨직해 보였다. 멧돼지들은 샛강에 들어와 헤엄을 치면서 수초 뿌리들을 잡아뜯었다. 어디선가 악어 한 마리가 나와서 돼지 한 마리의 발을 낚아채자 돼지가 미친 듯이 소리를 지르기 시작했다. 그러자 다른 돼지들이 그 악어에게 달려들어 위에 올라타 커다란 주둥이의 연결 부위를 물어 뜯으려고 안간힘을 썼다. 악어가 꼬리를 한 번 휘두를 때마다 돼지 가 한 마리씩 좌우로 내동댕이쳐졌다. 그 중 한 마리는 그대로 즉사 해서 배를 뒤집고 수면 위를 둥둥 떠다녔다. 그러자 다른 악어들이 달려들어 즉시 먹어치웠다. 샛강은 유혈이 낭자했다. 그 광경은 20 분 간 지속되다가 결국은 악어가 물 속으로 달아나버림으로써 끝이 났다. 그 후로 악어는 다시 모습을 보이지 않았다.

우리는 푹 자고 일어나 아침에 또 커피를 만들어 마셨다. 나는 스 웨터를 벗고 보트 속에서 찾아낸 커다란 마르세유 비누로 몸을 씻 었다. 마튀레트는 내 메스로 나와 클루지오에게 대충 면도를 해주 었다. 마튀레트 자신은 수염이 없었다. 내가 스웨터를 다시 입으려 고 손에 들자 스웨터에서 거무스름한 보라색의 커다란 털북숭이 거 미 한 마리가 툭 떨어졌다. 기다란 털의 끝 부분은 마치 작은 백금 공 같았다. 무게가 족히 150그램은 돼 보일 만큼 커다래서 밟아 죽 이면서도 역겨웠다. 우리는 배에서 물통을 포함한 물건들을 모두 꺼냈다. 물은 보라색이었다. 지저스가 물이 썩을까봐 과망간산염을 너무 많이 넣은 모양이었다. 꽉 닫힌 병들 속에는 성냥개비와 마찰 패드가 들어 있었다. 나침반은 초등학생용 수준이어서 눈금도 없이 달랑 동서남북만 가리켰다. 돛대는 높이가 2미터 50센티미터밖에 되지 않아서 우리는 돛에 힘을 실어주기 위해 밧줄을 이용해 밀가 루 부대를 사다리꼴로 꿰맸다. 나는 작은 이등변삼각형 꼴의 돛을 만들었다. 그 돛은 배가 물결을 헤치고 뱃머리를 올릴 때 도움을 줄 것이다.

돛대를 세우고 나서야 뱃바닥이 튼튼하지 않다는 사실을 알게 되었다. 돛대가 들어간 구멍이 심하게 침식되었다. 키를 지탱하는 데 쓰이는 경첩을 고정시키느라고 나사못을 돌렸더니 나사못이 마치 버터 속에 파묻히듯 쑥 들어갔다. 배는 썩어 있었다. 그 빌어먹을 지저스가 우리를 죽음으로 내몬 것이다. 나는 마지못해 그 모든 것을 다른 두 친구에게 보여주었다. 그들에게 사실을 숨길 권리가 내게는 없었다. 이제 어떻게 하지? 지저스가 돌아오면 우리에게 더 확실한 배를 찾아주어야만 할 것이다. 우선 그의 무기부터 빼앗아 내가 칼과 손도끼를 들어야 한다. 그러고는 그와 함께 마을에 다른 배를 찾으러 떠날 것이다. 꽤 위험이 따르는 일이지만 관을 타고 바다로 나서는 것보다는 나을 테니까. 생필품은 그런 대로 괜찮았다. 몸체가 둥글고 큰 기름병과 타피오카(카사바 속의 식물 뿌리에서 뺀 식용 전분―옮긴이) 가루가 가득 찬 상자들이 있었다. 그 정도면 먼 곳까지 갈 수 있었다.

다음날 아침에 우리는 신기한 장면을 목격했다. 얼굴이 잿빛인 원숭이 한 무리가 얼굴이 검고 털이 잔뜩 난 원숭이들과 싸우고 있었다. 마뛰레트는 그 싸움을 구경하다가 얼굴에 나뭇가지 조각을 맞고 호두알만큼 커다란 혹이 하나 났다.

우리는 그곳에서 네 번의 낮을 겪고 다섯 번째 밤을 맞았다. 그날 밤에는 비가 억수같이 쏟아졌다. 우리는 야생 바나나 나뭇잎으로 비를 막았다. 매끈매끈한 표면을 타고 빗물이 흘러내렸지만 발만 빼고는 하나도 젖지 않았다. 아침에 나는 커피를 마시면서 지저스가 얼마나 나쁜 놈인가 하는 생각을 했다. 우리가 아무 경험이 없는 것을 이용해 그 따위 썩은 배를 넘기다니! 고작 500프랑 혹은 1,000 프랑을 아끼려고 세 사람을 황천길로 보내려 한 것이다. 다른 배를 구하게 한 다음에 그를 죽이지 않을 수 있을지 자신이 없었다.

어치들의 고함 소리에 우리의 작은 세계가 술렁였다. 너무도 날카롭고 귀에 거슬리는 소리여서 나는 마튀레트에게 칼을 들고 무슨 일인지 가보라고 시켰다. 그는 5분 만에 돌아와서 따라오라고 손짓을 했다. 배에서 약 150미터 정도 떨어진 곳에 가보니 커다란 닭보다 두 배는 더 큰, 꿩 같기도 하고 물새 같기도 한 것이 허공에 매달려 있었다. 올가미에 걸린 채였다. 나는 얼른 칼을 휘둘러 목을 따서 그 끔찍한 비명을 멈추게 했다. 무게가 어림잡아도 5킬로그램은 나갈 것 같았다. 닭처럼 며느리발톱도 달려 있었다. 우리는 그놈을 잡아먹기로 했지만 가만히 생각해보니 그것이 누군가가 만들어놓은 덫이라면 주위에 다른 사람들이 있을 것 같다는 생각이 들었다. 그래서 주위를 살펴보기로 했다. 그러다가 이상한 것을 발견했다. 그것은 샛강에서 약 10미터 정도 떨어진 물가에 나란히 놓인, 나뭇잎과 칡넝쿨을 이용해 30센티미터 높이로 만들어놓은 장애물이었다. 군데군데 문이 나 있었고, 잔 나뭇가지들을 덮어 감춰놓은 문 가장자리 철사 끝에 부러진 소관목 나뭇가지가 매달려 있었다. 나는 장애물에 부딪힌 그 동물이 나가는 문을 찾으려고 장애물을 따라 걸으며 헤맸다는 것을 알 수 있었다. 그러다 문을 찾아서 나가던 중 발이 철사에 걸려 나뭇가지를 꺾어놓았고, 그러면서 올가미에 걸려 허공에 매달린 것이었다.

그런 사실을 발견하고 나자 혼란스러웠다. 제대로 만들어진 그 장애물은 그리 오래된 것이 아니었으므로 우리는 언제 발각될지 모를 상태에 놓여 있었다. 낮에는 절대 불을 피워서는 안 되겠지만 사냥꾼도 밤에는 오지 않을 것이다. 우리는 올가미 근처를 살피기 위해 돌아가면서 망을 보기로 했다. 배는 나뭇가지들로 덮어놓고 물건들은 관목 숲 속에 감추었다.

　나는 다음날 10시에 망을 보기로 했다. 우리는 그날 밤에 그 꿩인지 물새인지를 잡아먹었다. 수프 맛은 기가 막혔고, 고기는 삶긴 했어도 아주 맛있었다. 각각 두 그릇씩 먹었다. 드디어 내가 망을 볼 차례였다. 그러나 커다란 나뭇잎 조각들을 하나씩 등에 지고 거대한 개미집으로 나르는 아주 크고 검은 타피오카 개미 떼에 정신이 팔려서 망보는 것도 잊었다. 그 개미들은 길이가 2센티미터 가까이 되고 다리도 길었다. 나는 개미들이 열심히 껍질을 벗기고 있는 나무까지 따라가 그 방대한 작업 조직을 살펴보았다. 먼저 조각들을 만들어내기만 하는 재단사들이 있었다. 그 개미들은 바나나나무 비슷한 나무의 거대한 잎들을 빠르게 뜯어내 믿을 수 없을 만큼 정교한 솜씨로 일정한 크기로 잘라 바닥에 떨어뜨렸다. 아래에는 같은 부류지만 조금 역할이 다른 개미들이 기다리고 있었다. 그 개미들은 턱 아래쪽에 회색 줄무늬가 나 있었다. 그들은 반원 대형으로 작업장을 둘러싸고는 운반하는 개미들을 감시했다. 운반 개미들은 오른쪽 줄로 도착해 왼쪽으로 움직여 개미집으로 향했다. 움직임이 빠른 그들은 먼저 등에 짐을 진 뒤에 질서정연하게 줄을 섰으나 때로는 서둘러 짐을 싣고 줄을 서느라 북적대기도 했다. 그러면 감시하는 개미들이 나서서 일꾼들을 각각 제자리로 밀쳐 줄을 서게 했다. 한 일꾼 개미는 도대체 무슨 큰 잘못을 했는지 알 수는 없었지만, 대열에서 밀쳐진 뒤 감시 개미 두 마리에 의해 머리와 몸통이 세 조각으로 잘렸다. 곧이어 일꾼 개미 두 마리가 감시 개미들에게 가던 길을 제지당하더니 등에 지고 있던 나뭇잎을 내려놓고 발로 구멍을 파서 죽은 개미의 머리와 가슴과 몸통을 묻은 뒤에 다시 흙으로 덮었다.

피종 섬

나는 넋을 잃고 그 작은 세계를 구경하며 개미 병사들의 감시가 개미집 입구까지 이어지는지 보기 위해 따라갔다. 그때 느닷없이 누군가의 목소리가 들려와 소스라치게 놀라고 말았다.

"꼼짝 마. 움직이면 죽는다. 뒤로 돌아."

벌거벗은 상체에 짧은 카키색 바지를 걸치고 붉은 가죽 장화를 신은 사내가 서 있었다. 그는 쌍열박이 총을 한 손에 들고 있었다. 땅딸막한 체구에 어중간한 키, 햇빛에 그을린 피부, 그리고 대머리에 눈과 코는 밝은 파란색 문신에 가려 있었다. 이마 중간까지 문신이 새겨져 있었다.

"무기 있나?"

"아니."

"혼자냐?"

"아니."

"몇 명이야?"

"셋."

"친구들을 이리 데려와."

"그럴 순 없어. 둘 중 하나는 단총을 갖고 있거든. 네 의도를 알기 전에는 네 손에 순순히 죽게 놔둘 수 없지."

"아! 그렇다면 움직이지 말고 조용히 얘기해봐. 너희가 병원에서 탈출한 그 세 놈들이냐?"

"그렇다."

"빠삐용이 누구냐?"

"나다."

"네 탈옥 때문에 마을에 일대 소란이 있어났지! 해방된 죄수들 절반이 헌병대에 끌려갔어."

그는 내 앞으로 다가와 총구를 바닥으로 내리고 손을 잡았다.

"내 이름은 마스크 쓴 브르통이야. 내 얘기 들어봤나?"

"아니. 하지만 인간 사냥꾼은 아닌 것 같군."

"맞아. 내가 봉관조(열대 아메리카산 새—옮긴이)를 잡으려고 여기에 올가미를 설치했지. 그런데 호랑이가 한 마리를 잡아먹은 것 같아, 아니면 너희들이 그랬든지."

"우리가 그랬어."

"커피 마실래?"

그는 등에 지고 있던 배낭 속에서 보온병을 꺼내 내게 커피를 조금 주고 자신도 마셨다. 나는 그에게 말했다.

"내 친구들을 만나러 가죠."

그는 나를 따라와서 우리와 함께 앉았다. 내가 단총으로 그에게 겁을 주려 하자 그가 웃으며 말했다.

"내가 그럴 줄 알았지. 너희들이 단총을 갖고 간 걸 다 알기 때문에 인간 사냥꾼들이 아무도 너희들을 찾아나서려 하질 않았거든."

그는 자신도 20년 전부터 기아나에 있다가 5년 전에 해방되었다고 설명해주었다. 마흔다섯 살이었다. 그는 어리석게도 얼굴에 가면처럼 문신을 새겨 넣은 탓에 더는 프랑스에서 살지 못하고 정처 없이 프랑스를 떠났었다. 그는 관목 숲을 무척 사랑해서 그 속에서 만 생활을 하는 사람이었다. 뱀 가죽, 호랑이 가죽, 나비 수집 그리고 무엇보다도 우리가 먹었던 새인 봉관조 사냥이 그의 삶 전부였다. 그는 봉관조를 200프랑이나 250프랑에 팔고는 했다. 나는 그 액수를 지불하려고 했지만 그는 화를 내면서 거절했다. 그가 그 새에 대해 우리에게 들려준 이야기는 다음과 같다.

"이 야생조는 관목에서 사는 닭이야. 물론 수탉이고, 암탉은 인간이 한 번도 본 적이 없지. 나는 이놈을 한 마리 잡으면 마을에 가져가서 닭장을 가진 사람에게 팔아. 아주 희귀한 새니까. 날개를 자르지도 않고, 아무 짓도 하지 않은 채로 저녁에 닭장에 집어넣었다가 아침에 닭장 문을 열면 이놈이 맨 앞에서 밖으로 나오는 닭들의 수를 세기라도 하는 듯이 우뚝 서 있지. 그러고는 닭들을 따라가서 닭들과 똑같이 먹으면서도 사방팔방으로 연신 살핀다네. 영락없는 양치기 개 같아. 저녁이 되면 문으로 가서 살피는데 도대체 어떻게 아는지는 알 수 없지만 한두 마리라도 닭이 모자랄라치면 기가 막히게 알고는 찾으러 간다고. 수탉이든 암탉이든 이제 들어갈 시간이 되었다고 알려주는 것처럼 주둥이로 몰아서 들여보내. 뿐만 아니라 들쥐나 뱀, 뒤쥐, 거미, 지네도 잡고, 하늘에 맹금류라도 떴다 하면 다들 풀 속으로 보내 숨게 하고는 혼자 맞선다고. 닭장에서 도망도 안 가고 말야."

그런 기가 막힌 새를 우리는 보통 닭처럼 잡아먹었던 것이다. 마스크 쓴 브르통은 지저스와 랑플레 그리고 30여 명의 해방 죄수들이 생 로랑의 헌병대 감옥에 갇힌 채 혹시 그들 중에 우리가 빠져나온 건물 주위를 어슬렁거린 사람은 없었는지 심문을 당하고 있다고 전해주었다. 아랍인은 헌병대 지하 감방에 갇혔다. 그는 독방에서 공모죄를 추궁받고 있다고 했다. 그는 두 대나 맞고도 아무런 부상도 입지 않은 반면에 간수들은 머리가 살짝 부풀었다.

"아무도 날 귀찮게 하지는 않아. 왜냐하면 누구나 내가 탈주에 절대 관여하지 않는다는 걸 알거든."

그는 지저스가 악당이라고 말해주었다. 내가 배 얘기를 했더니 그는 한번 보고 싶어했다. 그러고는 그 배를 보자마자 이렇게 소리쳤다.

"그 자식이 자네들을 죽이려고 작정을 했구먼! 이런 카누로는 바다에서 한 시간 이상은 떠 있지도 못하지. 노만 한 번 세게 저어도 당장 두 동강이 나서 물에 빠질걸. 이런 건 탈 생각도 하지 말아. 그건 자살 행위나 마찬가지야."

"그럼 어떻게 하죠?"

"돈 있어?"

"네."

"내가 어떻게 해야 하는지 알려주지. 내가 도와줄게. 자넨 그럴 만한 자격이 있어. 아무 대가 없이 그냥 도와주겠어. 무슨 일이 있어도 마을엔 절대 가까이 가면 안 돼. 좋은 소형 배를 찾으려면 피종 섬에 가야 해. 그 섬에는 200명의 나병 환자들이 있어. 그곳에는 간수도 없고 건강한 사람은 의사조차도 가질 않아. 매일 아침 8시에 배 한 척이 하루치 생필품을 갖고 와. 병원 의무병은 환자들을 돌보는, 역시 나병에 걸린 의무병 두 명에게 약 상자를 맡기고. 간수도, 인간 사냥꾼도, 신부도 그 섬엔 절대 가지 않아. 나병 환자들은 직접 만든 아주 작은 초가집에 살면서 공동 거실에서 한데 모이기도 해. 평소 먹는 식단을 보충해줄 닭과 오리들을 키우기도 하고. 공식적으로는 섬 바깥에서 아무것도 팔 수 없게 되어 있는데, 생 로랑과 생 장 그리고 네덜란드령 기아나의 알비나에 사는 중국인들과 몰래 불법 거래를 하고 있어. 그들은 모두 위험한 살인자들이야. 가끔씩 서로 죽이는 일도 있지만 몰래 섬 밖으로 나가서 갖가지 죄를 저지르고는 다시 섬으로 돌아와 숨고는 해. 그렇게 돌아다니려고 옆 마을에서 훔쳐온 배들을 몇 척 가지고 있지. 그들이 짓는 가장 큰 죄는 바로 배를 훔치는 일이야. 그래서 간수들은 피종 섬에 들어가거나 나오는 배만 보면 무조건 사격을 해. 그걸 피하려고 또 나병 환자들은 배에 돌을 실어서 물 속에 넣어놓지. 배를 탈 일이 있으면 물 속에 들어가서 돌을 꺼내 다시 수면에 띄우고. 그 섬에는 프랑스에서 볼 수 있는 온갖 종교와 온갖 인종의 인간들이 다 있어. 요컨대, 자네가 가진 배는 마로니에서만 쓸 수 있고 짐을 너무 많이 실으면 안 돼! 따라서 바다로 나가려면 다른 배를 찾아야 하며, 가장 좋은 배는 바로 피종 섬에 있다는 얘기야."

"어떻게?"

"들어봐. 내가 자네를 섬이 보이는 강까지 데려다줄게. 자네 혼자서는 그 섬을 찾지도 못하거니와 실수를 하기 십상이야. 섬은 하구에서 약 150킬로미터 정도 떨어져 있으니까 뒤로 돌아서 가야 해. 생 로랑 섬보다 50킬로미터쯤 더 멀어. 자네를 제일 가까운 곳에 데려다주고 나는 내 배로 돌아오겠어. 그럼 자네는 혼자 섬으로 가는 거야."

"왜 당신은 우리와 함께 섬에 가지 않죠?"

"맙소사. 나는 공식적으로 행정부 배가 들어오는 선창에 딱 한 번 간 적이 있어. 한낮이었지만 그때 본 것만으로도 충분하다고. 미안해, 빠삐. 내 평생 다시는 그 섬에 발을 디디고 싶지 않아. 게다가 비위가 약해서 그들 가까이 가거나 말을 할 엄두가 나지 않아. 그러니 내가 같이 가봐야 자네한테는 방해만 될걸."

"언제 떠나죠?"

"해질 무렵에."

"지금 몇 시죠, 브르통?"

"3시."

"좋아요, 그럼 조금 자둬야겠군요."

"안 돼, 배에 짐을 싣고 준비해야지."

"난 빈 배로 갔다가 클루지오를 데리러 다시 올 거예요. 그동안 클루지오는 여기 남아서 짐을 지키고."

"말도 안 돼. 자네 혼자선 아무리 한낮이라도 다시 못 찾는다니까. 그리고 어쨌든 낮 동안에는 강에 가면 안 되고. 아직도 너희를 찾고 있단 말이야. 강은 아직 너무 위험해."

저녁이 되었다. 그는 자신의 배를 끌고 와서 우리 배 뒤에 묶었다. 클루지오는 키를 잡고 있는 브르통 옆에, 마튀레트는 가운데에, 나는 뱃머리에 자리를 잡았다. 강을 벗어날 무렵에 날이 어두워져서 우리는 힘겹게 샛강을 빠져나왔다. 적갈색의 거대한 태양이 바다 저편 수평선에 이글거리며 불을 지피고 있었다. 무수한 불꽃들이 조금이라도 더 강렬하고, 더 붉고, 더 노랗게 뒤섞이는 속에서 갖가지 색을 발하려고 서로 싸우는 듯했다.

브르통이 말했다.

"썰물이 끝난 거야. 한 시간 있으면 밀물이 들어오기 시작할 테니 우리는 그 틈에 마로니로 거슬러 올라가는 거지. 그러면 힘 하나 들이지 않고 밀물을 타고 섬까지 제법 빨리 갈 수 있을 거야."

순식간에 날이 어두워졌다. 브르통이 말했다.

"앞으로. 강 중앙으로 들어가도록 노를 세게 저어. 담배는 더 이상 안 돼."

우리는 노를 저으며 물살을 타고 제법 빠르게 앞으로 나아갔다. 브르통과 나는 보조를 맞추어 동시에 노를 저었다. 마튀레트도 최선을 다했다. 강 중앙부로 나가면 나갈수록 밀물이 우리를 밀어올리는 것이 느껴졌다. 우리는 빠르게 미끄러지듯 전진했다. 밀물의 힘은 30분마다 그 차이가 느껴졌다. 밀물의 힘이 더 강해지자 우리는 더 빨리 실려갔다. 여섯 시간 뒤 우리는 섬 근처에 도착했다. 강한가운데에 커다란 점 같은 것이 보였다. 브르통이 낮은 목소리로 말했다.

"저기야."

그렇게 어둡지는 않지만 안개가 깔려 있어서 멀리서 우리를 알아보기는 쉽지 않을 듯했다. 우리는 가까이 다가갔다. 깎아지른 절벽들이 선명하게 보이자 브르통은 자신의 배로 옮겨 타더니 얼른 우리 배를 풀어내고 낮은 목소리로 이렇게만 말했다.

"행운을 비네, 친구들!"

"고마워요."

"천만에."

이제 브르통이 몰지 않는 배는 비스듬히 기운 채 섬의 측면으로 곧장 실려갔다. 나는 바로세워서 방향을 돌려보려고 했지만 물살에 떠밀려 도무지 어찌해볼 수가 없었다. 내가 미친 듯이 노로 제동을 걸려 했지만 나뭇가지들과 나뭇잎 대신에 바위에 세게 부딪히며 배가 부서져서 생필품과 물건들이 여기저기 흩어지고 말았다. 마뤼레트가 물 속에 뛰어들어 배를 꺼내고 우리는 거대한 덤불 아래로 숨어 들어갔다. 마뤼레트가 힘들게 배를 끌어와 그곳에 묶었다. 함께 럼주를 조금 마신 뒤 나는 배에 친구들을 남겨둔 채 혼자 강둑을 기어 올라갔다.

한 손에는 나침반을 들고, 곳곳에서 나뭇가지들을 부러뜨리고 떠나기 전에 챙겨온 밀가루 부대들을 각각 다른 장소에 매달아놓으면서 계속 걸었다. 불빛이 보이는가 싶더니 갑자기 사람들의 음성과 초가집 세 채가 보였다. 나는 무작정 앞으로 나아갔다. 내 소개를 어떻게 해야 할지 몰라서 일단 되는 대로 해보기로 했다. 나는 담배에 불을 붙였다. 불똥이 튀자마자 작은 개 한 마리가 달려와 나를 향해 짖으면서 다리를 물어뜯을 듯이 덤볐다. '이 개도 나병에 걸렸으면 어떡하지? 이 바보야, 개들한테는 나병이 없어.' 혼자 속으로 생각했다.

"게 누구요? 누구야? 마르셀, 자넨가?"

"탈주자입니다."

"여긴 뭐 하러 왔어? 우리 걸 훔치려고? 우리가 가진 게 많은 줄 아나 보지?"

"그게 아니라 도움이 필요해요."

"공짜로 아니면 돈 내고?"

그림자 네 개가 초가집에서 나왔다.

그러더니 나와 이야기하던 이를 제지했다.

"가만히 있어, 라슈에트!"

"천천히 앞으로 나와. 네가 단총을 든 그놈인 모양이군. 총을 갖고 있으면 바닥에 내려놔. 여기선 두려워할 게 없으니까."

"그래요, 내가 맞는데 총은 없어요."

나는 앞으로 나가서 그들 가까이 다가갔다. 어두워서 윤곽을 제대로 알아볼 수는 없었다. 바보같이 손을 내밀었지만 아무도 내 손을 잡지 않았다. 한참 후에야 그것이 여기서는 통용되지 않는 몸짓이라는 것을 깨달았다. 그들은 내게 전염시키지 않으려고 한 것이다.

"안으로 들어갑시다."

라슈에트가 말했다. 그 작은 오두막집 탁자 위에는 등잔불이 밝혀져 있었다.

"앉아."

나는 등받이가 없는 짚으로 만든 의자에 앉았다. 라슈에트는 다른 세 개의 등잔에 불을 붙여 그 중 하나를 내 앞에 있는 탁자 위에 올려놓았다. 코코넛 기름을 사용하는 등잔의 심지에서 피어오르는 연기에서 매캐한 냄새가 났다. 나는 앉아 있고 그들 다섯 명은 서 있어서 그들의 얼굴을 제대로 볼 수가 없었다. 반면에 내 얼굴은 등잔 높이에 있어서 불빛에 훤히 비쳤다. 라슈에트에게 가만히 있으라고 말했던 목소리가 말했다.

"랑기유, 공동 주택에 가서 이 자를 그리로 데려갈지 물어봐. 특히 투생이 좋다고 하면 빨리 대답을 전해. 여긴 마실 것도 없어. 혹시 달걀이라도 먹겠다면 모를까."

그는 내 앞에 달걀이 가득 담긴 바구니를 놓았다.

"아니, 됐어요."

내 오른쪽 옆으로 그들 중 한 명이 바짝 다가와 앉아서 비로소 나병 환자의 얼굴을 처음으로 보게 되었다. 너무 끔찍해서 고개를 돌리거나 느낌을 드러내지 않으려고 안간힘을 써야 했다. 코는 완전히 썩어 문드러진 채 뼈와 살만 앙상하니, 얼굴 한복판에 구멍이 하나 나 있는 것 같았다. 구멍도 두 개가 아니라 동전처럼 커다란 구멍 하나뿐이었다. 아랫입술 오른쪽도 썩어서 턱뼈 밖으로 튀어나온 누렇고 기다란 치아 세 개가 그대로 드러났다. 귀도 하나뿐이었다. 그는 붕대를 감은 한 손을 탁자 위에 올렸다. 오른손이었다. 왼손에 남은 손가락 두 개로 굵고 긴 엽궐련을 들고 있었다. 색이 푸르스름한 걸로 보아 덜 여문 담뱃잎으로 직접 만든 모양이었다. 그의 왼쪽 눈 위에는 눈썹도 없었다. 오른쪽에도 눈썹이 없을 뿐만 아니라 눈에서부터 무성한 잿빛 머리카락이 뒤덮고 있는 이마 위쪽까지 깊은 상처가 나 있었다. 그가 걸걸한 목소리로 말했다.

"자넬 도와주지. 여기서 얼쩡대다가 나처럼 되는 건 나도 바라지 않으니까."

"고맙습니다."

"내 이름은 장 상 푀르야. 나도 유형지에 처음 왔을 때는 더 잘생기고 건강했지. 그런데 10년이 지나니까 이 꼴이 되었어."

"사람들이 치료해주지 않던가요?"

"했지. 대풍자유(이나무과 대풍자나무의 씨를 압착해서 얻어지는 유지—옮긴이) 주사를 맞은 뒤로는 많이 좋아졌어. 이거 봐."

그는 고개를 돌려 왼편을 보여주었다.

"이쪽은 마르잖아."

불현듯 나도 모르게 연민이 밀려와 우정의 표시로 그의 왼뺨을 쓰다듬으려고 했다. 그러자 그는 얼른 뒤로 물러서면서 말했다.

"마음은 고맙지만 절대 환자를 만지면 안 돼. 같은 그릇으로 먹어도, 마셔도 안 돼."

지금까지도 유일하게 기억나는 나병에 걸린 얼굴이 바로 그의 얼굴이다. 그는 내가 쳐다보아도 꿋꿋이 외면하지 않는 용기를 가진 사람이었다.

"그놈 어디 있어?"

문가에 난쟁이보다 조금 클까말까 한 자그마한 사내의 그림자가 나타났다.

"투생과 다른 사람들이 만나고 싶어하니까 데려가."

장 상 피르가 일어서서 내게 말했다.

"나를 따라와."

우리는 모두 어둠 속으로 나갔다. 너댓 명이 앞에 서고 나는 장 상 피르 옆에, 다른 사람들은 뒤에서 따라왔다. 3분쯤 걸어서 달빛이 희미하게 비치는 광장 같은 곳에 도착했다. 그 섬의 꼭대기 평지였다. 중앙에 집이 한 채 있었다. 달빛에 창문 두 개가 보였다. 문 앞에서 20여 명의 사람들이 기다리고 있다가 우리가 도착하자 길을 터주었다. 길이 10미터에 폭이 어림잡아 4미터는 됨직한 장방형의 방 안에는 일정한 높이의 커다란 돌 네 개로 둘러싼 일종의 벽난로 안에서 장작이 타고 있었다. 방은 커다란 강풍용 등 두 개가 불을 밝히고 있었다. 하얀 얼굴에 나이를 가늠하기 힘든 한 남자가 걸상에 앉아 있었다. 그의 뒤에 있는 벤치에는 대여섯 명의 남자가 앉아 있었다. 검은 눈을 가진 앞의 사내가 내게 말했다.

"나는 투생이고 코르시카인이다. 네가 빠삐용인가 보군."

"네."

"유형지에서는 소식이 빨리 전해지지. 네가 움직이는 것만큼 빠르게. 총은 어디다 뒀어?"

"강물에 버렸어요."

"어디에서?"

"병원 담장 앞, 우리가 뛰어내린 곳에요."

"그럼 찾을 수 있겠군?"

"아마 그럴 겁니다. 거긴 물이 그렇게 깊지 않으니까."

"네가 그걸 어떻게 알지?"

"친구가 다쳐서 배에 태우느라고 물 속에 들어갔으니까요."

"친구는 어떻게 됐는데?"

"다리가 부러졌어요."

"그래서 어떻게 했어?"

"나뭇가지들을 분질러서 부목처럼 다리에 대줬어요."

"많이 아파하나?"

"네."

"지금 어디 있어?"

"배에요."

"도움이 필요해서 왔다던데, 어떤 도움이 필요하다는 거지?"

"배요."

"우리한테 배를 달라는 건가?"

"네. 돈은 있습니다."

"좋아. 내 배를 너한테 팔지. 새것처럼 훌륭한 거야. 지난주에 알비나에서 훔쳤거든. 그냥 배가 아니라 대서양 횡단선이야. 용골(선체의 밑바닥에서 중심선에 평행으로 배의 전체 길이에 걸쳐 관통하는, 동물의 척추에 해당하는 구조 부재―옮긴이)만 없을 뿐이지. 하지만 두 시간이면 좋은 걸로 부착할 수 있어. 필요한 건 다 있고. 키 4미터 높이의 경질재 돛대 그리고 완전히 새것인 린넨 돛. 얼마 줄 텐가?"

"원하는 가격을 말씀하시죠. 여기서는 얼마만한 가치를 갖는지 전 모르니까요."

"그럼 3,000프랑. 돈이 안 되면 다시 그 총을 찾아와서 배하고 바꿔."

"아니, 차라리 그 돈을 내겠어요."

"좋아, 계약됐어. 라퓌스, 커피 가져와!"

나를 데리러왔던 난쟁이 같은 라퓌스는 장작불 위의 벽에 붙어 있는 선반에 가서 깨끗하고 새것처럼 반짝이는 그릇을 가져와 병에 담긴 커피를 따르고는 불 위에 올렸다. 잠시 후 그는 다시 그릇을 가져와 돌 옆에 놓인 컵 몇 개에 커피를 따랐다. 투생은 그 컵들을 뒤에 있던 사람들에게 건넸다. 라퓌스는 나에게 그릇을 건네주면서 말했다.

"겁내지 말고 마셔. 이 그릇은 손님들에게만 주는 거니까. 환자들은 아무도 이걸로 안 마셨어."

나는 그 그릇을 받아서 한 모금 마시고 무릎 위에 올려놓았다. 그 순간, 그릇에 손가락 하나가 붙어 있는 것을 발견했다. 내가 무슨 일인지 깨닫는 것과 동시에 라퓌스가 소리쳤다.

"이런, 손가락 하나가 또 빠졌네! 제기랄, 어디에 떨어졌지."

"여기 있어요."

나는 그릇을 가리키며 말했다. 그는 손가락을 떼어서 불 속에 던지고는 다시 그릇을 넘겨주면서 말했다.

"마셔도 돼. 난 건성 나병이거든. 신체 일부가 떨어져 나가긴 해도 썩지는 않아, 전염성도 없고."

살 타는 냄새가 났다. 손가락이 타는 모양이었다. 투생이 말했다.

"저녁 썰물 때까지 하루 종일 있어야 할 거야. 가서 친구들에게 알려줘. 다친 친구는 초가집으로 보내고, 배 안에 있는 걸 모두 챙긴 다음에 배를 가라앉혀. 아무도 너희를 도와줄 수 없어. 그 이유는 알 거야."

나는 부리나케 친구들에게 가서 클루지오를 초가집으로 옮겼다. 한 시간 후에 배 안에 있던 물건을 모두 꺼내어 조심스럽게 정리했다. 라퓌스가 그 배와 노를 선물로 달라고 했다. 내가 그에게 선물로 주자 그는 배를 자신만 아는 장소에 가라앉히러 갔다. 밤은 빨리 지나갔다. 초가집에는 우리 셋만 남아 투생이 보내준 새 담요를 덮었다. 그 담요들은 포장지로 포장된 채로 우리에게 도착했다. 나는 담요를 덮고 나란히 누워서 클루지오와 마튀레트에게 내가 섬에 도착한 다음부터 경험한 일과 투생과 거래를 한 일에 대해서 자세히 들려주었다. 클루지오는 생각 없이 쓸데없는 소리를 했다.

"그럼 탈출하는 데 전부 6,500프랑이 들었네. 내가 당신에게 절반, 그러니까 3,000프랑을 줄게요, 빠삐용."

"우리가 지금 흥정이나 할 때냐? 나한테 돈이 있는 한은 내가 낼게. 나머지는 그 다음에 생각하자고."

나병 환자들 그 누구도 우리가 있는 집에 들어오지 않았다. 날이 밝자 투생이 왔다.

"잘 잤나. 이젠 나와도 돼. 여기서는 아무도 자네들을 귀찮게 하지 않아. 섬 꼭대기 코코넛 나무 위에서 한 사람이 강가에 간수들의 배가 있는지 살피는데 아무것도 없다는군. 흰 깃발이 걸려 있으면 아무것도 안 보인다는 의미야. 뭐든 보이기만 하면 바로 내려와서 얘기해줄 거야. 자네들이 직접 파파야 열매를 따서 실컷 먹어."

나는 투생에게 용골은 어떻게 할 것인지 물었다. 그가 대답했다.

"의무실 문짝으로 만들 거야. 묵직한 뱀 무늬 나무거든. 벌써 밤새 배를 끌어 올려놨어. 가서 보자고."

가보니 5미터 길이에 좌판 두 개 중 하나에는 돛대를 꽂을 구멍도 있는 멋진 새 배였다. 하도 묵직해서 나와 마뛰레트는 간신히 배를 뒤집었다. 돛과 밧줄도 전부 새것이었다. 옆면에는 물통을 포함해 짐을 걸어놓을 수 있는 고리들도 달려 있었다. 우리는 작업을 시작했다. 정오가 되자 뒤에서 앞으로 갈수록 가늘어지는 용골이 내가 갖고 있던 긴 나사들과 나사못 네 개로 단단히 고정되었다.

주위에 둥글게 모여 서 있던 나병 환자들은 아무 말 없이 우리가 작업하는 것을 지켜보았다. 투생은 어떻게 해야 하는지 설명해주었고, 우리는 그대로 따라 했다. 투생의 얼굴은 상처 하나 없이 정상으로 보였지만 말을 하면 얼굴 왼쪽만 움직이는 것을 볼 수 있었다. 그 역시 건성 나병이라고 말해주었다. 그의 상체와 오른쪽 팔도 마비되었고, 얼마 안 있으면 왼쪽 다리도 마비될 것이라고 했다. 오른쪽 눈은 마치 의안처럼 움직이지 않았다. 그 눈으로 앞이 보이기는 해도 눈동자를 움직이지는 못했다. 나는 나병 환자들의 실명을 밝히지 않을 것이다. 그들을 사랑했거나 혹은 알고 지냈던 사람들은 아마도 그들이 얼마나 끔찍하게 산 채로 썩어 들어가는지 결코 알지 못할 것이다.

나는 일을 하면서 투생과 잡담을 나눴다. 다른 사람들은 어느 누구도 입을 열지 않았다. 딱 한 번만 제외하고. 그들이 용골을 단단하게 고정시키느라고 의무실 가구에서 뜯어낸 경첩들을 내가 주우려고 할 때 그들 중 한 명이 이렇게 말했다.

"아직은 줍지 말고 그냥 놔둬. 내가 그중 하나를 뜯다가 손을 베어서 피가 묻었어."

다른 사람이 그 위에 럼주를 붓고 불을 붙여 두 번 소독했다.

"이제 써도 돼."

그 사람이 말했다. 우리가 작업을 하는 동안 투생이 어떤 사람에게 말했다.

"자네는 여러 번 섬을 나가봤으니 빠삐용에게 어떻게 해야 하는지 설명해줘. 세 사람 모두 경험이 없으니까."

그러자 그가 곧 설명했다.

"오늘 초저녁에 썰물이 시작돼. 새벽 3시면 조류가 바뀔 거야. 6시쯤 해가 지면 아주 강한 물살이 세 시간도 안 걸려서 출구 쪽으로 100킬로미터 정도는 데려다줄 거야. 멈춰야 하는 시간은 9시야. 가까운 나무를 꼭 붙잡고 밀물 여섯 시간을 기다려. 그럼 새벽 3시가 될 거야. 그 시간엔 절대 움직이면 안 돼. 물살이 그다지 빠르게 움직이지 않으니까. 4시 반에 강 한가운데로 나가. 해가 뜰 때까지 한 시간 반정도도 여유가 있으니까 50킬로미터는 갈 수 있어. 그 한 시간 반에 네 운명이 달린 거지. 6시에 해가 뜰 때는 바다로 들어가야 해. 간수들이 혹시 발견하더라도 쫓아가지는 못해. 다시 밀물이 시작되면서 출구가 막히거든. 그들은 출구를 넘지 못하고 자넨 이미 건넌

거지. 자네 목숨은 그들 눈에 띄는 그 초반에 얼마나 멀리 나가 있느냐에 달린 거야. 여긴 돛이 하나밖에 없어. 자네 배엔 뭐가 있었나?"

"주돛 하나하고 삼각돛 하나요."

"이 배는 무거워서 삼각돛 두 개는 지탱할 수 있어. 뱃머리에서 돛대 아래쪽까지 가는 큰 삼각돛 하나하고 바람이 불어도 뱃머리를 들어 올려줄 작은 삼각돛 하나. 돛을 전부 밖으로 꺼내고 곧장 파도를 타. 친구들을 배 바닥에 엎드리게 해서 균형을 잡고 자네는 키 손잡이를 꽉 쥐고 있어. 그리고 돛에 달린 밧줄을 다리에 묶지 말고 배에 달린 고리에 걸어서 손목에 한 바퀴만 둘러. 큰 파도를 넘을 때 바람이 더 세게 불어서 뒤집힐 것 같으면 전부 놔버려. 그러면 배가 금세 균형을 되찾을 거야. 그 다음에는 멈추지 말고 미친 듯이 돛을 나부끼면서 바람을 맞으며 계속 앞으로 나가. 바다가 잠잠해져서 돛을 내릴 짬이 생기면 잠시 거두었다가 다시 올리고 출발해. 길은 알지?"

"아뇨. 베네수엘라와 콜롬비아가 북서쪽에 있다는 것밖에 몰라요."

"그 정도면 됐어. 해안으로 다시 밀리지 않게 조심하기만 하면 돼. 맞은편의 네덜란드령 기아나는 탈주자들을 되돌려보내. 그건 영국령 기아나도 마찬가지야. 트리니다드는 돌려보내지는 않지만 보름 후에 다시 떠나라고 할 거야. 베네수엘라는 도로에서 한두 해 일을 부려먹은 뒤에 돌려보내고."

나는 열심히 새겨들었다. 그는 가끔 섬을 떠나지만 나병 환자라서 금세 내쫓긴다고 말했다. 영국령 기아나의 조지타운 이상은 한 번도 가본 일이 없다고 털어놓기도 했다. 그에게서 나병이 눈에 띄는 부분은 발가락이 하나도 없는 발뿐이었다. 그는 맨발로 다녔다. 투생이 내가 들은 조언들을 모두 반복해보라고 해서 나는 하나도 빠짐없이 그대로 되풀이해보았다. 그때 장 상 피르가 말했다.

"거친 바다로 나가려면 얼마나 걸리지?"

나는 곧장 대답했다.

"북북서로 사흘 걸려요. 완만한 흐름을 타고 북북쪽으로, 나흘째에 북서쪽으로 가면 완전히 서쪽으로 돌아가고요."

"브라보. 나는 가장 최근에 나갔을 때 이틀 동안 북동쪽으로 갔더니 영국령 기아나가 나오더군. 북쪽으로 사흘 가면 트리니다드나 바베이도스 북쪽을 지날 거야. 그리고 눈에 띄지 않고 베네수엘라를 곧장 지나치면 쿠라사우나 콜롬비아가 나올 거야."

장 상 피르가 말했다.

"투생, 배를 얼마에 팔았어?"

"3,000프랑. 너무 비쌌나?"

"아니. 그게 아니고 좀 알아두려고. 빠삐용, 돈 있어?"

"네."

"넉넉해?"

"아뇨. 우리가 가진 전재산은 내 친구 클루지오에게 있는 3,000프랑뿐예요."

내 얘기를 들고 나서 장 상 피르가 투생에게 말했다.

"투생, 자네에게 내 권총을 넘길게. 난 저 친구들을 돕고 싶어. 얼마 줄래?"

"1,000프랑. 나도 돕고 싶어."

마뷔레트가 장 상 피르를 보면서 말했다.

"전부 고맙습니다."

클루지오도 말했다.

"고맙습니다."

나는 그제야 거짓말한 게 부끄러워져서 이렇게 말했다.

"아닙니다. 그런 걸 받을 순 없어요. 그럴 이유도 없고요."

그러자 라슈에트가 나를 바라보면서 말했다.

"아니, 그럴 만한 이유가 있어. 3,000프랑이면 큰돈이지만, 그 값이면 투생은 적어도 2,000프랑은 손해를 보는 거야. 그가 자네들에게 준 배는 유명한 배거든. 그러니 나라고 자네들에게 뭔가를 해주지 못할 까닭이 있나."

그리고 감동적인 일이 일어났다. 라슈에트가 모자 하나를 바닥에 내려놓자 나병 환자들이 그 안에 지폐나 동전을 넣은 것이다. 사방에서 나병 환자들이 나와 저마다 뭔가를 집어넣었다. 나는 부끄러워서 몸둘 바를 몰랐다. 그럼에도 실은 아직 돈이 남았다는 말을 차마 할 수가 없었다. 그토록 고귀한 마음들 앞에서 그런 잘못을 저지르다니 내가 얼마나 한심한 놈인지!

"제발 이러지 말아주십시오!"

그러자 두 손이 모두 잘려나간 팀북투(아프리카 서부 말리 중부 도시—옮긴이) 출신의 흑인 한 명이 말했다.

"우리에게 돈은 살기 위해서 필요한 게 아니야. 부끄러워하지 말고 받아. 우리에게 돈은 그저 도박을 하거나 이따금 알비나에서 오는 나병 걸린 여자들과 재미를 보기 위해서 필요할 뿐이야."

그 말에 조금은 마음이 가벼워져서 돈이 있다는 말을 하지 않기로 했다.

나병 환자들은 달걀 200개를 구워서 붉은색 십자가 표시가 된 상자에 담아 가져왔다. 그날 아침에 받은 의약품 상자였다. 또 살아 있는 거북이 두 마리도 가져왔다. 각각 무게가 30킬로그램은 되어 보이는 그 거북이들의 등 위에는 담뱃잎과 성냥개비와 마찰면들이 가득 담긴 병 두 개, 쌀 50킬로그램 정도가 담긴 가방, 숯 두 개, 의무실에서 가져온 휴대용 석유 난로 하나 그리고 연료 병 하나가 잘 묶여 있었다. 그 가없은 공동체의 일원 모두가 우리의 처지에 감동해서 탈출이 성공하도록 도움을 주고 싶어했다. 마치 그 탈출이 자신들의 탈출이라도 되는 것처럼. 그들은 우리가 도착한 장소 근처에서 배를 끌어올렸다. 그리고 모자 안에 모인 돈을 세었다. 전부 810프랑이었다. 나는 투생에게 1,200프랑만 주기로 했다. 클루지오는 내게 자신의 '계획'을 건넸고, 나는 모든 이들 앞에서 안을 열어서 보여주었다. 그 안에는 1,000프랑짜리 지폐 하나와 500프랑짜리 지폐 네 장이 있었다. 내가 투생에게 1,500프랑을 주자, 그는 내게 300프랑을 돌려주면서 이렇게 말했다.

"자, 권총도 받게, 선물이야. 이제 자네들은 모든 걸 거는 거야. 마지막 순간에 무기가 없어서 실패하면 안 되지. 물론 그걸 쓸 일이 없으면 좋겠지만 말야."

나는 그를 비롯한 다른 모든 사람들에게 어떻게 감사의 말을 해야 좋을지 몰랐다. 의무병은 솜, 알코올, 아스피린, 붕대, 요오드, 가위, 반창고가 담긴 작은 상자를 준비해주었다. 한 나병 환자는 말끔히 대패질한 판자들과 뜯지도 않은 포장 상태 그대로의 붕대 두 뭉치를 가져왔다. 클루지오의 부목을 바꿔 대주라고 준 것이었다.

5시쯤 비가 오기 시작했다. 장 상 푀르가 내게 말했다.

"자네들은 운이 좋네. 자네들이 발각될 위험은 더 적을 거야. 당장 출발하면 족히 30분은 벌 수 있어. 그러면 하구에 더 가까이 가서 새벽 4시 반에 다시 움직일 수 있을 거야."

"그런데 시간을 어떻게 알 수 있죠?"

"조수가 밀물인지 썰물인지를 보면 알 수 있을 거야."

우리는 배를 물에 띄웠다. 분명히 카누와는 달랐다. 온갖 물건과 우리 셋을 싣고도 수면 위로 40센티미터 정도는 너끈히 떴다. 돛대는 돛으로 둘둘 말아서 뉘여놓았다. 출구에 도착할 때까지는 사용할 수 없었기 때문이다. 키와 키 손잡이를 제자리에 놓고 풀잎으로 만든 쿠션을 찾아 깔고 앉았다. 그리고 뱃바닥에 담요를 깔아 클루지오의 자리를 마련해주었다. 클루지오는 내 발치에 나와 물통 사이에 앉았다. 마튀레트는 앞머리 구석에 앉았다. 예전의 배에서는 결코 느끼지 못했던 든든한 느낌이 들었다.

여전히 비가 내리는 가운데 우리는 강 중앙에서 네덜란드 연안쪽인 약간 왼쪽으로 내려가야 했다. 장 상 퓌르가 말했다.

"잘 가, 빨리 가!"

"행운을 빌어!"

투생이 말했다. 그러고는 배를 힘껏 걷어찼다.

"고마워요, 투생. 고마워요, 장, 모두들 정말 고마워요!"

우리는 이미 두 시간 반 전부터 믿을 수 없을 정도의 빠르기로 움직이는 썰물을 타고 신속하게 사라졌다.

비가 계속 내려서 10미터 앞도 잘 보이지 않았다. 아래쪽에 작은 섬 두 개가 있어서 마튀레트는 암초에 걸리지 않으려고 몸을 숙이고 앞만 응시했다. 날이 어두워졌다. 커다란 나무 하나가 우리와 함께 강을 따라 내려와 나뭇가지로 잠시 우리를 방해했다. 서둘러 나무를 밀쳐내고 시속 30킬로미터 정도로 계속 나아갔다. 우리는 담배를 피우고 럼주를 마셨다. 나병 환자들은 우리에게 짚으로 싼 키안티(이탈리아의 지방 이름 — 옮긴이)산 적포도주 여섯 병을 주었는데, 그 병들은 럼주로 차 있었다. 이상한 건 우리 셋 중 누구도 여러 나병 환자들에게서 보았던 끔찍한 상처들에 대해서 아무 말도 하지 않았다는 것이다. 우리의 대화 주제는 오로지 그들의 착한 마음씨, 너그러움, 곧은 성품, 우리를 피종 섬까지 데려다준 마스크 쓴 브르통을 만난 것이 얼마나 운이 좋았는지 하는 것뿐이었다. 비는 점점 더 세차게 내려서 뼛속까지 젖는 느낌이었지만 좋은 털스웨터 덕분에 흠뻑 젖어도 춥지 않았다. 키의 손잡이를 잡고 있는 손만 빗속에서 뻣뻣해졌다.

"지금 시속 40킬로미터 이상으로 내려가고 있어요. 우리가 출발한 지 얼마나 된 것 같아요?"

마튀레트의 물음에 클루지오가 대답했다.

"내가 말해줄게. 잠깐만 기다려봐 세 시간 십오 분 되었네."

"말도 안 돼. 그걸 어떻게 알았어요?"

"출발하면서부터 300초마다 마분지 조각을 하나씩 자르면서 계산했어. 그런데 지금 서른아홉 조각이 있거든. 조각 하나에 5분이니까 세 시간 십오 분이지. 내 계산이 맞는다면 지금부터 15분에서 20분 있으면 더 이상 내려가지 않고 우리가 온 방향으로 거슬러 올라가게 될 거야."

나는 강을 비스듬히 따라서 네덜란드령 기아나 연안 강둑에 접근하기 위해 키를 오른쪽으로 꺾었다. 관목 숲에 부딪히기 전에 물살이 멈추었다. 우리는 더 이상 내려가지도, 올라가지도 않았다. 비는 여전히 내리고 있었다. 우리는 더 이상 담배도 피우지 않고, 말도 하지 않고 속삭였다.

"노를 잡고 당겨."

나는 키 손잡이를 오른쪽 넓적다리 밑에 깔고 노를 저었다. 가볍게 관목 숲을 스칠 때 얼른 나뭇가지들을 잡아당겨서 그 밑에 숨었다. 우리는 식물군이 형성한 어둠 속에 있었다. 강에는 안개가 자욱했다. 밀물인지 썰물인지 확인하지 않고는 바다가 어디 있는지 그리고 강 안쪽이 어디인지도 알 수 없을 것 같았다.

위대한 출발

밀물은 여섯 시간 동안 지속될 것이다. 그리고 나서 조수가 바뀌려면 한 시간 반을 더 기다려야 하니 일곱 시간은 잘 수 있었다. 꽤 흥분된 상태이긴 했지만 일단 바다로 들어가면 언제 잘 수 있을지 알 수 없으니 잠을 자둬야만 했다. 나는 물통과 돛대 사이에 눕고, 마뛰레트는 의자와 물통 사이에서 담요를 지붕 삼아 편안하게 자리를 잡았다. 나는 자고 또 잤다. 꿈도, 비도, 불편한 자세도, 그 어느 것도 납처럼 무겁게 쏟아지는 잠을 막을 수는 없었다. 나는 마뛰레트가 깨울 때까지 정신없이 잤다.

"빠삐, 이제 시간이 다 된 것 같아요. 썰물이 벌써 한참 전에 시작되었어요."

배는 바다를 향했고, 손가락 사이로 물살이 빠르게 흐르는 것이 느껴졌다. 비가 그치고 초승달 빛에 전방 100미터 앞에서 풀과 나무들, 어두운 윤곽들을 휩쓸고 가는 강물이 선명하게 보였다. 나는 강과 바다의 경계선을 열심히 찾았다. 우리가 있는 지점에는 바람 한 점 불지 않았다. 강 중앙에는 바람이 불까? 바람이 셀까? 우리는 관목 숲에서 나왔다. 배는 여전히 굵은 나무 뿌리에 밧줄고리 매듭으로 묶여 있었다. 하늘을 올려다보고서야 바다가 시작되는 강 끝 연안을 짐작할 수 있었다. 생각했던 것보다 더 아래로 내려와 있어서 하구에서 10킬로미터도 떨어지지 않은 것 같았다. 우리는 럼주 한 잔씩을 마셨다. 나는 돛대를 어디에 세워야 할지 점검했다. 돛대는 의자 구멍을 지나 꽂는 자리에 잘 들어맞았다. 나는 돛을 올려 펼치지 않고 돛대에 감아놓았다. 주돛과 삼각돛은 내가 말하면 마튀레트가 올리기로 했다. 돛을 제대로 사용하려면 돛대에 감아놓은 밧줄만 끄르면 되었고, 그건 내가 내 자리에서 조작할 수 있게 해놓았다. 마튀레트는 앞머리에서, 나는 뒤편에서 노를 잡았다. 강둑에서 아주 힘껏 빠르게 떨어져야 했다.

"조심해. 앞으로, 신이여 도와주소서!"

"신이여 도와주소서!"

클루지오가 따라 했다. 마튀레트도 중얼거렸다.

"이제 우리는 당신 손에 달려 있습니다."

우리는 밧줄을 풀었다. 그리고 다 함께 힘껏 노를 저었다. 배는 쉽게 떨어졌다. 강둑에서 채 20미터도 떨어지지 않았을 때쯤 물살이 우리를 100미터 정도는 끌어내려 주었다. 바람이 몰아치며 단박에 우리를 강 중앙으로 밀어냈다.

"주돛과 삼각돛을 올리고 둘 다 꼭 붙들어!"

바람이 안으로 몰아닥치자 배는 말처럼 날뛰며 쏜살같이 질주했다. 한참 지나자 갑자기 강이 대낮처럼 환해졌다. 오른쪽 2킬로미터 지점에는 프랑스 해안이, 왼쪽으로 1킬로미터 지점에는 영국 해안이 보였다. 눈앞에는 머리에 거품을 인 흰 파도가 출렁거렸다.

"맙소사! 시간을 착각했나 봐. 빠져나갈 시간이 있을까?"

클루지오가 말했다.

"모르겠어."

"파도가 얼마나 높고 하얀지 봐! 조수가 바뀐 건가?"

"말도 안 돼. 쓸려 내려가는 것들이 보이는데."

마튀레트가 말했다.

"못 나갈 것 같아요. 시간에 못 맞출 것 같아……."

"입 다물고 돛줄 옆에 앉아 있어. 클루지오 너도 입 다물어!"

'탕! 탕!' 총 소리가 들렸다. 두 번째 총 소리에 그 소리가 어디서 나는 건지 확실히 알았다. 간수들이 아니라 네덜란드령 기아나에서 쏘는 것이었다. 돛을 걸자 얼마나 크게 부풀었는지 잡아당기는 내 손목이 딸려갈 정도였다. 배가 45도 이상 기울었다. 나는 최대한 바람을 타려고 했는데 의외로 너무 쉬웠다. '탕, 탕, 탕'. 그러더니 아무 소리도 들리지 않았다. 우리는 네덜란드 연안보다 프랑스 연안 쪽으로 더 치우쳤다. 그래서 사격이 중지된 듯했다.

우리는 거센 바람을 타고 현기증 날 정도의 속도로 질주했다. 어찌나 빠르게 내달리는지 하구 중앙으로 내동댕이쳐져서 얼마 안 있으면 프랑스 강둑에 닿을 것만 같았다. 강둑 쪽으로 뛰어가는 사람들이 또렷하게 보였다. 나는 있는 힘을 다해 돛줄을 잡아당겨 최대한 부드럽게 뱃머리를 돌렸다. 배가 방향을 거의 다 바꾸었을 무렵에 내가 돛을 놓자 우리는 뒤에서 불어오는 바람과 함께 하구를 빠져나왔다. 야호! 우리는 환호성을 질렀다. 10분 후에 바다의 첫 파도가 우리 길목을 막으려고 했지만, 우리는 쉽게 뛰어넘었다. 배가 강물에 부딪치며 '쉿쉿' 하고 내던 소리는 '찰싹찰싹'으로 바뀌었다. 우리는 개구리뜀을 하는 소년처럼 쉽게 파도를 넘었다. '찰싹찰싹' 배는 흔들림없이 안정감 있게 파도를 넘나들었다. 파도에서 떨어지면서 바다를 때리는 선체의 소리뿐이었다.

"야호! 야호! 나왔다!"

클루지오가 목청껏 소리쳤다.

모든 것을 이겨낸 우리의 승리를 밝혀주려는 듯이 하느님은 우리에게 눈부신 일출을 보내주셨다. 파도는 일정한 리듬으로 연달아 넘실댔다. 먼 바다로 나아갈수록 파도의 높이는 줄어들었다. 물은 더러운 진흙투성이였다. 전방의 북쪽 바다는 시커멨지만 한참 지나자 파랗게 바뀌었다. 나침반을 볼 필요도 없었다. 햇살이 내 오른쪽 어깨 위를 내리쬐고 있었으니까. 나는 곧장 앞으로 돌진했다. 바람이 많이 불었지만 배는 전처럼 기울지 않았다. 돛줄을 놓아서 그다지 당겨지지 않은 채 절반만 부풀어 있었기 때문이다. 이제 위대한 모험이 시작되었다.

클루지오가 몸을 일으켰다. 그는 몸을 밖으로 내밀어 우리가 헤쳐온 바다를 더 자세히 보기를 원했다. 마튀레트가 그를 도와 내 앞의 물통에 등을 기대고 앉게 해주었다. 그는 담배에 불을 붙여 내게 건네주었고, 우리 셋은 다 함께 그걸 피웠다.

"타피아 좀 이리 줘. 무사히 빠져나온 걸 자축하자."

클루지오가 말했다. 마튀레트가 금속 컵 세 개에 술을 따라주어 우리는 함께 축배를 들었다. 마튀레트는 내 왼쪽 옆에 앉았고, 우리는 서로 마주보았다. 두 사람의 얼굴은 행복감으로 환히 빛났고, 아마 나 역시 마찬가지였을 것이다. 클루지오가 내게 물었다.

"선장님, 죄송하지만 어디로 가십니까?"

"콜롬비아로, 신이 허락하신다면."

"신이여 허락하소서!"

클루지오가 맞장구쳤다. 태양이 빠르게 솟아올라 젖은 우리 몸을 금세 말려주었다. 병원에서 입고 있던 잠옷 차림의 내 모습은 아라비아풍 외투를 입은 모습으로 바뀌었다. 잠옷은 물에 적신 다음 머리에 둘러서 조금이나마 햇빛을 피하는 데 사용했다. 바다는 푸른 오팔 빛이었고, 파도는 높고 길어서 편안하게 항해하도록 도와주었다. 지속적으로 세게 불어오는 바람 덕분에 우리는 연안에서 빠르게 멀어졌다. 연안은 이제 수평선에서 가물거렸다. 그 녹색 더미에서 멀어지면 멀어질수록 초록색 물결무늬처럼 신비롭게 보였다. 정신없이 뒤를 돌아보던 나는 거칠게 배를 때리는 파도에 정신을 차렸다. 하마터면 내 동료들과 나 자신의 목숨이 달린 일에 대한 책임감마저 잊어버릴 뻔했다. 그때 마튀레트가 말했다.

"쌀로 먹을 걸 좀 만들게요."

"내가 난로를 붙잡고 있을 테니까 넌 냄비를 잡아."

클루지오가 거들었다. 연료통은 연기가 나지 않도록 앞쪽에 잘 고정시켜 두었다. 기름진 쌀밥에서 좋은 냄새가 났다. 우리는 뜨거운 밥에 참치 두 캔을 섞어서 먹었다. 그리고 맛있는 커피도 마셨다.

"럼주 한 잔?"

나는 사양했다. 술을 먹기에는 날이 너무 더웠다. 게다가 원래 술을 좋아하지도 않았다. 클루지오는 연신 담배를 말아주었다. 배 위에서의 첫 식사는 훌륭히 끝났다. 우리는 태양의 위치를 보고 아침 10시쯤 되었겠구나 짐작했다. 바다로 나선 지 고작 다섯 시간이 되었을 뿐이지만 수심이 무척 깊어진 것 같은 느낌이었다. 파도가 많이 낮아져서 우리는 소리없이 파도를 가르며 나아갔다. 날씨는 화창했다. 나는 낮 동안에는 나침반이 필요없다는 것을 깨달았다. 가끔씩 태양의 위치를 보면서 바늘과 비교해보니 방향을 잡기가 아주 쉬웠다. 반사된 햇빛에 눈이 시려서 선글라스를 미리 준비하지 못한 것이 내심 아쉬웠다.

뜬금없이 클루지오가 말했다.

"병원에서 널 만나서 얼마나 다행인지 몰라!"

"너만 그렇게 생각하는 것이 아니야. 나도 너와 함께 오게 되어서 다행이라고 생각해."

난 드가와 페르난데즈를 떠올렸다. 그들이 동의하기만 했더라면 지금쯤 우리와 함께 있었을 텐데.

"그 아랍 놈을 제시간에 방 안에 끌어들이지 못했으면 문제가 복잡해졌을 거야."

클루지오가 맞장구쳤다.

"맞아. 마튀레트가 큰 도움이 되었어. 마튀레트를 데려오길 잘 했지. 저렇게 헌신적이고, 용감하고, 영리하니 말이야."

"고마워요. 더욱이 두 사람 모두 이렇게 어린데도 날 믿어줘서요. 항상 기대에 부응하도록 노력할게요."

마튀레트가 말했다. 이어서 나는 생각나는 사람들을 덧붙였다.

"그리고 프랑수아 시에라, 그 사람도 여기 있었으면 좋았을 텐데,

갈가니도…….”

“상황이 어쩔 수 없었잖아, 빠삐용. 지저스가 정직한 놈이어서 제대로 된 배만 갖다 주었더라도 은신처에서 그들을 기다릴 수 있었을 텐데. 지저스가 그 사람들도 탈출시켜서 우리에게 데려다 주었더라면 말이야. 어쨌든 그 사람들은 너를 아니까 네가 어쩔 수 없어서 그들을 데리러 가지 못한 걸 이해할 거야.”

“그건 그렇고, 마뛰레트, 넌 어쩌다가 그렇게 감시가 심한 병실에 있게 된 거야?”

“나도 내가 강제 수용된 줄 몰랐어요. 그냥 목도 좀 아프고 해서 산책 삼아 의사를 찾아갔는데 의사가 날 보더니 이러는 거예요. ‘네 차트를 보니 섬에 수용되어야 한다고 쓰여 있는데. 왜지?’ ‘저도 몰라요, 선생님. 그런데 수용이 뭐예요?’ ‘됐어, 아무것도 아니야. 병원으로 가라.’ 그리고 입원하게 된 거예요.”

클루지오가 쓴웃음을 지으며 이야기했다.

“너한테 특별한 호의를 보이고 싶었나 보지.”

“그 의사가 무엇 때문에 그랬을까 생각해봐. 아무튼 지금쯤은 속으로 이렇게 생각할 거야. ‘성가대 소년 같은 얼굴을 가진 귀여운 친구가 탈출까지 하는 걸 보니 그렇게 머저리는 아니었네.’”

우리는 농담을 주고받았다. 내가 말했다.

“누가 알아, 인간 망치 쥘로도 만날 수 있을지? 지금쯤 멀리 갔을 거야. 아직도 관목 숲 속에 숨어 있지만 않다면 말이야.”

“난 떠날 때 베개 밑에 쪽지 한 장을 남겨두었어. ‘주소 하나 남기지 않고 떠나다’.”

클루지오의 이야기에 우리는 모두 웃음을 터뜨렸다.

우리는 닷새 동안 별 탈 없이 항해했다. 낮에는 태양이 나침반 역할을 해주었다. 그리고 밤에는 나침반을 활용했다. 엿새째 아침, 눈부신 태양이 우리를 반갑게 맞았다. 바다는 갑자기 잠잠해지고, 날치들이 우리 곁을 지나쳐갔다. 나는 피곤해서 죽을 것만 같았다. 그날 밤, 마튀레트는 내가 잠들지 않도록 바닷물에 적신 천으로 내 얼굴을 닦아주었다. 그런데도 깜빡 잠이 들었다. 그러자 클루지오가 자신이 피우던 담배를 내 살에 댔다. 그렇지만 아무 일 없이 고요했으므로 그냥 편히 자기로 마음먹었다. 우리는 주돛과 작은 삼각돛을 내리고 선수의 큰 삼각돛만 그대로 두었다. 나는 머리맡에 돛을 펼쳐 햇빛을 가리고 뱃바닥에 누워 죽은 듯이 잤다. 마튀레트가 나를 흔들어 깨웠다.

"지금 정오 아니면 오후 1시쯤인 것 같은데 바람이 차갑고 바람이 불어오는 수평선 쪽이 온통 시커메서 깨웠어요."

나는 일어나서 내 자리로 갔다. 뱃머리의 삼각돛 하나만으로도 배는 잔잔한 바다 위를 미끄러지듯 나아가고 있었다. 그런데 동쪽 뒤편이 온통 시커멓고 바람이 점점 차가워졌다. 큰 삼각돛과 작은 삼각돛은 속도를 유지하기에 충분했다. 나는 돛을 돛대에 감아서 잘 묶었다.

"꽉 잡아. 태풍이 오고 있어."

굵은 빗방울이 떨어지기 시작했다. 암흑이 현기증 나는 속도로 우리에게 접근했다. 채 15분도 안 되어서 수평선에서부터 우리가 있는 곳까지 바짝 다가왔다. 난폭한 바람이 우리에게 덤벼들었다. 거품을 문 파도가 최면에 걸린 듯 굉장한 속도로 일어났다. 태양은 온데간데없이 사라진 데다가 비가 억수같이 쏟아져서 앞이 하나도 보이지 않았다. 파도가 배에 부딪치며 사정없이 얼굴을 후려쳤다. 태풍이었다. 천둥, 번개, 폭우, 파도 그리고 울부짖는 바람의 울음소리와 같은, 미친 듯 날뛰는 자연의 온갖 팡파르를 동반한 나의 첫 태풍이었다.

배는 지푸라기처럼 휩쓸려 믿을 수 없을 정도로 높아진 파도 위를 오르락내리락했다. 그 소용돌이가 어찌나 깊은지 도저히 빠져나갈 수 없을 것만 같았다. 그렇지만 그렇게 요란하게 요동을 치면서도 배는 다시 올라와 새로운 파도머리를 넘고 또 넘었다. 나는 키의 손잡이를 두 손으로 움켜잡고 앞에 오는 높은 파도에 맞서야겠다는 생각에 그 파도로 돌진해 부수려고 했다. 하지만 너무 빨리 달려들었는지 엄청난 물세례를 받고 말았다. 배에 온통 물이 들어찼다. 들어온 물의 높이가 75센티미터도 넘는 듯했다. 나는 나도 모르게 신경질적으로 파도를 가로막았다. 그건 극도로 위험한 일이었다. 하지만 다행히 배가 거의 뒤집힐 정도로 기울어서 안에 들어왔던 물의 상당 부분을 도로 쏟아냈다.

"브라보! 요령을 제대로 아네, 빠삐용! 간단하게 배의 물을 비워냈어."

클루지오의 외침에 나도 신이 나서 맞받아쳤다.

"그래, 봤지!"

내 경험 부족으로 하마터면 배가 뒤집혀서 바다 한가운데에 빠질 뻔했다는 사실을 그가 알았더라면! 나는 더는 파도에 맞서 싸우지 않기로 하고 그 후로는 방향에 구애받지 않고 최대한 배의 균형을 유지하기만 했다. 가볍게 파도를 타면서 밑으로 내려갔다가 다시 올라왔다. 곧 중대한 발견을 했다는 사실을 깨달았고, 그렇게 해서 위험의 90퍼센트는 없어졌다. 비는 멎었지만 바람은 여전히 맹렬하게 불어왔다. 그래도 다행히 시야는 밝아졌다. 뒤쪽은 날이 맑았고, 앞쪽은 어두웠다. 우리는 그 양극단의 중심에 있었다.

5시 무렵이 되자 모든 것이 지나갔다. 다시 태양이 머리 위에서 빛났고, 바람은 평온을 되찾았으며, 파도도 한결 가라앉았다. 우리는 돛을 올리고 스스로를 대견하게 생각하며 다시 출발했다. 냄비로 배에 남아 있는 물을 퍼냈다. 담요를 꺼내서 돛대에 널어놓으니 바람에 금세 말랐다. 쌀, 밀가루, 기름, 진한 커피 그리고 얼큰하게 럼주 한 잔……. 태양은 잊을 수 없는 한 폭의 그림 같은 그 푸른 바다를 붉게 물들이며 기울어갔다. 하늘은 온통 적갈색이었고, 바다에 조금씩 가라앉는 태양은 하늘과 흰 구름들 그리고 바다를 향해 그 거대한 혀를 널름거렸다. 파도의 빛은 햇빛 색깔에 따라 위로 올라갈수록 푸른색, 초록색 그리고 파도마루는 붉은색을 띠었다. 전에는 느껴보지 못했던 평온함과 함께 자신감이 샘솟았다. 나는 훌륭히 해냈고, 그 잠깐의 태풍은 오히려 내게 도움이 되었다. 난 스스로 그런 식의 사태를 해결하는 방법을 터득해냈다. 차분하게 밤을 맞았다.

"그래, 클루지오. 내가 배의 물을 비워내는 실력을 봤지?"

"네가 그렇게 하지 않은 상태에서 두 번째 파도가 덮쳤더라면 우린 빠져죽을 뻔했어. 넌 챔피언이야."

"그런 건 해군에 있을 때 배운 거예요?"

마튀레트가 물었다. 난 의기양양하게 대답했다.

"그럼, 해군이 좋은 점도 있다니까."

우리는 꽤 표류한 모양이었다. 그런 바람과 파도를 맞았으니 네 시간 동안 얼마나 표류를 했는지 알게 뭐란 말인가? 나는 방향을 바로잡기 위해 북서쪽으로 전진해야 했다. 태양이 마지막 보라색 불꽃을 던진 뒤 바다 너머로 사라지기가 무섭게 날은 어두워졌다.

그 후로 엿새는 별 탈 없이 항해했다. 영원히 계속될 것만 같은 첫 번째 태풍과 달리 세 시간을 넘기지 않은 잠깐의 폭우를 제외하고. 아침 6시. 바람 한 점 없는 고요한 날씨였다. 나는 네 시간 가까이 잤다. 일어나 보니 입술이 뜨거웠다. 살갗이 다 벗겨져 있었다. 코도, 오른손도 마찬가지였다. 마튀레트나 클루지오도 같은 형편이었다. 얼굴과 손에 하루에 두 번씩 기름을 바르는데도 그걸로는 충분치 않았는가보다. 열대의 태양은 기름도 단번에 말려버렸다.

태양의 위치를 보니 오후 2시쯤 된 듯했다. 날씨가 온화하기에 밥을 먹고 나서 돛으로 그늘을 만들었다. 물고기들이 그릇을 씻어놓은 곳 옆으로 몰려왔다. 나는 칼을 꺼낸 뒤 마튀레트에게 물에 젖어서 발효하기 시작한 쌀 알갱이 몇 개를 던지라고 말했다. 물고기들이 몰려들었다. 그 중 한 마리가 물 밖으로 머리를 내밀자 나는 재빨리 칼을 휘둘렀다. 물고기는 곧 배를 뒤집고 위로 떠올랐다. 족히 10킬로그램은 나가는 물고기였다. 우리는 그 물고기를 소금물에 잘 씻어서 구웠다. 그리고 저녁에 타피오카 밀가루를 곁들여 먹었다.

바다에 나온 지도 어느새 열하루가 되었다. 우리는 그동안 수평선 너머에서 배 한 척을 보았을 뿐이다. 도대체 우리가 어디쯤 있는 걸까 궁금해지기 시작했다. 바다 한가운데에 있는 거야 확실했지만 트리니다드나 영국 섬에 비해 어느 정도에 와 있는지 알고 싶었다. 호랑이도 제 말 하면 온다던가. 정면에 검은 점 하나가 나타나더니 점점 커졌다. 소형 어선일까 아니면 대형 선박일까? 그런데 비스듬히 근접하기만 할 뿐 우리 쪽으로 곧장 오지 않았다. 바람이 없는 탓에 우리 돛이 맥없이 늘어져 있어서 우리를 보지 못한 모양이었다. 그러다가 경적이 한 번, 그 다음에 세 번 울리더니 길을 바꾸어 우리 쪽으로 곧장 오기 시작했다.

"너무 바짝 오진 않았으면 좋겠는데."

클루지오가 말했다.

"걱정 없어. 바다는 매끄러우니까."

유조선이었다. 가까워질수록 갑판 위의 사람들이 잘 보였다. 그들은 아마도 저 사람들이 바다 한가운데에서 저 작은 배를 타고 뭘 하는 걸까 의아했을 것이다. 유조선은 부드럽게 우리에게 다가왔고 이제 배의 관리들, 몇몇 승무원들, 요리사가 보였다. 뒤이어 알록달록한 드레스를 입은 여자들과 컬러 셔츠를 입은 남자들이 갑판 위로 나오는 모습도 보였다. 승객들이었다. 유조선에 승객이라, 보기 드문 일 같았다. 유조선이 서서히 다가오자 선장이 우리에게 영어로 말을 걸었다.

"어디에서 오는 거요?"

"프랑스령 기아나요."

"프랑스어 할 줄 알아요?"

한 여자가 프랑스어로 물었다.

"네, 부인."

"바다 한가운데에서 뭐 하고 있는 거예요?"

"하느님이 이끄시는 대로 가고 있소."

부인은 선장과 이야기를 주고받더니 말했다.

"선장님이 배에 올라오시래요. 당신네 배를 끌어 올려준대요."

"고맙지만 우린 우리 배가 좋다고 전해주십시오."

"왜 도움을 마다하죠?"

"우린 탈주자들이고, 당신들과 가는 방향이 다르니까요."

"어디로 가는데요?"

"마르티니크 섬이나 더 아래쪽이오. 여기가 어딥니까?"

"바다 한가운데요."

"앤틸리스 제도로 가려면 어디로 가야 합니까?"

"영국 해군 지도 읽을 줄 알아요?"

"네."

잠시 후 그들은 영국 지도와 담배 몇 보루, 빵, 구운 양고기를 밧줄에 묶어서 내려보냈다.

"지도를 보세요!"

나는 지도를 보고 말했다.

"영국령 앤틸리스 제도로 가려면 서쪽 15도 방향으로 가야 하는군요, 맞습니까?"

"그래요."

"대략 몇 마일이나 됩니까?"

"이틀이면 도착할 거요."

선장이 대답했다.

"잘 가세요, 모두 고맙습니다!"

"배에 탄 대령님이 당신들의 뱃사람다운 용기에 감탄했대요!"

"고맙습니다, 잘 가요!"

유조선은 서서히 떠나갔다. 나는 스크루의 소용돌이가 무서워서 거리를 두려는데 선원 한 명이 해군 모자 하나를 던져주었다. 모자는 정확히 배 한가운데에 떨어졌다. 금빛 계급줄 하나와 해군 마크가 있는 모자를 머리에 쓰고 우리는 이틀 후에 별 탈 없이 트리니다드에 도착했다.

트리니다드

새들이 그리 멀지 않은 곳에 육지가 있음을 알려주었다. 새들은 아침 7시 30분쯤부터 우리 주위를 선회했다.

"다 왔어! 다 왔다고! 탈출에서 제일 어렵다는 첫 번째 관문 통과에 성공한 거야! 자유 만세!"

우리는 제각각 어린애같이 기뻐했다. 우리 얼굴은 전에 만났던 배에서 화상 부위를 진정시키라고 선물해준 코코아 버터 때문에 번들거렸다. 9시쯤 육지가 보였다. 선선한 바람이 적당한 속도로 우리를 인도했다. 오후 4시가 다 되어서야 비로소 꼭대기에는 코코넛 나무가 가득하고 가장자리에는 자그마한 흰 집들이 즐비한 기다란 섬이 세세하게 눈에 들어오기 시작했다. 섬인지 반도인지 그 집에 사람들이 사는지는 아직도 분간이 안 되었다. 해안으로 달려나오는 사람들이 보이기까지는 한 시간을 더 기다려야 했다. 20분도 채 되지 않아 잡다한 군중이 몰려들었다. 우리를 맞기 위해 그 작은 마을이 통째로 바닷가에 나와 있었다. 우리는 한참 후에야 그 섬 이름이 산 페르난도라는 사실을 알았다.

나는 해안에서 300미터 정도 떨어진 곳에 닻을 내렸다. 한편으로는 그 사람들의 반응도 살피고 싶었고, 또 한편으로는 혹시 바닥에 산호가 있어서 배를 긁을까 봐 염려도 되었기 때문이다. 우리는 돛을 내리고 기다렸다. 작은 배 하나가 우리를 향해 왔다. 배에는 노를 젓는 흑인 두 명과 식민지 모자를 쓴 백인 한 명이 있었다.

"트리니다드에 온 걸 환영합니다."

백인이 순수 프랑스어로 말했다. 흑인들은 치아를 드러내고 웃었다.

"고맙습니다. 바닥이 산호인가요, 모래인가요?"

"모래입니다. 걱정 말고 해안까지 가도 돼요."

다시 닻을 올리자 파도가 우리를 부드럽게 해안으로 밀어주었다. 해안에 닿자마자 열 명의 남자들이 물 속에 들어와서 단숨에 배를 끌어올렸다. 그들은 우리를 쳐다보며 다정한 몸짓으로 건드려도 보았다. 흑인이나 인도 혹은 중국 여인들은 몸짓으로 우리를 반겼다. 모두들 우리를 자신의 집으로 초대하고 싶어한다고, 그 백인이 프랑스어로 설명해주었다. 마튀레트는 모래 한줌을 손에 담더니 입을 맞추었다. 사람들은 그 모습에 열광했다. 나에게 클루지오의 상태를 전해들은 백인은 해변에서 아주 가까운 자신의 집으로 그를 옮겼다. 그리고 우리에게 내일까지는 배의 물건들을 그대로 두어도 아무도 건드리지 않을 것이라고 말해주었다. 모두들 나를 '캡틴'이라고 불러서 나는 웃음을 터뜨렸다. 다들 내게 그렇게 작은 배로 긴 항해를 하다니 '굿 캡틴'이라고 말했다.

날이 어두워졌다. 나는 배를 조금 더 먼 곳으로 밀어서 해변에 있는 더 큰 배에 묶어달라고 부탁한 후에 백인을 따라 그의 집으로 갔다. 집은 사방에 영국 흙이 깔려 있는 방갈로였다. 목조 계단도, 쇠그물을 얹은 문도 모두 영국식으로 되어 있었다. 나와 마튀레트는 영국인을 따라 안으로 들어갔다. 안에 들어가 보니 다친 다리를 의자에 올려놓고 편안한 소파에 앉은 클루지오가 한 부인과 젊은 처녀에게 둘러싸여 있었다.

"아내와 딸입니다. 아들은 영국에서 유학하고 있죠."

영국인이 말했다. 이어서 부인이 프랑스어로 인사했다.

"저희 집에 오신 걸 환영합니다."

"앉으세요."

젊은 처녀가 우리 앞으로 등나무 의자 두 개를 가져오며 말했다.

"고맙습니다. 저희한테 너무 신경 쓰지 마세요."

"왜요? 당신들이 어디에서 왔는지 알고 있으니 염려 말아요. 다시 말하지만 이 집에 온 걸 환영합니다."

남자는 변호사였고 이름은 보웬이었다. 40킬로미터 정도 떨어진 트리니다드의 수도 포트오브스페인에 사무실을 갖고 있었다. 그들은 우리에게 밀크티, 토스트, 버터, 잼을 내왔다. 자유인이 된 우리에게 주어진 그 첫 저녁을 나는 결코 잊지 못할 것이다. 그들은 과거에 대한 언급도, 난처한 질문도 없이 오로지 우리가 바다에서 며칠을 보냈으며 어떻게 항해를 해왔는지에 대해서만 궁금해했다. 또 클루지오가 많이 아파하는지, 우리가 다음날 또는 하루 정도 더 있다가 경찰에 알리길 원하는지, 부모나 처자식은 있는지 등을 물었다. 우리가 가족에게 편지를 쓰고 싶어했다면 아마 그들은 편지를 우체국에 보내줄 것이었다. 그렇지만 해변에 모였던 사람들과 마찬가지로 그 가족 역시 세 명의 탈주자들에게 그토록 특별한 관심을 보여주는데 어떻게 그런 부탁까지 하겠는가.

보웬은 의사에게 전화해 다음날 오후 병원에 부상자를 데려갈 테니 엑스레이를 찍어서 별 탈이 없는지 봐달라고 부탁했다. 또 포트 오브스페인의 구세군 요양소 책임자에게도 전화했다. 책임자는 요양소에 방을 마련해놓을 테니 아무 때나 우리가 원하는 때에 와도 좋고 배도 상태가 좋으면 보관해두었다가 다시 떠나고 싶을 때 내주겠다고 했다. 우리가 도형수들인지 유형수들인지 묻기에 우리는 도형수들이라고 대답했다. 보웬은 그 말에 흡족해하는 눈치였다.

"목욕이나 면도 하실래요? 사양하진 마세요. 우린 상관없으니까. 욕실에 가면 쓸 만한 물건들이 있을 거예요."

딸이 말했다. 나는 욕실에 가서 목욕과 면도를 하고 회색 바지와 흰 셔츠, 흰 양말에 테니스화까지 갖추고 말쑥한 차림새로 나왔다.

인도인 한 명이 문을 두드렸다. 그는 꾸러미 하나를 안고 와서 마튀레트에게 건넸다. 나는 집주인과 키가 거의 같아서 옷 입는 데 별 문제가 없겠지만 어린 마튀레트는 그 집에 키가 맞는 사람이 없으니 쓸 만한 물건이 없을 거라며 건넨 옷이었다. 인도인은 이슬람교도들이 하듯이 우리 앞에서 몸을 숙여 인사하고 물러갔다. 그 친절함에 무어라 말할 수 없는 감동이 밀려왔다. 클루지오가 제일 먼저 잠이 들었고, 나머지 우리 다섯 명은 여러 가지 주제에 대해서 한참 동안 이야기를 주고받았다. 그 매력적인 여성들의 호기심을 가장 끈 것은 우리가 새 삶을 어떤 식으로 꾸려가고 싶어하는가 하는 부분이었다. 보웬은 트리니다드가 탈주자들을 섬에 정착하도록 허용하지 않는 점을 아쉬워했다. 그는 그 문제 때문에 여러 차례 청원이 있었지만 한 번도 받아들여지지 않았다고 설명했다.

딸은 아버지처럼 액센트나 발음의 실수 하나 없이 아주 순수한 프랑스어를 구사했다. 금발에 주근깨가 가득한 딸은 열일곱이나 스무 살쯤으로 보였지만 나이를 묻지는 못했다. 그녀가 말했다.

"당신들은 젊고 미래도 창창해요. 당신들이 무슨 짓을 저질렀는지 모르고 알고 싶지도 않지만 저 작은 배로 바다에 뛰어들어 그렇게도 길고 위험한 항해를 할 정도의 용기를 지녔으니 자유인이 되기 위해 어떤 일이든 할 각오가 되어 있을 거라고 생각해요."

우리는 아침 8시까지 푹 잤다. 일어나보니 식탁이 차려져 있었다. 두 여성은 너무나 자연스럽게 보웬이 포트오브스페인으로 떠났고 모레나 되어야 우리에게 필요한 정보를 갖고 돌아올 거라고 말했다.

그가 세 명의 탈주자들을 집 안에 들여놓은 채 집을 비웠다는 사실은 우리에게 비할 데 없이 값진 교훈을 주었다. 즉 당신들은 정상적인 사람들이다, 당신들을 알게 된 지 열두 시간밖에 안 되었지만 아내와 딸만 있는 집에 놔두고 갈 정도로 나는 당신들을 믿는다, 당신들 세 사람과 이야기를 나누어보니 내 집에 해를 끼칠 만한 어떤 짓도, 흉내도, 말도 하지 않을 사람이라는 것을 믿어 의심치 않게되어 오랜 친구들처럼 내 집에 있도록 한다. 결코 소리내어 말하진 않았지만 그런 그의 표현에 우리는 크게 감동했다.

언젠가 이 책을 읽는 독자들이 생긴다 해도 그들에게 적절한 강도와 호소력 있는 언변과 감동적인 표현으로 우리 자신이 존중받은 그 강렬한 인상을 제대로 묘사할 수 없으리란 걸 나는 잘 안다. 그 감동은 새로운 인생까지는 아니어도 잃었던 명예를 되찾는 느낌이었다. 가상의 세례, 순수함 속으로의 침잠, 진창에 빠져 있다가 위로 끌어올려지는 느낌. 내게 실질적인 책임감을 부여하는 그 방식은 너무나 간단히 나 자신을 완전히 다른 사람으로 바꿔놓았다. 비록 자유로워졌어도 여전히 쇠사슬 소리가 들리고 매순간 누군가 나를 감시하고 있다고 생각하는 그 죄수 콤플렉스, 내가 보고 겪고 견뎌야 했던 그 모든 것, 내가 당한 모든 것, 고분고분한 척 굴다가도 반항하기 시작하면 극도로 위험한 썩어빠진 악질 인간으로 나를 만들었던 모든 것. 그 모든 것이 마법처럼 한순간에 날아가 버렸다. 고맙습니다, 존경하는 보웬 씨. 그토록 짧은 시간에 나를 변화하게 해주어서 정말 고맙습니다!

바다처럼 파란 눈을 가진 금발머리의 처녀는 집 앞 야자나무 아래 나와 함께 앉았다. 정원에는 붉은색, 노란색, 밤색의 부겐빌레아(분꽃과의 열대성 덩굴식물—옮긴이) 꽃들이 만발해 그 순간에 필요한 시적 운치를 더해주었다.

"므슈 앙리(그녀는 나를 꼭 므슈라고 불렀다. 그 소리를 들어본 지가 얼마나 오래되었던지!), 어제 아버지께서 말씀하신 것처럼 영국 당국의 부당한 몰이해 때문에 안타깝게도 이곳에서 머물 순 없을 거예요. 보름 동안만 잠시 쉬었다가 다시 떠나도록 하고 있죠. 저도 당신들의 배를 보았어요. 앞으로도 그렇게 긴 항해를 하기에는 배가 너무 작고 가볍더군요. 다음번엔 우리나라보다 더 호의적이고 너그러운 나라에 가셨으면 좋겠어요. 영국 섬들은 전부 저희와 같은 행동 방침을 갖고 있죠. 다음 항해에서 또 많이 힘드시더라도 부디 이곳 사람들을 원망하지 않으셨으면 좋겠어요. 당신들을 잘 알지 못하는 사람들이 만들어낸 영국 규칙이라 이곳 사람들은 잘못이 없어요. 아빠가 계신 곳 주소는 트리니다드 포트오브스페인 퀸 스트리트 101번지예요. 나중에라도 가능하다면 저희에게 편지를 보내서 어떻게 되셨는지 알려주세요."

나는 벅찬 감동에 뭐라고 대답해야 좋을지도 알 수 없었다. 보웬 부인이 우리에게 다가왔다. 40대 정도 나이에 밤색 머리, 초록색 눈을 가진 매우 아름다운 부인이었다. 하얀 리본이 달린 수수한 흰 원피스 차림에 연두색 샌들을 신고 있었다.

"므슈, 남편은 5시나 되어야 올 거예요. 당신들이 경찰의 호위 없이 남편의 차를 타고 수도에 갈 수 있도록 허가를 받는 중이랍니다. 그이는 또 당신들이 그곳에서의 첫날 밤을 포트오브스페인의 경찰서에서 지내지 않도록 노력하고 있어요. 그래서 다친 친구 분은 곧장 친한 의사의 병원으로 갈 것이고, 두 분은 구세군 요양소로 가게 될 거예요."

마뷔레트가 우리가 있는 정원으로 인도인 한 명과 함께 걸어왔다. 그는 배를 보러 갔다가 호기심에 찬 사람들에게 둘러싸였었다고 말했다. 아무것도 건드리지는 않았다고 한다. 배를 살펴보던 호기심 많은 사람들 가운데 누군가는 키 아래에 박힌 총알을 보고 기념품으로 뽑아가도 되겠느냐고 물었다고 했다. 그래서 '캡틴, 캡틴' 하고 대답했더니 인도인은 캡틴에게 물어봐야 한다는 뜻인 걸 알아채고는 마뷔레트를 따라왔다. 인도인은 내게도 왜 거북이를 풀어주지 않느냐고 물었다.

"거북이가 있어요? 우리, 보러 가요."

보웰 씨의 딸이 말했다. 우리는 배가 있는 곳으로 갔다. 가는 길에 작고 귀여운 인도인 꼬마 하나가 내 손을 잡으며 인사했다.

"안녕하세요?"

잡다하게 뒤섞인 군중들 모두가 우리를 반기며 인사했다. 나는 거북이 두 마리를 꺼냈다.

"어떻게 할까요? 바다로 돌려보낼까요? 아니면 당신네 정원에서 키우고 싶어요?"

"뒤쪽 연못이 바닷물로 되어 있어요. 그 연못에서 키우면서 당신들의 기념품으로 간직하고 싶어요."

"좋아요."

나는 배 안에 있던 물건들도 그곳에 모인 사람들에게 나눠주었다. 나침반과 담배, 물통, 단도, 칼, 손망치, 담요 그리고 담요 속에 숨겨놓아 아무도 보지 못했던 권총만 빼고.

5시가 되자 보웬이 도착했다.

"다 해결되었습니다. 제가 직접 수도로 모셔다드리죠. 먼저 환자부터 병원에 데려다주고 숙소로 갑시다."

우리는 클루지오를 자동차 뒷좌석에 앉혔다. 내가 딸에게 고맙다는 인사를 하고 있는데 부인이 가방 하나를 들고 와서 말했다.

"남편 물건 몇 가지인데 받아주세요. 마음의 선물이에요."

그렇게 인간적인 친절을 베푸는데 도저히 거절할 수 없었다.

"고맙습니다. 이루 말할 수 없이 고맙습니다."

그리고 우리는 핸들이 오른쪽에 있는 차를 타고 출발했다. 6시 15분 전에 병원에 도착했다. 생 조지 병원이었다. 간호사들이 클루지오를 들것에 실어서 인도인 한 명이 침상에 앉아 있는 방으로 옮겼다. 의사가 와서 보웬과 우리 둘과 차례로 악수를 했다. 그는 프랑스어는 할 줄 몰랐지만 클루지오를 잘 보살필 테니 염려 말고 아무 때나 보러 와도 좋다는 뜻을 우리에게 전했다. 우리는 보웬의 차를 타고 도시를 가로질렀다. 자동차와 자전거들이 오가는 환한 거리가 인상적이었다. 백인들, 흑인들, 황인들, 인도인들, 중국인들이 다 함께 섞여서 온통 나무로 지어진 그 도시 포트오브스페인의 인도 위를 오갔다. 피시 마켓(어시장)이라고 쓰여 있는, 환하게 불 밝혀진 광장에 위치한 구세군 요양소는 1층만 석재로 되어 있고 나머지는 목재로 되어 있었다. 구세군 대위가 남녀로 구성된 참모들과 함께 나와 우리를 맞았다. 대위는 프랑스어를 조금 할 줄 알았지만, 나머지 사람들은 영어로 이야기했다. 무슨 말인지 알아들을 수는 없었지만 웃음 띤 표정과 호의적인 눈빛으로 보아 뭔가 다정한 말을 하고 있다는 걸 알 수 있었다.

우리는 3층의 3인실로 안내되었다. 아마 클루지오도 합류할 수 있도록 배려한 듯했다. 방에 딸린 욕실에는 비누와 수건도 갖춰져 있었다. 대위가 방을 보여주며 말했다.

"시장하시죠? 저녁식사는 7시, 그러니까 지금부터 30분 후에 다 같이 할 겁니다."

"아니오, 배고프지 않습니다."

"산책하고 싶으시면 여기 앤틸리스화로 2달러 드릴 테니 마을에 나가서 커피든 차든 아이스크림이든 드시고 싶은 대로 드십시오. 길 잃지 않게 조심하고요. 돌아올 때는 사람들에게 구세군이 어디냐고만 물으면 됩니다."

10분 후에 우리는 거리로 나가서 인도 위를 걸었다. 지나치는 사람들과 팔을 스쳐도 아무도 우리를 돌아보거나 관심을 갖지 않았다. 우리는 크게 심호흡을 하면서 도시 위의 자유로운 첫 산책에 감격했다. 그렇듯 우리를 자유롭게 해주는 지속적인 신뢰 덕에 제법 큰 도시에서도 마음이 든든하고 스스로에 대한 자신감뿐만 아니라 우리에 대한 그런 믿음을 결코 저버릴 수 없다는 완벽한 확신을 가질 수 있었다.

마튀레트와 나는 군중 한가운데를 느긋이 걸었다. 우리는 사람들과 어깨를 나란히 하고 부대끼면서 그들과 동화되고 싶었다. 우리는 어느 바에 들어가서 맥주를 주문했다. 그저 '투 비어스, 플리즈'라고만 하면 되는 것 같았다. 그 말은 너무도 자연스럽게 나왔지만, 그래도 우리에게 서빙을 한 뒤에 '50센트입니다'라고 말하는, 코에 금빛 조개껍질을 매단 혼혈 인도 여인보다도 더 환상적으로 느껴졌다. 그 인도 여인의 진주 같은 치아를 드러낸 미소, 짙은 보랏빛의 살짝 째진 커다란 눈, 어깨까지 내려오는 새까만 머리카락, 아름다운 가슴이 보일락말락 하도록 앞이 트인 블라우스, 누가 보아도 너무나 자연스러운 그 사소한 것들이 우리에게는 꿈처럼 몽롱하게만 여겨졌다. '이봐, 빠삐, 이건 꿈일 거야, 말도 안 되는 일이지. 산송장이나 다름없는 무기징역수였던 네가 이렇게 빨리 자유인이 되다니!'

돈은 마튀레트가 냈다. 그에게 남은 돈은 이제 50센트뿐이었다. 맥주는 기가 막히게 시원했다. 마튀레트가 말했다.

"한 잔 더 할까요?"

하지만 그건 현명하지 못한 생각인 것 같았다.

"이봐, 자유를 찾은 지 이제 고작 한 시간밖에 안 됐는데 벌써 취할 생각부터 하는 거야?"

"에이, 제발요. 빠삐, 너무 그러지 말아요! 겨우 두 잔 마시는데 취하긴 뭘 취해요?"

"네 말이 맞을지도 모르지만 지금 우리 눈앞에 있는 쾌락에 그렇게 덥석 빠져들면 안 되는 거야. 조금씩 음미하자고. 게다가 그 돈은 우리 것이 아니잖아."

"알았어요. 당신 말이 맞아요. 아주 조금씩 자유인이 되는 걸 배워요. 감당할 수 있도록."

우리는 바를 나와서 도시를 가로지르는 번화가인 웨터스 스트리트를 따라 내려갔다. 지나가는 전차나 수레를 끄는 당나귀, 자동차, 극장과 나이트클럽의 번쩍이는 간판, 웃으면서 우리를 바라보는 젊은 흑인이나 인도 여인들의 눈길에 눈이 휘둥그레진 채 걷다 보니 어느새 항구에 도착했다.

눈앞에는 환하게 조명이 밝혀진 배들이 있었다. 파나마 호, 로스앤젤레스 호, 보스턴 호, 퀘벡 호 등 이름도 매혹적인 유람선들, 함부르크 호, 암스테르담 호, 런던 호 등 화물선들. 부두에 나란히 줄지어선 바, 카바레, 레스토랑에는 술을 마시고 노래부르며 큰 소리로 논쟁을 벌이는 남녀들로 북적였다. 저속할지는 몰라도 삶의 열정이 충만한 그 군중 속에 섞이고 싶은 저항할 수 없는 욕구가 불쑥 치밀었다. 어느 바의 바깥에 진열된 얼음, 굴, 성게, 새우, 맛조개, 홍합 등 각종 해산물이 지나가는 행인들을 자극했다. 붉은색과 흰색의 체크무늬 테이블보가 덮여 있는 탁자가 우리에게 앉으라고 유혹했다. 게다가 밝은 갈색 피부와 단아한 옆모습이 돋보이는 혼혈 아가씨들이 살짝 속살이 드러나는 블라우스를 입고 더욱 강렬하게 부추겼다.

나는 한 아가씨에게 다가가서 1,000프랑짜리 지폐 한 장을 보여주며 물었다.

"프랑스 돈, 오케이?"

"그럼요. 내가 바꿔 줄게요."

"오케이."

그녀는 지폐를 받아들고 사람들로 북적이는 홀 안으로 잠시 사라졌다가 돌아왔다. "이리 오세요."

그러고는 나를 중국인이 앉아 있는 카운터로 데려갔다.

"당신 프랑스인이오?"

"네."

"1,000프랑 바꾸시게?"

"네."

"전부 앤틸리스 화로?"

"네."

"여권은?"

"없어요."

"해군 신분증은?"

"없어요."

"이민 서류는?"

"없어요."

"좋아."

그가 여자에게 몇 마디 하자 여자는 홀을 쳐다보고는 내가 쓴 모자와 같은 금빛 계급줄과 해군 마크가 새겨진 모자를 쓴 해군처럼 보이는 사내를 찾아 데려왔다.

중국인이 말했다.

"신분증은?"

"여기."

중국인은 무뚝뚝하게 낯선 사람의 이름으로 1,000프랑 교환증을 만들어서 서명을 하게 했고, 여자는 그의 팔을 잡고 다시 데려갔다.

나는 앤틸리스화로 250달러를 손에 넣었다. 그 중 50달러는 1달러와 2달러짜리로만 되어 있었다. 나는 1달러를 여자에게 주고 밖으로 나왔다. 그리고 마뤼레트를 데리고 바로 들어가 탁자 앞에 앉아서 감미로운 백포도주를 곁들여가며 해산물 만찬을 실컷 즐겼다.

첫 번째 탈출, 그 뒤

트리니다드의 행복

그 영국 도시에서 보낸 첫 번째 자유의 밤이 마치 어제 일처럼 지금
도 생생하다. 우리는 불빛과 가슴 속에 타오르는 열기에 취해서 이
곳저곳을 돌아다니며 행복하게 웃는 그 군중의 마음을 느꼈다. 해
군들과 그들을 벗겨먹으려고 기다리는 열대 지방의 아가씨들로 가
득한 바에도 갔다. 그러나 그 아가씨들은 구질구질한 구석이라고
는 조금도 없어서 파리나 르아브르 혹은 마르세유의 구렁텅이에 있
는 여자들과는 차원이 달랐다. 투박할 정도로 화장을 덧칠하고 눈
빛이 교활함과 탐욕으로 번들거리는 그들과는 거리가 먼 트리니다
드 아가씨들에게서는 갖가지 피부색을 찾아볼 수 있었다. 노란 피
부의 중국 여인, 검은 아프리카 여인, 밝은 초콜릿 색 피부에 윤기
나는 머리카락, 코코아나 사탕수수 재배를 위해 이주해온 부모 밑
에서 자란 인도나 자바 여인, 코에 금빛 조개껍질을 단 혼혈 중국인

이나 인도 여인……. 그리고 로마인 같은 옆얼굴에 기다란 속눈썹과 새까만 눈동자가 빛나는 라판 지방 아가씨들도 있었다. 그들의 불쑥 솟은 앞가슴은 마치 이렇게 말하는 듯했다. '내 가슴이 얼마나 완벽한지 봐줘요.' 저마다 다른 색의 꽃들을 머리에 얹고 있는 것 같은 그 아가씨들은 전혀 불결하거나 상업적이지 않은 욕망을 부추겼다. 그들은 일을 한다는 인상을 주지 않고 진정으로 즐기고 있어서 그들에게는 돈이 인생에서 중요하지 않은 것처럼 느껴졌다.

등불에 달려드는 풍뎅이 두 마리처럼 마튀레트와 나는 비틀거리며 바를 전전했다. 불빛이 환한 작은 광장에 도착했을 때 나는 교회인지 사원인지에 걸린 벽시계를 보았다. 2시였다. 새벽 2시였던 것이다! 빨리, 빨리 돌아가야 한다. 구세군 대위가 우리를 한심하게 여길 것이 분명했다. 빨리 돌아가야 한다. 나는 서둘러 택시를 잡았다. 택시비를 2달러 지불하고 부끄러운 마음으로 숙소로 돌아갔다. 홀에서는 이십대 후반의 금발머리 구세군 여성이 우리를 친절하게 맞아주었다. 우리가 그렇게 늦게 돌아온 것을 보고도 그다지 놀라거나 화가 난 것 같지는 않았다. 그녀는 친절한 인사말인 듯한 말을 영어로 몇 마디 한 뒤 우리에게 방 열쇠를 건네주고 잘 자라고 인사했다. 우리는 침대에 누웠다. 가방을 열어보니 잠옷이 들어 있었다. 마튀레트가 불을 끄면서 말했다.

"어쨌든 이렇게 짧은 시간에 많은 걸 주셔서 하느님께 감사해야 할 것 같아요. 그렇죠, 빠삐?"

"너의 고마운 하느님께 내 몫까지 감사해줘. 정말 좋은 분이야. 네 말처럼 우리에게 무지하게 친절한 분이셔. 잘 자."

그러고는 불을 껐다.

그 부활, 무덤에서의 귀환, 내가 묻혀 있던 그 묘지에서의 탈출. 연이은 감동과 그날 밤의 외출 때문에 가슴이 벅차서 좀처럼 잠을 이룰 수가 없었다. 감은 두 눈 속에서 여러 가지 모습들, 일들, 온통 뒤범벅된 감정들이 무질서하지만 분명하게 떠올랐다. 재판소, 콩시에르주리, 나병 환자들, 생 마르탱 드 레, 트리부야르, 지저스, 폭풍······. 몽롱한 환영 속에서 일년 사이 내가 겪었던 모든 일들이 동시에 떠올랐다. 그 모습들을 떨치려 애를 썼지만 소용없었다. 그리고 가장 우스운 일은 그 모습들이 돼지들과 봉관조의 비명 소리, 바람의 울음소리, 요란한 파도 소리, 조금 전에 우리가 들렀던 여러 바에서 힌두인들이 연주하던 바이올린 소리에 둘러싸였다는 점이다.

나는 동이 틀 무렵에야 간신히 잠이 들었다. 10시쯤 누군가가 문을 두드렸다. 보웬이 웃으며 서 있었다.

"안녕하십니까, 친구들. 여태 잤어요? 늦게 들어왔나 보군요. 즐겁게 지냈습니까?"

"안녕하세요. 네, 어제 늦게 들어왔습니다. 죄송합니다."

"천만에요! 그런 일들을 겪었는데 당연하죠. 자유인으로서 첫날밤을 충분히 만끽하는 것이 당연하죠. 경찰서까지 동행하려고 왔습니다. 경찰서에 가서 두 분이 이 나라에 불법으로 들어왔다는 걸 정식으로 신고해야 해요. 그 절차를 밟고 나서 친구분을 만나러 갑시다. 벌써 일찌감치 엑스선 촬영을 했다는군요. 결과는 나중에 알게 될 겁니다."

우리는 부리나케 단장을 마치고 아래층으로 내려갔다. 보웬이 대령과 함께 기다리고 있었다.

"안녕하십니까, 친구들."

대위가 서툰 프랑스어로 인사했다.

"안녕하세요, 다들 밤새 안녕하셨죠? 포트오브스페인이 마음에 드시던가요?"

여성 장교도 인사말을 건넸다.

"아, 그럼요! 아주 즐거웠습니다."

우리는 가볍게 커피 한 잔을 마시고 경찰서로 출발했다. 약 200미터 거리라 걸어서 갔다. 모든 경찰관들이 우리에게 경례를 하면서 별다른 호기심 없이 바라보았다. 우리는 카키색 제복 차림의 흑인 보초 두 명 앞을 지나서 준엄하고 위압적인 사무실로 들어섰다. 배지와 메달이 잔뜩 달린 카키색 셔츠와 넥타이 그리고 반바지 차림의 50대 장교 하나가 자리에서 일어섰다. 그는 프랑스어로 말했다.

"안녕하십니까. 앉으시죠. 정식으로 신고받기 전에 간단히 이야기부터 나누죠. 나이가 어떻게 되죠?"

"스물여섯하고 열아홉입니다."

"죄목이 뭐였습니까?"

"살인죄였습니다."

"구형은?"

"무기징역형입니다."

"그럼 1급살인이었군요?"

"아니오, 제 경우는 2급살인이었습니다."

"저는 1급살인이 맞습니다. 당시에 열일곱이었구요."

마튀레트가 말했다.

"열일곱이면 자기가 하는 짓을 알 만한 나이죠. 영국에서는 살인 행위가 입증되면 교수형을 당합니다. 뭐, 좋아요. 영국 당국이 프랑스 재판에 대해 왈가왈부할 권리는 없으니까. 하지만 우리가 동의하지 못하는 부분은 죄수들을 프랑스령 기아나로 보내는 겁니다. 프랑스 같은 문화 국가에 어울리지 않는 비인간적인 징벌이죠. 하지만 안타깝게도 당신들은 트리니다드나 다른 어떤 영국 섬에도 머물 수 없습니다. 절대 불가능해요. 출발을 미루려고 병이나 다른 핑계를 찾지 말고 정직하게 행동하길 바랍니다. 보름이나 늦어도 18일 동안은 포트오브스페인에서 자유롭게 지내도 좋습니다. 당신들의 배는 상태가 좋은 것 같더군요. 이곳 항구로 가져오도록 하겠습니다. 수선할 곳이 있으면 왕립해군조선소에서 수선해줄 겁니다. 출발에 필요한 생필품과 좋은 나침반과 해군 지도도 받게 될 겁니다. 남아메리카 국가들은 당신들을 받아줄 겁니다. 베네수엘라로는 가지 말아요. 체포되어 도로에서 강제 노동을 하다가 프랑스 당국으로 넘겨질 테니까요. 중대한 실수를 저질렀다고 해서 영영 인생을 망쳐선 안 되죠. 두 분은 젊고 건강하고 인상도 좋은 데다가 그동안 견딜 만큼 견뎠으니 영원히 패자가 되지 않기를 바랍니다. 두 분이 선량하고 책임감 있는 사람이 될 수 있도록 일조할 수 있어 기쁩니다. 행운을 빕니다. 뭐든 문제가 있으면 이 번호로 전화하세요. 프랑스어로 응답할 겁니다."

그가 벨을 누르자 민간인 한 명이 우리를 데리러 왔다. 여러 경관과 민간인들이 타이핑을 하고 있는 방에서 한 민간인이 우리의 신고를 받았다.

"트리니다드에는 왜 왔습니까?"

"쉬러요."

"어디서 왔습니까?"

"프랑스령 기아나요."

"탈출하다가 무슨 죄를 지었거나 다른 사람들에게 상해를 입히거나 살인을 했습니까?"

"아무도 심하게 다친 사람은 없었습니다."

"그걸 어떻게 알죠?"

"출발하기 전에 들었습니다."

"나이는, 프랑스에서 형사상의 상황은? (기타 등등) 두 분은 보름에서 18일 간은 이곳에서 지내도 좋습니다. 그동안에는 하고 싶은 건 뭐든지 자유롭게 해도 됩니다. 혹시 숙소를 바꾸게 되면 알려주십시오. 저는 윌리 경사입니다. 여기 제 명함에 전화번호가 두 개 있습니다. 하나는 경찰서 번호이고 또 하나는 집 번호입니다. 무슨 일이 생기거나 도울 일이 있으면 즉시 연락해주십시오. 두 분은 믿을 만한 분들이라는 걸 알고 있습니다. 바르게 처신할 거라고 믿습니다."

잠시 후에 보웬은 우리를 병원으로 데려다주었다. 클루지오는 우리를 보고 반가워했다. 우리는 간밤에 도시에서 보낸 일에 대해서는 한 마디도 하지 않았다. 그저 우리가 가고 싶은 곳이면 어디든 자유롭게 갈 수 있다는 얘기만 해주었다. 그는 깜짝 놀라서 말했다.

"호위도 안 받고?"

"응, 호위도 없이."

"이야, 영국 놈들 되게 웃기네!"

의사를 만나러 나갔던 보웬이 의사와 함께 들어왔다. 의사는 클루지오에게 물었다.

"부목을 대기 전에 누가 골절을 바로잡았습니까?"

"저하고 지금 여기 없는 다른 사람하고요."

"조치를 잘 해서 다리가 재골절되지 않았습니다. 부러진 종아리 뼈는 잘 맞춰지지 않거든요. 아무튼 조금씩 걸을 수 있도록 철심과 함께 깁스만 하면 됩니다. 여기 계속 있을 겁니까, 아니면 친구 분들과 같이 갈 겁니까?"

"친구들과 같이 갈래요."

"그럼 내일 아침에 퇴원해도 좋습니다."

우리는 장황하게 감사의 인사를 전했다. 보웬과 의사가 먼저 나가고 우리는 이른 오후까지 셋이 함께 보냈다. 이튿날 숙소에 셋이 다 함께 모이자 무척 기뻤다. 창문이 활짝 열리고 환기 장치도 가동되어 공기가 신선했다. 우리는 안색도 좋고 새 옷을 입어 차림새도 좋아졌다며 서로를 추켜주었다. 나는 지난 이야기를 다시 끄집어냈다.

"이제 되도록이면 과거는 잊고 현재와 미래만 생각하자. 어디로 갈까? 콜롬비아? 파나마? 코스타리카? 보웬 씨에게 우리를 받아줄 만한 나라가 어딘지 물어보자고."

나는 보웬의 사무실에 전화를 걸었지만, 그는 그곳에 없었다. 산 페르난도의 집으로 걸자 딸이 받았다. 인사말을 주고받은 뒤에 그녀가 말했다.

"므슈 앙리, 숙소 근처 피시 마켓에 산 페르난도로 오는 버스가 있어요. 오후에 저희 집에 들르시겠어요? 기다릴 테니 오세요."

그래서 우리 셋은 산 페르난도로 향했다. 클루지오는 군복 스타일의 갈색 양복을 차려입으니 멋있었다. 그토록 친절하게 우리를 맞아주었던 그 집으로 돌아갈 생각에 우리 셋은 마음이 설렜다. 두 여인도 그런 우리 마음을 헤아렸는지 동시에 말했다.

"집에 잘 오셨어요. 편히 앉으세요."

그러고는 전에 매번 붙이던 '므슈' 칭호를 빼고 말을 걸었다.

"앙리, 설탕 좀 주세요. 앙드레(마튀레트의 이름이 앙드레다), 푸딩 더 줄까요?"

보웬 부부가 부디 우리에게 베푼 친절과 그토록 큰 기쁨을 안겨주었던 그 선한 마음씨로 인해 남은 인생 동안 축복받고 행복하게 지내길 간절히 바란다.

우리는 그들과 함께 이야기를 나누며 탁자 위에 지도를 펼쳐 보았다. 콜롬비아의 첫 번째 항구인 산타 마르타에 도착하려면 1,200킬로미터, 파나마까지는 2,000킬로미터, 코스타리카까지는 2,500킬로미터는 가야 했다. 상당한 거리였다. 그때 보웬이 도착했다.

"모든 영사관에 전화해서 좋은 소식을 얻었어요. 쿠라사우 섬에서는 며칠 쉴 수 있어요. 콜롬비아는 탈주자들에 대해 확실히 정해놓은 게 없고요. 영사가 알기로는 아직까지 바다를 통해 콜롬비아에 온 탈주자는 한 명도 없었다는군요. 파나마와 다른 곳도 마찬가지고."

"제가 확실한 곳을 한 군데 알아요. 그런데 좀 멀어요. 적어도 3,000킬로미터는 떨어져 있거든요."

보웬의 딸 마가렛이 끼어들었다.

"어딘데?"

아버지가 물었다.

"영국령 온두라스요. 그곳 총독이 저의 대부거든요."

나는 친구들을 바라보며 말했다.

"목적지는 영국령 온두라스다."

그곳은 남쪽으로는 온두라스 공화국과, 북쪽으로는 멕시코와 맞닿는 영국령이었다. 우리는 마가렛과 그녀의 어머니의 도움을 받아 오후 내내 길을 확인했다. 첫 단계, 트리니다드에서 쿠라사우, 1,000킬로미터. 둘째 단계, 쿠라사우에서 가는 길에 있는 어떤 섬. 셋째 단계, 영국령 온두라스.

바다에서 무슨 일이 벌어질지 결코 알 수 없을 뿐더러 생필품은 경찰이 마련해주기로 했으므로 별도의 가방에 고기, 야채, 잼, 생선 등 통조림 음식들을 담기로 했다. 마가렛은 '살바토리' 슈퍼마켓에 가면 그 통조림들을 기꺼이 선물로 줄 것이라고 말했다.

"혹시 싫다고 하면 엄마와 제가 사드릴게요."

"아니에요, 아가씨."

"괜찮아요, 앙리."

"그래도 안 돼요, 그건 말도 안 됩니다. 우리도 돈이 있어요. 살 수 있는데도 그런 친절까지 넙죽 받으면 안 되죠."

배는 포트오브스페인의 어느 전함 옆에 무사히 있었다. 우리는 출발하기 전에 다시 들르기로 하고 그곳을 떠났다. 우리는 매일 밤 11시에 꼬박꼬박 외출을 했다. 클루지오는 제일 좋아하는 광장 벤치에 앉았고, 마튀레트나 내가 돌아가면서 도시를 배회하는 동안 남는 사람이 그의 곁을 지켜주었다. 우리가 이곳에 온 지도 어느새 열흘이 되었다. 클루지오는 깁스 속에 박아넣은 철심 덕분에 큰 불편 없이 걷게 되었다. 우리는 전차로 항구까지 가는 방법도 터득했다. 오후에는 매일 저녁 항구를 거닐었다. 항구에 있는 몇몇 바에서는 사람들이 우리를 알아보고 자연스럽게 받아주었다. 경찰들도 우리에게 인사를 했다. 모든 이들이 우리가 누구며 어디서 왔는지 알았지만 어느 누구도 그런 내색은 하지 않았다. 하지만 우리는 바에서 해군들에게 받는 것보다 우리에게는 더 싸게 받는다는 사실을 알고 있었다. 아가씨들도 마찬가지였다. 아가씨들은 해군들이나 공무원들 또는 관광객들과 합석할 때면 으레 쉬지 않고 술을 마시며 최대한 돈을 많이 쓰도록 만들곤 했다. 나이트클럽에서는 술을 몇 잔 사주지 않으면 절대 손님과 춤을 추는 일이 없었다. 그런데 우리에게는 다들 다르게 행동했다. 그들이 한참 앉아 있으면 술을 한 잔 마시도록 권해야 했다. 그러나 그네들은 마시더라도 통상 마시는 작은 잔으로 마시는 것이 아니라 맥주나 위스키에 소다수를 섞어 마셨다. 그 모든 것이 우리는 무척 기뻤다. 그들이 우리 상황을 알고 진심으로 대해주고 있음을 느꼈기 때문이다.

배에 색칠을 다시 하고 10미터 높이에 외피판도 댔다. 용골은 더욱 견고해졌다. 내부에도 손상된 곳 하나 없는 배는 흠잡을 데가 없었다. 돛대는 더 높으면서도 가벼운 것으로 교체되었고, 돛으로 썼던 밀가루 부대는 황토색의 좋은 범포로 바뀌었다. 해군에서는 어느 배의 대령이 내게 제대로 방위 표시가 된 나침반을 선물로 주면서 지도와 함께 보는 요령도 설명해주었다. 이제는 내가 있는 곳을 대략 알 수 있었다. 쿠라사우에 가려면 뱃길을 서쪽 방향에서 1도 정도 북쪽으로 잡아야 했다.

대령은 '타르폰 호'라는 연습선의 지휘 장교 한 명을 소개했고, 장교는 내게 다음날 아침 8시 경에 배를 타고 항구에서 조금 벗어나보겠느냐고 물었다. 그 이유는 몰랐지만 그러기로 약속했다. 이튿날 마튀레트와 함께 정해진 시간에 해군 기지로 갔다. 해병 한 사람이 우리와 함께 배에 올랐고, 나는 순풍을 타고 항구를 벗어났다. 두 시간 후에 우리가 항구를 들락거리며 배를 몰고 있는데 전함 한 척이 다가왔다. 갑판 위에는 모두 백인들로 구성된 선원들과 장교들이 늘어서 있었다. 그들은 우리 곁을 지나면서 환호성을 지르고 깃발을 두 번 올렸다 내렸다. 정확한 의미는 모르지만 군대식 인사였다. 해군 기지로 돌아와 보니 그 전함은 이미 정박해 있었다. 우리도 배를 선창에 댔다. 해군 장교가 갑판 위로 따라오라고 손짓했다. 갑판의 선교 위에서 함장이 우리를 맞았다. 휘파람 소리가 우리가 도착했음을 알렸고, 함장은 장교들에게 우리를 소개한 뒤 차려 자세를 한 학생들과 하급 장교들 앞을 지나게 했다. 함장이 영어로 무어라 말을 하자 그들은 모두 해산했다. 젊은 장교 한 사람이 함장이 방금 학생들에게 우리가 그 작은 배를 타고 오랜 항해를 했으며 앞으로도 더 길고 위험한 항해를 하려 하는 점은 마땅히 해군의 존경을 받을 만하다고 말했다며 설명해주었다. 우리는 그런 경의를 표해준 데 대해 감사의 뜻을 전했다. 장교는 우리에게 앞으로 유용하게 쓰일 방수복 세 벌을 선물해주었다. 묵직한 지퍼와 모자가 달린 검은색 방수복이었다.

출발하기 이틀 전에 보웬이 찾아와서 일주일 전에 체포된 유형수 세 명을 함께 데려가 줄 수 없겠느냐는 경찰청장의 뜻을 전했다. 그 유형수들의 동료들이 그들을 섬에 내려놓고 다시 베네수엘라로 떠났다고 했다. 선뜻 마음이 내키지는 않았지만 부탁을 거절하기에는 우리가 너무나 정중한 대접을 받은 터였다. 그래서 확답을 하기 전에 먼저 그들을 보고 싶다고 했다. 경찰차 한 대가 나를 태우러 왔다. 나는 우리가 처음 도착했을 때 우리에게 질문을 했던 지휘 장교에게 안내되었다. 윌리 경사가 통역을 맡아주었다.

"어떻게 지내셨습니까?"

"잘 지냅니다. 당신이 좀 도와주셨으면 합니다."

"가능하면 그렇게 하죠."

"지금 감옥에 프랑스인 유형수 세 명이 있습니다. 그들은 섬에서 불법으로 몇 주를 지냈는데 동료들이 자신들을 여기에 버려두고 떠났다고 주장하는군요. 우리가 볼 땐 그들이 일부러 배를 가라앉힌 것 같지만 세 사람 모두 배를 몰 줄도 모른다고 해요. 어쨌든 우리는 그들을 다시 보내야 합니다. 그러려면 제일 먼저 지나가는 프랑스 선박에 인도할 수밖에 없는데 그건 별로 내키지 않는군요."

"제가 맡겠습니다. 하지만 그 전에 먼저 그 사람들과 이야기를 나누어보고 싶습니다. 배에 낯선 사람을 세 명이나 태우는 것이 위험한 일이라는 점을 이해해주셨으면 좋겠습니다."

"이해합니다. 윌리, 그 프랑스인들을 뜰로 데려오라고 해."

나는 조용히 그들을 만나고 싶어서 경사에게 자리를 비켜달라고 했다.

"너희들, 유형수들이야?"

"아니, 도형수."

"그런데 왜 유형수라고 했지?"

"아무래도 큰 죄를 지은 사람보다는 작은 죄를 지은 사람을 더 좋아할 테니까. 그런데 실수를 한 것 같군. 당신은 누구요?"

"도형수."

"누군지 모르겠는데."

"난 마지막 호송선에 있었어. 너희들은?"

"1929년 호송선에."

"난 27년."

다른 한 사람이 말했다.

"지휘관이 날 불러서 너희들을 데려가라고 하더군. 그런데 우린 벌써 세 명이야. 내가 싫다고 하면 너희 세 사람 모두 배를 다룰 줄 모르니 제일 먼저 지나가는 프랑스 배에 넘겨야 한다고 하더라고. 어떻게 생각해?"

"우린 사연이 있어서 다시는 바다로 나가고 싶지 않아. 너희와 같이 떠나는 척할 테니까 우릴 섬 끝에 내려주고 넌 네 갈 길을 가는 거야, 어때?"

"그렇게는 못 해."

"왜?"

"우리가 받은 호의를 그렇게 치사한 속임수로 갚을 순 없으니까."

"영국 놈들보다 우리 생각부터 먼저 해야 하는 거 아냐?"

"왜?"

"너도 도형수니까."

"그렇긴 하지만 도형수도 여러 부류가 있는 법이고, 나와 영국 놈들 사이의 차이보다는 너희들과 나 사이의 차이가 더 클걸. 생각하기 나름이지."

"그럼 우리를 프랑스 당국에 넘기겠다는 거야?"

"아니, 하지만 쿠라사우에 가기 전에 내려주지도 않을 거야."

"난 다시 시작할 용기가 나질 않아."

한 사람이 말했다.

"이봐, 우선 배부터 보라고. 아마 너희들이 타고 온 배가 형편없는 것이었겠지."

"좋아, 한번 해보지, 뭐."

나머지 두 사람이 대답했다.

"좋아. 지휘관에게 배를 보여주라고 얘기할게."

우리는 윌리 경사와 함께 항구로 갔다. 그 세 명은 배를 보고 나서 한결 마음이 놓이는 것 같았다.

새로운 출발

이틀 후 우리 셋과 낯선 세 사람은 함께 출발했다. 어떻게 알았는지는 모르겠지만 10여 명의 술집 아가씨들이 보웬 가족과 구세군 대위와 함께 우리의 출발을 지켜보았다. 한 아가씨가 나를 껴안자 마가렛이 웃으면서 말했다.

"앙리, 그렇게 빨리 약혼을 했단 말이에요?"

"모두들 안녕히 계세요. 다시는 만나지 못하더라도 여러분은 우리 마음속 깊은 곳에 남아 영원히 지워지지 않을 겁니다."

그리고 오후 4시에 견인선에 이끌려 항구를 떠났다. 우리는 빠르게 항구에서 멀어지면서도 우리에게 작별 인사를 하기 위해 모여 커다란 흰 손수건을 흔드는 사람들에게서 마지막 순간까지도 눈을 떼지 못하고 눈물을 흘리며 바라보았다. 견인선과 연결된 밧줄이 풀어지자마자 모든 돛들이 일제히 바람에 부풀어오르며 목적지에 도착할 때까지 수없이 넘어야 할 무수한 파도들 중 첫 파도를 넘었다.

배에는 칼 두 자루가 있었다. 하나는 내가, 다른 하나는 마튀레트가 갖고 있었다. 손도끼는 큰 식칼과 함께 클루지오 곁에 놓여 있었다. 나머지 세 명은 무기를 갖고 있지 않은 듯했다. 우리는 항해 도중에 우리 셋 중 한 사람 이상이 절대 잠들지 않도록 대책을 마련해 두었다. 해질 무렵, 30분 가까이 우리를 배웅해주던 연습선이 작별인사를 하고 떠나갔다.

"이름이 뭐야?"

"르블롱."

"어떤 수송선이었지?"

"27년."

"구형은?"

"20년."

"넌?"

"카르게레. 29년 수송선. 15년형, 브르타뉴 출신이고."

"브르타뉴 출신인데 배를 몰 줄 모른다고?"

"몰라."

"내 이름은 뒤피스, 앙제 출신이야. 재판 때 말 한 마디 잘못해서 무기징역 받았어. 그 일만 아니었으면 기껏해야 10년 받았을 텐데. 29년 수송선이었어."

"무슨 말을 했는데?"

"난 다리미로 마누라를 때려 죽였어. 재판 때 한 판사가 왜 하필 다리미를 사용했냐고 묻잖아. 사실은 나도 왜 그랬는지 몰라. 그런데 마누라가 주름을 잘못 잡아서 다리미로 죽였다고 대답했지. 변호사 말이, 그 바보 같은 말 때문에 내가 그렇게 무거운 형을 받은 거라고 하더라고."

"탈출은 어디서 한 거야?"

"생 로랑에서 80킬로미터 떨어진 곳에 있는 카스카드라고 불리는 삼림 수용소. 우리는 자유롭게 지내는 편이었기 때문에 그렇게 어렵진 않았어. 전부 다섯 명이었는데 식은 죽 먹기였지."

"어떻게 다섯 명이야? 나머지 둘은 어디 있어?"

잠시 난처한 듯 침묵이 이어지자 클루지오가 말했다.

"이봐, 남자들끼린데 알 건 알아야지. 말해보라고."

"내가 다 얘기할게. 사실 우리 다섯이 같이 탈출했거든. 근데 지금 없는 칸 출신 두 놈이 자신들이 어부였다고 하더라고. 자신들이 배에서 하는 일은 돈보다 더 가치 있는 일이라면서 탈출하는 데 돈을 한 푼도 안 보탰지. 그런데 가다 보니까 두 놈 다 제대로 할 줄 아는 게 하나도 없지 뭐야. 물에 빠져 죽을 뻔한 일이 스무 번은 될 거야. 처음엔 네덜란드령 기아나 해안선 가까이 항해하다가 나중에 트리니다드 근처로 갔어. 조지타운과 트리니다드 중간에서 놈 하나를 내가 죽였지. 그놈은 죽어 마땅했어. 공짜로 탈출하려고 자기가 유능한 뱃사람이라고 모두를 속였으니까. 그리고 또 한 놈은 자기도 죽일까봐 겁먹고는 폭풍에 시달릴 때 키를 놓고 스스로 바다에 뛰어들었고. 남은 우리는 할 수 있는 건 다 해봤어. 배에 물이 가득 찬 것도 여러 번이고, 암초에 부딪쳤다가 기적적으로 살아나기도 했고. 사나이 명예를 걸고 맹세코 내가 한 말은 전부 사실이야."

"사실이야. 정말 그랬어. 우리 셋 다 그놈을 죽이기로 합의를 봤어. 어떻게 생각해, 빠삐용?"

나머지 두 사람이 말했다.

"내가 뭐라고 판단하긴 힘들군."

"하지만 우리 상황에 너라면 어떻게 했겠어?"

"생각해볼 만한 일이군. 겪어보지 않으면 모르겠는걸."

내 말에 클루지오가 흥분해서 말했다.

"나라도 죽였을 거야. 그놈의 거짓말 때문에 다른 사람들이 모두 목숨을 걸었으니까."

"좋아, 더 이상 그 얘기는 하지 말자. 하지만 너희들은 너무 겁을 먹었던 것 같아. 무서워서 떠나지도 못하고 있다가 어쩔 수 없으니까 바다로 나온 거야, 그렇지?"

"그렇다니까!"

그들이 이구동성으로 대답했다.

"그렇다면 여기선 무슨 일이 있어도 겁먹어선 안 돼. 어떤 일이 있어도 아무도 무서워하는 걸 겉으로 드러내면 절대 안 돼. 겁이 나는 사람은 입을 다물어. 이 배는 훌륭한 배야. 지금은 전보다 짐이 더 많은데도 뱃머리가 10센티미터는 더 높이 떠 있어. 짐을 더 실어도 너끈히 견딜 수 있다니까."

우리는 담배를 피우면서 커피를 마셨다. 출발하기 전에 든든히 먹어서 다음날 아침까지는 아무것도 먹지 않기로 했다.

1933년 12월 9일. 생 로랑 병원의 철통 같은 병실을 탈출한 지 42일이 되었다. 우리의 회계사인 클루지오가 그 사실을 알려주었다. 나는 출발할 때와 달리 귀중한 세 가지를 더 갖고 있었다. 트리니다드에서 산 방수시계, 이중으로 완충 장치가 된 상자에 담긴 방위 표시도까지 있는 나침반 그리고 플라스틱 렌즈로 된 선글라스. 클루지오와 마튀레트도 각각 모자 하나씩이 생겼다.

무사히 사흘이 지나갔다. 돌고래 떼를 두 번 만난 일만 제외하고는. 돌고래 여덟 마리가 무리를 지어 우리 배에 장난을 치는 바람에 식은땀이 났다. 돌고래들은 배를 따라서 배 밑으로 들어갔다가 앞으로 불쑥 튀어나왔다. 우리는 이따금씩 돌고래를 만져보기도 했다. 그렇지만 뭐니뭐니해도 가장 인상깊었던 장난은 돌고래 세 마리 중 한 마리는 앞에, 두 마리는 나란히 뒤따라오며 삼각형을 이루어 맹렬한 기세로 우리를 향해 돌진하는 것이었다. 그러고는 배 밑으로 잠수했다가 배 양 옆으로 튀어 올라왔다. 바람이 세서 돛을 활짝 펴고 질주하고 있었는데도 돌고래들은 우리보다 훨씬 빨랐다. 그 장난이 몇 시간 동안 계속 이어지는 바람에 정신이 하나도 없었다. 돌고래들이 거리 계산을 조금만 잘못 해도 배가 뒤집어졌을 것이다. 새로 합류한 세 사람은 아무 말도 하지는 않았지만 그들의 일그러진 얼굴은 그야말로 가관이었다!

나흘째 한밤중에 끔찍한 폭풍이 시작되었다. 정말 무시무시했다. 제일 끔찍한 건 파도가 한 방향으로 일지 않는다는 것이었다. 서로 충돌하는 일이 잦았다. 어떤 파도는 크고, 어떤 파도는 작고, 도무지 종잡을 수가 없었다. 아무도 입을 열지 못하는 가운데 클루지오만 이따금씩 내게 이렇게 소리쳤다. '힘내, 친구! 저번처럼 해낼 수 있어!' 또는 '뒤에 오는 놈 조심해!' 파도는 거품을 잔뜩 물고 사방에서 포효하며 몰아쳤다. 나는 파도의 속도를 가늠하고 공격해오는 각도를 미리 예측했다. 하지만 어느 순간 파도가 배 뒤편에서 벌떡 일어서며 달려들었다. 물결이 여러 차례 내 어깨에 와서 부서졌고, 당연히 배 안으로도 꽤 많이 들어왔다. 다섯 사내들은 손에 냄비와 상자를 들고 쉴새없이 물을 퍼냈다. 그 거센 파도에도 나는 배의 4

분의 1 이상을 물에 잠기게 하지 않았고, 결국 실제로 우리 배가 가라앉을 정도의 위기는 없었다. 그 곡예는 아침 7시까지 이어졌다. 비 때문에 8시가 되어서야 햇빛을 볼 수 있었다.

폭풍우가 잦아들고, 하루의 시작을 알리는 새로운 태양이 밝게 빛나며 기쁨에 겨운 우리에게 인사했다. 제일 먼저 커피 생각이 났다. 네슬레 밀크커피에 곁들인 해군용 비스킷은 돌덩이처럼 딱딱했지만 커피에 적셔 먹으니 맛있었다. 나는 폭풍우와 밤새 싸우느라 지칠 대로 지쳐서 더는 아무것도 할 수가 없었다. 바람이 여전히 세차게 불고 채 길들여지지 않은 파도 역시 높았지만 마튀레트에게 나 대신 잠시만 맡아달라고 부탁했다. 한숨 자고 싶었다. 잠이 든 지 채 10분도 안 되었을 때 마튀레트가 배를 기울이는 바람에 배 안이 물로 가득 찼다. 상자들이며, 화로며, 담요며 죄다 둥둥 떠다녔다. 배꼽 높이까지 물이 차오른 탓에 나는 간신히 키가 있는 곳까지 가서 마침 우리를 향해 곧장 돌진해오는 부서진 파도를 피했다. 단번에 파도에 뱃고물을 갖다 대서 배 안으로 물이 더 들어오지는 않았지만, 그 충격으로 배는 파도에 10미터 이상 떠밀렸다.

다 함께 물을 퍼냈다. 마튀레트가 사용하는 커다란 냄비는 한 번에 15리터는 비워냈다. 아무도 뭔가를 건져야겠다는 생각은 하지도 못하고 오로지 물을 퍼내야 한다는 일념뿐이었다. 배를 무겁게 만들어서 파도에 저항하지 못하게 하는 그 물을 최대한 빨리 퍼내야 했다. 새로 온 세 사람도 잘해주었다. 브르타뉴 출신인 카르게레는 자신의 가방이 휩쓸려가는 것을 보면서도 머뭇거리지 않고 배의 물을 퍼내는 일에만 열중했다. 두 시간이 지나서 물을 다 퍼내는 데는 성공했지만 이불, 휴대용 난로, 화로, 숯이 든 가방들, 연료와 물통을 잃어버렸다.

정오가 되어 바지를 갈아입고 싶어서 보니 내 작은 트렁크와 방수복 두 벌도 파도에 쓸려가고 없었다. 우리는 배 안쪽에서 럼주 두 병을 찾아냈다. 담배는 없어지거나 젖어 있었고, 담뱃잎은 상자째 없어졌다. 내가 말했다.

"우선 럼주 한 잔씩 적당히 하고 나서 깡통 상자에 뭐가 남았나 보자. 과일 주스가 있군, 좋아. 나눠서 마시자고. 버터 비스킷 상자들도 있는데, 그 중 하나는 비워서 화로를 만들지. 깡통들은 배 안쪽에 잘 놔두고 나무상자로 불을 피우는 거야. 우리 모두 두려웠지만 이제 위기는 지나갔어. 각자 회복해서 앞으로도 잘 대처해야 해. 이 순간부터는 아무도 목마르다고 하지 마. 배고프다는 말도 하지 마. 담배 피우고 싶다는 말도 하지 말고. 알았지?"

"알았어, 빠삐."

모두들 잘해주었고 고맙게도 바람이 잠잠해져서 콘비프 수프를 끓여먹을 수 있었다. 수프 한 그릇에 해군용 비스킷을 적셔 실컷 먹고 나니 뱃속이 따뜻하고 든든해져서 다음날까지 충분히 견딜 수 있을 듯했다. 우리는 각자 녹차를 조금씩 마셨다. 손대지 않은 상자 속에서 담배 한 보루를 찾아냈다. 한 갑에 여덟 개비씩 든 담배가 스물네 갑이 있었다. 나머지 다섯 명은 내가 잠들지 않도록 나에게만 담배를 피울 권리를 주기로 결의했다. 그런 배려 덕분에 우리 사이에는 아무런 불미스러운 일도 일어나지 않았다.

우리가 출발한 지 엿새가 지나도록 나는 제대로 잠을 잘 수 없었다. 하지만 그날은 바다가 잔잔해서 다섯 시간 가까이 죽은 듯이 자고 또 잤다. 밤 10시에 잠에서 깨어났다. 바다는 여전히 고요했다. 친구들은 자기들끼리 식사를 마친 상태였다. 나는 옥수수 가루로 만든 폴렌타(일종의 죽 — 옮긴이)와 훈제 소시지 몇 개를 먹었다. 맛있었다. 차는 차갑게 식었지만 그런 건 아무래도 상관없었다. 나는 담배를 피우면서 바람이 불기를 기다렸다. 어두운 밤하늘에 별이 총총했다. 북극성이 환하게 빛나서 남십자성만이 그 빛을 능가했다. 큰곰자리와 작은곰자리도 선명하게 보였다. 구름 한 점 없이 별만 총총한 하늘에 벌써 보름달이 떠 있었다. 카르게레가 몸을 떨었다. 웃옷을 잃어버려서 반소매 셔츠 차림이었다. 나는 그에게 방수복을 빌려주었다. 우리는 이레째로 접어들었다.

"쿠라사우에서 멀지 않은 것 같아. 북쪽으로 조금 올라온 것 같으니 이제부터는 서쪽으로 방향을 잡을 거야. 네덜란드령 앤틸리스 제도를 놓치면 안 되니까 말야. 그나저나 물도 없고 통조림 말고는 생필품도 모두 잃어버렸으니 큰일이야."

"우린 널 믿어, 빠삐용."

카르게레가 말했다.

"그래, 널 믿어. 네 판단대로 해."

나머지 사람들도 모두 입을 모아 말했다.

"고마워."

나는 내가 말한 것이 최선책이라고 생각했다. 밤새 바람이 불기만 바랐다. 새벽 4시가 되어서야 미풍이 불어와 다시 출발할 수 있었다. 미풍은 오전 중에 점점 커지더니 적당한 세기로 서른여섯 시간 넘게 지속되어 배가 알맞은 속도로 나아갈 수 있었다.

쿠라사우

갈매기가 날았다. 처음엔 어두워서 소리만 들리더니 얼마 안 있어서 배 주위를 선회하는 갈매기들의 모습이 보였다. 그 중 한 마리가 돛대 위에 앉았다가 날아가더니 다시 돌아와서 앉았다. 그러기를 찬란한 태양과 함께 날이 밝을 때까지 세 시간 넘게 반복했다. 수평선에는 육지가 있음을 알려줄 만한 것이 어떤 것도 보이지 않았다. 그렇다면 도대체 그 갈매기들이 어디서 왔단 말인가? 온종일 눈을 비벼봤지만 마찬가지였다. 육지의 흔적은 눈을 씻고 봐도 없었다. 해가 지고 보름달이 떴다. 열대의 달은 휘영청 밝아서 눈이 부셨다. 지난번 파도에 모자와 함께 선글라스도 휩쓸려가고 없었다. 저녁 8시쯤, 달빛 속에 수평선 너머로 검은 윤곽 하나가 보였다.

"저건 분명히 육지야!"

내가 제일 먼저 소리쳤다.

"그래, 정말이야."

모두들 흐릿한 윤곽이 육지가 틀림없다고 입을 모아 외쳤다. 나는 차츰 분명해지는 그 윤곽을 향해 밤새도록 배를 몰았다. 구름 한 점 없는 하늘에 바람이 세차게 불어 파도도 높았지만 길고 부드러운 파도여서 배는 무리 없이 전속력으로 질주했다. 마침내 도착했다. 그 시커먼 더미는 그다지 높지 않아서 연안이 절벽인지, 암초인지 아니면 모래사장으로 되어 있는지 제대로 알아볼 수가 없었다. 달마저 그 땅의 반대편으로 저물어가고 있어서 아무것도 분명하게 보이지가 않았다. 수면에 빛 한 줄기가 모였다가 흩어지는 것이 보였다. 나는 그쪽으로 다가가 닻을 내렸다. 거센 바람에 배가 저절로 빙글빙글 돌았다. 어찌나 요동을 치는지 가만히 있을 수가 없었다. 물론 돛도 내려서 접은 터에 하필이면 닻도 풀려버려서 그렇게 불편한 상태로 날이 밝기를 기다릴 수밖에 없었다. 배를 조종하려면 앞으로 움직여야지 그렇지 않으면 통제할 길이 없었다. 우리는 돛과 삼각돛을 올렸지만 이상하게도 닻이 빨리 걸리질 않았다. 동료들이 뱃머리에서 밧줄을 끌어올리자 닻은 온데간데없이 밧줄만 딸려 올라왔다. 내가 아무리 애를 써봐도 파도는 그 육지의 바위들로 우리를 위태하게 밀어붙였다. 우리는 차라리 돛을 올리고 바위들을 향해 힘껏 나아가기로 했다. 내 작전은 제대로 성공해서 바위 두 개 사이에 끼인 배는 완전히 꼼짝도 하지 않게 되었다. 아무도 '각자 알아서 피해!'라고 소리치지 않았지만, 다음 파도가 몰려오자 모두들 물에 뛰어들어 파도를 헤치고 육지로 올라갔다. 깁스를 한 클루지오만 나머지 사람들보다 파도에 심하게 시달렸다. 그는 팔이며 얼굴이며 손에 온통 찰과상을 입고 피를 흘렸다. 다른 사람들은 무릎과 손과 발목에만 조금씩 타박상을 입었을 뿐이었다. 나는 한쪽 귀를 바위에 심하게 긁혀서 피가 흘렀다.

어찌되었든 우리는 모두 무사히 파도를 피해 육지에 도착했다. 날이 밝자 우리는 방수복을 찾았고, 나는 부서지기 시작한 배로 돌아가서 뒤쪽 의자 위에 못으로 박아놓은 나침반을 뽑아내는 데 성공했다.

주변에 아무도 없었다. 우리는 좀전에 불빛이 보였던 곳을 바라보았다. 어부들에게 지표로 사용되는 등이 줄지어 있었다. 나중에야 안 사실이지만 그곳은 위험한 장소였던 것이다. 우리는 걸어서 그 육지 안쪽으로 향했다. 안쪽에는 거대한 선인장들과 당나귀들만 있었다. 우리는 우물을 발견했다. 우물 주위에는 비쩍 말라죽은 당나귀와 염소 시체들이 있었다. 우물은 메마른 상태였고, 예전에는 제 역할을 했을 풍차 날개가 물도 없이 빈 채로 돌았다. 당나귀들과 염소들을 제외하고 살아 있는 것이라고는 하나도 없었다.

계속 앞으로 나가다 보니 문이 열린 집 한 채가 나왔다. 우리는 소리쳤다. '만세! 만세!' 인적은 없었다. 벽난로에 옷 가방 하나가 걸려 있기에 들고 열어보았다. 손을 대자 입구를 묶어놓은 밧줄이 부서졌다. 안에는 네덜란드 화폐인 플로린 은화가 가득 들어 있었다. 즉, 우리는 네덜란드령에 있었다. 보네르나 쿠라사우나 아루바 중 하나인 것 같았다. 가방은 그대로 다시 놔두고 물을 찾아 돌아가면서 한 국자씩 마셨다. 집 주변에도 사람은 없었다. 집을 나선 우리는 클루지오 때문에 아주 천천히 움직이고 있었다. 그런데 갑자기 낡은 포드 자동차 한 대가 앞을 가로막았다.

"프랑스인들이오?"

"네."

"차에 타요."

나와 마튀레트는 먼저 뒷자리에 앉은 세 사람의 무릎에 클루지오를 앉힌 다음 운전사 옆좌석에 앉았다.

"난파했소?"

"네."

"익사한 사람은?"

"없습니다."

"어디서 오는 거요?"

"트리니다드요."

"그 전에는?"

"프랑스령 기아나요."

"도형수들이오, 유형수들이오?"

"도형수들입니다."

"나는 나알 박사로 쿠라사우에 붙어 있는 이 반도의 주인이오. 이 반도 이름은 당나귀 섬이고. 당나귀들과 염소들이 긴 가시가 달린 선인장들을 먹고 살지. 사람들은 그 가시들을 '쿠라사우의 아가씨'라고 부른다오."

"진짜 쿠라사우 아가씨들이 별로 좋아하지 않겠는데요."

내가 너스레를 떨자 키가 크고 몸집이 좋은 신사가 웃음을 터뜨렸다. 천식을 앓는 환자처럼 쉿쉿 헐떡이는 소리를 내던 포드가 급기야는 저절로 멈췄다. 나는 당나귀 떼를 가리키며 말했다.

"차가 움직이지 않으면 우리가 끌면 됩니다."

"트렁크 속에 마구들이 있긴 한데, 문제는 저놈들을 잡아서 마구를 씌워야 한다는 거요. 쉽지 않은 일이죠."

나알 박사가 보닛 덮개를 열어서 급격한 충격으로 끊긴 전선을 연결했다. 그는 다시 차에 오르기 전에 불안한 듯 주위를 살폈다. 우리는 다시 출발했고, 바닥이 움푹 팬 길을 지난 뒤 앞을 가로막은 흰색 장애물을 치우기 위해 다시 차에서 내렸다. 아담한 흰 집이 있었다. 나알 박사가 단정하게 차려입은 흑인 남자와 네덜란드어로 이야기를 주고받았다. 그 흑인은 말끝마다 이렇게 말했다. '예, 선생님. 예, 선생님.' 나알 박사가 우리에게 말했다.

"이 사람에게 당신들을 데리고 가서 내가 돌아올 때까지 혹시 갈증이 나면 마실 것을 주라고 일러두었으니 같이 가봐요."

우리는 차에서 내려 그늘진 잔디밭에 앉았다. 포드는 연신 쉿쉿거리며 멀어져갔다. 차가 멀어지자마자 흑인은 우리에게 영국어, 네덜란드어, 프랑스어, 스페인어가 뒤섞인 앤틸리스제도의 네덜란드 방언인 파피아멘토어로 자신의 주인인 나알 박사가 경찰을 찾아간 거라고 말해주었다. 박사는 우리를 몹시 두려워하며 우리가 탈주한 도둑들이니 자신에게 잘 지키라고 했다고 말했다. 그는 우리에게 친절하게 대해주고 싶어했다. 그가 커피를 타주었는데, 조금 연하긴 했지만 따뜻해서 좋았다. 한 시간 넘게 기다리니 독일식 제복 차림의 경찰 여섯 명이 탄 커다란 죄수 호송용 차량 같은 트럭 한 대가 도착했다. 그 뒤에 따라온 경찰복 차림의 운전사가 모는 무개차에는 나알 박사를 포함해 세 남자가 타고 있었다.

그들이 차에서 내렸다. 셋 중에서 키가 가장 작고 최근에 머리를 짧게 깎은 신부 같아 보이는 사람이 우리에게 말했다.

"나는 쿠라사우 섬의 보안을 책임지고 있는 사람입니다. 직분상 당신들을 체포할 수밖에 없습니다. 이 섬에 도착하기 전에 누구든 죄를 지은 일이 있습니까?"

"저희는 탈주한 도형수들입니다. 트리니다드에서 오는 길이고, 몇 시간 전에 바위에 부딪혀 배가 부서졌습니다. 제가 이 사람들을 통솔하고 있는 사람으로서 단언컨대 저희 중 아무도 죄를 짓지 않았습니다."

경관은 뚱뚱한 나알 박사에게 몸을 돌려 네덜란드어로 말했다. 두 사람이 이야기를 나누는 중에 또 한 사내가 자전거를 타고 왔다. 그는 나알 박사와 경관에게 빠르고 요란스럽게 말을 건넸다. 그 참에 나도 끼어들었다.

"나알 박사님, 왜 이 사람에게 우리가 도둑이라고 하셨습니까?"

"당신들을 만나기 전에 저 친구에게 들었는데 자기가 선인장 뒤에 숨어서 당신들이 집에 들어갔다가 나오는 것을 보았다고 조심하라고 했거든요. 저 친구는 당나귀들을 돌보라고 내가 고용한 사람이죠."

"집에 들어갔다가 나오면 전부 도둑입니까? 우리는 물만 조금 마셨을 뿐 아무것도 건드린 것이 없는데, 그것도 도둑질입니까?"

"그럼 돈가방은요?"

"가방을 열어보긴 했죠. 열다가 밧줄도 끊어졌구요. 하지만 여기가 어느 나라인지 보려고 동전 몇 개를 보았을 뿐이지 절대 아무것도 건드리지 않았습니다. 돈은 조심스럽게 다시 넣고 가방도 원래 있던 자리인 벽난로 선반에 다시 두었습니다."

경관이 내 눈을 바라보더니 별안간 몸을 돌려 자전거 탄 사내에게 가서 무뚝뚝하게 말을 건넸다. 나알 박사가 무언가 말을 하려는 몸짓을 했다. 그러자 경관은 아주 냉랭하게 독일식으로 그의 말을 막았다. 경관은 자전거 타고 온 사람을 운전사 옆 좌석에 태운 뒤 동행한 두 경찰과 함께 타고 가버렸다. 나알과 그와 함께 온 또 한 사내만 우리와 함께 남았다. 나알 박사가 미안하다는 듯이 입을 열었다.

"설명을 드려야겠군요. 그 사람이 돈가방이 없어졌다고 하더군요. 당신들이 죄가 없다면 정말 미안하게 생각하지만 어쨌든 제 잘못은 아닙니다."

자동차는 15분이 채 안 되어서 돌아왔다. 보안을 책임지고 있던 경관이 내게 말했다.

"당신들 말이 사실이더군요. 이 사람이 거짓말을 했습니다. 당신들을 크게 오해받게 만들었으니 이 일에 대해 처벌을 받을 겁니다."

그동안 불쌍한 그 사내와 우리 일행 다섯은 다섯 명의 경찰과 함께 죄수 호송차량에 태워졌다. 나도 차에 오르려는데 경관이 나를 붙잡고 말했다.

"제 차 보조석에 앉으십시오."

죄수 호송차량이 우리보다 먼저 출발했는데 속도가 빨라서 금세 시야에서 사라졌다. 우리는 포장도로를 달리다가 네덜란드 풍의 집들이 있는 마을에 들어섰다. 집들은 모두 아주 깔끔했고, 대부분의 사람들은 자전거를 타고 다녔다. 자전거를 탄 수백 명의 사람들이 도심을 오갔다. 우리는 경찰국에 들어섰다. 우리는 흰색 제복 차림의 경관들이 각각 책상에 앉아 근무하는 커다란 사무실을 지나 냉방 장치가 된 방으로 안내되었다. 그곳은 시원했다. 40대로 보이는 키 큰 금발 남자 한 명이 소파에 앉아 있었다. 그가 일어서서 네덜란드어로 말을 했다. 서로 이야기를 주고받은 뒤에 경관이 프랑스어로 말했다.

"쿠라사우 경찰국장님을 소개해드리죠. 국장님, 이 프랑스인이 우리가 체포한 여섯 명의 우두머리입니다."

"좋아요. 비록 난파해서라도 쿠라사우에 오신 걸 환영합니다. 이름이 어떻게 됩니까?"

"앙리입니다."

"좋아요. 돈가방 사건으로 상당히 불쾌했겠지만, 그 사건 덕에 당신이 정직한 사람임이 입증되었습니다. 쉴 수 있도록 간이침대가 있는 환한 방을 내드리겠습니다. 당신들의 일이 총독에게 접수되면 후속 조치가 내려질 겁니다. 경관과 내가 당신들을 변호해드리죠."

우리는 그와 악수를 나눈 뒤 밖으로 나왔다. 뜰에서 나알 박사는 사과를 하면서 우리를 위해 나서줄 것을 약속했다. 두 시간 뒤 우리는 아주 큰 장방형의 방에 갇혔다. 방 안에는 10여 개의 침대와 의자가 딸린 긴 나무 탁자 하나가 있었다. 우리는 창살 달린 창을 통해 한 경관에게 트리니다드 달러를 내밀면서 담배와 담배 마는 종이 그리고 성냥을 사다 달라고 부탁했다. 그는 돈을 받지 않으려고 했는데, 우리는 그의 대답을 알아들을 수가 없었다.

"저 새까만 흑인은 우리를 도와줄 생각이 없나 본데. 우리 담배는 어디 있지?"

클루지오가 말했다. 내가 문을 두드리려는 찰나에 문이 열렸다. 죄수복 같은 회색 옷을 입은, 동양인 혈통으로 보이는 키 작은 사내 하나가 들어왔다. 그의 가슴에 달린 번호를 보니 우리 생각이 틀리지 않은 것 같았다. 그가 말했다.

"돈, 담배."

"아니. 담배, 성냥 그리고 종이."

그는 잠시 후 우리가 말한 것들과 김이 나는 커다란 코코아 단지를 들고 돌아왔다. 우린 각자 그 죄수가 가져다 준 커다란 사발로 코코아를 마셨다.

오후에 누군가가 나를 찾아왔다. 나는 다시 경찰국장 사무실로 갔다.

"총독께서 당신들을 감옥 뜰에서 자유롭게 지내도록 하라고 지시를 내리셨습니다. 동료들에게 도망갈 생각은 하지 말라고 해요. 모두에게 심각한 영향이 미칠 테니까. 당신은 우두머리로서 매일 아침

두 시간씩, 점심에 두 시간씩 그리고 오후에 3시부터 5시 사이에 마을에 나갈 수 있소. 돈은 있소?"

"네. 영국 돈과 프랑스 돈이 있습니다."

"민간인 복장을 한 경관 한 명이 당신이 외출할 때 동행할 거요."

"우리는 어떻게 되는 건가요?"

"한 사람씩 각각 다른 국가의 유조선에 태울 거요. 쿠라사우에는 베네수엘라의 석유를 취급하는 세계 최대의 정제소가 있어서 매일 각국에서 오는 스물다섯 척 가량의 유조선들이 드나들죠. 그것이 당신들에게도 가장 이상적인 해결책일 거요. 아무 문제도 없는 국가들로 데려다 줄 테니까."

"예를 들면 어떤 나라요? 파나마, 코스타리카, 과테말라, 니카라과, 멕시코, 캐나다, 쿠바, 미국 그리고 영국 법이 적용되는 나라들이오?"

"말도 안 됩니다. 유럽 국가는 모두 불가능해요. 우리를 믿고 너무 걱정하지 말아요. 당신들이 새 삶을 찾을 수 있도록 돕겠소."

"고맙습니다, 국장님."

나는 동료들에게 그 얘기를 있는 그대로 들려주었다. 우리 중에서 가장 반항적인 클루지오가 물었다.

"네 생각은 어때, 빠삐용?"

"잘 모르겠어. 감언이설로 우리가 도망가지 못하도록 얌전히 붙들어두려는 속셈일까봐 무서워."

"네 말이 맞을까봐 겁난다."

클루지오가 대꾸했다. 카르게레는 훌륭한 계획이라고 생각했다. 다리미 사내 뒤피스는 몹시 기뻐하며 말했다.

"이제 배도 없으니 험난한 일도 없겠네. 우린 각자 커다란 유조선을 타고 아무 나라로나 가서 정식으로 산간벽지로 숨어 사라지는 거야."

르루도 같은 생각이었다.

"넌, 마퇴레트?"

어수룩하게도 얼떨결에 도형수가 된 그 열아홉 살짜리 꼬맹이, 여자보다 더 곱상하게 생긴 마퇴레트는 부드러운 목소리로 말했다.

"그 독일 놈 같은 경찰들이 우리에게 위조 신분증이라도 만들어 줄 거라고 생각해요? 그렇지 않을걸요. 우리가 한 사람씩 떠나는 유조선에 몰래 올라타는 건 눈감아줄 수 있겠지만, 그 이상은 아닐 거예요. 게다가 골치 아픈 일 없게 우리를 처치하기 위해서라도 그렇게 할 거라구요. 내 생각은 그래요. 난 그 얘기 안 믿어요."

나는 좀처럼 외출을 하지 않았다. 가끔씩 살 것이 있을 때에만 아침에 나갔다 왔다. 그렇게 우리가 그곳에 도착한 지도 일주일이 되었지만 아무 소식도 없었다. 우리는 초조해졌다. 어느 날 오후, 감방을 순회하는 신부 세 명이 경찰들에 둘러싸여서 오는 것이 보였다. 그들은 우리 방에서 제일 가까운, 강간죄로 체포된 흑인이 수감된 감방에 한참 머물렀다. 우리에게도 찾아올 것이라고 생각해서 우리는 모두 방 안에 들어가 각자 침대 위에 앉아 있었다. 역시 그들이 나알 박사와 경찰국장 그리고 해군 장교로 보이는 흰색 제복차림의 사내 한 명과 함께 들어왔다.

"이 사람들이 바로 그 프랑스인들입니다. 이 사람들은 모범적인 행동을 보였습니다."

경찰국장이 프랑스어로 말했다.

"축하합니다. 이야기하기 편하게 탁자 앞에 앉읍시다."

주교와 함께 온 사람들을 포함해서 모두들 자리에 앉았다. 누군가가 뜰에서 걸상 하나를 가져다가 탁자 앞에 놓아 모든 사람들이 잘 보이는 자리에 주교가 앉게 해주었다.

"프랑스인들은 거의 모두가 가톨릭 신자들이오. 여러분 중에 아닌 사람이 있습니까?"

아무도 손을 들지 않았다. 나는 콩시에르주리 신부가 내게 세례를 해준 것과 다름없기 때문에 나 역시 카톨릭 신자라고 생각했다.

"친우 여러분, 나는 프랑스인의 후손이라오. 내 이름은 이레네 드 브륀이오. 내 조상들은 카트린 드 메디시스를 피해 네덜란드로 망명한 위그노 개신교도들이었지. 그러니 나 쿠라사우의 주교도 프랑스 혈통이지요. 이 도시에는 가톨릭 신도들보다 개신교도들이 더 많지만, 가톨릭 신도들의 신앙심이 매우 두텁답니다. 자, 이제 자네들의 상황이 어떤지 말해보겠소."

"우리는 한 사람씩 유조선을 타기를 기다리고 있습니다."

"그런 식으로 떠난 사람들이 몇 명이나 됩니까?"

"아직 없습니다."

"흠! 어떻게 생각합니까, 국장님? 죄송하지만 프랑스어로 대답해주시겠소? 프랑스어를 잘 하시니."

"총독께서는 진심으로 그런 식으로 이 사람들을 도울 생각을 갖고 있었습니다. 그런데 솔직히 말하면, 오늘까지 어떤 배의 선장도 선뜻 이들을 태우려 하지 않고 있습니다. 무엇보다도 이 사람들에겐 여권이 없으니까요."

"그럼, 그것부터 시작해야겠군요. 총독께서 특별히 여권을 하나씩 만들어줄 순 없을까요?"

"잘 모르겠습니다. 거기에 대해서는 한 번도 언급이 없으셨으니까요."

"모레 여러분을 위해 제가 미사를 열겠습니다. 모레 오후에 고해성사하러 오시겠소? 당신들을 돕기 위해 선량하신 하느님께서 당신들의 죄를 용서하실 수 있도록 개인적으로 고해성사를 들어드리리다. 3시에 이 사람들을 성당으로 보내줄 수 있습니까?"

"네."

"택시나 별도의 자동차를 타고 왔으면 좋겠군요."

"제가 직접 동행하겠습니다."

나알 박사가 말했다.

"고맙소. 여러분, 저는 여러분께 아무런 약속도 해드릴 수 없습니다. 다만 이 순간부터 당신들에게 최대한 도움이 될 수 있도록 애쓰겠다는 진실한 말 한 마디밖에는."

나알과 그 뒤를 이어 카르게레가 그의 반지에 입을 맞추는 것을 보고 우리도 주교의 반지에 입을 맞추고 뜰에 세워둔 자동차까지 배웅했다. 이튿날 모두들 주교에게 가서 고해성사를 했다. 내가 제일 마지막 차례였다.

"자, 우선 제일 큰 죄부터 시작해봅시다."

"신부님, 저는 세례를 받지 않았습니다. 하지만 프랑스 감옥에서 신부님 한 분이 세례를 받건 안 받았건 우리는 모두 하느님의 자식이라고 말씀해주셨습니다."

"그분 말이 옳소. 좋아요. 계속 해봐요."

나는 지나온 내 삶을 낱낱이 이야기했다. 주교는 오랫동안, 참을

성 있게, 대단히 집중해서 내 이야기를 끝까지 들었다. 그는 내 손을 꼭 잡고 이따금씩 내 눈을 들여다보기도 했고, 때때로 털어놓기 힘든 대목에서는 내가 속을 털어놓을 수 있도록 눈을 감고 있기도 했다. 60대인 주교의 눈과 얼굴은 아이 같은 모습이 비칠 정도로 순수해 보였다. 맑고 틀림없이 무한한 선량함으로 가득할 그의 영혼이 주름살 하나하나에 충만했고, 투명한 회색 눈빛이 마치 상처 위의 진통제처럼 나를 파고들었다. 주교는 여전히 내 손을 꼭 잡은 채 부드럽게, 아주 부드럽게 말했다. 그 목소리는 너무나 달콤해서 마치 속삭임 같았다.

"하느님께서 그분의 자녀들에게 모진 시련을 당하도록 하신 것은 하느님께서 희생양으로 선택하신 그가 더없이 강하고 고귀해지도록 만들고자 하심이라네. 아들아, 네가 그런 고난을 당하지 않았더라면 결코 이토록 높이 올라와서 하느님의 진리에 가까이 다가갈 수도 없었을 것이다. 사람들, 체제들, 자네를 때려눕힌 그 끔찍한 기계의 톱니바퀴들, 자네를 그토록 여러 가지 방법으로 학대하고 편견을 심어주었던 근본적으로 나쁜 사람들이 결국은 자네를 가장 크게 도운 사람들이라는 걸세. 그들은 자네 마음속의 뛰어난 존재를 새롭게 자극했지. 오늘 자네가 명예심, 선량한 마음, 남을 생각하는 마음 그리고 온갖 장애를 극복하기 위해 필요한 힘을 갖게 된 것에 대해 그들에게 감사해야 하네. 자네는 악을 행하면서 살지 말고 사람들을 구원하는 자가 되어야 하네. 하느님은 자네에게 관대하셨네. 그분은 이렇게 말씀하셨어. '너 자신을 도와라, 그러면 내가 널 도울 것이다.' 그분은 매사에 자네를 도우셔서 자네가 다른 사람들을 구해서 자유로 이끌 수 있도록 해주신 게야. 자네가 저지른 그 모든 죄가 그렇게 심각한 것이라고 생각하지 말게. 사회의 고위 계층에도 자네가 한 일보다 더 심각한 일을 저지른 사람들이 많이 있어. 다만 그들은 인간의 정의가 내리는 벌을 받지 않아 자네처럼 스스로의 가치를 높일 기회를 갖지 못하는 것뿐이지."

"고맙습니다, 신부님. 큰 도움이 되었습니다. 평생 잊지 못할 겁니다."

그리고 나는 그의 손에 입을 맞추었다.

"다시 떠나서 다른 위험들과 맞서게. 자네가 출발하기 전에 세례를 해주고 싶군. 어떤가?"

"신부님, 당장은 이대로가 좋습니다. 제 아버지는 저를 특정한 종교 없이 키우셨습니다. 그분은 선량한 마음씨를 가진 분입니다. 어머니께서 돌아가시자 아버지는 어머니의 빈자리를 채워주시기 위해 새로운 태도, 말씀, 방법을 찾으셨습니다. 지금 제가 세례를 받는다면 한편으로 아버지를 배신하는 셈이 됩니다. 새로운 신분을 얻어서 정상적인 삶을 되찾을 때까지는 완전히 자유로운 시간을 갖고 싶습니다. 그때가 되면 아버지께 편지해서 아버지의 철학을 버리고 세례를 받아도 되겠는지 여쭙겠습니다."

"이해하겠네. 어쨌든 하느님은 자네와 함께 계시네. 자네를 축복하고 하느님께서 지켜주시기를 빌겠네."

"이제 어떻게 되는 겁니까?"

나는 나알 박사에게 물었다.

"총독께 다음 경매에서 밀수입자들의 배를 제일 먼저 선택할 수 있도록 세관에 지시를 내려달라고 부탁하러 갈 참입니다. 나와 함께 가서 당신들 생각을 말하고 적절한 방법을 찾아요. 나머지 음식이나 옷은 쉽게 해결될 겁니다."

주교의 강론을 들은 그날부터 우리는 매일 저녁 특히 6시쯤에 연신 손님들의 방문을 받았다. 사람들은 우리를 알고 싶어했다. 그들은 긴 의자에 앉아서 각자 자신들이 가져온 것을 별 말 없이 침대 위에 올려놓았다. 오후 2시쯤이면 항상 프랑스어를 유창하게 하는 수녀원장과 함께 수녀들이 찾아왔다. 그들의 장바구니에는 언제나 직접 요리한 좋은 음식들이 가득 담겨 있었다. 수녀원장은 꽤 젊었다. 40대쯤 되어 보였다. 하얀 두건을 쓰고 있어서 머리카락은 안 보였지만 푸른 눈에 눈썹은 금빛이었다. 나알 박사가 알려준 정보에 의하면 유서 깊은 네덜란드 가문 출신이고, 우리를 다시 바다로 내쫓는 것 말고 다른 방법을 찾아달라고 네덜란드어로 편지도 썼다고 했다. 우리는 다 함께 좋은 시간을 보냈고 수녀원장은 우리에게 몇 번씩이나 탈출 얘기를 들려달라고 했다. 이따금 함께 온 프랑스어를 할 줄 아는 수녀들을 통해 직접 이야기를 해달라고 내게 부탁하기도 했다. 그리고 혹시 이야기를 건너뛰거나 잊거나 하면 부드럽게 순서를 상기시켜주었다. '앙리, 그렇게 빨리 하지 말고요. 그새 얘기를 건너뛰었어요. 왜 오늘은 개미 얘기를 빠뜨리죠? 그 개미 이야기는 아주 중요한 이야기예요. 그 개미들 때문에 당신이 마스크 쓴 브르타뉴인을 만난 거잖아요!' 나는 그 이야기를 전부 들려주었다. 그 시기는 우리가 겪었던 모든 일들과는 달리 천상의 빛이 그 타락의 길을 비현실적으로 밝혀주던 아주 달콤한 시기였으니까.

나는 배를 보았다. 8미터 길이에 근사한 용골이 부착되어 있고 높은 돛대에 거대한 돛들이 나부끼는 멋진 배였다. 세관의 밀랍 도

장이 덕지덕지 붙어 있긴 해도 밀수입품 운반을 위해 온갖 장비를
갖춘 배였다. 경매가 시작되자 한 신사가 6,000플로린, 그러니까 약
1,000달러로 시작했다. 그렇지만 나알 박사가 그 신사의 귀에 몇 마
디 속삭인 뒤에 6,001플로린으로 우리에게 낙찰되었다.

닷새 만에 모든 채비가 갖추어졌다. 색칠도 새로 하고 배밑창에
식량도 가지런히 정돈해서 채워놓은 그 배는 임금님의 배도 부럽지
않을 지경이었다. 각각 새 물건들로 가득 채운 가방 여섯 개, 구두,
그 밖에 필요한 모든 것들이 방수포에 싸여 선실에 정리되었다.

리오 아샤의 감옥

동틀 무렵에 출발했다. 박사와 수녀들이 나와서 작별인사를 해주었
다. 우리는 순풍을 타고 정상적으로 항해했다. 눈부신 해가 뜨고,
순조로운 하루가 우리를 기다렸다. 나는 곧 배에 돛이 너무 많은 데
비해 모래주머니가 충분치 않다는 사실을 깨닫고 신중을 기하기로
했다. 배는 전속력으로 전진했다. 그 배는 속도만큼은 순종하는 말
이었지만 질투심이 많고 신경질적이었다. 나는 서쪽으로 방향을 잡
았다. 우리는 트리니다드에서 합류한 세 사람을 콜롬비아 해안에
몰래 내려주기로 결정했다. 그들은 긴 항해를 하고 싶어하지도 않
았고, 나는 믿지만 날씨는 믿을 수 없다고 말했다. 사실 신문에서
날씨가 좋지 않고 폭풍우도 예상된다는 기상 예보를 접했었다.

'과지라'라고 불리는 인적 없는 황량한 반도에 그들을 내려주는
것이 적당할 듯싶었다. 우리 셋은 영국령 온두라스로 다시 떠나기

로 했다. 날씨는 쾌청했다. 눈부신 하루에 이어 별이 총총한 밤이 환한 반달과 함께 우리의 계획을 도왔다. 우리는 콜롬비아 해안으로 곧장 가서 닻을 내리고 그들을 내리게 해도 좋은지 수심을 확인했다. 유감스럽게도 물이 무척 깊어서 위험하긴 했지만, 암석으로 이루어진 해안에 다가가서 수심이 1미터 50이 안 되는 지점을 찾았다. 서로 악수를 한 뒤 세 사람은 차례로 배에서 내려 가방을 머리에 이고 육지로 나아갔다. 우리는 조금은 서운한 마음을 안고 유심히 그들을 살폈다. 그 동료들은 우리에게 잘 대해주었고 모든 상황에 잘 대처했다. 그들이 해안에 다가가는 동안 바람이 완전히 그치고 말았다. 빌어먹을! 지도에 표시된 '리오 아샤'라는 마을 사람들의 눈에 띄지 않아야 할 텐데 큰일이었다. 그 마을은 경찰국이 있는 첫 번째 항구였다. 우리가 좀전에 지나친 곳에 있던 작은 등대로 미루어 보아 지도에 표시된 지점보다 더 앞까지 나와 있는 것 같았다.

기다리자, 기다리자……. 세 사람은 하얀 손수건을 흔들어 작별 인사를 하고 사라졌다. 바람아, 제발 불어다오! 그 콜롬비아 해안을 떠나려면 바람이 불어야 했다. 사실 그곳에서 탈출한 죄수들을 어떻게 다루는지는 아는 바가 없었다. 그래도 우리 셋은 불확실한 콜롬비아보다는 확실한 영국령 온두라스를 택했다. 오후 3시가 되자 간신히 바람이 일기 시작해 출발할 수 있었다. 나는 돛을 모두 올리고 배를 조금 심하다 싶을 정도로 기울였다. 두 시간 가량 순조롭게 전진하고 있는데 느닷없이 소함선 한 척이 우리에게 곧장 다가와 허공에 대고 사격하며 우리를 세우려 했다. 나는 응하지 않고 영해를 벗어나려고 돌진했다. 하지만 불가능했다. 그 위력적인 소함선은 한 시간도 채 안 되어 우리를 따라잡았고, 열 명 정도 되는 사람들이 총구를 겨누어 포기할 수밖에 없었다.

우리를 체포한 군인인지 경찰인지 알 수 없는 사람들은 하나같이 차림새가 특이했다. 처음에는 흰색이었을 더러운 바지, 한 번도 세탁하지 않은 것 같은 구멍난 털스웨터, 그리고 비교적 깨끗하게 잘 차려입은 '지휘관'을 제외하고는 모두 맨발이었다. 그렇지만 차림새는 형편없었어도 허리춤에는 총탄이 가득한 탄띠, 잘 손질된 군용소총, 게다가 손 닿는 곳에 커다란 단검이 든 칼집까지 완전무장을 하고 있었다. 그들이 '지휘관'이라고 부르는 사람은 혼혈 살인마같이 생겼는데, 그 역시 총탄이 가득한 커다란 연발권총을 허리춤에 차고 있었다. 서로 스페인어로만 이야기를 했기 때문에 무슨 말을 하는지 알아들을 수는 없었지만, 눈빛이나 몸짓, 억양으로 보아 그들은 호의적이기는커녕 적대적이었다.

우리는 항구에서부터 리오 아샤 도심을 가로질러 감옥까지, 여섯 명의 건달 같은 사내들과 2미터 정도 떨어져 우리에게 총부리를 겨눈 세 사람에게 에워싸여 걸었다.

마침내 작은 담장이 둘러쳐진 어느 감옥 뜰에 도착했다. 수염이 텁수룩하고 지저분한 20여 명의 죄수들이 앉거나 서서 역시 적대적인 시선으로 우리를 쳐다보았다. '바모스, 바모스.' 우리는 그 말이 '가자, 가자'라는 뜻임을 알아챘다. 그러나 아무리 클루지오가 전보다는 훨씬 잘 걷게 되었다 해도 여전히 철심을 박은 깁스를 하고 있었기 때문에 우리는 빨리 움직이기가 어려웠다. 뒤에 처졌던 '지휘관'은 나침반과 방수복을 품에 안고 우리와 합류했다. 뿐만 아니라 그가 우리의 비스킷과 초콜릿을 먹고 있는 것으로 보아 머지않아 전부 빼앗길 게 뻔했다. 우리 생각은 틀리지 않았다. 우리는 굵은 창살이 달린 창 하나가 달랑 있는 역겨운 방 안에 갇혔다. 바닥 한쪽에는 나무 베개와 널빤지들이 있었다. 그것이 우리 침대인 셈이었다. 경찰들이 우리를 가두어놓고 떠나자 한 죄수가 창가에서 '프랑스인들, 프랑스인들' 하며 말을 걸었다.

"왜?"

"프랑스인들, 안 좋아! 안 좋아!"

"안 좋긴 뭐가?"

"경찰."

"경찰?"

"그래, 경찰 안 좋아."

그러고는 휑하니 가버렸다. 날이 어두워지고 흐릿한 전등 하나가 방 안을 밝혔다. 모기들이 앵앵대면서 콧잔등에 앉았다.

"이런, 꼴 좋다! 그 친구들 내려준 대가를 톡톡히 치르는군."

"어쩌겠어, 이럴 줄 몰랐잖아. 무엇보다 바람이 안 불었고."

"네가 너무 가까이 갔어."

클루지오가 말했다.

"입 다물어. 지금 서로 비난이나 하고 탓할 때가 아니잖아. 지금 이야말로 서로 도울 때라고. 그 어느 때보다 서로 힘을 합쳐야 해."

"미안해, 네 말이 맞아, 빠삐. 어느 누구의 잘못도 아니야."

아! 그토록 힘겹게 싸워왔는데 탈주가 여기서 이렇게 끝난다면 너무나 원통하고 부당한 일이었다. 우리는 몸수색을 당하지 않았다. 나는 주머니에 내 계획을 갖고 있었기에 서둘러 몸속에 집어넣었다. 클루지오도 자신의 몫을 챙겨 넣었다. 다 쓰지 않고 갖고 있었던 건 참으로 다행한 일이었다. 게다가 지갑이 부피도 크지 않고 방수가 되어서 보관하기도 쉬웠다. 내 시계를 보니 저녁 8시였다. 그들은 우리에게 주먹만한 흑설탕 하나씩과 소금물에 반죽해 구운 쌀로 만든 파이를 가져다주었다.

"부에나스 노체스!"

"잘 자라고 하는 것 같은데요."

마튀레트가 말했다. 이튿날 7시에는 나무 컵에 훌륭한 커피를 나누어주었다. 8시쯤에 지휘관이 지나갔다. 나는 배에 가서 우리 소지품을 챙겨오게 해달라고 부탁했다. 그는 못 알아들었거나 아니면 적어도 그런 척했다. 그는 보면 볼수록 살인마 같은 인상을 풍겼다. 그가 바지 뒷주머니에 꽂고 있던 가죽 상자에서 작은 병 하나를 꺼내어 마개를 열어 한 모금 마시고 뱉더니 내게도 병을 내밀었다. 처음으로 보여주는 우호적인 몸짓에 받아들어 한 모금 마셨다. 다행히 아주 조금만 마셨기에 망정이지 독한 화주에 목이 타는 것만 같았다. 얼른 기침이 터져나왔다. 그러자 그 흑인 피가 섞인 원주민 같은 지휘관이 웃음을 터뜨렸다.

10시에 흰옷에 넥타이 차림을 한 민간인 예닐곱 명이 도착했다. 그들은 감옥의 관리 건물로 보이는 다른 건물로 들어갔다. 우리도 곧 불려갔다. 그들은 화려하게 치장한 흰 제복을 입은 한 장교의 거대한 초상화 아래 둥그렇게 반원을 그리며 의자에 둘러앉아 있었다. 콜롬비아의 알퐁소 로페즈 대통령 초상화였다. 그들 중 한 명이 클루지오에게 프랑스어로 앉으라고 말하고 우리는 세워두었다. 중앙에 앉아 있던 매부리코에 코안경을 걸친 야윈 몸집의 신사가 내게 질문을 던졌다. 통역관은 그가 하는 말을 직접 통역하지 않고 내게 말했다.

"지금 말씀하신 분은 리오 아샤의 판사이고, 다른 분들은 그분의 친구인 저명한 분들이시다. 통역을 하는 나는 이곳에서 전기 작업을 지휘하는 아이티인이다. 아마 직접 말은 하지 않아도 저분들 중에는 프랑스어를 조금씩 알아듣는 분들이 있을 것이다. 판사님도 그럴지 모르고."

판사는 그 서론이 끝나기를 초조한 듯 기다렸다가 곧장 스페인어로 심문을 시작했다. 아이티인이 질문과 대답을 통역했다.

"프랑스인들인가?"

"네."

"어디서 왔나?"

"쿠라사우에서요."

"그 전에는?"

"트리니다드요."

"그 전에는?"

"마르티니크입니다."

"거짓말. 쿠라사우에 있는 우리 영사가 일주일 전에 프랑스 감옥에서 탈주한 죄수 여섯 명이 우리 섬에 상륙하려고 할 테니 해안을 잘 살피라고 알려주었다."

"맞습니다. 저희는 탈옥자들입니다."

"그럼 카옌에서?"

"네."

"프랑스처럼 고상한 국가에서 너희들을 그렇게 먼 곳에 보내는 혹독한 벌을 내렸다면 분명히 매우 위험한 범죄자들이겠군?"

"어쩌면요."

"도둑질을 했나, 살인을 했나?"

"살인입니다."

"그럼 거물급이겠군? 나머지 세 명은 어디 있나?"

"그들은 쿠라사우에 남았습니다."

"또 거짓말을 하는군. 너희들은 이곳에서 60킬로미터 떨어진 카스틸레트라는 마을에 그들을 내려주었어. 다행히 그 자들도 체포되었고, 몇 시간 있으면 이곳으로 호송될 거야. 그 배는 훔친 건가?"

"아닙니다. 쿠라사우 주교님에게 선물로 받은 겁니다."

"좋다. 너희는 총독께서 너희를 어떻게 할지 결정하실 때까지 이곳에서 수감 생활을 한다. 콜롬비아 영토에 공범 세 명을 상륙시키고 다시 바다로 달아나려 한 죄로 배의 책임자인 너에게는 석 달 구금형을 내리고 나머지 두 명은 한 달 구금형을 내리겠다. 대단히 혹독한 경찰들에게 체벌을 받지 않으려면 알아서 처신하기 바란다. 할 말 있나?"

"없습니다. 다만 배 갑판에 있는 제 소지품과 생필품을 가져왔으면 합니다."

"그곳에 있는 모든 물건은 세관에 압수되었다. 바지 한 벌, 셔츠 한 벌, 상의 한 벌 그리고 구두 한 켤레씩만 제외하고. 나머지는 몰수되었으니 욕심내지 마라. 그것이 법이다."

우리는 다시 뜰로 나갔다. 그곳에 있던 볼품 없는 죄수들이 판사를 에워싸고 소리쳤다.

"의사, 의사!"

그렇지만 그는 발길 한 번 멈추지 않고 아무 대꾸도 없이 거만하게 죄수들 가운데로 유유히 지나갔다.

1시가 되자 나머지 세 명이 무장한 일고여덟 명과 함께 트럭을 타고 도착했다. 그들은 당황한 기색이 역력한 얼굴로 가방을 들고 트럭에서 내렸다. 우리는 그들과 함께 방으로 들어갔다.

　"우리가 너희에게 얼마나 끔찍한 실수를 저질렀는지 모르겠어. 우린 용서받을 수도 없을 거야, 빠삐용. 날 죽이고 싶으면 죽여. 난 그래도 싸. 우린 사내도 아니야. 계집애들처럼 행동했어. 바다가 무서워서 그런 거였는데 콜롬비아에 와서 콜롬비아 사람들을 겪고 보니 바다에서 겪는 위험은 장난이더라고. 바람이 안 불어서 잡힌 거야?"

　카르게레가 말했다.

　"그래. 난 아무도 죽이고 싶은 생각 없어. 우린 모두 운이 없었던 거야. 내가 너희를 내려놓지만 않았어도 아무 일도 없었을 텐데."

　"넌 너무 착해, 빠삐."

　"아니, 그저 공평한 거지."

　나는 그들에게도 심문 내용을 들려주었다.

　"어쩌면 총독이 우리를 풀어줄지도 몰라."

　"그래. 희망을 갖자. 희망만이 살길이야."

　내 생각에 그 오지의 관리들은 우리 일을 결정할 수 없을 것 같았다. 우리를 콜롬비아에 머물게 할지, 프랑스로 돌려보낼지, 아니면 다시 우리 배에 태워 더 멀리 보낼지 하는 결정은 고위 간부들이나 내릴 것이다. 우리가 그들의 땅에서 아무 짓도 하지 않았는데도 심각한 결정을 내릴 리는 없었다.

　그렇게 일주일이 지나갔다. 그곳에서 200킬로미터 떨어진 산타마르타라는 더 큰 도시로 이송된다는 얘기를 들은 것 말고는 아무런 변화도 없었다. 꼭 해적같이 생긴 경찰들이 우리를 대하는 태도도 바뀌지 않았다. 어제는 욕실에 비누를 놓아달라고 부탁했다가 그들 중 한 명에게 소총으로 맞기까지 했다. 우리는 여전히 모기들이 들끓는 더러운 방에서 지냈지만 마튀레트와 카르게레가 매일 청소를 한 덕분에 조금 깨끗해졌다. 나는 신념을 잃고 좌절하기 시작했다. 오래전 그 땅의 주인이었던 인도인과 흑인의 피가 섞인 듯한 그 콜롬비아인들 때문에 자신감을 잃어갔다. 콜롬비아 죄수 한 명이 산타 마르타의 신문 한 장을 빌려주었다. 일면에 우리 여섯 명의 사진이 실려 있었고, 그 아래에는 경찰국장이 커다란 펠트 모자를 쓰고 입에는 시가를 물고 있는 사진과 구식 총으로 무장한 10여 명의 경찰 사진도 있었다. 나는 우리가 체포된 사건이 과장되어 부풀려졌음을 알았다. 마치 우리가 체포된 덕에 콜롬비아 전체가 위험에서 구출된 것 같은 분위기였다. 하지만 악당들의 모습이 그 경찰들보다 오히려 더 호감이 가게 보였다. 차라리 악당들은 정직한 사람처럼 보였지만, 경찰들은 미안한 말이지만 경찰국장부터 모조리 우리 마음속에 경직된 이미지로 그려졌다. 어쩌겠는가? 나는 스페인어 몇 마디를 알아듣기 시작했다. 달아나다는 푸가르세, 죄수는 프레소, 죽이다는 마타르, 사슬은 카데나, 수갑은 에스포사스, 남자는 옴브레, 여자는 무헤.

리오 아샤에서의 탈출

나는 뜰에서도 언제나 수갑을 차고 있는 한 사내와 친구가 되었다. 우리는 시가 한 대를 나누어 피웠다. 길고 가늘면서 상당히 독한 시가였지만 그래도 피웠다. 나는 그가 베네수엘라와 아라바 섬 사이에서 밀수를 하던 사람이라는 걸 알아챘다. 그는 해안 경비들을 죽인 혐의로 체포되어 재판을 기다리는 중이었다. 그는 어떤 날에는 유난히 침착하다가 어떤 날에는 신경질적으로 예민해지곤 했다. 유심히 관찰해보니, 면회 온 사람이 갖다준 나뭇잎 같은 것을 씹고 있을 때는 차분했다. 어느 날 그가 절반을 내게 주어 깨달은 사실이었다. 그걸 씹자 혀와 목구멍, 입술이 얼얼해졌다. 다름 아닌 코카 잎이었다. 팔과 가슴팍에 시커먼 털이 수북한 서른다섯 살의 그 사내는 힘이 남다른 듯했다. 발에는 굳은살이 어찌나 딱딱하게 박혔는지 유릿조각이나 못이 박혀도 살은 다치지 않을 정도였다.

"푸가(도망치자), 너랑 나랑."

어느 날 저녁에 나는 그 밀수입자에게 말했다. 아이티인이 면회 왔을 때 부탁해서 구한 프랑스어–스페인어 사전의 도움으로 다행히 콜롬비아 친구는 내 말을 알아듣고 자신도 탈주하고 싶다는 몸짓을 했는데 문제는 수갑이었다. 납작한 열쇠로 열어야 하는 미국식 수갑이었다. 카르게레는 끝을 납작하게 만든 철사로 작은 갈고리를 만들어주었다. 몇 차례 시도한 끝에 언제든 마음만 먹으면 그 친구의 수갑을 풀 수 있게 되었다. 그는 밤마다 굵은 창살이 있는 지하 감방에 혼자 남겨졌다. 우리 방의 창살은 가늘어서 충분히 벌릴 수 있을 것 같았다. 그러니까 안토니오 — 그 콜롬비아인의 이름이 안토니오이다 — 의 창살 하나만 톱질하면 문제는 간단했다.

"톱을 어떻게 구하지?"

"돈."

"얼마나?"

"100페소."

"달러로 하면?"

"10."

요컨대 10달러면 그에게 쇠톱 두 개를 구해줄 수 있다는 얘기였다. 나는 바닥에 그림을 그려가며 그에게 조금씩 톱질할 때마다 톱밥을 배급받는 쌀 덩어리와 섞어서 틈을 메워야 한다고 설명했다. 그리고 들어가기 전 마지막 순간에 그의 수갑을 열어주었다. 만일 발각되면 위를 눌러주기만 하면 수갑은 저절로 잠기게 되어 있었다. 그가 창살을 자르는 데는 사흘이 걸렸다. 그는 1분이면 나머지를 다 잘라 손으로 휠 수도 있다고 큰소리쳤다. 그 다음에는 그가 나를 찾아오기로 되어 있었다.

비가 자주 내렸다. 그는 첫 비가 내리는 날 밤에 오겠다고 했다. 그날 밤, 비가 억수같이 쏟아졌다. 동료들은 내 계획을 알고 있었지만 아무도 나를 따라오려고 하지 않았다. 그들은 내가 가려는 지역이 너무 멀다고 생각했다. 나는 콜롬비아 반도 끝의 베네수엘라 국경으로 가려고 했다. 우리가 가진 지도에는 그 지역 이름이 '과지라'이고 콜롬비아 영토도 베네수엘라 영토도 아닌 분쟁 중인 땅이라고 쓰여 있었다. 콜롬비아 친구는 '그곳이 원주민들의 땅'이어서 콜롬비아 경찰도 베네수엘라 경찰도 없다고 했다. 그래서 일부 밀수입자들이 그곳을 거친다는 것이었다. 그래도 과지라의 원주민들은 문명인이 그들의 영토에 들어오는 것을 용납하지 않기 때문에 위험했다. 내륙으로 들어갈수록 점점 더 위험했다. 연안에는 비교적 문명화된 다른 원주민들의 주선으로 카스틸레트 마을과 라벨라라는 작은 마을과 불법 거래를 하는 원주민 어부들이 있었다. 안토니오는 그곳에는 가고 싶어하지 않았다. 그의 동료들과 그 자신의 밀수품을 실은 배가 언젠가 어쩔 수 없이 원주민들의 영역 해안에 피신해 있다가 원주민들과 싸움이 나서 몇 명을 죽인 일 때문이었다. 하지만 안토니오는 나를 과지라 근처까지 데려다주기로 약속했고, 그 다음부터는 나 혼자 계속 갈 참이었다. 그가 사전에 없는 단어들을 사용해서 말을 했기 때문에 그렇게까지 합의를 보는 것도 얼마나 힘들었는지 모른다. 어쨌든 그날 밤에 비가 억수같이 쏟아졌다. 나는 창가에 있었다. 오래 전에 침실 칸막이에서 뜯어낸 판자로 창살을 벌리기로 했다. 이틀 전에 연습을 해보니 쉽게 성공할 듯했다.

"리스토(준비되었어)."

안토니오의 모습이 창살 너머에 나타났다. 마튀레트와 카르게레의 도움을 받아 힘껏 밀자 창살은 벌어지는 정도가 아니라 아래로 떨어져내렸다. 친구들은 나를 들어올려 밀어준 다음 내 모습이 사라지기 전에 엉덩이를 두드려주었다. 우리는 뜰로 나왔다. 억수 같은 비가 감옥 지붕에 떨어지며 요란한 소리를 냈다. 안토니오는 내 손을 잡고 벽까지 이끌었다. 담장 높이는 2미터밖에 안 되어서 뛰어넘는 것은 너무도 쉬웠다. 꼭대기에 있는 유릿조각에 손을 베었지만 그런 것쯤은 아무래도 상관없었다. 안토니오는 세 치 앞도 잘 보이지 않을 정도로 쏟아지는 빗속에서도 길을 잘도 찾았다. 우리는 마을을 가로질러 관목 숲과 해안 사이 도로를 달렸다. 한참 뒤 빛이 보였다. 다행히도 그다지 무성하지 않은 관목 숲 속을 한참 돌아가다가 오솔길을 다시 만났다. 우리는 동이 틀 때까지 빗속을 걸었다. 나는 출발할 때 안토니오가 준 코카 잎을 그가 감옥에서 하던 식으로 씹었다. 그러자 조금도 피로하지 않았다. 어느새 날이 밝았다.

코카 잎 때문인가? 어쩌면 그런지도 몰랐다. 날이 밝았어도 우리는 계속 걸었다. 안토니오는 이따금씩 땅에 엎드리고 빗물이 졸졸 흐르는 바닥에 귀를 댔다. 그러고는 다시 출발했다.

그는 특이하게 걸었다. 뛰는 것도 걷는 것도 아니고 두 팔을 공중에 휘저으면서 일정한 보폭으로 점프하듯 걸었다. 그가 무슨 소리를 들었는지 나를 관목 숲으로 끌고 들어갔다. 여전히 비가 내렸다. 잠시 후, 과연 트랙터에 이끌려 땅 고르는 기계 한 대가 눈앞을 지나갔다.

아침 10시 반. 비가 멎고 해가 떴다. 우리는 풀밭 위를 1킬로미터 넘게 걷다가 관목 숲 속으로 들어갔다. 가시가 잔뜩 돋친 두꺼운 식물에 둘러싸인 무성한 관목 아래 눕자 아무것도 두려워할 게 없을 것 같았지만, 안토니오는 내게 담배를 권하기는커녕 찍소리도 내지 않았다. 안토니오는 연신 코카 잎을 씹어댔다. 나도 그처럼 했지만 어느 정도를 넘어서지는 않았다. 그는 주머니 속에 스무 장도 넘게 들어 있는 코카 잎을 내게 보여주었다. 그가 소리 없이 웃자 고른 치아가 어둠 속에서도 빛났다. 모기가 하도 많아서 시가 한 대를 씹어 니코틴과 침을 얼굴과 손에 바르고 나서야 비로소 편안해졌다. 저녁 7시. 날은 어두워졌지만 다시 길을 떠나기에는 달빛이 너무 밝았다. 그는 9시에 손가락을 대고 말했다.

"비."

나는 9시에 비가 올 것이라고 알아들었다. 과연 9시 20분이 되자 비가 오기 시작했고, 우리는 다시 출발했다. 나도 안토니오처럼 팔을 휘저으면서 점프하듯 걷는 방법을 터득했다. 그리 어렵진 않았다. 걸을 때보다 더 빨리 나아갔지만 그렇다고 뛰는 것도 아니었다.

밤새도록 자동차와 트럭 그리고 당나귀 두 마리가 끄는 수레를 피해 세 번이나 관목 숲 속으로 들어가야 했다. 코카 잎 덕분에 동이 틀 때까지도 피로를 느끼지 못했다. 아침 8시에 비가 멈추자 우리는 다시 풀밭으로 1킬로미터 정도 걷다가 숲 속에 들어가 숨었다. 코카 잎의 불편한 점은 잠을 이룰 수가 없다는 점이다. 우리는 다시 출발할 때까지 눈을 감지 못했다. 안토니오의 동공은 홍채가 보이지 않을 정도로 완전히 풀려 있었다. 나 역시 마찬가지였을 것이다.

밤 9시. 비가 왔다. 마치 비는 그 시간만 기다렸다가 떨어지는 것 같았다. 나중에야 안 사실이지만 열대 지방에서는 일주일 정도를 주기로 비가 처음 내리기 시작한 시간에 매일 정확하게 내리고 역시 같은 시간에 멈춘다. 그날 밤, 걷기 시작하자마자 사람들의 외침 소리가 들리더니 불빛이 보였다.

"카스틸레트."

안토니오는 이렇게 말하며 황급히 내 손을 잡아끌어 관목 숲으로 들어갔다. 두 시간 넘게 힘겹게 숲길을 걷다가 다시 길가로 나왔다. 우리는 남은 밤새 그리고 이른 아침까지 뛰다시피 걸었다. 햇빛에 젖은 옷이 말랐다. 그렇게 사흘 동안 흠뻑 젖은 채 첫날 먹은 흑설탕으로 버티면서 움직였다. 안토니오는 이제 위험한 사람들과 마주치지 않을 것이라고 거의 확신하는 눈치였다. 그는 어느새 태평하게 걸었고, 벌써 몇 시간째 땅바닥에 귀를 대는 일도 없었다. 해변과 나란히 놓인 길에서 안토니오는 막대기를 부러뜨렸다. 이제 우리는 축축한 모래사장 위를 걷고 있었다. 안토니오가 잠시 멈추어 모래사장 위의 흔적을 살폈다. 바다에서 나와서 마른 모래사장 쪽으로 이어지는 폭 50센티미터 정도의 자국이었다. 그 자취를 따라가다가 어느 지점에 도착하니 줄무늬가 원을 이루며 커졌다. 안토니오는 그곳에 막대기를 꽂았다가 다시 뽑았다. 막대기에는 마치달걀 노른자 같은 노란색 액체가 묻어 있었다. 우리는 손으로 모래를 휘저으며 구멍을 팠다. 얼마 안 있어서 300~400개 정도의 알들이 보였다. 거북이 알이었다. 그 알들은 껍질이 없이 피부 같은 것으로만 둘러싸여 있었다. 우리는 안토니오의 셔츠에 가득 한 100여개쯤 담았다. 모래사장에서 나와 오솔길을 가로질러 관목 숲 속으로 들어갔다. 그리고 안토니오가 일러준 대로 노른자만 먹기 시작했다. 그는 늑대 이빨 같은 치아로 알을 감싸고 있는 피부조직을 단번에 뜯어내서 흰자는 바닥에 쏟아붓고 노른자만 빨아마셨다. 그는그렇게 알을 깨서 하나는 자신이 마시고 하나는 내게 건넸다. 허기를 면하자 우리는 각자 상의를 베개처럼 베고 누웠다. 안토니오가말했다.

"내일부터 넌 혼자 이틀 더 계속 가. 이제 경찰은 없을 거야."

그날 밤 10시에 마지막 국경 초소가 나왔다. 개 짖는 소리와 밝은빛이 새어나오는 작은 집 한 채가 보였다. 안토니오의 노련한 전략덕분에 그 모든 것을 피해왔던 것이다. 우리는 밤새도록 별로 조심하지 않고 걸었다. 길은 넓지 않았지만 풀 하나 없이 깨끗해서 사람들이 지나다닌 흔적이 역력히 드러나는 오솔길이었다. 약 50센티미터 정도의 폭에 관목 숲을 따라 나 있는데, 2미터 정도 아래로 해변이 굽어보였다. 곳곳에 말과 당나귀들의 쇠 발굽 자국도 보였다. 안토니오는 커다란 나무 뿌리 위에 앉아 내게도 앉으라는 몸짓을 했다. 햇빛이 따갑게 내리쪼였다. 내 시계는 11시를 가리켰지만 태양으로 보아서는 정오인 듯했다. 땅에 박아놓은 작은 막대기에 그림자가 별로 생기지 않는 것으로 보아 정오가 틀림없기에 시계를 정오로 고쳐놓았다. 안토니오는 가방 속에 있는 코카 잎을 전부 쏟았다. 일곱 장이 남아 있었다. 그는 내게 네 장을 주고 자신은 세 장을 가져갔다. 나는 조금 떨어진 숲 속으로 들어갔다가 트리니다드 달러 150달러와 60플로린을 가져와 그에게 내밀었다. 그는 몹시 놀란 듯 나를 바라보다가 돈을 만졌다. 그 지폐들이 어떻게 그렇게 새것처럼 깨끗하고 하나도 젖지 않았는지 의아해했다. 그는 손에 지폐를 쥐고 내게 고마워하며 한참 무언가를 생각하더니 5플로린 지폐여섯 장, 그러니까 30플로린을 다시 내게 건넸다. 극구 마다했지만그는 끝내 사양했다. 그 순간에 그의 마음에 어떤 변화가 일었다. 그곳을 떠나기로 결심은 했지만 하루 더 나와 동행하고 싶은 것 같았다. 그 다음에 다시 되돌아와 제 갈 길을 가려는 듯했다. 우리는 노른자를 조금 더 먹고 30분 넘게 열심히 돌 두 개를 문질러서 마른이끼에 불을 붙인 뒤 시가를 한 대 피우고 다시 출발했다.

그렇게 세 시간을 걸었을 무렵 말을 탄 사내 하나가 곧장 우리를향해 다가왔다. 사내는 커다란 밀짚모자를 쓰고, 장화를 신고, 바지대신 가죽 치마 같은 것을 입고, 초록색 셔츠에 군복 스타일의 빛바랜 초록색 상의를 걸치고 있었다. 아주 근사한 카빈총과 허리춤에 찬 거대한 연발 권총으로 무장을 하고 있었다.

"카람바! 안토니오, 내 아들."

안토니오는 먼 거리에서도 그를 알아보았다. 나에게 아무 설명도해주지는 않았지만 다가오는 사람이 누구인지 아는 것이 분명했다. 그 사내가 말에서 내렸다. 큰 키에 40대는 족히 되어 보이는 구릿빛피부의 사내와 안토니오는 서로 어깨를 툭툭 치고 받았다. 그 특이

한 인사법을 나는 얼마 안 있어서 가는 곳마다 자주 접하게 되었다.

"이 친구는?"

"탈옥 동료, 프랑스인."

"어디로 가는데?"

"최대한 원주민 어부들 근처로. 원주민 영역을 거쳐서 베네수엘라로 들어갔다가 그곳에서 아루바나 쿠라사우로 돌아가는 방법을 찾고 싶어해."

"과지라 원주민, 안 좋아. 넌 무기도 없으니 이거 받아."

그 사람은 자신이 갖고 있던 가죽 칼집에 담긴 단검을 내게 주었다. 동물의 뿔로 만든 단검 손잡이는 반질반질 윤이 났다. 우리는 길 곁에 앉았다. 신발을 벗으니 발이 온통 피투성이였다. 당분간 상처가 마를 때까지 맨발로 있기로 하고 신발을 어깨에 걸쳤다. 안토니오와 카우보이는 빠르게 이야기를 나누었다. 과지라를 가로지르겠다는 내 계획이 그들 마음에 들지 않는 모양이었다. 안토니오는 내게 말을 타라는 몸짓을 했다. 나는 몸짓만으로도 전부 이해했다. 카우보이가 먼저 말에 오르고, 나는 안토니오의 도움을 받아 그의 친구 뒷자리에 앉았다. 하루 종일 그리고 밤새도록 말을 타고 달렸다. 카우보이는 이따금 말을 멈추고 내게 아니스 술병을 건네주었고, 그럴 때마다 나는 조금씩 받아마셨다. 날이 밝자 말을 멈추었다. 해가 떴다. 그는 돌덩이처럼 단단한 치즈와 비스킷 두 조각, 코카 잎 여섯 장을 내게 주고 그것들을 담을 수 있는 특별한 방수 가방 하나를 선물로 주었다. 그리고 나를 끌어안고 안토니오와 하듯이 어깨를 툭툭 친 뒤에 다시 말에 올라 총총히 떠났다.

원주민들

나는 오후 1시까지 걸었다. 관목 숲도 끝이 나고 지평선에도 나무 한 그루 보이지 않았다. 바다는 작열하는 태양 아래 은빛으로 찰랑였다. 나는 신발을 여전히 왼쪽 어깨에 걸친 채 맨발로 걸었다. 잠시 누워서 쉬어야겠다고 생각했을 때쯤 멀리 해변 안쪽으로 대여섯 그루의 나무이거나 어쩌면 바위인지 모를 것이 보였다. 거리를 가늠해보았다. 아마 10킬로미터쯤 되는 듯했다. 나는 커다란 코카 잎 반 장을 씹으면서 다시 걸음을 재촉했다. 한 시간이 지나자 그 물체가 무엇인지 확인할 수 있었다. 지붕을 밀짚인지 밝은 밤색 나뭇잎인지를 얹어 만든 초가집들이었다. 그 중 한 집에서는 연기가 모락모락 피어올랐다. 이어서 사람들이 보였다. 그들도 나를 발견했다. 그들은 바다 쪽을 보고 소리를 치면서 어떤 제스처를 취했다. 그제야 해변으로 빠르게 다가오는 배 네 척이 보였고, 그 배에서 10여 명의 사람들이 내렸다. 모두들 집 앞에 모여서 내 쪽을 바라보았다. 남자들과 여자들 모두 성기를 가리기 위해 앞쪽에 매단 것을 제외하고는 알몸이었다. 나는 서서히 그들을 향해 걸어갔다. 세 명은 활을 걸치고 한 손에 화살을 하나씩 들고 있었다. 적대적인 몸짓도 호의적인 몸짓도 없었다. 개 한 마리가 짖으면서 미친 듯이 나를 향해 달려들었다. 개는 내 장딴지 아래쪽을 물어뜯더니 찢어진 바지 조각을 물고 가버렸다. 다시 내게 달려들려다가 엉덩이에 어디서 튀어나왔는지 모를(나중에 알고 보니 누군가의 취시통吹矢筒에서 나온 것이었다) 작은 화살 한 대를 맞고는 울부짖으면서 달아나 어느 집으로 쏙 들어가버렸다. 나는 개에게 세게 물린 탓에 다리를 절룩거리면서 다가가 그들과 10미터도 채 떨어지지 않은 거리에 섰다. 아무도 움직이지도, 말을 하지도 않았고, 아이들은 제 어머니 뒤에 숨었다. 그들의 벗은 몸은 잘 그을린 피부색에 멋진 근육질이었다. 여자들의 가슴은 단단하고 오뚝했으며 젖꼭지가 상당히 컸다. 딱 한 여자만 크고 처진 가슴을 갖고 있을 뿐이었다.

그들 중 한 사람은 태도에도 기품이 넘치고 얼굴 윤곽도 매우 섬세했으며 누가 보아도 고귀한 혈통임이 명백해 보였다. 나는 곧장 그의 앞으로 갔다. 그는 활도 화살도 갖고 있지 않았다. 키는 나만큼 컸고, 잘 자른 머리카락이 눈썹 높이까지 찰랑였다. 귀는 새까만 머리카락이 귓불까지 덮고 있어서 보이지 않았다. 눈은 강철 같은 회색이었다. 가슴에도, 팔에도, 다리에도 털 한 가닥 보이지 않았다. 윤곽이 잘 잡힌 날씬한 다리와 마찬가지로 구릿빛 엉덩이도 근육질이었다. 그 역시 맨발이었다. 나는 그의 3미터 앞에서 멈추어 섰다. 그러자 그도 두 걸음 앞으로 나와서 내 눈을 똑바로 들여다보았다. 그 시험은 2분 간 지속되었다. 눈썹 하나 움직이지 않는 그 얼굴은 눈이 째진 청동 조각처럼 보였다. 이어서 그는 미소를 지으며 내 어깨를 만졌다. 그러자 모든 이들이 다가와서 나를 만졌고, 젊은 원주민 여자 한 명이 내 손을 잡아 초가집 그늘로 이끌었다. 그녀는 내 바짓자락을 걷어올렸다. 모든 이들이 주위에 빙 둘러앉았다. 남자 한 명이 내게 불붙인 시가를 건네기에 받아서 피웠다. 다들 내가 담배 피우는 모습을 보고 웃었다. 그들은 남자나 여자나 거꾸로 불붙은 끝 부분을 입에 물었기 때문이었다. 개에 물린 상처의 피는 멎었지만 동전 반만큼 살점이 떨어져나갔다. 여자는 그 부위의 털을 뽑은 다음에 어린 소녀가 가져온 바닷물로 상처를 씻었다. 그리고

도 그다지 만족스럽지 않았는지 날카로운 쇳조각으로 털구멍 하나하나를 긁었다. 나는 모든 이들이 지켜보는 앞이라 몸을 움찔거리지 않으려고 안간힘을 썼다. 또 다른 젊은 원주민 여자 한 명이 도우려고 하자 그녀는 매몰차게 밀쳐냈다. 그 몸짓에 다들 웃음을 터뜨렸다. 그녀는 또 다른 여자에게 내가 오로지 자신의 것임을 알리려 했고 그 때문에 다들 웃은 것이었다. 그녀는 내 바지 양쪽을 무릎 높이로 잘라냈다. 돌 위에 누군가가 가져다준 미역을 올렸다가 상처 부위에 대고 바지에서 찢어낸 천으로 묶었다. 그제야 자신이 한 일이 흡족한 듯 내게 일어서라는 몸짓을 했다.

나는 일어서서 상의를 벗었다. 그 순간 그녀는 내 셔츠의 가슴팍 사이로 그려넣은 나비 문신을 보았다. 이어서 다른 문신들도 발견하고는 더 자세히 보기 위해 직접 내 셔츠를 벗겼다. 모두들 내 가슴의 문신에 상당한 관심을 가졌다. 가슴 오른쪽에는 칼비의 규율대원, 왼쪽에는 여자 얼굴, 배에는 호랑이 얼굴, 등에는 십자가에 박힌 해군, 허리에는 가로로 호랑이 사냥을 하는 사냥꾼들과 종려나무들, 코끼리들, 호랑이들이 그려져 있었다. 남자들이 여자들을 밀쳐내고 한참 동안 유심히 문신 하나하나를 들여다보고 만져보았다. 족장이 먼저 의견을 내놓자 각자 한 마디씩 했다. 그때부터 나는 남자들에게 완전히 받아들여졌다. 여자들은 족장이 살짝 웃으면서 내 어깨를 만졌을 때 이미 나를 받아들인 듯했다.

우리는 제일 큰 초가집으로 들어갔다. 나는 집 안을 보고 완전히 어리둥절해졌다. 붉은 흙벽돌로 만든 집이었는데, 문이 여덟 개나 있는 둥근 모양이었으며 각 구석에는 밝은색 순모로 만든 해먹들이 매달려 있었다. 한가운데에는 둥글고 평평한 바위가 하나 있고, 윤이 나는 그 갈색 바위 주위에 의자로 쓰이는 납작한 돌들이 놓여 있었다. 벽에는 쌍열박이 총 여러 대와 군검 한 자루 그리고 여기저기에 크고 작은 활들이 걸려 있었다. 사람 하나가 위에 누워도 충분할 거대한 거북 껍질과 잘 말린 일정한 크기의 돌을 시멘트 하나 바르지 않고 차곡차곡 쌓아 만든 벽난로도 눈에 띄었다. 탁자 위에 놓인 반을 가른 호리병박에는 두어 줌 분량의 진주가 담겨 있었다. 그들은 내게 발효시킨 과일 음료를 나무 그릇에 담아 건넸다. 달콤하면서도 새콤한 것이 아주 맛이 좋았다. 그 다음에는 바나나 잎 위에 숯불에 구운 2킬로그램은 됨직한 커다란 물고기를 올려 내왔다. 나는 천천히 먹었다. 맛있는 생선을 다 먹은 다음에는 여자가 내 손을 잡아 해변으로 데려가서 손과 입을 바닷물에 씻게 했다. 다시 돌아와서 그들과 섞여 빙 둘러앉았다. 내 옆에 앉은 원주민 처녀는 한 손을 내 넓적다리 위에 올려놓고 몸짓을 섞어가며 서로를 알기 위해 애를 썼다.

갑자기 족장이 벌떡 일어서더니 오두막 안쪽으로 가서 하얀 돌한 개를 가져와 탁자 위에 그림을 그렸다. 벌거벗은 원주민들과 그들의 마을을 그리더니 그 다음에는 바다를 그렸다. 원주민 마을 오른쪽에는 창이 있는 집들과 옷을 입은 남녀들을 그렸다. 남자들은 손에 총이나 몽둥이를 들고 있었다. 왼쪽에 그린 또 다른 마을에는 총을 들고 모자를 쓴 추한 얼굴의 남자들과 옷을 차려입은 여자들이 있었다. 내가 그 그림들을 가만히 들여다보고 있으려니 그가 뭔가 깜박했다는 듯 원주민 마을에서 오른쪽 마을로 가는 길과 왼쪽 마을로 가는 길을 더 그려넣었다. 그리고 자신의 마을을 기준으로 그 길들이 어떻게 놓여 있는지 알려주기 위해 오른쪽으로 베네수엘라 해안과 사방에서 빛이 나는 둥근 원으로 표현한 태양을 그렸다. 태양은 구불구불한 선으로 표현한 수평선에 반이 잘려 있었다. 모든 것이 분명했다. 태양은 한쪽에서 뜨고 반대쪽으로 졌다. 젊은 족장이 자랑스럽게 자신의 그림을 바라보자 모두들 차례로 그림을 들여다보았다. 그는 자신이 전하고자 하는 말을 내가 이해했다는 것을 알고는 다시 돌멩이를 들어서 자신의 마을만 남겨두고 나머지 두 마을을 지웠다. 그 마을 사람들은 위험해서 그들과 접촉하고 싶지 않고 자신의 마을만 좋은 마을이라고 말하려는 듯했다.

그는 젖은 수건으로 탁자를 닦아냈다. 탁자가 마르자 이번에는 내 손에 돌멩이를 쥐어주며 내 이야기를 그림으로 말해보라고 했다. 내 그림은 그의 것보다는 조금 복잡했다. 나는 두 손이 묶인 남자 한 명과 무기를 들고 그를 바라보는 두 남자를 그린 다음, 처음 남자가 뛰어가고 두 남자가 총을 겨누며 뒤를 쫓아가는 그림을 그렸다. 같은 장면을 세 번 반복했는데, 그때마다 조금씩 추격자들로부터 멀어져 마지막에는 경찰들이 추격을 멈추고 남자는 계속 달려서 그들의 마을까지 온다는 내용이었다. 그들의 마을을 표현할 때는 원주민들과 개를 그렸고, 모인 사람들 앞에서 족장이 내게 두 팔을 벌린 모양을 표현했다.

내 그림이 그리 형편없지는 않았던 모양이다. 남자들끼리 한참 동안 의논을 하더니 족장이 내가 그린 것처럼 두 팔을 벌렸기 때문이다. 내 뜻을 이해한 것이다. 그 원주민 공동체의 이름은 과지라였다.

그날 밤, 원주민 처녀는 나를 자신의 오두막으로 데려갔다. 여자 여섯 명과 남자 네 명이 함께 사는 집이었다. 그녀는 알록달록한 순모로 만든, 가로로 누우면 두 명도 누울 수 있을 만큼 널찍한 해먹을 걸었다. 나는 그 해먹에 길이 방향으로 누웠다. 그랬더니 그녀가 다른 해먹을 더 걸고는 가로 방향으로 누웠다. 나도 똑같이 따라 눕자 그녀는 내 옆에 와서 누웠다. 그녀는 길고 섬세하지만 몹시 거칠고 흉터투성이인, 울퉁불퉁한 손가락으로 내 몸과 귀, 눈, 입을 만졌다. 손에 난 상처들은 바다에서 굴을 따다가 산호에 긁혀서 베인 것들이었다. 그 다음에는 내가 그녀의 얼굴을 쓰다듬었다. 그녀는 내 손이 각질 하나 없이 섬세한 것에 깜짝 놀란 듯 내 손을 잡았다. 그렇게 같은 해먹에서 시간을 보낸 뒤 우리는 함께 일어나서 족장의 커다란 오두막으로 갔다. 그들은 내게 생테티엔 12구경과 16구경 총들을 주며 살펴보게 했다. 그들은 총탄이 가득 담긴 상자 여섯 개도 갖고 있었다.

원주민 처녀는 중키에 족장과 같은 회색 눈이 빛나는 아주 순수해 보이는 얼굴을 하고 있었다. 허리까지 내려오는 타래머리는 중간에 흰 줄무늬가 섞여 있었고, 가슴은 배 모양으로 아름답게 오똑 솟아 있었다. 젖꼭지는 그녀의 아주 긴 구릿빛 피부보다 더 검었다. 그녀는 입을 맞출 때면 입술을 깨물었다. 키스할 줄을 모르는 것이었다. 그렇지만 금세 문명인들처럼 키스하는 법을 배웠다. 함께 걸을 때는 내 옆에 서서 걷지 않고 항상 뒤에서 걸었다. 초가집들 중에 아무도 살지 않아 상태가 형편없는 집이 한 채 있었는데, 그녀는 두 여자의 도움을 받아서 야자 잎으로 지붕을 손질하고 붉은 진흙으로 벽을 덧칠했다. 원주민들은 온갖 종류의 칼을 갖고 있었다. 긴 칼, 단검, 식칼, 손도끼, 괭이, 강철 톱니가 있는 쇠스랑…… 놋쇠와 알루미늄으로 만든 스튜 냄비들, 물뿌리개, 찜 냄비, 맷돌, 화덕, 쇠와 나무로 만든 그릇들도 있었다. 어마어마하게 큰 순모 해먹들은 가장자리 술 장식과 핏빛 같은 붉은색, 감청색, 밀랍 같은 검정색, 카나리아 같은 노란색으로 아주 자극적으로 채색된 그림이 그려져 있었다. 집은 곧 완성되었고, 그녀는 다른 원주민들에게 받은 물건들(당나귀 마구까지), 불을 지필 때 철 삼각대 위에 올리는 고리, 어른 넷이 누울 수 있을 만한 해먹 하나, 유리잔들, 주석 단지들, 냄비들을 가져오기 시작했다.

내가 그곳에서 지낸 보름 가까운 시간 동안 우리는 서로 사랑을 나눴지만, 그녀는 끝까지 가는 것은 격렬히 거부했다. 도무지 이해가 되지 않았다. 날 먼저 유혹한 건 오히려 그녀였음에도 정작 좋은 순간에는 원하지 않았으니 말이다. 그녀는 가냘픈 허리에 아주 가느다란 끈을 둘러 성기만 살짝 가리고 엉덩이는 드러나는 가리개 말고는 아무것도 몸에 걸치지 않았다. 우리는 아무런 의식도 거치지 않고 그 작은 집에서 함께 살았다. 그 집에는 문이 세 개 있었다. 하나는 원형으로 생긴 집의 중앙에 있는 정문이었고, 나머지 두 개는 서로 마주보고 있었다. 둥근 원형의 집에서 이등변 삼각형을 이루는 그 세 개의 문은 각각 존재의 이유가 있었다. 나는 언제나 북쪽 문으로만 드나들어야 했고, 그녀는 남쪽 문으로만 드나들어야 했다. 나는 절대 그녀의 문으로 다녀서는 안 되고, 그녀 역시 내 문을 이용해서는 안 되었다. 친구들이 드나드는 제일 큰 중앙 문으로 그녀나 내가 다닐 수 있는 것은 손님이 함께 드나들 때뿐이었다.

그 집으로 옮기고 나서야 그녀는 온전히 내 것이 되었다. 자세한 이야기는 하고 싶지 않지만 그것은 본능에 따른 격렬한 사랑이었고, 그녀는 마치 칡넝쿨처럼 내 몸을 휘감았다. 나는 아무도 보지 않을 때 그녀의 머리를 빗기고 땋아주었다. 머리를 빗겨주면 그녀는 무척 행복해했다. 얼굴에는 지울 수 없는 행복감이 선연했고, 동시에 누군가에게 들킬까 하는 두려움도 서렸다. 남자가 아내의 머리를 빗겨주거나 손을 문질러주어도 안 되고 어떤 식으로든 입과 가슴에 키스를 해서도 안 되는 것이 그들의 규칙이었기 때문이다.

랄리—이것이 그녀의 이름이다—와 나는 그렇게 그 집에서 함께 살았다. 내가 한 가지 의아해한 사실은 그녀는 절대 쇠나 알루미늄으로 만든 단지나 냄비를 쓰지 않고, 유리잔에 물을 담아 마시는 법도 없고, 항상 자신이 직접 흙으로 구워 만든 그릇이나 단지들만 사용한다는 점이었다. 또 우리는 둥근 꼭지가 달린 물뿌리개로 몸을 닦았고, 화장실 대신 바다를 이용했다.

나는 진주를 찾아 굴 껍질을 까는 작업을 지켜보았다. 그 일을 하는 것은 가장 나이가 많은 여자들의 몫이었다. 진주를 따는 젊은 여자들은 저마다 자신의 가방을 들고 다녔다. 굴 속에서 찾아낸 진주들은 다음과 같은 방법으로 분배되었다. 일정 부분은 공동체를 대표하는 족장에게, 또 일정 부분은 배를 몬 어부에게, 그 몫의 절반 정도는 굴을 까는 여자들에게, 나머지는 잠수해서 굴을 따온 여자들에게 분배되었다. 굴을 따는 여자가 가족과 함께 살 때는 진주들을 숙부에게 주었다. 나로선 도무지 이해가 되지 않는 점인데, 연인들이 결혼할 집에 제일 먼저 들어가는 것도, 신부의 팔을 잡아서 신랑의 허리에 둘러 감아주고 신랑의 오른손을 잡아서 신부의 허리에 두른 뒤 신랑의 집게손가락을 신부의 배꼽 위에 놓아주는 것도 모두 숙부의 역할이었다. 그 일을 마치고 나면 그는 밖으로 나갔다.

아무튼 나는 굴 껍질 까는 작업을 종종 지켜보았다. 배에 함께 타는 것은 허락되지 않아 굴을 따는 것은 보지 못했다. 그들은 해변에서 제법 멀리 떨어진 약 500미터 지점까지 가서 낚시를 했다. 랄리는 때로는 엉덩이나 옆구리를 산호에 온통 긁혀서 돌아왔다. 상처에서 피가 흐를 때도 있었다. 그러면 그녀는 미역을 빻아서 상처에 문질렀다. 나는 대신 해주고 싶었지만 그렇게 해도 좋다는 허락을 받지 못해 아무것도 해줄 수가 없었다. 족장의 집에 들어갈 때도 누군가 다른 사람을 시키거나 또는 족장이 직접 내 손을 잡아끌기 전에는 절대 들어갈 수 없었다. 랄리는 자기 또래의 젊은 원주민 처녀 셋이 우리집 문에서 제일 가까운 풀밭에 엎드려서 우리끼리 있는 모습을 몰래 훔쳐보거나 소리를 엿들으려 한다고 의심했다.

어제는 원주민 마을과 국경 초소에서 2킬로미터 떨어진 곳에 있는 라 벨라라는 첫 번째 콜롬비아 마을과 접촉하는 일을 맡은 한 원주민을 만났다. 그 원주민은 당나귀 두 마리를 끌고 윈체스터 연발총을 들고 있었다. 그 역시 다른 원주민들처럼 앞가리개만 걸치고 있었다. 그런데 스페인어를 한 마디도 못하면서 어떻게 물물교환을 하는 걸까? 나는 사전을 뒤져가며 필요한 물건을 종이에 썼다. 바늘, 푸른색과 붉은색의 중국 먹 그리고 실. 족장이 툭하면 내게 문신을 해달라고 졸랐기 때문이다. 그 원주민은 키가 작고 마른 체구였다. 상반신에는 보기에도 끔찍한 상처가 있었다. 옆구리에서 겨드랑이로 이어지며 가슴팍을 거쳐 오른쪽 어깨에서 끝나는 상처였다. 더군다나 흉터가 손가락 굵기로 부풀어 올라 더 흉측했다. 원주민들은 시가 상자에 진주를 담았다. 그 상자는 여러 칸으로 나뉘어 진주는 크기에 따라 다른 칸에 분류되어 담겼다. 그 원주민이 떠나려 할 때 나는 족장에게 그를 따라가도 좋다는 허락을 받았다. 족장은 내가 돌아올 수밖에 없도록 만들기 위해 엽총 한 자루와 탄약

여섯 통을 빌려주었다. 자기 것이 아닌 물건은 절대 가져가지 않으리라는 생각에 그렇게 하면 내가 돌아올 수밖에 없을 거라고 확신한 것이었다. 당나귀들에 짐을 싣고 교역 담당 원주민과 나는 각각 당나귀에 올랐다. 우리가 온종일 걸려 지난 길은 내가 올 때 거쳐온 그 길이었다. 국경 초소에서 3~4킬로미터 정도 떨어졌을 뿐이었다. 원주민은 바다를 뒤로하고 내륙 쪽으로 들어갔다.

오후 5시쯤 원주민들의 집 다섯 채가 옹기종기 모여 있는 시냇가에 도착했다. 모두들 우리가 오는 것을 보았다. 교역 담당 원주민이 그들에게 한참 이야기를 하는데, 피부색을 빼고는 눈이며 머리카락이며 코며 할 것 없이 어디로 보아도 원주민과 다를 바 없는 사내가 다가왔다. 그는 창백할 정도로 안색이 하얗고 눈은 색소결핍증에 걸린 사람처럼 붉었다. 그리고 카키색 바지를 입고 있었다. 그제야 나는 함께 간 원주민이 그곳보다 더 멀리 나간 적이 한 번도 없었다는 걸 깨달았다. 그 하얀 원주민이 스페인어로 말했다.

"환영한다. 네가 안토니오와 함께 탈출한 살인자인가? 안토니오는 나와 피로 맺어진 형제이다."

'맺어졌다'는 말을 표현하기 위해서 두 남자는 서로 팔을 걸치고 각자 칼을 꺼내 상대의 팔을 그었다. 그러고는 서로 자기 팔에 상대의 피를 묻히고 그 피를 핥았다.

"뭘 원하나?"

"바늘, 붉은색과 푸른색의 중국 먹. 그게 전부다."

"다음 초승달이 뜰 때 이곳에서 받아가라."

그는 나보다 스페인어를 잘하는 걸로 보아 문명인들과 접촉할 줄을 알고 제 종족의 이익을 악착같이 지키며 교환을 해내는 사람으로 여겨졌다. 떠날 때 그는 내게 새하얀 콜롬비아 은화로 만든 목걸이를 주었다. 그는 그것을 랄리에게 주라고 했다.

"또 와라."

그 원주민은 내게 그렇게 말하며 내가 다시 오도록 활을 하나 내주었다.

나는 혼자 다시 출발했다. 마을까지 채 반도 못 왔을 무렵 랄리가 보였다. 랄리는 기껏해야 열둘 또는 열셋 정도 되어 보이는 어린 동생을 데리고 나와 있었다. 랄리의 나이는 아마 열여섯에서 열여덟 정도였을 것이다. 그녀는 미친 듯이 나를 향해 달려와서 가슴을 할퀴어댔다. 내가 얼굴을 가리자 목을 사정없이 깨물었다. 나는 온 힘을 다해 간신히 그녀를 붙잡았다. 그러자 그녀가 갑자기 차분해졌다. 나는 어린 소녀를 당나귀 등에 앉히고 내 몸에 엉겨붙은 랄리와 함께 뒤에서 걸었다. 우리는 천천히 마을로 돌아왔다. 돌아오는 길에 나는 올빼미 한 마리를 죽였다. 어둠 속에서 눈이 번쩍이기에 뭔지도 모른 채 방아쇠를 당겼다. 랄리가 자신이 가져가겠다고 우겨서 안장에 매달았다. 우리는 새벽에 도착했다. 나는 너무 피곤해서 씻을 기운도 없었다. 랄리는 내 몸을 씻겨주고는 내가 보는 앞에서 동생의 앞가리개를 벗기고 동생도 씻긴 뒤 자신의 몸도 씻었다.

두 사람이 함께 돌아왔을 때 나는 레모네이드를 만들어 먹으려고 물이 끓기를 기다리며 앉아 있었다. 그때 나중에야 무슨 영문인지 깨닫게 될 알 수 없는 일이 일어났다. 랄리가 제 동생을 내 다리 사이에 밀어 넣고는 내 팔을 동생의 허리에 감아준 것이다. 그리고 보니 랄리의 동생은 앞가리개를 하지 않은 채 내가 랄리에게 준 목걸이를 걸고 있었다. 나는 그 난감한 상황을 어떻게 대처해야 좋을지 알 수가 없었지만 일단은 부드럽게 동생을 다리 사이에서 빼낸 뒤에 안아서 해먹에 데려다 뉘였다. 그리고 목걸이를 벗겨서 다시 랄리의 목에 걸어주었다. 그러자 랄리는 동생 곁에 누웠고, 나는 랄리 곁에 누웠다. 나중에 알고 보니 랄리는 내가 자신에게 만족하지 못해서 떠났으니 어쩌면 동생이 나를 붙잡을 수 있을지도 모른다고 생각한 것이었다. 나는 내 눈을 가려주는 랄리의 손길에 잠에서 깼다. 늦은 아침 11시였다. 동생은 집에 없었고, 랄리는 커다란 회색 눈동자 가득 사랑을 담아 다정하게 나를 바라보며 부드럽게 입을 맞추었다. 그녀는 내가 자신을 사랑하고 있으며, 자신이 날 붙잡지 못해 떠난 것이 아니었다는 사실을 확인하고 행복해했다.

집 앞에는 늘 랄리가 타는 배를 모는 원주민이 앉아서 기다리고 있었다. 그는 눈을 감아 보이며 랄리가 자는 줄 알았다면서 아주 귀여운 표정으로 미소를 지었다. 내가 그의 옆에 앉자 그는 내가 알아듣지도 못하는 말들을 해댔다. 청년은 운동선수처럼 잘 단련된 근육질의 몸을 가지고 있었다. 그는 내 문신들을 한참 쳐다보더니 자신에게도 문신을 해달라는 몸짓을 했다. 나는 알았다고 고갯짓을 했지만 그는 내가 할 줄 모른다고 생각하는 눈치였다. 랄리가 나왔다. 온몸에 오일을 바른 채로. 그녀는 내가 그걸 별로 좋아하지 않는 걸 알고는 있었지만 그렇게 구름 낀 날씨에는 물이 굉장히 차다고 이해시켰다. 반은 우스개로 반은 심각하게 의사를 전달하는 그 몸짓이 어찌나 귀여운지 나는 짐짓 못 알아듣는 척하면서 여러 번 반복하게 만들었다. 내가 다시 말해보라고 하자 랄리는 뚱한 표정을 지었다. 그 표정은 '내가 왜 오일을 바르는지 자꾸 설명해야 하니 당신이 바보이거나 내가 바보인 게 틀림없어요'라고 말하는 것이 분명했다.

　족장이 원주민 여자 둘과 함께 우리 앞을 지나갔다. 여인네들은 족히 4~5킬로그램은 되어 보이는 커다란 초록색 도마뱀을, 족장은 활과 화살을 들고 있었다. 족장은 사냥을 다녀오는 길이었고 나중에 함께 먹자며 나를 초대했다. 랄리가 족장에게 무어라 말을 하면서 내 어깨를 치더니 바다를 가리켰다. 내가 원한다면 함께 가도 좋다는 뜻이었다. 그래서 우리는 셋이 함께 출발했다. 코르크로 만든 작은 배는 아주 가벼워서 물에 쉽게 떴다. 그들은 배를 어깨에 떠메고 물 속으로 걸어 들어갔다. 배를 띄우는 방법도 매우 특이했다. 배를 모는 원주민이 먼저 뒤쪽으로 올라 커다란 노를 손에 잡았다. 랄리는 상체가 물에 잠길 때까지 배가 해안으로 밀리지 않도록 균형을 잡았고, 내가 배에 올라 가운데에 자리를 잡고 원주민 남자가 노를 뽑아 바다로 배를 밀치는 것과 동시에 번개같이 배에 올라탔다. 둥그렇게 말리면서 부서지는 파도는 우리가 멀리 나아갈수록 높아졌다. 해안에서 500~600미터 정도 떨어졌을 때 벌써 배 두 척이 낚시를 하고 있는 일종의 물길을 만났다. 랄리는 가는 가죽 끈 다섯 개를 이용해 머리 타래를 끈 세 개는 가로로, 두 개는 세로로 묶어서 머리 위에 고정시켰다. 한 손에 칼을 든 랄리는 닻으로 쓰이는 15킬로그램 정도 무게의 굵은 쇠막대를 따라 내려갔다. 닻을 내리고 있어도 파도가 칠 때마다 배가 이리저리 흔들렸다.

　세 시간 넘게 랄리는 바다 속을 오르내렸다. 바닥이 보이지는 않았지만 그녀가 오르내리는 시간을 가늠할 때 15미터에서 18미터 정도는 되는 듯했다. 그녀가 굴을 담은 가방을 지고 올라올 때마다 원주민 사내가 배 바닥에 쏟아냈다. 그 세 시간 동안 랄리는 한 번도 배에 올라오지 않았다. 뱃전에 매달려 5분에서 10분 정도씩 쉬었을 뿐이다. 두 번 장소를 옮겼는데, 두 번째 장소에서 딴 굴들은 전의 것들보다 알이 더 굵었다. 작업이 끝났다. 랄리는 배에 올라왔고, 파도는 우리를 빠르게 해안으로 밀쳐주었다. 원주민 노파 한 명이 기다리고 있었다. 노파와 원주민 사내가 굴을 마른 해변으로 옮겼다. 굴들이 모두 마르자 랄리는 노파를 젖히고 자신이 직접 굴 껍질을 까기 시작했다. 그녀가 빠르게 칼끝을 놀려 30여 개를 열었을 무렵에 진주 하나가 나왔다. 그때까지 나는 굴을 스무 개도 훨씬 넘게 먹었다. 바닷물이 차서 굴은 아주 신선했다. 그녀는 조심스럽게 진주를 꺼냈다. 꽤 알이 굵은 진주였다. 어찌나 영롱하게 빛나던지! 자연은 그 진주에 그다지 눈에 띄지 않으면서도 변화무쌍한 빛을 주었다. 랄리는 진주를 집어서 자기 입에 넣어 잠시 물고 있다가 다시 꺼내 내 손에 쥐어주었다. 그리고 씹는 시늉을 반복하며 내게 깨물어서 삼키라는 뜻을 전했다. 내가 사양하자 간곡히 애원하는 표정이 어찌 그리 아름다운지 그녀가 원하는 대로 해줄 수밖에 없었다. 나는 진주를 깨물어서 조각들을 삼켰다. 그녀는 굴 너덧 개를 까서 내게 먹이면서 진주를 모두 삼키길 바랐다. 그러고는 마치 아이처럼 나를 모래사장 위에 눕혀 입을 벌리게 한 다음 이 사이에 작은 알갱이라도 남았는지 확인했다. 우리는 작업을 하는 두 사람을 남겨놓고 그곳을 떠났다.

내가 그곳에서 지낸 지도 어느덧 한 달이 되었다. 매일 종이 위에 날짜와 요일을 표시해두었기 때문에 틀릴 염려는 없었다. 오래 전에 바늘과 붉은색, 푸른색, 보라색 먹이 도착했다. 나는 족장의 집에서 면도기 세 개를 발견했다. 원주민들은 수염이 없기 때문에 족장도 쓰지 않는 것들이었다. 그 중 하나만 머리카락을 자를 때 사용했다. 나는 족장인 자토의 팔에 색색의 깃털을 머리에 쓴 원주민의 문신을 해주었다. 그는 무척 기뻐하며 자신의 가슴에 커다란 문신을 해주기 전에는 절대 어느 누구에게도 문신을 해주지 말라는 의사를 전했다. 그는 내 몸에 있는 것과 똑같은, 기다란 이빨을 드러낸 호랑이 얼굴을 원했다. 나는 내 것처럼 멋진 그림을 그려넣을 자신이 없었다.

랄리는 굴을 따올 때마다 진주들을 집에 가져와서 내게 주었다. 나는 그 진주들을 나무 컵 속에 크기 구별 없이 한데 섞어 담아두었다. 장밋빛 진주 두 개와 흑진주 세 개 그리고 굉장히 아름다운 금속성 회색 일곱 개만 빈 성냥갑 속에 따로 보관했다. 크기로 보나 생긴 모양으로 보나 영락없이 강낭콩처럼 생긴 특이한 진주도 하나 있었다. 그 커다란 진주는 검은색과 윤이 나는 강철색, 분홍빛 광택이 나는 은색이 겹쳐 있다가 날씨에 따라 그 중 한 가지 색이 도드라졌다. 어쨌든 과지라 부족은 진주와 거북이들 덕분에 부족함이 없었다. 다만 그들에게는 한낱 소용이 없지만 다른 이들에게는 유용할 수 있는 물건들이 없을 따름이었다. 이를테면, 부족 내 어디에도 거울이 하나도 없었다. 그래서 나는 어느 난파선에서 주운 니켈 도금이 된 널빤지 하나를 거울처럼 들여다보며 면도를 해야 했다.

친구들을 대하는 내 태도는 아주 간단했다. 나는 족장의 위신이나 지식을 깎아내릴 만한 짓은 일절 하지 않았다. 내륙으로 4킬로미터 떨어진 곳에서 뱀들과 염소 두 마리, 양 10여 마리에 둘러싸여 혼자 살아가는 원주민 노인에게도 마찬가지였다. 그는 과지라의 주술사였다. 나의 그런 태도 때문에 어느 누구도 나를 시기하거나 나쁘게 생각하지 않았다. 두 달 만에 나는 모든 이들에게 완전히 받아들여졌다. 그 주술사는 닭도 20여 마리 키웠다. 내가 아는 두 개 부락에 염소도, 닭도, 양도 없는 것으로 보아 가축을 키우는 것은 주술사의 특권인 듯했다. 매일 아침 원주민 여자들이 한 명씩 돌아가면서 머리에 광주리를 이고 가서 그에게 물고기나 바다에서 갓 따온 조개 등을 가져다주었다. 그리고 매번은 아니지만 때때로 달걀과 응고시킨 우유를 가지고 돌아왔다. 주술사가 나를 만나고 싶을 때는 내게 달걀 세 개와 잘 다듬은 목검 하나를 보냈다. 랄리는 길 중간까지 따라와 거대한 선인장 그늘 아래에서 내가 오기를 기다렸다. 처음에는 내 손에 그 목검을 쥐어주고 팔을 뻗어 가야 할 방향을 가리켜주었다.

주술사 노인은 쇠가죽을 털이 있는 부분이 안쪽으로 가도록 덮어 씌워 만든, 불쾌할 정도로 지저분한 천막에서 살았다. 한가운데에는 돌 세 개가 놓여 있었고 언제나 그곳에는 불이 지펴져 있었다. 노인은 해먹에서 자지 않고 나뭇가지를 바닥에서 1미터 정도 높이로 쌓아 침대처럼 만들어놓은 뒤 그 위에서 잠을 잤다. 천막은 제법 커서 20제곱미터는 되는 듯했다. 벽도 없이 바람이 들어오는 쪽에 나뭇가지들만 조금 있었다. 뱀 두 마리가 보였다. 한 마리는 3미터 정도 길이에 굵기가 팔뚝만했고, 또 한 마리는 1미터 정도 길이에 머리에 노란색 V자가 있었다. 나는 혼자말로 중얼거렸다. '이 뱀들이 닭과 달걀들을 모두 쫓아내는 모양이야!' 나는 어떻게 그 천막에서 염소들과 닭들, 양들 그리고 당나귀가 함께 지낼 수 있는지 이해가 되지 않았다. 주술사 노인은 내 몸의 상처들을 꼼꼼히 살펴보고는 랄리 때문에 반바지로 변해버린 바지를 벗게 한 후 내가 완전히 알몸이 되자 불 가의 돌 위에 앉혔다. 그가 불 위에 초록색 나뭇잎들을 얹자, 연기가 많이 나면서 박하 향이 났다. 그 연기에 기침이 나올 것 같았지만 꾹 참으면서 그렇게 10여 분을 기다렸다. 그는 내 바지를 불에 태우고는 원주민들의 앞가리개 두 개를 주었다. 하나는 양가죽으로 만든 것이었고, 또 하나는 장갑처럼 유연한 뱀가죽으로 만든 것이었다. 그리고 손목에는 염소가죽, 양가죽, 뱀가죽을 꼬아 만든 가느다란 팔찌를 둘러주었다. 폭 10센티미터의 그 팔찌는 뱀가죽 끈으로 고정시켜서 원하는 대로 조였다가 풀었다가 할수 있게 되어 있었다.

주술사의 왼쪽 발목에는 2프랑짜리 동전만한 종기가 모기들에 뒤덮여 있었다. 그는 이따금씩 모기들을 쫓기도 하고 모기들이 너무 극성스럽게 덤벼들면 상처 부위에 재를 뿌리기도 했다. 주술사에게도 완전히 받아들여지고 다시 그곳을 떠나려 할 때 그는 전에 내게 보내던 것보다 더 작은 목검 하나를 주었다. 랄리가 나중에 해준 설명에 따르면, 다음부터 주술사를 만나고 싶으면 그에게 그 목검을 보내면 되고 그 역시 내 방문을 받아들일 때는 애초의 큰 목검을 보내올 것이라고 했다. 나는 늙은 주술사와 헤어지기 전에 그의 여윈 얼굴과 목에 주름이 얼마나 많은지 자세히 볼 수 있었다. 이가빠진 그의 입에는 아랫니 세 개와 위의 앞니 두 개밖에는 남아 있지 않았다. 다른 원주민들과 마찬가지로 길쭉하게 찢어진 두 눈은 늘어진 눈꺼풀 때문에 눈을 감으면 마치 두 개의 둥근 공처럼 보였다. 눈썹도, 속눈썹도 없었지만 어깨까지 늘어진 새까만 머리카락은 끝이 단정하게 잘려 있었다. 다른 원주민들처럼 그 역시 앞머리가 눈썹 높이까지 내려왔다.

나는 엉덩이에 바람이 들어와 어색해하며 길을 나섰다. 내 모습이 우스꽝스럽게 느껴졌다. 어쨌든 자유롭긴 했다. 자유로워지려면 몇 가지 불편한 점은 감수해야 하는 법. 랄리는 내 앞가리개를 보고는 자신이 따오는 진주만큼이나 아름다운 하얀 치아를 드러내며 웃었다. 그리고 팔찌와 뱀가죽 앞가리개를 유심히 살폈다. 내가 연기를 쐬었는지 확인하기 위해 내 몸에 코를 대고 냄새를 맡기도 했다. 원주민들의 후각은 정말이지 대단했다.

그 생활에 익숙해져서 그런 식으로 너무 오랫동안 지내서는 안 될 것 같다는 생각이 들었다. 계속 그렇게 지내다 보면 영영 그곳을 떠나고 싶지 않아질 것만 같았기 때문이다. 랄리는 꾸준히 나를 관찰하면서 내가 공동 생활에 더 적극적으로 참여하기를 바랐다. 예를 들면, 내가 낚시를 하는 모습을 보고는 내가 노를 잘 젓고 배를 능란하게 다룬다는 사실을 알게 되었다. 그러더니 그때부터는 내가 낚싯배를 직접 몰기를 바랐다. 나는 그러고 싶지 않았다. 랄리는 마을 처녀들 중에 잠수를 제일 잘해서 그녀의 배에는 늘 굵은 진주들이 가장 많이 담겨 있었다. 다른 사람들보다 제일 깊이 잠수하기 때문이었다. 그리고 나는 그녀의 배를 모는 젊은 어부가 족장의 형제라는 사실도 알고 있었다. 그렇기 때문에 랄리와 함께 나가서 그에게 실례를 저지르는 일을 해서는 안 되었다.

랄리는 내가 생각에 잠긴 모습을 볼 때마다 다시 동생을 찾으러 가곤 했다. 랄리의 동생은 활기차게 달려와서 내 문을 통해 집 안에 들어왔다. 그것은 중대한 의미가 있는 모양이었다. 예를 들면, 두 사람이 함께 바다를 향한 정문 앞까지 와서는 랄리는 몸을 돌려 자신의 문으로 들어오고 동생 조라이마는 내 문으로 따로따로 들어왔다. 조라이마의 가슴은 귤보다 조금 클까 말까 했고 머리카락도 길지 않았다. 머리카락은 턱 높이로 가지런히 잘려 있었고, 이마의 앞머리는 눈썹보다 아래로 내려와서 눈꺼풀 바로 위까지 덮었다. 조라이마가 언니에게 불려올 때마다 두 사람은 함께 목욕을 했고, 들어와서는 둘 다 앞가리개를 벗어서 해먹에 걸었다. 조라이마는 내가 안아주지 않아 매번 슬픈 얼굴로 집을 나섰다. 한번은 우리 셋이 함께 누워 잘 때 가운데에 누워 있던 랄리가 일어나서 나를 조라이마의 벗은 몸 쪽으로 밀어 밀착시킨 일도 있었다.

랄리와 함께 낚시를 하는 원주민 청년이 한쪽 무릎에 꽤 깊고 넓게 베인 상처를 입었다. 남자들은 그를 주술사에게 데려갔고, 그는 흰 점토 고약을 바르고 돌아왔다. 그래서 그날 아침에는 내가 랄리와 함께 배를 몰고 나갔다. 나는 평소보다 조금 멀리 나갔다. 랄리는 나와 단둘이 배를 탄 것이 기뻐서 어쩔 줄을 몰라했다. 그녀는 잠수하기 전에 몸에 기름을 발랐다. 내 눈에는 온통 시커멓게만 보이는 물 속은 굉장히 찬 모양이었다. 상어 지느러미 세 개가 우리에게서 제법 가까운 곳을 지나다니기에 그녀에게 알렸지만 그녀는 신경도 쓰지 않았다. 시간은 아침 10시였고, 태양이 눈부시게 빛났다. 그녀는 가방을 왼팔에 감고 칼은 허리춤의 칼집 속에 넣은 채 발로 배를 박차고 물 속에 뛰어들었다. 그러고는 전에 없이 빠른 속도로 힘차게 어두운 물 속으로 사라졌다. 첫 번째 잠수는 탐색에 불과했던지 가방에는 굴이 얼마 없었다. 그때 나에게 좋은 생각이 떠올랐다. 뱃머리에는 커다란 가죽 끈 뭉치가 하나 있었다. 나는 한쪽 끝을 랄리의 가방에 이중 매듭을 지어 묶어주며 뭉치를 풀면서 내려가라고 했다. 그녀는 사용 방법을 이해한 모양이었다. 한참 후에 올라올 때는 가방을 갖고 있지 않았다. 오랜 잠수 끝에 쉬기 위해 배에 매달린 채 나에게 가방을 끌어올리라는 몸짓을 했다. 한참 줄을 당겨서 끌어올리는데 갑자기 줄이 무언가에 걸렸다. 산호에 걸린 모양이었다. 랄리는 다시 잠수해서 줄을 풀었다. 가방은 절반쯤 차 있었고, 나는 굴을 배에 쏟았다. 그날 오전, 여덟 번 잠수 끝에 배가 거의 가득 찼다. 그녀가 배에 오르고 닻을 끌어올릴 때쯤에는 배가 굴로 가득 차서 물에 잠길 지경이었다. 우리는 닻줄을 풀어 노에 묶은 다음 물살에 떠밀려서 돌아올 수밖에 없었다.

노파와 랄리의 동료가 그들이 낚시에서 돌아올 때마다 굴 껍질을 까곤 하던 장소에서 기다리고 있었다. 청년은 굴을 그렇게도 많이 따온 것을 보고 무척 흡족해했다. 랄리는 내가 한 일을 그에게 설명하는 듯했다. 가방을 묶어놓으면 올라올 때 부담이 줄어서 굴을 더 많이 따올 수 있다는 내용인 것 같았다. 청년은 내가 가방을 묶는 방법을 지켜보며 이중 매듭을 유심히 관찰했다. 그러고는 자신이 직접 매듭을 풀어보기도 했다. 매듭을 푸는 데 성공하자 몹시 뿌듯한 표정으로 나를 바라보았다.

노파는 굴 껍질을 까면서 진주를 열세 개나 찾아냈다. 평소에는 그 작업을 지켜보지 않고 집에서 자기 몫을 기다리던 랄리도 마지막 굴 껍질을 깔 때까지 그 자리에 남아 있었다. 나는 굴을 적어도 30개 정도, 랄리는 대여섯 개 정도를 먹었다. 노파가 분배를 했다. 진주들의 크기는 모두 고만고만한 것이 작은 콩만했다. 노파는 진주 세 개는 족장 몫으로, 세 개는 내 몫으로, 두 개는 자기 몫으로, 다섯 개는 랄리의 몫으로 나누었다. 랄리는 세 개를 집어서 내게 주었다. 나는 그것을 받아서 무릎을 다친 청년에게 주었다. 그는 받으려 하지 않았지만 내가 그의 손을 펴서 진주를 올려놓고 다시 꼭 쥐어주었더니 마지못해 받았다. 그의 아내와 딸이 멀리서 그 장면을 지켜보았다. 평소에 말이 없던 두 사람이 웃음을 터뜨리며 우리에게 다가왔다. 나는 청년을 도와 집까지 바래다주었다.

우리는 똑같은 일을 거의 2주 동안 반복했다. 나는 매번 진주를 청년에게 주었다. 그리고 어제는 내 몫으로 받은 여섯 개 중에서 한 개를 내가 가졌다. 집에 돌아와서 그것을 랄리에게 먹였다. 그녀는 어쩔 줄 모르게 좋아하면서 오후 내내 노래를 불렀다. 나는 때때로 흰둥이 원주민을 만나러 갔다. 그는 자신을 '조릴로'라 부르라고 했다. 스페인어로 '작은 여우'라는 뜻이었다. 그가 족장을 대신해서 왜 족장에게 호랑이 얼굴 문신을 해주지 않는지 묻기에 나는 잘 그릴 자신이 없기 때문이라고 설명해주었다. 그리고 사전을 뒤적여가며 내 가슴 넓이만한 거울 하나와 투사지 한 장, 가는 붓 한 자루, 먹물 한 통, 카본지 한 장 그리고 부드러운 연필 한 자루를 구해달라고 부탁했다. 또 내 키에 맞는 옷가지와 카키색 셔츠 몇 장을 구해서 그의 집에 보관해달라는 부탁도 했다. 나는 경찰이 그에게 나와 안토니오에 대해 캐물었다는 사실을 알았다. 그는 내가 산을 타고 베네수엘라로 넘어갔고 안토니오는 뱀에 물려 죽었다고 대답했다고 했다. 그리고 프랑스인들이 산타 마르타의 감옥에 갇혀 있다는 소식도 전해주었다.

조릴로의 집에는 족장의 집에 있는 것과 똑같은 잡다한 물건들이 많았다. 원주민들이 소중히 여기는 그림들로 장식된 점토 단지들, 형태로 보나 그림과 색채로 보나 대단히 예술적인 도자기들, 순모로 만든 근사한 해먹들(어떤 것들은 새하얗고, 다른 것들은 가장자리 술

장식이 있는 다채로운 색의), 햇볕에 그을린 뱀과 도마뱀 그리고 물소 가죽들, 새하얀 칡 광주리들과 다채로운 칡 광주리들. 그 물건들 모두 그곳에서 25일을 걸어 들어가야 하는 숲 속에 사는, 자기들 부족과 같은 종족의 원주민들이 만든 것들이라고 했다. 그가 내게 준 20여 장의 코카 잎도 그곳에서 나온 것이라고 했다. 그 뒤로 나는 지루할 때마다 코카 잎을 하나씩 씹었다. 나는 조릴로와 헤어지기 전에 내가 적어준 것들 외에도 스페인어 신문이나 잡지도 좀 구해줄 수 있느냐고 물었다. 두 달 동안 사전을 뒤적여가며 스페인어를 꽤 많이 배웠기 때문에 어느 정도는 읽을 수 있었다. 그는 안토니오의 소식은 모르고, 다만 얼마 전에 해안 경비들과 밀수입자들 사이에 충돌이 있었다는 사실만 알고 있었다. 경비 다섯 명과 밀수입자 한 명이 죽었고 배는 사라졌다고 했다. 나는 그 마을에 살면서 과일을 발효시킨 희한한 음료수 외에 알코올이라고는 한 방울도 본 적이 없었다. 그러던 차에 그의 집에서 아니스 술을 한 병 발견하고는 그에게 달라고 해보았다. 그는 거절했다. 원한다면 그곳에서 마실 수는 있어도 가져가서는 안 된다고 했다. 사실 그건 현명한 처사였다.

나는 조릴로가 빌려준 당나귀를 타고 그곳을 떠났다. 조릴로는 그 당나귀가 다음날 혼자 집을 찾아올 거라고 했다. 나는 하나씩 얇은 종이로 개별 포장된 색색의 사탕이 담긴 푸짐한 꾸러미 하나와 담배 60갑만 가져왔다. 랄리는 마을에서 3킬로미터 떨어진 곳까지 나와서 동생과 함께 나를 기다리고 있었다. 이번에는 요란하게 달려들지 않고 내 몸을 부둥켜안은 채 옆에서 나란히 걷기만 했다. 이따금 걸음을 멈추고 문명인 식의 입맞춤을 하기도 했다. 나는 마을에 도착하자마자 족장을 찾아가서 그에게 사탕과 담배를 주었다.

우리는 바다를 향한 문 앞에 앉아서 흙으로 빚은 항아리에 갓 담가 넣은 발효 음료를 함께 마셨다. 랄리는 내 오른쪽에 앉아 두 팔로 내 넓적다리를 감싸고 있었고, 동생 조라이마는 왼쪽에 똑같은 포즈로 앉아 있었다. 그들은 사탕을 빨아먹었다. 우리 앞에는 꾸러미가 풀어헤쳐져 있었고, 여자들과 아이들은 조심스럽게 사탕을 집어먹었다. 족장은 조라이마의 머리를 내 쪽으로 밀면서 그녀도 랄리처럼 내 아내가 되기를 원한다는 뜻을 전했다. 랄리는 내 손을 자신의 가슴에 얹은 뒤 조라이마의 작은 가슴을 가리키며 그것 때문에 내가 그녀를 원하지 않는다는 몸짓을 했다. 내가 어깨를 으쓱하자 모두들 웃음을 터뜨렸다. 조라이마는 무척 우울해 보였다. 그래서 내가 그녀의 목을 감싸안고 가슴을 쓰다듬어주자 금세 행복해서 얼굴이 환해졌다. 나는 담배 몇 대를 피웠다. 원주민들도 따라 해보려다가 얼른 내동댕이치고는 그들의 시가를 집어서 불붙은 쪽을 입에 물었다. 나는 사람들에게 인사를 한 뒤에 랄리의 팔을 잡고 자리를 떠났다. 랄리는 내 뒤에서 걸었고, 조라이마는 그 뒤를 따라왔다. 우리는 숯불에 커다란 생선들을 구웠다. 나는 숯불 속에 2킬로그램은 됨직한 대하 한 마리를 넣었다. 우리는 그 달콤한 살을 즐겁게 먹었다.

나는 거울과 투사지, 전사지 그리고 내가 따로 부탁하지는 않았지만 유용하게 쓰일 접착제 한 통, 부드러운 연필 몇 자루, 잉크와 붓을 손에 넣었다. 나는 바닥에 앉아서 거울을 내 가슴 높이로 줄에 매달았다. 거울 속으로 호랑이 얼굴이 또렷하고도 세밀하게 비쳐 보였다. 랄리와 조라이마는 신기한 듯 넋을 잃고 나를 바라보았다. 나는 붓으로 거울 위에 선을 따라 그렸다. 먹물이 흘러내려서 먹물에 접착제를 섞었다. 그때부터는 모든 것이 순조로웠다. 한 시간 동안 세 번 시도한 끝에 마침내 거울 위에 내 호랑이 얼굴과 똑같은 복사본을 그리는 데 성공했다.

랄리는 족장을 데리러 가고 조라이마와 나만 남았다. 조라이마가 내 손을 잡아 자신의 가슴 위에 올렸다. 그녀의 표정은 몹시 슬프면서도 사랑에 가득 차 있었다. 나는 오두막집 한가운데 바닥에서 그녀를 품에 안았다. 그녀는 신음 소리를 조금 냈지만 욕망으로 팽팽해진 육체는 나를 다시는 놓지 않으려는 듯 얼싸안았다. 나는 부드럽게 몸을 떼어내 온통 흙투성이가 된 몸을 씻으러 바다에 갔다. 그녀도 내 뒤를 따라와서 우리는 함께 목욕을 했다. 나는 그녀의 등을 문질러주었고, 그녀는 내 팔과 다리를 문질러주었다. 함께 집으로 돌아와 보니 우리가 누워 있던 자리에 랄리가 앉아 있었다. 랄리는 집으로 들어오자마자 모든 걸 알아차렸다. 랄리는 일어서서 내 목을 끌어안고 부드럽게 입을 맞춘 다음 동생의 팔을 잡고 내 문으로 나가게 했다. 그리고 자신은 다시 돌아와서 자신의 문으로 나갔다.

밖에서 문을 두드리는 소리가 들려서 나가보니 랄리와 조라이마 그리고 쇳조각으로 벽에 구멍을 뚫으려는 여인 두 명이 서 있었다. 나는 그들이 네 번째 문을 만들려 한다는 걸 알았다. 벽의 다른 곳에 금이 가지 않도록 그들은 물뿌리개로 벽을 적셨다. 얼마 지나지 않아서 문이 만들어졌다. 조라이마는 바닥의 조각들을 바깥으로 밀어냈다. 그때부터 조라이마는 그 문으로만 드나들고 다시는 내 문을 사용하지 않았다.

족장은 원주민 세 명과 이제는 무릎 상처가 흉터만 남은 동생과 함께 왔다. 그는 거울 위의 그림과 그 속에 비친 자신의 모습을 보았다. 잘 그려진 호랑이 그림과 자신의 얼굴을 보고 아주 신기한 모양이었다. 그는 내가 무엇을 어떻게 하려는지 깨닫지 못했다. 나는 완전히 마른 거울을 탁자 위에 올리고 그 위에 투사지를 놓은 다음 그림을 본떴다. 그 일은 굉장히 쉽고 빠르게 진행됐다. 부드러운 연필은 모든 선을 충실히 따라갔다. 30분도 채 안 걸려서 호기심에 찬 이들의 눈길 아래 원본만큼이나 완벽한 그림이 완성되었다. 각자 한 사람씩 그 종이를 들고 내 가슴의 호랑이와 비교하며 살펴보았다. 나는 랄리를 탁자 위에 눕히고 젖은 수건으로 몸을 살짝 적신 뒤에 배 위에 전사지를 놓고 그 위에 방금 그린 종이를 올렸다. 내가 선을 몇 개 그려 랄리의 배 위에 그림의 일부가 나타나자 모든 이들의 경탄은 절정에 달했다. 족장은 그제야 내가 한 그 모든 수고가 바로 자신을 위한 것이었다는 사실을 알아차렸다.

위선적인 문명 교육을 받지 않은 사람들은 어떤 일을 인식했을 때 자연스럽게 반응을 한다. 마음에 드는지 안 드는지, 기분이 좋은지 슬픈지, 관심이 있는지 없는지 즉각적으로 드러낸다. 과지라 원주민들의 우수함은 실로 놀랍다. 그들은 모든 면에서 우리를 능가한다. 누군가를 받아들일 때는 그가 가진 모든 것을 받아들이고, 그 사람에게 아주 작은 관심을 받기만 해도 깊이 감동한다. 나는 첫 번째 문신으로 그림 윤곽이 완전히 드러나도록 면도칼로 큰 선부터 그리기로 했다. 그 다음 작은 막대기에 붙인 세 개의 바늘로 세세한 선을 그리는 것이다.

이튿날 작업에 들어갔다. 족장 자토가 탁자 위에 누웠다. 투사지 위의 그림을 좀더 두꺼운 흰 종이 위에 옮긴 다음, 미리 흰 점토 반죽을 발라 말려놓은 그의 피부 위에 단단한 연필로 옮겼다. 족장은 그림이 망가질까봐 고개를 움직이기는커녕 움찔거리지도 않고 긴장한 채 누워 있었다. 나는 면도칼로 하나하나 선을 그려나갔다. 피가 배어나올 때마다 매번 닦아냈다. 모두 그려 섬세한 붉은 선이 그림을 대신하자 그의 가슴 전체에 푸른 먹물을 칠했다. 군데군데 조금 깊이 찌른 곳에서 번져나오는 피 때문에 먹물이 쉽게 스며들지 않기도 했지만 거의 모든 그림이 매혹적으로 완성되었다. 일주일 후, 자토는 검은 눈빛에 검은 수염과 코 그리고 선홍빛 혀와 흰 이빨을 드러내고 있는 호랑이를 갖게 되었다. 나는 내 작품에 만족했다. 오히려 내 것보다 더 아름답고 색조도 훨씬 생생했다. 딱지가 떨어지자 바늘로 몇 군데 더 그려주었다. 자토는 무척 만족스러워하며 조릴로에게 거울 여섯 개를 부탁해 한 집에 하나씩 놓고 자신의 집에는 두 개를 두었다.

며칠이 흐르고, 몇 주, 몇 달이 흘러 어느새 4월이 되었다. 그러니까 내가 그곳에 온 지 넉 달이 된 셈이었다. 내 건강 상태는 아주 훌륭했다. 기운이 넘치는 데다가 맨발로 걷는 데 익숙해져서 도마뱀 사냥을 나가서 한참을 걸어도 조금도 피곤한 줄을 몰랐다. 처음 주술사를 찾아갔던 이후 조릴로에게 요오드팅크, 소독수, 솜, 반창고, 퀴닌(말라리아 특효약—옮긴이), 스토바솔(이질 약의 일종—옮긴이)을 구해달라고 부탁했었다. 병원에 있을 때 주술사처럼 큰 종기가 난 죄수를 본 일이 있는데, 의무병 샤탈은 스토바솔 환약 한 알을 찧어서 그 위에 발랐었다. 나는 그 약들 외에도 조릴로가 자신의 족장에게 직접 구한 연고도 받았다. 나는 주술사에게 작은 목검을 보냈고, 그 역시 자신의 칼을 보내 응답을 해왔다. 한참을 걸려 힘겹게 그에게 종기를 치료받도록 설득하는 데 성공했다. 몇 번의 방문 끝에 종기가 반으로 줄어들자 그때부터는 그 혼자서 치료를 계속했다. 그러던 어느 날 그가 내게 큰 목검을 보내와 찾아가 보니 종기가 말끔히 사라지고 없었다. 절대, 어느 누구도 내가 그를 치료했다는 사실은 알지 못했다.

내 아내들은 나를 혼자 놔두는 법이 없었다. 랄리가 굴을 따러 가면 조라이마가 내 곁에 있었고, 조라이마가 자맥질을 하러 가면 랄리가 곁을 지켰다.

자토의 아들이 태어났다. 그의 아내는 해변에 있다가 진통이 오자 사람들의 시선을 피해 커다란 바위 뒤로 들어갔다. 자토의 또 다른 아내가 비스킷과 따뜻한 물 그리고 정제되지 않은 흑설탕이 가득 담긴 바구니를 가져다주었다. 오후 4시쯤 출산을 한 모양이었다. 해가 질 무렵 그녀가 사내아기를 높이 치켜들고 마을로 걸어오면서 소리를 질렀다. 자토는 아내가 도착하기도 전에 이미 사내아이라는 걸 알고 있었다. 딸일 경우에는 아이를 하늘로 치켜들고 기쁨에 찬 소리를 지르지 않은 채 그냥 품에 안고 조용히 돌아온다고, 랄리는 몸짓으로 설명해주었다. 원주민 여인이 다가오다가 아기를 치켜들고 멈추어 섰다. 자토는 그 자리에 서서 소리를 지르며 두 팔을 뻗었다. 그러자 그녀가 다시 몇 걸음 더 다가와서 아이를 치켜들고 소리를 지르다가 또다시 멈추었다. 자토는 다시 소리를 지르고 두 팔을 뻗었다. 그러기를 마지막 30~40여 미터를 남겨두고 대여섯 번 반복했다. 자토는 여전히 자기 집 문턱을 넘지 않고 좌우에 모인 사람들과 함께 문 앞에 서 있었다. 그의 아내는 너덧 걸음을 남겨두고 다시 멈추어서 아이를 치켜들고 소리를 질렀다. 그러자 자토가 앞으로 나와서 아이를 받아 아이의 양쪽 겨드랑이를 잡아 동쪽으로 몸을 돌려 세 번 치켜들면서 세 번 소리 질렀다. 그러고는 오른팔로 아이를 안아서 아이의 머리를 자신의 왼쪽 겨드랑이 밑에 끼고 왼팔로 아이를 가렸다. 그리고 몸을 돌리지 않고 뒷걸음으로 집안으로 들어갔다. 모두들 그를 따라 들어가고 아이의 어머니가 맨 마지막에 들어갔다. 다 함께 족장의 집에 있는 발효주를 동이 나도록 마셨다.

사람들은 일주일 내내 밤낮으로 자토의 집 앞에 물을 뿌리고 다함께 발로 흙을 다졌다. 그들은 그렇게 해서 붉은 진흙으로 아주 커다란 원을 만들었다. 그 이튿날은 황소 가죽으로 거대한 천막을 쳤다. 나는 잔치를 벌일 모양이라고 생각했다. 천막 아래 거대한 토기 단지들 속에 그들이 좋아하는 음료수가 가득 찼다. 큰 항아리들이 적어도 스무 개는 되는 듯했다. 돌들이 가지런히 놓이고 그 주위로 말린 나무들이 나날이 쌓여갔다. 그 많은 나무들은 오래 전에 바다에서 가져와 하얗고 반들반들하게 말려놓은 것들이었다. 언제 그랬는지는 모르지만 바다에서 끌어낸 거대한 나무 줄기들도 있었다. 돌들 위에는 같은 크기의 나무 쇠스랑 두 개가 놓였다. 대형 꼬치의 토대인 셈이었다. 뒤집힌 거북 네 마리, 달아나지 못하게 발을 꼬아놓은 커다란 도마뱀 30여 마리, 양 두 마리가 산 채로 죽음을 기다리고 있었다. 거북 알은 적어도 2,000개는 되는 듯했다.

어느 날 아침, 말을 탄 열댓 명의 원주민이 도착했다. 모두들 목걸이를 걸고, 커다란 밀짚모자를 쓰고, 앞가리개만 해서 엉덩이와 다리를 드러낸 맨발이었으며, 뒤집은 양가죽을 조끼처럼 걸치고 있었다. 허리에는 커다란 칼을 찼으며, 두 명은 사냥용 엽총을 들고 있었다. 그들의 족장은 연발 소총을 들고 소매가 있는 멋진 검은 가죽 상의와 총탄이 가득 실린 혁대를 차고 있었다. 얼룩이 진 회색 빛 말들은 하나같이 근사했지만 조금 작고 꽤 신경질적이었다. 말 엉덩이 위에는 마른 건초 다발이 하나씩 실려 있었다. 그들은 꽤 먼 거리에서부터 총을 쏘면서 빠르게 달려왔다. 그들의 족장은 희한하게도 자토 형제와 닮은 모습이었고, 그들보다 조금 더 나이가 들어 보였다. 그는 말에서 내려 자토에게 다가가 서로 어깨를 쳤다. 그는 혼자 집 안으로 들어갔다가 뒤따라 들어간 자토와 함께 밖으로 나올 때는 품에 아기를 안고 있었다. 그는 팔을 뻗어 모두에게 아기를 보여주고 전에 자토가 했던 것처럼 해가 뜨는 동쪽으로 향했다가 아이를 겨드랑이 밑에 끼고 왼팔로 가린 뒤에 다시 집 안으로 들어갔다. 다른 원주민들도 모두 말에서 내려 멀찍이 말을 끌고 가서 각자 짚으로 말 목을 묶었다. 정오쯤에 네 마리 말이 끄는 거대한 짐수레를 탄 원주민들이 도착했다. 짐수레를 몰고 온 것은 조릴로였다. 짐수레에는 스무 명 가량의 처녀들과 예닐곱 명의 사내아이들이 타고 있었다.

조릴로가 도착하기 전에 나는 족장을 위시해 새로 온 원주민들에게 소개되었다. 자토는 자신의 왼쪽 새끼발가락을 꼬아 옆 발가락 위에 올려서 내게 보여주었다. 그의 동생과 새로 온 족장도 똑같이 했다. 그리고 각자의 팔 밑에 있는 똑같은 검은 점을 보여주었다. 나는 새로 온 족장이 그들과 형제인 모양이라고 생각했다. 모두들 자토의 문신들을, 특히 호랑이 얼굴을 보며 감탄했다. 새로 온 처녀들 모두의 얼굴과 몸에 총천연색 그림들이 그려져 있었다. 랄리는 몇 명에게는 목에 산호 조각 목걸이를, 다른 몇 명에게는 조개 목걸이를 걸어주었다. 나는 중키 정도인 다른 여자들보다 훨씬 큰 멋진 처녀 한 명을 발견했다. 그녀의 옆얼굴은 마치 카메오(양각으로 아로 새긴 보석—옮긴이) 같은 이탈리아인의 얼굴이었다. 검붉은 머리카락에 커다란 옥색 눈과 아주 긴 속눈썹, 활 모양의 눈썹이 매혹적이었다. 원주민 식의 머리카락은 목 중간 10센티미터 길이로 단정하게 잘려 있었고, 앞머리는 양쪽으로 갈라서 귀를 덮었다. 대리석 같은 가슴은 보기 좋게 조화를 이루었다.

랄리는 나를 소개시킨 다음 조라이마와 컵과 붓을 여러 개씩 들고 있는 다른 원주민 처녀와 함께 그녀를 우리 집으로 데리고 들어갔다. 사실 그들은 우리 마을 원주민 여자들에게 그림을 그려주러 온 것이었다. 나는 그 아름다운 아가씨가 랄리와 조라이마의 몸에 그려넣은 걸작을 관찰했다. 그들의 붓은 나무 끝에 짧은 양털이 달린 것이었다. 그녀는 붓을 여러 가지 물감에 적셔서 그림을 그렸다. 나도 내 붓을 들어서 랄리의 배꼽에서부터 나무를 그리기 시작했다. 두 개의 나뭇가지가 각각 양쪽 가슴 끝으로 이어지게 그린 다음 분홍색 꽃잎들을 그리고 젖꼭지는 노란색으로 칠했다. 암술이 있는, 반쯤 벌어진 꽃송이 같았다. 나머지 세 여자들도 똑같이 그려달라고 했다. 나는 조릴로에게 물어봐야 했다. 조릴로는 그들이 원하면 내 마음대로 그려도 좋다고 했다. 두 시간 넘게 젊은 원주민 여자들 모두의 가슴에 그림을 그려주었다. 조라이마는 랄리와 똑같이 그려달라고 졸랐다. 그동안 남자들은 양들을 꼬치에 굽고 거북 두 마리는 부위별로 숯불에 구웠다. 거북 고기는 꼭 쇠고기처럼 붉고 맛있었다.

나는 천막 안에 자토와 새로 온 족장과 함께 나란히 앉았다. 남자들은 한쪽에서, 여자들은 우리에게 음식을 날라주는 이들만 빼고 다른 한쪽에서 음식을 먹었다. 잔치는 늦은 밤중에 일종의 춤으로 끝을 맺었다. 남자 한 명이 날카로운 소리를 내는 나무 플루트를 불면서 양가죽 북 두 개를 두들겼다. 대부분의 사람들이 취했지만 불미스러운 사고는 하나도 없었다. 주술사도 당나귀를 타고 왔다. 모두들 종기가 있던 자리에 분홍색 흉터가 남은 것을 보았다. 다들 그 종기를 알고 있었던 모양이다. 눈에 익은 흉터가 없어진 것에 모두 놀라워했다. 조릴로와 나만 어떻게 된 일인지 알고 있었다. 조릴로는 새로 온 부족의 족장이 자토의 아버지이고 이름은 공정함을 뜻하는 '쥐스토'라고 설명해주었다. 부족 사람들 사이에 문제가 생기거나 과지로 혈통의 다른 부족들과 문제가 생기면 그가 심판을 내리기 때문이었다. 다른 원주민 혈통인 이아푸스 족과 문제가 생겼을 때 모두 한데 모여 전쟁을 벌일 것인지 우호적으로 해결할 것인지 의논을 했던 이야기도 들려주었다. 원주민 한 명이 다른 부족 사람에게 살해되었을 때는 전쟁을 피하기 위해 살인자가 죽음으로 빚을 갚는 것에 다들 동의를 했다. 때로는 황소 200마리 값을 치르게 하기도 했다. 산에 사는 종족들은 암소와 황소를 많이 키웠기 때문이다. 그런데 불행히도 아구창 예방 접종을 하지 않아 전염병이 돌면서 상당수의 동물들이 죽임을 당했다. 한편으로 다행인 것이 그병이 돌지 않았으면 동물들이 너무 많아질 뻔했다고 조릴로가 말했다. 콜롬비아나 베네수엘라에서는 소를 정식으로 팔 수가 없기 때문에 그 두 국가에 아구창을 옮기지 않도록 항상 원주민 영역에만 두어야 했던 것이다. 그렇지만 조릴로의 말에 따르면 산악 지대에는 황소 밀수입이 성행하고 있었다.

쥐스토는 조릴로를 통해 약 100여 가구가 사는 자신의 마을에 한 번 다녀가라고 전했다. 그는 랄리와 조라이마도 함께 데려오라고 하면서 우리에게 모든 것이 구비된 집을 한 채 내어줄 테니 아무것도 가져올 필요 없다고도 말했다. 그저 문신 도구만 가져와서 자신에게도 호랑이를 그려달라고 했다. 그는 검은 가죽 팔찌를 벗어서 나에게 주었다. 조릴로의 설명에 따르면, 그건 그가 나를 친구로 맞고 내가 바라는 것은 무엇이든 거절하지 않겠다는 중요한 몸짓이었다. 그리고 나에게 말이 필요하냐고 묻기에 나는 필요하긴 하지만 이곳에는 풀이 거의 없기 때문에 받을 수는 없다고 대답했다. 그는 필요할 때마다 랄리나 조라이마가 반나절만 말을 타고 가면 크고 좋은 풀밭을 찾을 수 있다고 말했다. 그래서 나는 그가 조만간 말을 보내주겠다는 제안을 받아들였다.

나는 모처럼 조릴로가 우리 마을에 오래 머무는 틈을 이용해 그에게 베네수엘라나 콜롬비아로 가려는 나의 계획을 내비치며 나를 배반하지는 않으리라 믿는다고 말했다. 그는 국경 근처 초반 30킬로미터 지역이 얼마나 위험한지 설명했다. 밀수입자들이 준 정보에 따르면, 베네수엘라 해안이 콜롬비아 해안보다 더 위험했다. 그는 자신이 직접 산타 마르타까지 콜롬비아 해안을 동행해줄 수도 있다면서 내가 이미 거쳐왔던 길을 가리키며 그 길이 훨씬 낫다고 했다. 그리고 사전을 한 권 더 사든지 아니면 차라리 표준 스페인어 문장을 학습할 수 있는 스페인어 교본을 몇 권 사야겠다는 내 말에 동의했다. 내가 더듬으면서 말하는 방법을 배우면 사람들이 내 말을 듣다가 답답해서 억양이나 발음에 크게 신경 쓰지 않고 자신들이 직접 말을 끝낼 수가 있기 때문에 오히려 그게 더 나을 수도 있다고도 했다. 그는 교본 몇 권과 가능한 한 가장 세밀한 지도 한 장을 가져다주고 필요하면 내 진주를 콜롬비아 화폐로 바꾸는 일도 맡아 해주기로 했다. 조릴로는 내가 그토록 떠나고 싶어하니 족장을 위시해 다른 원주민들도 내 결정에 동의할 수밖에 없다고 설명했다. 그들은 내가 떠나는 것을 서운해하겠지만 내 가족에게 돌아가는 것을 당연한 일로 받아들여줄 것이었다. 문제는 조라이마와 랄리였다. 두 사람 다 마찬가지지만, 특히 랄리는 차라리 나를 쏘아 죽일 수도 있을 것만 같았다. 그리고 또 하나, 역시 조릴로를 통해 몰랐던 사실을 알게 되었다. 조라이마가 임신을 한 것이다. 전혀 눈치채지 못했던 터라 몹시 얼떨떨했다.

잔치가 끝나고 모두들 떠났다. 천막도 걷히고 모든 것이 다시 전처럼 되었다. 적어도 겉보기에는 그랬다. 나는 땅바닥까지 내려오는 긴 꼬리와 엷은 금빛의 회색 갈기가 달린 근사한 회색 말을 받았다. 랄리와 조라이마는 조금도 좋아하지 않았다. 주술사는 나를 불러서 랄리와 조라이마가 말에게 깨진 유리 조각을 먹여 죽여도 괜찮겠느냐며 물어왔다고 전했다. 그래서 내가 누군지 모를 원주민 성인의 보호를 받고 있으므로 그랬다가는 그 유리 조각이 그들의 뱃속에 들어갈 수도 있으니 하지 말라고 전했다는 말을 했다. 그리고 더 이상 위험한 일은 없겠지만 확실하지는 않다고 덧붙였다. 각별히 주의를 기울여야 했다. 그러면 혹시 내가 위험할 일은? 그는 그럴 리는 없다고 했다. 만일 내가 정말 진지하게 떠날 채비를 하는 것을 그들이 알게 될 경우에 그들이, 특히 랄리가 할 수 있는 일은 아마 나를 쏘아 죽이는 일일 것이다. 다시 돌아올 테니 떠나게 해달라고 그들을 설득할 수 있을까? 어림없는 일일 것이다. 내가 떠나고 싶어하는 기색을 절대 내비쳐서는 안 될 일이었다.

주술사가 그 모든 얘기를 내게 해줄 수 있었던 건 같은 날 통역사 역할을 해줄 조릴로도 불렀기 때문이었다. 조릴로는 아주 심각한 상황이니 각별히 주의하지 않으면 안 된다고 당부했다. 나는 집으로 돌아왔다. 조릴로는 나와 전혀 다른 길로 떠났다. 마을 사람 누구도 주술사가 조릴로와 나를 함께 부른 것을 알지 못했다.

벌써 여섯 달이나 지났기 때문에 나는 출발을 서둘렀다. 어느 날 집에 돌아와 보니 랄리와 조라이마가 지도를 들여다보고 있었다. 그들은 그 그림들이 뭔지 이해하려 애쓰고 있었다. 그들이 특히 불안해하는 것은 동서남북을 가리키는 화살표가 있는 그림이었다. 그들은 어리둥절하면서도 그 종이가 우리의 생활과 아주 중요한 관계가 있을 거라고 짐작했다.

조라이마의 배가 불러오기 시작했다. 랄리는 동생을 조금씩 질투하면서 밤낮없이, 시도 때도 없이, 장소도 가리지 않고 내게 사랑해 달라고 졸라댔다. 조라이마도 조르긴 마찬가지였지만 다행히도 밤에만 졸랐다. 나는 자토의 아버지 쥐스토를 찾아갔다. 랄리와 조라이마도 함께 갔다. 다행히도 그때까지 간직하고 있던 호랑이 그림으로 그의 가슴에도 문신을 새겨주었다. 작업은 엿새 만에 끝났다. 그가 생석회 조각을 섞은 물로 씻어서 첫 번째 딱지가 빨리 떨어진 덕분이었다. 쥐스토는 하루에도 몇 번씩 거울을 들여다보며 아주 마음에 들어했다. 내가 그곳에 머무는 동안 조릴로가 왔다. 그는 내 동의 아래 쥐스토에게 내 계획을 말했다. 내가 말을 바꾸어주길 바랐기 때문이었다. 과지로 사람들의 회색 말은 콜롬비아에는 없는 것이었지만, 쥐스토는 콜롬비아의 말들과 같은 붉은 털을 가진 말을 세 마리 갖고 있었다. 쥐스토는 내 계획을 듣자마자 사람을 보내 그 말들을 찾아오라고 했다. 나는 가장 온순해 보이는 말을 골랐다. 원주민들은 보통 안장 없이 말을 타기 때문에 쥐스토는 그 말에 안장과 등자, 쇠로 만든 재갈을 달게 했다. 내가 콜롬비아 식으로 채비를 갖추자, 쥐스토는 내 손에 밤색 가죽 고삐를 쥐어준 다음 내가 보는 앞에서 조릴로에게 100페소짜리 금화 서른아홉 개를 세어서 주었다. 그 돈은 조릴로가 간직하고 있다가 내가 떠나는 날 주기로 했다. 쥐스토는 자신이 갖고 있던 맨체스터 연발 소총도 주고 싶어 했지만, 나는 조릴로에게 콜롬비아에는 무장을 하고 들어갈 수 없다는 말을 들은 터라 사양했다. 그러자 쥐스토는 내게 손가락 길이만한 화살 두 개를 모직물로 잘 싸서 작은 상자에 담아 주었다. 그 화살에는 아주 희귀하고 난폭한 물고기의 독이 묻었다고 했다.

조릴로는 독화살을 한 번도 본 적도, 가져본 적도 없었다. 그래서 내가 떠날 때까지 자신이 갖고 있겠다고 했다. 나는 쥐스토의 그런 기막힌 친절에 어떻게 감사해야 좋을지 알 수가 없었다. 그는 나에 대해 잘 모르지만 내가 완벽한 남자인 것으로 보아 아마도 부자일 것 같다고 말했다. 그리고 자신이 백인을 알게 된 건 생전 처음이라고, 전에는 백인들 모두가 적인 줄로만 알았는데 이제 나 같은 사람을 또 만나도록 애쓸 것이라고 했다.

"우리가 있는 이 땅에는 전부 자네 친구들뿐이지만 앞으로는 적이 더 많을 테니, 떠나기 전에 잘 생각하게."

그가 말했다. 그는 자토가 랄리와 조라이마를 잘 보살펴줄 것이고, 조라이마가 낳는 아기가 사내아이라면 부족에서 항상 명예로운 자리를 갖게 될 것이라고 말했다.

"자네가 떠나지 않았으면 좋겠어. 이곳에 남으면 전에 잔치에서 보았던 그 예쁜 원주민 여자를 주겠네. 그 처녀는 자네를 좋아해. 나와 함께 이곳에서 지낼 수도 있어. 원한다면 커다란 오두막과 젖소와 황소도 주겠네."

나는 쥐스토와 헤어져 마을로 돌아갔다. 가는 내내 랄리는 한 마디도 하지 않았다. 그녀는 나와 함께 붉은 말을 타고 갔다. 안장 때문에 엉덩이에 상처가 났는데도 아무 말도 하지 않았다. 조라이마는 다른 원주민이 태워주었다. 조릴로는 다른 길로 자신의 마을에 돌아갔다. 밤에는 조금 추웠다. 나는 랄리에게 쥐스토에게 받은 양가죽 상의를 주었다. 그녀는 아무 말도, 아무런 표현도 없이 묵묵히 옷을 받아 입었다. 그저 옷을 받았을 뿐 아무런 몸짓도 없었다. 말이 조금 세게 종종걸음을 치는데도 내 허리를 붙잡지도 않았다. 마을에 도착해서 내가 자토에게 인사하러 가자 그녀는 혼자 말을 타고 가서 집 앞에 매어놓고는 안장과 재갈을 벗기지도 않은 채 말 앞에 풀 한 더미를 놓아주었다. 나는 자토와 족히 한 시간 정도를 보내고 나서 집으로 돌아왔다.

원주민들이 슬픔을 느낄 때는 굳은 표정으로 얼굴 근육 하나 움직이지 않고 두 눈에 슬픔이 가득 잠기되 절대 울지는 않는다. 신음하는 듯한 구슬픈 소리는 내도 결코 눈물을 흘리지 않는다. 나는 몸을 움직이다가 실수로 조라이마의 배를 건드렸다. 조라이마는 아파서 소리를 질렀다. 그래서 혹시 또 그런 일이 생길까봐 나는 자리에서 일어나 다른 해먹에 가서 누웠다. 그 해먹은 아주 낮게 매달려 있었다. 그 해먹에 누워 있으려니 누군가가 해먹을 건드리는 것 같았다. 나는 자는 척했다. 랄리는 나무 둥치에 앉아 꼼짝도 않고 나를 바라보았다. 조금 있으니 조라이마의 냄새가 났다. 그녀는 오렌지 꽃잎을 빨아서 피부에 발라 향을 내는 버릇이 있었다. 오렌지 꽃잎은 가끔씩 마을에 오는 보따리 장수 원주민 여인에게서 물물교환으로 샀다. 잠에서 깨어보니 두 사람 모두 여전히 꼼짝 않고 그 자리에 있었다. 해가 중천에 떠 있는데 말이다. 나는 두 사람을 데리고 해변으로 가서 마른 모래사장 위에 누웠다. 랄리와 조라이마는 곁에 앉았다. 나는 조라이마의 가슴과 배를 쓰다듬어주었다. 그래도 그녀는 대리석처럼 굳어 있었다. 이번에는 랄리를 눕히고 입을 맞추었다. 그녀는 눈을 감았다. 어부가 랄리를 데리러 왔다가 그녀의 얼굴을 보더니 눈치 빠르게 조용히 물러갔다. 나는 정말 난감했다. 두 사람을 사랑하고 있다는 걸 보여주기 위해서 쓰다듬고 입을 맞추는 것 말고는 뭘 어떻게 해야 좋을지 알 수가 없었다. 두 사람 모두 아무 말도 없었다. 내가 떠나고 나면 그들이 그렇게 슬퍼하면서 살아갈 것이라는 생각만으로도 가슴이 메어와 정말이지 혼란스러웠다. 랄리는 억지로 나와 사랑을 나누려고 했다. 그녀가 느끼는 절망감이 고스란히 전해졌다. 그녀도 간절히 내 아이를 갖고 싶어하는 것 같았다.

그날 아침에 처음으로 랄리가 조라이마를 질투하는 몸짓을 보였다. 내가 조라이마의 배와 가슴을 쓰다듬어주고 있는데 랄리가 내 귓불을 깨물었다. 우리는 바닷가 고운 모래사장의 움푹한 곳에 누워 있었다. 랄리가 와서 동생의 팔을 잡아끌며 동생의 부푼 배를 한 번 만지고는 매끈하고 평평한 자신의 배를 만졌다. 조라이마는 언니의 말이 맞다는 듯 자리에서 일어나 내 옆자리를 언니에게 넘겨주었다.

두 사람은 매일 내게 먹을 것을 해주었지만 정작 자신들은 아무것도 먹지 않았다. 벌써 사흘째 아무것도 먹지 않았다. 나는 말을 탄 지 다섯 달여 만에 처음으로 중대한 실수를 저지를 뻔했다. 허락도 없이 주술사를 만나러 간 것이었다. 대신 그의 천막으로 곧장 가지 않고 200미터 전방에서 왔다갔다 했다. 그가 날 발견하고 들어오라는 몸짓을 했다. 나는 열심히 설명해서 랄리와 조라이마가 음식은 먹지 않는다는 뜻을 전했다. 그러자 그는 호두 비슷한 것을 주며 집에 가서 물에 타 먹이라고 했다. 나는 돌아와서 커다란 항아리에 호두를 넣었다. 두 사람은 그 물을 몇 번 마셨어도 음식은 먹지는 않았다. 랄리는 굴을 따러 나가지도 않았다. 나흘 동안 굶더니 급기야 오늘은 이상한 짓도 했다. 배도 타지 않고 헤엄쳐서 약 200미터를 가서는 굴 서른 개를 갖고 와서 내게 먹었다. 그들의 소리 없는 절망에 나도 속이 상해서 더 이상 음식이 넘어가지 않았다.

그렇게 엿새가 지났다. 랄리는 열이 나서 몸져누웠다. 조라이마는 그나마 하루에 한 번 점심에 음식을 먹었다. 나는 속수무책으로 랄리 옆에 앉았다. 그녀는 내가 바닥에 매트리스처럼 깔아준 해먹 위에 누워서 꼼짝도 않고 지붕만 응시했다. 나는 랄리를 한 번 쳐다보고 조라이마의 불룩한 배를 쳐다보았다. 정확히 무엇 때문인지는 모르겠지만 눈물이 흘러내리기 시작했다. 나 자신 때문이었는지 그들 때문이었는지는 모르겠다. 나는 두 뺨 위로 굵은 눈물 방울을 떨구며 울었다. 그 모습을 본 조라이마가 신음 소리를 내기 시작했고, 그러자 랄리가 고개를 돌려 눈물에 젖은 내 모습을 보았다. 랄리는 별안간 튕기듯 상체를 일으켜 내 다리 사이에 앉아 조용히 신음 소리를 냈다. 그녀는 나를 끌어안고 쓰다듬었다. 조라이마는 한 팔로 내 양어깨를 감쌌다. 랄리가 신음 소리를 내면서 무어라 말을 했고 조라이마가 그에 대답했다. 조라이마는 랄리를 비난하는 듯했다. 랄리는 주먹만한 굵기의 흑설탕 한 조각을 집어들어 내게 보란 듯이 물에 탄 다음 두 번에 나누어 마셨다. 그러고는 조라이마와 함께 밖으로 나갔다. 두 사람이 말을 끄는 소리가 나서 나가보니 말에는 안장과 재갈이 채워져 있고 고삐가 안장 위에 놓여 있었다. 조라이마는 내게 양가죽 상의를 내밀었고, 랄리는 안장에 접어놓은 해먹을 얹었다. 조라이마가 말 목 근처에 먼저 앉고, 내가 중간에 그리고 랄리가 뒤에 탔다. 나는 너무 혼란스러워서 아무에게도 인사하지 않고 족장에게 미리 알리지도 않은 채 말을 출발시켰다.

랄리가 고삐를 잡아당기기에 주술사의 집으로 가려는 줄 알고 방향을 잡았다. 아니었다. 랄리는 고삐를 당기며 말했다.

"조릴로."

우리는 조릴로를 찾아갔다. 가는 길에 그녀는 내 허리띠를 꼭 붙잡고 여러 번 내 목에 입을 맞추었다. 나는 왼손으로는 고삐를 붙들고 오른손으로는 조라이마를 어루만졌다. 우리가 조릴로의 마을에 도착했을 때는 마침 그 역시 콜롬비아에서 당나귀 세 마리와 짐을 실은 말을 이끌고 돌아오는 길이었다. 우리는 함께 집으로 들어갔다. 랄리가 먼저 말을 했고, 그 다음에 조라이마가 말을 했다.

조릴로가 설명해준 내용은 대강 이랬다. 내가 울기 전까지만 해도 랄리는 내가 자신을 조금도 소중하게 생각하지 않는 백인 남자라고 생각했다. 랄리는 내가 언젠가 떠날 줄을 알고 있었다. 그런데도 내가 그녀에게 한 마디도 하지 않고 심지어 이해시키려고도 하지 않은 것은 잘못이었다. 그녀는 자신 같은 원주민 여자는 한 남자를 행복하게 해줄 수 없다는 생각에 몹시 실망했다고 했다. 여자에게 만족하는 남자는 떠날 리가 없다고 생각했기 때문이었다. 그래서 마음에 심한 상처를 입어 더 이상 살아갈 이유가 없다고 생각한 것이었다. 조라이마도 같은 말을 했다. 더군다나 그녀는 자신의 아들도 아버지처럼 집을 나갈까봐 두려워했다. 한 남자에게 목숨이라도 내놓을 수 있는 자기들 같은 여자에게 그토록 힘겨운 일을 요구하는 말 없는 남자를, 그들은 이해할 수가 없었다. 나는 대답했다.

"랄리, 만약에 당신 아버지가 아프다면 당신은 어떻게 하겠어?"

"아버지를 치료할 수만 있다면 가시밭길이라도 걷겠어요."

"그럼, 누가 당신을 죽이기 위해 사냥하듯 쫓아온다면 어떻게 하겠어?"

"어떻게든 그 적을 찾아서 다시는 나오지 못하도록 깊이 파묻어 버릴 거예요."

"그 일을 다 끝낸 다음, 아름다운 두 여자가 기다리고 있다면 어떻게 하겠어?"

"말을 타고 돌아갈 거예요."

"그래, 그게 바로 내가 할 일이야."

"당신이 돌아왔을 때 내가 늙고 추해져 있으면요?"

"당신이 늙고 추해지기 전에 돌아올게."

"그래요, 당신 눈에서 눈물이 흘렀어요. 일부러는 절대로 그렇게 할 수 없을 거예요. 당신이 떠나고 싶을 때 떠나요. 대신 대낮에, 모든 사람들이 보는 앞에서 당당히 떠나야 해요, 도둑처럼 몰래 가지 말고. 올 때처럼 오후 같은 시간에 옷을 다 갖춰 입고 떠나야 해요. 그리고 밤낮으로 우리를 지킬 사람이 누구인지 말해야 해요. 자토가 족장이지만 누군가 다른 남자가 우리를 지켜야 해요. 이 집은 언제나 당신 집이고, 만일 조라이마의 뱃속에 든 아기가 사내아이일 경우 당신 아들 말고는 그 어떤 남자도 당신 집에 들어가선 안 된다고 말해야 해요. 그러려면 당신이 떠나는 날 조릴로가 와야 해요. 당신이 해야 할 그 모든 말을 그가 전할 수 있도록요."

우리는 조릴로의 집에서 잤다. 참으로 부드럽고 따스한 밤이었다. 두 여자의 속삭임, 그들의 입에서 자연스레 흘러나오는 소리에는 사랑이 가득했고, 나는 마음 깊이 감동했다. 우리는 셋이 함께 말을 타고 조라이마의 배를 고려해서 천천히 돌아왔다. 나는 달이 바뀌고 일주일만 더 기다렸다가 떠나기로 했다. 랄리가 아무래도 임신한 것 같다고 말했기 때문이었다. 그녀는 지난달에 생리를 하지 않았다. 자신의 착각일까봐 조바심을 내긴 했지만 다음달에도 피가 비치지 않으면 아이가 생긴 것이 분명하다고 했다. 조릴로는 내게 필요한 물건을 모두 챙겨오기로 했다. 나는 과지라 식으로, 즉 알몸으로 작별 인사를 한 뒤에 옷을 입었다. 떠나기 전날 밤에 우리 셋은 함께 주술사의 집으로 가야 했다. 그러면 그가 집에서 내 문을 닫아야 하는지 열어두어야 하는지 말해줄 것이다. 조라이마의 배를 고려해서 천천히 돌아오는 그 길은 조금도 슬프지 않았다. 두 사람은 마을 사람들 앞에서 우스꽝스럽게 버려지는 것보다는 미리 알고 있는 편을 택했다. 조라이마도 아이를 낳고 나면 어부를 두고 바다에 나가 진주를 많이 따서 나를 위해 간직할 것이다. 랄리도 바쁘게 지내기 위해 매일 더 오랫동안 굴을 딸 것이다. 나는 과지라 말을 10여 마디밖에 배우지 못한 것이 후회되었다. 그들에게 하고 싶은 말이 통역을 거쳐서는 도저히 할 수 없을 만큼 너무나 많았다. 마침내 마을에 도착했다. 제일 먼저 자토를 찾아가서 아무 말도 없이 마을을 떠났던 것을 사과했다. 자토도 그의 아버지처럼 너그러웠다.

내가 무어라 말을 하기도 전에 손으로 내 목을 감싸며 말했다.

"우일루(조용히 있어요)."

열이틀만 있으면 새 달이었다. 여드레만 더 기다리고 나면, 그러니까 20일 후면 길을 떠날 것이다. 나는 다시 지도를 들여다보면서 세부적인 방법을 바꿔 여러 마을을 거쳐서 가야겠다고 생각하다가 쥐스토가 한 말을 떠올렸다. 모든 사람들이 나를 사랑해주는 이곳 말고 어디를 간들 이보다 더 행복할 수 있을까? 문명 세계로 돌아가서 결국 불행을 자초하는 것이 아닐까? 때가 되면 알게 되겠지.

남은 3주는 황홀하게 지냈다. 랄리는 임신이 확실하다면서 두 세 명의 아이들이 내가 돌아오기를 기다릴 것이라고 말했다. 세 명이라니? 그녀는 어머니가 두 번이나 쌍둥이를 낳았다고 말했다.

우리는 주술사에게 갔다. 그는 내 문을 닫지 말라고 했다. 그래서 문지방에 나뭇가지 하나만 걸쳐놓기로 했다. 우리 셋이 함께 누웠던 해먹은 집 천장에 매달았다. 그리고 랄리와 조라이마는 이제 한 몸처럼 둘이 함께 누워 자야 했다. 이어서 주술사는 우리를 불 가에 앉히고 초록색 나뭇잎을 태워 10분 넘게 연기를 쐬었다. 우리는 그 집을 나와서 그날 저녁에 오기로 한 조릴로를 기다렸다. 우리 오두막 앞에 불을 지피고 다른 원주민들과 함께 둘러앉아 밤새도록 이야기를 나누었다. 나는 조릴로의 통역으로 원주민들 한 명 한 명에게 다정한 말을 건넸고, 그들 역시 한 마디씩 답을 했다. 동이 틀 무렵, 나는 랄리와 조라이마와 함께 집 안으로 들어갔다. 우리는 온종일 사랑을 나누었다. 조라이마는 나를 더 잘 느끼기 위해 내 위에 올라탔고, 랄리는 마치 송악 줄기처럼 내 몸을 휘감고 심장이 고동치듯 뛰는 뜨거운 몸속에 나를 가두었다. 마침내 오후에 출발이었다. 내가 말을 하고, 조릴로가 통역을 했다.

"나를 받아들여주고 내게 모든 것을 내준 이 부족의 위대한 족장 자토께 여러 달 동안 당신들 곁을 떠나도록 허락해 주시길 청합니다."

"왜 친구들 곁을 떠나려 하는가?"

"나를 짐승 쫓듯 추격해온 사람들을 벌해야 하기 때문입니다. 당신 덕분에 이 마을에서 안전하게, 행복하게 지내면서 잘 먹고, 고결한 친구들을 만나고, 내 가슴에 따뜻한 빛이 되어준 아내들을 얻었습니다. 하지만 따뜻하고 편안한 피신처를 얻었다고 해서 고통스럽게 싸우는 것이 두려워 평생을 그곳에서 안주하는 짐승이 될 순 없습니다. 나는 적들과 정면으로 싸우러 갑니다. 나를 필요로 하는 내 아버지에게로 갑니다. 하지만 이곳에, 내 아내들 랄리와 조라이마 그리고 우리들의 결실인 아이들에게 내 영혼을 두고 갑니다. 내 오두막은 내 아내들과 앞으로 태어날 내 아이들의 것입니다. 바라건대 누군가 그 사실을 잊거든 자토 당신이 그에게 일깨워 주십시오. 당신의 개인적인 보살핌 외에도 또 다른 남자 우슬리가 밤낮으로 내 가족을 지키게 해주십시오. 나는 당신들 모두를 무척 사랑했고 앞으로도 사랑할 겁니다. 최대한 빨리 돌아오겠습니다. 혹시 내 의무를 다하다가 죽더라도 내 정신은 당신들에게, 랄리와 조라이마 그리고 내 아이들에게, 내 가족과 다름없는 과지라 원주민 당신들에게로 올 것입니다."

나는 랄리와 조라이마를 거느리고 오두막으로 들어와서 셔츠와 카키색 바지, 양말, 반장화까지 갖추어 입었다.

여섯 달을 지낸 그 목가적인 마을 하나하나를 놓치지 않고 보기 위해 아주 천천히 고개를 돌렸다. 과지라 부족은 백인들이나 다른 부족들이 몹시 두려워하는 부족이지만 내게만큼은 잠시 숨을 돌릴 정박항이었고, 문명세계 인간들의 사악함에 비교도 할 수 없는 피신처였다. 그곳에서 나는 사랑과 평화, 안식 그리고 고귀함을 발견했다. 안녕, 과지라인들이여. 콜롬비아-베네수엘라 반도의 야성의 원주민들이여! 당신들의 위대한 영토가 당신들을 에워싼 두 문명의 간섭을 피해 자유로워서 참으로 다행입니다. 스스로를 지키며 살아가는 당신들의 거친 삶의 방식은 내가 앞으로 살아나가는 데 참으로 중요한 사실을 가르쳐주었습니다. 온갖 명예를 거머쥔 법관보다는 야성의 원주민이 되는 편이 훨씬 낫다는 사실을…….

안녕, 랄리와 조라이마. 아무 계산도 가식도 없이 자연스럽게 반응하는 비할 데 없는 여인들이여. 그들은 내가 떠나는 순간에도 소박한 몸짓으로 작은 천가방 속에 오두막에 있던 진주를 모두 담아주었다. 나는 반드시, 꼭 돌아올 것이다. 언제가 될지, 어떻게 될지는 모르지만 반드시 돌아오리라 다짐했다.

오후 끝 무렵에 조릴로가 말에 오르고 우리는 콜롬비아를 향해 출발했다. 나는 밀짚모자를 쓰고 말고삐를 잡고 걸었다. 종족의 모든 원주민들이 한 사람도 빠짐없이 왼팔로 얼굴을 가리고 나를 향해 오른손을 뻗었다. 그건 너무 가슴이 아파 내가 떠나는 모습을 바라보고 싶지 않다는 뜻이었고, 팔을 뻗는 것은 내 모습을 붙잡아 기억하겠다는 몸짓이었다.

랄리와 조라이마는 100미터 넘게 나를 따라왔다. 그들이 내게 입을 맞추려 한다고 생각하는 순간, 별안간 그들은 울부짖으면서 뒤도 한 번 돌아보지 않고 집으로 뛰어 들어갔다.

문명으로의 귀환

산타 마르타 감옥

과지라 원주민들의 영역을 벗어나는 일은 그리 어렵지 않아서 우리는 별 탈 없이 라벨라 국경 초소를 넘어섰다. 말을 타고 갔기 때문에 안토니오와 함께 갈 때는 그렇게 오래 걸렸던 길을 불과 이틀 만에 갈 수 있었다. 국경 초소들만 위험한 것은 아니었다. 내가 탈출했던 리오 아샤까지는 120킬로미터가 넘었다.

나는 곁에 있는 조릴로와 함께 음식을 파는 일종의 여인숙에서 처음으로 콜롬비아 사람과 대화를 나눴다. 조릴로가 일러준 대로 일부러 말을 심하게 더듬어서 억양과 말투를 감추었다.

우리는 다시 산타 마르타를 향해 출발했다. 조릴로는 길 중간에 나를 남겨두고 아침에 돌아가기로 했다.

조릴로가 떠났다. 우리는 그가 말을 가져가기로 합의를 보았다. 사실 말을 갖고 있다는 사실은 일정한 마을에 소속되어 거주지가 있다는 뜻이었기 때문에 곤란한 질문들에 부딪힐 위험이 있었다. '아무개를 아느냐? 시장 이름이 뭐냐? X부인은 어떻게 지내느냐? 아무개 시설을 운영하는 사람이 누구냐?' 등등. 차라리 걸어가다가 중간중간 트럭이나 버스도 타고 산타 마르타에 도착한 다음에는 기차를 타는 편이 훨씬 나았다. 나는 그 지역 사람들에게 어디서 왔는지도 모르고 무얼 하는 사람인지도 모르는 완전한 이방인이어야 했다.

조릴로는 100페소를 금화 세 개로 바꾸어 주었다. 그리고 1,000페소를 주었다. 성실한 일꾼이 하루에 8페소에서 10페소를 번다고 하니 나는 아무 일도 하지 않아도 그걸로 꽤 오랫동안 버틸 수 있었다. 나는 산타 마르타 근처까지 가는 트럭을 탔다. 산타 마르타는 조릴로가 떠난 지점에서 약 120킬로미터 정도 떨어진 제법 큰 항구였다. 그 트럭은 염소인지 새끼 염소인지를 구하러 가는 차량이었다.

6~10킬로미터마다 선술집이 하나씩 있었다. 운전사는 내려서 나를 불렀다. 그가 먼저 제안을 하긴 했지만 나는 내 몫의 돈을 냈다. 그는 매번 화주를 대여섯 잔씩 마셨다. 나는 한 잔을 마시는 시늉만 했다. 15킬로미터 남짓 달렸을 때 그는 어느새 곤드레만드레 취해 있었다. 얼큰히 취하는 바람에 길을 착각해서 트럭이 진창에 빠져 옴짝달싹 못하게 되었다. 그래도 그는 초조해하지도 않았다. 오히려 트럭 뒤에 누워서 나에게도 운전석에 앉아 한숨 자라고 했다. 난감했다. 산타 마르타까지는 아직 약 40킬로미터 정도가 남은 것 같았다. 그래도 그와 함께 있으면 괜한 사람들을 만나 쓸데없는 질문을 받지 않아도 되고 자주 멈추기는 해도 역시 걷는 것보다는 빨

랐다.

그래서 새벽녘에 한숨 자두기로 했다. 날이 밝았을 때는 7시쯤이
었다. 마침 말 두 마리가 끄는 짐수레 한 대가 다가왔다. 트럭이 수
레가 가는 길을 막고 있었다. 내가 운전석에 있었기 때문에 운전사
인 줄 알고 누군가가 나를 깨웠다. 나는 말을 더듬으며 자다가 막
깨서 정신이 없는 척했다.

운전사가 잠에서 깨어 짐수레꾼과 이야기를 나누었다. 여러 차례
시도해보았지만 트럭은 도통 나오려고 하지를 않았다. 차축까지 온
통 진흙이 붙어 있어서 방법이 없었다. 짐수레에는 베일을 쓴 검은
옷차림의 수녀 둘과 어린 소녀 셋이 타고 있었다. 두 남자는 한참
동안 의논을 한 끝에 바퀴 한 쪽은 길 위에 있고 다른 한 쪽은 관목
이 우거진 땅에 놓인 수레가 그 20여 미터의 난관을 넘어갈 수 있게
관목 숲의 길을 조금 트기로 합의를 보았다.

두 사람은 각각 사탕수수를 벨 때 쓰는 날이 넓은 칼을 하나씩 들
고 눈앞에 거치적거리는 것을 모두 베었고, 나는 짐수레가 진창 속
에 빠지지 않도록 베어낸 것들을 길 위에 가지런히 놓았다. 두 시간
정도 고생을 하자 마침내 길이 생겼다. 그러자 수녀들이 내게 고맙
다는 인사를 하고는 어디로 가는 길이냐고 물었다.

"산타 마르타요."

"그럼 길을 잘못 드셨네요. 우리와 함께 길을 돌아 가셔야겠어요.
저희가 산타 마르타 근처까지 태워다 드릴게요."

거절을 하면 이상하게 보일까봐 차마 거절할 수도 없었다. 한편
으로는 그냥 남아서 트럭 운전사를 도와주겠다고 말하고 싶은 마음
이 굴뚝같았지만 그렇게 길게 얘기하기가 영 부담스러워서 이렇게

말하고 말았다.

"그라시아스, 그라시아스(고맙습니다)."

그래서 소녀 세 명과 함께 수레 뒤에 타고 말았다. 두 수녀는 짐수레꾼 옆 의자에 앉았다.

트럭이 길을 잘못 들어서 실수로 지나온 5~6킬로미터는 금세 돌아갔다. 일단 제대로 된 길에 들어서자 속도가 붙어서 정오 무렵에는 끼니를 때우러 한 여인숙에 들렀다. 세 소녀와 짐수레꾼이 한 탁자에 앉고 나와 두 수녀는 옆 탁자에 앉았다. 수녀들은 스물다섯에서 서른 살쯤 되었을까 하는 젊은 나이로 보였다. 피부도 무척 희었다. 한 사람은 스페인 사람이고, 다른 한 사람은 아일랜드 사람이었다. 아일랜드 수녀가 부드럽게 물었다.

"여기 분이 아니시죠?"

"네, 바란키야에서 왔습니다."

"아니, 당신은 콜롬비아 사람이 아니에요. 머리카락이 너무 밝고 피부는 짙은 갈색이잖아요. 그건 햇빛에 그을렸다는 뜻이에요. 어디서 오셨죠?"

"리오 아샤에서요."

"거기서 뭘 하셨는데요?"

"전기 기술자였습니다."

"아! 저도 전기 회사에 다니는 친구가 한 명 있어요. 이름은 페레즈이고 스페인 사람이죠. 혹시 아세요?"

"네."

"반갑네요."

식사가 모두 끝날 무렵에 다른 사람들은 손을 씻으러 나가고 아일랜드 수녀만 남았다. 수녀는 나를 쳐다보다가 프랑스어로 말했다.

"당신을 속이진 않겠어요. 제 동료가 신문에서 당신 사진을 봤대요. 리오 아샤 감옥에서 탈출한 프랑스 사람 맞죠?"

아니라고 하면 문제가 더 심각해질 듯했다.

"네, 수녀님. 제발 고발하지 마십시오. 전 그렇게 나쁜 사람이 아닙니다. 하느님을 사랑하고 존경하는 사람이에요."

스페인 수녀가 돌아오자 아일랜드 수녀가 동료에게 말했다.

"맞아요."

그러고는 내가 알아듣지 못할 정도로 빠르게 뭐라고 덧붙여 말했다. 두 사람은 뭔가를 골똘히 생각하는 것 같더니 일어서서 다시 화장실로 갔다. 그들이 자리를 비운 5분 동안 나는 빠르게 행동해야 했다. 돌아오기 전에 가버릴까, 아니면 그냥 남아 있을까? 그들이 날 고발할 생각이라 해도 결국은 마찬가지가 될 것이 분명했다. 달아나봤자 곧 발각될 테니까. 그 지역은 울창한 정글이 아닌 데다가 마을로 이어지는 길목은 감시가 삼엄할 것이 뻔했다. 그래서 결국은 다시 한 번 운에 맡겨보기로 했다.

두 사람은 환한 얼굴로 돌아왔다. 아일랜드 수녀가 내 이름을 물었다.

"엔리케입니다."

"좋아요, 엔리케. 저희와 함께 가요. 저희가 가는 수녀원은 산타 마르타에서 8킬로미터 떨어진 곳에 있어요. 저희와 함께 수레를 타고 가는 동안은 아무것도 걱정할 것 없어요. 말만 하지 마세요. 그러면 모두들 수녀원에서 일하는 인부인 줄 알 거예요."

수녀들은 내몫까지 식비를 모두 지불했다. 나는 담배 한 묶음과 부싯깃통(구식 라이터 — 옮긴이) 하나를 샀다. 우리는 다시 출발했다. 가는 동안 수녀들은 고맙게도 나에게 한 마디도 말을 걸지 않았다. 그래서 짐수레꾼은 내가 말을 잘 못한다는 사실을 눈치채지 못했다. 느지막한 오후에 어느 큰 여인숙에 멈추었다. 그곳에는 '리오 아샤-산타 마르타'라고 쓰여진 버스가 한 대 서 있었다. 당장이라도 그 버스를 타고 싶었다. 나는 아일랜드 수녀에게 다가가서 그 버스를 타고 싶다고 말했다.

"그건 굉장히 위험한 생각이네요. 산타 마르타까지 가는 길에 경찰 초소가 적어도 두 개는 있어서 승객들에게 '신분증'을 보여달라고 할 거예요. 그렇지만 짐수레까지는 안 볼걸요."

나는 진심으로 감사했다. 수녀들에게 정체가 탄로 난 이후로 날 옥죄던 불안감이 말끔히 사라졌다. 그렇게 좋은 수녀들을 만난 게 오히려 나에겐 전에 없는 행운이었던 셈이다. 과연 해질 무렵에 우리는 경찰 초소 하나를 만났다(스페인어로는 '알카발'이라고 한다). 산타 마르타에서 출발해 리오 아샤까지 가는 버스는 경찰의 검문을 받았다. 나는 짐수레에 누워서 밀짚모자로 얼굴을 덮고 자는 척했다. 때마침 여덟 살 남짓한 소녀가 내 어깨에 머리를 기대고 정말로 잠이 들었다. 짐수레꾼은 버스와 초소 사이에서 말을 멈추었다.

"안녕하세요?"

스페인 수녀가 스페인어로 말을 걸었다.

"네, 수녀님."

"다행이네요, 갑시다."

그렇게 무사히 출발했다.

밤 10시쯤에 환하게 불이 밝혀진 초소가 또 하나 나왔다. 온갖 부류의 자동차들이 두 줄로 늘어선 채 순서를 기다리고 있었다. 우리는 왼쪽 줄에 섰다. 경찰은 자동차 트렁크를 모두 열어보았다. 여자 한 명이 차에서 내려 가방을 뒤적거리는 모습이 보였다. 그녀는 초소로 끌려갔다. 아마도 신분증이 없는 모양이었다. 그런 경우에는 완전히 속수무책이었다. 자동차들이 차례차례 지나갔다. 줄이 두 줄이어서 어떻게 빠져나갈 틈도 없었다. 막막했다. 우리 앞에는 승객들로 꽉 찬 작은 버스 한 대가 있었다. 지붕 위에도 여행용 가방과 꾸러미들이 실려 있었다. 뒤에 있는 그물 속에도 꾸러미들이 그득했다. 경찰 네 명이 승객들을 내리게 했다. 그 버스에는 문이 앞문 하나뿐이었다. 남자들과 여자들이 내렸다. 여자들은 품에 아이를 안고 있었다. 그들이 하나씩 다시 차에 올랐다.

"신분증! 신분증!"

그러자 모두들 사진이 부착된 종이 한 장씩을 꺼내 보여주었다.

조릴로는 그런 말을 한 번도 하지 않았다. 그가 알고 있었더라면 나도 위조 신분증이라도 구해보았을 텐데. 나는 이 초소만 지나면 산타 마르타에서 바란키야까지 가기 전에 무슨 수를 써서라도 신분증을 하나 장만하리라 다짐했다. 바란키야는 대서양 연안의 꽤 큰 도시였다. 사전에는 거주자가 25만 명은 된다고 적혀 있었다.

그 버스의 검문은 길기도 했다. 아일랜드 수녀가 나를 돌아보며 말했다.

"침착해요, 엔리케."

분명히 운전사에게도 들릴 텐데 그렇게 경솔한 말을 한 수녀가 원망스러웠다. 우리 차례가 되어 짐수레가 눈부신 조명 속으로 나아갔다. 나는 일어나 앉기로 했다. 누워 있으면 오히려 숨는 것처럼 보일 것 같았다. 나는 짐수레의 뒷판에 기대 앉아 수녀들의 뒷모습을 바라보았다. 모자를 푹 눌러썼기 때문에 옆모습만 보일 것이었다.

"안녕하세요?"

스페인 수녀가 또 인사했다.

"그럼요, 수녀님. 왜 이렇게 늦은 시간에 다니십니까?"

"급한 일이 있어서요. 그렇잖아도 더 늦으면 안 돼요. 갈 길이 바쁘답니다."

"하느님이 함께하시길 빕니다, 수녀님."

"고마워요. 하느님이 여러분을 지켜주시길."

"아멘."

경찰들이 말했다.

그리고 우리는 아무도 검문을 받지 않고 무사 통과했다. 잠시 동안이었지만 수녀들도 무척 긴장한 모양이었다. 그곳에서 100미터쯤 지나자 두 수녀는 수레를 세우고는 잠시 관목 숲으로 사라졌다. 우리는 다시 출발했다. 나는 담배를 피우기 시작했다. 나는 그들에게 큰 감명을 받아서 아일랜드 수녀가 수레에 올랐을 때 이렇게 말했다.

"고맙습니다, 수녀님."

"뭘요, 저희도 너무 무서워서 배가 다 아프던걸요."

자정 무렵에 수녀원에 도착했다. 담도 높고 문도 거대했다. 짐수레꾼은 말들을 마구간으로 끌고 갔고 짐수레는 소녀 세 명을 태우고 수녀원 안으로 들어갔다. 뜰의 층계에서는 두 수녀가 문지기 수녀와 열띤 토론을 벌이고 있었다. 아일랜드 수녀는 나를 수녀원에

재울 수 있도록 허락받기 위해 잠든 수녀원장을 깨우고 싶지 않다고 말했다. 거기에서 내게 판단력이 부족했다. 그 틈을 이용해 재빨리 빠져나와 산타 마르타로 갔어야 했다. 난 그곳에서 8킬로미터만 가면 된다는 걸 알고 있었다. 그 찰나의 실수 때문에 난 그 후 7년의 감옥 생활을 치르게 된다.

결국 수녀원장이 깨어나 나는 3층 방을 하나 배정받았다. 창을 통해 마을의 불빛이 훤히 보였다. 등대와 배의 표지등을 분간할 수 있었다. 큰 배 한 척이 항구를 빠져나갔다.

나는 잠이 들었다. 해가 뜰 무렵에 누군가가 방문을 두드렸다. 난 끔찍한 악몽을 꾸었다. 랄리가 내 앞에서 제 배를 가르자 사지가 모두 잘린 아이가 나왔다.

나는 면도를 하고 서둘러 세수를 했다. 아래층으로 내려갔다. 계단 아래에서 아일랜드 수녀가 가벼운 미소로 맞아주었다.

"안녕, 엔리케. 잘 잤어요?"

"네, 수녀님."

"원장 수녀님 방으로 가요, 당신을 만나고 싶어하세요."

우리는 방 안으로 들어갔다. 수녀 한 명이 책상 앞에 앉아 있었다. 50대 정도의 근엄한 얼굴에 친절함이라고는 조금도 없어 보이는 검은 눈으로 나를 바라보며 스페인어로 물었다.

"스페인어를 할 줄 아나요?"

"아주 조금 합니다."

"그럼, 수녀님이 통역을 해주세요."

"당신은 프랑스인이지요?"

"네, 원장 수녀님."

"리오 아샤 감옥에서 탈출했나요?"

"네, 원장 수녀님."

"얼마나 됐죠?"

"한 7개월 정도 됐습니다."

"그동안 뭘 했나요?"

"원주민들과 함께 지냈습니다."

"뭐라고요? 당신이 과지라인들과 지냈다고요? 말도 안 돼요. 여태껏 그 야만인들은 자신들의 영역에 아무도 받아들인 적이 없었어요. 심지어 선교사도 그곳에 들어간 적이 없었다고요. 도저히 그 대답을 믿을 수가 없군요. 실제로 어디 있었죠? 진실을 말하세요."

"원장 수녀님, 전 정말로 원주민들과 함께 지냈습니다. 증거도 있습니다."

"뭐죠?"

"그들이 딴 진주입니다."

난 재킷 등 한복판에 핀으로 고정시켜놓은 가방을 떼어서 원장 수녀에게 건넸다. 원장 수녀는 가방을 열어 진주 한 움큼을 꺼냈다.

"진주가 얼마나 되죠?"

"잘 모르겠지만 아마 500개나 600백 개 정도 될걸요?"

"이건 증거가 못 됩니다. 더구나 당신이 훔쳤을 수도 있죠."

"원장 수녀님, 수녀님의 양심이 편안해질 수 있도록, 괜찮으시다면 수녀님이 그게 훔친 진주가 아니라는 걸 확인하실 때까지 얼마든지 이곳에 있겠습니다. 제겐 돈도 있습니다. 제 숙박비도 드리겠습니다. 그리고 맹세코 수녀님이 확신이 서실 때까지 제 방에서 꼼짝도 하지 않겠습니다."

원장 수녀는 나를 뚫어져라 바라보았다. 원장 수녀가 속으로 이렇게 말할 거라는 생각이 들었다. '그래 놓고 도망가려고? 감옥에서도 달아났으니 여기서는 더 쉬울 거라고 생각하겠지.'

"제 전 재산이 담긴 이 진주 가방을 원장 수녀님께 맡기겠습니다. 원장님이 믿을 만한 분이라는 걸 아니까요."

"물론입니다. 하지만 방 안에 갇혀 있을 필요는 없어요. 오전과 오후에 수녀들이 예배당에 있을 때는 정원에 나가도 좋아요. 식사는 주방에서 직원들과 하세요."

면접을 마치고 나올 때는 절반 정도 마음이 놓였다. 방으로 다시 올라가려는데 아일랜드 수녀가 나를 주방으로 끌고 갔다. 커다란 사발에 담긴 밀크 커피와 갓 구운 검은 빵과 버터가 놓여 있었다. 수녀는 내 앞에 선 채 내가 군말 없이 아침을 먹는 것을 지켜보았다. 표정에 근심이 어려 있었다.

"절 위해 애써주신 것 전부 고맙습니다, 수녀님."

"더 해주고 싶지만 더 이상은 할 수가 없네요."

그 말을 남기고 수녀는 주방을 나갔다.

나는 창가에 앉아서 도시와 항구와 바다를 보았다. 주변 들판은 경작 상태가 훌륭했다. 아무래도 위기에 빠진 것 같다는 느낌을 떨쳐버릴 수가 없었다. 다음날 밤에 달아나야겠다는 결심이 설 정도였다. 진주가 아깝지만 어쩔 수 없었다. 원장 수녀가 수녀원을 위해서든 아니면 자기 자신을 위해서든 잘 간직해주기를! 원장 수녀에게 도저히 신뢰가 가질 않았다. 그런 생각이 지나칠 것도 없는 것이, 어떻게 원장 수녀가 프랑스어를 못 한단 말인가? 교육을 잘 받은 카탈로니아 출신의 원장 수녀가 프랑스어를 못한다는 건 아주 드문 일이었다. 그래서 그날 밤 달아나기로 결심했다.

오후에 담을 넘을 만한 위치를 물색하기 위해 뜰에 내려가보기로 마음먹었다. 1시쯤 누군가가 방문을 두드렸다.

"식사하러 내려오세요."

"네, 갑니다, 고맙습니다."

나는 주방 식탁에 앉아서 익힌 감자와 함께 고기를 먹기 시작했다. 그때, 문이 열리더니 장식줄이 달린 흰색 제복에 손에 권총을 하나씩 든 무장 경찰 네 명이 나타났다.

"꼼짝 마, 움직이면 쏜다."

그들은 내게 수갑을 채웠다. 아일랜드 수녀가 큰 소리로 비명을 지르고는 기절했다. 주방에 있던 수녀 두 명이 그녀를 데리고 나갔다.

"가자."

지휘관이 말했다. 그는 나와 함께 내 방으로 올라갔다. 그들은 내 소지품을 뒤져서 남아 있던 100페소 금화 서른여섯 개를 찾아냈지만 독화살 두 개가 든 상자는 살펴보지 않고 지나쳤다. 연필인 줄 안 모양이었다. 지휘관은 만족감을 감추지 못하고 금화를 제 주머니 속에 넣었다. 뜰에는 자동차 한 대가 있었다.

경찰 다섯 명과 내가 그 고물 자동차에 비집고 앉자 경찰복을 입은 숯처럼 새까만 흑인 운전사가 모는 자동차는 전속력으로 출발했다. 나는 맥이 풀려서 제대로 항변도 하지 못한 채 최대한 품위를 잃지 않으려고 애쓸 뿐이었다. 자비나 용서를 구할 수도 없었다. 정신 차리고 희망을 잃지 말자고 다짐했다. 차에서 내릴 때 나약해 보이지 않도록 당당한 태도를 지키기로 결심했고, 아마도 제대로 된 모양이었다. 제일 처음 나를 검사한 경관의 첫 마디가 이랬기 때문이다.

"이 프랑스 놈은 아주 세 보이는걸. 우리한테 잡혔어도 별로 감흥이 없어 보이는데."

나는 그의 사무실로 들어갔다. 모자를 벗고 누가 시키지 않았는데도 의자에 앉아서 들고 있던 보따리를 두 발 사이에 내려놓았다.

"스페인어 할 줄 아나?"

그가 스페인어로 물었다.

"아니오."

"구두 수선공 불러."

잠시 후에 푸른색 작업복을 덧입고 손에는 구두 수선용 망치를 든 작은 사내 한 명이 들어왔다.

"네가 일년 전에 리오 아샤에서 도망친 그 프랑스 놈이냐?"

"아닙니다."

"거짓말하지 마라."

"거짓말 아닙니다. 전 일년 전에 리오 아샤에서 도망친 프랑스인이 아닙니다."

"수갑을 풀어줘. 재킷과 셔츠를 벗어봐."(그는 종이 한 장을 들고 보고 있었다. 종이에는 문신이 모두 기록되어 있었다.)

"왼손 엄지손가락이 없군. 그럼 너 맞잖아."

"아닙니다. 전 아니에요. 제가 나온 건 일년 전이 아니라 일곱 달 전이에요."

"그거나 그거나지."

"저한텐 달라요. 다른 얘기라구요."

"보아하니 인상도 살인자같이 생겼네. 네가 프랑스 놈이건 콜롬비아 놈이건 살인자들은 다 똑같다니까. 고분고분하질 않지. 난 이 형무소 소장 보좌관이다. 여기서 네 녀석을 어떻게 할지는 난 몰라. 일단은 네 옛 동료들과 함께 집어넣을 거다."

"동료들이라뇨?"

"네가 콜롬비아에 데려온 프랑스 놈들 말이야."

나는 철창 너머로 뜰이 보이는 지하 감방으로 끌려갔다. 그곳에 서 옛 친구 다섯 명을 발견했다. 우리는 서로 얼싸안았다.

"무사할 줄 알았어, 이 친구야."

클루지오가 말했다. 마튀레트는 아이처럼 울기만 했다. 나머지 세 명은 얼이 빠져 있었다. 그들을 다시 만나니 힘이 솟았다.

"얘기해봐."

그들이 말했다.

"나중에. 너희들은?"

"우린 여기 갇힌 지 석 달 되었어."

"대우는 괜찮고?"

"그저 그래. 바란키야로 이송되길 기다리는 중이야. 거기서 프랑 스 당국에 넘길 것 같아."

"나쁜 놈들! 탈출 가능성은?"

"오자마자 벌써 탈출 생각부터 하는 거야?"

"당연하지! 내가 이대로 포기할 것 같아? 감시는 심해?"

"낮에는 심하지 않은데 밤에는 아주 심해."

"몇 명이야?"

"간수 세 명."

"참, 다리는 어때?"

"괜찮아, 이젠 절지도 않아."

"항상 갇혀만 지내는 거야?"

"아니. 햇빛 있을 때 오전에 두 시간, 오후 세 시간 뜰을 산책해."

"나머지 콜롬비아 죄수들은 어때?"

"아주 위험한 놈들 같아. 도둑이나 살인자나 할 것 없이."

오후에 뜰에서 클루지오와 따로 이야기를 나누려는데 내 이름이 불렸다. 나는 경관을 따라 아침에 갔던 그 사무실로 들어갔다. 그곳에는 아침에 보았던 사람과 형무소 소장이 함께 있었다. 흑인에 가까울 정도로 피부색이 짙은 남자 한 명이 상석을 차지하고 있었다. 피부색으로 보아서는 원주민보다 흑인에 가까운 것 같았다. 짧은 곱슬머리도 흑인 특유의 것이었다. 나이는 50대로 보였고, 심술궂어 보이는 까만 눈, 짧은 콧수염, 사나워 보이는 입매에 두툼한 입술을 갖고 있었다. 셔츠는 넥타이 없이 앞을 풀어놓았다. 왼쪽에는 무슨 장식처럼 초록색과 흰색이 섞인 리본을 달고 있었다. 이번에도 구두 수선공이 와 있었다.

"탈옥 일곱 달 만에 다시 잡힌 프랑스인이라고? 그동안 뭘 했지?"

"과지라인들과 함께 지냈습니다."

"나한테 헛소리할 생각 마. 그랬다가는 혼쭐을 내주겠다."

"전 진실을 얘기한 겁니다."

"지금까지 그 원주민들과 살았다는 사람은 아무도 없었어. 올해에만 해도 그놈들 손에 죽은 해안 경비가 스물다섯 명이 넘어."

"아닙니다. 해안 경비들을 죽인 건 밀수입자들입니다."

"네가 그걸 어떻게 알아?"

"전 그곳에서 일곱 달을 지냈습니다. 과지라인들은 자신들의 영역 밖으로 절대 나가지 않습니다."

"좋아, 그건 그럴지도 모르지. 100페소 금화 서른여섯 개는 어디서 훔쳤어?"

"제 겁니다. 쥐스토라고 하는 산악 부족 족장이 제게 준 겁니다."

"어떻게 원주민 놈이 그런 재산을 모아서 널 준단 말이냐?"

"100페소 금화 서른여섯 개를 도난당한 사건이 있었습니까?"

"아니, 그런 보고는 없었다. 한번 조사해봐야겠군."

"제발 그렇게 하십시오."

"프랑스인, 넌 리오 아샤 감옥에서 탈옥하는 중대한 잘못을 저질렀다. 또 하나 중대한 잘못은 해안 경비 여러 명을 죽인 죄로 총살형을 앞두고 있던 안토니오 같은 놈을 탈출시킨 거다. 너도 프랑스에서 종신형 죄수로 수배된 인물이라는 걸로 알고 있다. 너는 위험한 살인자다. 그러니 다른 프랑스 놈들과 함께 두어서 여기서도 달아나게 할 순 없지. 바란키야로 떠날 때까지 지하 감방에 갇힐 거다. 금화는 훔친 게 아니라고 판명되면 돌려주겠다."

나는 지하로 이어지는 계단으로 끌려 내려갔다. 스물다섯 계단 넘게 내려가자 어두컴컴한 복도 양쪽에 동굴들이 보였다. 그들은 독방 문 하나를 열고 나를 밀어넣었다. 복도로 난 문이 닫히자 질척거리는 땅바닥에서 썩은 내가 올라왔다. 사방에서 날 부르는 소리가 들렸다. 창살이 가로막고 있는 구멍 하나마다 한두 명 혹은 두세 명의 죄수들이 들어 있었다.

"프랑스인, 프랑스인? 넌 무슨 짓 했냐 여긴 왜 왔어? 이 지하 감방이 죽음의 감방인 걸 아냐?"

"입 닥쳐! 뭐라고 하나 들어보게!"

또 다른 목소리가 외쳤다.

"그래, 난 프랑스인이고 리오 아샤 감옥에서 탈출했다 잡혔다."

나의 서툰 스페인어를 그들은 완벽하게 이해했다.

"그럼, 가르쳐줄 테니 잘 들어. 네 감방 바닥에 판자가 하나 있어. 그게 네 침대야. 오른쪽에 물이 담긴 상자가 있어. 마구 마시면 안 돼. 아침마다 주는 물은 턱없이 부족하지만 더 달라고 할 수도 없으니까. 왼쪽에 있는 양동이는 네 화장실이야. 재킷으로 막아놔. 어차피 여긴 너무 더워서 재킷이 필요 없어. 양동이를 잘 막아놔야 냄새가 덜 날 거야. 우린 전부 자기 물건으로 덮어놨어."

난 철창으로 다가가서 사람들의 얼굴을 자세히 보려고 했다. 철창에 얼굴을 붙이고 다리를 밖으로 내밀고 있는 두 사람만 자세히 뜯어볼 수 있었다. 한 사람은 스페인 혈통의 원주민 같은 것이 리오 아샤에서 날 체포한 첫 번째 경찰들과 비슷해 보였다. 또 한 사람은 밝은 피부의 잘생긴 흑인 청년이었다. 흑인 청년은 밀물 때마다 감방까지 물이 올라온다고 알려주었다. 그래도 배 높이까지 올라오는 일은 없으니까 무서워하지 말라고 했다. 또 쥐가 몸 위로 기어오르더라도 잡으려 하지 말고 떼어내기만 하라고 했다. 물리고 싶지 않으면 절대 잡으려 하지 말라는 얘기였다. 나는 그에게 물었다.

"넌 여기 갇힌 지 얼마나 됐어?"

"두 달."

"다른 사람들은?"

"석 달 넘은 사람은 없어. 석 달만 지내면 절대 못 나가. 여기서 죽는단 얘기지."

"여기서 제일 오래 지낸 사람은 얼마나 있었는데?"

"여덟 달. 하지만 더 오래는 못 버틸 거야. 한 달 전에 두 다리를 못 쓰게 됐거든. 일어서지도 못해. 밀물이 한번 크게 밀려오면 익사할 거야."

"이 나라는 야만인들의 나라냐?"

"난 우리가 문명인들이라고는 안 했어. 너희 나라도 문명국은 아니잖아. 네가 종신형을 받은 걸 보면 말야. 여기 콜롬비아에서는 말야, 20년 아니면 사형이야. 절대 종신형이라는 건 없어."

"이봐, 그게 그거잖아."

"넌 많이 죽였냐?"

"아니, 딱 한 명."

"말도 안 돼. 겨우 한 명 죽였는데 그렇게 긴 형을 내린단 말야?"

"사실이 그래."

"그러니까 너희 나라나 우리나라나 똑같이 야만적인 거 맞잖아."

"나라 싸움은 그만하자. 네 말이 맞다. 어딜 가나 경찰들은 다 거지 같아. 그러는 넌 무슨 짓을 했는데?"

"어떤 놈하고 그놈의 자식이랑 마누라를 죽였어."

"왜?"

"그놈들이 내 동생을 돼지 먹이로 줬거든."

"말도 안 돼. 끔찍해라!"

"다섯 살밖에 안 된 내 동생이 그 집 애한테 맨날 돌을 던져서 그 애가 머리를 여러 번 다쳤거든."

"그건 이유가 안 되지."

"내 말이 그거라니까."

"넌 그걸 어떻게 알았는데?"

"내 동생이 사흘 동안 안 보여서 찾아다니다가 퇴비 속에서 동생 샌들 한 짝을 찾았지 뭐야. 그 퇴비는 돼지 우리에서 나온 거였어. 퇴비 속을 뒤지니까 피가 잔뜩 묻은 흰 양말이 나오더라고. 그래서 알아차렸지. 그 집 마누라가 죽기 전에 털어놓았어. 나는 그 인간들 한테 기도나 한번 하게 해주고 총으로 쏴 죽였어. 첫 번째 총알로 애비 놈의 무릎부터 부숴놓고."

"잘 죽였네. 그래서 넌 어떻게 된대?"

"기껏해야 20년이지."

"그런데 왜 지하 감방에 있는 거야?"

"그 인간들의 가족인 경찰 한 놈을 패줬거든. 그놈도 이 감옥에 있었어. 지금은 나가고 없어. 그놈만 없으면 난 얌전해."

복도 문이 열렸다. 간수 한 명과 함께 죄수 두 명이 나무 막대기 두 개에 매달린 커다란 나무통 하나를 들고 들어왔다. 그들 뒤로는 총을 든 다른 간수 두 명이 있으리라고 짐작되었다. 그들은 각 감방 에서 변기로 사용하는 양동이를 꺼내 그 통 속에 비웠다. 소변과 대변 냄새가 숨이 막히도록 진동했다. 아무도 입을 열지 않았다. 그들 이 내 쪽으로 다가왔을 때, 내 통을 들고 나가던 사람이 작은 상자 하나를 바닥에 떨어뜨렸다. 나는 재빨리 어두운 구석으로 상자를 찼다. 그들이 나간 다음에 상자를 열어보니 담배 두 갑과 부시통 그 리고 프랑스어로 적힌 종이 한 장이 들어 있었다. 우선 담배 두 개 비에 불을 붙여서 맞은편에 있는 두 사람에게 던져주었다. 그 다음 에 옆 사람을 불러서 담배를 다른 죄수들에게도 나누어주도록 전달 했다. 다 나누어준 다음에 내 담배에 불을 붙이고 복도 불빛에 쪽지를 읽으려고 했다. 그런데 잘 읽히지가 않았다. 그래서 상자를 감싼 종이를 가늘게 말아서 한참 애쓴 끝에 부싯깃으로 종이에 불을 붙였다. 얼른 쪽지를 읽어나갔다.

'기운내, 빠삐용, 우릴 믿어. 조심해. 내일 종이하고 연필을 보낼 테니까 우리한테 쪽지 보내. 우리는 죽을 때까지 너와 함께 한다.'

그 글을 읽자 가슴이 뜨거워졌다. 그 짧은 글이 나에게는 큰 위안이 되었다. 난 혼자가 아니고 친구들에게 기댈 수 있었다.

아무도 말하지 않았다. 모두 담배만 피웠다. 담배를 나누어준 덕에 그 죽음의 지하 감방에 있는 사람이 모두 열아홉 명이라는 사실을 알게 되었다. 이번에야말로 제대로 지옥 문턱에 들어선 셈이었다. 선량한 하느님의 그 어린 딸들이 사실은 악마의 딸들이었던 것이다. 그래도 설마하니 그 아일랜드 수녀나 스페인 수녀가 고발한 건 아니겠지. 그 수녀들을 믿다니, 내가 얼마나 어리석었던지! 아니, 절대 그들은 아닐 것이다. 혹시 짐수레꾼이었을까? 우리가 조심성 없이 프랑스어로 이야기한 것이 두세 번은 되었을 것이다. 그가 그걸 들은 걸까? 알 게 뭐람? 이번엔 제대로 걸린 거야. 수녀들이건, 짐수레꾼이건, 원장 수녀건 결과는 매한가지였다.

그 구역질나는 지하 감방은 하루에 두 번씩 물에 잠겼다. 열기는 숨이 막힐 듯해서 처음에는 셔츠를, 다음에는 바지를 벗었다. 양말은 벗어서 철창에 걸어두었다.

겨우 이렇게 되려고 2,500킬로미터를 지나왔다니! 굉장한 성공이군. 신이시여! 그렇게도 관대하시더니 이제 와서 저를 버리시렵니까? 저한테 화가 나셨습니까? 당신은 가장 확실하고도 아름다운 자유를 주셨습니다. 나를 온전히 받아들인 공동체를 주셨습니다.

사랑스러운 아내를 하나도 아니고 두 명씩이나 주셨습니다. 그리고 태양과 바다도. 한 오두막집 안에서 나는 누구도 감히 반박할 수 없는 가장이었습니다. 그 자연 속의 삶은 원시적일는지는 몰라도 얼마나 감미롭고 평화로웠던가. 당신은 제게 경찰도, 법관도, 주변의 시기하는 사람도, 심술궂은 사람도 없는 자유라는 하나뿐인 선물을 주셨습니다. 그런데 제가 그걸 제대로 감사할 줄을 몰랐던 게지요. 그 푸른 바다, 푸르다 못해 검게 보이는 바다, 경건할 만큼 평온하게 미역을 감는 그 일출과 일몰, 돈 한푼 없어도 인간의 삶에 필요한 건 무엇 하나 부족한 것 없는 그 삶의 방식, 그 모든 것을 나는 짓밟고 무시했습니다. 그래서 어디로 가겠다고? 내게 관심도 갖지 않으려고 하는 사회로 가려고? 내게도 건질 것이 있다는 걸 알아보려고도 하지 않는 사람들에게로? 나를 밀어내고, 모든 희망을 빼앗아 내동댕이치는 세상 속으로? 생각하는 것이라고는 갖은 수단을 써서라도 날 없애려는 것뿐인 집단에게로?

그 돌대가리 배심원들과 썩어빠진 폴랭, 형사들과 검사가 내가 잡힌 걸 알면 아주 고소해하겠지. 프랑스에 소식을 보내는 기자가 한 명은 있을 테니까.

그럼 내 가족들은? 아마도 헌병들이 집을 찾아가서 내가 탈옥했다는 소식을 전했을 때 자식 혹은 형제가 철창을 빠져나가서 다행이라고 생각했겠지! 그랬다가 이제 다시 잡혔다는 소식을 들으면 다시 한 번 마음이 아프겠지.

내 부족 얘기는 괜히 했다. 그렇다, 난 분명 '내 부족'이라고 생각했다. 그들 모두가 날 받아들였으니까. 괜한 얘기를 해서 일이 이 지경이 되었다. 남아메리카 원주민 인구를 늘리려고 탈출한 것도 아니었는데. 정상적으로 문명화된 사회에서 새 출발을 해 나도 그 사회에 해를 끼치지 않는 일원이 될 수 있다는 사실을 입증해야만 했다는 걸 선량하신 하느님께서 이해해주셨더라면……. 하느님이 도와주시건 안 도와주시건 그것만이 나의 진정한 운명이었다.

어떤 공동체에서든 어떤 나라에서든 다른 사람들보다 뛰어나지는 못해도 적어도 정상적인 사람이 될 수 있다는 걸, 사실이 그렇고 앞으로도 그러리라는 걸, 난 입증해야만 했다.

나는 담배를 피웠다. 물이 차오르기 시작했다. 거의 발목까지 물이 찼다. 나는 소리쳤다.

"흑인 친구, 물이 감방에 차 있는 시간이 얼마나 되지?"

"밀물 세기에 따라 달라. 한 시간, 기껏해야 두 시간 정도."

그때 죄수 여러 명이 소리치는 것이 들렸다.

"물이 온다!"

서서히, 아주 서서히 물이 차올랐다. 혼혈인과 흑인은 창살에 매달렸다. 두 팔로 창살을 움켜쥐고 다리는 복도 밖으로 내밀었다. 물속에서 무슨 소리가 들렸다. 고양이만한 시궁쥐 한 마리가 첨벙거렸다. 쥐는 철창 위로 올라오려고 안간힘을 썼다. 나는 신발 한 짝을 들어서 내 쪽으로 다가오는 순간 힘껏 머리를 내리쳤다. 그러자 소리를 지르며 복도로 달아났다.

흑인이 말했다.

"프랑스인, 전부 잡아죽일 것 아니면 그냥 놔둬. 철창 위로 올라와서 창살이나 붙들고 가만히 있어."

나는 그의 말대로 했지만 창살에 넓적다리가 눌려서 그 자세로는 오래 버티지 못할 것 같았다. 그래서 양동이 위에 덮어두었던 재킷을 창살에 묶고 그 위로 매달렸다. 재킷이 의자 구실을 해주어서 한결 버티기가 쉬웠다.

물과 함께 밀려든 쥐들과 지네류 그리고 작은 게들은 참을 수 없이 혐오스러운 것들이었다. 한 시간 정도 지나 물이 빠져나가자 두께가 1센티미터도 넘는 질척한 진흙만 남았다. 나는 그 진창에 빠지지 않으려고 신발을 신었다. 흑인이 내게 10센티미터 길이의 판자 조각을 던져주며 내가 누워 자야 할 판자부터 시작해서 감방 안의 진흙을 복도로 퍼 나르라고 말했다. 그 일을 하는 30여 분 동안만큼은 다른 생각을 하지 않을 수 있었다. 다음 밀물 때까지, 그러니까 정확히 열한 시간 동안은 물에 시달리지 않을 것이다. 다시 물이 찰 때까지 썰물 여섯 시간과 밀물 다섯 시간을 계산해야 했다. 그런 생각을 하는 내가 조금 우습게 여겨졌다.

'빠삐용, 넌 바다의 조수를 계산할 운명을 타고났나 보다. 네가 신경을 쓰든 안 쓰든 달은 너와 네 삶에 아주 중요한 영향을 미치는 군. 오르락내리락 하는 조수 덕분에 감옥에서 탈출할 때도 마로니에서 쉽게 나올 수 있었으니 말야. 트리니다드와 쿠라사우에서 나올 때도 조수 시간을 계산해서 나왔지. 리오 아샤에서 붙잡혔던 것도 충분히 멀리 나갈 정도로 물살이 세지 않았기 때문이고, 여기서도 역시 이 조수에 몸을 맡기고 있구나.'

이 책이 언젠가 출판된다면, 이 책을 읽는 사람들 중에는 내가 이 콜롬비아 감방에서 수난을 겪는 부분에서 날 조금은 불쌍하게 생각하는 이가 있을지 모른다. 그들은 마음이 착한 사람들이다. 그렇지 않은 사람들, 내게 형을 내린 열두 명 돌대가리들의 사촌뻘이거나 검사의 동생뻘 되는 사람들은 이렇게 말할 것이다. '참 잘됐다. 그냥 처음 유배지에 가만히 있었으면 그 꼴은 안 당했을 거 아냐.' 그렇다면 착한 사람들과 돌대가리들 모두에게 한마디 하겠다. 나는 내가 있어야 마땅할 살뤼 제도보다는 스페인 종교재판소에서 지은 옛 콜롬비아 요새의 이 지하 감방에 있는 편이 훨씬 더 좋다. 그래도 이곳은 탈출 가능성이 더 많기 때문이다. 비록 이 썩은 구멍 속에 있을지언정 도형지에서 2,500킬로미터나 떨어진 곳이기 때문이다. 날 그곳으로 되돌려 보내려면 정말이지 굉장히 신경 써야 할 것이다. 딱 한 가지 아쉬운 것이 있다면 나의 과지라 부족과 랄리와 조라이마 그리고 자연 속에서 누리던 자유, 문명의 이기도 없지만 경찰도, 감옥도, 더욱이 지하 감방도 없는 그 자유뿐이었다. 나의 원주민 친구들은 적에게 이런 식의 형벌을 가한다는 생각은, 그것도 콜롬비아인에게 아무런 잘못도 한 적 없는 나 같은 사람에게 이런 처우를 한다는 것은 상상조차 못할 것이다.

나는 다른 사람들이 내가 담배 피우는 것을 보지 못하도록 안쪽 구석에 판자를 놓고 그 위에 누워서 담배 두세 개비를 피웠다. 흑인에게 판자 조각을 돌려주면서 불붙인 담배 한 개비를 던져주자 그역시 나처럼 다른 사람들의 눈을 피해 조심스럽게 담배를 피웠다. 아무것도 아닌 것 같은 그런 작은 일들이 사실은 큰 가치를 갖는 법이다. 그걸 보면 사회의 최하층민인 우리 같은 사람들이야말로 진정한 처세술과 인간에 대한 예의를 지닌 사람들임에 분명하다.

그곳은 콩시에르주리와는 달랐다. 불빛이 희미해 손수건으로 눈을 가리지 않고도 꿈을 꾸거나 돌아다닐 수 있었다.

그나저나 내가 수녀원에 있다는 걸 경찰에 신고한 사람은 도대체 누구였을까? 언제든 누군지 알아내기만 하면 꼭 그 빚을 갚고 말 테다. 그러다가 나는 나 자신에게 말했다.

'바보 같은 소리 하지 마, 빠삐용! 복수는 프랑스에서나 해. 괜히 애꿎은 땅에서 나쁜 짓 하지 말고! 그 사람은 가만히 놔둬도 분명히 살면서 벌을 받을 거야. 네가 언젠가 돌아가야 한다면 그건 복수를 하기 위해서가 아니라 랄리와 조라이마와 그들이 낳았을 자식들을 행복하게 해주기 위해서야. 그 벽촌으로 돌아가야 한다면, 그건 그 여자들과 너를 가족처럼 맞아주었던 모든 과지라인들을 위해서야. 비록 또다시 지옥 길에 들어서긴 했지만, 바닷속 지하 감방 구석에 있을지언정 어쨌든 탈출해서 자유의 길 위에 있잖아. 그건 부정할 수 없다고.'

나는 종이와 연필 그리고 담배 두 갑을 받았다. 내가 그곳에 온 지 사흘째였다. 정확히는 사흘 밤을 보냈다고 해야 할 것이다. 그곳은 늘 어두웠으니까. 나는 '피엘 로자' 담배에 불을 붙이면서 죄수들 사이의 헌신적인 우정에 감탄할 수밖에 없었다. 나에게 담배를 전해준 콜롬비아인은 큰 위험을 무릅써야 했다. 자칫 잡히기라도 하면 그 역시 이 지하 감방에서 지내야 할 것이 틀림없었다. 그 사실을 모르지 않을 텐데도 날 도와주기로 한 것은 용감할 뿐만 아니라 보기 드문 고결한 마음 씀씀이였다. 난 늘 똑같은 방식으로 종이에 불을 붙여서 쪽지를 읽었다.

'빠삐용, 네가 잘 버티고 있다는 걸 알아. 브라보! 네 소식 좀 전해줘. 우리는 늘 똑같아. 프랑스어를 할 줄 아는 착한 수녀 한 분이 널 만나러 왔어. 우리는 직접 얘기할 수 없었지만 콜롬비아인 한 명이 네가 죽음의 지하 감방에 있다고 말해주었어. 수녀님이 이렇게 말했어. '다시 올게요. 그게 전부예요. 잘 있어요, 친구들."

답장을 쓰기가 그리 쉽지는 않았지만 간신히 이렇게 썼다.

'모두들 고마워. 난 잘 버티고 있어. 프랑스 영사에게 편지를 써. 누군진 모르지만, 전달할 때는 항상 같은 사람을 시켜. 그래야 만에 하나 잡혀도 한 사람만 처벌받지. 화살촉은 건드리지 마. 탈출 만세!'

산타 마르타에서의 탈출 시도

28일이 지난 다음에야 클라우센이라는, 산타 마르타의 벨기에인 영사의 중재를 통해 또 한 번의 홍수에서 벗어났다. 이름이 팔라시오스인 흑인 친구는 내가 수감된 지 3주가 흘렀을 때 면회 온 어머니에게 부탁했다. 벨기에 사람 한 명이 그 지하 감방에 있다는 소식을 벨기에 영사에게 전해달라고 말이다. 그 재치 덕분에 어느 일요일에 영사가 벨기에인 죄수를 만나러 왔다.

그렇게 해서 나는 소장실에 불려가 이런 질문을 받았다.

"너는 프랑스인인데 왜 벨기에 영사를 불렀지?"

나이는 50대 정도 되어 보이고 백색에 가까운 금발머리에 둥그란 얼굴에 홍조를 띤 흰옷 차림의 남자가 무릎 위에 가죽 서류가방 하나를 올려놓은 채 소파에 앉아 있었다. 나는 곧 상황을 파악했다.

"제가 프랑스 사람이라고 말한 건 소장님이죠. 제가 프랑스 법을 피해 달아난 건 인정하지만 전 벨기에인입니다."

"그럼 왜 그렇게 말하지 않았지?"

"소장님이 그런 사실에 신경 쓰지 않을 거라고 생각했거든요. 전이 땅에서 아무런 잘못도 한 일이 없으니까요. 달아난 것이 잘못이라면 어쩔 수 없지만 그건 어떤 죄수라도 그렇게 했을 겁니다."

"좋다. 네 동료들과 함께 지내게 해주겠다. 하지만 영사님, 미리 말씀드리지만 한 번이라도 탈출 시도를 한다면 다시 처음 그곳으로 돌려보낼 겁니다. 이 자를 이발사에게 데려갔다가 친구들 있는 곳으로 보내라."

"고맙습니다, 영사님. 절 위해 애써주셔서 정말 고맙습니다."

난 프랑스어로 말했다.

"맙소사! 그 끔찍한 지하 감방에서 고생을 많이 했나보군요. 어서 가봐요. 이 짐승 같은 사람이 마음을 바꾸면 안 되니까요. 나중에 또 봅시다. 잘 있어요."

이발사가 마침 자리에 없어서 나는 곧장 친구들 곁으로 갔다. 내 몰골이 꽤나 우스꽝스러웠던지 친구들은 연신 이렇게 말했다.

"맙소사, 빠삐용 맞아? 말도 안 돼! 그 빌어먹을 놈들이 무슨 짓을 한 거야? 말 좀 해봐, 뭐든 얘기해보라고. 앞이 안 보여? 눈이 어떻게 된 거야? 왜 계속 눈만 껌벅이고 있는 거야?"

"이 불빛에 익숙해지질 않아서 그래. 어둠에만 익숙해져 있어서 너무 눈이 부셔."

나는 감방 안쪽을 바라보며 앉았다.

"이게 훨씬 낫군."

"썩은 냄새가 나, 지독하네!"

내가 옷을 벗자 그들은 내 옷가지를 문 쪽에 두었다. 팔이며, 등이며, 넓적다리며, 다리며 할 것 없이 밀물과 함께 떠밀려온 작은 게들과 빈대에게 물린 붉은 자국투성이였다. 내 끔찍한 몰골은 굳이 거울을 들여다보지 않아도 알 수 있었다. 클루지오는 경관을 불러 이발사는 없더라도 뜰에 물은 있을 것 아니냐고 했다. 그러자 경관은 밖에 나갈 시간까지 기다리라고 했다.

나는 알몸으로 밖에 나갔다. 클루지오는 내가 입을 깨끗한 옷을 들고 있었다. 나는 마튀레트의 도움을 받아 그 지방의 검은 비누로 몸을 씻고 또 씻었다. 몸을 씻을수록 때가 점점 더 나왔다. 여러 번 비누질을 하고 헹궈낸 뒤에야 비로소 깨끗해진 느낌이었다. 나는 잠시 햇볕에 몸을 말린 뒤에 옷을 입었다. 이발사가 도착했다. 그는 내 머리를 바짝 깎으려 했다.

"아니, 그냥 평범하게 자르고 면도만 해줘요. 돈 낼 테니까."

"얼마나?"

"1페소."

"그렇게 해주쇼, 내가 2페소 줄게."

클루지오도 말했다.

목욕하고, 면도하고, 단정하게 머리 자르고, 깨끗한 옷으로 갈아입으니 다시 살아난 기분이었다. 친구들은 쉴새없이 질문을 해댔다.

"물이 얼마나 찼어? 그리고 쥐들은? 지네들은? 진흙은? 게들은? 변기통의 똥은? 죽어나간 사람들은? 저절로 죽은 거야 아니면 목매달아 자살한 거야? 아니면 경찰들이 자살하게 방조한 거야?"

질문이 그치질 않아 한참 얘기하다 보니 목이 말랐다. 뜰에는 커피 파는 사람이 있었다. 뜰에 나와 있는 세 시간 동안에 나는 흑설탕만 넣은 블랙 커피를 적어도 열두 잔쯤은 마셨을 것이다. 그 커피가 내게는 세상에서 제일 맛있는 음료수같이 느껴졌다. 맞은편 감방에 있던 흑인이 내게 인사를 하러 왔다. 그는 낮은 목소리로 자신의 어머니와 벨기에 영사 이야기를 해주었다. 나는 그의 손을 잡았다. 그는 자기 덕분에 내가 나오게 된 것을 무척 뿌듯해했다. 그는 내게 이렇게 말하고 멀어졌다.

"오늘은 이 정도로 해두고 내일 얘기하자."

친구들이 지내는 감방은 천국 같았다. 클루지오는 돈을 주고 산 해먹을 따로 갖고 있었다. 그는 나더러 거기에 누워 자라고 했다. 나는 가로로 누웠다. 그가 그 모습을 보고 놀라기에 세로로 눕는 건 해먹을 쓸 줄 모르는 거라고 설명해주었다.

먹고, 마시고, 자고, 체커놀이, 스페인 카드로 하는 카드놀이, 스페인어를 익히기 위해서 우리끼리나 콜롬비아 경찰들이나 죄수들과 스페인어로 이야기하는 것, 그 모든 활동이 우리의 낮과 밤의 일정 부분을 채웠다. 9시부터 잠자리에 든다는 건 퍽 힘든 일이었다. 생 로랑 병원에서 탈출하던 일부터 산타 마르타에 오기까지 겪었던 모든 일들이 눈앞을 스치며 지나갔기 때문이다. 영화가 거기서 끝날 순 없다. 반드시 계속 이어져야 한다. 다시 기운을 차리면 분명히 새로운 이야기들을 엮어나갈 수 있다, 자신감을 가져야 한다! 나는 내 화살과 코카 잎 두 장을 찾았다. 코카 잎 한 장은 완전히 말라버렸고, 남은 한 장은 아직 초록색이 남아 있었다. 나는 초록색 잎을 씹었다. 모두들 어리둥절한 표정으로 나를 바라보았다. 나는 친구들에게 그것이 코카인을 만드는 잎이라고 설명해주었다.

"우리가 바보인 줄 알아?"

"맛을 봐."

"정말이네, 혀랑 입술에 감각이 없어졌어."

"여기에서도 팔아?"

"모르지. 이봐, 클루지오. 넌 어떻게 해서 돈을 그렇게 많이 갖고 있냐?"

"리오 아샤에서 바꿨지. 이젠 다들 내가 돈이 많은 줄 알아."

"내 돈 100페소 금화 서른여섯 개는 소장이 갖고 있어. 금화 하나당 300페소어치는 될 거야. 조만간 돌려달라고 할 거야."

"이곳 사람들은 굶기를 밥먹듯이 하는 사람들이야. 차라리 거래를 하자고 해."

"그거 좋은 생각이다."

일요일에 나는 벨기에 영사와 벨기에 죄수와 이야기를 나누었다. 그 죄수는 미국 바나나 운반선 회사를 배신해서 감옥에 오게 된 사람이었다. 영사는 우리 둘을 지켜주기로 했다. 그는 내가 브뤼셀에 사는 벨기에인 부모 밑에서 출생했다는 서류를 작성했다. 나는 수녀들과 진주들에 관해 이야기했다. 하지만 영사는 개신교도라 수녀들이나 신부들에 대해서 아는 것이 없었다. 주교에 대해서만 아주 조금 알 뿐이었다. 돈 문제에 대해서는 그냥 가만히 있으라고 충고했다. 너무 위험한 일이라고 했다. 그는 우리가 바란키야로 보내지기 스물네 시간 전에 보고를 받기로 되어 있었다.

"돈을 달라고 하려면 내가 있을 때 해요. 내가 알기론 증인들이 있었다니까."

"네."

"하지만 당장은 아무 말 말아요. 그랬다간 다시 그 끔찍한 지하 감방에 갇힐 수 있어요. 어쩌면 당신을 죽일지도 모르고. 그 정도 돈이면 여기선 굉장한 밑천이니까. 당신 생각처럼 300페소 정도의 가치가 아니라 550페소 정도씩은 될 거요. 그러니 꽤 큰 액수지. 괜히 긁어 부스럼 만들지 말아요. 진주라면 얘기가 좀 다르지. 그건 생각 좀 해봅시다."

나는 흑인에게 나와 함께 탈출할 생각은 없는지 물었다. 그의 밝은 피부색이 탈출 얘기를 듣자마자 잿빛으로 변했다.

"부탁인데, 그런 건 꿈도 꾸지 마. 잘못되면 제일 끔찍한 방법으로 서서히 죽게 될 거야. 벌써 한 번 맛을 봤잖아. 차라리 다른 곳, 바란키야에 갈 때까지 기다리라고. 여기서는 자살 행위나 마찬가지야. 죽고 싶지 않으면 가만히 있어. 콜롬비아를 온통 뒤져봐도 네가 겪었던 것만한 감방은 또 없어. 그러니까 여기서는 무리한 짓 하지 말란 말이야."

"그래도 이곳은 담이 그렇게 높지 않잖아. 오히려 상대적으로 쉬울 거야."

"내 도움 받을 생각은 하지 마. 같이 가기는커녕 널 도와줄 수도 없어. 그런 얘기는 하고 싶지도 않아."

그러고는 겁에 질린 채 이 말만 남기고 가버렸다.

"프랑스인, 넌 보통 놈이 아니야. 여기 산타 마르타에서 그런 생각을 해내다니 미쳤어."

매일 아침 그리고 매일 오후, 나는 중죄를 짓고 수감된 콜롬비아 죄수들을 살폈다. 그들은 모두 살인자같이 생기긴 했어도 뭔가에 짓눌려 보였다. 지하 감방으로 보내질지 모른다는 공포심 때문에 모두 얼어붙은 듯했다. 나흘인가 닷새 전에 나보다 머리 하나는 더 커 보이는, '엘 카이만'이라고 불리는 괴물 같은 녀석 하나가 지하 감방에서 나왔다. 그는 지극히 위험한 인물로 낙인찍힌 사람이었다. 나는 그와 이야기를 나누며 세 번인가 네 번 정도 함께 산책을 한 후에 이렇게 말했다.

"카이만, 나랑 같이 도망갈래?"

그는 내가 무슨 악마라도 되는 양 쳐다보더니 말했다.

"실패하면 거기로 다시 돌아가라고? 아니, 됐어. 그곳으로 돌아가느니 차라리 내 어머니를 죽이는 편이 나아."

그것이 나의 마지막 시도였다. 그 후로는 두 번 다시 어느 누구에게도 탈출 얘기를 꺼내지 않았다.

오후에 나는 형무소장이 지나가는 것을 보았다. 그가 발길을 멈추더니 날 보고 말했다.

"지내기가 어때?"

"좋습니다. 그런데 제 금화가 있으면 더 좋을 것 같은데요."

"뭐하려고?"

"그럼 변호사를 쓸 수 있을 테니까요."

"날 따라와."

그는 날 자기 사무실로 데려갔다. 우리 둘뿐이었다. 그는 내게 시가 하나를 내밀었다. 분명 나쁜 징조는 아니었다. 심지어 불까지 붙여주었다.

"천천히 말하면 알아듣고 제대로 대답할 정도의 스페인어 실력은 되지?"

"네."

"좋다. 네 금화 스물여섯 개를 팔고 싶다고?"

"아니, 서른여섯 개입니다."

"아, 그래, 그래! 그래서 그 돈으로 변호사를 쓰겠다고? 하지만 그 금화가 네 것이라는 사실을 아는 사람은 우리 둘밖에 없는걸."

"아니오, 제가 체포될 때 분명히 경사 한 명과 경관 다섯 명이 있었습니다. 그리고 소장님 손에 들어가기 전에 그걸 받았던 사람은 보좌관이었고요. 그리고 영사님도 있습니다."

"아! 아! 좋아. 그 사실을 알고 있는 사람이 많은 편이 더 좋겠지. 내가 너한테 큰 호의를 베푼 것 알지? 난 입을 다물었어. 네가 지나온 지방의 경찰들에게 금화 도난 사건이 있었는지도 알아보지 않고 말야."

"알아보지 그러셨습니까?"

"너한테도 그러지 않는 편이 더 나았을걸."

"고맙습니다, 소장님."

"내가 그걸 팔아줄까?"

"얼마에요?"

"하나에 300페소씩 한다고 했지? 그 가격에 팔아주지. 내가 팔아주는 대가로 하나에 100페소씩 내놔. 어때?"

"싫습니다. 저에게 한 번에 열 개씩 돌려주십시오. 그러면 하나에 100페소씩이 아니라 200페소씩 드리겠습니다. 절 위해 애써주신 대가로요."

"프랑스인, 아주 영리하구나. 난 너무 잘 믿고 멍청한 구석이 있는 가난한 콜롬비아 경찰이고, 넌 지나치게 똑똑하고 영리해."

"그럼, 원하는 걸 말씀해보십시오."

"내일 매입자를 여기 내 사무실로 부르겠다. 그가 금화를 보고 가격을 제시하면, 반반씩이야. 그렇지 않으면 국물도 없어. 금화랑 같이 바란키야로 보내버릴 수도 있고 조사를 핑계로 내가 가질 수도 있어."

"그럼 제가 마지막 제안을 하죠. 내일 올 사람이 금화를 보고 350 페소 이상을 부르면 그 남는 몫은 모두 소장님께 드리죠."

"좋다, 약속하지. 그런데 그렇게 많은 돈을 어디다 쓸 셈이지?"

"돈을 손에 넣자마자 벨기에 영사를 부를 겁니다. 변호사를 구해 달라고 줄 거예요."

"안 돼, 난 증인을 원하지 않아."

"소장님은 아무 걱정 할 것 없습니다. 소장님이 제 금화 서른여섯 개를 모두 돌려주셨다는 각서를 쓰겠습니다. 제 말대로 저에게 정 직하게 대하신다면 다른 제안을 하나 더 하죠."

"뭔데?"

"절 믿으세요. 이것도 괜찮은 건수입니다. 제 말대로만 하신다면 그거야말로 반반으로 하죠."

"뭔데? 말해봐."

"내일 오후 5시에 제 돈이 무사히 영사 손으로 넘어가면 그때 말 씀드리죠."

면담은 한참 만에 끝이 났다. 내가 만족스럽게 뜰에 나왔을 때는 친구들이 이미 감방에 들어간 뒤였다.

"그래, 무슨 일이야?"

나는 소장과 나눈 이야기를 그들에게 들려주었다. 우리는 처한 상황도 잊고 미친 듯이 웃어댔다.

"여우 같은 놈! 네가 한 방 먹였구나. 그 자가 그렇게 할 것 같 아?"

"그가 한다는 쪽에 100페소 걸지. 누구 또 걸 사람?"

"아니, 나도 그가 그렇게 할 거라고 생각해."

나는 밤새도록 곰곰이 생각했다. 첫 번째 거래는 해결되었다. 두 번째 것 — 그는 진주를 손에 넣으면 굉장히 좋아할 것이다 —도 해결되었다. 이제 세 번째 것이 남았다. 세 번째……, 세 번째로 나는 내 수중에 있는 것을 모두 그에게 주고 항구에서 배 한 척을 훔치게 해달라고 할 작정이었다. 내 몸속에 있는 돈이면 그 배를 살 수도 있을 것이다. 그가 유혹에 버틸지는 두고 보면 알겠지. 내가 너무 큰 모험을 하는 걸까? 처음 두 가지 거래를 하고 나면 그는 날 벌할 수도 없게 된다. 두고 보면 알 것이다. 너무 앞질러 생각하지는 말자. 바란키야에 갈 때까지 기다릴 수도 있다. 그런데 왜? 더 큰 도시에는 감옥도 더 크게 마련이고, 감시도 더 심하고 벽은 더 높을 것이 분명하다. 나는 살아서 랄리와 조라이마에게 돌아가야 했다. 빨리 탈출해 그곳에서 세월을 보낼 것이다. 이번 탈출은 무슨 수를 써서라도 성공해야만 한다. 나는 밤새도록 어떻게 하면 세 번째 거래를 무사히 성공시킬 수 있을지 궁리했다.

이튿날, 일은 그리 오래 걸리지 않았다. 아침 9시에 소장의 방에서는 한 남자가 날 기다리고 있었다. 경관은 밖에 있고, 나는 밝은 회색 옷차림에 회색 넥타이를 맨 60대 남자 앞에 섰다. 탁자 위에는 카우보이 스타일의 회색 펠트모자가 놓여 있었다. 은청색이 감도는 굵은 진주 하나가 넥타이에 박혀 있었다. 야윈 몸집의 그 남자는 그래도 어느 정도 기품은 있어 보였다.

"안녕하시오."

"프랑스어 할 줄 아십니까?"

"그래요. 난 레바논 출신이오. 당신이 100페소어치 금화들을 갖고 있다고 들었소. 관심이 있는데, 하나에 500씩에 파시겠소?"

"아니오, 650이오."

"뭘 잘 모르시는군! 금화당 최대 가격이 550이란 말이오."

"전부 사시겠다면 600에 드리겠습니다."

"아니, 550."

결국 우리는 580에 합의를 보았다. 거래는 성사되었다.

"어떻게 얘기가 되었어?"

"거래는 580에 성사되었습니다, 소장님. 매매는 정오에 이루어질 겁니다."

그는 떠났다. 소장이 일어서서 말했다.

"잘 됐어. 그럼 나한테는 얼마 줄 거지?"

"각각 250씩 드리죠. 처음 말씀하신 것보다 두 배 반은 더 드리는 겁니다."

그가 미소지으며 말했다.

"또 다른 거래는?"

"우선 영사가 오후에 돈을 찾으러 오면요. 영사가 가고 나면 두 번째 거래 얘기를 하겠습니다."

"정말 또 뭐가 있긴 있는 건가?"

"절 믿으세요."

"좋아, 사실이길 바라지."

오후 2시에 영사와 레바논 사람이 왔다. 레바논 사람은 나에게 2만 800페소를 주었다. 나는 1만 2,600페소는 영사에게 맡기고 8,280페소는 소장에게 주었다. 나는 소장이 나에게 100페소 금화 서른여섯 개를 돌려주었다는 영수증을 써주었다. 소장과 나만 남았다. 나는 수녀원장의 이야기를 해주었다.

"진주가 얼마나 되는데?"

"500에서 600개는 됩니다."

"그 수녀원장, 순 도둑이구먼. 너한테 돌려주든지 아니면 여기로 보내든지, 그것도 아니면 경찰에 맡겼어야지. 내가 고발하겠어."

"아니에요, 직접 찾아가십시오. 제가 프랑스어로 편지를 써드리겠습니다. 그 편지에 대해서 말을 꺼내기 전에 아일랜드 수녀를 먼저 불러달라고 하십시오."

"알았네. 아일랜드 수녀가 프랑스어로 된 자네 편지를 읽고 통역해준다 이거지. 좋았어. 내가 직접 가지."

"편지 써줄 테니 기다리세요."

"아, 맞아! 호세, 경관 두 명과 자동차 대기시켜!"

그는 반쯤 열린 문 사이로 소리쳤다.

나는 소장의 책상에 앉아 종이에 이렇게 썼다.

수녀원의 원장 수녀님께,

선량하고 자비로운 아일랜드 수녀님 보십시오.

하느님께서 절 그곳으로 인도하셨을 때만 해도 저는 모든 박해받는 자들이 기독교의 법에 따라 받아 마땅한 도움을 받을 줄만 알았습니다. 그리고 제가 하느님의 집인 그곳에서 몰래 달아나지 않겠다는 믿음을 드리기 위해 원장 수녀님을 믿고 제가 갖고 있던 진주 가방을 맡겼습니다. 어떤 비열한 인간인지는 모르지만 누군가 저를 경찰에 고발하는 것이 자신의 의무라고 생각했는지, 전 곧 당신의 집에서 체포되고 말았습니다. 그런 짓을 한 야비한 영혼이 당신의 집에 있는 하느님의 딸들 중 한 명이 아니길 바랍니다. 그 타락한 영혼을 용서한다고 말한다면 거짓이겠죠. 오히려 하느님이나 그분의 성자들께서 그렇게 추악한 죄를 저지른 죄인을 가차없이 벌해주시기를 간절히 바랄 겁니다. 원장 수녀님, 세자리오 소장님께 제가 맡긴 진주 가방을 돌려주십시오. 그분은 엄숙하게 제게 돌려줄 거라고 믿고 있습니다. 이 편지가 원장님께는 영수증이 될 겁니다. 그럼, 안녕히 계십시오.

수녀원은 산타 마르타에서 8킬로미터 떨어져 있어서 자동차는 한 시간 반 만에 돌아왔다. 소장이 날 불렀다.

"됐어. 모자라지 않나 세어봐."

나도 정확히 몇 개가 있는지 모르므로 모자라지 않는지 알기 위해서가 아니라 이제 저 난봉꾼의 손에 진주가 몇 개나 들어갈지 알기 위해 세었다. 전부 572개였다.

"맞나?"

"네."

"정말 빠진 것 없어?"

"없습니다. 이제 어떻게 되었는지 얘기해보십시오."

"수녀원에 도착하니까 원장 수녀가 뜰에 있더라고. 경찰 두 명과 함께 가서 내가 말했지. '짐작하실지 모르겠지만 아주 중대한 사안으로 원장 수녀님이 계신 자리에서 아일랜드 수녀와 이야기를 나누어야겠습니다.'"

"그랬더니요?"

"그 수녀가 벌벌 떨면서 원장 수녀에게 편지를 읽어주었어. 원장 수녀는 아무 말도 하지 않더군. 고개를 떨구더니 책상 서랍을 열면서 이렇게 말했어. '여기, 진주가 든 지갑입니다, 손도 대지 않았습니다. 하느님께서 그 사람에게 그런 죄를 지은 자를 용서하시기를. 우리가 그를 위해 기도한다고 전해주세요.' 그렇게 된 거야!"

소장은 신이 나서 말을 마쳤다.

"진주를 언제 팔까요?"

"내일. 그 진주가 어디서 났는지는 묻지 않겠네. 네가 위험한 살인자였을망정 약속을 지키는 정직한 사내라는 것도 알게 되었으니까. 자, 기념할 만한 날인데 이 햄과 포도주와 프랑스 빵을 가져가서 친구들과 파티를 벌이라고."

나는 치안티 포도주 2리터짜리 한 병과 3킬로그램은 됨직한 훈제 햄 그리고 길쭉한 프랑스 빵 네 개를 갖고 돌아갔다. 우리는 만찬을 벌였다. 햄과 빵과 포도주는 순식간에 줄어들었다. 모두들 맛있게 먹고 마셨다.

"변호사가 우리를 위해 뭔가 해줄 수 있을까?"

난 웃음을 터뜨렸다. 딱한 친구들, 다들 변호사에게 한 번씩 당했을 텐데도.

"나도 모르지. 돈 주기 전에 잘 연구해보고 상담해야지."

"제일 좋은 건 말야, 일이 제대로 되었을 때만 돈을 주는 거야."

클루지오가 말했다.

"그래 맞아. 그런 제안을 받아들일 만한 변호사를 찾아보자고."

그리고 나는 더 말하지 않았다. 조금 부끄러운 생각이 들었다.

이튿날, 레바논 사람이 다시 왔다.

"문제가 아주 복잡해요. 진주를 우선 크기별로 구분한 다음에, 다시 색깔별로 그리고 둥근지 변형된 모양인지 형태별로 구분해야 한답니다."

요컨대 복잡하기만 한 것이 아니라 더 유능한 매입자 한 사람을 새로 데려와야 한다는 얘기였다. 나흘 만에야 겨우 일이 끝났다. 그는 3만 페소를 지불했다. 마지막 순간에 나는 벨기에 영사 부인에게 선물하려고 장밋빛 진주 하나와 흑진주 두 개를 도로 집어들었다. 그들은 장사꾼답게 그 진주 세 개만 계산해도 5,000페소는 될 거라고 말했다. 그래도 난 그 진주들을 내려놓지 않았다.

벨기에 영사는 선뜻 진주를 받으려 하질 않았다. 그래도 내 대신 5만 페소까지는 보관해주기로 했다. 이제 내 수중에는 2만 7,000페소가 있는 셈이었다. 이제 세 번째 거래를 잘 성사시켜야 했다.

콜롬비아의 성실한 노동자는 하루에 8페소에서 10페소를 번다고 했다. 그러니 2만 7,000페소는 꽤 큰돈이었다. 쇠뿔도 단김에 빼라고 했다. 소장은 두 번의 거래로 2만 3,000페소를 손에 넣었다. 2만 3,000페소 외에도 다음 일로 거액을 얻게 될 것이었다.

"소장님, 소장님보다 더 잘사는 사람이 장사를 하면 일년에 얼마나 법니까?"

"장사가 잘 되면 4만 5,000에서 6만 페소는 벌지."

"소장님보다 세 배는 버는 건가요? 아니면 네 배?"

"더 되지. 내가 버는 것보다 대여섯 배는 될걸."

"그럼 장사나 하지 그러셨습니까?"

"지금 내가 갖고 있는 돈보다 두 배는 더 있어야 장사를 하지."

"그럼, 소장님, 세 번째 제안을 하죠."

"나랑 장난하자는 거야?"

"아니오, 절 믿으세요. 제가 가진 2만 7,000페소가 탐나시죠? 원하시면 그것도 소장님 몫이 될 수 있습니다."

"어떻게?"

"절 보내주십시오."

"이봐, 프랑스인. 자네가 날 믿지 않는다는 걸 알아. 전에는 그럴 만도 했겠지. 하지만 난 이제 자네 덕분에 더 이상 가난하지 않게 되었어. 집을 한 채 살 수도 있고 아이들을 사립 학교에 보낼 수도 있게 되었으니, 이젠 날 자네 친구처럼 생각해도 좋아. 난 자네가 남의 물건을 훔치는 것도 바라지 않고 죽는 것도 바라지 않아. 하지만 여기선 내가 자넬 위해서 해줄 수 있는 일이 하나도 없어. 아무리 큰돈을 준다고 해도 말이야. 도저히 자네를 무사히 탈출시킬 수가 없다고."

"그렇지 않다는 걸 입증한다면요?"

"그거야 두고 보면 알겠지만, 어쨌든 생각을 잘 하게."

"소장님, 혹시 친구 중에 어부가 있습니까?"

"있지."

"그렇다면 그 사람이 저한테 배를 팔아서 바다에 나가게 할 수도 있겠죠?"

"글쎄."

"그 배가 대략 얼마나 할까요?"

"2,000페소."

"제가 그 사람에게 7,000페소를 주고 소장님께 2만 페소를 드린다면 되겠습니까?"

"이봐, 프랑스인, 벌써 받은 것으로도 나는 충분하니까 자네 몫도 좀 남겨둬."

"그렇게 주선해주십시오."

"혼자 갈 건가?"

"아뇨."

"그럼, 몇 명?"

"전부 세 명요."

"그 친구와 한번 얘기해보지."

나는 어느새 바뀌어버린 소장의 태도에 내심 놀랐다. 살인자 같기만 하던 그의 얼굴 뒤에도 따스한 면들이 감추어져 있었다.

나는 뜰에 나와서 클루지오와 마튀레트에게 이야기했다. 그들은 언제든 날 따라나설 채비가 되어 있으니 원하는 대로 하라고 했다. 그렇게 선뜻 내 손에 자신들의 목숨을 맡기는 태도에 나는 큰 감명을 받았다. 막중한 책임을 맡은 만큼 끝까지 신중하게 움직일 것이다. 하지만 우리의 다른 동료들에게도 미리 알려야 했다. 저녁 9시쯤, 막 도미노 게임을 마쳤을 때 우리는 마지막으로 커피를 한 잔씩 마시기로 했다. 내가 '카페테로(커피)!' 하고 부르자 곧 따끈한 커피 여섯 잔이 만들어졌다.

"너희들에게 할 얘기가 있어. 난 곧 다시 탈출을 감행할 작정이야. 그런데 아쉽지만 세 명밖엔 떠날 수가 없어. 당연히 처음에 도형지에서 함께 탈출했던 클루지오와 마튀레트와 함께 떠날 거고. 너희들 중 누구라도 여기에 대해서 할 말이 있거든 지금 허심탄회하게 얘기해줘."

"아니. 어느 모로 보아도 그게 당연하지. 너희들은 처음부터 함께 출발했잖아. 게다가 너희가 지금 이런 상황에 놓인 건 콜롬비아에 상륙하겠다고 했던 우리 때문이고. 빠삐용, 어쨌든 우리 생각을 물어봐 줘서 고마워. 부디 성공하길 빌어. 만일 붙잡히는 날엔 죽거나 한심한 처지에 놓일 거야."

브르타뉴인 카르게레가 말했다.

"우리도 알아."

클루지오와 마튀레트가 이구동성으로 말했다.

소장은 오후에 대답해주었다. 그의 친구도 내 제안에 동의했다. 그는 항해에 필요한 물건을 물었다.

"마실 물 50리터짜리 한 통, 옥수숫가루 25킬로그램 그리고 기름 6리터면 됩니다."

"맙소사, 겨우 그것만 가지고 항해를 하려는 건 아니겠지?"

"맞습니다."

"자넨 정말 대단한 사람이야, 프랑스인."

모든 준비가 끝났다. 소장이 냉랭하게 덧붙였다.

"내가 이 일을 도와주는 건, 자네가 믿든 안 믿든 내 자식들과 그다음엔 자넬 위해서야. 자네 용기 때문에."

나는 그 말이 진심이라는 걸 알고 고맙다고 했다.

"내가 자네에게 동조했다는 사실이 드러나지 않도록 어떻게 할 작정인가?"

"소장님이 연루되는 일은 없을 겁니다. 전 한밤중에 소장님 보좌관이 근무할 때 떠날 겁니다."

"계획은?"

"소장님은 내일부터 야간 경비를 서는 경관 한 명에게 근무를 쉬라고 하십시오. 사흘 후에 또 다른 사람을 쉬게 하시고요. 그리고 한 사람 남았을 때 감방 문 앞에 초소를 세우십시오. 첫 비가 내리는 밤에 보초가 비를 피하러 초소에 들어가면 우린 뒤쪽 창문으로 나갈 겁니다. 담 주변의 조명은 소장님이 직접 누전시킬 방법을 찾아주십시오. 그것만 좀 부탁드립니다. 1미터 길이의 구리 전선 양쪽에 돌 두 개를 매달아서 담 위를 비추는 전봇대에 연결된 전선 위로 던지면 누전시킬 수 있을 겁니다. 그리고 어부에게는 제가 시간 낭비를 하지 않도록 배에 사슬을 묶어 맹꽁이자물쇠를 채워두고, 돛과 긴 노 세 개를 곧바로 쓸 수 있도록 준비해달라고 전해주십시오."

"배에는 작은 모터가 있는걸."

소장이 말했다.

"아! 더 잘 됐네요. 그럼, 배에 시동을 걸어놓고 잠시 근처 카페에 술 한잔 마시러 간 것처럼 모터를 켜놓으라고 하세요. 우리가 오는 것이 보이면 검은 방수포를 입고 배 뒤편에 서 있어야 합니다."

"돈은?"

"소장님께 드릴 돈 2만 페소는 각 지폐마다 절반으로 잘라서 드릴 겁니다. 어부에게 줄 7,000페소는 선불로 지불하겠습니다. 소장님께 드리는 나머지 지폐 반절은 제가 떠난 다음에 남은 프랑스인 한 명에게 받으십시오. 누군지는 나중에 말씀드리겠습니다."

"날 못 믿는 거야? 서운한데."

"소장님을 못 믿어서가 아니라 소장님이 누전시킬 때 실수를 할까봐요. 누전이 되지 않으면 제가 빠져나갈 수 없으니까요."

"알았네."

이제 만반의 준비가 갖추어졌다. 나는 소장을 통해 어부에게 7,000페소를 지불했다. 그리고 닷새 동안 보초는 한 명뿐이었다. 초소도 세워졌겠다, 우리는 비가 오기만을 기다리는데 비가 내리질 않았다. 창살은 소장이 준비해준 톱으로 미리 잘라놓은 다음 이제 막 프랑스어로 '빌어먹을'이라는 말을 배우기 시작한 앵무새가 들어 있는 새장으로 살짝 가려두었다. 우리는 속이 시커멓게 타 들어가는 것만 같았다. 소장에게 줄 반쪽짜리 돈도 미리 건넸다. 우리는 매일 밤 기다렸지만 비는 오지 않았다. 소장은 비가 내리기 시작하면 한 시간 안에 바깥쪽에서 누전을 시키기로 했다. 이런 계절에 비가 한 방울도 내리질 않다니 기가 막혔다. 철창 사이로 구름만 조금 보여도 우리는 희망을 가득 품고 기다렸지만, 비는 올 기미도 보이지 않았다. 환장할 노릇이었다. 그렇게 기다린 지 16일째. 심장이 졸아드는 것만 같았다. 일요일 아침에 소장은 직접 날 찾아와서 자신의 사무실로 데려갔다. 그는 내게 미리 받은 절반짜리 지폐들과 3,000페소가 담긴 꾸러미를 돌려주었다.

"왜 그러십니까?"

"이봐, 친구, 이제 남은 건 오늘 밤뿐이야. 내일 6시에 자네들은 바란키야로 떠나야 돼. 어부 몫은 3,000페소밖엔 못 주게 되었네. 나머진 벌써 다 써버렸다는군. 그나마 신이 도우셔서 오늘 밤 비가 온다면 어부가 자네를 기다릴 테니 배를 타면서 그때 돈을 주면 되고. 난 자넬 믿네. 내가 걱정할 일은 없을 거라는 걸 알아."

결국 비는 오지 않았다.

바란키야에서의 탈출

아침 6시, 군인 여덟 명과 중위 한 명을 대동한 하사 두 명이 우리 손목에 수갑을 채우고 군용 트럭에 태운 뒤 바란키야를 향해 출발했다. 우리는 세 시간 반 남짓 150킬로미터를 달렸다. 오전 10시에 우리는 일명 '80'으로 불리는, 바란키야의 메들랭 감옥에 도착했다. 바란키야에 가지 않으려고 그렇게도 애를 썼건만 결국은 오고야 말았다! 그곳은 제법 규모가 큰 도시였다. 마그달레나 강 하구 안쪽에 자리잡은 콜롬비아의 가장 큰 항구였다. 형무소 역시 죄수 400명에 간수가 100명 가까이 되는 규모가 큰 곳이었다. 유럽의 여느 형무소 못지않게 정비가 잘 되어 있어서 둥글게 원을 그리고 있는 이중 담장은 높이가 8미터도 넘어 보였다.

형무소 참모와 소장 돈 그레고리오가 우리를 맞았다. 형무소에는 뜰이 양쪽에 두 개씩, 네 개나 있었다. 양쪽 뜰 사이에는 미사도 드리고 면회소로도 쓰이는 길쭉한 예배당이 하나 있었다. 우리는 제일 위험한 죄수들을 모아놓는 뜰에 배정되었다. 몸수색에서 그들은 2만 3,000페소와 화살을 찾아냈다. 나는 소장에게 그 화살에 독이 묻어 있다는 사실을 알려야 한다고 생각했다. 우리가 위험한 인물로 간주될 위험이 있긴 했지만 말이다.

"이 프랑스 놈들은 독화살도 갖고 있잖아!"

바란키야 형무소에 갇힌 건 우리 모험에서 제일 위험한 순간이었다. 우리는 그곳에서 프랑스 당국에 넘겨지도록 되어 있었다. 정말이지, 그 거대한 바란키야 형무소에 갇힌 우리에게는 위기의 순간이었다. 무슨 수를 써서라도 탈출해야만 했다.

우리 감방은 뜰 한복판에 있었다. 그건 감방이 아니라 차라리 짐승 우리에 가까웠다. 굵은 쇠창살 위로 시멘트 지붕이 놓여 있고, 한쪽 구석에 변기와 세면대가 있었다. 다른 100여 명의 죄수들은 가로 세로 각 20미터와 40미터 되는 뜰을 둘러싼, 사방 벽에 마련된 움푹한 감방에 골고루 분포되어 있었다. 각 철창마다 위에는 비가 감방 안으로 들어가지 않도록 막아주는 일종의 양철 차양이 있었다. 우리 프랑스인 여섯 명만 밤낮으로 죄수들뿐 아니라 간수들의 시선에 노출된 그 중앙 우리에 갇혀 있는 셈이었다. 우린 아침 6시부터 저녁 6시까지 낮 동안에는 뜰에서 지냈다. 감방은 마음대로 드나들 수가 있었고, 뜰에서는 말하고 산책하고 심지어 먹을 것도 구할 수 있었다.

우리 여섯 명은 도착한 지 이틀 후에 예배당으로 불려갔다. 그곳에는 소장과 경찰 몇 명 그리고 사진기자 일고여덟 명이 나와 있었다.

"당신들이 기아나의 프랑스 도형지에서 탈옥한 죄수들입니까?"

"한 번도 아니라고 한 적 없습니다."

"당신들 각각은 무슨 죄를 지었기에 그렇게 엄중한 형을 받게 되었습니까?"

"그게 뭐가 중요합니까? 중요한 건, 우린 콜롬비아 땅에서 아무런 잘못도 한 일이 없고 당신네 나라는 우리가 새 삶을 꾸릴 권리를 거부했을 뿐만 아니라 인간 사냥꾼들이나 프랑스 정부의 헌병들처럼 우리를 대했다는 겁니다."

"콜롬비아는 당신들을 영토에 받아들여선 안 된다고 생각하는 겁니다."

"제 동료들과 전 개인적으로 이 나라에 살겠다고 결심한 적도 없습니다. 우리 셋은 바다 한가운데에서 체포되었고 이 땅에 발을 디디려던 것도 아니었습니다. 오히려 여기서 멀어지려고 갖은 노력을 다하고 있었죠."

"프랑스인들은 우리 콜롬비아인들처럼 거의 모두가 가톨릭 신자라고 알고 있는데요."

한 가톨릭 신문 기자가 말했다.

"당신들이 가톨릭 세례를 받았는지는 몰라도 행동하는 건 그다지 교인답지 않군요."

"무엇 때문에 우리를 비난하는 겁니까?"

"우리 뒤를 쫓는 도형수 간수들처럼 구니까요. 되레 그들보다 더 하죠. 쿠라사우 섬의 고결하신 이레네 드 브륀 주교님과 가톨릭 신자들이 선물한 우리 배를 포함해 우리가 갖고 있던 물건들을 모두 압수해갔으니까요. 당신들은 우리가 새 삶을 찾으려는 것도 용납하지 않은 데다가 우리 나름의 방법을 동원해서 우리를 받아줄 더 먼 나라로 가겠다는 것도 막았습니다. 그건 도저히 참을 수가 없는 일이에요."

"지금 우리 콜롬비아인을 원망하는 겁니까?"

"콜롬비아인 자체가 아니라 당신들의 경찰과 사법 체계를 원망하는 겁니다."

"하고 싶은 말은?"

"가능하면 그 모든 오류를 바로잡기를 바랍니다. 우리를 다른 나라로 떠나게 해주십시오."

"노력하죠."

뜰로 돌아오자 마튀레트가 말했다.

"쳇! 들었지? 이번엔 속지 말자고! 빠져나가기 쉽지 않겠어."

"이봐, 친구들, 우리가 힘을 합치면 더 강해질 수 있을지도 모르지만 각자 원하는 대로 행동할 수 있다는 걸 알아둬. 난 이 유명한 '80'에서 나가야만 해."

목요일에 누군가가 면회소로 날 찾아왔다. 마흔다섯쯤 되어 보이고 옷을 잘 차려입은 남자가 한 명 있었다. 그는 희한하게도 루이 드가와 닮은 모습이었다.

"자네가 빠삐용인가?"

"네."

"내 이름은 조제프이고, 루이 드가의 형이야. 신문을 보고 자넬 찾아왔어."

"고맙습니다."

"내 동생을 그곳에서 봤나? 그를 알아?"

나는 그에게 병원에서 헤어지던 날까지 드가의 모험담을 자세히 들려주었다. 그는 루이 드가가 살뤼 제도에 있다는 얘기를 마르세유에서 들었다고 알려주었다. 그는 바란키야에 여자들과 함께 한몫벌러 온 10여 명의 프랑스인들이 있다고 말해주었다. 그들은 모두 포주들이었다. 도시의 특별한 구역에서 10여 명의 매춘부들이 유명한 프랑스의 매춘 전통을 교묘히 유지하고 있었다. 카이로에서 레바논까지, 영국에서 오스트레일리아까지, 부에노스아이레스에서 카라카스까지, 사이공에서 브라자빌까지 언제나 같은 유형의 남자들과 같은 유형의 여자들이 자신들의 전문 분야를 살려 매춘 활동을 하며 삶을 꾸려나가고 있었다.

조제프 드가는 바란키야의 프랑스인 포주들이 우리가 그 도시 형무소로 오는 바람에 자신들의 번성하는 사업에 좋지 않은 영향을 미칠까봐 전전긍긍하고 있다고 전했다. 사실, 우리 중 누군가가 탈출하는 날에는 혹시 탈주자가 도움을 청하지 않았는지 싶어서 경찰이 곧장 그들을 찾아갈 것이 분명했다. 그렇게 되면 그 와중에 위조 서류라든가 유효 기간이 지난 체류증 같은 것을 찾아낼 우려가 있었다. 분명 발각되면 심각한 곤경에 처할 여자들과 남자들이 제법 있었다.

그는 무슨 짓을 하든 내 뜻에 맡기겠다고 덧붙이고는 매주 화요일과 일요일에 찾아오기로 하고 나와 헤어졌다. 그 후에도 그 약속을 지켜준 그의 용기에 감사한다. 그는 또 신문을 통해서 알았다며, 우리가 프랑스로 인도되기로 결정됐다는 소식을 알려주었다.

"이봐, 친구들. 해줄 얘기가 많아."

"뭔데?"

다섯 명이 다 함께 소리쳤다.

"우선 헛된 기대는 갖지 마. 본국 인도는 정해진 사실이야. 프랑스령 기아나에서 특별히 보낸 배 한 척이 우리를 다시 돌려보내러 올 거야. 그리고 우리가 여기 있다는 사실이 이 도시에 정착한 프랑스인 포주들에겐 걱정거리래. 날 찾아온 사람이 포주는 아니고. 그 사람은 무슨 일이 벌어지든 신경 쓰지 않겠지만 그 사람의 동료들은 우리 중 누군가가 탈출해서 자신들에게 문제를 일으킬까봐 무서워하고 있어."

다들 웃었다. 그들은 내가 농담을 하는 거라고 생각했다. 클루지오가 말했다.

"이봐요, 포주 씨. 혹시 제가 탈출을 해도 될까요?"

"농담 아니야. 혹시 매춘부들이 우릴 찾아오면 다신 오지 말라고 얘기하라고. 알았어?"

"알았어."

우리가 있는 뜰에는 앞서도 말했다시피 100여 명의 콜롬비아 죄수들이 있었다. 그들은 결코 만만해 보이는 사람들은 아니었다. 솜씨 좋은 도둑들, 유명한 위조범들, 교활한 사기꾼들, 폭행 구타 전문범들, 마약에 중독된 밀수꾼들 그리고 특별 훈련을 받은 킬러들도 몇 명 있었다. 그 땅의 부자들, 정치인들 그리고 투기꾼들은 그 킬러들의 도움을 필요로 했다.

피부색도 다양했다. 세네갈 아프리카인들의 검은색부터 우리 같은 마르티니크 크리올 사람들의 녹차 색까지, 윤기 나는 검은 머리카락을 가진 몽골계 원주민부터 순수 백인의 하얀색까지 골고루 있었다. 나는 여러 사람들과 접촉을 해서 몇몇 사람들의 탈출 가능성과 의지를 파악하려 애썼다. 그들 대부분은 나와 비슷했다. 장기 구형을 선고받았거나 두려워하며 이미 탈출 준비를 하고 있었다.

그 장방형의 뜰을 둘러싼 사방 벽 위로는 매일 밤 환하게 불빛이 밝혀지는 순찰로와 벽의 각 모퉁이마다 초소가 있는 작은 탑이 있었다. 거기서 밤낮으로 보초 네 명이 근무를 하고, 또 한 명은 뜰의 예배당 문 앞을 지켰다. 음식은 충분했고, 죄수 몇 명은 먹을 것과 커피나 외부에서 반입한 그 지방의 특산 과일인 오렌지, 파인애플, 파파야 같은 걸로 주스를 만들어 팔았다. 때때로 그들은 재빠르게 습격하는 무장 죄수의 공격을 받기도 했다. 상대가 다가오는 걸 볼 새도 없이 순식간에 큰 수건으로 얼굴이 덮여서 소리 한 번 질러보지 못한 채 옆구리나 목에 칼로 위협을 받아 자칫 조금만 움직여도 그 칼이 박힐 수가 있었다. 그러고는 무슨 일인지 파악하기도 전에 모두 털리고는 수건이 치워짐과 동시에 목덜미를 한 대 얻어맞고는 쓰러졌다. 이따금 당한 사람이 가게 문을 닫듯이 팔던 물건을 모두 정리하고는 가해자를 찾아나서기도 했다. 찾아내면 한바탕 칼싸움이 벌어졌다.

콜롬비아 도둑 두 명이 나에게 한 가지 제안을 해왔다. 나는 주의 깊게 그 이야기를 들었다. 그 도시에는 도둑질을 일삼는 경찰들이 있는 모양이었다. 그들은 어느 구역을 순찰할 때 공모자들에게 미리 귀띔을 해주어 물건을 훔칠 수 있게 도왔다. 날 찾아온 두 명은 그 사람들 모두를 알고 있어서 운이 나쁘지만 않으면 다음주에 그들 중 한 사람이 예배당 문 앞을 지키게 될 것이라고 말했다. 일단 나는 면회 시간에 권총 한 자루를 갖고 있어야 했다. 그 경찰은 작은 경비 초소로 통하는 예배당 출구에서 기꺼이 쓰러져줄 것이라고 했다. 경비 초소에 있는 네 명에서 여섯 명 가량의 경찰들은 권총으로 위협하면 우리가 거리로 나가는 걸 막을 수 없을 것이었다. 그 다음에는 교통이 혼잡한 거리에서 감쪽같이 사라지기만 하면 되는 일이었다.

그 계획은 그다지 마음에 들지 않았다. 먼저 권총을 숨길 수 있으려면 최대한 작은 것이어야 하는데 그런 걸로는 경비들을 충분히 위협할 수가 없었다. 게다가 경비들 중 한 사람이 까딱 잘못 움직이기라도 하면 그를 죽일 수밖에 없었다. 그래서 싫다고 했다.

그렇지만 행동에 옮기고 싶은 욕구에 시달리는 건 나뿐만 아니라 내 친구들도 마찬가지였다. 차이가 있다면, 그들은 가끔 체념하는 날에는 우리를 데려갈 배가 곧 도착할 것이라는 사실에 기가 푹 죽었다. 심지어 우리가 돌아가면 어떤 벌을 받고 어떤 취급을 받게 될지 얘기하며 언쟁을 벌이기도 했다.

"난 그런 바보 같은 얘기는 듣고 싶지도 않아! 그런 얘기 하려거든 내가 없는 구석으로 가서 하라고. 그게 사내놈들이 할 소리야? 너희들 불알이라도 잘렸냐? 혹시 그런 사람 있거든 미리 얘기 좀 해줘. 내가 여기서 탈출할 생각을 할 때는 우리 모두를 위해서 궁리하는 거란 말이야. 내 머리는 지금도 어떻게 하면 탈출할 수 있을까, 그러니까 우리 '모두' 같이 탈출할 생각에 터질 지경이라고. 절대 쉽지 않은 일이야, 여섯 명은. 내가 한 가지 얘기해줄까? 난 말야, 아무것도 하는 일 없이 날짜만 자꾸 가는 상황에서 시간을 벌 수만 있다면 콜롬비아 경찰이라도 죽이고 싶어. 내가 경찰 한 명을 죽이면 그놈들은 날 프랑스로 보내지 않을 거 아냐. 그러면 시간이 더 생기겠지. 나 혼자 탈출하려면 그 편이 더 쉬울 거라고."

콜롬비아인들이 그다지 조잡하지 않은 다른 계획을 하나 더 준비했다. 일요일 아침, 예배 보는 날에는 예배당이 늘 면회 온 손님들과 죄수들로 북적이곤 했다. 처음에는 모두 다 같이 예배에 참석했다가 예배가 끝나고 나면 면회가 있는 죄수들만 남았다. 콜롬비아인들은 나에게 일이 돌아가는 형세를 파악하기 위해 일요일에 예배에 참석했다가 다음 일요일에 행동에 착수하라고 했다. 그들은 내게 반란의 주동자가 되어주길 청했다. 하지만 그 명예로운 부탁은 사양했다. 관련된 사람들에 대해서 아는 게 없기 때문이었다.

난 우리 네 명의 프랑스인들에 대해서만 대답했다. 카르게레와 다리미 사내는 동참하지 않기로 했다. 그들은 예배당에 안 가면 그만이니까 문제될 건 없었다. 일요일의 반란에 참여하기로 한 나머지 네 명은 예배에 참석했다. 그 예배당은 장방형이었다. 안쪽에는 성가대가 있고, 양쪽의 문 두 개는 뜰로 통했다. 정문은 경비 초소로 통했다. 그 문을 막고 있는 창살 뒤에는 20여 명의 경비들이 지키고 있었다. 그리고 그들 뒤에는 거리로 통하는 문이 있었다. 예배당이 부서질 듯 꽉 들어차기 때문에 경비들은 창살을 열어두고 예배 동안에는 서로 바짝 붙어 서 있었다. 면회인들 중에 남자 두 명과 넓적다리에 무기를 숨긴 여자 두 명이 오기로 되어 있었다. 여자들은 사람들이 모두 들어오고 나면 남자들에게 무기를 건네주기로 했다. 무기는 38구경이나 45구경 총일 것이었다. 주모자가 한 여자에게 권총을 받으면 여자는 즉시 떠나고, 성가대 아이가 종을 두 번째 울릴 때 공격을 개시하기로 했다. 내가 맡은 역할은 소장 돈 그레고리오의 목에 긴 칼을 들이대고 이렇게 말하는 것이었다. '우리를 내보내라고 명령해. 안 그러면 넌 죽어.'

또 한 사람은 신부를 맡았다. 또 다른 세 명이 각각 세 구석에서 각자 손에 든 무기로 예배당 정문 창살을 지키고 선 경찰들을 맡기로 했다. 무기를 버리지 않는 경찰은 제일 먼저 죽이고, 무기가 적은 사람부터 먼저 나가기로 했다. 신부와 소장이 방패 역할을 해줄 것이었다. 모든 일이 제대로 진행된다면 경찰들은 무기를 땅에 내려놓을 것이다. 권총을 가진 사람들은 권총을 예배당 안으로 들여놓게 한다. 그런 다음 철창을 닫으면서 나가면, 그 다음은 나무 문이다. 초소의 경찰들은 모두 의무적으로 예배에 참석해야 하므로 초소는 비어 있을 것이다. 바깥 50미터 거리에는 재빨리 올라탈 수 있도록 뒤에 작은 사다리가 매달린 트럭 한 대가 서 있다. 트럭은 반란의 주동자가 제일 마지막으로 탄 직후에 출발한다. 나는 예배에 참석해서 진행 과정을 지켜본 후에 동의했다. 모든 일은 페르난도가 내게 설명한 대로 진행되었다.

조제프 드가는 일요일 면회에는 오지 않기로 했다. 그는 그 이유를 알고 있었다. 우리는 트럭에 타지 않고 그가 마련하기로 한 위장 택시를 탄 뒤 역시 그가 준비할 은신처로 가기로 했다. 나는 일주일 내내 몹시 들떠서 초조하게 그날을 기다렸다. 페르난도는 다른 경로를 통해서 권총을 한 정 구했다. 콜롬비아 민간 수비대가 쓰는 무시무시한 45구경이었다. 목요일에 조제프가 데리고 있는 여자 한 명이 날 찾아왔다. 그녀는 상냥하게 택시는 우리가 착각하지 않도록 노란색으로 골랐다고 알려주었다.

"좋아요. 고맙습니다."

"행운을 빌어요."

그녀는 다정하게 내 두 뺨에 입을 맞추었다.

"들어와요, 들어와. 이 예배당을 하느님의 음성을 들으려는 사람들로 꽉 채웁시다."

신부가 말했다.

클루지오는 만반의 준비를 갖추었다. 마튀레트는 눈을 반짝였고, 또 다른 사람은 내 곁에서 한시도 떨어지지 않았다. 나는 아주 침착하게 자리를 잡았다. 소장 돈 그레고리오는 뚱뚱한 여자 옆에 앉아 있었다. 나는 벽을 등지고 섰다. 내 오른쪽에는 클루지오가, 왼쪽에는 나머지 두 명이 나중에 우리가 길에 나섰을 때 사람들의 이목을 집중시키지 않도록 적당한 옷차림으로 서 있었다. 나는 카키색 셔츠 오른쪽 소매 속에 두꺼운 고무 밴드로 칼을 고정시켜 숨겨놓고 손목 단추를 단단히 잠갔다. 모든 사람들이 바닥에 떨어진 물건을 찾기라도 하듯 다 같이 고개를 숙이고 성가대 아이가 종을 세 번 딸랑일 때가 행동 개시의 순간이었다. 세 번 중에 두 번째 종소리가 우리의 신호였다. 우리는 각자 자신이 해야 할 일을 알고 있었다.

첫 번째 종소리, 두 번째……. 나는 돈 그레고리오에게 달려들어 그의 주름진 굵은 목 아래 단검을 들이댔다. 신부가 소리쳤다.

"제발 죽이지만 마시오."

나는 다른 세 명이 경찰들에게 총을 내려놓으라고 외치는 소리를 들었다. 모든 것이 제대로 되어가고 있었다. 나는 돈 그레고리오의 멋진 양복 깃을 붙잡고 말했다.

"겁먹지 말고 얌전히 따라와. 그럼 다치게는 안 할 테니까."

신부는 우리 일행 근처에서 목덜미에 들이댄 면도칼로 위협받고 있었다. 페르난도가 말했다.

"자, 프랑스인, 출구로 나가자."

내가 성공했다는 희열감을 느끼며 우리 일행을 거리로 나가는 문쪽으로 밀치는 순간, 두 발의 총성이 울려퍼졌다. 페르난도와 무장한 사람들 중 한 명이 쓰러졌다. 난 그래도 앞으로 1미터는 더 나아갔지만, 경찰들이 몸을 일으키며 총으로 우리의 앞길을 막았다. 다행히도 그들과 우리 사이에 여자들이 있었다. 여자들 때문에 그들은 총을 발사할 수가 없었다. 또다시 총성이 들렸다. 무장한 동료 한 명이 아무렇게나 총을 쏘아 젊은 여자에게 부상을 입힌 뒤 쓰러졌다. 돈 그레고리오는 시체처럼 창백해진 얼굴로 내게 말했다.

"그 칼 이리 줘."

나는 그에게 칼을 넘겼다. 더 이상 버텨봐야 소용없는 일이었다. 채 30초도 안 되어서 상황은 역전되었다.

일주일 후 나는 그 반란이 실패한 것은 예배당 바깥에서 예배를 들여다보던 다른 뜰의 죄수 한 명 때문이었다는 사실을 알게 되었다. 작전이 개시되자마자 그가 담장 위 순찰로에 있던 보초들에게 사실을 알린 것이었다. 보초들은 6미터 높이의 담벼락에서 뛰어내려 몇 명은 예배당 쪽으로, 나머지는 출구 쪽으로 가서 긴 의자 위에 올라서서 손에 든 무기로 경찰들을 위협하고 있던 두 명에게 총을 쏘았다. 잠시 후 그들의 사정 거리 안으로 들어온 세 번째 사람이 총을 맞고 쓰러졌다. 그 다음은 완전히 아수라장이었다. 그리고 내 옆에 있던 소장의 명령으로 우리 넷을 포함한 열여섯 명은 지하 감방에 갇혀 빵과 물로 연명하는 신세가 되었다.

소장 돈 그레고리오는 조제프의 방문을 받았다. 소장은 날 불러 내 동료들과 함께 다시 뜰로 보내주겠다고 했다. 조제프 덕분에 반란 열흘 만에 우리는 다시 뜰에 있는 짐승 우리 같은 감방에 모였다. 나는 그곳으로 돌아가자마자 반란 중에 죽은 페르난도와 두 동료들을 위해 잠시 묵념을 하자고 제안했다. 조제프는 면회 왔을 때 자신이 포주들에게 모금한 5,000페소로 돈 그레고리오를 설득할 수 있었다고 설명했다. 그 일로 우리는 포주들을 다시 보게 되었다.

이젠 어떻게 하나? 다시 일을 도모해야 하나? 그대로 주저앉아 아무 시도도 해보지 않은 채 배가 오기만을 기다릴 수는 없었다.

나는 타는 듯한 태양을 피해 공동 세면대에 누워서 순찰로 보초병들의 동태를 관찰했다. 밤에는 10분 간격으로 서로 돌아가면서 이렇게 소리쳤다. '보초들, 정신차려!' 그렇게 초소의 지휘관은 네 명 중 누구 한 사람이라도 잠들지 않도록 살폈다. 한 명이라도 얼른 대답을 하지 않으면 그 사람이 대답할 때까지 계속 불렀다.

나는 분명히 허점이 있을 거라고 생각했다. 과연 순찰로 네 귀퉁이에는 밧줄에 매달린 깡통이 하나씩 있었다. 보초가 커피를 마시고 싶어지면 커피를 파는 죄수를 부르고, 그 죄수는 깡통 안에 커피 한두 잔을 쏟아부었다. 그런데 맨 오른쪽 초소에는 뜰 쪽으로 조금 튀어나온 작은 탑이 하나 있었다. 나는 두툼한 갈고리를 하나 만들어서 밧줄에 매달면 그 돌출 부분에 쉽게 매달릴 수 있겠다고 생각했다. 그 다음에는 몇 초 만에 담을 넘어 거리로 뛰어내려야 했다. 단, 문제는 보초를 무장 해제시키는 일이었다. 어떻게 하면 되지?

나는 그곳 보초가 자리에서 일어나서 순찰로를 따라 몇 걸음 옮기는 모습을 보았다. 그는 더위를 견디지 못하고 잠들지 않으려 기를 쓰는 듯이 보였다. 이거야! 보초가 잠이 들게 해야 한다! 나는 우선 밧줄을 만들고 튼튼한 갈고리를 찾아내면 그를 재워 운을 걸어보기로 했다. 이틀 만에 제일 질긴 셔츠를 꼬아 만든 약 7미터 길이의 밧줄이 완성되었다. 갈고리는 비교적 쉽게 찾아냈다. 비를 막기 위해 감방 문 위에 고정시킨 선반받이는 갈고리로 쓰기엔 그만이었다. 조제프 드가가 아주 강한 수면제 한 병을 가져다주었다. 사용설명서에 따르면 열 방울만 먹이면 충분했다. 병에는 여섯 숟가락 정도가 담겨 있었다. 나는 보초에게 내가 주는 커피를 마시도록 습관을 들였다. 보초가 깡통을 보낼 때마다 매번 커피 세 잔씩 담아주었다. 콜롬비아인들은 대개 술을 좋아하는데, 마침 그 수면제에서는 아니스 맛이 살짝 났다. 나는 아니스 술 한 병도 손에 넣었다. 그러고는 보초에게 말했다.

"프랑스식 커피 한잔 드릴까요?"

"그게 뭔데?"

"아니스 술을 섞은 겁니다."

"어디 줘봐, 맛이나 한번 보게."

보초들은 내가 준 아니스 커피 맛을 한번 보더니 그 뒤로는 커피를 줄 때마다 '프랑스식으로!' 하고 외쳤다.

때가 되었다. 토요일 정오였다. 숨이 막히게 더웠다. 내 친구들은 두 사람이 함께 빠져나갈 시간이 안 된다는 걸 알고 있었다. 그런데도 알리라는 아랍 이름을 가진 콜롬비아인 한 명이 내 뒤를 따르겠다고 말했다. 나는 승낙했다. 그러면 프랑스인이 공범으로 몰려 벌을 받는 일은 면할 것이었다. 또 한편, 내가 커피를 건네는 동안 내내 보초가 날 지켜볼 것이기 때문에 내가 직접 밧줄에 갈고리를 매다는 것이 불가능하기도 했다. 우리 생각에 5분이면 그가 곯아떨어질 것이 분명했다.

5분 안에 끝내야 했다. 나는 보초를 불렀다.

"괜찮아요?"

"응."

"커피 한잔 드릴까요?"

"그래, 프랑스식으로."

"금방 줄게요."

나는 커피 파는 죄수에게 갔다.

"커피 두 잔."

깡통에 미리 수면제 한 병을 통째로 부어놓았다. 그 정도면 금세 고꾸라질 것이었다! 나는 초소 밑으로 갔고, 그는 내가 아니스 술을 따르는 모습을 지켜보았다.

"좀 세게 드릴까요?"

"응."

내가 깡통에 조금 더 따르자마자 그는 깡통을 끌어올렸다.

5분, 10분, 15분, 20분이 지났다. 그는 여전히 잠들지 않고 있었다. 오히려 자리에 앉지도 않고 한 손에 총을 든 채 순찰로를 서성였다. 커피를 전부 다 마셨는데도. 더구나 1시에는 근무 교대였다.

나는 속이 시커멓게 타 들어가는 것을 느끼면서 그의 행동을 주시했다. 약에 취했다는 징조는 전혀 보이지 않았다. 아! 그가 비틀댔다. 그가 초소 앞에 앉아 다리 사이에 총을 내려놓았다. 머리가 어깨 위로 기울었다. 그 일을 알고 있는 내 친구들과 두세 명의 콜롬비아인들 역시 나만큼이나 열정적으로 그의 반응을 지켜보았다.

"가자. 밧줄!"

나는 콜롬비아인에게 말했다.

그가 막 밧줄을 던지려는 찰나 보초가 자리에서 일어나 총을 바닥에 떨어뜨리고는 제자리걸음이라도 하듯 다리를 움직였다. 콜롬비아인은 때마침 움직임을 멈추었다. 교대까지는 18분 남았다. 나는 마음속으로 하느님께 도움을 청했다.

"제발 한 번만 더 도와주십시오! 부탁이니 절 버리지 마세요!"

하지만 그 기독교인들의 하느님은 나 같은 무신론자에게는 가끔씩 인정머리가 없으셔서 애타게 하느님을 찾아봐도 소용없었다.

"어떻게 저럴 수가 있지! 저 머저리는 왜 잠이 들지 않는 거야!"

클루지오가 내게 다가오며 말했다.

보초가 다시 총을 집어들려고 몸을 숙이다가 별안간 벼락이라도 맞은 듯이 순찰로 위에 대자로 뻗어버렸다. 콜롬비아인이 얼른 갈고리를 던졌는데 갈고리는 걸리지 않고 도로 떨어지고 말았다. 그가 다시 던졌다. 드디어 걸렸다. 제대로 걸렸는지 살짝 잡아당겨 보았다. 내가 그걸 확인하고 막 벽에 발을 대고 기어오르려는데 클루지오가 말했다.

"도망쳐! 교대자가 온다!"

난 간신히 눈에 띄기 전에 몸을 숨겼다. 그 방어 본능과 죄수들의 동료애에 감명을 받은 콜롬비아인 10여 명이 재빨리 나를 에워싸서 난 그들 속에 섞여들었다. 우리는 담에 매달린 밧줄을 뒤로 한 채 벽을 따라 걸었다. 교대 근무자는 단박에 갈고리와 총과 함께 쓰러진 보초를 발견했다. 그는 누군가 탈출했다고 생각하고는 2~3미터를 달려가서 경보 단추를 눌렀다.

사람들이 들것을 갖고 달려왔다. 순찰로에는 20명도 넘는 경찰이 몰려들었다. 돈 그레고리오도 쫓아와서 밧줄을 끌어올렸다. 그는 갈고리를 손에 들었다. 잠시 후 총을 든 경찰들이 뜰을 둘러쌌다. 호명이 시작되었다. 이름이 불린 사람은 차례로 자신의 감방으로 들어가야 했다. 빠진 사람은 아무도 없었다. 그들은 우리 모두를 감방에 가두고 열쇠로 잠갔다.

다시 감방마다 일일이 확인하는 작업이 진행되었다. 그래도 역시 사라진 사람은 없었다. 3시쯤 우리는 다시 뜰로 불려나갔다. 우리는 그 보초가 완전히 곯아떨어져서 어떤 방법으로도 깨어나지 않는다는 사실을 알게 되었다. 나의 콜롬비아 공범도 나만큼이나 맥이 빠진 모양이었다. 성공할 거라고 철석같이 믿었던 것이다! 그는 공연

히 미국산 물건들에 대고 분통을 터뜨렸다. 그 수면제가 미국산이
었기 때문이다.

"이제 어쩌지?"

"어쩌긴, 다시 시작해야지."

그에게 해줄 말은 그것뿐이었다. 그는 내가 보초를 다시 재우겠
다는 것으로 생각했나 본데, 나는 다른 방법을 찾아보겠다는 뜻이
었다. 그가 말했다.

"경비들이 또 프랑스식 커피를 마실 거라고 생각해?"

그 비극의 순간에도 불구하고 나는 웃음을 참을 수 없었다.

"당연하지!"

그 보초는 사흘 낮과 나흘 밤을 정신없이 잤다. 마침내 깨어서는
당연히 그 프랑스식 커피를 준 사람이 나라고 지목했다. 돈 그레고
리오가 날 불러서 그와 대면시켰다. 경비대장은 검으로 날 때리려
고 했다. 나는 구석으로 뒷걸음질쳤다. 경비대장이 검을 휘두르는
순간에 돈 그레고리오가 끼여드는 바람에 그가 대신 어깨를 정통으
로 맞고 쓰러졌다. 그는 쇄골이 부러졌다. 그가 크게 비명을 질러서
경비대장은 그를 부축하느라고 다른 건 신경쓸 정신이 없었다. 돈
그레고리오는 도움을 청했다. 옆 사무실에 있던 민간 노동자들이
달려나왔다. 경비대장과 다른 경찰 두 명, 내가 재웠던 보초와 때마
침 소장에게 맺혔던 앙갚음을 하려는 민간인 10여 명 사이에 몸싸
움이 벌어졌다. 그 북새통에 여러 명이 가벼운 부상을 입었다. 멀쩡
한 사람은 나뿐이었다. 중요한 건, 이제 내 문제가 아니라 소장과
경비대장의 문제가 되었다는 점이었다. 소장은 병원으로 호송되었
고, 소장 대리는 날 다시 뜰로 데리고 나갔다.

"나중에 보자, 프랑스인."

이튿날 팔에 깁스를 하고 나타난 소장은 내게 경비대장을 고발하는 서면 진술을 요구했다. 난 기꺼이 해달라는 대로 해주었다. 수면제 사건은 완전히 잊혔다. 운 좋게도 그들은 이제 그 일에 신경도 쓰지 않았다.

며칠이 지나고, 조제프 드가는 외부 활동을 조직하겠다는 제안을 했다. 그는 내게서 순찰로의 조명 때문에 야간 탈출은 불가능하다는 얘기를 듣고는 자신이 전기를 차단할 방법을 찾겠다고 했다. 그리고 전기 기술자의 도움을 받아 방법을 찾아냈다. 형무소 바깥쪽에 있는 변압기의 스위치를 내리는 방법이었다. 나는 거리 쪽을 맡은 보초와 예배당 문 앞에서 뜰을 감시하는 보초를 매수하기만 하면 되었다. 그 일은 생각보다 복잡했다. 우선 조제프를 통해 내 가족에게 돈을 부친다는 핑계로 돈 그레고리오가 맡고 있던 내 돈 1만 페소를 돌려받아야 했다. 물론 그의 아내에게 선물을 사줄 돈 2,000페소를 받게 만들어서 은근히 밀어붙일 작정이었다. 그 다음에는 근무 순번과 경비 시간을 정하는 사람을 찾아내서 그 역시 매수해야 했다. 그는 3,000페소를 받기로 했지만 다른 보초 두 명을 포섭하는 일에는 개입하지 않고 싶어했다. 두 사람을 정해서 그들과 거래하는 일은 내가 맡았다. 나중에 내가 그들 이름을 알려주면 지정한 날에 그들에게 경비를 맡기기로 했다.

그 새로운 탈출 준비는 한 달도 더 걸렸다. 마침내 모든 세부 계획이 잡혔다. 뜰에 있는 경관 때문에 난처한 일이 생기지 않도록 쇠톱으로 창살을 잘라놓기로 했다. 내게는 칼날 세 개가 있었다. 갈고리를 만들었던 콜롬비아인은 여러 차례에 나눠서 자신의 창살을 자르기로 했다. 행동에 옮기는 날 밤이 되면, 얼마 전부터 미친 척하던 그의 친구 한 명이 함석판을 두드리며 목청껏 노래를 부르기로 했다. 콜롬비아인은 보초가 프랑스인 두 명에 한해서만 탈출을 눈 감아주기로 해서 한 사람이라도 더 올라오면 사격을 하겠다고 말한 걸 알고 있었다. 그래도 그는 모험을 해보고 싶어하면서 어둠 속에서 서로 바짝 붙어 올라가면 보초가 한 명인지 두 명인지 모를지도 모른다고 말했다. 클루지오와 마튀레트는 제비뽑기로 나와 함께 떠날 사람을 골랐다. 그리고 당첨된 사람은 클루지오였다.

달이 뜨지 않는 밤이 찾아왔다. 경사와 경찰 두 명은 각자 자신이 받을 몫의 반 토막짜리 지폐를 받았다. 이번에는 내가 지폐를 자른 것이 아니라 미리 잘라진 상태였다. 나머지 반 토막 지폐들은 조제프 드가의 여자 바리오 치노에게 가서 찾기로 정해졌다.

전등이 꺼졌다. 우리는 창살에 달려들었다. 10분도 채 안 걸려 잘려나갔다. 우리는 짙은 색 바지와 셔츠 차림으로 감방을 나섰다. 콜롬비아인이 길목에서 우리와 합류했다. 그는 검은색 속옷 말고는 아무것도 입고 있지 않았다. 나는 감방 문의 철창에 올라간 뒤 차양을 돌아 3미터 길이의 밧줄이 달린 갈고리를 던졌다. 그리고 3분 만에 아무 소리도 내지 않고 순찰로에 올라섰다. 바닥에 배를 깔고 엎드린 채 클루지오를 기다렸다. 칠흑 같은 밤이었다. 불쑥 손이 보여서, 아니 보였다기보다는 누군가 손을 뻗었다는 생각에 얼른 붙잡아서 끌어올렸다. 그 순간, 요란한 소리가 났다. 클루지오가 차양과 담 사이를 지나오다가 허리띠 고리가 함석에 걸린 것이었다. 소리가 들림과 동시에 나는 잡아당기는 것을 멈추었다. 함석 소리가 멎었다. 나는 이제는 걸린 고리가 풀렸으려니 생각하고 클루지오를 다시 잡아당겼다. 다시 함석판이 요동을 치는 가운데 억지로 순찰로 위로 끌어올렸다.

다른 초소에서 총성이 들리기 시작했지만 우리 쪽은 잠잠했다. 우리는 그 총성에 질겁을 해서 조금만 더 오른쪽으로 가면 불과 5미터 아래에 거리가 있는데도 불구하고 엉겁결에 9미터 높이에서 뛰어내렸다. 그 바람에 클루지오는 오른쪽 다리가 다시 부러지고 말았다. 나도 도저히 일어날 수 없기는 마찬가지였다. 두 발이 모두 부러졌다. 나중에 알고 보니 부러진 건 발꿈치뼈였다. 콜롬비아인은 한쪽 무릎 관절이 탈골되었다. 총 소리에 거리 쪽 경비가 뛰쳐나왔다. 우리는 커다란 전등 불빛에 에워싸이고 총구 앞에 길이 막혔다. 나는 미친 듯이 울부짖었다. 게다가 경찰들은 내가 일어서지 못한다는 사실을 인정하려고 하지 않았다. 결국 나는 쏟아지는 개머리판 세례를 받으며 무릎으로 기어서 형무소로 돌아왔다. 클루지오와 콜롬비아인은 한 발로 뛰어야 했다. 개머리판에 맞은 머리 상처에서는 피가 쏟아졌다.

총성에 다행히도 그날 밤 사무실에서 자고 있던 돈 그레고리오가 깨어났다. 그가 없었더라면 우리는 개머리판과 총검에 맞아 죽었을 것이다. 나에게 가장 극성스럽게 달려든 사람은 우리와 공모한 보초 둘에게 근무를 맡기기 위해 돈을 지불했던 경사였다. 돈 그레고리오가 나서서 그 야만스런 행위를 멈춰주었다. 그는 만일 우리가 심각한 부상이라도 입으면 그들을 법정에 세우겠다고 위협했다. 그 말에 모두들 홀린 듯 동작을 멈추었다.

이튿날 클루지오는 병원에서 다리에 깁스를 했다. 콜롬비아인은 접골사 죄수에게 치료를 받고 붕대를 감았다. 내 발은 밤 사이에 머리 크기만큼 부풀고 엉긴 피로 얼룩덜룩해졌다. 의사는 미지근한 소금물에 발을 담그게 한 다음 하루에 세 번씩 거머리를 상처 부위에 얹었다. 거머리들이 피를 빨아먹은 다음 떨어지면 식초 물에 담가 다시 토해내게 했다. 머리에 난 상처는 여섯 군데를 봉합했다.

엉터리 정보를 입수한 기자 한 명이 나에 대한 기사를 썼다. 그는 내가 교회 반란의 주모자였으며 보초 한 명에게 독약을 먹었고, 마지막엔 거리 쪽 변압기를 건드려 전등을 차단한 것으로 보아 외부 공모자와 함께 집단 탈출을 꾀했다고 썼다. 그는 '프랑스가 최대한 빨리 우리나라에서 무시무시한 프랑스 악당을 치워주길 바란다'는 말로 결론을 맺었다.

조제프가 아내 아니와 함께 찾아왔다. 경사와 경찰 세 명이 따로따로 찾아와서 지폐 절반을 요구했다고 했다. 아니는 어떻게 하면 좋으냐고 물었다. 나는 그들이 어쨌든 약속은 지켰으니 돈을 주라고 했다. 실패한 것이 그들 잘못은 아니었으니까.

나는 일주일 전부터 평소에는 침대로 사용하는 외바퀴 손수레를 타고 뜰을 산책했다. 수레의 손잡이에 수직으로 고정시킨 나무 조각 두 개 사이에 천을 팽팽하게 묶어놓고 그 위에 두 발을 올린 채 누워 있었다. 그렇게 자세를 취하지 않으면 너무 아파서 견딜 수가 없었다. 발이 부러진 뒤 2주일 정도 지나자 붓기가 반쯤 빠져서 엑스레이를 찍을 수 있었다. 그리고 그제야 발꿈치뼈 두 개가 부러진 사실을 알았다. 나는 남은 평생동안 평발로 지내게 되었다.

오늘 신문에는 프랑스 경찰들의 호위하에 우리를 데려갈 배가 이달 말에 도착한다는 소식이 실렸다. 배 이름은 '마나 호'라고 했다.

오늘은 10월 12일이다. 앞으로 우리에게 남은 날은 18일뿐이니 마지막 수를 두어야 했다. 그나저나 부러진 발로 어떻게 하나?

조제프도 몹시 낙담한 모습이었다. 그는 면회 와서 바리오 치노의 모든 프랑스인과 여자들이 내가 그렇게도 처절하게 자유를 찾아 투쟁했는데 이제 며칠만 있으면 프랑스 당국에 넘겨진다는 사실에 어이없어 하고 있다고 전했다. 다들 내 소식에 충격을 받은 모양이었다. 나는 그 사람들이 모두 내 편이라는 사실에 힘을 얻었다.

나는 콜롬비아 경찰 한 명을 죽이겠다는 생각은 포기했다. 사실 내게 아무 짓도 하지 않은 사람의 목숨을 빼앗을 수는 없는 노릇이었다. 나는 그에게도 부양할 아버지나 어머니 또는 아내와 자식들이 있을 것이라는 생각을 했다. 차라리 아무 가족도 없는 못된 경찰을 찾아내는 편이 낫겠다는 생각을 하며 쓴웃음을 지었다. 혹시 그런 사람을 찾아내면 이렇게 물어봐야겠다. '내가 널 죽인다 해도 아쉬워할 사람이 정말 아무도 없는 거지?' 10월 13일 아침은 몹시 우울했다. 나는 먹으면 황달을 일으키는 피크린산을 들여다보았다. 만약에 병원에 입원하게 되면 조제프를 통해 매수한 사람들의 도움을 받아 병원에서 나갈 수 있을지도 모를 일이었다. 다음날인 14일에 나는 레몬 색보다도 더 노랗게 되었다. 돈 그레고리오가 뜰에서 손수레에 두 발을 치켜들고 반쯤 누워 있는 날 찾아왔다. 나는 다짜고짜 말했다.

"절 병원에 입원시켜주면 2,000페소를 드릴게요."

"노력해보지, 프랑스인. 하지만 그 정도로 2,000페소씩 쓰지는 마. 자유를 얻으려고 그렇게 발버둥쳤는데 아무 결과도 얻지 못하는 자네 모습은 보기에도 딱했어. 문제는 신문에 났던 그 기사 때문에 자네를 병원에 놔두려고 하지 않을 거라는 점이야. 그들은 두려워하고 있거든."

한 시간 후, 의사는 날 병원으로 보냈다. 그런데 난 땅도 밟아보지 못했다. 들것에 실린 채 앰뷸런스에서 내려서 정밀 진단을 받고 들것에서 꼼짝없이 소변 검사를 받은 다음 두 시간 만에 다시 형무소로 실려왔다.

19일 목요일, 조제프의 아내 아니가 한 코르시카인의 아내와 함께 찾아왔다. 두 여자는 내게 담배와 사탕을 갖다주었다. 그리고 그들이 해준 애정 어린 말은 나에게 큰 힘이 되었다. 그들이 내게 보여준 순수한 우정은 그 쓸쓸하던 날을 햇살 비치는 따스한 오후로 바꿔주었다. 그 '80' 형무소에 수용되어 있는 동안 그곳 사람들이 내게 보여준 그 끈끈한 우정이 얼마나 큰 도움이 되었는지는 이루 표현할 수 없을 것이다. 자신의 자유와 일까지 걸고 내 탈출을 도와주려 했던 조제프 드가에게도 얼마나 고마웠는지 모른다.

그런데 아니가 한 한 마디가 내게 아이디어를 주었다. 그녀는 잡담을 나누던 중 이렇게 말했다.

"빠삐용, 당신은 자유를 되찾기 위해 인간적으로 할 수 있는 일은 모두 했어요. 당신에게 운명은 너무 가혹하네요. '80'만 폭파하면 될 텐데!"

"안 될 것도 없겠네요! 이 낡은 형무소를 폭파시키지 못할 것도 없잖아요? 그러면 콜롬비아인들에게도 큰 도움이 될걸요. 여길 폭파시키면 더 위생적인 새 형무소를 지을 테니 말입니다."

나는 작별 인사를 하는 두 매혹적인 여성들에게 입을 맞추면서 아니에게 말했다.

"조제프에게 일요일에 오라고 전해줘요."

22일 일요일에 조제프가 왔다.

"힘들겠지만 목요일에 사람을 시켜서 다이너마이트 한 상자하고 뇌관 그리고 빅포드 밧줄 하나를 보내줘요. 나도 나름대로 나사송 곳을 구할 수 있나 알아볼게."

"어쩌려고?"

"대낮에 형무소 담을 폭파시킬 겁니다. 5,000페소에 지난번처럼 위장 택시를 마련해줘요. 택시는 매일 아침 8시부터 저녁 6시까지 메들랭 감옥 뒤쪽 거리에 대기하고 있어야 해요. 아무 일도 일어나지 않으면 하루에 500페소씩 그리고 무슨 일이 생기면 5,000페소를 받게 될 겁니다. 다이너마이트로 구멍을 낸 다음에 건장한 콜롬비아인 등에 업혀서 택시까지 갈 거예요. 택시가 준비되면 다이너마이트를 보내요. 이제 마지막이니까 더 이상 희망은 없어요."

"날 믿어."

조제프가 말했다.

5시에 난 부축을 받아 예배당에 갔다. 혼자 기도하고 싶다고 말했다. 그리고 돈 그레고리오에게 만나자고 했다. 그가 왔다.

"이제 여길 떠날 날도 8일밖에 안 남았군."

"그래서 오시라고 한 겁니다. 제 돈 5만 페소를 갖고 계시죠? 떠나기 전에 그 돈을 친구에게 맡겨서 제 가족에게 보내고 싶습니다. 3만 페소는 제가 군인들에게 홀대받지 않도록 항상 지켜주신 점을 고맙게 생각해서 기꺼이 드릴 테니 받아주십시오. 나머지 돈은 목요일까지 친구에게 만반의 준비를 시킬 수 있도록 고무 테이프와 함께 오늘 주시면 큰 도움이 되겠습니다."

"그러지."

그는 다시 와서 여전히 반씩 잘려진 2만 페소를 내밀었다. 3만은 그가 가졌다.

나는 손수레를 타고 돌아와서 지난번에 나와 함께 움직였던 콜롬비아인을 한적한 구석으로 불렀다. 그에게 내 계획을 얘기하고 택시가 있는 곳까지 20~30미터를 날 업고 갈 수 있겠느냐고 물었다. 그는 굳세게 약속을 했다. 이제 그 부분은 해결되었다. 나는 조제프가 성공할 거라는 확신을 갖고 행동했다. 나는 월요일 아침 이른 시간에 세탁장으로 갔고, 늘 내 손수레를 '운전'해주는 마튀레트와 클루지오는 전에 내가 3,000페소를 주었으며 마지막 탈출에 실패한 이후 날 그토록 야만스럽게 두들겨팼던 그 경사를 찾아갔다.

"로페즈 경사님, 할 말이 있습니다."

"뭔데?"

"2,000페소를 드릴 테니 아주 빠르고 센 드릴과 나사송곳 여섯 개를 구해주십시오. 두 개는 굵기가 1센티미터도 안 되는 걸로, 두 개는 1센티미터로, 그리고 두 개는 0.5센티미터인 걸로요."

"나는 그런 걸 살 돈이 없어."

"여기 500페소입니다."

"내일 화요일 1시에 근무 교대 시간에 받게 해주지. 2,000페소 준비해놔."

나는 화요일 1시에 뜰에 있는 빈 쓰레기통에서 물건을 찾았다. 근무 교대할 때 비우는 종이 쓰레기통이었다. 건장한 콜롬비아인 파블로가 물건을 가져다 잘 숨겼다.

26일 화요일 면회에 조제프는 오지 않았다. 면회 시간이 끝날 무렵 누군가 날 찾았다. 조제프가 보낸 주름진 프랑스 노인이었다.

"이 빵 덩어리 속에 자네가 원한 물건이 들어 있네."

"이건 택시비 2,000페소입니다. 매일 500페소씩 계산해서요."

"택시 기사는 성질 급한 페루 늙은이야. 괜히 그 친구 성질 건드리지 말라고. 잘 있게."

빵 덩어리가 시선을 끌지 않도록 커다란 종이 봉투 속에는 담배와 성냥, 훈제 소시지, 버터 그리고 검은 기름병 하나가 함께 담겨 있었다. 나는 가방 수색을 하는 동안에 문의 경비에게 담배 한 갑과 성냥과 소시지 두 개를 주었다. 그가 말했다.

"빵도 나 줘."

어림없는 소리였다.

"안 돼요, 빵은 사 먹어요. 여기 5페소 있어요. 우린 여섯 명이라 이 빵도 모자란단 말입니다."

휴! 간신히 위기를 모면했다. 그런 녀석에게 소시지를 줄 생각을 했다니! 손수레는 그 골치 아픈 경찰에게서 빠르게 멀어졌다. 빵을 달라는 말에 어찌나 놀랐던지 온몸이 식은땀으로 흥건했다.

"드디어 내일이 불꽃놀이 하는 날이야. 모든 준비가 다 됐어, 파블로. 정확히 탑 돌출부 아래에 구멍을 내야 해. 위에 있는 경찰이 널 볼 수 없도록."

"하지만 소리는 들릴 텐데."

"벌써 생각해뒀지. 아침 10시에 뜰 쪽에 그늘이 져. 금속 작업을 하는 사람 중 하나가 우리 근처에서 벽에 대고 금속판 한 장을 두들겨 펴기 시작할 거야. 두 명이 하면 더 낫겠지. 난 그들 각자에게 500페소씩 줄 거야. 두 명을 알아봐."

파블로는 곧바로 두 명을 찾아냈다.

"내 친구 두 명이 연신 금속판에 망치질을 하기로 했어. 보초는 드릴 소리를 전혀 듣지 못할 거야. 대신 너는 손수레를 타고 돌출부 바깥쪽에서 프랑스인들과 얘기하고 있어. 다른 각도에 있는 보초가 날 보지 못하게 말이야."

한 시간 만에 구멍이 뚫렸다. 망치질 소리와 드릴에 발라둔 기름 덕분에 보초는 아무 의심도 하지 않았다. 다이너마이트를 구멍 속에 밀어넣고 심지 길이가 20센티미터 정도 되는 뇌관을 부착했다. 다이너마이트는 점토로 고정시켰다. 우리는 뒤로 물러섰다. 일이 잘 되면 구멍이 폭발하면서 문이 생길 것이었다. 보초는 초소와 함께 떨어질 테고, 나는 그 구멍으로 파블로의 등에 업혀 택시로 가면 되었다. 나머지 일은 어떻게든 될 테고. 클루지오와 마튀레트는 우리 뒤에 따라오더라도 나보다 먼저 택시에 도착할 것이었다.

폭발 직전에 파블로는 콜롬비아인들에게 미리 알렸다.

"너희도 달아나고 싶으면 마음대로 해. 조금 있다가 담에 구멍이 하나 생길 거야."

"잘됐다. 경찰들이 달려오더라도 제일 뒤에 보이는 사람들에게 총을 쏠 거야."

드디어 다이너마이트가 폭발했다. 어마어마한 폭발음과 함께 그 구역 전체가 흔들렸다. 탑은 그 위에 있던 경찰과 함께 무너져내렸다. 담장 건너편의 거리가 보일 정도로 여기저기에 큰 구멍이 생겼지만 그 틈으로 지나갈 만큼 넓은 구멍은 하나도 없었다. 그 순간 실패했다는 사실을 인정할 수밖에 없었다. 내 운명은 그곳 카옌으로 돌아가는 것이었나보다.

폭발에 따른 소란은 말로 형용할 수 없을 정도였다. 뜰에는 50명 넘는 경찰들이 있었다. 돈 그레고리오는 어떻게 처신해야 하는지 잘 알았다.

"이봐 프랑스인들. 이번이야말로 마지막이었던 것 같군."

주둔 부대 대장은 미친 듯이 화를 냈다. 이미 부상을 입고 손수레에 누워 있는 사람을 때리라고 할 수도 없었기 때문이다. 나는 다른 사람들에게 피해가 가지 않도록 일찌감치 나 혼자 모든 일을 꾸몄다고 나섰다. 구멍난 담장 앞에 경비 여섯 명, 거리 바깥에 여섯 명이 복구 작업이 끝날 때까지 상주하며 지키게 되었다. 순찰로 위에서 떨어진 보초는 다행히도 무사했다.

도형지로의 귀환

사흘 뒤인 10월 30일, 오전 11시에 도형지에서 온 흰 제복 차림의 간수 열두 명이 우리를 인수했다. 출발하기 전에 작은 공식 행사가 열렸다. 우리들 각자의 신원을 확인하는 일이었다. 그들은 우리들의 인체 측정 색인표, 사진, 지문 등 온갖 잡동사니를 가져왔다. 프랑스 영사는 신원을 확인한 후 우리를 정식으로 프랑스에 인도하는 책임자인 구역 판사에게 서명을 해주었다. 그 자리에 참석한 모든 사람이 우리를 대하는 간수들의 우호적인 태도를 보고 놀랐다. 격앙된 태도도, 험한 말도 전혀 없었다. 우리 중 그곳에서 더 오래 지냈던 세 사람은 간수 여러 명을 알아보고 그들과 오랜 친구 사이처럼 농담을 주고받기도 했다. 수행단장인 브랄 지휘관은 내 상태가 안쓰러운 듯 발을 내려다보며 함께 온 일행 중에 유능한 간호병이 있으니 배에 올라서 치료를 받으라고 말하기도 했다.

그 낡아빠진 배의 바닥에서 항해하는 일은 무엇보다도 숨막히는 열기와 두 명씩 족쇄로 묶여 있는 불편함 때문에 더 괴로웠다. 특기할 만한 사건은 딱 한 번 일어났다. 그 배는 트리니다드에 석탄을 구하러 가야 했다. 항구에 들어서자 영국 해군 장교 한 명이 우리를 묶어놓은 쇠고랑을 풀어주라고 요구했다. 영국 법에서는 배에 탄 사람들을 묶어놓을 수 없도록 되어 있는 모양이었다. 나는 그 틈을 이용해 다른 영국 장교 한 명의 뺨을 갈겼다. 그렇게 해서라도 체포되어 상륙하고 싶었던 것이다. 장교가 내게 말했다.

"네가 방금 저지른 그 용감한 실수 때문에 체포해서 땅에 내려놓지는 않을 것이다. 그곳으로 돌아가는 편이 훨씬 더 가혹한 벌이 될 테니까 말이다."

괜한 헛수고를 했다. 나는 도형지로 돌아갈 운명이었다. 불행히도 그 탈주 열한 달 만에 처절하고도 다양했던 몸부림은 끝이 나고 말았다. 그 파란만장하고 요란한 모험 끝에 참담한 결과를 얻고 도형지로 돌아갈 수밖에 없었을지언정 내가 겪었던 아름다운 순간들을 잊을 수는 없었다.

트리니다드 항구에서 몇 킬로미터밖에 떨어지지 않은 곳에는 잊을 수 없는 보웬 가족이 살고 있었다. 우리는 위대한 주교 이렌 드 브륀의 땅인 쿠라사우에서 그리 멀지 않은 곳을 지나고 있었다. 자연스럽고 자발적인 형태로 가장 순수하고 열정적인 사랑을 알게 해준 과지라 원주민들의 영역도 아마 스쳐지났을 것이다. 아이들처럼 맑고 순수하게 사물을 대하는 그 원주민들이야말로 이해심 많고 소박하고 순수한 사랑을 지녔으며 의지가 강한 사람들이리라.

그리고 피종 섬의 그 나병 환자들! 그렇게 끔찍한 병에 걸린 그 가없은 도형수들은 그럼에도 고결한 마음씨로 우리를 도와주었다. 마음씨 좋은 벨기에 영사부터, 잘 알지도 못하면서 나를 위해 그토록 애써준 조제프 드가까지 그 모든 사람들, 이번 탈출에서 내가 만났던 그 모든 이들은 내가 얻은 값진 수확이었다. 그런 점에서 비록 실패하긴 했어도 내 탈출은 특별한 사람들을 알게 되어 내 영혼이 풍요로워진 것만으로도 일종의 승리였다. 난 결코 탈출했던 일을 후회하지 않는다.

이제 우리는 마로니의 진흙탕으로 돌아왔다. 우리는 마나호 갑판 위에 있었다. 열대의 태양은 이미 그 땅을 뜨겁게 달구고 있었다. 아침 9시였다. 우리는 내가 그토록 서둘러 떠났던 그곳으로 천천히 돌아왔다. 동료들은 아무 말도 하지 않았다. 간수들은 돌아와서 기쁜 눈치였다. 항해 도중 바다가 어찌나 고약스럽게 굴던지 그들 중 많은 이들이 그제야 안도의 한숨을 내쉬었다.

1934년 11월 16일

부두에는 사람들이 많았다. 겁도 없이 그렇게 멀리 도망갔던 죄수들을 구경하려고 기다리는 듯했다. 우리가 도착한 날은 마침 일요일이라 사람이 그리 많지 않은 그 사회에 일종의 오락거리를 제공한 셈이었다. 사람들이 속닥이는 것이 들려왔다.

"다친 사람이 빠삐용이래. 저 사람이 클루지오고, 저기 저 사람이 마뤼레트……."

감화 수용소에는 600명의 사람들이 집단별로 자신들의 막사 앞에 줄지어 서 있었다. 각 무리 근처에 간수들이 있었다. 내 눈에 제일 먼저 들어온 사람은 프랑수아 시에라였다. 그는 다른 사람들의 시선을 피하지도 않은 채 드러내놓고 울었다. 그는 의무실 창에 기대어 나를 바라보았다. 그가 진심으로 안타까워하는 것이 느껴졌다. 우리는 수용소 한가운데에서 멈추었다. 감화소 지휘관이 확성기를 들고 말했다.

"이송자들, 이제 탈출해도 소용없다는 걸 알았겠지. 어느 나라든지 너희들을 체포해서 프랑스로 돌려보낼 거다. 어디에서도 너희를 원하지 않아. 그러니까 얌전히 지내는 편이 나을 거다. 이 다섯 명은 어떻게 되냐고? 생 조제프 섬에서 호된 징역을 살고 남은 형기동안 영원히 살뤼 제도에 구금된다. 그것이 탈출한 대가다. 너희들이 제대로 알아들었기를 바란다. 간수들, 이 자들을 규율 구역으로 끌고 가라."

잠시 뒤 우리는 감시가 삼엄한 구역의 특별 독방에 갇혔다. 나는 도착하자마자 더 퉁퉁 부어오른 발을 치료해달라고 부탁했다. 클루지오는 다리 깁스 때문에 아프다고 호소했다. 혹시나 우리를 병원에 보내준다면! 프랑수아 시에라가 간수와 함께 도착했다.

"의무병 왔다."

간수가 말했다.

"어때, 빠삐?"

"아파. 병원에 가고 싶어."

"애써보겠지만 네가 그곳에서 한 일이 있는지라 아마 힘들 거야. 클루지오도 마찬가지고."

그는 내 발을 문질러주고 연고를 발라준 다음 클루지오의 깁스를 확인하고 갔다. 간수들이 옆에 있어서 아무 말도 나눌 수는 없었지만 그의 다정한 눈빛에 깊이 감동했다. 다음날 다시 와서 발을 문질러주며 시에라가 말했다.

"안 돼, 아무것도 할 수가 없어. 일반 감방으로 보내줄까? 밤에도 발에 족쇄를 채우나?"

"응."

"그럼 일반 감방으로 가는 편이 낫겠다. 족쇄는 채우겠지만 혼자 지내지는 않을 거야. 이런 상태로 혼자 지내면 더 괴로울 거야."

"그렇지."

그랬다. 그 순간에 혼자 고립되어 있다는 것은 이전보다 더 견디기 힘들었다. 그런 정신 상태로는 굳이 눈을 감지 않아도 과거와 현재 사이를 떠돌 수 있었다. 그리고 걸을 수가 없기 때문에 지하 감방은 이전보다 더 끔찍했다.

그렇게 결국 '나락의 길'로 돌아왔다. 그래도 처음에는 제법 빨리 그 길에서 벗어나 자유를 향해, 다시 인간이 되는 기쁨을 누리기 위해, 그리고 복수를 위해 바다를 누볐지 않은가. 폴랭과 경찰들과 검사, 이 세 사람에게 진 빚을 난 결코 잊지 않을 것이다. 폭탄이 담긴 가방을 경찰서 문 앞의 경관들에게 맡길 필요도 없다. 나는 침대차 요리사 복장을 하고 머리에는 근사한 회사 모자를 쓰고 갈 것이다. 가방에는 '파리 오르페브르 가 36번지, 브누아 청장 앞'이라고 커다랗게 쓴 꼬리표를 붙일 것이다. 직접 그걸 들고 작전실로 올라가서 내려놓고 정확하게 계산한 타이머가 작동하기 직전에 빠져나오면 실패할 리 없다. 계획을 세우고 나니 마음이 한결 가벼워졌다. 그 검사 녀석의 혀를 뽑을 시간은 있었다. 생각만 해도 속이 시원했다. 그 더러운 혀를 뽑아서 갈기갈기 찢어줄 테다.

당장 큰 목표를 발을 고치는 것으로 정했다. 최대한 빨리 걸어야 했다. 석 달 동안은 법정에 서지 않을 것이고, 석 달이면 많은 일이 벌어질 수 있는 시간이었다. 한 달은 걷는 데 주력하고, 한 달은 일을 도모하고, 그리고 나면 작별이었다. 그렇지만 이번에는 아무도 내게 손을 내밀지 못할 것이다.

어제는 돌아온 지 사흘 만에 일반 감방으로 옮겨졌다. 그곳에서는 마흔 명이 제각기 예심을 기다리고 있었다. 도둑질로 온 사람도 있었고, 약탈이나 방화, 살인, 살인미수, 암살, 탈출 시도, 탈출 그리고 심지어 식인 행위를 한 사람도 있었다. 우리는 칸막이 판자의 양쪽 구석에 스무 명씩 무리를 지었다. 모두 15미터가 넘는 긴 쇠고랑으로 묶여 있었다. 저녁 6시가 되면 각자의 왼쪽 발을 묶고 있는 쇠고랑이 긴 막대에 연결되었다. 그리고 새벽 6시에 그 굵은 고리에서 풀려나면 하루 종일 앉거나 돌아다닐 수도 있었고, 체커놀이를 하거나 우리가 '산책로'라고 부르는 2미터 폭의 좁은 길에서 잡담을 나눌 수도 있다. 낮 동안에는 지루할 새가 없었다. 모두들 삼삼오오 몰려와서 탈출담을 들려달라고 아우성을 쳤기 때문이었다. 내가 나의 과지라 종족과 랄리와 조라이마를 두고 떠난 이야기를 할 때면 다들 미친 듯이 소리를 질렀다. 이야기를 듣던 한 파리 출신은 이렇게 외쳤다.

"도대체 뭘 찾겠다고, 이 친구야. 전차? 승강기? 극장? 고압 전

류로 전기 의자를 작동시키는 전깃불? 피갈 광장의 분수에서 목욕이라도 하려고 그랬어? 어떻게 그럴 수가 있냐! 토실토실한 계집 둘에다가 마음 착한 벌거숭이 족들과 자연 한가운데에서 발가벗고 살면서 실컷 먹고 마시고 사냥도 할 수 있는데 말야. 바다 있지, 태양 있지, 따뜻한 모래사장 있지, 진주도 전부 네 것인데, 어딜 가도 그보다 나은 곳은 없을 텐데 그 모든 걸 다 내팽개치다니 말야. 안 그래? 길거리를 뛰어다녀도 차에 깔려 죽을 염려도 없겠다. 집세니 옷값이니 전기세니 전화비니 낼 필요도 없겠다. 자동차 한 대 사려고 간신히 굶어죽지 않을 만큼 돈을 받아가며 머저리처럼 일해야 하는 것도 아니고 말야. 도저히 이해할 수가 없구먼! 넌 천국에 갔다가, 당장 먹고 살 걱정 말고도 네 뒤를 쫓는 세상 경찰들을 피해야 하는 지옥으로 제 발로 돌아온 거야. 도형지에서 10년째 살고 있는 나로선 더더욱 이해할 수가 없어. 어찌되었든 잘 왔어. 분명히 다시 시작할 일이 있을 테지? 우리 모두 도와줄 테니 우리만 믿어. 그렇지, 친구들?"

다들 동의했고, 난 그들 모두에게 감사했다.

그들은 정말 무시무시한 사람들이었다. 하도 뒤죽박죽 섞여 있어서 서로 누가 '계획'을 갖고 있는지 알아차리기가 어려웠다. 밤에는 다 같이 긴 막대에 묶여 있기 때문에 누구 한 명을 죽이기는 어렵지 않았다. 적당한 액수의 돈만 있으면 낮에 열쇠지기 아랍인을 매수해 쇠고랑을 잠그지 않도록 할 수 있었다. 그러면 밤이 되었을 때 조용히 일을 처리하고 나서 제자리에 누워서 자신의 고랑을 다시 잠그기만 하면 일은 간단했다. 그 아랍인도 간접적으로 가담한 공범이기 때문에 입을 다물었다.

그렇게 내가 돌아온 지도 3주일이 되었다. 시간은 빨리도 지나갔다. 나는 감방 안 칸막이에 달린 봉을 붙잡고 조금씩 걷기 시작했다. 지난주에는 예심을 받으러 갔다가 우리가 병원에서 때려눕히고 무기를 빼앗았던 병원 간수 세 명을 보았다. 그들은 우리가 돌아온 것을 보고 아주 좋아하며 언제고 그들이 근무를 서는 곳에서 마주치기만 해보라고 단단히 별렀다. 그도 그럴 것이 우리가 달아난 뒤에 세 사람 모두 6개월 동안 유럽 휴가가 금지된 데다가 일년 동안 보너스도 중지되는 중징계를 받았던 것이다. 그러니 서로 만나봐야 좋을 리 만무했다. 우리는 예심에서 그런 위협을 받고 있다는 사실을 이야기하고 참고해달라고 했다.

아랍인은 전보다 더 친절했다. 그는 전에 마튀레트가 한 일도 잊어버리고 있었던 일을 가감 없이 이야기해주었다. 예심 판사를 맡은 대령이 누가 우리에게 배를 구해주었는지 알아내려고 애를 썼다고 한다. 그리고 우리가 직접 뗏목을 만들었다는 둥 말도 안 되는 이야기를 지어냈다는 것이다. 그는 우리가 간수들을 습격했기 때문에 무슨 일이 있어도 나와 클루지오에게는 5년 그리고 마튀레트에게는 3년을 구형할 것이라고 했다.

"네 별명이 빠삐용(프랑스어로 빠삐용은 나비라는 뜻―옮긴이)이라며? 내가 기필코 두 날개를 잘라서 다시는 날지 못하게 해주지."

나는 그의 말이 사실이 될까봐 내심 두려웠다.

이제 법정에 서기까지는 두 달 남짓 남았다. 진작에 독화살을 하나라도 챙겨두지 못한 것이 아쉬웠다. 독화살이 있었더라면 규율구역에서 마지막으로 어떻게든 해볼 수도 있었을 텐데. 이제 나는 하루가 다르게 좋아졌다. 걷기가 훨씬 더 편해졌다. 프랑수아 시에라는 하루도 거르지 않고 아침저녁으로 와서 장뇌유를 발라주었다. 그 마사지는 내 발과 정신에 굉장한 도움이 되었다. 살아가는 데 친구가 있다는 게 얼마나 좋은 일인지!

나는 그렇게 오랫동안 탈출했던 일로 우리가 죄수들 사이에서 명백한 특권을 누리게 되었다는 사실을 깨달았다. 그 사람들 속에 있으면 우리는 아무것도 걱정할 게 없다는 확신이 들었다. 우리에게서 뭘 훔치려는 자들에게 살해당할 염려도 없었다. 대부분의 죄수들이 그런 일을 용납하지 않아 자칫 자기들이 살해당할 수 있었기 때문이다. 한 사람의 예외도 없이 우리를 존중하고, 심지어 존경심까지도 품고 있었다. 그리고 감히 간수들을 때려눕힌 일 때문에 우리는 마음만 먹으면 뭐든 못할 것이 없는 사람들의 반열에 올라 있었다.

나는 매일 조금씩 더 잘 걸을 수 있게 되었다. 시에라가 작은 병을 주고 간 덕분에 주변 동료들이 기꺼이 나서서 발뿐만 아니라 오랫동안 쓰지 않아서 굳어버린 다리 근육까지 마사지해주었다.

개미들에게 산 채로 먹힌 아랍인

감방 안에는 다른 어느 누구와도 이야기를 나누지 않는 과묵한 두 사람이 있었다. 그 둘은 항상 서로 바짝 붙어 지내며 아무도 들을 수 없게 나직한 목소리로 이야기를 주고받았다. 어느 날 나는 둘 중 하나에게 시에라가 갖다준 미국산 담배 한 개비를 건넸다. 그가 고맙다는 인사와 함께 내게 말했다.

"프랑수아 시에라가 네 친구야?"

"응. 제일 친한 친구지."

"만약에 언제고 일이 잘못되면 우리 유산을 너에게 남길게."

"유산이라니?"

"내 친구와 나는 만일 우리 목이 잘리게 되면 네가 다시 탈출하는 데 쓸 수 있도록 우리 돈을 너에게 넘기기로 했어. 시에라에게 맡겨서 너에게 전해주라고 할게."

"사형될 거라고 생각하는 거야?"

"거의 확실해. 그걸 면할 가능성은 거의 없어."

"사형될 것이 확실하다면, 왜 너희가 이 일반 감방에 있겠어?"

"우리끼리 따로 있으면 자살할까봐 그런 것 같아."

"아! 그럴 수도 있겠구나. 도대체 무슨 짓을 했길래?"

"아랍 놈 하나를 살인 개미들 먹이로 줬어."

"어디서 그랬는데?"

"'42킬로미터'라는 죽음의 수용소에서."

그의 동료가 우리 곁으로 다가왔다. 그는 툴루즈 출신이었다. 난 그에게도 미국산 담배를 나눠주었다. 그가 내 맞은편, 자신의 친구 곁에 앉아 말문을 열었다.

"우리는 한 번도 다른 사람의 생각을 물어본 적이 없었는데, 네가 우리를 어떻게 생각하는지는 궁금하다."

"아무 내막도 모르고서야 산 사람을 개미들에게 던져준 엄청난 일을 내가 함부로 옳다 그르다 할 순 없잖아? 내 생각을 알고 싶으면 자세히 이야기해봐."

그러자 툴루즈인이 이야기를 시작했다.

"내가 얘기할게. 생 로랑에서 42킬로미터 떨어진 그 42킬로미터 수용소는 삼림 수용소야. 거기서는 도형수들이 매일 단단한 나무를 1제곱미터씩 잘라야 해. 매일 저녁마다 자신이 하루 종일 잘라 정리해놓은 나무 옆에 가서 서야 해. 간수들은 열쇠지기 아랍인들을 데리고 와서 죄수들이 그날의 임무를 다 마쳤는지 확인하지. 나무 1스테르(제곱미터―옮긴이)마다 붉은색이나 초록색 또는 노란색으로 표시를 해. 그 색깔은 날마다 그때그때 달라. 그리고 나무 조각 하나라도 어수룩한 건 절대 용납을 안 해. 철저한 검사를 위해 두 사람이 한 조로 움직이지. 우리는 제대로 임무를 마치지 못하는 날이 많았어. 그러면 저녁에 지하 감방에 가두고는 먹을 것도 안 주고 아침에 쫄쫄 굶은 채로 다시 나가서 그날 분량에다가 전날 마치지 못한 것까지 채워야 하지. 그렇게 개처럼 부렸다고.

갈수록 몸은 쇠약해지고 일을 마치기가 더 힘들어졌어. 그런 와중에 간수도 아닌 아랍 놈 하나를 특별 간수로 우리에게 붙인 거야. 그놈은 현장에 나와서 편하게 앉아 가랑이 사이에 쇠가죽 채찍을 내려놓고는 쉴새없이 우리를 모욕했어. 뭘 먹을 때는 일부러 소리 내어 씹으면서 우리가 먹고 싶게 만들었고. 계속 고문을 해댄 셈이었지. 우리는 탈출하려고 각자 3,000프랑씩을 몸에 지니고 있었어. 그러던 어느 날 그놈을 매수해 보기로 작정했지. 다행히도 그놈은 우리 둘 중 한 사람만 돈을 가진 걸로 알고 있었거든. 그놈의 작전은 간단했지. 50프랑을 주면 전날 작업을 끝낸 나무들 중에서 색깔 표시가 되지 않은 나무들을 훔치는 걸 눈감아준다고 해놓고는 우리에게서 50프랑이고 100프랑이고 돈을 갈취한 거야.

우리는 설마 그놈이 우리에게 그렇게 많은 돈을 뜯어갔으니 고발하지는 않겠거니 생각하고 계속 나무를 훔쳤어. 그러던 어느 날 그 놈이 우리 뒤를 밟아 나타나서 이렇게 말하더라고.

'그럼 그렇지! 네놈이 계속 나무를 훔쳐놓고는 세금을 안 냈구나! 500프랑을 내놓지 않으면 고발하겠다.'

우리는 단순한 위협인 줄 알고 거절했어. 다음날 그놈이 또 와서 말했지.

'돈을 내놓지 않으면 오늘 저녁에 지하 감방에 갇힐 줄 알아.'

우리는 또 거절했어. 그랬더니 그날 오후에 간수들을 데리고 오더군. 그 뒤에 일어난 일은 정말 끔찍했어, 빠삐용! 놈들은 우리를 발가벗긴 다음 나무 더미로 끌고 갔어. 우리는 아랍 놈이 휘두르는 채찍에 맞으면서 각자 우리가 훔친 만큼의 분량을 모두 채워야 했어. 이틀 동안 아무것도 먹지도 마시지도 못하면서 그 '고문'을 당해야 했다고. 지쳐서 쓰러지면 그 아랍 놈은 발길질을 하거나 채찍을 휘둘러서 우릴 다시 일으켜세웠어. 결국엔 완전히 뻗어서 도저히 일어나질 못하겠더라고. 그랬더니 그놈이 우리한테 무슨 짓을 했는지 알아? 사나운 말벌이 사는 벌집을 찾아서는 그 벌집이 매달린 나뭇가지를 잘라 우리 몸 위로 내던졌지. 우리는 너무 아파서 일어나 미친 듯이 내달렸어. 그게 얼마나 아픈지는 말해도 모를 거야. 말벌에 쏘이면 얼마나 아픈지 알아? 생각해보라고, 우린 50군데인지 60군데를 쏘였다고. 말도 못하게 끔찍하게 아파.

그놈들은 우릴 치료도 해주지 않고 열흘 동안 지하 감방에 가두고 빵과 물만 주었어. 심지어 위에서 오줌을 갈기기도 했지. 난 왼쪽 눈을 말벌 10여 마리한테 쏘여서 시력도 잃었어. 다시 수용소로 돌아갔을 때는 다른 죄수들이 우릴 도와주었지. 동료들은 각각 나무를 나눠주었어. 우리 둘이 해도 한 사람 몫을 하기가 힘들 지경이었는데 그 친구들이 큰 도움이 되었지. 그렇게 해서 우리는 간신히 기력을 되찾아갔어. 밥도 열심히 먹었고. 그러다가 우연히 개미들로 그 개새끼한테 복수해야겠다는 생각이 떠오른 거야. 나무를 찾다가 덤불 속에서 엄청나게 큰 개미집을 찾은 일이 있는데, 가만히 보니까 그 개미들이 커다란 암사슴을 먹어치우더라고.

그 아랍 놈은 여전히 작업을 감시하고 있었어. 그러던 어느 날 우리는 도끼 자루를 휘둘러서 그놈을 때려눕힌 다음에 그 개미집 근처로 끌고 갔어. 옷을 다 벗긴 다음에 나무 둥치에 묶고 나뭇단 묶을 때 쓰는 굵은 밧줄로 팔다리도 묶었지.

그리고 도끼로 몸 여기저기에 상처를 내주었어. 소리지르지 못하도록 입 속에는 풀을 쑤셔넣어 재갈로 묶어놓은 다음에 기다렸지. 개미집에 막대기 하나를 쑤셔 박았더니 그제야 개미들은 막대기를 타고 올라와서 그놈의 몸뚱이에 달려들더군.

별로 오래 걸리지 않았어. 30분 정도 있으니까 개미 떼 수천 마리가 달려들었어. 살인 개미 본 일 있어, 빠삐용?"

"아니, 한 번도. 커다란 흑개미는 본 적 있어."

"살인 개미들은 말야, 작고 핏빛처럼 빨간 불개미들이야. 그것들은 아주 작은 살점을 뜯어내서 집으로 가져가지. 우리는 말벌들한테 시달렸지만 그놈은 수천 마리의 개미 떼한테 산 채로 껍질이 벗겨졌어. 꼬박 이틀하고 반나절 동안 숨이 붙은 채 고통스러워했지. 그리고 스물네 시간이 더 지난 다음에는 눈알도 남아 있지 않았어.

우리의 복수가 너무 무자비했다는 점은 인정하지만 그놈이 우리한테 한 짓을 생각해보라고. 우리가 죽지 않은 것만도 기적이었어.

물론 다른 열쇠지기 아랍 놈들과 간수들은 사방으로 그놈을 찾아다니고 우리가 그 일과 무관하지 않을 거라고 의심도 했어.

우리는 매일 다른 덤불에 그놈의 유해를 묻을 구덩이를 조금씩 팠어. 그러다가 간수 한 명이 그놈의 시체를 찾아내지 못한 상태에서 우리가 구덩이 파는 걸 본 거야. 그러고는 우리가 무얼 하는지 확인하려고 뒤를 밟은 거지. 그게 우리 실수였어.

어느 날 아침 우리는 현장에 나가자마자 그곳으로 가서 거의 뼈만 남은 채 여전히 개미떼에 뒤덮여 있는 시체에서 개미들을 떼어내고 구덩이로 끌고 가려다가(그 와중에 우리도 개미들한테 수없이 물렸지) 아랍인 세 명하고 간수 두 명에게 붙잡히고 말았지.

이게 다야! 우리는 그놈을 먼저 죽인 다음에 개미들한테 주었다고 주장했어. 그런데 법의학자의 보고서에 아무런 치명적인 외상이 없다고 나온 거야. 우리가 산 채로 잡아먹히게 했다는 주장을 뒷받침하는 근거가 된 거지. 우리를 변호해주는 간수(그곳에는 간수들이 즉석에서 변호사가 되거든)는 우리 주장이 받아들여지면 목숨은 건질 수 있을지도 모른대. 그렇지만 솔직히 우리에겐 거의 희망이 없어. 그래서 내 친구와 난 자네한테 의논도 하지 않고 자네에게 우리 돈을 넘기기로 결심한 거야."

"그런 일이 없기를 진심으로 빌게."

우리는 담배를 한 대씩 더 피워 물었다. 그들은 내 의견을 재촉하는 표정으로 날 바라보았다.

"이봐, 친구들, 내 생각을 기다리나본데, 그럼 마지막으로 하나만 물을게. 그 대답에 따라서 내 결정이 달라지는 건 아니지만. 이 방 안에 있는 다른 사람들을 어떻게 생각하기에 그들하고 얘기를 안

하는 거야?"

"대부분은 그놈을 죽인 건 잘 한 일이지만 산 채로 먹히게 한 건 심했다고 생각해. 그리고 우리가 다른 사람들하고 말을 하지 않는 건 언젠가 한번 반란을 일으켜서 탈출할 기회가 있었는데도 그들이 그렇게 하지 않았기 때문이야."

"그럼, 내 생각을 말해줄게. 너희들이 한 짓은 충분히 그럴 만했다고 생각해. 벌집을 건드린 건 도저히 용서받을 수 없는 일이었으니까. 혹시라도 목이 잘리게 되면 마지막 순간에 딱 한 가지만 생각해. '내 목이 잘리는 건, 내 몸을 묶어서 구멍에 내 목을 밀어넣고 칼날이 떨어질 때까지 다 해도 30초면 끝나지만 그놈은 60시간 동안 고통받다. 그러니 내가 이긴 거다' 하고 말이야. 이 방에 있는 다른 사람들에 관해선 너희 말이 맞는지 난 모르겠어. 너흰 그날 반란이 일어났더라면 다 같이 달아날 수 있었을 거라고 생각하겠지만 다른 사람들은 그렇게 생각하지 않았을 수도 있으니까. 또 한편으로는 반란 속에서 누군가 뜻하지 않게 죽었을 수도 있고. 그런데 내가 볼 땐, 여기 있는 사람들 중에서 제 목을 걸고 무리하게 덤빌 만한 사람은 너희 둘과 그라빌 형제밖엔 없어. 어떤 상황에서든지 저마다 처한 특수한 상황에 따라 다른 행동을 보이게 마련이지."

대화에 만족한 두 사람은 다시 구석으로 가서 침묵에 잠겼다.

식인종들의 탈출

'그놈들이 의족을 먹었다!' '의족 스튜 하나 주세요!' 그러더니 여자

목소리를 흉내낸 목소리가 들렸다. '후추 뿌리지 말고 잘 익힌 사람 고기 주쇼!'

한밤중에 이런 소리를 듣는 일은 흔치 않았다. 클루지오와 나는 누가 왜 한밤중에 이런 말을 하는지 궁금했다.

그날 오후에 나는 이 미스터리의 열쇠를 얻었다. 이 일과 관련된 인물 중 한 사람인 마리우스 드 라 치오타라는 금고털이 전문범이 얘기를 해주었다. 내가 그의 아버지 티탱을 안다고 하자 그는 거리낌없이 얘기하기 시작했다.

나는 그에게 내 탈출 일화를 조금 들려준 다음 아무렇지 않게 물었다.

"넌 어때?"

"난 더러운 일에 휘말렸어. 작은 탈출 시도만으로도 5년형은 받을까봐 무서워. 난 '식인종들의 탈출'이라고 불리는 탈출에 가담했었어. 한밤중에 네가 들은 소리 말야, '그놈들이 먹었다'나 '스튜' 어쩌고 하는 건 그라빌 형제 얘기야.

우린 42킬로미터 수용소에서 여섯 명이 함께 탈출했어. 데데 그라빌과 장 그라빌 형제, 각각 서른 살과 서른다섯 살인 리용 출신의 그 두 형제하고 마르세유 출신의 이탈리아인 한 명, 라 치오타 출신인 나, 나무 의족을 한 앙제 출신 한 명 그리고 그의 여자 역할을 하는 스물세 살 먹은 젊은 놈 하나였어. 우린 마로니를 벗어났는데 바다에서 제대로 힘 한번 써보지도 못하고 몇 시간 만에 네덜란드령 기아나 해안으로 내동댕이쳐졌지. 난파된 배에서 생필품이고 뭐고 아무것도 못 건졌어. 그래서 그나마 간신히 옷만 한 벌씩 걸친 채로 덤불 숲을 헤매게 된 거지. 거긴 모래사장도 없이 곧장 숲으로 이어지는 곳이었어. 바닷물 때문에 뿌리째 뽑혀서 서로 얽힌 채 나동그라진 나무들 때문에 넘어가기도 힘든 미로 같은 곳이었지.

하루 온종일 걷다가 간신히 마른 땅을 찾아냈어. 우리는 세 조로 나누었어. 그라빌 형제, 나와 이탈리아인 게세피, 그리고 의족과 그의 애인. 각각 다른 방향으로 흩어졌다가 12일 후에 처음 헤어진 장소 근처에서 그라빌 형제를 다시 만났어. 주변엔 온통 유사여서 빠져나갈 길을 찾을 수가 없었어. 우리 몰골이 어땠는지는 설명 안 해도 알 거야. 우린 나무 뿌리나 새싹 조금 말고는 아무것도 먹지 못하고 13일을 버텼어. 굶주리고 지쳐서 죽기 직전에 놓인 게세피와 나는 남은 힘으로 바닷가로 돌아가서 나무 꼭대기에 셔츠를 묶어 그곳을 지나치는 네덜란드 연안 경비선이라도 붙잡기로 했어. 그라빌 형제는 몇 시간 쉬었다가 나머지 둘을 찾아 나서기로 했고. 그건 어렵지 않은 일이었지. 처음 헤어질 때 각 조마다 나뭇가지를 부러뜨려서 지난 흔적을 남기기로 했으니까. 그런데 몇 시간이 지나자 의족을 한 놈이 혼자서 나타난 거야. 그래서 형제가 물었지.

'꼬마는?'

'도저히 못 걷겠다고 하기에 뒤에 남겨두었어.'

'혼자 놔두고 오다니 못됐다.'

'그 녀석이 그렇게 하라고 했단 말야.'

그때 데데가 그가 남은 한쪽 발에 꼬마의 신발을 신고 있는 걸 알아챈 거야.

'혼자 남겨둔 걸로도 모자라 걔 신발까지 신고 왔어? 잘했군! 헌데 넌 우리 같지 않고 멀쩡해 보인다. 뭘 먹었나 본데.'

'응. 상처입은 원숭이 한 마리를 찾았거든.'

'운이 좋구나.'

그때 데데가 한 손에 칼을 들고 자리에서 일어났어. 그의 배낭도 뭔가 두둑해 보였거든.

'배낭 좀 열어봐. 그 안에 뭐가 들었지?'

그가 배낭을 열자 살코기가 보였어.

'이게 뭐야?'

'원숭이 고기.'

'나쁜 놈, 꼬마를 죽여서 먹은 거 아냐?'

'아냐, 데데. 절대 아냐. 그앤 지쳐서 죽었고, 난 아주 조금밖에 안 먹었어. 용서해줘.'

그가 채 말을 끝맺기도 전에 데데는 그의 배에 칼을 꽂았어. 그리고 그의 몸을 뒤져서 성냥과 마찰면이 담긴 가죽 주머니를 찾아냈어. 그놈이 헤어지기 전에 성냥도 나누지 않았다는 생각에 화가 잔뜩 난 데다 배가 너무 고파서 제정신이 아니었지. 그래서 간단히 말하면 불을 피워서 그놈을 먹어치우기 시작한 거야.

게세피는 한창 잔치가 벌어지던 중에 도착했어. 형제는 게세피에게도 먹으라고 했지만 그는 거절했어. 그는 바닷가에서 게와 날생선을 잡아 먹었어. 그리고 그라빌 형제가 남은 살코기를 불 위에 올려놓고 심지어 의족까지 땔감으로 쓰는 걸 지켜만 보았지. 그렇게 해서 게세피는 그날과 그 다음날까지 형제가 사람을 잡아 먹어치우는 걸 보고 그들이 먹어치운 부위가 정강이뼈, 넓적다리, 엉덩이라는 것까지 알아본 거야.

난 게세피가 날 발견할 때까지 줄곧 바닷가에 있었어. 우린 모자에 작은 물고기와 게를 가득 채워서 그라빌 형제가 피워놓은 불에 구우려고 다가갔어. 난 시체는 못 봤어. 형제가 먼 곳으로 끌어다 놨거든. 잿더미 속에 아직도 흩어져 있는 살코기 몇 조각은 봤지.

사흘 후에 연안 경비가 우릴 찾아서 생 로랑 뒤 마로니 형무소에 집어넣었어. 게세피는 입을 다물고 있지를 못했어. 이 방에 있는 사람 전부 그 일을 알아, 심지어 간수들까지도. 그래서 한밤중에 그런 헛소리들이 들리는 거야. 공식적으로 우린 탈출죄에다가 식인죄가 가중되었지. 문제는, 나 자신을 변호하자면 나도 그 일을 알리고 비난해야 하지만 도저히 그럴 수가 없다는 거야. 게세피를 포함해서 우린 전부 예심에서 사실을 부인할 거야. 두 사람은 덤불 숲에서 실종되었다고 할 거야. 이게 지금 내 상황이야, 빠삐용."

"안됐군. 너를 변호하자면 다른 사람들을 고발하는 수밖에 없으니 말야."

한 달 후 게세피는 밤 사이에 가슴 한복판에 칼을 맞고 죽었다. 누가 그런 짓을 했는지는 궁금해할 필요도 없었다. 결국 식인 사건의 진상은 의족을 한 사내가 함께 다니던 젊은 친구를 잡아먹고, 그 자신 역시 의족과 함께 통구이가 되어 먹혔다는 얘기였다.

그날 밤 나는 평소에 자던 곳이 아닌 다른 자리에 누워서 잤다. 그 방을 나간 사람의 자리를 골라 모두들 한 자리씩만 옮겨달라고 부탁해서 클루지오 옆자리를 차지했다. 옮겨간 자리에서는 다친 발을 쇠고랑이 연결된 봉에 걸쳐놓고 앉은 채 뜰에서 일어나는 일을 볼 수 있었다. 감시는 순찰에 일정한 리듬이 없을 만큼 엄중했다. 연속적으로 교대가 이루어져서 뒤에 오는 사람들은 언제나 나가는 사람의 반대 방향에서 왔다.

내 발은 상태가 많이 좋아져서 비가 올 때만 쑤시고 아팠다. 그러니 이제 다시 행동에 옮길 수 있게 되긴 했는데 방법이 문제였다. 그 방에는 창문 하나 없이 전체가 지붕까지 이어지는 거대한 창살 뿐이었다. 그것도 북동풍이 들어오는 방향이었다. 일주일 동안 관찰을 했는데도 경비들의 감시에는 허점 하나 찾을 수 없었다. 처음으로, 드디어 그들이 날 생 조제프 섬에 완전히 가두고 말 것이라는 사실을 인정하기에 이르렀다.

그 섬은 끔찍한 곳이었다. 흔히들 그 섬을 '사람 잡는 섬'이라고 불렀다. 다른 정보에 따르면, 그곳이 존재한 80년 동안 단 한 사람도 빠져나가지 못했다고 했다. 그렇게 전의를 상실하고 반 체념 상태가 되자 당연히 앞일을 염려할 수밖에 없었다. 내 나이 스물여덟인데 예심 판사는 그곳에 5년을 가두려 하고 있었다. 형기를 줄이기는 어려울 듯했다. 그렇게 되면 난 서른세 살이 되어야 그 섬에서 나오게 된다는 얘기였다.

나에겐 아직도 돈이 많았다. 만약에 탈출하지 못한다면, 내가 아는 한 틀림없이 그럴 것 같지만, 적어도 체력이라도 유지해야 할 듯했다. 완전한 고립 상태로 5년을 지낸다는 것은 미치지 않고서는 견디기 힘든 일이었다. 그래서 난 잘 먹고, 첫날부터 다양하게 세워 놓은 계획에 따라 두뇌를 단련시키기로 마음먹었다. 최대한 스페인 성 같은 망상이나 특히 복수와 관련된 상상은 피해야 했다. 날 기다리는 끔찍한 형벌을 당당히 극복할 태세에 돌입했다. 격리 상태에서 풀려날 땐 신체적으로 더 강인해져서 육체적으로나 정신적으로 능력이 충만한 상태에 있을 것이다.

그렇게 마음먹고 나자 한결 기분이 좋아져서 행동 방침을 정하고 차분하게 앞으로 벌어질 일을 기다릴 수 있었다. 감방 안으로 들어오는 산들바람은 누구보다 먼저 내 몸을 스치면서 기분 좋게 해주었다.

클루지오는 내가 말하고 싶지 않을 때는 곧 눈치를 챘다. 그러면 날 방해하지 않고 담배만 피워댔다. 하늘에 별이 보이자 내가 말을 걸었다.

"네 자리에서도 별 보이냐?"

"응. 그런데 난 차라리 안 보는 게 좋아. 별을 보면 탈출했을 때 보던 생각이 나거든."

"너무 걱정하지 마. 다음에 탈출하면 수없이 보게 될 거야."

"언제? 5년 후에?"

"클루지오, 우리가 겪은 지난 1년, 우리에게 일어났던 그 모든 일들, 우리가 만났던 사람들을 5년 격리 생활에 비하겠어? 처음부터 그렇게 탈출도 해보지 못하고 줄곧 섬에 갇혀 있었던 편이 더 좋았겠어? 앞으로 닥칠 일이 결코 쉬운 일이 아니라고 해서 그 탈출에 가담했던 걸 후회하는 거야? 솔직히 말해봐, 너 후회해?"

"빠삐, 넌 한 가지는 잊고 있어. 네가 원주민들과 함께 지낸 일곱 달 말야. 나도 너와 함께 있었더라면 그렇게 생각했겠지만 난 그동안 감옥에 있었다고."

"미안, 그건 생각 못했어. 내가 헛소리했다."

"아니, 헛소리는 아니지. 어찌되었든 난 우리 탈출에 만족해. 나 역시 잊을 수 없는 순간들을 겪었으니까. 단지 그 '사람 잡는 섬'에서 무슨 일이 벌어질지 생각하면 불안해. 5년이나 버틸 수 있을지 모르겠어."

그래서 내가 결심한 바를 그에게 설명해주었다. 그가 매우 긍정적으로 반응하는 걸 알 수 있었다. 친구가 나로 인해 용기를 되찾는 모습을 보는 건 기분 좋은 일이다. 우리는 보름 뒤 법정에 서기로 되어 있었다. 소문에 따르면, 예심을 주재할 지휘관은 엄격하기로 유명한 사람이지만 공정한 것 같다고 했다. 그는 유언비어를 쉽게 받아들이지 않는다고 했다. 그건 오히려 좋은 소식이었다.

클루지오와 나는 간수를 변호사로 쓰자고 한 마튀레트의 제안을 거부했다. 내가 세 명을 대표해서 직접 우리 변호를 하기로 했다.

판결

그날 아침, 우리는 새로 면도와 이발을 하고 붉은 줄무늬가 있는 새 작업복에 구두도 신고 뜰에 서서 법정에 들어갈 차례를 기다렸다. 클루지오가 깁스를 푼 지도 보름이 되었다. 그는 이제 절룩거리지도 않고 정상적으로 걸었다.

예심은 월요일에 시작되었다. 오늘은 토요일 아침이니까 닷새 동안 다양한 소송이 진행되었다. 개미에게 먹이를 준 두 사람의 소송은 온종일 걸렸다. 그 두 사람 모두 사형 선고를 받아 두 번 다시는 볼 수가 없었다. 그라빌 형제는 4년 중노동형만 받았다(식인 행위에 대한 증거 부족으로). 그들의 소송은 반나절 넘게 걸렸다. 나머지 살인 사건도 5년이나 4년이었다. 열네 건의 소송에서 피의자들에게 가해진 형벌은 다소 엄중하기는 해도 받아들일 만한 수준이었다.

재판은 7시 30분에 시작되었다. 낙타군단 제복을 입은 장교가 보조 판사 역할을 하는 늙은 보병대 대령 한 명과 중위 한 명을 대동하고 들어왔다.

법정 오른쪽에는 행정부를 대표하는 대령 한 명이 앉았다.

"샤리에르 사건, 클루지오와 마튀레트."

우리가 있는 자리와 재판석 사이의 거리는 4미터 정도 되었다. 마흔에서 마흔다섯 살 정도로 보이는 장교의 강인한 얼굴을 찬찬히 뜯어보았다. 숱이 많은 눈썹 아래 당당해 보이는 검은 두 눈이 우리를 똑바로 응시하고 있었다. 진정한 군인의 모습이었다. 그의 눈빛에는 비열해 보이는 구석이 없었다. 그는 잠시 동안 우리를 유심히 살폈다. 나는 그와 눈길을 마주쳤다가 곧 시선을 떨구었다.

행정부 대령은 사건을 부풀려가며 공격을 서슴지 않았다. 그는 우리가 간수들을 공격한 것을 살인미수라고 몰아붙였다. 아랍인의 경우 우리에게 여러 차례 맞았음에도 죽지 않은 것이 기적이라고 단언했다. 그는 우리가 그 도형지가 생긴 이래로 제일 먼 외국까지 가서 프랑스의 명예를 실추시킨 도형수들이라고 말하는 실수를 저질렀다.

"콜롬비아에서까지! 이 자들은 2,500킬로미터를 횡단했습니다, 재판장님. 트리니다드, 쿠라사우, 콜롬비아, 이 모든 국가들은 분명히 프랑스 형벌 제도에 대한 터무니없는 험담을 들었을 겁니다. 저는 이들에게 총 8년의 형벌을 구형할 것을 요구합니다. 살인미수로 5년, 탈옥으로 3년입니다. 이것은 샤리에르와 클루지오에 대한 사항입니다. 마튀레트에 대해서는 탈옥으로 3년형을 요구합니다. 그는 조사 결과 살인미수에는 동참하지 않은 걸로 밝혀졌으니까요."

재판장이 엄숙하게 답변했다.

"법정은 이 긴 모험에 대해서 최대한 간략한 이야기를 들어보고

자 합니다."

나는 마로니 부분은 생략하고 트리니다드까지 항해한 것에 대해서 이야기했다. 나는 보웬 가족과 그들의 선량함을 묘사했다. 트리니다드 경찰국장의 말도 언급했다. '우리는 프랑스 법에 대해 판단할 수는 없지만 우리가 동의할 수 없는 부분은 자국 죄수를 기아나로 보내는 부분입니다. 그리고 바로 그런 점 때문에 당신들을 돕는 겁니다.' 쿠라사우, 이렌 드 브륀 주교, 플로린 화폐 사건, 그 다음에 우리가 어떻게 왜 콜롬비아로 가게 되었는지 이야기했다. 그리고 원주민들과 지낸 생활을 아주 빠르게 요약했다. 재판장은 내 이야기를 중간에 가로막지 않고 끝까지 들었다. 원주민들과 지내던 생활에 대해서만 큰 관심을 보이며 더 자세한 내용을 요청했을 뿐이었다. 이어서 콜롬비아 감옥, 특히 산타 마르타의 수중 감방에 대해이야기했다.

"고맙소. 당신의 이야기는 이 법정에 교훈을 주었을 뿐만 아니라 아주 흥미로웠습니다. 잠시 15분 간 휴정하겠습니다. 그런데 변호인들이 보이지 않는군요, 어디 있죠?"

"저희는 변호인이 없습니다. 제가 제 친구들과 저 자신을 직접 변호하게 해주십시오."

"그렇게 하시오. 규칙에 어긋나는 일은 아닙니다."

"고맙습니다."

15분 후 다시 개정되었다. 재판장이 말했다.

"샤리에르, 법정은 당신과 당신 동료들의 변호를 허용합니다. 그러나 만일 행정부 대표에 대한 존경심을 잃는 태도를 보인다면 발

언권을 철회할 것임을 미리 경고합니다. 자유롭게 변호를 하되 적합한 표현들로 골라서 하시오. 시작하시오."

"우선, 살인미수죄는 철회해주시기를 간청합니다. 그건 말도 안 되는 일이고 제가 증명할 수 있습니다. 탈출 당시 전 스물일곱이었고 클루지오는 서른이었습니다. 저희는 혈기왕성한 나이에 프랑스에서 갓 도착했습니다. 저희 둘의 키는 각각 174센티미터와 175센티미터입니다. 저희는 아랍인과 간수들을 저희 침대 다리로 때렸습니다. 하지만 네 명 중 어느 누구도 심각한 부상은 입지 않았습니다. 저희가 그들에게 최소한의 상해를 입히면서 쓰러뜨리려고 각별히 신경 썼기 때문입니다. 앞서 저희를 기소한 간수는 저희가 어느 누구도 죽는 일이 없도록 철제 다리에 헝겊을 감아두었다는 사실에 대해 말하는 것을 잊었거나 아니면 몰랐나 봅니다. 이 법정에 계신 분들은 경험 많은 군인들이니까 건장한 남자라면 총검의 개머리판으로도 누군가를 때릴 때 어떻게 하는지 잘 아실 겁니다. 그러니 그 침대 다리로 무얼 어떻게 했겠나 한번 생각해보십시오. 공격을 받았던 네 명 중 병원에 입원한 사람이 한 명도 없었다는 점을 주목해주시기 바랍니다. 저는 종신형을 받았기 때문에 짧은 형을 선고받은 사람의 경우만큼 탈옥죄가 무거울 거라고 생각하지 않습니다. 저희 나이에 다시는 정상적인 삶을 살 수 없다는 사실을 받아들이기는 매우 어려운 일이니까요. 부디 법정에서 저희 세 사람에게 관용을 베풀어주시길 바랍니다."

재판장은 두 명의 보조 판사들과 귀엣말로 이야기를 나누더니 작은 망치를 두들기며 말했다.

"피고들은 자리에서 일어서시오!"

우리 셋은 모두 잔뜩 긴장한 채 판결을 기다렸다. 재판장이 말했다.

"법정은 살인미수 기소는 기각하겠습니다. 그 행위에 대해서는 형을 부과하지 않겠습니다. 탈옥죄에 대해서는 2급 유죄로 인정합니다. 그 행위에 대해서 법정은 2년의 격리 수감을 명합니다."

"고맙습니다, 재판장님."

우리는 한 목소리로 외쳤다. 그리고 나는 한 마디를 덧붙였다.

"법정에 계신 모든 분들께도 고맙습니다."

소송을 참관했던 간수들은 어리둥절한 기색이었다.

동료들이 있는 건물로 돌아오자 어느 한 사람 질투하는 기색 없이 모두들 제일처럼 기뻐해주었다. 다들 하나같이 진심으로 축하해주었다. 프랑수아 시에라도 와서 날 끌어안았다. 그는 기뻐서 어쩔 줄을 몰라했다.

살뤼 제도 ①

섬에 도착하다

살뤼 제도를 향해 출발하게 될 날은 그 다음날이었다. 온갖 투쟁에
도 불구하고 불과 몇 시간 후면 이번에야말로 영영 갇힐 운명이었
다. 우선 생 조제프 섬에서 2년 간 격리 생활을 하게 되겠지만. 죄수
들이 붙인 '사람 잡는 섬'이라는 별명이 사실이 아니길 바랄 뿐이었
다. 비록 게임에서는 졌을지언정 패자의 정신은 갖고 있지 않았다.

이 감옥 안의 감옥에서 2년만 지내게 된 것은 기뻐할 일이었다.
나는 다짐했던 것처럼 완전한 고립이 만들어내는 정신이상에 쉽게
굴복하지 않을 것이다. 내겐 그걸 피할 요령도 있었다. 먼저 나 스
스로 제도의 평범한 도형수들과 마찬가지로 자유롭고 건강하고 튼
튼한 사람이라고 자기 암시를 거는 것이다. 그리고 서른 살에는 이
곳을 나갈 것이라고.

제도에서는 탈출이 매우 드문 일이라는 사실을 알고 있었다. 하

지만 비록 손가락으로 꼽을 정도라고는 해도 분명 탈출한 사람들이 있었다. 그렇다면 나도 탈출할 수 있을 것이다, 분명히. 2년 후에는 제도를 빠져나갈 것이라고, 곁에 앉은 클루지오에게 되뇌었다.

"빠삐용, 네 기를 꺾기는 힘든 일일 거야. 난 언젠가는 반드시 자유로워질 거라는 네 자신감이 부러워. 넌 일년 전부터 쉼 없이 탈출을 시도해왔지만 단 한 번도 포기하지 않았잖아. 탈출에 실패하자마자 곧바로 다음 탈출을 준비하지. 그러니 여기서 네가 아무런 시도도 하지 않는다면 그게 더 놀라울 거야."

"여기서는 딱 한 가지 방법밖엔 없어. 반란을 선동하는 거야. 하지만 그러자면 그 까다로운 사람들을 모두 손에 넣어야 하는데 시간이 충분하질 않아. 한 번 부추길 뻔한 일이 있긴 했지만 되레 내가 당할까봐 무서웠지. 이곳에 있는 마흔 명의 사내들은 모두 늙은 죄수들이야. 그들은 체제에 말려들어서 우리와는 행동하는 것이 달라. 예를 들면 '식인 죄수들' '개미 사내들' 누군가를 죽이려고 수프에 독을 넣었다가 엉뚱한 일곱 명을 독살시킨 사람이 그렇지."

"하지만 제도에 있는 사람들도 같은 유형일 텐데."

"그렇지. 하지만 난 어느 누구의 도움을 받지 않고도 빠져나갈 거야. 나 혼자 아니면 최대한 동료 한 사람과 함께 떠날 거야. 웃는 거야, 클루지오? 왜?"

"내가 웃는 건 네가 절대 포기할 줄 모르기 때문이야. 넌 파리에 가서 그 세 명에게 빚을 갚을 생각만 해도 잔뜩 흥분해서는 네가 그렇게도 원하는 일이 실현될 수 없다고는 절대 인정하지도 않잖아."

"잘 자, 클루지오. 내일 보자. 내일은 그 빌어먹을 살뤼 제도를 보게 되겠군. 그런데 그 타락의 섬을 왜 하필 살뤼(프랑스어로 살뤼salut

는 '구원'의 의미가 있음 — 옮긴이)라고 부르는 거지?"

그러고는 클루지오에게 등을 돌린 채 한밤의 미풍을 향해 고개를 살짝 숙였다.

이튿날 배는 일찌감치 섬을 향해 출항했다. 모두 스물여섯 명의 사내들을 태운 '타논 호'라고 불리는, 400톤 중량의 작은 돛단배는 카옌—제도—생 로랑을 왕복하는 연안선이었다. 우리는 두 명씩 발에 쇠고랑을 차고 손은 수갑으로 묶였다. 여덟 명씩 무리를 지은 두 그룹은 각각 단총을 든 간수 네 명의 감시를 받았다. 그리고 뒤에는 열 명이 한 조를 이루어 간수 여섯 명과 호위대장 두 명과 함께 따라왔다. 모두들 날씨가 조금만 궂어도 금방이라도 뒤집힐 것만 같은 그 낡은 배의 갑판에 있었다. 항해 도중에는 아무 생각도 하지 않기로 결심한 나는 기분을 바꾸려 애썼다. 그래서 제일 가까운 곳에 있는 우울한 표정의 간수에게 큰 소리로 말했다.

"우리에게 이렇게 쇠고랑을 채워놓으면 혹시 이 썩은 배가 가라앉는 일이 생겨도 목숨을 구할 방법이 없잖소. 배 상태를 보니 험한 바다에 나가면 그런 일이 충분히 생길 성 싶은데."

잠이 덜 깬 듯한 간수는 내가 예측한 대로 반응했다.

"너희들이 물에 빠져 죽든 말든 우리가 알게 뭐냐? 우린 너희를 묶어놓으라는 명령을 받았고, 그게 다야. 책임은 그 명령을 내린 사람들이 질 일이지."

"그건 맞는 말이네요. 사슬에 묶였건 안 묶였건 이 관이 도중에 열리면 우린 모두 바닥에 가라앉을 테니까요."

"아! 이 배는 이 길을 다닌 지 오래되었지만 한 번도 무슨 일이 생긴 적은 없었어."

그 얼간이가 말했다.

"물론 그랬겠죠. 하지만 그렇게 오래되었다니까 언제고 무슨 일이 생길 때도 되었겠네요."

신경에 거슬리던 침묵을 흔들어 깨고자 했던 내 작전은 성공했다. 곧 간수들과 죄수들 모두 그 문제에 관해 이야기를 하기 시작했다.

"그래, 이 배는 가뜩이나 위험한 데다가 우릴 묶어놓았어. 사슬만 없으면 그래도 가능성은 있는데 말야."

"아! 그거야 우리도 마찬가지지. 제복에 장화에 단총까지 있어서 몸이 가볍지 않다고."

"단총이야 신경 쓸 것 없죠. 난파되면 그 즉시 버리면 되잖수."

다른 죄수가 말했다.

일이 돌아가는 형세를 보던 나는 두 번째 문제를 제기했다.

"구명보트는 어디 있죠? 기껏해야 여덟 명이나 탈까 싶은 아주 작은 보트 하나밖엔 안 보이는데. 지휘관과 승무원만 타도 꽉 차겠네. 나머지 사람들은 뭐야?"

술렁임이 일기 시작했다.

"정말이야. 아무것도 없어. 다들 한 가정의 가장들인데 이 망나니들을 데려가느라고 형편없는 배를 타고 이런 위험을 무릅써야 하다니 너무 잔인한 일이야."

나는 뒤쪽 그룹에 속해 있었는데, 호송선의 지휘관 두 명이 우리와 함께 항해하고 있었다. 둘 중 한 사람이 날 바라보며 말했다.

"빠삐용, 콜롬비아에서 돌아온 게 너냐?"

"네."

"그렇게 멀리까지 갔다 해도 놀랍지도 않군. 바다에 대해서 많이 알고 있는 것 같아 보여."

"네, 잘 알죠."

나는 우쭐해서 대답했다. 그 대답은 찬물을 끼얹었다. 게다가 함장이 선교에서 내려왔다. 우리가 막 벗어난 마로니 하구가 제일 위험한 곳이라 그가 직접 키를 잡고 있다가 이제 다른 사람에게 넘겨주고 내려온 것이었다. 제법 젊어 보이는 키 작고 뚱뚱한 그 흑인 함장은 허술한 나무배를 타고 콜롬비아까지 갔던 놈들이 누구냐고 물었다.

"이 자하고 저 자, 그리고 저 자입니다."

호송 책임자가 말했다.

"대장은 누구였지?"

"접니다."

"해군으로서 칭찬할 만한 일이었다. 넌 분명 보통 사람은 아니다. 받아!"

그는 상의 주머니 속에 손을 넣었다.

"이 담뱃갑을 받아라. 선물이야."

"고맙습니다, 함장님. 하지만 저 역시 이 영구차로 일주일에 한두 번씩 항해하는 용기를 가지신 걸 칭찬해드리고 싶습니다."

그가 웃음을 터뜨리며 말했다.

"아! 네 말이 맞다! 이 배는 진작 묘지로 보냈어야 마땅해. 하지만 회사에서는 보험금을 받으려고 배가 가라앉기만 기다리고 있지."

나는 마지막 일격을 가했다.

"그래도 함장님과 승무원에게는 구명보트가 있으니 다행입니다."

"다행이지, 암."

함장은 아무 생각 없이 그렇게 말하고는 다시 계단을 올라갔다. 내가 부러 꺼낸 그 화제는 네 시간 넘게 이어졌다.

바다는 아침 10시까지만 해도 그다지 험하지 않았지만, 바람은 여행을 순조롭게 도와주지 않았다. 우리는 북동쪽으로, 그러니까 물살과 바람을 정면으로 헤치며 나아갔고, 당연히 평균 이상으로 상하좌우로 흔들렸다. 여러 간수들과 죄수들이 뱃멀미에 시달렸다. 다행히 나와 함께 쇠고랑을 찬 사람은 흔들리는 배에서도 침착성을 잃지 않았다. 바로 옆에서 속을 게워내는 모습을 보는 것처럼 불쾌한 일은 또 없을 것이다. 그 친구는 파리 출신 건달이었다. 1927년에 도형지에 왔다고 했다. 그러니 제도에 온 지 7년이 된 셈이었다. 그는 비교적 젊은 서른여덟 살이었다.

"사람들은 날 티티 라 블롯이라고 불러. 왜냐하면 블롯(카드놀이의 일종—옮긴이)이 내 전공이거든. 게다가 제도에서 난 그걸로 먹고 살아. 밤새 1점에 2프랑씩 하는 블롯 게임을 하지."

"그럼 제도에 돈이 많다는 얘기야?"

"그럼! 제도는 현금이 그득한 '계획'들로 꽉 차 있어. 전부 직접 갖고 오는 사람도 있고, 그렇지 않은 사람들은 그 절반을 지불하고 중개자 역할을 하는 간수들에게서 나머지를 받아. 넌 여기 처음인가 보군. 아무것도 모르는 눈친데?"

"난 제도에 대해서는 아는 게 하나도 없어. 빠져나가기가 아주 어렵다는 것만 알지."

"빠져나간다고? 그런 말은 해봐야 입만 아프지. 내가 제도에 온 지가 벌써 7년인데 탈출 시도가 두 번 있었고, 그 결과로 세 명이 죽고 두 명은 체포되었어. 아무도 성공하지 못했지. 그래서 그런 도박을 하려는 사람이 많지 않은 거야."

티티가 말했다.

"넌 왜 그랑테르에 있었던 거야?"

"혹시 궤양이 생겼는지 엑스레이를 찍으러 갔어."

"병원에서 탈출하려고 해보진 않았고?"

"무슨 말이야! 빠삐용. 너 때문에 전부 쇠창살을 둘렀다고. 게다가 난 바로 네가 달아났던 그 방에 배정되었지. 감시가 얼마나 삼엄했는지 모를 거야! 누구든 숨 좀 쉬려고 창가에 다가가기만 해도 바로 끌어냈어. 왜 그러냐고 물으면 이렇게 대답했지. '빠삐용 같은 생각을 할까봐'라고 말야."

"이봐, 티티. 호송대 지휘관 옆에 앉은 키 큰 남자는 누구야? 경찰 끄나풀인가?"

"미쳤어? 저 남자는 모두에게 아주 평판이 좋은 사람이야. 어수룩하긴 해도 진짜 부랑자처럼 처신할 줄 아는 사람이라고. 간수들 옆을 어슬렁거리면서 아첨하지도 않고 제 분수를 지킬 줄 알지. 제대로 된 충고를 할 줄도 아는 좋은 친구야. 경찰 끄나풀하고는 거리가 멀어. 하물며 신부나 의사도 그는 이용하질 못했어. 저래 봬도 루이 15세 후손이래. 정말이야, 백작이라니까. 이름은 장 드 베락 백작이야. 그렇지만 처음 와서 사람들에게 인정받기까지는 한참 걸렸어. 꽤나 터무니없는 짓을 해서 여기까지 오게 되었거든."

"무슨 짓을 했는데?"

"제 자식을 강물 위 다리에서 집어던졌어. 그런데 애가 떨어진 장소가 물이 너무 얕은 바람에 직접 내려가서 애를 꺼내서는 물이 더 깊은 곳으로 가서 다시 던졌지."

"뭐! 제 자식을 두 번이나 죽였단 말이야?"

"내 친구 중에 믿을 만한 녀석이 그의 파일을 보았는데, 귀족 계급에서 위협을 받고 있었다는 거야. 그의 어머니가 성의 하녀였던 꼬마의 어미를 개 쫓듯이 내쫓았대. 내 친구 말에 따르면, 저 친구는 거만하고 잘난 척하기 좋아하는 어머니에게 완전히 휘둘리면서 살았나봐. 아들이 젊은 하녀와 관계를 가진 것을 두고 어머니가 너무 심하게 경멸하자 어째야 좋을지를 모르고 헤매다가 결국 제 어머니에게는 아이를 복지 시설에 보냈다고 하고는 강물에 던져버리게 된 거지."

"그래서 형을 얼마나 받았는데?"

"겨우 10년. 이봐, 빠삐용. 그는 우리 같은 사람이 아니라고. 집안의 가장 노릇을 하는 백작부인은 법관들에게 가족의 명예를 살리려는 백작이 하녀의 자식을 죽인 건 그렇게 심한 범죄가 아니라고 주장했다는군."

"그래서 결론이 뭐야?"

"파리의 보잘것없는 건달로서 내가 내린 결론은 말야, 별 말썽 없이 자유롭게 살던 그 장 드 베락 백작은 귀족 계급 외의 나머지 것은 모두 무의미하고 신경 쓸 만한 가치도 없다는 식의 교육을 받고 자란 촌놈이었던 거야. 나머지 사람들이 모두 노예 같은 존재라기보다는 무시해도 좋은 하찮은 존재들이라는 식이었을 거야. 이기주의와 자만심으로 똘똘 뭉친 그 괴물 같은 어머니가 아들이 그 지경이 될 정도로 손에 넣어 주무르고 겁을 주었던 거지. 한때는 영주의 초야권을 행사하던 그는 도형지에 와서 비로소 진정한 귀족이 되었어. 좀 역설적인 것 같기는 해도 이제야 진정한 장 드 베락 백작이 된 거라고."

살뤼 제도라는, 내게는 낯설기만 한 그곳은 이제 몇 시간 후면 더 이상 낯선 공간이 아니다. 그곳에서 빠져나가기가 매우 어렵다는 사실을 알고 있었다. 하지만 불가능하지는 않을 것이었다. 나는 신선한 바닷바람을 들이마시면서 생각했다. '뱃머리에서 맞는 이 바람이 언제쯤 뒤에서 날 밀어주어 빠져나가게 해주려나?'

드디어 제도에 도착했다. 제도는 삼각형을 이루고 있었다. 루아얄 섬과 생 조제프 섬이 토대를 이루고, 디아블 섬이 정점에 있었다. 벌써 뉘엿뉘엿 지는 태양은 열대 지방에서만 볼 수 있는 강렬함을 띤 채 한껏 광채를 뿜어내고 있었다. 덕분에 우리는 여유 있게 제도를 살펴볼 수 있었다. 우선 루아얄 섬은 200여 미터의 높이로 우뚝 솟은 젖꼭지 모양의 원형 돌기 주위로 평탄한 해안선이 펼쳐져 있었다. 꼭대기도 평평했다. 마치 맨 윗부분을 자른 멕시코 모자를 바다 위에 올려놓은 듯했다. 키가 무척 큰 초록색 야자수들이 지천으로 솟아 있었다. 붉은 지붕을 얹은 작은 집들은 섬을 보기 드물게 매혹적인 모습으로 만들어 그 섬에 무엇이 있는지 모르는 사람이라면 평생 그곳에서 살고 싶다는 생각이 들 정도였다. 고원 위에는 기후가 나쁠 때 배들이 암초에 부딪히지 않도록 어둠을 밝혀주는 등대 하나가 서 있었다. 좀더 가까이 다가가니 길고 거대한 건물 다섯 채가 보였다. 나는 티티를 통해 그 중 두 채에는 400명의 죄수들이 산다는 사실을 알게 되었다. 또 하나는 높은 흰 담장으로 에워싸인 독방과 지하 감옥이 있는 진압 구역이었다. 넷째 건물은 죄수들의 병원이고, 다섯째는 간수들의 건물이었다. 그리고 비탈 도처에 흩어진 붉은 지붕의 작은 집들은 간수들이 사는 집이었다. 우리가 있는 곳에서는 더 멀지만 루아얄 섬의 정상과 아주 가깝게 보이는 섬은 생 조제프였다. 그곳은 야자나무도 더 적고 녹음도 더 적지만 고원 위에는 바다에서도 아주 또렷이 보이는 커다란 시골집이 한 채 있었다. 난 이내 그것이 격리 죄수의 집이라는 사실을 알아차렸고, 티티 라 블롯이 이것을 확인시켜주었다. 더 아래쪽에는 평범한 징역살이를 하는 죄수들이 사는 수용소 건물들이 보였다. 그 건물들은 바다 근처에 있었다. 감시탑들과 총안이 있는 흉벽들이 아주 선명하게 모습을 드러냈다. 이어서 흰색으로 칠해놓은 담장과 붉은 지붕이 있는, 말쑥한 작은 집들이 나타났다.

배가 남쪽에서부터 루아얄 섬 입구로 들어서자 작은 디아블 섬은 보이지 않게 되었다. 그전에 언뜻 본 바로는 야자나무들로 뒤덮인 거대한 바위섬에 불과할 뿐 이렇다 할 건물은 전혀 보이지 않았다. 바닷가에 새까만 지붕에 노란색으로 칠한 집 몇 채가 보일 뿐이었다. 나중에야 그 집에 정치범들이 산다는 사실을 알게 되었다.

우리는 이제 큰 벽돌로 만들어진 대형 방파제 안쪽에 위치한 루아얄 항구로 진입했다. 그 항구를 만드느라 얼마나 많은 죄수들의 목숨이 대가로 치러졌을지 능히 짐작이 갔다. 타논 호는 경적을 세 번 울리고 부두에서 약 250미터 떨어진 곳에 닻을 내렸다. 시멘트와 커다란 자갈들로 만든 부두는 꽤 길고 높이도 3미터가 넘었다. 흰색으로 칠한 건물들이 부두를 따라 늘어서 있었다. 흰 바탕 위에 검은색으로 쓴 간판들이 보였다. '감시 초소' '해운부' '빵집' '항구 관리국.'

배를 바라보는 죄수들이 보였다. 그들은 모두 줄무늬 죄수복 대신에 흰색 바지와 셔츠를 입고 있었다. 티티 라 블롯은 제도에서 돈이 있는 사람들은 재단사에게 옷을 '맞춰' 입는다고 알려주었다. 글자를 지운 밀가루 부대를 이용해 만든 맞춤옷들은 아주 편안하고 세련되어 보였다. 죄수복을 입는 사람은 거의 없다고 했다.

배 한 척이 우리에게 접근했다. 키를 잡은 간수 한 명과 양손에 단총으로 무장한 간수 두 명이 앞에 서 있고, 뒤쪽에는 상의를 벗고 흰 바지만 입은 도형수 여섯 명이 서서 노를 저었다. 그들은 빠른 속도로 거리를 좁혀왔다. 뱃고물에는 구명보트 같은 작은 배가 매달려 있었다. 뒤쪽에 자리잡고 있던 호송대 지휘관들이 먼저 내리고 단총을 든 간수 두 명이 그 뒤를 따랐다. 우리는 발의 쇠고랑은 풀렸지만 여전히 수갑을 찬 채 둘씩 배에 내렸다. 우리 팀의 열 명이 먼저 출발하고, 나머지는 그 다음 차례였다. 우리는 부두에 내려서 '항구 관리국' 건물 앞에 정렬했다. 우리 중 어느 누구도 짐보따리는 갖고 있지 않았다. 그곳 도형수들은 간수들도 아랑곳없이 6미터 정도 떨어진 거리에서 큰 소리로 우리에게 말을 걸었다. 많은 도형수들이 내게 다정하게 인사를 건넸다. 생 마르탱에서 만났던 두 명의 코르시카인 세자리와 에자리는 그들이 항구에서 노 젓는 일을 하는 사람들이라고 알려주었다. 그때 내가 프랑스에서 체포되기 전에 알고 지냈던 샤파르가 도착했다. 그는 간수들 앞에서도 거리낌없이 내게 말했다.

"걱정하지 마, 빠삐용! 친구들을 믿으라고. 넌 격리 생활을 하더라도 아무것도 부족하지 않을 거야. 형을 얼마나 받았어?"

"2년."

"잘됐네. 2년은 금방 가. 넌 곧 여기서 우리와 함께 지내게 될 거야. 지내보면 알겠지만 여기도 그렇게 나쁘진 않아."

"고마워, 샤파르. 드가는?"

"저 위쪽에서 회계 일을 맡고 있지. 여기 안 나온 게 이상하네. 널 못 만나면 서운해할 텐데."

그때 갈가니가 왔다. 내게 다가오려 하자 경비가 제지하려고 했지만 그는 이렇게 말하면서 지나쳤다.

"내 형제를 한번 안아보려는데 설마 못하게 하진 않겠지?"

그러고는 날 부둥켜안고 말했다.

"나만 믿어."

"뭐하고 지내?"

"우체국에 있어."

"지내긴 어때?"

"괜찮은 편이야."

뒤의 그룹이 상륙해서 우리와 합류했다. 그들은 수갑을 모두 풀어주었다. 티티 라 블롯, 베라 백작, 그리고 낯선 몇 명이 불려나갔다. 간수가 그들에게 말했다.

"자, 수용소로 올라가자."

그들은 소지품 가방을 갖고 있었다. 각자 가방을 어깨에 둘러메고 섬 꼭대기로 향했다. 제도 지휘관이 간수 여섯 명과 함께 도착했다. 남은 사람들의 호명을 끝내자 호송단은 철수했다.

"회계 어디 있어?"

지휘관이 물었다.

"저기 옵니다."

흰옷에 단추 달린 재킷을 걸친 드가가 간수 한 명과 함께 오는 것이 보였다. 각자 큰 책 한 권씩을 옆구리에 끼고 있었다. 그 둘은 사람들을 새로운 등급으로 호칭하며 하나씩 대열에서 불러냈다.

"너, 격리 죄수 아무개, 호송 신분 번호."

내 차례가 되자 드가는 날 여러 차례 포옹했다. 지휘관이 물었다.

"이 자가 빠삐용인가?"

"네."

드가가 대답했다.

"행운을 빈다. 2년은 빨리 간다."

격리 생활

배 한 척이 준비되었다. 우리 열아홉 중 열 명은 첫 번째 배로 갔다. 내 차례가 되어 이름이 불렸다. 그러자 드가가 무뚝뚝하게 말했다.

"아니, 이 친구는 마지막 배로 간다."

나는 그곳에 도착한 이후 죄수들이 그런 식으로 말하는 것을 한 번도 본 적이 없었으므로 어리둥절했다. 마치 간수들은 안중에 없는 듯했다. 드가가 옆에 와서 이야기를 나누었다. 드가는 이미 내 탈출담까지 모두 알고 있었다. 나와 함께 생 로랑에 있었던 사람들이 제도에 와서 전부 이야기했기 때문이었다. 드가는 날 불쌍하게 생각하지 않았다. 단 한 마디, 진심 어린 말을 했을 뿐이다. '성공했어야 하는데. 다음엔 꼭 성공할 거야!' 기운내라는 말도 하지 않았다. 그는 이미 내가 기운이 넘치는 사람임을 알고 있었으니까.

"난 총 회계사 일을 하면서 지휘관과도 잘 지내고 있어. 격리 생활을 잘 견뎌야 해. 내가 담배랑 먹을 걸 보내줄게. 부족한 건 하나도 없을 거야.”

“빠삐용, 출발!”

내 차례였다. 나는 배에 올랐다. 20분쯤 후에 우리는 생 조제프에 도착했다. 찬찬히 둘러보니 바닷가에는 노 젓는 죄수 여섯 명과 격리 죄수 열 명에 무장 간수는 세 명뿐이었다. 그 배를 손에 넣기는 식은 죽 먹기일 것 같았다. 생 조제프에는 입회 위원회가 있었다. 지휘관 두 명이 자기 소개를 했다. 섬의 형무소장과 격리소장이었다. 우리는 격리소로 이어지는 길을 걸어갔다. 도중에는 도형수가 아무도 보이지 않았다. ‘징계 격리’라는 현판이 붙은 정문으로 들어가자마자 그 감옥이 예사 아닌 곳이라는 걸 알 수 있었다. 그 문과 주위를 사방으로 둘러싼 높은 담장 안에는 ‘행정−관리’라는 현판이 붙은 작은 건물과 A, B, C 세 동의 건물이 있었다. 우리는 관리 건물 안으로 들어갔다. 실내는 쌀쌀했다. 열아홉 명이 두 줄로 정렬하자 격리소장이 말했다.

“격리자들, 너희도 알겠지만 이 집은 이미 형을 선고받은 죄수들이 잘못을 했을 때 징계를 하는 집이다. 여기서는 애써 너희를 바로 잡으려고 하지 않는다. 그래 봐야 소용없다는 걸 우리도 알기 때문이다. 대신 알아서 기도록 혼쭐을 내지. 이곳 규칙은 딱 한 가지다. 입 닥치고 절대 침묵할 것. 서로 연통하려다가 발각되면 아주 호된 벌을 받게 된다. 심하게 아프지 않은 한 의무실에도 갈 수 없다. 부당한 의료 요청도 처벌 대상이다. 내가 할말은 이것뿐이다. 아! 흡연도 엄격하게 금지된다. 간수들, 이들을 샅샅이 수색하고 각자 독방에 집어넣어라. 샤리에르, 클루지오, 마튀레트는 같은 건물에 두어선 안 된다.”

10분 후에 나는 A동 234호 독방에 수감되었다. 클루지오는 B동, 마튀레트는 C동에 배치되었다. 우리는 서로 눈길로만 인사를 주고 받았다. 살아서 나가고 싶으면 그 비인간적인 규칙에 절대 복종해야 한다는 사실을 직감했다. 나는 오랜 탈출 동지들이었으며 불평한 마디 없이 나를 믿고 따라주었고 나와 함께 했던 시간을 절대 후회하지 않는 자랑스럽고 용감한 동료들이 나가는 모습을 지켜보았다. 서로 힘을 합쳐 끈끈한 우정으로 자유를 얻기 위해 투쟁했던 지난 열네 달을 떠올리니 가슴이 미어졌다.

나는 독방 안을 꼼꼼히 살폈다. 전세계 자유의 어머니이자 인간과 시민의 권리를 낳았던 내 조국 프랑스 같은 나라가, 아무리 프랑스령 기아나라 할지라도 대서양의 버려진 작은 섬에 생 조제프 격리소 같은, 야만적으로 인간을 탄압하는 건물을 갖고 있을 거라고는 추측은커녕 상상도 할 수 없을 것이다. 서로 다닥다닥 붙은 150개의 독방들을 상상해보라. 각 독방의 두툼한 사방 벽에는 쪽문이 달린 작은 철문 하나만 달랑 나 있었다. 각 쪽문 위에는 이렇게 적혀 있었다. '상부 명령 없이는 이 문을 열지 말 것.' 왼쪽에 있는 목침이 놓인 나무 침상은 볼리외 감옥과 같은 체제로, 침상을 들어올려 벽에 걸 수 있게 되어 있었다. 담요 한 장, 구석에는 의자로 쓰이는 시멘트 벽돌 하나, 빗자루 하나, 군용 컵 하나, 나무 숟가락 하나, 사슬이 달린 양동이 변기를 덮는 얇은 철판 하나(그 사슬은 밖에서 양동이를 비우거나 안에서 사용할 때 잡아당기기 위한 것이다). 높이는 3미터. 천장에는 철로처럼 두꺼운 쇠창살들이 어떤 것도 통과할 수 없도록 격자 무늬로 가로막고 있었다. 그 위에는 지상에서 약 7미터 높이의 진짜 건물 지붕이 있었다. 그 사이에서 쇠 난간이 있는, 폭 1미터 정도 되는 순찰로가 독방들을 굽어보고 있었다. 간수 두 명이 양쪽에서 중간 지점까지 서로 왔다갔다했다. 순찰로까지는 제법 밝은 햇빛이 들어왔지만 독방 안쪽은 한낮에도 흐릿했다. 나는 침상을 내리라는 호각 소리가 들릴 때까지 방 안을 서성거렸다. 죄수들과 간수들은 아무 소리도 내지 않도록 슬리퍼를 신었다. 난 곧 생각했다.

'이 234호에서 미치지 않도록 조심해야 해. 2년이면 730일이야. '사람 잡는 섬'이라는 이 격리소의 별명이 틀렸다는 걸 증명하는 건 너 하기 나름이야, 빠삐용.'

하나, 둘, 셋, 넷, 다섯, 돌고. 하나, 둘, 셋, 넷, 다섯, 다시 돌고. 간수가 내 천장 위를 지나갔다. 그가 오는 소리는 듣지 못했지만 모습은 보였다. 전등이 켜 있긴 해도 6미터도 넘는 높은 천장에 매달려 있어서 순찰로는 환하지만 독방은 어둠에 잠겨 있었다. 나는 다시 시계추 운동을 시작했다. 내게 형벌을 내린 머저리 법관들아, 잘 자라. 너희들은 내가 어떤 곳으로 가게 되는지 미리 알면서도 그런 징벌을 철회하지 않은 혐오스런 작자들이야. 아무래도 상상에 빠지지 않기는 힘들 것 같았다. 아니, 거의 불가능한 일이었다. 상상을 하지 않으려고 억지로 애쓰는 것보다는 차라리 덜 음울한 주제들을 떠올리려 애쓰는 편이 나을 듯했다.

호각 소리와 함께 침상을 내려도 좋다는 신호가 떨어졌다. 그때 굵직한 목소리가 들렸다.

"지금부터는 원한다면 침상을 내리고 누워도 좋다."

분명 '원한다면'이라고 했다. 그래서 나는 다시 걷기 시작했다. 잠을 자기에는 너무 중대한 순간이었다. 나는 지붕이 열린 그 짐승 우리에 익숙해져야 했다. 하나, 둘, 셋, 넷, 다섯……. 나는 곧 시계추

리듬을 익혔다. 고개는 숙이고 두 손은 뒷짐을 지고 보폭은 정확하게 맞추어서 마치 몽유병 환자처럼 시계추가 흔들리듯이 끝없이 왔다갔다 했다. 다섯 걸음이 끝날 때마다 벽은 쳐다보지도 않고 손을 스치면서 돌아서서 시작도 끝도 없는 마라톤을 지칠 줄 모르고 반복했다.

그래, 빠삐, 이 '사람 잡는 섬'은 분명 장난이 아니야. 간수의 그림자가 벽에 비치면 무시무시한 분위기가 연출되었다. 고개를 들어서 그 그림자를 보기라도 하면 더 끔찍했다. 마치 표범을 구덩이에 몰아넣은 사냥꾼이 위에서 내려다보는 듯했다. 그 끔찍한 느낌에 익숙해지려면 아무래도 여러 달이 걸릴 것만 같았다.

1년은 365일, 2년은 730일이다. 윤년만 끼지 않는다면. 그 생각을 하니 웃음이 나왔다. 730일이나 731일이나 무슨 차이가 있겠는가? 아니, 분명 차이는 있다. 하루가 더 있다는 건 스물네 시간이 더 있다는 얘기니까. 그리고 스물네 시간이면 긴 시간이다. 고로, 스물네 시간씩 31일은 30일보다는 훨씬 더 긴 시간이다. 그럼 시간으로 따지면 어떻게 되지? 암산으로 계산할 수 있으려나? 그걸 어떻게 해? 말도 안 돼. 아니, 못할 건 또 뭐야. 어디 한 번 보자. 100일이면 2,400시간이다. 거기에 7을 곱하는 건 아주 쉽다. 그럼 1만 6,800시간이다. 거기에 30일이 남았으니까 30 곱하기 24를 하면 720시간이다. 그럼 총 1만 6,800 더하기 720을 하면 내가 틀리지 않았다면 1만 7,520시간이 된다. 친애하는 빠삐용 선생, 당신은 밋밋한 벽이 둘러 쳐진 이 특수 제작된 우리에서 짐승처럼 1만 7,520시간을 죽여야 하는 거야. 여기서 보내야 하는 시간이 몇 분이지? 그 것까진 관심 없다. 시간만 계산하면 충분하지, 분까지 계산해서 뭐

하려고? 왜 아예 초까지 계산하지? 그것이 중요하건 아니건 나로선 관심 없다. 그 나날, 그 시간, 그 분을 나 혼자서 뭘 하면서 지내야 하는지가 중요할 뿐이다! 내 오른쪽엔 누가 있을까? 왼쪽엔? 그리고 뒤쪽엔? 그 세 사람도 각자 독방에 들어앉아서 234호에 누가 들어왔을지 궁금해하고 있겠지?

독방 뒤편에서 뭔가 떨어지는 둔탁한 소리가 들렸다. 저게 뭘까? 혹시 옆방 사람이 철창을 통해 내게 뭘 던진 걸까? 나는 그게 뭔지 분간하려고 애썼다. 어둠침침해서 흐릿하지만 길쭉한 것이 보였다. 막 주우려고 하는데, 그것이 벽 쪽으로 빠르게 움직이기 시작했다. 갑자기 움직이는 바람에 놀라서 나도 모르게 뒷걸음쳤다. 그것은 벽에 다다르더니 벽을 조금 기어오르다가 다시 바닥으로 미끄러졌다. 벽이 너무 밋밋해서 쉽게 매달려 움직이질 못했다. 세 번을 거푸 벽을 따라 오르려다가 실패하고 네 번째 다시 떨어졌을 때 나는 그것을 발로 짓이겼다. 슬리퍼 밑이 물컹했다. 도대체 뭐지? 무릎을 땅에 대고 최대한 가까이 들여다보다가 마침내 무엇인지 알아차렸다. 길이가 적어도 20센티미터는 되고 폭이 굵어 손가락 두 개 정도 되는 커다란 벌레였다. 주워서 변기 속에 집어넣기도 끔찍할 만큼 역겨웠다. 나는 얼른 발로 차 침상 밑으로 밀어넣었다. 내일 날이 밝으면 다시 봐야겠다. 그동안 지네류의 벌레들은 숱하게 보아왔다. 벌레들은 으레 높은 지붕에서 떨어졌다. 나는 벌레들을 잡거나 밀치지 않고 가만히 누워서 벗은 몸 위를 기어다니도록 놔두는 법을 배웠다. 자칫 잘못해서 물리기라도 하면 얼마나 아픈지도 배웠다. 그런 종류의 혐오스런 벌레가 물면 불덩이처럼 열이 올라 열두 시간 넘게 지속되고 거의 여섯 시간 동안은 몸이 뜨거워 죽을 지경이 된다.

어찌되었든 잠시 생각을 흐트러뜨리는 전환거리는 될 것이다. 벌레가 떨어지면 벌떡 일어나서 빗자루로 최대한 오랫동안 괴롭히면서 숨고 또 찾아내가며 가지고 놀아야지.

하나, 둘, 셋, 넷, 다섯…… 사방이 죽은 듯이 조용했다. 여기는 코고는 사람도 없나? 기침도 안 하나? 시간은 밤인데 열기는 숨이 막힐 듯했다. 밤인데도 이 정도이니 낮에는 오죽할까! 나는 벌레들과 살 팔자를 타고난 모양이었다. 산타 마르타의 해저 감옥에서 물이 차오를 때도 좀전 것보다 작은 벌레들이 숱하게 많았는데 이것도 그놈들과 같은 종류인 듯했다. 산타 마르타에서는 정말이지 하루 일과처럼 물이 찼다. 그래도 말소리도 들리고, 소리를 지르거나 노래를 부르는 사람도 있었고, 그것도 아니면 일시적으로 정신이 돌았든지 완전히 미친 놈들이 헛소리도 해댔다. 그런데 이곳은 달랐다. 둘 중에 고르라면 차라리 산타 마르타를 택하겠다. 사실 선택을 한다는 자체가 말이 안 되긴 했다. 그곳은 수감 기간이 인간이 견딜 수 있는 최대치, 곧 여섯 달이었다. 그런데 여기는 4년이나 5년, 혹은 그 이상도 많았다. 자살하는 사람들이 몇 명이나 될까? 자살할 수 있는 수단도 없어 보였다. 그래도 마음만 먹으면 가능한 일이었다. 쉽지는 않겠지만 목을 매달 수는 있을 것이다. 바지를 벗어서 밧줄을 만들면 된다. 한쪽 끝에 빗자루를 매달고 침상 위에 올라가서 창살에 밧줄을 걸면 된다. 순찰로가 있는 벽에 바짝 붙어서 하면 간수가 밧줄을 보지 못할 것이다. 그리고 간수가 지나가자마자 허공에 몸을 띄우면 된다. 간수가 돌아올 때쯤은 벌써 끝난 다음일 것이다. 게다가 간수가 허겁지겁 내려와서 감방 문을 열어 끌어 내려줄 리도 만무했다. 감방 문을 연다고? 그는 그럴 수가 없다. 문에 '상부의 명령 없이는 이 문을 열지 말 것'이라고 쓰여 있으니까. 그러니 염려할 건 없다. 자살을 하고 싶은 사람이라면, '상부의 명령'에 의해 밧줄이 풀리기 전에 시간은 얼마든지 있다.

내가 묘사하는 이 모든 것은 액션이나 난투를 좋아하는 사람들에게는 그다지 흥미롭지도 않고 관심이 가지도 않을 것이다. 혹시 지루하면 페이지를 건너뛰어도 좋다. 그렇지만 왠지 내가 새로운 독방을 접했을 때 받은 그 첫인상, 첫 번째 생각들, 무덤에 빠진 그 첫 시간들에 대한 반응을 최대한 충실히 묘사해야 할 것만 같다.

나는 그렇게 오랫동안 걷고 있었다. 어둠 속에서 속삭이는 소리로 교대 시간이 된 것을 알 수 있었다. 첫 번째 경비는 키가 크고 깡마른 사람이었는데, 두 번째 사람은 작고 뚱뚱했다. 슬리퍼 스치는 소리가 내 방에서 두 방 떨어진 앞과 두 방 떨어진 뒤에서 들렸다. 그는 앞의 동료처럼 완전히 조용하지는 않았다. 나는 계속 걸었다. 시간이 제법 늦은 듯했다. 몇 시나 되었을까? 내일은 시간 감각이 생길 것이다. 낮에는 매일 쪽문이 네 번 열리는 덕분에 대충 시간을 알 수가 있었다. 밤에는 첫 번째 경비 시간과 그의 근무 시간을 알면 확실히 가늠할 수 있게 될 것이다.

하나, 둘, 셋, 넷, 다섯…… 자동으로 그 끝없는 산책을 되풀이하는 와중에 피로까지 겹쳐 쉽게 과거 속을 헤집으며 날아다녔다. 나는 독방의 어둠과는 대조적으로 햇빛이 눈부신 내 부족의 해변에 앉아 있었다. 200미터 떨어진 거리에서 랄리가 굴을 따는 배가 푸른 오팔 빛 바다에서 균형을 잡고 있었다. 나는 두 발로 모래를 긁적였다. 조라이마가 숯불에 구운 커다란 생선을 온기가 식지 않도록 바나나 잎으로 잘 감싸서 가져왔다. 나는 으레 하듯 손가락으로 생선을 뜯어먹고, 조라이마는 내 앞에 책상다리를 하고 앉아 내 모습을 지켜본다. 그녀는 푸짐한 생선살이 쉽게 떨어지는 것을 보고 흐뭇해하며 맛있는 음식을 먹으면서 느끼는 만족감을 내 얼굴에서 읽는다.

　내가 있는 곳은 더 이상 독방이 아니었다. 난 심지어 격리 섬이니 생 조제프니 제도니 하는 것을 알지도 못한다. 나는 모래사장 위에 누워서 밀가루처럼 고운 산호 빛 모래를 손으로 휘젓는다. 그러다가 바다에 가서 맑고 짠 바닷물로 입을 헹군다. 두 손 가득 물을 담아서 얼굴에 뿌린다. 목을 쓰다듬어보니 머리가 제법 자랐다. 랄리가 돌아오면 뒷덜미 머리를 잘라달라고 해야겠다. 나는 밤새 내 부족과 함께 보냈다. 조라이마의 앞가리개를 벗기고 눈부신 모래사장 위에서 바닷바람의 애무를 받으며 그녀를 가졌다. 그녀는 평소에 하듯 기쁨에 못 이겨 사랑스럽게 신음을 한다. 어쩌면 바람은 랄리가 있는 곳까지 이 사랑의 노래를 실어갈지도 모른다. 랄리가 있는 곳에서 우리 모습이 전혀 보이지 않는 것도 아니고 그녀가 모를 리도 없지만 우리가 사랑을 나누는 모습이 분명하게 보이지는 않을 것이다. 사실, 배가 바닷가로 돌아오는 길에 우리를 보긴 했을 것이다. 그래도 그녀는 웃으면서 배에서 내린다. 돌아오면서 그녀는 땋은 머리를 풀고 긴 손가락을 젖은 머릿속에 넣어 바람과 햇빛에 말리기 시작한다. 내가 그녀에게 다가간다. 그녀는 오른팔로 내 허리를 감싸안고 우리의 오두막 쪽으로 날 떠민다. 가는 동안 쉴새없이 재잘거린다. '나도, 나도.' 그리고 집에 들어오자마자 바닥에 접어놓은 해먹 위로 날 밀치고, 난 그녀의 몸속에서 세상이 존재한다는 사실조차 잊는다. 조라이마는 아주 영리해서 우리의 사랑이 끝날 때를 계산해서 시간 맞추어 집으로 들어온다. 그녀가 들어왔을 즈음에 우리는 실컷 사랑을 나누고 둘 다 알몸으로 해먹에 누워 있다. 그녀는 우리 곁에 앉아서 언니의 뺨을 가볍게 두드리며 '욕심쟁이'라는 뜻인 듯한 말을 반복한다. 그러고는 수줍은 애정이 가득 담긴 몸짓으로 나와 랄리에게 앞가리개를 둘러준다. 나는 밤새도록 과지라에서 지냈다. 잠은 한숨도 자지 않았다. 눈을 감으면 눈꺼풀 사이로 내가 겪었던 그 장면들이 보일까봐 자리에 눕지도 않았다. 일종의 최면 상태에서 쉴새없이 걸으면서 굳이 의도하지 않아도 다시 여섯 달 전에 겪었던 그 아름다운 날 속으로 돌아갔다.

전등이 꺼지고 독방 안에 어슴푸레한 빛이 들어와 내 주위를 감싸며 떠돌던 안개를 쫓으면서 날이 밝았음을 알 수 있었다. 호각이 울렸다. 침상이 벽에 걸리는 소리와 오른쪽 방에서 침상을 벽에 붙은 고리에 거는 소리도 들렸다. 옆 방 사람의 기침 소리와 물 떨어지는 소리가 들렸다. 여기선 세수를 어떻게 하나?

"간수님, 여기선 세수를 어떻게 합니까?"

"몰라서 묻는 거니까 한 번은 봐준다. 간수에게 말을 걸었다가는 무거운 벌을 받게 돼. 세수를 하려면 변기 위에 서서 한 손으로 물단지의 물을 부어 다른 손으로 씻는다. 담요를 안 펼쳤나?"

"네."

"담요 안에 수건이 있을 거다."

경비에게 말을 걸면 안 된다고? 어떤 이유로든? 심하게 아프면? 죽을 것 같으면? 심장 발작, 맹장염, 천식에 걸리면? 여기선 죽을 것 같은 위기에서 살려달라고 소리도 못 치나? 그것 참 갈수록 태산이군! 아니, 어쩌면 그것이 정상인지도 모른다. 체력이 다해 더 이상 버티지 못할 때가 되면 소란을 일으키기는 아주 쉽겠다. 목소리만 들려도, 말만 걸어도 경비는 아마 이렇게 말할 것이다. '차라리 죽어, 대신 입만 좀 다물어.' 이곳에 있을 250명 중에서 누군가가 대화 비슷한 것만 시도해도 마치 가스 밸브를 건드리기라도 한 것처럼 경비의 머릿속에서 가스가 폭발할 것이다.

정신과 의사도 이런 사자 우리를 지을 생각은 못할 것이다. 어떤 의사가 그 정도로 제 평판을 깎아내리겠는가. 그리고 어떤 의사도 그런 규칙을 만들지는 않을 것이다. 하지만 정신과 의사나 일반 의사가 마치 건축가와 관리처럼 형 집행의 세부 사항들을 계획했을 것이다. 혐오스런 두 괴물 모두 죄수들에 대한 사디스트적인 증오로 가득한 정신병자들임에 틀림없다.

볼리외와 캉의 지하 감방들은 둘 다 아무리 깊어도 죄수들이 있는 곳까지 빛이나, 하물며 고문이나 고약한 취급을 받는 죄수들이 내는 소리의 메아리라도 뚫고 들어왔다. 그 증거로, 내 손에서 수갑과 엄지손가락을 죄는 고문 기구가 벗겨졌을 때 간수들의 얼굴에서 골치 아픈 일이 생길까봐 염려하는 기색이 스치는 것을 보았다. 하지만 이곳에서는 유일하게 들어올 수 있는 행정 관리들조차도 죄수들이 아무 눈치도 못 채도록 조용히 움직였다.

찰칵, 찰칵, 찰칵, 찰칵. 모든 방의 쪽문이 열렸다. 나는 쪽문에 다가가서 처음에는 눈만 댔다가 나중에는 얼굴을 살짝 내밀어보았다. 복도로 얼굴을 빼고 보니 오른쪽과 왼쪽에 수많은 얼굴들이 보였다. 그제야 쪽문이 열리기가 무섭게 각자 서둘러 밖으로 고개를 뽑는다는 걸 알았다. 오른쪽 사람이 무표정한 눈빛으로 날 바라보았다. 마스터베이션으로 멍청해진 듯한 얼굴이었다. 왼쪽 사람이 재빨리 물었다.

"몇 년이야?"

"2년."

"난 4년. 1년 지났고. 이름은?"

"빠삐용."

"난 조르주야, 조르주 로베르냐. 어디서 왔어?"

"파리. 넌?"

그가 미처 대답할 시간이 없었다. 맨 앞 독방 두 개에 커피와 빵 덩어리가 도착했다. 그가 다시 고개를 집어넣기에 나도 따라 했다. 내가 컵을 내밀자 컵에 커피가 채워졌고, 그 다음에 빵 한 덩어리를 주었다. 내가 얼른 빵을 받아들지 못하는 바람에 쪽문이 그대로 닫히면서 빵이 바닥에 굴렀다. 채 15분도 안 되어서 다시 침묵이 찾아왔다. 점심은 삶은 고깃조각 하나가 들어 있는 수프였다. 저녁은 렌즈콩 한 사발이었다. 2년 동안 메뉴는 저녁에만 바뀌었다. 렌즈콩, 붉은 강낭콩, 까서 말린 완두콩, 병아리콩, 흰 강낭콩 그리고 튀긴 쌀. 점심 메뉴는 늘 똑같았다.

보름마다 모두 쪽문으로 고개를 내밀면 죄수 한 명이 이발용 면도칼로 수염을 깎아주었다.

내가 그곳에 온 지 사흘이 되었다. 한 가지 걱정거리가 있었다. 루아얄에서 친구들은 내게 먹을 것과 담배를 보내주겠다고 약속했었다. 그런데 아직까지 아무것도 못 받아서 그것들이 어떻게 기적적으로 도착할지 궁금했다. 아무것도 받지 못한 것도 놀라웠다. 담배를 피운다는 것은 상당히 위험한 일이겠지만 그만큼 사치이기도 했다. 먹을 건 그야말로 살기 위한 필수품이었다. 점심에 주는 수프는 푸르스름한 잎사귀 두어 개와 아주 작은 삶은 고기 한 덩어리가 담긴 뜨거운 물에 지나지 않았기 때문이다. 저녁도 콩 몇 개 또는 말린 채소잎 몇 장이 헤엄치는 물 한 국자가 전부였다. 솔직히 말하면, 우리에게 합당한 양의 먹을 것을 주지 않는 것이 행정부보다는 식사를 배급하거나 준비하는 죄수들의 소행이 아닌가 의심스러웠다. 그 생각을 하게 된 것은 저녁에 채소를 나누어주는 자그마한 마르세유 사내 때문이었다. 내 차례에서 그의 손에 들린 국자가 바닥까지 내려갔다 오니 물보다 야채가 더 많았다. 다른 사람들 차례에서는 반대로 국자를 살짝 넣어 윗부분에서 조금만 움직였다. 당연히 건더기는 거의 없이 물만 많았다. 그렇게 영양을 충분히 공급하지 않는 것은 지극히 위험한 일이었다. 정신적인 의지를 가지려면 신체적 힘이 반드시 필요하기 때문이다.

누군가 복도를 쓸었다. 나는 내 독방 앞에서 오랫동안 비질을 하는 걸 눈치챘다. 누군가 내 방문에 대고 고집스럽게 바스락거리고 있었다. 가만히 살펴보니 흰 종이가 언뜻 보였다. 누군가 문틈으로 뭔가를 밀어넣으려고 하는데 쉽지 않은 모양이었다. 내가 종이를 잡아당길 때까지 기다렸다가 다시 비질을 하면서 멀어졌다. 나는 종이를 꺼내어 펼쳤다. 인광 잉크로 쓴 쪽지였다. 나는 간수가 지나가길 기다렸다 얼른 읽었다.

'빠삐, 내일부터 매일 양동이에 담배 다섯 개비와 코코넛 열매 하나가 들어갈 거야. 기운 차리려면 코코넛을 잘 씹어먹어. 과육은 삼키고. 담배는 아침에 양동이를 비울 때 한 개비 피워. 모닝커피 다음에는 절대로 안 되고, 점심과 저녁 식사 직후에는 피워도 돼. 몽당연필 하나를 동봉한다. 필요한 것이 있을 때마다 같이 보내는 종이에 써서 보내. 비질하는 사람이 빗자루로 네 방문을 바스락거리면 손으로 문을 긁어. 그리고 그가 문을 긁거든 종이를 밖으로 내밀어. 그가 응답을 하기 전에는 절대로 종이를 내보내선 안 돼. 종이는 귓속에 잘 감추고 연필은 벽 아래쪽 아무데나 잘 숨겨둬. 힘내. 우정을 담아서. 이그나스, 루이.'

갈가니와 드가가 쪽지를 보낸 것이었다. 후끈한 열기가 목구멍까지 치밀었다. 그토록 충실하고 헌신적인 친구들이 있다는 사실에 마음이 뜨거워졌다. 그러자 미래에 대한 믿음과 함께 이 무덤에서 살아서 나갈 수 있겠다는 확신이 들어서 밝고 활기차게 걸음을 떼었다. 하나, 둘, 셋, 넷, 다섯, 다시 돌고. 걸으면서 나는 그 둘의 마음이 얼마나 고결한가 하는 생각을 했다. 두 사람은 분명히 각각 회계 일과 우체국 일을 거는 아주 큰 위험을 무릅써야 했을 것이다. 제법 큰 돈을 썼으리라는 점은 말할 것도 없었다. 루아얄에서 '사람 잡는 섬'의 내 감방에 이르기까지 얼마나 많은 사람을 매수해야 했을까!

마른 코코넛의 단단하고 흰 열매에는 어찌나 기름이 풍부한지 코코넛 여섯 개를 갈아서 과육을 따뜻한 물 속에 담가놓기만 해도 다음날 그 수면에서 기름 1리터는 얻을 수 있을 정도였다. 그 기름은 식사량이 충분치 않을 경우 우리 몸에 부족한 지방을 채워주었고, 비타민 또한 풍부했다. 매일 코코넛 하나면 건강은 보장된 것이나 다름없었다. 적어도 탈수나 굶어죽는 건 방지할 수 있었다. 그렇게 무사히 먹을 것과 담배를 받은 지 두 달이 넘었다. 난 담배를 피울 때도 각별히 주의해서 연기를 깊이 들이마셨다가 조금씩 내뿜은 다음에 오른손을 휘저어서 연기를 없앴다.

하루는 이상한 일이 있었다. 내가 잘한 건지 못한 건지 모르겠다. 순찰로 위의 경비 한 명이 난간에 몸을 기댄 채 내 방을 내려다보고 있었다. 그는 담배에 불을 붙여 몇 모금을 피운 뒤 내 방으로 담배를 떨어뜨렸다. 그런 다음에 가버렸다. 나는 그가 다시 지나가길 기다려 일부러 보란 듯이 담배를 밟아 껐다. 그는 잠시 멈추어서 내 모습을 보고는 다시 갔다. 내가 불쌍했던 걸까, 아니면 자신이 소속된 행정부가 부끄러웠던 걸까? 아니면 함정이었을까? 그 속을 알 수가 없어서 마음이 불편했다. 뭔가 마음에 걸리는 일이 있으면 극도로 예민해지는 법이다. 만약 그 경비가 잠시나마 착한 사람이 되고 싶었다면 무시하는 듯한 내 태도에 기분이 상하지 않았으면 좋을 텐데.

내가 이곳에 온 지도 어언 두 달이 넘었다. 그 격리 수감은 내가 볼 때는 유일하게 아무것도 배울 것이 없었다. 아무 일도 일어나지 않기 때문이다. 나는 나 자신을 둘로 분리시키는 데 단련이 되었다. 확실한 방법이 있었다. 별이 총총한 하늘을 떠다니려면, 힘들이지 않고 파란만장한 내 인생의 각기 다른 과정이나 어린 시절을 떠올리려면, 또는 놀라울 만큼 생생하게 스페인의 성들을 지으려면 우선 몸을 지치게 만들어야 했다. 몇 시간 동안 아무 생각이나 하면서 앉지도 않고 쉴새없이 걸어야 했다. 그러다가 몹시 피곤해지면 침상에 누워서 담요를 얼굴의 반까지만 덮어썼다. 그러면 감방 안의 희박한 공기가 이불을 통해 내 입과 코에 와 닿았다. 내 폐는 일종의 질식 상태가 되면서 머릿속이 뜨거워지기 시작했다. 그리고 더위와 산소 부족으로 숨이 막히다가 갑자기 날아오른다. 정신이 분리되면서 형용할 수 없는 느낌이 든다. 나는 자유로울 때보다 더 강렬한 사랑의 밤을 보내며 과거에 실제 겪었던 것보다 더 다양한 감각을 느꼈다. 그렇게 공간을 떠다니는 능력으로 17년 전에 돌아가신 어머니 곁에 앉을 수 있었다. 나는 어머니의 치맛자락을 갖고 장난을 치고, 어머니는 내 나이 다섯 살 때 계집아이처럼 길게 길러준 머리카락을 쓰다듬는다. 나는 길고 섬세하고 비단결처럼 부드러운 어머니의 손가락을 어루만진다. 어느 날 산책길에 큰 아이들이 강물에 뛰어드는 것을 보고 나도 따라 하겠다고 철없이 떼를 쓰자 어머니가 나를 보고 웃는다. 어머니의 머리 모양 하나하나, 밝게 빛나는 따스한 눈길, 온화하게 하시던 말씀까지 생생하게 떠오른다.

'우리 사랑스러운 리리, 착하지? 그래야 엄마가 많이 사랑해주지. 나중에 좀더 크면 너도 아주아주 높은 곳에서 강물에 뛰어들 수 있을 거야. 지금은 아직 너무 어리단다, 소중한 우리 보물. 네가 큰 형님이 되는 날은 금방, 아주 금방 온단다.'

우리는 손을 잡고 강가를 따라 집으로 돌아간다. 나는 어린시절 살던 집에 있었다. 난 악보를 볼 수 없도록 두 손으로 어머니의 눈을 가렸지만 어머니는 계속 피아노 연주를 해주신다. 상상이 아니라 난 정말 그곳에 있었다. 나는 어머니가 앉으면 빙그르르 돌아가는 걸상 뒤에 의자를 갖다놓고 올라서서 고사리 같은 두 손으로 어머니의 눈을 가린다. 어머니의 날렵한 손가락은 계속 피아노 건반을 스치면서 나에게 〈유쾌한 미망인〉을 끝까지 들려준다.

너 비인간적인 검사도, 당신들 정직하지 못한 경찰들도, 위증으로 제 자유를 산 비열한 폴랭도, 돌대가리 같은 열두 명의 배심원들도, 이 격리소 간수들도, 그 어느 누구도, 심지어 대서양의 버려진 이 섬의 두꺼운 벽도, 먼 거리도, 절대 그 어떤 정신적·물질적인 것도 별들 사이로 날아올라 감미롭게 누리는 나의 행복한 장밋빛 여행을 막지는 못할 것이다.

나 혼자 지낼 시간을 계산할 때 시간 단위로 계산한 것은 착각이었다. 분 단위로 계산해야 한다. 이를테면, 커피와 빵 배급이 끝난 다음에야 양동이를 비울 시간이 된다. 거의 한 시간 후이다. 비워진 양동이가 돌아오면 나는 코코넛과 담배 다섯 개비 그리고 때때로 인광 종이 쪽지를 발견한다. 언제나 그런 건 아니지만 자주 몇 분이 지나는지를 헤아린다. 한 걸음을 1초로 맞추고 시계추처럼 움직이기 때문에 다섯 걸음 걷고 뒤를 돌 때면 늘 속으로 생각한다. 하나. 그리고 열둘까지 세면 1분이다. 그렇다고 해서 내 목숨을 이어주는 코코넛이나 스물네 시간에 열 번씩(나는 담배 한 대를 두 번에 나누어 피웠다) 그 무덤 속에서 기쁨을 주는 담배를 안달하며 기다리기 때문만은 아니었다. 때로는 자신들의 평온한 삶을 걸고 나를 도우려 애쓰는 사람들에게 혹시나 무슨 일이 생겼을지 모른다는 두려움에 커피 배급 시간을 초조하게 기다렸다. 그렇게 기다리다가 코코넛을 보면 그제야 오늘도 그들 모두 무사하구나 하고 마음이 놓이는 것이었다.

몇 시간, 며칠, 몇 주, 몇 달이 천천히, 아주 천천히 지나갔다. 이제 이곳에 온 지 거의 일년이 되었다. 정확하게는 열한 달하고 20일 동안 나는 어느 누구하고도 40초 넘게 이야기한 적이 없었고, 말을 할 때도 짧게 끊어 하거나 속삭였을 뿐이다. 한번은 큰 소리로 대화를 나눈 적도 있긴 했다. 몸이 으슬으슬하고 기침이 많이 나올 때였다. 그 정도면 의무실에 가도 좋겠다는 생각이 들 정도로 겉보기에도 창백했다. 그때 의사가 왔다. 놀랍게도 쪽문이 열린 것이다. 그러더니 그 틈으로 머리 하나가 들어왔다.

"무슨 일이요? 어디가 아파요? 기관지염인가? 몸을 돌려봐요. 기침해봐요."

말도 안 되는 것 같지만 사실이었다. 의사가 쪽문으로 날 검사하러 와서는 문에서 1미터 떨어진 곳에 있는 내게 돌아보라고 하고, 문틈에 귀를 대고 청진을 한 것이다. 그러더니 그가 말했다.

"한 팔을 밖으로 내놔 봐요."

무의식적으로 팔을 밖으로 내밀려다가 문득 나 자신을 존중하고 싶다는 생각이 들어 그 이상한 의사에게 말했다.

"고맙지만 더 이상 신경 쓰지 마요. 그럴 필요 없어요."

적어도 나는 그의 검사를 진지하게 받아들이지 않는다는 뜻을 분명히 전한 것이다.

"좋을 대로."

그도 비꼬는 말투로 대답하고는 가버렸다. 다행이었다. 하마터면 나도 모르게 울분을 터뜨릴 뻔했다.

하나, 둘, 셋, 넷, 다섯, 돌고. 하나, 둘, 셋, 넷, 다섯, 다시 돌고. 나는 지칠 줄도 모르고 쉴새없이 걷고 또 걸었다. 그날은 화가 나서 다리가 평소처럼 부드럽게 움직이지 않았다. 뭐든 밟아 짓이기고 싶었다. 뭘 짓밟을 수 있을까? 발 아래는 시멘트였다. 아니, 사실은 그렇게 걸으면서 많은 것들을 짓밟고 있었다. 행정부의 후원을 받기 위해서 그렇게도 하기 싫은 일을 하러 나선 그 군의관의 비열함을 짓밟았다. 다른 계급 사람들의 고통과 상처에 대한 사람들의 무관심을 짓밟았다. 프랑스 국민의 무지, 2년에 한 번씩 생 마르탱 드 레에서 출발하는 인간 화물들이 어디서 어떤 취급을 받는지 알려 하지 않는 그들의 관심 혹은 호기심의 결핍을 짓밟았다. 한 남자에 대해 근거 없는 기사를 써놓고는 몇 달 후에는 그 사람이 존재한다는 사실조차 잊어버린 기자들을 짓밟았다. 고해성사를 통해 프랑스 도형지에서 무슨 일이 일어나는지 뻔히 알면서도 입을 다무는 가톨릭 신부들을 짓밟았다. 기소인과 변호인 사이의 토론회로 변해버리는 재판 체제를 짓밟았다. '참수형을 중단하고 행정부 직원들 사이에 존재하는 집단 사디즘을 없애라'고 소리높여 외치지 않는 인간과 시민의 권리 연합 조직을 짓밟았다. 어떤 기관이나 단체도 나락의 길이 2년에 한 번씩 왜 어떻게 그곳에 있는 사람들의 80퍼센트를 없애는지, 그 체제의 책임자들에게 질문을 던지지 않는 현실을 짓밟았다. 의사들이 제출하는 사망 보고서를 짓밟았다. 자살, 질병, 지속적인 영양 결핍으로 인한 사망, 괴혈병, 결핵, 정신 착란, 노쇠……. 어쨌든 좀전에 그런 일을 겪은 터라 제대로 걸을 수가 없었다. 난 계속 한 걸음에 하나씩 뭔가를 짓밟고 있었다.

하나, 둘, 셋, 넷, 다섯…… 시간이 흐르면서 밀려드는 피로가 서서히 나의 말없는 반항을 완화시켰다. 열흘만 더 있으면 내 격리 수감형의 절반을 마치게 된다. 그날은 정말이지 축하해야 할 멋진 기념일이다. 심한 독감을 제외하고는 건강하니 말이다. 나는 미치지도 않았고 미쳐가는 중도 아니었다. 다시 시작될 일년만 더 버티면 건강하게 살아서 나갈 수 있겠다는 확신이 들었다.

잠이 들었던 나는 분명치 않은 이야기 소리에 잠이 깼다. 이런 대화가 들렸다.

"뼈만 앙상하군요, 뒤랑 씨. 어떻게 진작 눈치채지 못했죠?"

"모르겠습니다, 소장님. 순찰로 쪽 구석에 목을 매달아서 계속 지나치면서도 못 봤습니다."

"그건 중요하지 않지만 진작 보지 못했다는 것이 말도 안 된다는 점은 인정해야 할 거요."

왼쪽 방 죄수가 자살을 한 것이다. 그들은 그의 시신을 들고 나갔다. 방문이 닫혔다. 목소리로 미루어보아 격리소장, 곧 '상부 당국자'의 입회하에 문이 열리고 닫혔으니 규칙은 엄격하게 지켜진 셈이었다. 10주일 새에 주위 사람이 없어진 것이 벌써 다섯 번째였다.

기념일이 되었다. 나는 양동이 속에서 네슬레 농축 우유 한 통을 발견했다. 내 친구들의 미친 짓이었다. 그 우유를 건네느라고 얼마나 많은 돈을 쓰고 큰 위험을 무릅썼을지 보지 않아도 훤했다. 나는 역경을 견뎌낸 자축의 날을 보냈다. 그래서 다른 어느 곳으로도 날아가지 않기로 결심했다. 내가 있는 곳은 격리소 감방 안이다. 그곳에 들어온 지 일년이 지났고, 기회만 있다면 내일이라도 탈출할 수 있을 것만 같은 기분이 들었다. 분명 긍정적인 조짐이고, 그런 내가 자랑스러웠다.

나는 이례적으로 오후에 친구들의 쪽지를 받았다.

'힘내. 이제 일년 남았어. 우린 네가 잘 지내는 줄 알아. 우리도 괜찮아. 우정을 담아서. 루이, 이그나스. 할 수 있으면 쪽지 건네준 사람을 통해서 바로 답장해줘.'

나는 동봉된 작은 종이 위에 이렇게 썼다.

'모두들 고마워. 난 튼튼하고, 남은 일년도 똑같았으면 좋겠어. 클루지오와 마튀레트 소식도 전해줄 수 있어?'

비질하는 사람이 다시 오기에 얼른 문을 긁었다. 내가 재빨리 종이를 밀어주자 그도 곧 사라졌다. 그날 하루 동안 그리고 밤에도 나는 수차례 다짐했던 것처럼 상상에 빠지지 않았다. 일년 후에는 제도의 어느 섬에서 지낼 것이다. 루아얄일까 아니면 생 조제프일까? 그때는 물리도록 실컷 말하고, 담배 피우고 다음 탈출 계획도 짜야지.

이튿날 나는 내 운명에 대한 확신과 함께 남은 365일 중 첫 번째 날을 맞았다. 그 후 여덟 달 동안은 내 바람대로 지나갔다. 그런데 아홉 달째 일이 틀어졌다. 그날 아침에 양동이를 비울 때, 코코넛 전달하는 사람이 코코넛과 담배 다섯 개비를 넣은 양동이를 밀어넣다가 현장에서 붙잡힌 것이다.

워낙 중대한 사건이어서 그들도 몇 분 동안은 침묵의 규칙도 잊었다. 그 불쌍한 사내가 얻어맞는 소리가 아주 분명하게 들렸다. 그러더니 죽을 듯이 헐떡이는 소리가 들렸다. 내 방 쪽문이 열리고 얼굴이 벌겋게 상기된 간수 한 명이 고개를 들이밀고 소리쳤다.

"조금 있으면 네 차례다!"

"어디 맘대로 해봐, 이 머저리야!"

나는 그들이 그 불쌍한 사내에게 한 고약한 짓을 들은 터라 이를 악물고 대꾸했다. 그 일은 7시에 일어났다. 11시가 되어서야 격리소 부관이 지휘하는 대표단이 날 데리러 왔다. 그들은 스무 달 동안 날 가둬두고 한 번도 열지 않았던 그 문을 열었다. 나는 감방 안쪽 구석에서 손에 군용 컵을 들고 방어 자세를 취하면서 두 가지 이유로 있는 대로 그걸 휘두르리라 단단히 마음먹고 있었다. 첫 번째 이유는 일부 간수들이 맘놓고 날 때리지 못하게 하기 위해서였고, 두 번째는 차라리 빨리 녹초가 되기 위해서였다. 그런데 그들은 이렇게만 말했다.

"격리 죄수, 나오시오."

"날 때리려면 내가 방어할 거라는 점을 염두에 두어야 할 거야. 날 끌어내리려면 사방에서 덤벼야 할걸. 여기 있다가 제일 먼저 내 몸에 손대는 놈은 곤죽을 만들어주겠어."

"샤리에르, 우린 당신을 때리지 않을 거요."

"그걸 누가 보장해?"

"격리소 부관인 내가."

"약속할 수 있소?"

"날 모욕하지 마라, 그래 봐야 얻는 것 없으니까. 때리지 않는다고 내 명예를 걸고 약속하지. 자, 나오시오."

난 여전히 손에 군용 컵을 들고 있었다.

"그건 들고 있어도 된다. 어차피 쓸 일이 없을 테니까."

"좋아요."

나는 밖으로 나갔고, 간수 여섯 명과 부관에게 에워싸인 채 복도를 따라 걸었다. 바깥으로 나가니 머리가 어지럽고 빛 때문에 눈이 부셔서 뜰 수가 없었다. 간신히 처음에 우리를 맞았던 작은 집을 볼 수 있었다. 그곳에는 간수 열두어 명이 있었다. 그들은 날 밀치지도 않고 '행정부' 안으로 들여보냈다. 바닥에는 피투성이가 된 남자 한 명이 신음하고 있었다. 벽에 걸린 시계가 11시를 가리키는 걸 보며 나는 생각했다.

'이 불쌍한 사내를 네 시간이나 고문을 했구나.'

소장은 책상 앞에 앉아 있고 부관도 그의 옆에 앉았다.

"샤리에르, 먹을 것과 담배를 받은 지 얼마나 되었지?"

"저 사람이 얘기했을 텐데요."

"자네한테 묻고 있는 거다."

"난 기억상실증에 걸려서 어제 일어난 일도 생각이 나지 않습니다."

"지금 나랑 장난치자는 건가?"

"아닙니다. 내 서류에 그런 기록이 없다니 놀랍군요. 전 머리를 한 대 얻어맞은 이후로 기억상실증에 걸렸습니다."

소장은 그 대답에 깜짝 놀라며 말했다.

"이 자에 대해 그런 기록이 있나 루아얄에 확인해봐."

누군가 전화를 거는 동안 그가 계속 물었다.

"자네 이름이 샤리에르라는 건 기억이 나나?"

"그건, 네."

나는 그를 더욱 혼란스럽게 하기 위해 재빨리 말을 이었다.

"내 이름은 샤리에르고, 1906년에 아르데슈에서 태어났습니다. 그리고 파리에서 종신형을 선고받았습니다."

그의 눈이 휘둥그레지는 것을 보며 내 말에 동요하는 것을 느낄 수 있었다.

"오늘 아침에 커피와 빵을 먹었나?"

"네."

"어제 저녁에 먹은 채소는 뭐였지?"

"모르겠습니다."

"그럼 아무 기억도 안 난다는 건가?"

"일어나는 일에 대해서는 정말 전혀 기억이 안 납니다. 사람들 얼굴은 생각이 납니다. 예를 들면, 언젠가 여기서 당신이 절 맞았다는 건 기억이 납니다. 그런데 그게 언제였죠? 모르겠습니다."

"그럼 앞으로 형기가 얼마나 남았는지도 모르나?"

"종신형이요? 그거야 제가 죽을 때까지일걸요."

"아니, 격리 형벌 말이야."

"제가 격리 형벌을 받고 있다고요? 왜요?"

"어, 이거 봐라? 갈수록 태산일세, 맙소사! 나 열 받게 만들지 말라고. 네가 탈옥죄로 2년형을 받은 것도 기억이 안 난다는 거야?"

그쯤 되어 그에게 결정타를 날렸다.

"탈옥죄요, 제가요? 소장님, 전 진지하고 책임을 질 줄 아는 사람입니다. 제 방에 저와 함께 가서 제가 거기서 탈옥을 했었는지 직접 확인해보세요."

그때 간수 한 명이 소장에게 말했다.

"루아얄입니다, 소장님."

소장이 전화를 받았다.

"아무것도 없다고요? 이상하네, 그는 기억상실증에 걸렸다고 주장하는데…… 원인요? 머리를 맞았다고…… 알았습니다, 꾀병이군요. 알아보죠…… 죄송합니다, 소장님. 제가 확인하겠습니다. 안녕히 계십시오. 네, 연락 드리겠습니다."

"이봐, 코미디언, 어디 머리 좀 보자. 아! 그래, 제법 긴 흉터가 있군. 이렇게 맞은 다음부터 기억상실증에 걸렸다는 건 어떻게 기억하지, 응? 어디 말해봐?"

"설명할 수는 없지만 맞은 건 확실히 기억이 납니다. 그리고 제 이름이 샤리에르라는 것과 다른 것도요."

"그래서 하려는 말이 뭐야?"

"지금 우리가 하는 얘기 말입니다. 언제부터 먹을 것과 담배를 받았냐고 물으셨죠? 제 대답은 말입니다. 이번이 처음인지 아니면 1,000번째였는지 모르겠다는 거죠. 기억상실증 때문에 대답할 수가 없습니다. 그게 답니다. 하고 싶은 대로 하십시오."

"내가 원하는 건 간단하지. 넌 오랫동안 너무 많이 먹었으니까 이젠 조금 말라도 될 거야. 형기를 마칠 때까지 저녁 식사 금지다."

그날 나는 두 번째 청소 시간에 쪽지를 받았다. 그런데 인광 종이가 아니어서 읽을 수가 없었다. 그래서 밤이 되자 침상 속에 꼭꼭 숨겨두어 수색에서 발각되지 않은, 전날 남은 담배에 불을 붙여서 그 불빛으로 간신히 쪽지를 읽었다.

'그 사람은 우리를 불지 않았어. 자신이 자청해서 너에게 먹을 걸 주었고 두 번째였다고 말했대. 프랑스에서 널 알았던 인연으로 그랬다고. 루아얄에 있는 사람은 아무도 염려할 것 없어. 힘내.'

그렇게 해서 난 코코넛과 담배와 루아얄의 친구들 소식을 빼앗겼다. 설상가상 저녁 식사까지 금지되었다. 그동안 배고픔에 시달리지 않도록 길이 들었던 데다 하루에 열 번 피우는 담배 덕분에 한나절과 깨어 있는 밤 시간이 풍요로웠건만……. 걱정되는 건 나뿐만이 아니었다. 나 때문에 죽도록 얻어터진 그 가엾은 사내도 걱정이었다. 그가 너무 호되게 당하지 않았기를 비는 수밖에 없었다.

하나, 둘, 셋, 넷, 다섯, 돌고…… 하나, 둘, 셋, 넷, 다섯, 다시 돌고. 먹은 게 없어서 쉽지가 않았다. 먹는 양이 줄었으니 작전을 바꿔야 할 듯했다. 가령 기운을 빼지 않으려면 최대한 오래 누워 있어야 했다. 덜 움직이면 칼로리 소모가 적다. 낮에는 오랫동안 앉아 있자. 새로운 생활 방식을 익혀야 했다. 넉 달, 120일을 견뎌야 했다. 이 상태로 얼마나 있으면 몸이 허약해지기 시작할까? 적어도 두 달일 것이다. 그러니 앞으로 두 달이 고비였다. 몸이 많이 약해지면 질병들이 얼씨구나 하고 덤벼들 것이다. 나는 저녁 6시부터 아침 6시까지는 누워서 지내기로 마음먹었다. 커피를 마신 다음부터 양동이를 수거할 때까지 두 시간 정도만 걸을 것이다. 점심에는 수프 먹은 다음에 두 시간 정도. 합해서 네 시간을 걷는 것이다. 나머지는 앉거나 누워 있어야지.

몸이 피곤하지 않으면 상상에 빠져들기가 쉽지 않을 것이다. 그래도 노력은 해볼 것이다.

오늘은 친구들과 가혹한 벌을 받은 불쌍한 사람에 대해 한참 생각한 다음에 그 새로운 훈련을 시작했다. 비록 시간이 더 더디게 느껴지고 몇 시간 동안 다리를 움직이지 않아서 개미가 기어가는 것처럼 근지러웠지만 그래도 제법 성공적이었다.

먹는 양이 줄어든 지 열흘이 되었다. 이제는 계속 배가 고팠다. 벌써부터 몸이 무기력해지는 것이 느껴졌다. 코코넛과 담배가 몹시 그리웠다. 나는 일찌감치 일어나서 금세 머릿속으로 감방에서 달아났다. 어제는 파리의 '라 모르'에서 친구들과 샴페인을 마셨다. 그들 중 런던의 안토니오는 스페인 발레릭 섬 태생이지만 프랑스어는 마치 파리지엔처럼, 영어는 영국 사람처럼 유창하게 구사했다. 그 다음날 그는 클리시 대로의 '마로니에'에서 권총을 다섯 발 발사해 친구 한 명을 죽였다. 그 세계에서는 친구도 순식간에 지독한 원수가 된다. 그랬다, 어제 난 파리 생투앙 거리의 '프티 자르댕' 댄스홀에서 아코디언 소리에 맞춰 춤을 추었다. 그 상상의 여행 속에 나오는 모든 친구들이 어찌나 생생한지 그토록 아름다운 밤을 보냈던 장소에 그 친구들과 내가 함께 있다는 사실을 추호도 의심하지 않았다.

먹는 양이 너무 줄어서 오래 걷지 않아도 쉽게 피로를 느꼈다. 과거의 영상들은 나를 쉽게 감방 밖으로 불러내어 격리된 시간보다 자유로운 시간이 더 현실 같았다.

이제 한 달 남짓 남았다. 석 달째 내가 먹는 음식은 빵 한 덩어리와 삶은 고깃조각 하나가 담긴 점심 수프가 고작이었다. 너무 허기가 진 나머지 배급을 받자마자 고기 양을 얼른 확인하게 되었다. 나는 부쩍 여위어서 지난 스무 달 동안 운 좋게 받았던 그 코코넛이 끔찍한 격리 생활 속에서 나의 건강과 정신적 균형을 유지하는 데 얼마나 중요한 것이었는지 새삼 깨달았다.

어느 날 아침에는 커피를 마신 다음에 유난히 신경이 날카로워졌다. 빵도 반이나 먹어치웠다. 전에는 한 번도 없던 일이었다. 보통 때는 네 등분을 해서 아침 6시, 점심, 저녁 6시, 그리고 밤에 한 조각씩 먹었다.

"내가 왜 그랬지?"

나는 혼자서 투덜댔다.

"그러다가 심각하게 쇠약해지면 어쩌려고?"

"배고파서 기운이 없어."

"당연하지. 얼마나 잘 먹는다고 기운이 나겠어? 그래도 중요한 건, 몸은 허약해졌어도 병에 걸리지 않았다는 거야. '사람 잡는 섬'과의 싸움에서 머잖아 네가 이길 거야."

나는 두 시간 동안 걸은 다음에 걸상으로 사용하는 시멘트 벽돌 위에 앉았다. 앞으로 30일, 그러니까 720시간만 있으면 문이 열리고 누군가 이렇게 말할 것이다. '격리 죄수 샤리에르, 나오시오. 격리 형기 2년이 끝났소.' 그럼 나는 뭐라고 말할까? '네, 마침내 그 2

년의 수난도 끝이 났군요.' 아니지! 혹시 내가 기억상실증에 걸린 것처럼 연기했던 그 소장이라면 계속 무뚝뚝하게 이렇게 말해야지. '뭐라고요? 제가 사면이라도 되었나요? 전 이제 프랑스로 가나요? 제 종신형이 끝난 건가요?' 그의 얼굴을 보면서 그가 내게 강요한 금식이 얼마나 부당한 일이었는지 깨닫게 해줘야지. '맙소사, 어떻게 된 거야?' 부당했든 아니든, 소장은 자신이 잘못했다 해도 전혀 개의치 않을 것이다. 그런 정신 상태를 가진 사람이 뭔들 중요하게 생각하랴? 도형지 간수들은 정상인들과는 다르다. 정상적인 사람이라면 그런 직업을 가질 리 만무하다. 우리는 누구나 자신의 생활에 익숙해진다. 전문적인 악당이라 할지라도. 아마도 무덤에 들어갈 날이 가까웠을 때에야 비로소 하느님을 두려워하며 후회할 것이다. 그것도 자신이 저지른 개 같은 짓을 진짜로 후회해서가 아니라 하늘의 심판이 두려워서.

이 섬에서 나가기만 하면 무슨 일이 있어도 앞으로는 절대 그런 부류와는 아무런 타협도 하지 않을 것이다. 분명하게 선을 그을 것이다. 한쪽에는 영혼도 없고 사디즘을 타고난 비열한 관리들이 있고, 다른 한쪽에는 심각한 잘못을 저질렀는지는 몰라도 그 고통 속에서 비할 데 없는 장점인 연민, 선량함, 희생, 고결함, 용기를 얻은 나와 같은 부류의 사람들이 있는 것이다. 솔직히 말해서 도형지 간수가 되느니 차라리 도형수가 되는 편이 낫다.

20일 남았다. 정말 몸이 많이 허약해진 것이 느껴졌다. 내 빵 덩어리는 갈수록 작아지는 듯했다. 누가 그렇게 내 빵 덩어리까지 줄이는 비열한 짓을 하는 걸까? 며칠 전부터는 수프도 미지근한 물만 있고 고깃덩어리 살점은 거의 없이 뼈나 가죽뿐이었다. 그러다가 병이라도 걸릴까봐 겁이 났다. 그건 일종의 강박관념이었다. 나는 기운이 너무 없어서 정신은 깨어 있어도 아무런 상상조차 할 수가 없었다. 그 깊은 무력감에는 심각한 절망감이 수반되어 염려스러웠다. 나는 매일 스물네 시간을 힘겹게 견뎠다. 누군가가 방문을 긁었다. 나는 얼른 쪽지를 낚아챘다. 인광 종이에 쓴 드가와 갈가니의 편지였다.

'한 마디라도 써서 보내줘. 네 상태가 너무 걱정돼. 이제 19일 남았어. —루이, 이그나스.'

흰 종이와 검은 몽당연필도 함께 들어 있었다. 나는 답장을 썼다.

'버티고는 있는데 몸이 약해졌어. 고마워. —빠삐.'

그리고 청소부가 다시 내 문에다 바스락대기에 쪽지를 보냈다. 담배도 코코넛도 없었지만 그 짧은 쪽지가 내게는 그 모든 것 이상이었다. 그 아름답고 확고한 우정의 표현은 내게 필요하던 채찍질을 해주었다. 밖에서도 내가 어떤 상태인지 알 수는 있어서, 만일 병에라도 걸리면 분명히 내 친구들은 의사를 찾아가서 내게 적당한 치료를 해주도록 했을 것이다. 그들의 염려대로 나는 죽음과 정신이상에 맞서는 힘겨운 싸움의 끝에 다가와 있었다. 나는 병에 걸리지 않을 것이다. 필요한 에너지를 낭비하지 않기 위해 최소한만 움직일 것이다. 앞으로는 오전과 오후에 두 시간씩 걷는 것도 하지 않을 것이다. 그것만이 남은 시간을 견딜 수 있는 마지막 방법이었다. 난 밤새도록 열두 시간씩 침상에 누워서 지냈고, 나머지 열두 시간은 벽돌 의자에 앉아 꼼짝도 하지 않았다. 때때로 일어나서 팔다리를 움직여 몸을 풀고는 도로 앉았다. 열흘 남았다.

강렬한 빛살이 내 몸을 감싸기 시작했다. 눈이 부셔서 아무것도 볼 수가 없었다. 이게 뭐지? 꿈속에서도 확실하게 지각할 수 있는 유일한 사실은 살인죄를 뒤집어쓰고 억울하게 수감된 내 인생이었다. 그런데, 우연히 내려다본 내 오른쪽 손등이 쭈글쭈글했다. 두 손을 들어 얼굴을 감쌌다. 마찬가지였다. 맙소사! 그 사이 내가 이렇게 늙어버렸구나. 시간이 어떻게 흐른 거지? 그때 나를 둘러싼 빛줄기가 점차 부드러워지며 하나의 영상이 모습을 드러내기 시작했다.

'오~, 하느님. 이제야 저를 찾아주셨군요. 그런데 무력한 당신의 아들은 지금 너무도 슬프고 억울합니다. 제게 왜 이토록 가혹한 시련을 주시는 겁니다. 대답해주십시오. 맹세컨대, 주님. 저는 아무런 죄도 없습니다.'

'가련한 아들아. 너의 죄를 아직도 깨닫지 못하고 있구나. 인생을 낭비한 죄, 너는 그토록 소중한 네 젊음을 방탕하고 삿되게 흘려보냈다. 사랑과 용서를 위해 마련된 시간들을 분노와 미움으로 가득 채웠다. 자, 눈을 뜨고 보거라. 그러므로 네가 지은 죄는, 그 무엇보다 중한 것이다.'

아무 말도 할 수 없었다. 굵은 눈물이 얼굴 위로 쏟아졌다. 그때 느닷없이 인간의 소리 같지 않은 끔찍한 소리가 날 깨워 퍼뜩 현실로 돌아오게 했다. 그 소리는 내 뒷방이거나 아니면 아주 가까운 방에서 들려왔다.

"개자식아, 여기 내 구덩이 속으로 내려와. 위에서 감시하는 데 지치지도 않냐? 이 구멍 속이 어두워서 볼거리를 반은 놓치잖아."

"입 다물어. 안 그러면 호되게 혼이 날 줄 알아!"

간수가 말했다.

"아, 아! 웃기고 있네, 바보 같은 놈! 이 침묵보다 더 가혹한 게 어디 있어? 벌을 줘봐, 그래서 속이 시원하다면 네 맘대로 실컷 때리라고! 하지만 이 침묵보다 더한 건 절대 못 찾을 거다. 절대 없어, 없다고! 더는 못하겠어, 말 한 마디 못하면서 더는 못 지내겠단 말야! 진작에 3년 전부터 이렇게 말했어야 했어! 빌어먹을! 더러운 놈들! 벌받는 게 무서워서 36개월이나 그 말을 못했다니 나도 한심하지! 너하고 네 놈들 전부 구역질나, 이 썩어빠진 간수 놈들아!"

잠시 후에 문이 열리는 소리와 함께 이런 말이 들렸다.

"아니, 그렇게 말고! 이렇게 입혀야지, 그게 훨씬 빠르단 말이야!"

그러더니 그 가엾은 사내가 울부짖었다.

"어디 맘대로 구속복을 입혀봐라, 이 썩을 놈들아! 맘대로 입히고 숨이 막히도록 끈을 조르라고! 그래도 내 말은 막지 못할걸? 네 애미가 창녀라서 네놈이 그렇게 쓰레기 같은 거야!"

그에게 재갈을 물렸는지 더는 아무 소리도 들리지 않았다. 다시 문이 닫혔다. 그 장면을 본 젊은 간수는 마음의 충격을 받았는지 잠시 후 내 감방 앞에 멈추어 서서 말했다.

"저놈이 아무래도 미친 모양이야."

"그렇게 생각해요? 그래도 하는 말은 전부 정상인 것 같은데요?"

간수는 그 말에 질겁을 해서 나에게 이 말만 남기고 가버렸다.

"그럼 너도 똑같이 해봐!"

그 일이 있고 나서 나는 용감한 사람들이 사는 섬이며, 바이올린 소리며, 인도 아가씨들의 젖가슴이며, 포트오브스페인 항구를 일절 끊고 서글픈 격리의 현실로 돌아왔다.

앞으로 열흘, 그러니까 240시간만 견디면 된다.

꼼짝도 하지 않는다는 작전이 주효해서인지 아니면 친구들의 쪽지 때문인지 남은 시간은 부드럽게 흘러갔다. 나는 오히려 내 앞에 저절로 나타난 비교 대상 때문에 더 강해졌다. '격리소에서 해방되기까지 240시간 남았다. 몸은 약해졌어도 아직 정신은 멀쩡하다. 조금만 기운을 차리면 다시 완벽하게 움직일 수 있을 것이다. 그러나 내 뒤쪽으로 불과 2미터 정도 떨어진 감방에 있던 그 가엾은 사내는 어쩌면 폭력이라는 과격한 문을 통해 정신이상 초기 증세에 돌입한지도 모른다. 그는 오래 살지 못할 것이다. 어떻게 하면 가장 과학적으로 그를 죽일까 연구하는 작자들로부터 아주 교묘하게 처벌을 받을 테니까.' 그러나 이내 나는 다른 사람은 죽어가는데 나 혼자 더 강해졌다고 생각하는 나 자신을 자책했다. 어쩌면 나 역시 한 겨울에 양말과 장갑을 두툼하게 끼고 따뜻한 외투로 몸을 감싼 채, 허술한 옷차림에 꽁꽁 얼어붙은 몸으로 아니면 적어도 싸늘한 아침 추위에 손이라도 파랗게 얼어서 일터로 가기 위해 첫 버스나 전철을 타려고 종종걸음을 치는 사람들을 보며 전보다 더 따뜻하게 느끼고 몸에 걸친 외투를 유난히 포근하게 느끼는 이기적인 인간은 아닐까. 하지만 누구나 인생을 살면서 많은 비교를 하게 마련이다. '맞아, 난 10년이지만 빠삐용은 종신형이야.' '맞아, 난 종신형이지만 스물여덟 살이고, 그는 15년이지만 쉰 살이야.'

자, 이제 끝까지 다 왔으니 여섯 달 후에는 건강, 정신, 에너지 모두 탈출하기에 완벽한 조건이 갖추어지길 바라자. 나는 결단코 6개월 안에 다시 떠날 것이다.

그날은 내가 격리소에서 보내는 마지막 밤이었다. 나는 1만 7,508시간 전에 234호 독방에 들어왔다. 내 방 문은 단 한 번, 날 소장에게 데려가 징벌을 내리도록 하기 위해서 열렸다. 하루에 아주 잠깐씩 나와 짧은 말을 주고받던 옆 방 사람 말고는 누군가 내게 말을 걸어온 건 전부 네 번이었다. 한 번은 첫날 호각 소리가 들리면 침상을 내려야 한다고 말한 것이었다. 또 한 번은 의사의 말이었다. '돌아봐요, 기침을 해봐요.' 그 다음은 소장과 나눈 조금 긴 대화였다. 그리고 불쌍한 미치광이 때문에 충격을 받은 간수와 나눈 말 몇 마디. 나는 내일이면 이 문이 완전히 열릴 것이라는 생각 외에 다른 생각은 하지 않고 조용히 잠자리에 들었다. 내일은 태양을 볼 수 있을 것이고, 혹시 루아얄에 보내진다면 바다 냄새를 맡을 수 있을 것이다. 내일이면 자유로워진다. 난 웃음을 터뜨렸다. 자유라니? 내일은 정식으로 무기징역형을 시작하는 것뿐이다. 그걸 자유라고 부른단 말이야? 나도 안다. 하지만 이제껏 내가 겪은 생활에 견줄 만한 삶은 그 어디에도 없었다. 그런데 클루지오와 마튀레트를 어떻게 찾지?

오전 6시에 그들은 내게 커피와 빵을 주었다. 난 이렇게 말하고 싶었다. '난 오늘 나가는데요. 착각하신 것 아닙니까?' 그러다가 이내 내가 '기억상실증 환자'라는 걸 생각했다. 내가 그렇게 소장을 속인 걸 인정했다가는 소장이 그 자리에서 나를 30일 더 가두라고 할지도 모를 일이었다. 어찌되었든 오늘 1936년 6월 26일에 내가 생조제프 격리 독방에서 나가는 건 엄연히 법으로 정해진 것이다. 넉 달 후면 나는 서른 살이 된다.

8시. 나는 주어진 빵 덩어리를 전부 먹었다. 이제 곧 다른 것을 먹을 수 있겠지. 문이 열렸다. 부관과 간수 두 명이 서 있었다.

"샤리에르, 이제 네 형벌은 끝났다. 오늘은 1936년 6월 26일이다.

우리를 따라와라."

나는 밖으로 나갔다. 뜰에 나가니 벌써부터 햇빛이 눈부실 정도로 빛났다. 난 몸이 몹시 쇠약해진 것을 느꼈다. 다리가 후들후들떨리고 눈앞에서 검은 점들이 춤을 추었다. 50여 미터를 걸었다. 행정부 건물 앞에 도착하니 마튀레트와 클루지오가 보였다. 마튀레트는 뼈만 앙상하고 뺨은 움푹 팬 데다가 눈도 퀭했다. 클루지오는 들것에 누워 있었다. 죽은 사람처럼 창백한 그에게서는 이미 죽음의 냄새가 났다. 나는 생각했다. '내 친구들이 상태가 좋지 않구나. 혹시 나도 저런 모습일까?' 거울이 몹시 보고 싶어졌다. 나는 그들에게 말했다.

"그래, 좀 어때?"

그들은 대답이 없었다. 내가 다시 물었다.

"괜찮아?"

"예."

마튀레트가 힘없이 말했다.

나는 그에게 격리 형벌이 끝났으니 이제 말해도 된다고 얘기하고 싶었다. 나는 클루지오의 뺨에 입을 맞추었다. 그는 눈을 반짝이며 날 보고는 미소를 지으며 말했다.

"잘 있어, 빠삐용."

"안 돼, 그런 말 하지 마!"

며칠 뒤 클루지오는 루아얄 병원에서 숨을 거두었다. 그의 나이서른두 살이었고 자신이 저지르지도 않은 자전거 절도죄로 20년형을 받았었다. 그때 소장이 도착했다.

"이 사람들을 들여보내시오. 마튀레트와 너 클루지오는 모범적으로 행동했다. 그래서 너희 서류에 '모범수'라고 기입했다. 너, 샤리에르는 심각한 잘못을 저질렀기 때문에 당연히 '행동 불량'이라고 기입했다."

"죄송합니다만, 소장님, 제가 무슨 잘못을 했나요?"

"담배와 코코넛이 발각된 일이 정말로 기억이 안 난단 말이냐?"

"네, 정말입니다."

"그럼 마지막 넉 달 동안 뭘 먹고 살았는지는?"

"무슨 말씀이세요? 뭘 먹었다니요? 처음 도착했을 때부터 줄곧 같았는데요."

"나 참! 그럼 어제 저녁엔 뭘 먹었지?"

"늘 주던 대로 먹었겠죠. 제가 알게 뭡니까? 기억이 안 나는데요. 아마 콩이나 쌀, 아니면 무슨 다른 채소였겠죠."

"그럼 저녁을 먹긴 먹었다 이거지?"

"맙소사, 제가 그럼 밥그릇을 던지기라도 했겠습니까?"

"아니, 됐다, 내가 졌다. '행동 불량'이라는 건 취소하지. 출감 서류를 다시 작성하자고. '모범수'라고 기입해주지, 됐냐?"

"그래야죠. 전 아무 잘못도 한 게 없으니까요."

그 마지막 말을 남기고 우리는 사무실을 나왔다.

격리 형무소의 거대한 문이 열리며 우리를 내보내주었다. 우리는 간수 한 명의 호위를 받으며 천천히 수용소로 가는 길을 내려왔다. 은빛으로 반짝이는 바다가 내려다보였다. 정면으로 녹음과 붉은색 지붕으로 뒤덮인 루아얄이 보였다. 디아블은 준엄하면서도 야성적으로 보였다. 나는 간수에게 잠깐 앉게 해달라고 부탁했다. 그가 허락했다. 우리는 각각 클루지오의 양쪽에 앉아서 그의 손을 꼭 잡았

다. 서로 아무 말 하지 않아도 뭉클한 감정이 울컥 솟았다. 간수가
말했다.

"자, 이제 가자. 서둘러 내려가야 해."

우리는 아주 조심스럽게 수용소까지 내려갔다. 마튀레트와 나는
손을 꼭 잡고 앞장서서 걸었고, 죽어가는 우리의 친구를 옮기는 들
것 운반자 두 명이 그 뒤를 따랐다.

일곱 번째 노트

살뤼 제도 ②

루아얄에서의 생활

수용소 뜰에 들어가자마자 우리는 모든 도형수들의 반가운 시선에 둘러싸였다. 피에르 르 푸, 장 사르트루, 콜롱디니, 시실리아가 보였다. 우리 셋은 의무실에 가야 한다고 간수가 말했다. 20여 명의 수행을 받으며 우리는 뜰을 가로질러 의무실로 들어갔다. 잠깐 사이에 마튀레트와 내 앞에는 담배 10여 갑과 따뜻한 밀크 커피, 코코아가 놓였다. 다들 우리에게 무언가를 주고 싶어했다. 클루지오는 장뇌유 주사와 심장에 아드레날린 주사를 맞았다. 비쩍 마른 흑인 한 명이 말했다.

"의무병, 내 비타민을 그에게 줘, 나보다 더 필요한 것 같아."

정말 감동적인 동지애의 표현이었다. 또 피에르 르 보르들레도 내게 말했다.

"돈 필요해? 루아얄로 떠나기 전에 내가 모금을 할게."

"아니, 고맙지만 돈은 있어. 그런데 내가 루아얄로 가게 된대?"

"응. 회계사가 말해줬어. 너희 셋 다. 아마 병원으로 갈 거야."

의무병은 코르시카 산적 출신이었다. 이름은 에사리였다. 이후에 나는 그와 꽤 친해졌는데 그의 흥미진진한 과거사는 다음에 이야기하기로 하자. 의무실에서 보낸 두 시간은 금방 지나갔다. 우리는 잘 먹고 마셨다. 루아얄로 가게 되어서 기뻤다. 클루지오는 시종일관 눈을 꼭 감고 있다가 내가 곁에 가서 손으로 이마를 짚어보자 이미 흐릿해진 눈을 뜨면서 말했다.

"내 친구 빠삐, 우린 진정한 친구야."

"그 이상이지. 우린 형제야."

한 간수가 우리를 따라 내려왔다. 마튀레트와 나는 클루지오의 들것 양쪽에서 걸었다. 수용소 문에서 모든 죄수들이 우리에게 작별 인사를 하며 행운을 빌었다. 피에르 르 푸는 내 목에 담배와 초콜릿, 네슬레 우유 캔이 가득 담긴 작은 보따리 하나를 걸어주었다. 마튀레트도 하나를 받았다. 의무병 페르난데즈와 간수 한 명만 부두까지 우리를 따라왔다. 그는 우리 각자에게 루아얄 병원으로 보내는 서류를 건네주었다. 나는 의무병 죄수들인 에사리와 페르난데즈가 군의관의 진단도 없이 우리를 입원시키는 것이라는 사실을 알게 되었다. 드디어 배가 왔다. 노 젓는 죄수 여섯 명과 단총으로 무장한 간수 두 명이 뒤에 타고, 간수 또 한 명은 키를 잡았다. 노 젓는 죄수 중 한 사람은 마르세유 증권 사건의 주역인 샤파르였다. 우린 출발했다. 다들 힘차게 노를 젓기 시작하자 샤파르가 말했다.

"괜찮아, 빠삐? 코코넛은 계속 받은 거야?"

"아니, 넉 달 전부터는 못 받았어."

"나도 알아, 사고가 있었다지? 그 친구는 훌륭히 처신했어. 그가 아는 사람은 나뿐이었는데, 끝내 내 이름을 불지 않았어."

"그 친구 어떻게 됐지?"

"죽었어."

"말도 안 돼, 뭐 때문에?"

"의무병 말에 따르면, 발길질에 간이 파열됐다나봐."

우리는 제도의 세 섬 중 가장 큰 루아얄 섬의 부두에 도착했다. 빵집 시계가 3시를 가리켰다. 오후의 태양은 너무 강렬해서 눈이 부시고 뜨거웠다. 간수가 들것 드는 사람 두 명을 불렀다. 흰옷을 입은 건장한 죄수 두 명이 깃털처럼 가볍게 클루지오의 들것을 들었고, 마튀레트와 나는 그 뒤를 따랐다. 간수는 종이 몇 장을 손에 들고 우리 뒤에서 걸었다.

폭 4미터 정도 되는 자갈길은 걷기가 힘겨웠다. 다행히도 들것을 든 두 사내가 이따금 멈추어서 우리를 기다려주었다. 그러면 나는 클루지오의 옆에 앉아서 다정하게 그의 이마와 머리를 쓰다듬었다. 그럴 때마다 그는 살짝 웃으며 눈을 뜨고 내게 말했다.

"내 친구 빠삐."

마튀레트가 그의 손을 잡았다.

"꼬맹이, 너냐?"

클루지오가 중얼거리듯 말했다.

그는 우리를 가까이 느낄 수 있어서 무척 행복한 듯했다. 목적지에 도착할 무렵에 우리는 작업하러 가는 일행과 마주쳤다. 거의 모두 나와 같은 배를 타고 호송된 이들이었다. 모두들 우리 곁을 지나치면서 다정한 말을 한 마디씩 건넸다. 고원에 위치한 하얀 건물 앞에서 그 섬에서 가장 지위가 높은 관리들이 그늘에 앉아 우리를 기다리고 있었다. 우리는 일명 '마른 코코넛'으로 통하는 바로 소장과 다른 형무소 책임자들 곁으로 다가갔다. 소장은 자리에서 일어나지도 않고 아무런 격식 없이 우리에게 말했다.

"그래, 격리소에서는 너무 고되지 않았나? 들것에 있는 사람은 누구지?"

"클루지오입니다."

소장은 클루지오를 보고는 이렇게 말했다.

"이 사람들을 병원으로 데려가라. 병원에서 나오면 수용소로 보내기 전에 나에게 미리 통지하도록."

우리는 병원에서 아주 깨끗한 침대와 시트 그리고 베개까지 갖추어진 환한 병실을 배정받았다. 제일 먼저 마주친 의무병은 생 로랑뒤 마로니의 의무병이었던 샤탈이었다. 그는 얼른 클루지오를 살펴보더니 간수에게 의사를 불러오라고 했다. 의사는 5시쯤 도착했다. 의사는 한참 꼼꼼하게 검사를 하고는 굳은 표정으로 고개를 저었다. 그는 처방전을 작성한 다음에 내 쪽으로 왔다.

"우린 그다지 좋은 친구는 아니지, 빠삐용과 나 말이야."

의사가 샤탈에게 말했다.

"놀랍군요. 그는 좋은 사람입니다, 의사 선생님."

"그럴진 모르겠지만 아주 고집스러운 친구야."

"왜요?"

"내가 격리소에 왕진 갔을 때……."

"쪽문 사이로 진찰한 걸 왕진이라고 하시는 겁니까?"

내가 끼어들었다.

"규칙상 죄수의 방문을 열 수 없었어."

"좋습니다, 선생님. 하지만 선생님을 위해서라도 행정부의 일시적인 파견 근무만 하고 마는 그런 사람이 되지 않기를 바랍니다."

"그 문제는 다음 기회에 이야기하기로 하지. 일단 당신 친구와 당신을 회복시키도록 애써보겠어. 그렇지만 다른 친구는 너무 늦지 않았나 싶군."

샤탈은 자신이 탈옥 준비를 했다는 혐의를 받고 제도에 구금되었다고 이야기해주었다. 탈옥할 때 날 속였던 지저스는 어떤 나병 환자에게 살해되었다는 소식도 전해주었다. 그 나병 환자의 이름은 모른다고 했지만 아무래도 우리를 도와주었던 이들 중 한 사람이 아닐까 싶었다.

살뤼 제도의 도형수 생활은 상상했던 것과는 전혀 달랐다. 대부분의 사람들은 여러 가지 이유로 꽤 위험한 인물들이었다. 우선 모두들 잘 먹었다. 그곳에서는 밀거래로 뭐든지 구할 수 있었다. 술, 담배, 커피, 초콜릿, 설탕, 고기, 신선한 채소, 생선, 새우, 코코넛 등등. 따라서 그들은 모두 건강한 풍토 속에서 완벽한 건강 상태를 유지하고 있었다. 형기가 짧은 죄수들은 자유로워질 희망을 갖고 있었지만, 아무 희망도 없는 종신형 죄수들은 위험하기 짝이 없었다. 죄수들이나 간수들이나 할 것 없이 다들 일상적인 밀거래에 연루되어 있었다. 이해하기 쉽지 않을 정도로 서로 뒤섞여 있었다. 간수들의 아내는 집 주변의 일을 도와줄 젊은 죄수들을 찾았고, 그러다가 서로 연인 사이가 되는 일이 종종 있었다. 그 젊은 죄수들은 '하우스 보이'로 불렸다. 정원사 일을 하는 사람도 있었고, 주방 일을 해주는 사람도 있었다. 그들은 수용소와 간수들의 가정 사이 중

개인 역할을 했다. 다른 죄수들은 그 '하우스 보이'들을 그다지 고깝게 보지는 않았다. 그들 덕분에 온갖 물건을 밀거래할 수 있었기 때문이다. 그렇지만 물론 그들을 순수하게 여기지도 않았다. 그 세계 사람들은 어느 누구도 간수들의 열쇠지기가 된다든지 그들을 위해 몸을 숙이는 일은 선뜻 하려 하지 않았다. 반면에 분뇨 수거, 낙엽 줍기, 물소몰이, 의무병, 정원사, 정육점, 빵집, 노젓기, 우편 배달부, 등대지기 등 간수들과 아무 관계 없는 일자리를 얻기 위해서는 큰 돈도 아끼지 않았다. 그 일들은 모두 거친 도형수들이 맡아 했다. 거친 도형수들은 형무소 담벽이나 도로 또는 계단 보수 작업이라든가 코코넛 나무를 심는 일 따위는 절대 하지 않았다. 그 일들은 땡볕 아래에서 하는 노역이든가 간수들의 감시를 받는 일이었기 때문이다. 작업 시간은 보통 아침 7시부터 정오까지 그리고 오후 2시부터 6시까지였다. 죄수들과 간수들이 한데 어울려 사는 그 독특한 마을에서는 모두들 서로의 생활을 잘 알고 서로를 평하고 관찰하고 판단했다.

드가와 갈가니는 일요일에 병원에서 나와 함께 시간을 보냈다. 우리는 아이올리(프로방스 지방의 마늘이 든 마요네즈 — 옮긴이)를 곁들인 생선, 생선 수프, 감자, 치즈, 커피, 백포도주를 먹었다. 샤탈의 방에서 드가, 갈가니, 마튀레트, 그랑데와 내가 함께한 저녁 식사였다. 친구들은 내게 탈출담을 자세히 들려달라고 했다. 그리고 드가는 자신은 더 이상 아무런 탈출 시도도 하지 않기로 결심했다고 했다. 그는 프랑스에서 5년 사면 허락이 내려지기를 기다리고 있었다. 프랑스에서 3년, 그곳에 와서 3년을 살았으니 그렇게 되면 4년 남는 셈이었다. 그는 남은 시간을 체념하고 받아들였다. 한편,

갈가니는 코르시카인 상원의원 한 명이 자신을 보살펴주고 있다고 주장했다.

이윽고 내 차례가 되었다. 나는 그들에게 그곳에서 탈출하기 가장 적당한 장소가 어디인지 물었다. 그러자 다들 난리법석을 떨었다. 드가와 갈가니는 한 번도 생각해보지 않았다고 했다. 샤탈은 뗏목을 만들기에는 정원이 유리할 거라고 했다. 그랑데는 자신이 대장장이 일을 하고 있다면서 작업장에 가면 필요한 일꾼들이 다 있다고 알려주었다. 페인트공, 목수, 대장장이, 석수, 배관공 등 거의 120명에 가까운 사람들이 모여 있었다. 그들은 행정부 건물들을 정비했다. 총 회계원인 드가는 내게 원하는 자리를 마련해주겠다고 했다. 내 선택에 달린 일이었다. 또 그랑데는 자신의 도박판에 끼워주겠다고 했다. 도박꾼들에게 이기면 내 돈을 쓰지 않고도 살아갈 수 있었다. 나중에 나는 그것이 꽤 재미는 있지만 지극히 위험한 일이라는 걸 알게 되었다. 일요일은 쏜살같이 지나갔다.

"벌써 5시네. 수용소로 돌아갈 시간이야."

근사한 시계를 차고 있는 드가가 말했다. 드가는 떠나면서 포커할 돈 500프랑을 주었다. 우리 병실에서도 제법 큰 게임이 벌어지고 있었기 때문이다. 그랑데는 제동 장치가 있는 멋진 접는 칼을 주었다. 그가 직접 달구어 만든 인상적인 무기였다.

"항상 밤이고 낮이고 무기를 갖고 있어."

"수색은 어쩌고?"

"간수들 대부분은 아랍인 열쇠지기들이야. 누구든 위험하다고 판단되는 사람한테서는 절대 무기를 찾지 않아. 설령 자신들이 다치는 한이 있더라도."

그랑데는 이렇게 말하고는 다시 끝인사를 덧붙였다.

"그럼, 나중에 수용소에서 보자."

갈가니는 떠나기 전에 자신이 벌써 내 자리를 맡아두었으니 같은 참호에서 함께 지내게 될 것이라고 말했다(같은 참호 일원들은 밥도 같이 먹고 돈도 공유했다). 드가는 수용소에서 자지 않고 행정부 건물에 따로 방을 갖고 있었다.

우리가 그곳에 온 지 사흘이 되었지만, 나는 매일 밤 클루지오 곁을 지키느라 60명 가까운 환자들이 수용된 그 병실 생활을 느끼지도 못했다. 그러다가 클루지오는 상태가 나빠져서 위독한 환자가 한 명 더 있는 방으로 격리되었다. 샤탈은 클루지오에게 모르핀을 연신 놔주었다. 그는 클루지오가 그날 밤을 넘기기 힘들 것 같다고 걱정했다.

방 안에는 3미터 정도의 통로를 사이에 두고 양쪽으로 침대 서른 개가 늘어서 있는데 침상은 거의 모두 차 있었다. 가스등 두 개가 방 안을 밝혔다. 마튀레트가 내게 말했다.

"저기서 포커를 치네요."

나는 그들 곁으로 다가갔다. 전부 네 명이었다.

"나도 끼고 싶은데?"

"그래, 앉아. 밑돈은 최소 100프랑이야. 게임을 하려면 밑돈이 세 배, 그러니까 300프랑은 있어야 돼. 여기 300프랑어치 칩이야."

나는 200프랑어치는 마튀레트에게 맡겼다. 뒤퐁이라고 불리는 파리 출신이 내게 말했다.

"우린 조커 없이 영국식으로 해. 알지?"

"응."

"좋아. 네가 카드 돌려."

그들이 카드놀이를 하는 속도는 놀라울 정도였다. 얼른 배팅을 하지 않으면 끼지도 못했다. 거기서 나는 새로운 도형수 계층을 발견했다. 바로 도박꾼 계층이었다. 그들은 게임으로. 게임을 위해서, 게임 속에서 살았다. 게임 외에는 아무것에도 관심이 없었다. 그들은 모든 걸 잊었다. 자신들의 과거도, 형벌도, 삶을 바꾸기 위해 할 수 있는 일들도. 파트너가 괜찮은 사람이든 아니든 신경도 쓰지 않고 오로지 게임만이 관심의 대상이었다.

우리는 밤새도록 게임을 했다. 잠시 커피를 마실 때만 쉬었다. 나는 1,300프랑을 땄다. 내가 침대로 가려 할 때 파울로가 다가와서 둘이 하는 블롯을 더 하게 200프랑만 꿔줄 수 있느냐고 물었다. 그의 수중에는 5프랑밖엔 없었다.

"자, 여기 300이야."

내가 돈을 주며 말했다.

"고마워, 빠삐용. 넌 역시 내가 듣던 대로야. 우린 좋은 친구가 될 수 있을 것 같다."

그는 내게 손을 내밀었고, 내가 그의 손을 쥐어주자 기분 좋게 돌아갔다.

클루지오는 그날 아침에 죽었다. 전날 밤 의식이 분명할 때 그는 샤탈에게 더 이상 모르핀을 놓지 말라고 말했다.

"의식이 있을 때 친구들과 함께 앉아 죽음을 맞고 싶어."

격리 병실은 출입이 엄격하게 금지되어 있었지만 샤탈의 책임하에 친구는 우리의 품속에서 숨을 거두었다. 난 그의 눈을 감겨주었다. 마튀레트는 슬픔에 얼굴이 일그러졌다.

"아름다운 모험을 함께 했던 우리 동지가 떠났어요. 사람들이 그를 상어 떼에 던졌어요."

나는 '상어 떼에 던졌다'는 말에 몸이 얼어붙었다. 사실 제도에는 도형수들을 위한 묘지가 따로 없었다. 도형수가 죽으면 아침 6시 해 뜰 무렵에 상어들이 들끓는 생 조제프와 루아얄 사이 바다에 던지게 되어 있었다.

친구가 죽고 나니 병원이 견딜 수 없어졌다. 나는 드가에게 이틀 후에 나가겠다고 전했다. 그가 내게 쪽지를 보냈다.

'샤탈에게 수용소에서 보름 간 쉬게 해달라고 해. 그동안 천천히 하고 싶은 일을 고르면 돼.'

마튀레트는 조금 더 남기로 했다. 샤탈은 그를 의무병 보조로 삼기로 했다. 병원을 나서자마자 나는 행정부 건물로 인도되어 바로 소장 앞에 섰다.

"빠삐용, 수용소로 가기 전에 잠시 자네와 이야기를 나누어야겠네. 자네는 이곳에 좋은 친구를 두었더군. 내 총 회계사인 루이 드가 말이야. 그는 자네가 프랑스에서 보내온 보고서에 적힌 것과는 달리 무고한 죄수이고 그렇기 때문에 끊임없이 저항하는 것이 당연하다고 주장하더군. 미리 말해두지만 난 그 점에 대해서는 그다지 동의할 수 없어. 다만 내가 알고 싶은 것은 자네가 현재 어떤 생각을 갖고 있는가 하는 거야."

"소장님, 우선 소장님의 질문에 대답하기 전에 제 서류에 적힌 내용을 여쭤봐도 될까요?"

"직접 보게."

소장이 내게 내민 노란색 카드에는 이렇게 적혀 있었다.

앙리 샤리에르, 일명 빠삐용. 1906년 11월 16일 아르데슈 출생. 센 중죄재판소에서 살인죄로 무기징역형 선고받았음. 모든 관점에서 위험한 인물이니 엄중히 감시할 것. 어떤 특권도 주지 말 것.

캉 중앙감옥 : 구제 불능 죄수. 반란을 선동하거나 이끌기 쉬움. 지속적인 관찰 요망.

생 마르탱 드 레 : 규율은 잘 따르나 주위 동료들에게 상당한 영향력이 있음. 어디에서든 탈출을 시도할 것이 분명함.

생 로랑 뒤 마로니 : 간수 세 명과 열쇠지기 한 명을 습격하고 병원에서 탈출했음. 콜롬비아에서 돌아왔음. 수감된 동안에는 모범적인 행동 보였음. 2년 격리형 선고.

생 조제프 격리소 : 석방될 때까지 모범적이었음.

내가 카드를 다시 건네주자 소장이 말했다.

"이보게 빠삐용, 이러니 자네에 대해 마음놓기는 힘들지. 나와 거래 하나 하겠나?"

"못할 것도 없죠. 어떤 거래냐에 따라서 달라지지만."

"자네는 분명 이 제도가 아무리 위험한 곳이라 해도 탈출하려고 무슨 짓이든 할 사람이야. 어쩌면 성공할 수도 있겠지. 그런데 난 말일세, 제도 근무가 아직 다섯 달이나 남았어. 한 사람이라도 탈출하게 되면 제도 지휘관은 어떻게 되는지 아나? 일년치 봉급 동결이야. 그러니까 식민지 봉급을 전부 빼앗기고 휴가는 6개월 뒤로 미뤄지고 기간도 3개월로 줄어들지. 그리고 조사 결과에 따라서 소장의 부주의가 인정될 경우 한 계급 강등될 수도 있어. 얼마나 심각한지 알겠지? 그런데 내가 정직하게 일 처리를 한다면, 탈출 가능성이 있다고 해서 자네를 독방이나 지하 감방에 집어넣을 권리는 없어. 그렇게 하고 싶지도 않고. 그러니 내가 제도를 떠날 때까지는 탈출 시도를 하지 않겠다고 약속해줬으면 좋겠어. 다섯 달 동안."

"소장님, 제 명예를 걸고 소장님이 이곳에 계시는 한은 탈출하지 않겠다고 약속드리죠. 단, 6개월을 넘기지 않는다면요."

"난 다섯 달 정도만 있으면 떠나. 그건 확실해."

"좋습니다. 드가에게 물어보십시오. 제가 약속을 지키는 사람이라고 말해줄 겁니다."

"자네를 믿네."

"그렇다면 대가로 저도 하나 부탁드리겠습니다."

"뭔데?"

"제가 여기서 지내는 다섯 달 동안 나중에 제게 도움이 될 만한, 어쩌면 섬을 바꿔놓을지도 모를 일을 하고 싶습니다."

"좋아. 그런데 이건 분명히 우리끼리만 알고 있어야 하네."

"그럼요, 소장님."

그는 드가를 불러서 모범수들이 아닌 지하세계 사람들과 함께 어울릴 만한 건물에 내 자리를 마련해주도록 했다. 사람들은 내 가방에 필요한 물품들을 담아주었고, 소장은 바지 몇 벌과 재단사가 맞추어준 흰 겉옷 몇 벌을 더 넣어주었다.

나는 새하얀 새 바지 두 벌과 스웨터 세 벌, 볏짚 모자 하나를 갖추고 간수 한 명과 함께 중앙 수용소로 향했다. 행정부의 작은 건물에서 수용소로 가려면 고원을 가로질러야 했다. 우리는 형무소 전체를 둘러싼 4미터 높이의 담장을 따라가며 간수들의 병원 앞을 지나쳤다. 그 거대한 사각형을 거의 다 돌고 나서 정문에 도착했다.

'제도 형무소 ─ 루아얄 구역.' 거대한 나무문은 활짝 열려 있었다. 문의 높이는 6미터 가량 되어 보였다. 두 개의 감시 초소에는 각각 네 명의 간수가 있었고, 근처 의자에 장교 한 명이 앉아 있었다. 단총은 어디에도 없었다. 모두 연발 권총을 들고 있었다. 열쇠지기 아랍인도 대여섯 명 보였다.

내가 현관에 도착하자 간수들이 모두 나왔다. 지휘관인 코르시카인이 말했다.

"드디어 신참이 왔구나."

열쇠지기 아랍인들이 내 몸을 수색하려 하자 그가 제지했다.

"괜히 잡동사니 꺼낼 것 없어. 특별 건물에 가면 널 기다리는 친구들이 많이 있을 거다. 내 이름은 소프라니다. 행운을 빈다."

"고맙습니다."

나는 큰 건물 세 채가 서 있는 넓은 뜰에 들어섰다. 간수를 따라서 세 채 중 한 건물로 갔다. 문 위에는 '건물 A ─ 특별 집단'이라고 적혀 있었다. 간수가 열린 문 앞에서 소리쳤다.

"모범수!"

그러자 늙은 도형수 한 명이 나왔다.

"여기, 신참이다."

그는 그 말만 하고는 가버렸다.

나는 아주 커다란 장방형 홀 안으로 들어갔다. 120명 가량이 지내는 곳이었다. 생 로랑의 첫 번째 바라크 건물과 마찬가지로 강철 막대가 문이 난 곳만 제외하고 복도 양쪽 끝까지 이어져 있었다. 문의 철책은 밤에만 닫혔다. 벽과 그 막대 사이에는 침상으로 쓰이는, 전혀 해먹 같지 않지만 해먹이라고 불리는 천이 팽팽하게 당겨져 있었다. 그 '해먹'들은 아주 편안하고 위생적이었다. 각각의 해먹 위에는 자기 짐을 올려놓을 수 있는 선반이 두 개 걸려 있었다. 하나는 옷가지를 놓고, 나머지는 음식과 그릇 같은 것을 올려놓는 용도였다. 양쪽 해먹 사이에는 3미터 정도 폭의 통로가 있었다. 사람들은 그곳에서 '참호'라는 작은 공동체를 이루며 살았다. 그 공동체에는 적게는 두 명, 많게는 열 명도 있었다.

우리가 들어서자마자 사방에서 흰옷 차림의 도형수들이 나왔다.

"빠삐, 이리 와."

"아니야, 우리한테 와."

그러자 그랑데가 내 가방을 낚아채듯 들며 말했다.

"나랑 같은 참호야."

나는 그랑데를 따라 갔다. 내 침대로 쓰이는 천이 벌써 잘 당겨져 있었다.

"자, 닭털 베개야, 친구."

그랑데가 말했다. 나는 그곳에서 여러 친구들을 만났다. 코르시카인들과 마르세유 출신들, 파리 출신 몇 명 모두 프랑스 친구들이거나 상테나 콩시에르주리 또는 다른 곳에서 만났던 친구들이었다. 난 놀라서 물었다.

"이 시간에 일하러 안 갔어?"

그러자 다들 웃었다.

"아! 여기선 아무도 하루에 한 시간 넘게 일 안 해. 그리고 참호로 돌아오지."

다들 날 반갑게 맞아주었다. 그런 훈훈한 분위기가 계속되기를 마음으로 바랐다. 그러나 곧 전혀 예측하지 못했던 한 가지를 깨달았다. 그곳만의 공동체 생활을 다시 배워야 했던 것이다.

나는 상상도 하지 못했던 일을 보게 되었다. 흰옷을 입은 한 사내가 새하얀 천으로 덮은 쟁반을 들고 와서는 이렇게 소리쳤다.

"스테이크, 스테이크, 누구 스테이크 먹을 사람?"

그가 천천히 우리 쪽까지 와서 새하얀 천을 들추자, 마치 프랑스의 정육점에서 보았던 것처럼 쟁반 가득 스테이크가 차곡차곡 쌓여 있었다. 그랑데는 일상적인 고객이었는지, 몇 개나 필요하냐고 다짜고짜 물었다.

"다섯."

"허릿살로 아니면 어깻살로?"

"허릿살. 얼마야? 이제 한 사람 더 늘었으니 똑같지 않겠지."

스테이크를 파는 사람이 수첩을 꺼내서 계산을 시작했다.

"전부 135프랑이야."

그 사내가 나가자 그랑데가 말했다.

"여기서는 돈이 없으면 굶어죽어. 하지만 돈은 언제든 벌 수 있으니까 걱정하지 마."

중노동 수용소에서 이런 거래는 각자가 돈을 마련하기 위한 방법이었다. 수용소 주방장은 죄수들 몫의 스테이크용 고기를 팔았다. 주방에서 고기를 받으면 거의 반으로 자른다. 그리고 부위별로 스테이크를 만들거나 고기 스튜 또는 수프를 끓인다. 일정 부분은 간수들의 아내에게 팔았고, 일정 부분은 돈을 가진 도형수들에게 팔았다. 물론 주방장은 자신이 버는 몫의 일정 부분을 주방을 책임지는 간수에게 상납했다. 물건을 파는 죄수가 제일 먼저 들르는 곳은 언제나 우리가 있는 특별 집단 A동이었다.

결국 주방장은 고기와 지방을 팔고, 빵 굽는 사람은 빵과 간수들 몫의 흰 바게트 빵을 팔았다. 정육점의 푸주한도 고기를 팔았다. 의무병은 주사를 팔았다. 회계원은 돈을 받고 사람들에게 이런저런 자리를 지정해주거나 아니면 노역을 면제해주기도 했다. 정원사는 신선한 채소와 과일을 팔았다. 연구소에서 일하는 도형수는 분석 결과를 팔고 가짜 결핵, 가짜 나병, 이질 등을 조작하기도 했다. 절도 전문가들은 간수들의 집 마당에서 달걀, 닭, 마르세유 비누를 훔쳐다 팔았다. 자신이 일하는 간수 집의 아내와 거래를 하는 '하우스 보이'들은 사람들이 부탁하는 물건을 가져다주었다. 버터, 캔 우유, 가루 우유, 참치나 연어 캔, 치즈, 물론 포도주와 알코올도 있었다(그렇게 해서 내가 속한 참호에는 리큐르 술병과 영국산 또는 미국산 담배들이 항상 있었다). 마찬가지로, 낚시할 권리가 있는 사람들은 생선과 새우를 팔았다.

그러나 제일 위험하기도 한 최고의 '거래'는 역시 도박이었다. 120명이 있는 건물마다 게임 진행자가 절대 서너 명을 넘어서는 안 되는 것이 규칙이었다. 게임을 시작하기로 한 사람은 시작하기 전에 자기 소개를 하고 이렇게 말했다.

"내가 진행하고 싶어."

사람들이 대답한다.

"싫어."

"전부 싫다는 거야?"

"전부."

"그럼 내가 아무개를 선택하겠어."

그가 지명한 사람이 받아들여지면 두 사람은 방 한가운데에서 칼로 결투를 벌였다. 그리고 이긴 사람이 게임을 맡았다. 게임 진행자들은 매번 승부가 날 때마다 5퍼센트씩을 받았다.

　게임은 다른 자잘한 거래들이 오가는 기회의 장이기도 했다. 담요를 바닥에 깔아 준비하는 사람, 도박꾼들이 바닥에 책상다리를 하고 앉지 않도록 작은 의자들을 준비하는 사람, 담배 파는 사람. 담배 파는 사람은 프랑스산, 영국산, 미국산 담배와 심지어 손으로 말아서 피는 담배들까지 종류별로 가득 담긴 시가통 여러 개를 담요 위에 올려놓았다. 제각각 가격이 정해져 있어서 필요한 사람은 알아서 집어가고 표시된 가격을 통에 넣었다. 가스등을 준비하고 연기가 너무 심하게 나지 않도록 살피는 사람도 있었다. 뚜껑에 구멍이 난 우유 캔으로 만든 등이라 위쪽 구멍에 심지를 꽂고 심지를 자주 잘라주어야 했다. 담배를 피우지 않는 사람들에게는 특별히 만든 사탕과 과자를 팔았다. 각 건물마다 한두 명의 커피 장수가 있었다. 커피는 황마 가방 두 개로 덮어놓아 밤새도록 온기가 유지되었다. 이따금 커피 파는 사람이 방 안을 돌아다니며 일종의 수제 냄비에 담긴 따뜻한 커피나 코코아를 팔았다.

　끝으로 수제 물건들이 있었다. 어떤 사람들은 낚시꾼들이 잡은 거북 껍질로 별갑을 만들었다. 별갑 하나는 무게가 2킬로그램까지도 나갔다. 그들은 그걸로 팔찌, 귀고리, 목걸이, 궐련용 파이프, 머리빗, 브러시 손잡이를 만들었다. 나는 정말 아름다운 금빛 별갑 상자도 보았다. 다른 사람들은 코코넛, 황소 뿔, 물소 뿔, 흑단과 섬의 나무들을 뱀 모양으로 조각하기도 했다. 또 다른 사람들은 못 하나 사용하지 않고 홈을 끼워 맞추는 것만으로 고급 목재가구를 만들기도 했다. 가장 섬세한 작업은 청동 작업이었다. 물론 화가들도 빼놓을 수 없었다.

한 가지 목적을 위해서 여러 사람의 재주를 합칠 때도 있었다. 낚시꾼이 상어를 잡았을 경우를 예로 들 수 있다. 낚시꾼은 상어의 입을 벌려 곧고 윤이 나는 이빨을 모두 드러낸다. 가구 제작자는 부드럽고 결이 고운 나무로 축소판 닻을 만든다. 작가는 해도 가운데에 그림을 그려넣을 수 있을 만한 크기다. 그 닻으로 상어의 입을 고정시켜놓으면, 그 위에 화가가 바다에 둘러싸인 살뤼 제도를 그린다. 가장 자주 그리는 소재는 루아얄 섬의 꼭대기 전망과 해협 그리고 생 조제프 섬이었다. 푸른 바다 위로 태양이 사방으로 불길을 내뿜으며 기울고, 물 위의 배에는 웃통을 드러낸 도형수 여섯 명이 노를 세워 들고 서 있고 뒤쪽에는 간수 세 명이 손에 기관총을 들고 있다. 앞쪽에서 두 남자가 관을 들어 밀가루 부대에 싸인 도형수의 시신을 밀어낸다. 수면에는 입을 벌리고 시체를 기다리는 상어들이 보인다. 그림 오른쪽 아래에는 이렇게 쓰여 있다. '루아얄에 묻히다' 그리고 날짜.

그토록 다양한 '수제 물건'들은 간수들의 집에 팔렸다. 가장 아름다운 작품들은 대개 주문 제작된 것이거나 선불을 받고 제작되었다. 나머지는 제도를 지나가는 배들의 뱃전에서 팔렸다. 그것은 노 젓는 죄수들의 영역이었다. 누군가 여기저기 부딪쳐 움푹 들어간 낡은 머그 컵에 '이 머그 컵은 드레퓌스가 디아블 섬에서 쓰던 것이다'고 익살스럽게 새겨넣은 물건도 있었다. 숟가락이나 식기도 마찬가지였다.

그 밀거래는 섬에 많은 돈을 유입시켰기 때문에 간수들도 봐주는 대신 이익을 챙겼다. 게다가 사람들을 다루기도 더 쉽게 해주었고,

새로운 생활에 적응하게 해주는 역할도 했다.

동성애는 공식적으로 인정되었다. 소장까지 모두 아무개가 아무 개의 여자라든지, 한 사람을 다른 섬으로 보내면 남은 사람도 금세 따라가므로 둘을 떼어놓고는 생각도 할 수가 없다는 사실을 알고 있었다.

그 모든 사람들 중에서 섬을 탈출할 생각을 하는 사람은 세 명도 되지 않았다. 종신형을 받은 사람들도 마찬가지였다. 할 수 있는 방 법이라고는 섬의 유폐 상태에서 벗어나 그랑테르나 생 로랑, 쿠루 또는 카옌으로 보내지는 것뿐이었다. 그것도 형기가 짧은 죄수들에 한해서였다. 종신형을 받은 사람들은 살인을 저지르지 않고는 불 가능했다. 살인을 저지르면 생 로랑에 보내 재판을 받게 하기 때문 이었다. 하지만 그곳에 가려면 먼저 자백을 해야 하는데, 생 로랑에 머무는 석 달 남짓한 짧은 시간을 틈타 탈출할지도 모르는 일이므 로 자칫하면 5년 격리 수감형을 받을 염려가 있었다.

또 의학적 사유로 그 섬을 벗어나는 방법도 있기는 했다. 결핵에 걸린 것으로 인정되면 생 로랑에서 80킬로미터 떨어진 곳에 있는, 일명 '새 수용소'라 불리는 결핵 환자 수용소로 보내졌다.

그 외에 나병이나 만성 이질성 장염도 있었다. 그런 결과를 얻기 는 비교적 쉽지만 상당한 위험이 따랐다. 특별 격리 별관에서 2년 가까이 환자들과 함께 살아야 하는 것이다. 자칫 가짜 나병 환자 행 세를 하다가 진짜로 나병에 걸린다든가, 건강한 폐를 가진 사람이 결핵에 걸리는 것은 순식간의 일이다. 이질의 경우는 전염을 피하기 가 더욱 어렵다.

그래서 나는 결국 A동에서 120명의 동료들과 함께 지내기로 했다. 사람들을 재빨리 분류하는 그 공동체 속에서 살아가는 방법을 터득해야 했다. 먼저 누구든지 나를 건드렸다가는 큰코 다칠 거라는 사실을 알리는 것이 급선무였다. 일단 동료들이 나를 두려워하게 만들고 난 다음에는 간수와 마찰을 빚는 일이 있다 하더라도 몇몇 자리는 받아들이지 않고, 몇몇 노역은 단호히 거부하고, 열쇠지기들의 권위는 절대 인정하지도 복종하지도 않는 식으로 처신을 잘해서 동료들의 존경을 받아내야 했다. 밤새도록 도박을 할 때는 호출이 있어도 절대 나가지 않았다. 대신, 오두막 경비를 서는 동료가 (그 건물을 '오두막'이라고 불렀다) 이렇게 소리쳤다. '아파서 잡니다.' 다른 두 채의 '오두막'에서는 간수들이 기어코 그 아프다는 사람을 찾아서 호출에 응하게 만들었다. 하지만 우리 건물에서는 절대 그런 일이 없었다. 결국 모든 사람들이 원하는 것은 도형지의 평온함이었다.

내 친구 그랑데는 서른다섯 살이고 마르세유 출신이었다. 큰 키에 꼬챙이처럼 말랐지만 힘은 무척 셌다. 우리는 프랑스에서부터 친구였다. 서로 툴롱이며 마르세유며 파리를 오가며 만나곤 했다. 그는 유명한 금고털이 전문가였다. 마음씨는 착했지만 섣불리 건드렸다가는 크게 다칠 수도 있는 녀석이었다.

하루는 다들 밖에 나가고 그 큰 방 안이 휑해졌을 때였다. 모범수가 시멘트 바닥을 쓸고 닦았다. 왼쪽 눈에 뭔가를 대고 시계를 고치는 사람이 보였다. 그의 해먹 위 선반에는 시계 30여 개가 걸려 있었다. 서른 살 정도로밖에 안 보이는 그 사내는 머리카락이 온통 백발이었다. 나는 그에게 다가가 일하는 모습을 바라보다가 대화를 시도했다. 그는 고개도 들지 않고 아무 대꾸도 없었다. 나는 기분이

상해서 뜰에 나가 세탁장에 앉았다. 티티 라 블롯이 도박판을 벌이고 있었다. 그는 정교하면서도 믿기지 않을 만큼 빠른 손놀림으로 서른두 장의 카드를 섞었다. 그는 기계 같은 손놀림을 멈추지도 않고 내게 말했다.

"어이, 친구, 어때? 루아얄에서 지내기는 괜찮아?"

"응. 그런데 오늘은 좀 지루하네. 나가서 일이라도 좀 해야 할까 봐. 심심해서 시계 고치는 친구하고 잠시 얘기나 나눠볼까 했는데, 대꾸도 안 해주더라고."

"당연하지, 빠삐. 그 녀석은 원래 누구든지 다 무시해. 자기 시계 밖에 모른다고. 사실 그렇게 쌀쌀해진 데에는 이유가 있지. 그 애, 우린 '어린애'라고 불러, 아직 서른 살도 안 됐거든. 아무튼 그 애는 작년에 사형 선고를 받았어. 간수의 마누라를 강간했다는 죄였지. 그런데 그건 새빨간 거짓말이야. 오래 전에 브르타뉴 출신 간수장의 마누라하고 관계를 맺긴 했지만. 그들 집에서 '하우스 보이'로 일할 때 간수가 근무를 나갈 때마다 그 마누라랑 관계를 가진 거야. 그런데 두 사람은 한 가지 실수를 했어. 계집이 그 뒤로 녀석에게 빨래와 다림질을 시키지 않고 자신이 직접 한 거야. 마누라가 게으르다는 걸 알던 남편은 이상하게 생각하고 의심하기 시작했어. 하지만 증거가 없었지. 그래서 현장에서 붙잡아서 둘 다 죽이려고 마음을 먹었어. 그러던 어느 날, 그는 근무를 나갔다가 두 시간 만에 나오면서 동료 간수에게 고향에서 소포로 받은 햄을 선물할 테니 집에 같이 가자고 했어. 그가 소리 없이 현관을 들어서 집 문을 열자마자 키우던 앵무새가 평소에 주인이 돌아올 때마다 하던 대로 '주인님 오셨다!'고 외친 거야. 그러자 마누라가 이렇게 소리쳤지.

'도와줘요! 이 사람이 날 덮치고 있어요!' 두 간수가 방 안에 들어섰을 때 여자는 시계 수선공의 품에서 막 빠져나오고 있었고, 깜짝 놀란 시계 수선공은 창 밖으로 도망치려다가 남편이 쏜 총에 맞았지. 시계 수선공이 어깨에 총을 한 발 맞고 쓰러지는 동안 계집은 제 젖가슴과 뺨에 손톱 자국을 내고 제 가운을 찢었어. 간수장이 쓰러진 시계 수선공을 끝장내려는데 옆에 있던 동료가 총을 빼앗았어. 코르시카 출신인 그 동료 간수는 간수장의 마누라가 거짓말을 꾸며냈고 강간은 애초부터 없었다는 걸 전부 알아차렸지만, 그런 얘기는 한 마디도 하지 않았어. 결국 그렇게 해서 시계 수선공은 사형 선고를 받은 거야. 그런데 여기까지는 특별한 것이 하나도 없어. 그 사건 다음 얘기가 더 재미있지.

루아얄에서는 특별한 죄를 저지른 죄수들을 한 방에 모아두었다가 참수형을 시켜. 매주 사형집행인과 그의 조수인 도형수 두 명이 뜰에 단두대를 설치하고 바나나나무 밑동 한두 개를 잘라서 제대로 작동하는지 확인을 하지.

시계 수선공은 다른 죄수 네 명과 함께 사형수 감방에 갇혀 있었어. 나머진 아랍인 세 명과 시칠리아인 한 명이었고. 다섯 명 모두 자신들을 변호해주는 간수들을 통해 감형받기를 기다리고 있었지.

그러던 어느 날 아침에 단두대가 세워지더니 느닷없이 시계 수선공의 방문이 열린 거야. 사형집행인들이 그에게 달려들어서 밧줄로 두 발과 양 손목을 한데 묶었어. 그러고는 새벽빛이 어스름한 마당으로 질질 끌어낸 거야. 단두대 앞에 꽁꽁 묶인 채 위에 매달린 칼날을 본다고 생각해봐, 빠삐용. 그런데 목 넣는 부분에 목을 끼워넣고 있을 때 형 집행을 공식 참관하는 지금 소장인 '마른 코코넛'이

온 거야. 소장이 손에 들고 있던 커다란 강풍용 등으로 현장을 비추는 순간 그 머저리 같은 간수들이 착각을 했다는 사실을 깨달았어. 정작 그날 집행과 아무 상관이 없는 시계 수선공의 머리를 자르려 하고 있었던 거지. '멈춰라! 멈춰!' 바로 소장이 외쳤어. 너무 놀라서 말도 제대로 못할 지경이었어. 그는 들고 있던 등도 떨어뜨리고 간수들과 사형집행인들을 전부 밀쳐낸 다음 자신이 직접 그 녀석을 끌어내렸어. 그러고는 이렇게 명령했지.

'이 자를 감방으로 돌려보내라. 의무병은 이 자를 살피고 곁을 지키면서 럼주를 주게. 그리고 너희들, 이 머저리들아, 빨리 랑카스를 끌어내. 오늘 집행될 자는 그 자란 말이야!'

이튿날 보니 시계 수선공은 하룻밤 사이에 머리가 백발로 변해서 지금 모습이 되었어. 그의 변호를 맡았던 간수 칼비는 법무장관에게 편지로 그 일을 이야기하면서 다시 감형을 요청했고. 결국 시계 수선공은 무기징역으로 감형되었어. 그 뒤로는 간수들의 시계를 고치는 일을 하면서 소일하고 있어. 거기에만 열정적으로 매달리지. 그래서 선반에 시계들이 잔뜩 쌓인 것이고. 이젠 그 친구가 왜 그렇게 특이한지 알겠지?"

"그래, 티티. 그런 충격을 받았으니 당연히 싹싹하게 굴 수가 없겠지. 정말 안됐군."

나는 매일 조금씩 새로운 생활에 대해서 배워갔다. A동은 과거로 보나 일상 생활에서 행동하는 방식으로 보나 정말 위험 인물들의 집합소였다. 나는 여전히 아무 일도 하지 않았다. 세 시간 남짓 일을 하고 나면 섬에서 자유롭게 낚시하러 갈 권리가 생기는 분뇨 수

거 일을 기다리고 있었던 것이다.

오늘 아침, 코코넛나무 심기 노역자로 장 카스텔리가 호출되었다. 그는 불려나가면서 투덜댔다.

"뭐야? 나더러 일을 나가라고?"

"그래, 너. 자, 이 곡괭이 받아."

노역 담당 간수가 말했다.

카스텔리는 그를 차갑게 바라보며 말했다.

"이봐, 오베르뉴인. 설마 이 괴상한 물건을 어떻게 쓰는지 배우려고 그 먼 고향에서 여기까지 왔겠어? 난 마르세유 출신 코르시카인이야. 코르시카에서는 작업 도구를 멀찌감치 내다버리고, 마르세유에서는 그런 게 있는지도 몰라. 곡괭이는 너나 가지고 난 가만히 내버려둬."

젊은 간수는 돌아가는 상황도 모르고 곡괭이를 카스텔리의 머리 위로 치켜들었다. 그러자 120명이 이구동성으로 소리쳤다.

"샤로냐르, 건드리지 마! 그랬다가는 넌 죽어!"

"전부 해산!"

그랑데가 소리치자 그제야 다들 공격 자세를 취한 간수는 거들떠보지도 않은 채 오두막 안으로 들어갔다.

'B동'은 줄 맞춰 일터로 갔다. 'C동'도 마찬가지였다. 그 사이 10여 명의 간수들이 우리 A동으로 들어와서 창살 문을 닫아걸었다. 그건 좀처럼 보기 드문 일이었다. 한 시간 후에 마흔 명의 간수들이 기관총을 들고 문 양쪽에 늘어섰다. 소장 보좌관, 간수장, 간수들이 모두 있었다. 소장은 그 사건이 있기 전 아침 6시에 디아블 섬에 순찰을 떠나고 없었다. 소장 보좌관이 말했다.

"다첼리, 한 사람씩 호명을 해라."

"그랑데?"

"네."

"나와라."

그가 마흔 명의 간수들 한가운데로 나갔다. 다첼리가 말했다.

"일터로 가라."

"못 갑니다."

"거부하는 거냐?"

"거부하는 게 아니라 몸이 아픕니다."

"언제부터? 아침 점호 때도 아파 보이지 않았는데."

"오늘 아침엔 안 아팠는데 지금은 아픕니다."

먼저 이름이 불린 60명 모두 차례로 똑같이 대답했다. 한 사람만 아무 변명 없이 거부했다. 그는 일부러 생 로랑 법정에 끌려가려고 작정한 듯했다. '거부하는 거냐'는 질문에 그는 이렇게 대답했다.

"그래, 거부한다."

"이유는?"

"지긋지긋하니까. 너희 같은 머저리들을 위해서 일하는 건 절대 사양이다."

극도의 긴장감이 돌았다. 간수들, 특히 젊은 간수들은 죄수들에게 그런 모욕을 받는 것을 참을 수가 없었다. 그들은 위협적인 몸짓으로 기관총을 들고 당장이라도 행동으로 옮길 기세였다.

"호명된 자들 모두 옷을 벗어라! 그리고 감방으로 간다."

옷가지들이 바닥에 떨어지자 이따금 칼이 딜커덕거리는 소리가 들렸다. 그때 의사가 도착했다.

"좋아, 멈춰라! 의사가 왔다. 이 자들을 검진해주겠소? 병이 없는 것으로 판명되는 놈들은 지하 감방으로 갈 줄 알아라. 나머지는 오두막에 남고."

"환자가 60명입니까?"

"그래요, 의사 선생, 작업을 거부한 놈만 빼고."

"그런데, 자넨 어디가 아프지?"

의사가 물었다.

"간수들 때문에 소화가 안 됩니다, 선생님. 우린 모두 장기 징역을 선고받은 사람들이고 대부분은 무기징역입니다. 제도에서는 빠져나갈 희망이 없고요. 그러니 규칙에 어느 정도 유연성과 배려가 있어야 이 생활을 견딜 수 있죠. 그런데 오늘 아침에 간수 한 명이 우리 앞에서 우리들이 존경하는 동료 한 명에게 곡괭이를 휘둘러서 때려눕히려 했다 이런 말씀입니다. 그건 자기 방어도 아니었습니다. 그 친구는 아무도 위협하지 않았으니까요. 단지 곡괭이를 쓰고 싶지 않다고 말했을 뿐이죠. 우리가 집단 전염병에 걸린 진짜 이유가 바로 그겁니다. 이제 알아서 판단하시죠."

의사는 고개를 숙이고 잠시 생각하더니 이렇게 말했다.

"의무병, 받아 적게. '사유는 집단 식중독으로서, 의무병은 오늘 아침 발병한 것으로 판단되는 모든 이송 환자들에게 정화제로 황산나트륨 20그램을 처방한다. 이송 환자 X는 병원에서 관찰하다가 완전히 회복된 다음 작업 거부에 대해 판단하도록 한다."

그러고는 뒤돌아서 나가버렸다.

"모두 안으로! 옷을 모두 주워라. 칼도 잊지 말고."

보좌관이 소리쳤다. 그날 우리는 전부 오두막에 남아 있었다. 빵 배달하는 사람까지 아무도 나가지 못했다. 점심에는 수프 대신 의무병 간수가 두 명의 의무실 죄수들과 함께 황산나트륨 정화제가 가득 담긴 나무통을 들고 들어왔다. 세 명만 억지로 정화제를 삼켰다. 그리고 네 번째 사람이 간질 발작을 일으킨 것처럼 완벽히 연기해 나무통 위로 쓰러지며 정화제를 사방에 쏟았다. 그렇게 해서 모범수가 스펀지로 사방에 흩어진 액체를 모두 닦아내는 걸로 그 사건은 마무리되었다.

나는 오후에 장 카스텔리와 잡담을 나누었다. 그가 우리와 함께 식사를 하러 왔다. 그는 모피 절도죄로 형을 받은 툴롱 출신 루이 그라봉과 한 조였다. 내가 탈출 이야기를 꺼내자 그는 눈을 반짝이며 말했다.

"작년에 난 거의 탈출할 뻔하다가 불발에 그친 일이 있었어. 그렇잖아도 네가 이곳에 얌전히 있을 위인이 아니라고 생각하고 있었지. 그런데 여기서 탈출 얘기를 할 때는 헤브루어로만 말해. 내가 보기에 넌 아직 제도의 죄수들을 다 파악하지 못한 것 같군. 네가 보다시피 100명 중 90명은 여기서 비교적 행복하게 지내고 있어. 네가 무슨 일을 하든 절대 아무도 널 밀고하지 않을 거야. 누굴 죽인다 해도 절대 목격자도 없어. 남의 물건을 훔쳐도 마찬가지야. 누가 무슨 짓을 하든 다들 똘똘 뭉쳐서 그 사람을 감싸주지. 하지만 제도의 도형수들이 두려워하는 게 딱 한 가지 있어. 누군가 탈출에 성공하는 것. 그렇게 되면 그들이 누리는 상대적인 평화가 깨지거든. 연달아 수색이 벌어지고, 더 이상 도박도 못하고, 음악도 없어. 수색할 때 악기들까지 다 부수니까. 체커놀이도, 체스도, 책도, 아무것도 못한다고! 수공예도 못해. 전부, 완전히 싹 다 없어지는 거야. 간수들은 쉴새없이 수색을 하지. 설탕, 기름, 스테이크, 버터, 그 모든 것이 사라져. 제도에서 달아나는 데 성공한 사람은 번번이 그랑테르에서 잡혀. 하지만 어찌되었든 제도에서는 탈출에 성공한 셈이지. 제도에서 나갈 수 있다는 얘기가 되는 거야. 그러면 간수들도 문책을 받기 때문에 닥치는 대로 화풀이를 하는 거야."

나는 주의 깊게 얘기를 들었다. 충격적인 이야기였다. 그런 쪽으로는 한 번도 생각해보지 못했다. 카스텔리가 말을 이었다.

"결론을 말하자면, 탈출 계획이 서는 날부터 조심하라는 얘기야. 절친한 친구가 아니고서는 다른 사람을 상대할 때 아주 신중하게 생각해."

전문 강도였던 장 카스텔리는 보기 드문 의지와 지성을 갖춘 사람이었다. 그는 폭력을 싫어했고, 별명이 '골동품'이었다. 예를 들어 씻을 때는 반드시 마르세유 비누만 고집해서 내가 팜올리브로 씻을라치면 이렇게 말했다. '호모 냄새가 나는데! 너 계집애 비누로 씻었지!' 나이가 쉰둘이나 되었지만 강철 같은 체력은 옆에서 보기에도 근사할 정도였다. 그가 내게 말했다.

"이봐, 빠삐용, 넌 꼭 내 아들 같아. 넌 제도 생활에는 흥미가 없지. 네가 잘 먹는 건 건강을 유지하기 위해 필요하기 때문이야. 그렇지만 넌 절대 제도 생활에 안주할 마음이 없어. 대단해. 죄수들을 통틀어도 너 같은 사람은 여섯 명도 안 돼. 탈출할 생각을 하는 사람 말야. 사실 재산을 전부 털어서라도 이 섬을 벗어나 그랑테르에 가려는 사람들은 많아. 하지만 여기선 아무도 그걸 탈출이라고 생각하진 않아."

카스텔리는 내게 여러 가지 조언을 해주었다. 영어를 배우고, 할 수만 있으면 스페인 사람과 이야기할 때는 스페인어를 쓰라고 했다. 그는 내게 스페인어 교본과 불영사전을 빌려주었다. 그와 친한 마르세유 친구 가르데스는 두 번이나 탈출한 경험이 있어서 탈출에 정통했다. 첫 번째는 포르투갈 도형지에서 탈출했고, 두 번째는 그랑테르에서였다. 그는 제도 탈출에 대해서 한 가지 관점을 갖고 있었고, 그건 장 카스텔리도 마찬가지였다. 툴롱 출신의 그라봉 역시 나름대로의 시각을 갖고 있었다. 하지만 각자의 견해는 서로 달랐다. 그날부터 나는 나 혼자 생각하고 절대 탈출 얘기를 꺼내지 않기로 결심했다.

그들이 다 같이 동의하는 단 한 가지는 도박이 돈을 벌기에는 좋지만 매우 위험하다는 점이었다. 누군가가 말썽을 일으키면 때를 가리지 않고 칼싸움이 벌어졌다. 세 사람 모두 행동가들이었고, 나이에 비해 굉장했다. 루이 그라봉은 마흔다섯이고, 가르데스는 쉰을 바라보는 나이였다.

어제 저녁에 나는 뜻하지 않게 우리 방에 있는 사람들에게 내 시각과 행동 방식을 알리게 되었다. 툴루즈 출신의 자그마한 사내가 님 출신 사내에게 칼싸움 도전을 받았다. 툴루즈 출신 사내는 별명이 사르딘(프랑스어로 '정어리'라는 뜻—옮긴이)이었고, 님 출신 건장한 사내의 별명은 무통(프랑스어로 '양'이라는 뜻—옮긴이)이었다. 웃통을 벗은 무통이 복도 한가운데에서 칼을 들고 말했다.

"25프랑을 당장 내놓든지 아니면 포커를 하지 마."

사르딘이 대꾸했다.

"여태 아무도 돈 내고 포커한 적 없었어. 왜 나한테만 난리야? 마르세유식 게임을 시작한 사람들한테 시비 걸지 않고?"

"그건 내가 알 바 아니야. 돈을 내든지 게임을 하지 말든지, 아니면 싸워."

"싫어, 난 싸우기 싫어."

"무섭냐?"

"그래. 탈출 한 번 해보지도 못한 너 같은 허풍쟁이한테 칼 맞아 죽고 싶지 않아. 난 탈출할 사람이야. 여기서 누군가를 죽일 생각도 죽을 생각도 없어."

우린 모두 다음에 일어날 일을 기다렸다. 그랑데가 내게 말했다.

"조막만한 놈이 겁도 없네. 안됐지만 우린 아무도 나설 수 없어."

나는 칼을 꺼내서 넓적다리 아래 숨겼다. 그리고 그랑데의 해먹에 앉았다.

"그래서 이 겁쟁이야, 돈을 낼 거야 아니면 게임을 그만둘 거야? 대답해."

그러고는 사르딘 쪽으로 한 발짝 옮겼다. 그때 내가 소리쳤다.

"입 닥쳐, 무퉁, 그 친구 가만 놔둬!"

"미쳤어, 빠삐용?"

그랑데가 말했다.

나는 왼쪽 다리 밑에 칼을 숨기고 자리에 앉은 채 이렇게 말했다.

"아니, 나 미치지 않았어. 다들 내가 하는 말 잘 들어. 무퉁, 내가 말을 다 끝낸 다음에도 네가 원한다면 내가 너와 싸우겠어. 하지만 그 전에 너와 여기 모두에게 이야기하겠는데, 100명도 넘는 사람들이 한데 어울려 사는 이 집에 온 뒤로 난 부끄럽게도 가장 아름답고 중요한 일, 유일하게 진실한 일, 곧 탈출이 존중받지 못한다는 사실을 알게 되었어. 그런데 자신이 탈출할 사람이라는 걸 입증하는 사람은 탈출에 목숨을 걸 만한 배짱이 있는 사람, 곧 다른 건 제쳐놓고라도 모두에게 존중받아 마땅한 사람이라고 난 생각해. 누구 이의 있는 사람 있어? (침묵) 너희들의 법칙에는 중요한 것 한 가지가 빠져 있어. 탈출하는 사람을 존중하는 것뿐만 아니라 돕고 지지해 줘야 한다는 것 말이야. 너희들 모두가 여기서 살기로 작정했다는 건 나도 알아. 하지만 너희에게 다시 살아볼 용기가 없다면 적어도 탈출하는 사람을 존중할 줄은 알아야지. 이 규칙을 잊는 사람은 누구든 심각한 결과를 예상해야 할 거야. 자, 무통, 그래도 싸우고 싶다면 덤벼!"

그리고 나는 칼을 손에 들고 방 안 한가운데로 뛰어나갔다. 무통은 들고 있던 칼을 던지며 말했다.

"네 말이 맞아, 빠삐용. 난 너와 칼싸움하고 싶지 않아. 하지만 내가 겁쟁이가 아니라는 걸 보여줘야 하니 주먹으로 하자."

나는 내 칼을 그랑데에게 맡겼다. 우리는 거의 20분 동안 들개들처럼 싸웠다. 결국 내가 운 좋게 머리에 한 방 먹이고 정당하게 이겼다. 우리는 함께 세면장에 가서 얼굴에 묻은 피를 씻었다. 무통이 내게 말했다.

"우리가 이 제도에서 멍청해진 건 사실이야. 난 이곳에 온 지 벌써 15년인데 섬에서 빠져나가기 위해 1,000프랑도 써보지 않았어. 부끄러운 일이야."

내가 참호로 돌아오자 그랑데와 갈가니가 나를 질책했다.

"그런 식으로 모두를 자극하고 모욕하다니 제정신이야? 아무도 너와 칼로 한판 붙겠다고 달려들지 않은 게 기적이라고."

"아니야, 친구들, 놀랄 것 없어. 우리 세계 사람들은 누군가의 말이 진정 옳다고 판단될 때는 곧바로 그를 인정하는 법이야."

"좋아. 하지만 이 화산 같은 곳에서 너무 장난칠 생각은 하지 말라고."

갈가니가 걱정스레 말했다. 저녁 내내 사람들은 내게 이야기를 청해왔다. 그들은 마치 우연히 들른 것처럼 다가와서는 아무 이야기나 하다가 떠나기 전에 다들 이렇게 말했다. '나도 네 말에 동의해, 빠삐.' 그 사건으로 나는 그들 곁에서 제대로 자리를 잡았다.

그때부터 나는 내 동료들에게 같은 세계 사람이되 아무리 용인된 사실이라 해도 분석하고 토론하기 전에는 절대 쉽사리 따르지 않는 사람으로 확실히 인정되었다. 나는 내가 게임을 진행하면 시비가 훨씬 적고, 내가 명령을 내리면 다들 금세 복종한다는 사실을 깨달았다.

게임 진행자는 앞서도 말했듯이 매번 5퍼센트를 받아 챙겼다. 진행자는 언제 덤벼들지 모르는 살인자로부터 몸을 지키기 위해 벽을 등지고 앉았다. 무릎에 덮은 담요 속에는 단도가 숨겨져 있었다. 그의 주위에는 서른, 마흔, 때로는 쉰 명 가까운 사람들이 빙 둘러앉았다. 그들은 프랑스 각지에서 온 사람들이었고, 아랍인을 포함한 외국인들도 꽤 있었다. 게임 진행자는 각 판의 총액을 알고 누가 패를 끊는 사람인지 물주인지 기억해서 돈이 어디로 가는지 파악해야 했다. 쉽지 않은 일이었다. 강자들이 특권을 남용하지 않도록 애쓰며 약자를 지켜주어야 했다. 그가 뭔가 의심스러운 경우에 대해 결정을 내리면 그 결정은 군소리 없이 받아들여져야 했다.

그날 밤에 카를리노라는 이탈리아인 한 명이 살해되었다. 그는 여자 역할을 하는 젊은 남자와 함께 지냈다. 두 사람은 정원에서 일도 같이 했다. 그는 자신의 목숨이 위험하다는 사실을 알고 있었던 모양이다. 그가 잠을 잘 때는 젊은 친구가 깨어 있고, 젊은 친구가 잘 때는 그가 깨어 있었으니 말이다. 그들은 해먹 밑에 빈 깡통을 여러 개 놓아두어 아무도 소리 없이 그들에게 접근할 수 없게 해놓았다. 그런데도 누군가가 밑에서 그를 찔렀다. 그의 비명 소리와 함께 살인자가 넘어뜨린 빈 깡통들이 요란하게 소리를 냈다.

그랑데는 서른 명 넘는 사람들과 함께 마르세유식 게임을 진행하고 있었다. 나는 근처에서 누군가와 이야기를 나누고 있었다. 비명 소리와 빈 깡통 소리에 게임이 중단되었다. 너나 할것없이 벌떡 일어나서 무슨 일이냐고 수군댔다. 카를리노의 젊은 친구는 아무것도 보지 못했고, 카를리노는 이미 숨이 끊어졌다. 모범수는 간수들을 불러야 할지를 물었다. 그럴 필요는 없었다. 내일 점호 시간이면 어차피 알게 될 것이다. 죽은 사람은 아무 대답도 하지 않을 테니까. 그랑데가 말문을 열었다.

"아무 소리도 못 들은 거야. 꼬맹이, 너도. 내일 아침에 일어나서 그가 죽은 걸 발견한 거야."

그랑테가 카를리노의 동료에게 말했다. 다시 게임이 시작되었다. 도박꾼들은 아무 일도 없었던 듯 다시 소리치기 시작했다.

"패 끊어! 아니야, 물주!"

나는 간수들이 살인 사건을 발견하고 난 이후 어떤 일이 일어나는지 참을성 있게 기다렸다. 첫 번째 종은 새벽 5시에 울렸다. 6시에 두 번째 종이 울리면 커피가 도착했다. 그리고 6시 30분에 세 번째 종이 울리면 항상 점호가 시작되었다. 그런데 오늘은 달랐다. 두 번째 종이 울리자 모범수가 커피 배달인과 함께 들어온 간수에게 말했다.

"한 사람이 죽었습니다."

"누구?"

"카를리노."

"알았어."

10분 후에 간수 여섯 명이 도착했다.

"죽은 사람은 어디 있지?"

"저기요."

그들은 카를리노의 등에 박힌 단검을 발견하고 뽑았다.

"들것으로 실어 날라."

두 사람이 들것으로 그를 싣고 나갔다. 날이 밝았다. 세 번째 종이 울렸다. 간수장은 여전히 피가 흥건한 단검을 손에 들고 명령했다.

"점호를 할 테니 모두 밖으로 나가. 오늘은 환자도 안 봐준다."

모두 밖으로 나갔다. 아침 점호에는 지휘관과 간수장들이 모두 참석했다. 점호가 시작되었다. 카를리노 차례가 되자 모범수가 대답했다.

"간밤에 죽어서 시체 공시장으로 갔습니다."

"좋다."

점호하는 간수가 말했다. 모두 대답을 마치자 수용소 지휘관이 칼을 허공에 치켜들며 물었다.

"이 칼을 아는 사람?"

아무도 대답하지 않았다.

"누구 살인 장면을 본 사람?"

역시 조용했다.

"역시 아무도 모른단 말이지. 모두 주머니에서 손을 꺼내고 차례로 내 앞을 지나서 각자 일터로 간다. 역시 마찬가지입니다, 소장님. 누구 짓인지 전혀 알 길이 없습니다."

"사건 종결. 그 칼은 보관하고 꼬리표에 카를리노 암살에 사용된 칼이라고 적어서 서류에 붙여."

소장이 말했다.

그게 전부였다. 나는 참호로 돌아가서 다시 잠을 청했다. 밤새 한숨도 못 잤기 때문이었다. 잠이 들 무렵에 도형수 한 명 따위는 아무것도 아니구나 하는 생각을 했다. 누군가가 살해되어도 다들 무슨 일인지 알아보려 하지도 않았다. 특히 행정부 사람들에게 도형수 하나쯤은 개만도 못한 존재였다.

나는 월요일부터 분뇨 수거 일을 시작하기로 했다. 새벽 4시 30분이 되면 다른 한 명과 함께 우리 건물인 A동 양동이를 비우러 나갈 것이다. 양동이를 비우려면 바다까지 내려가는 것이 규칙이었다. 그런데 물소몰이꾼에게 돈을 내면 그가 시멘트가 바다로 흘러들어가는 고원의 한쪽 끝에서 우리를 기다렸다. 그러면 20분도 안 걸려서 금세 양동이 전부를 그 수로에 버리고, 말끔히 씻어내리기 위해 준비해간 커다란 물통에 바닷물 3,000리터를 담아 쏟았다. 물소몰이를 하는 사람 좋게 생긴 흑인은 그렇게 해서 하루에 20프랑을 벌었다. 그는 단단한 빗자루로 쓸어내리는 것을 도와주었다. 그날은 작업 첫날이어서 양동이들을 나무 지게에 지고 운반했더니 손목이 저렸다. 그래도 곧 익숙해질 것 같았다.

내 새로운 동료인 마르티니크인은 매우 서글서글했지만, 갈가니는 그가 꽤 위험한 인물이라고 말해주었다. 아무래도 그가 제도에서 일곱 명을 죽인 것 같다는 얘기였다. 그가 하는 거래는 똥을 파는 것이었다. 정원사마다 각자 퇴비를 만들어야 했다. 그러려면 구덩이를 파서 그 속에 마른 나뭇잎이나 건초들을 넣고, 내 동료가 몰래 가져간 분뇨 한두 양동이를 그곳에 부었다. 물론 그건 혼자서는 할 수 없는 일이어서 나도 도와줄 수밖에 없었다. 하지만 나는 그것이 상당히 심각한 실수라는 걸 알고 있었다. 자칫 채소들이 전염되기라도 하는 날에는 간수들과 죄수들 모두 이질에 걸릴 염려가 있기 때문이었다. 그래서 그를 더 잘 알게 되면 그가 하는 일을 막아보리라 결심했다. 물론 그에게 그만큼의 대가를 줄 작정이었다. 게다가 그는 황소 뿔을 조각하는 일도 했다. 그는 낚시에 대해서는 내게 아무것도 가르쳐주지 못하지만 부두에 가면 샤파르나 다른 사람이 날 도와줄 수 있을 거라고 했다.

난 그렇게 분뇨 수거인이 되었다. 일이 끝나면 샤워를 하고 반바지를 입은 다음 매일 홀가분하게 낚시를 하러 갔다. 내가 지켜야 할 규칙은 한 가지뿐이었다. 점심에는 수용소로 돌아갈 것. 샤파르 덕분에 낚싯대며 낚싯바늘이며 무엇 하나 부족한 것이 없었다. 잡은 물고기를 들고 올라가다 보면 가끔 간수의 아내들이 날 부르기도 했다. 그들은 모두 내 이름을 알았다.

"빠삐용, 숭어 2킬로그램만 파세요."

"어디 아픈 데가 있습니까?"

"아니오."

"아픈 애가 있어요?"

"아니오."

"그럼 내 물고기를 팔 수 없습니다."

나는 숭어를 제법 넉넉히 잡아와서 수용소 친구들에게 주었다. 바게트 빵이나 채소나 과일과 맞바꾸기도 했다. 우리 참호에서는 적어도 하루에 한 번은 생선을 먹었다. 어느 날 나는 커다란 새우 10여 마리와 7~8킬로그램의 숭어들을 잡아서 바로 소장 집 앞을 지나치고 있었다. 어떤 뚱뚱한 여자가 내게 말을 걸었다.

"낚시를 아주 잘 하셨네요, 빠삐용. 바다가 안 좋아서 아무도 물고기를 못 잡았는데 말이에요. 한 보름 전부터는 생선을 먹지 못했어요. 당신이 그걸 팔면 좋을 텐데 유감이네요. 당신이 간수의 아내들에게는 물고기를 팔지 않는다고 남편에게 들었거든요."

"사실입니다, 부인. 하지만 부인에게는 다를 수도 있죠."

"왜요?"

"부인은 체중이 많이 나가니까 고기가 몸에 좋지 않을 겁니다."

"맞는 말이에요. 그러잖아도 채소와 살짝 익힌 생선만 먹으라고 하더군요. 그런데 여기선 쉽지가 않네요."

"자요, 부인, 이 새우와 숭어를 받으세요."

그러고는 물고기 2킬로그램 정도를 주었다.

그날부터 나는 낚시 성과가 좋을 때마다 그 부인의 다이어트에 좋을 만한 것들을 주었다. 제도에서는 무엇이든 사고 판다는 걸 아는 부인이었지만 절대 '고맙다'는 말 외에는 하지 않았다. 내게 돈을 주어도 받지 않으리라는 걸 알았던 것이다. 대신 자신의 집에 종종 초대했다. 부인은 파스티스(아니스 향료를 넣은 술—옮긴이)나 백포도주를 직접 따라주었고, 코르시카에서 받은 피가텔리(돼지고기로 만든 코르시카 섬의 토속 음식—옮긴이)도 내왔다. 바로 부인은 내 과거에 대해 절대 묻는 법이 없었다. 어느 날 도형수에 관해서 우연히 한 마디를 흘렸을 뿐이다.

"제도에서는 정말 빠져나갈 수가 없지요. 하지만 그랑테르에서 짐승처럼 썩어가느니 공기 맑은 이곳에서 사는 게 훨씬 나아요."

제도의 이름이 붙여진 유래를 설명해준 것도 부인이었다. 카옌에 황열병이 돌 때 아프리카 파견 선교사들과 어느 수녀원의 수녀들이 제도로 몸을 피했다가 모두 무사히 살아남은 뒤부터 살뤼 제도라는 이름이 붙었다고 한다.

낚시를 하는 덕분에 나는 어디든지 갈 수 있었다. 분뇨 수거 일을 하는 석 달 동안 어느 누구보다 섬에 대해서 잘 알게 되었다. 내가 잡은 생선을 채소나 과일과 바꾼다는 명목으로 정원들을 살피기도 했다. 간수 묘지 근처에 있는 어느 정원의 정원사는 나와 같은 참호 동료인 마튜 카르보니에리였다. 그는 그곳에서 혼자 일했기 때문에 나중에 그의 정원에서 뗏목을 만들거나 숨기면 되겠다고 생각했다.

나는 조직적으로 움직였다. 분뇨 수거를 한다는 핑계로 작업을 하러 나가는 척했지만 실은 동료인 마르티니크인이 나 대신 일을 했다. 물론 돈을 대가로 받고 하는 일이었다. 나는 종신형을 받은 두 사람과 친분을 맺었다. 나릭과 케니에는 처남 매부 사이인데 사람들은 그 둘을 '손수레 형제'라고 불렀다. 그들은 회계원 한 명을 살해해서 시멘트로 유기한 혐의로 기소되었다고 했다. 그들이 손수레에 시멘트 더미를 싣고 가서 마른 강인지 센 강인지에 버리는 것을 본 증인들이 있었다. 조사 결과 그 회계원은 어떤 거래를 하러 그들 집에 간 이후로는 아무도 본 사람이 없는 것으로 판명되었다. 그들은 극구 혐의를 부인했다. 심지어 도형지에서도 자신들이 결백하다고 주장했다. 시신은 발견되지 않았지만 커다란 손수건으로 싼 머리가 발견되었다. 그리고 '전문가들에 따르면' 두 사람의 집에는 똑같은 실과 바늘로 짠 손수건이 여러 장 있었다. 변호인들과 그들 자신은 같은 천으로 만든 손수건이 수없이 많다는 걸 입증했다. 누구나 하나쯤은 갖고 있는 지극히 평범한 것이었다. 결국 두 사람은 종신형을 선고받았고, 둘 중 하나의 누이이자 하나의 아내는 20년 격리 수용형을 선고받았다.

나는 그들과 가까워지는 데 성공했다. 두 사람은 석공이었기 때문에 작업 현장에 자유롭게 드나들었다. 뗏목 만드는 데 필요한 것들을 조금씩 빼낼 수도 있었다. 그들을 설득하기만 하면 되는 일이었다.

어제는 우연히 의사를 만났다. 나는 적어도 20킬로그램은 되는 부드러운 생선 메로 한 마리를 잡아서 가져가던 중이었다. 우리는 함께 고원을 올라가다가 중간에 작은 담 위에 걸터앉았다. 그는 메로 머리로 맛있는 수프를 만들 수 있다고 했다. 그래서 커다란 살점과 함께 메로 머리를 그에게 선물했다. 그는 깜짝 놀라며 말했다.

"나한테 유감이 있지 않았던가, 빠삐용?"

"선생한테 유감이 있었던 건 아닙니다. 오히려 선생께 빚이 있지요. 제 친구 클루지오에게 최선을 다해 주셨으니까요."

함께 이런저런 대화를 나누던 중 그가 불쑥 물었다.

"자네, 탈출하고 싶지? 자네는 보통 도형수와는 달라. 다른 욕심이 있어 보이네."

"맞습니다, 선생. 전 도형지에서 살 사람이 아닙니다. 그저 잠시 이곳에 들렀을 뿐이죠."

그 말에 의사가 허허거렸다. 나는 그 참에 얼른 말을 이었다.

"선생, 누구든 새 사람이 될 수 있다고 생각하지 않습니까?"

"그렇지."

"제가 사회에 해를 끼치지 않고 그 사회를 위해 봉사하는 정직한 시민이 될 수 있다고 생각하십니까?"

"분명 그렇게 생각하네."

"그렇다면 제가 그렇게 되도록 도와주지 않겠습니까?"

"어떻게 말인가?"

"결핵 환자로 이 섬에서 빠져나가게 해주십시오."

그러자 그는 전에도 들었던 이야기를 다시 확인시켜주었다.

"그건 불가능해. 그런 일은 절대 하지 말라고 충고하겠네. 너무 위험해. 행정부에서는 환자로 인정된 사람을 섬에서 내보내기 전에 그 병에 할당된 별채에서 적어도 일년은 지내게 한다고."

"왜요?"

"말하기 부끄럽지만 그 사람이 만일 꾀병을 꾸며낸 거라면 다른 환자들과 같이 지내면서 옮을 수가 있다는 걸 알리려는 거지. 그러니 내가 자넬 위해서 해줄 수 있는 일이 아무것도 없네."

그날부터 그 군의관과 나는 친구가 되었다. 적어도 그가 내 친구 마튜 카르보니에리를 죽일 뻔한 일이 터지기 전까지는 말이다. 정원사였던 마튜 카르보니에리는 나와 의논한 끝에 간수장들의 주방 관리 일을 맡았다. 포도주와 기름과 식초를 세 통 정도 훔쳐서 한데 묶어 바다에 띄울 수 있는지 연구해보기 위해서였다. 물론 바로 소장이 섬을 떠난 다음에. 상당한 어려움이 따르긴 하겠지만 그것들을 훔쳐서 곧장 남의 눈에 띄지 않게 조용히 바다까지 끌고 가서 밧줄로 묶어야 했다. 비바람이 몰아치는 밤이라야 가능성이 있었다. 그러나 비바람이 불면 가뜩이나 험난할 바다에 뗏목을 띄우기가 몹시 힘들 것이었다.

어쨌든 그렇게 해서 마튜는 요리사가 되었다. 주방장 간수는 그에게 다음날인 일요일에 쓸 토끼 세 마리를 주었다. 마튜는 토끼 한 마리는 부두에 있는 형에게 보내고, 두 마리는 우리에게 보냈다. 그리고 대신 커다란 고양이 세 마리를 잡아서 기가 막힌 스튜 요리를 만들었다.

하지만 불행히도 이튿날 저녁 식사에 초대된 의사가 토끼 요리를 맛보더니 이렇게 말했다.

"필리도리 씨, 굉장한 메뉴를 고르셨군요. 이 고양이 맛이 아주 좋습니다."

"장난치지 마십시오. 지금 우리가 먹는 건 토끼 고기입니다."

그러자 의사는 고집스럽게 말했다.

"아뇨. 이건 분명 고양이입니다. 제가 지금 먹고 있는 등살 보이십니까? 평평하지 않습니까? 토끼의 것은 둥그스름하죠. 절대 착각이 아닙니다. 우리는 지금 고양이 고기를 먹고 있는 겁니다."

"맙소사! 내 뱃속에 들어간 게 고양이 고기라구요!"

그러고는 곧바로 주방으로 달려가서 마튜의 얼굴에 권총을 들이대고 말했다.

"같은 코르시카 출신이라고 봐달라고 할 생각 마. 나한테 고양이를 먹인 네놈을 죽여버릴 테다."

필리도리는 미치광이처럼 눈에서 불을 뿜었고, 마튜는 그가 어떻게 알았는지 어리둥절해하며 이렇게 말했다.

"제게 주신 걸 고양이라고 부르신다면 그건 제 잘못이 아닙니다."

"내가 준 건 분명히 토끼였어."

"그래요, 분명 전 그걸로 준비했다니까요. 보세요, 가죽과 머리가 아직 저기 있잖아요."

간수는 토끼 가죽과 머리를 보고는 당황했다.

"그럼 의사가 잘 알지도 못하면서 그런 말을 했단 말이네?"

"의사 선생이 그런 말을 했어요? 장난친 거겠죠. 그런 농담은 하지도 말라고 하십쇼."

마튜는 안도의 한숨을 내쉬며 말했다. 필리도리는 그제야 마음을 진정시키고 식당으로 돌아가서 의사에게 말했다.

"무슨 말을 하셔도 좋습니다, 의사 선생. 아무래도 포도주 때문에 취기가 오르셨나 봅니다. 평평하든 둥글든, 지금 선생이나 제가 먹은 고기는 토끼 고기라는 걸 아니까요. 방금 토끼 가죽 세 장과 토끼 머리 세 개를 직접 보고 왔습니다."

마튜는 위기를 모면했지만 며칠 뒤 주방 일을 그만두었다.

내가 행동에 옮길 때가 되었다. 3주 후에 바로 소장이 떠날 예정이었다. 나는 그의 뚱뚱한 아내를 만나러 갔다. 부인은 그동안 생선과 신선한 채소로 식이요법을 한 덕분에 언뜻 보기에도 살이 많이 빠졌다. 부인은 날 집에 데리고 들어가서 기나가 든 포도주 한 병을 선물했다. 집 안에는 짐을 싸다 만 선박 여행용 트렁크들이 있었다. 부부는 떠날 준비를 하고 있었다. 부인이 내게 말했다.

"빠삐용, 지난 몇 달 동안 잘 대해주셔서 고마워요. 낚시가 잘 안 된 날은 잡은 물고기를 전부 제게 주신 걸 알아요. 정말 고마워요. 당신 덕분에 몸이 훨씬 가뿐해졌어요. 14킬로그램이나 빠졌답니다. 감사의 표시를 어떻게 해야 좋을지 모르겠네요."

"한 가지 어려운 일을 해주십시오, 부인. 좋은 나침반 하나를 구해주십시오. 정밀하지만 작은 걸로요."

"대단한 건 아니지만 3주 안에는 어려울 것 같군요."

출발하기 일주일 전에 바로 부인은 직접 연안선을 타고 카옌에 갔다. 그리고 나흘 뒤 근사한 반자성 나침반 하나를 가지고 돌아왔다. 바로 소장 부부는 나를 만난 그날 아침에 떠났다. 소장은 전날 그와 같은 계급의 교도관에게 지휘권을 넘겼다. 신임 소장은 튀니지 출신으로 이름은 프루예였다.

한 가지 좋은 소식이 있었다. 신임 소장은 드가에게 총 회계원 자리를 유임시켰다. 그건 사람들 모두에게, 특히 나에게 아주 중요한 의미가 있었다. 넓은 뜰에 죄수들을 모아놓고 하는 취임 연설에서 그는 매우 활기차면서도 영리한 사람이라는 인상을 주었다. 그는 우리에게 말했다.

"오늘부터 나는 살뤼 제도의 소장을 맡았다. 선임자의 방법이 긍정적인 결과를 가져왔다는 사실을 확인했으므로 굳이 기존의 방법을 바꿀 이유가 없다고 생각한다. 너희들의 행동에 문제가 있지 않는 한 생활 방식을 바꿀 필요가 없을 것 같다."

나는 기쁜 마음으로 바로 소장 부부의 출발을 지켜보았다. 억지로 참고 기다려야 했던 다섯 달이었지만 놀랄 만큼 빨리 지나갔다. 자유, 도박, 낚시, 대화, 새로운 만남, 언쟁, 몸싸움 등 제도의 거의 모든 도형수들이 누리는 가짜 자유는 기분 전환에 큰 도움이 되는 것이어서 지루할 틈이 없었다.

그렇지만 그 분위기에 정말로 휩싸이지는 않았다. 새 친구를 사귈 때마다 나도 모르게 이런 의문을 떠올렸다. '이 사람이 혹시 탈출을 할 만한 사람일까? 자신은 탈출을 하지 않더라도 다른 사람의 탈출 준비를 도와줄 만큼 착한 사람일까?'

나는 오로지 탈출을 위해서 살았다. 혼자든 누구와 함께든 탈출은 해야 했다. 그건 일종의 강박관념이 되었지만, 장 카스텔리의 충고대로 어느 누구에게도 섣불리 말을 꺼내지는 않았다. 나는 약해지지 않고 내 목표를 이룰 것이다. 반드시 탈출에 성공할 것이다.

무덤 속 뗏목

다섯 달 만에 나는 제도의 구석구석을 모조리 파악했다. 당장 내가 내린 결론은 내 친구 마튜 카르보니에리가 일하던 묘지 근처의 정원이 뗏목을 만들기에는 가장 적합한 장소라는 점이었다. 그래서 마튜에게 다시 그 정원 일을 맡으라고 부탁했다. 그는 흔쾌히 받아들였다. 드가 덕분에 그에게 다시 정원 일이 주어졌다.

그날 아침, 철사줄에 숭어를 줄줄이 꿰어들고 신임 소장 집 앞을 지나가다 하우스 보이가 젊은 여자에게 말하는 것을 들었다.

"부인, 저 친구가 바로 부인에게 생선을 갖다주던 사람입니다."

이어서 알제리 출신으로 보이는 갈색 피부의 젊은 여자가 그에게 말하는 것이 들렸다.

"그럼, 저 사람이 빠삐용이군요?"

그리고 그녀는 나를 향해 말했다.

"바로 부인이 당신이 잡은 새우로 해주신 요리를 먹은 적이 있어요. 들어오세요. 프랑스산 염소 치즈와 포도주 한잔 드릴게요."

"됐습니다, 부인."

"왜요? 바로 부인이 계실 때는 들어왔으면서 왜 나한테는 싫다는 거죠?"

"그 부인의 남편은 제게 집 안 출입을 허락했으니까요."

"빠삐용, 제 남편은 수용소를 지휘하지만 이 집을 지휘하는 건 저예요. 걱정 말고 들어오세요."

나는 그 예쁘장한 부인이 나에게 유용할 수도 있고 위험할 수도 있겠다고 직감하면서 집 안으로 들어갔다.

그녀는 식탁 위에 훈제 소시지와 치즈를 담은 접시를 내왔다. 그녀는 아무렇지 않게 내 맞은편에 앉아서 포도주와 커피와 맛있는 자메이카산 럼주를 따라주었다.

"빠삐용, 바로 부인은 이사하느라고 정신없는 와중에도 저에게 당신 이야기를 많이 해주셨어요. 부인이 제도에서 당신의 생선을 먹은 유일한 사람이라는 걸 알아요. 저에게도 똑같은 호의를 베풀어주셨으면 해요."

"바로 부인은 몸이 좋지 않았지만 부인은 제가 보기에는 아주 건강해 보이시는데요."

"난 거짓말 할 줄 몰라요, 빠삐용. 그래요, 난 건강해요. 하지만 항구 지방 출신이라 생선을 무척 좋아해요. 알제리 오랑 출신이죠. 당신이 잡은 물고기를 절대 팔지 않는다고 하니 난처할 뿐이에요."

결국 그녀에게 생선을 갖다주기로 할 수밖에 없었다. 부인에게 송어 3킬로그램 정도와 새우 여섯 마리를 주고 나서 담배 한 대를 피우고 있을 때 소장이 돌아왔다. 그는 나를 보더니 말했다.

"쥘리에트, 하우스 보이 말고는 집 안에 죄수를 들여놓지 말라고 했잖아."

나는 자리에서 일어나려고 했지만 그녀가 막아섰다.

"그냥 앉아 계세요. 여보, 이 사람은 바로 부인이 떠나기 전에 제게 추천해주신 사람이에요. 그러니 아무 말 말아요. 이 사람 말고는 아무도 집에 들여놓지 않을 거예요. 게다가 제가 필요할 때마다 생선을 갖다주기로 했다고요."

"그럼 좋아. 이름이 뭔가?"

내가 일어서서 대답하려고 하자 부인이 내 어깨를 눌러 앉히며 또 말했다.

"여긴 내 집이에요. 여기서는 이 사람도 소장이 아니라 제 남편인 프루예 씨일 뿐이고요."

"고맙습니다, 부인. 제 이름은 빠삐용입니다."

"아! 자네에 대해 들었어. 3년 전에 생 로랑 뒤 마로니 병원에서 탈출했다지. 더군다나 자네가 거기에서 탈출할 때 때려눕힌 간수 한 명이 우리 부부의 조카라네."

그러자 부인이 깔깔거리며 웃기 시작했다.

"그럼 당신이 가스통을 때려눕힌 사람이란 말이에요? 그렇다 해도 우리 관계가 달라질 건 없지만요."

소장은 여전히 앞에 선 채로 말했다.

"제도에서 매년 벌어지는 살인 건수가 믿을 수 없을 정도로 많더군. 그랑테르보다 훨씬 많아. 그 점에 대해서 어떻게 생각하나, 빠삐용?"

"소장님, 이곳에 있는 사람들은 달아날 수도 없기 때문에 자연히 거칠어질 수밖에 없습니다. 오랫동안 서로 부대끼며 살자니 당연히 원한이나 우정으로 맺어지게 되죠. 다른 한편으로는 살인자가 밝혀지는 경우가 5퍼센트도 안 되기 때문에 살인을 해도 처벌받지 않을 거라고 거의 확신하게 되고요."

"논리적인 설명이군. 자네는 언제부터 낚시를 했지? 무슨 일로 그런 권리를 얻었고?"

"분뇨 수거를 합니다. 아침 6시에 일이 끝나기 때문에 낚시를 할 수가 있습니다."

"하루 종일요?"

부인이 물었다.

"아니오. 점심에는 수용소에 돌아갔다가 3시에 다시 나와 저녁 6시까지 할 수 있습니다. 꽤 성가신 일이죠. 밀물 시간에 따라 낚시를 못할 때도 있으니까요."

"당신이 특별 허가를 해주면 되겠네요. 그렇죠, 여보? 아침 6시부터 저녁 6시까지, 저 사람 마음대로 낚시를 할 수 있도록요."

그녀가 남편에게 몸을 돌리며 말했다.

"물론이지."

나는 쾌재를 부르며 집을 나섰다. 정오부터 3시까지 세 시간은 아주 귀한 시간이었다. 그 시간은 낮잠 시간이어서 거의 모든 간수들이 잠을 자기 때문에 감시가 소홀했다.

소장 부인은 나와 내가 낚은 고기를 거의 독점하다시피 했다. 하우스 보이를 보내 내가 어디서 낚시를 하는지 살펴서 잡은 물고기를 직접 가져가기도 했다. 하우스 보이가 내게 이렇게 이야기하는 일도 종종 있었다.

"부인이 당신이 잡은 물고기를 전부 가져오랬어요. 손님들을 초대해서 부야베스(어패류 스튜―옮긴이)를 하기로 했거든요."

결국 그녀는 내 수확물을 마음대로 썼고, 심지어 이런저런 물고기를 잡으라든지 잠수를 해서 새우를 잡아오라고 요구하기까지 했다. 우리 참호 메뉴에는 심각한 지장을 주었지만, 나로선 든든한 보호자가 생긴 셈이었다. 그녀는 이런 관심도 보였다.

"빠삐용, 밀물이 1시죠?"

"네, 부인."

"집에 식사하러 오세요. 그러면 수용소로 돌아가지 않아도 되잖아요."

그래서 나는 그녀의 집에서 밥을 먹기도 했다. 그것도 주방에서가 아니라 식탁에 앉아서. 부인은 내 맞은편에 앉아서 내게 음식을 덜어주고 음료수를 따라주었다. 하지만 바로 부인처럼 신중한 여성은 아니었다. 내 과거에 대해 은근슬쩍 묻는 일도 있었다. 그러면 나는 언제나 그녀가 제일 궁금해하는 몽마르트르 생활 이야기는 슬쩍 피하고 젊은 시절이나 어린 시절에 대해서만 들려주었다. 그동안에 소장은 침실에서 잤다.

어느 날 아침, 아주 이른 시간에 새우를 60마리 정도 낚아서 10시에 그녀의 집에 들렀다. 그녀는 흰 가운 차림으로 앉아 있었고, 등 뒤에서 젊은 여자 한 명이 머리를 말아주고 있었다. 나는 인사를 한 뒤에 새우 10여 마리를 내려놓았다.

"아니, 전부 줘. 몇 마리나 되지?"

그녀가 말했다.

"60마립니다."

"잘됐네. 전부 놔두고 가. 당신 친구들하고 당신에게 필요한 생선은 몇 마린데?"

"여덟 마리면 됩니다."

"그럼 여덟 마리만 가져가고 나머진 하우스 보이에게 서늘한 데 보관하라고 해."

나는 할말을 잃었다. 한 번도 내게 반말로 말한 적은 없었던 것이다. 더군다나 다른 사람 앞에서 말이다. 너무 난처해서 서둘러 나오려는데 부인이 다시 말했다.

"가만 있어봐. 앉아서 파스티스 한잔 마셔. 더울 거 아냐."

그 권위적인 여자는 정말 날 당황하게 만들었다. 나는 어쩔 수 없이 앉아서 담배 한 대와 함께 파스티스를 홀짝거리면서 부인의 머리를 빗겨주는 젊은 여자를 바라보았다. 그 여자는 이따금 날 흘깃거리며 쳐다보곤 했다. 한 손에 거울을 들고 있던 소장 부인은 그걸 눈치채고 그녀에게 말했다.

"내 애인 잘생겼지, 시몬? 내가 질투나 죽겠지, 그렇지?"

그러더니 두 사람은 웃음을 터뜨렸다. 나는 몸둘 바를 몰랐다. 그러고는 바보같이 이렇게 말해버렸다.

"부인의 애인이 위험한 사람이 아니라서 다행이죠. 지금 있는 자리에서는 어느 누구의 애인도 될 수 없으니 말입니다."

"설마 나에게 반하지 않았다는 건 아니겠지? 아무도 당신 같은 사자는 길들이지 못하겠지만, 난 내가 원하는 대로 할 수 있어. 그럴 만한 이유가 있지, 안 그래, 시몬?"

"저야 그 이유는 모르겠지만, 당신이 소장 부인을 제외하고는 모든 사람들한테 두려움의 대상인 건 확실해요. 지난주에 당신이 15킬로그램 정도 되는 물고기를 들고 가는 걸 보더니 간수장 부인이 나한테 그러더라고요. 정육점에 고기가 없어서 당신이 잡은 물고기가 미치도록 먹고 싶었는데 단 두 마리도 팔지 않더라고 말이에요."

"어머! 그건 나도 처음 듣는 이야기네, 시몬!"

"저 사람이 요전 날에 카르그레 부인에게는 뭐라고 한 줄 알아요? 저 사람이 새우와 커다란 곰치를 들고 가는 걸 보고 부인이 그랬대요. '그 곰치 나한테 팔아요, 빠삐용. 반만이라도요. 우리 브르타뉴 사람들이 곰치 요리를 아주 잘하는 걸 알잖아요.' 그런데 저 사람은 눈도 꿈쩍 안 하고 이랬대요. '브르타뉴 사람들만 곰치의 가치를 아는 건 아닙니다, 부인. 아르데슈 사람들을 포함해서 많은 사람들이 잘 알고 있죠. 로마 시대 이후로 누구나 즐겨 먹는 요리니까요.' 그러더니 하나도 안 주고 그냥 가버렸다는 거예요."

두 여자는 미친 듯이 몸을 비틀며 웃어댔다.

나는 화가 잔뜩 나서 수용소로 돌아왔다. 그날 저녁 참호 친구들에게 그 이야기를 들려주었다.

"아주 심각한데. 그 계집이 널 위험하게 만들지 몰라. 될 수 있으면 거기 가지 말고 소장이 집에 있는 게 확실할 때만 가도록 해."

마튜가 말했다. 모두들 그 생각에 동의했다. 난 그렇게 하리라 마음먹었다.

나는 발랑스에서 온 목수 한 명을 알게 되었다. 발랑스는 내 고향이나 다름없는 지역이었다(두 도시 모두 프랑스 남동부 지역에 있다―옮긴이). 그 목수는 숲과 물을 지키는 간수 한 명을 살해했다. 그리고 상습적인 도박꾼이어서 늘 빚투성이였다. 낮에는 수공예 물건을 만들고 밤에는 번 돈을 모두 잃었다. 채권자에게 변상하기 위해 이런저런 물건을 공급하는 일도 종종 있었다. 사람들은 그런 그의 상황을 악용해서 300프랑짜리 장밋빛 목재 상자를 150이나 200프랑에 사기도 했다. 나는 그의 뒤를 봐주기로 결심했다.

어느 날 세면장에서 그에게 말했다.

"오늘밤에 너한테 할말이 있어. 화장실에서 기다릴게. 내가 신호를 보내면 나와."

그날 밤에 우리는 단둘이 만나서 조용히 이야기를 나눴다.

"부르세, 우리가 거의 같은 지방 출신인 거 알아?"

"아니! 어떻게?"

"너 발랑스 출신 아냐?"

"맞아."

"난 아르데슈 출신이야. 그러니까 같은 지방이지."

"그런데 그게 뭐?"

"네가 빚을 졌을 때 사람들이 네가 만든 물건을 제 가치의 반만 주고 가져가는 게 마음에 안 들어. 나한테 갖고 와. 그럼 내가 제 값을 받아다 줄게. 그게 전부야."

"고마워."

그 뒤로 나는 언제고 나서서 그를 도왔다. 모든 일이 원만하게 풀렸다. 그가 코르시카 밀림의 산적이자 내 좋은 친구 중 하나인 비치올리에게 빚을 지기 전까지는. 부르세는 비치올리가 700프랑을 갚으라고 협박하고 있다고 말했다. 그러면서 완성을 코앞에 둔 작은 책상이 하나 있는데 비밀리에 작업 중이어서 언제인지는 말할 수가 없다고 했다. 사실 그렇게 귀한 가구들은 목재가 많이 필요하기 때문에 공식적으로는 제작이 허용되지 않았다. 나는 내가 해줄 수 있는 일이 있는지 알아보겠다고 약속했다. 그러고는 비치올리와 짜고 쇼를 하기로 했다.

비치올리는 부르세에게 독촉을 하고 심각한 위협까지 하기로 했다. 그때 내가 구세주처럼 나타나는 것이다. 일은 그렇게 진행되었다. 내가 조작한 그 사건 이후로 부르세는 나를 절대적으로 믿고 따랐다. 도형수 생활을 시작하고 처음으로 마음 편히 지낼 수 있게 되었기 때문이었다. 이제 내가 도박을 할 차례였다.

어느 날 저녁 그에게 말했다.

"나한테 2,000프랑이 있는데 내 부탁을 들어주면 너한테 줄게. 두 사람이 탈 수 있는 뗏목 하나를 만들어줘. 작은 부품들로 조립할 수 있는 걸로."

"이봐, 빠삐용. 다른 사람을 위해서라면 그런 일은 하지 않겠지만 널 위해서라면 2년 정도 격리 수용되는 것도 불사하고 해줄게. 그런데 문제는 작업장에서 큰 목재는 빼낼 수 없다는 거야."

"그건 도와줄 사람이 있어."

"누군데?"

"손수레 형제, 나릭과 케니에. 그런데 어떻게 만들 건데?"

"우선 단계별로 계획을 짠 다음 하나씩 부품을 만들어서 정확하게 끼워 맞춰야지. 물에 잘 뜨는 목재를 찾는 일이 어려워. 섬에 있는 목재는 전부 물에 잘 안 뜨는 단단한 목재거든."

"언제 대답해줄래?"

"사흘 후에."

"나랑 같이 떠날래?"

"아니."

"왜?"

"상어도 무섭고 물에 빠질까봐도 무서워."

"그럼 끝까지 날 돕겠다고 약속할 수 있어?"

"내 자식들을 걸고 맹세해. 다만 조금 오래 걸릴지도 몰라."

"내 말 잘 들어. 지금부터 너한테 무슨 일이 생길 경우를 대비해서 널 지킬 방법을 준비할 거야. 내가 직접 노트에 뗏목 도안을 베끼겠어. 그 위에는 이렇게 적을 거야. '부르세, 죽고 싶지 않으면 여기에 뗏목을 그려.' 다음에는 각각의 종이대로 만들라는 명령을 적어서 줄 거야. 너는 한 장씩 끝낼 때마다 내가 지정하는 곳에 놔둬. 누가 언제 가져가는지는 알려고 하지 말고(그 말에 그는 마음을 놓는 듯했다). 그렇게 하면 만약 나중에 잡히더라도 고문을 당하지는 않을 거야. 적어도 여섯 달 정도만 고생하면 돼."

"네가 잡히면?"

"그건 걱정 마. 난 내가 그 노트의 주인이라고 자백할 거야. 너는 물론 명령을 적은 종이를 잘 간직하고 있어야 하고. 알았지?"

"알았어."

"겁나지 않아?"

"아니. 난 더 이상 겁날 게 없어. 널 도와줄 수 있어서 기뻐."

난 아직 어느 누구에게도 말하지 않았다. 우선 잠자코 부르세의 대답을 기다렸다. 끝나지 않을 듯 길게만 느껴지던 한 주가 지나고 서야 도서관에서 그와 단둘이 이야기할 수 있었다. 다른 사람은 없었다. 일요일 아침이었다. 뜰의 세면장에서는 도박이 한창이었다. 그 근처에 80명 가량의 도박꾼과 구경꾼들이 몰려 있었다.

부르세가 내 가슴 속에 햇살을 비추어주었다.

"가볍고 마른 목재를 충분한 양으로 확보하는 일이 제일 힘들었어. 그래서 나무 굴레 같은 걸 고안해서 그 속에 마른 코코넛을 채우면 어떨까 생각해보았어. 코코넛 껍질만큼 가벼운 건 없으니까. 방수도 잘 되고 말야. 뗏목이 준비되면 코코넛은 네가 직접 구해서 채워넣어야 해. 그럼 내일부터 첫 작업을 시작할게. 한 사흘 정도 걸릴 거야. 목요일부터는 형제들이 가져갈 수 있을 거야. 먼저 끝낸 분량을 작업장에서 가지고 나가기 전에는 절대 다음 일을 시작하지 않을 거야. 내가 만든 도안 여기 있어. 베낀 다음에 편지 보내. 손수레 형제에게는 얘기했어?"

"아니, 아직. 네 대답을 기다리고 있었어."

"이제 대답은 됐지?"

"고마워, 부르세. 어떻게 감사해야 좋을지 모르겠다. 자, 여기 500프랑이야."

그러자 그는 내 얼굴을 똑바로 응시하면서 말했다.

"아니, 돈은 그냥 둬. 그랑테르에 도착하면 다음 탈출을 위해서 돈이 필요할 거야. 난 오늘부터 네가 떠나는 그날까지 절대 도박하지 않을 거야. 몇 가지 일만으로도 담뱃값과 스테이크 값 정도는 충분히 벌어."

"왜 마다하는 거야?"

"1만 프랑을 준대도 이런 일은 안 할 테니까. 난 정말 큰 위험을 무릅쓰는 거야. 이런 일은 아무 보상 없이 할 때만 가능한 법이지.

넌 날 도와주었고, 내게 손을 내밀어준 유일한 사람이야. 두렵긴 하지만 네가 자유를 되찾는 일에 도움이 될 수 있어서 기뻐."

노트에 그려진 도안을 베끼면서 그렇게 순수하고 고귀한 우정 앞에 부끄러운 마음이 들었다. 그는 자신을 대하는 내 태도가 계산적이고 이기적인 것이라고는 상상도 못 할 것이다. 나 자신에게 부끄럽지 않기 위해서라도 무슨 일이 있어도 탈출해야만 한다고 스스로를 다그치는 수밖에 없었다. 아무리 힘든 상황이라도 감수할 것이다. 그날 밤에 나는 나릭에게 말했다. 케니에에게는 그가 나중에 전할 것이었다.

"나만 믿어. 내가 작업장에서 종이를 빼내 줄게. 안달하지는 마. 섬에서 목공일을 하는 데 필요한 재료와 함께 들고 나와야 하니까. 어찌되었든 기회를 놓치진 않을 테니 염려 마."

이제 마튜 카르보니에리에게 말하는 일만 남았다. 난 그와 함께 탈출하고 싶었다. 그는 내가 하는 말에 무조건 동의했다.

"마튜, 뗏목을 만들어줄 사람을 찾았어. 작업장에서 부품을 빼낼 사람도. 네 정원에 뗏목을 감출 장소만 물색해주면 돼."

"안 돼, 너무 위험해. 밤마다 누가 채소를 훔쳐가지 않나 감시하는 간수들이 있단 말야. 땅에는 발자국이 남아서 들키기도 쉽고. 내가 옹벽에 큰 돌 하나를 치우고 작은 동굴 같은 걸 만들어서 숨길 곳을 마련할게. 그렇게 하면 부품을 받을 때마다 거기에 숨긴 다음에 돌을 제자리에 놓기만 하면 돼."

"부품을 네 정원으로 곧장 가져와야 하나?"

"아니, 그건 너무 위험해. 손수레 형제들이 내 정원에 들어올 핑계가 없잖아. 제일 좋은 방법은 매번 다른 장소에 갖다 놓는 거야.

내 정원에서 그리 멀지 않은 곳에."

"알았어."

모든 계획이 다 세워진 듯했다. 이제 코코넛이 남았다. 나는 어떻게 하면 남들이 눈치채지 못하게 충분한 양의 코코넛을 마련할 수 있을지 생각해야 했다.

그때부터는 다시 살맛이 났다. 남은 일은 갈가니와 그랑데에게 얘기하는 것이었다. 그들이 공범으로 몰리지 않도록 일을 제대로 하려면 그들과 공식적으로 헤어져서 따로 살아야 했다. 그들에게 내가 탈출 준비를 하고 있기 때문에 떨어져 지내야 한다고 얘기하자 그들은 야단을 치며 말했다.

"가려면 최대한 빨리 가라고. 우린 언제든 알아서 할게. 그때까지는 우리와 함께 지내. 전에도 그런 일은 있었어."

그렇게 해서 우리는 탈출을 감행하기로 했다. 이미 큰 목재 두 개를 포함해서 일곱 개를 받았다. 나는 마튜가 목재를 숨겨놓은 옹벽을 살피러 갔다. 돌 주위에 이끼를 붙여놓았기 때문에 돌을 움직인 흔적은 보이지 않았다. 완벽한 장소였다. 목재 전부를 보관하기에는 너무 작아 보였지만, 그래도 아직까지는 충분했다.

탈출 준비를 하고 있다는 사실은 내게 정신적 힘을 주었다. 나는 어느 때보다 잘 먹었고, 낚시는 완벽한 신체 조건을 유지시켜 주었다. 게다가 매일 아침 두 시간 넘게 바위 위에서 체력 단련을 했다. 낚시 덕분에 팔은 이미 충분히 단련이 되어서 무엇보다도 다리 운동을 열심히 했다. 마침 다리에 좋은 방법도 찾아냈다. 평소보다 먼 곳까지 낚시를 하러 가는 것이었다. 더 멀리 나가면 파도가 거칠게 내 넓적다리를 때렸다. 그렇게 파도에 맞으면서 균형을 잡기 위해 근육을 긴장시키는 일은 다리 운동에 큰 도움이 되었다.

소장 부인 쥘리에트는 언제나 상냥했지만 내가 남편이 집에 있을 때만 집에 들어온다는 걸 눈치챘다. 그녀는 내게 앉으라고 권하면서 머리 만지던 날은 장난이었다고 솔직히 털어놓았다. 그렇지만 부인의 머리를 만지는 젊은 여자는 내가 낚시에서 돌아올 때면 언제나 날 살피면서 내 건강이나 기분에 대해 다정하게 말을 건네곤 했다. 아무튼 모든 것이 전보다는 나았다. 부르세는 기회를 놓치지 않고 도안을 만들었다. 그렇게 준비 작업이 시작된 지 두 달하고도 반이 지나갔다.

예상했던 대로 옹벽의 비밀 저장소가 꽉 찼다. 제일 긴 부품 두 개를 넣을 자리가 없었다. 하나는 2미터 남짓이고, 또 하나는 1미터 50센티미터 정도 되는 부품이었다.

무심히 묘지를 쳐다보는데 지난주에 죽은, 어느 간수 아내의 무덤이 눈에 띄었다. 빛 바랜 꽃 한 다발이 무덤 앞에 놓여 있었다. 묘지기는 눈뜬장님이나 다름없는 늙은 도형수여서 별명이 '파파'였다. 그는 온종일 묘지 구석의 야자나무 그늘에 앉아 있기 때문에 그 무덤에 누가 왔다 가도 볼 수가 없었다. 그래서 그 무덤을 이용해 뗏목을 조립하고 목수가 만든 일종의 판자 틀 안에 코코넛을 최대한 담아 보관하기로 했다. 서른 개에서 서른다섯 개 정도가 들어갔는데, 예상했던 것보다는 훨씬 적은 개수였다. 나는 각각 다른 장소에 50개가 넘는 코코넛을 흩어놓았다. 소장 부인의 뜰에만 열두 개가 있었다. 하우스 보이는 내가 나중에 기름을 만들려고 보관해놓은 줄 알았다.

죽은 부인의 남편이 그랑테르로 떠났다는 사실을 알고 무덤의 흙

일부를 퍼내기로 했다. 마튜 카르보니에리는 담장 위에 앉아서 망을 보았다. 그는 네 귀퉁이에 매듭을 지은 흰 손수건을 머리에 얹었다. 옆에는 똑같이 네 귀퉁이에 매듭을 지은 빨간 손수건이 있었다. 아무 위험도 없으면 흰 손수건을 머리에 쓰고 있다가 누가 보이면 빨간색을 쓰기로 했다.

그 일은 꽤 위험이 따르는 일이어서 오후 나절과 밤까지 시간이 걸렸다. 관이 있는 곳까지 흙을 퍼내기만 하는 것이 아니라 1미터 20센티가 조금 넘는 뗏목 넓이로 구덩이를 넓혀야 했다. 일은 끝나지 않을 듯이 한참 걸렸고, 그 사이에 붉은 손수건도 수 차례 보였다. 마침내 작업이 끝났다. 구덩이를 제법 단단한 판자로 막은 다음 야자나무 잎을 얼기설기 잘 덮어 가렸다. 그리고 그 위에 흙을 끼얹었다. 거의 눈에 띄지 않았다. 나는 완전히 녹초가 되었다.

탈출 준비는 석 달이 걸렸다. 우리는 번호를 잘 매겨놓은 목재들을 옹벽에서 꺼냈다. 그 목재들은 불쌍한 여인의 무덤 속으로 옮겨져 땅속에 잘 감추어졌다. 옹벽 속에는 돛을 만들 밀가루 부대 세 개와 2미터짜리 밧줄 한 개, 성냥과 마찰면이 든 병 하나, 우윳병 열두 개를 넣어두었다.

부르세는 갈수록 흥분했다. 마치 내가 아니라 그가 탈출하는 것 같았다. 나릭은 처음에 같이 가겠다고 하지 않은 걸 후회했다. 그랬더라면 2인용이 아니라 3인용 뗏목을 만들었을 것이다.

우기여서 매일 비가 왔다. 지하 묘지에 들러 뗏목 조립을 마무리하기에는 아주 유리했다. 이제 골조로 쓸 옆면 두 개만 있으면 끝이었다. 나는 코코넛들을 조금씩 친구의 정원 근처로 옮겼다. 물소 축사가 열려 있어 쉽사리 보관할 수 있었다. 친구들은 한 번도 어디까지 일이 진척되었는지 묻지 않았다. 이따금 이렇게만 물었다.

"어때?"

"응, 다 좋아."

"조금 길지 않냐?"

"큰 위험 없이 하려면 더 이상 빨리는 못해."

그게 전부였다. 그런데 한 번은 소장 부인의 뜰에 저장했던 코코넛을 가져갈 때 그녀가 보는 바람에 내가 겁에 질리는 일이 있었다.

"어머나, 빠삐용, 그 코코넛으로 기름 만들게요? 왜 여기서 만들지 않고요? 내가 큰 냄비를 빌려줄 테니 거기에 과육을 담아요."

"수용소에서 하는 편이 낫습니다."

"이상하네, 수용소에서는 불편할 텐데."

그러고는 잠시 뭔가를 골똘히 생각하다가 이렇게 말했다.

"내가 맞춰 볼까요? 그걸로 기름을 만들려는 것 같지 않네요."

순간 나는 얼어붙었다. 그녀가 말을 이었다.

"우선 필요하면 언제든 나를 통해 올리브 기름을 얻을 수가 있는데 무엇 하러 그런 일을 하겠어요? 그러니까 그 코코넛은 다른 데쓰려는 거예요, 안 그래요?"

식은땀이 온몸을 타고 흘렀다. 그녀가 탈출 계획을 눈치챈 줄 알았다. 나는 숨을 들이마시면서 말했다.

"부인, 이건 비밀입니다. 하지만 그렇게 궁금해하시니 말씀드리지 않을 수가 없군요. 실은 이 커다란 코코넛들의 속을 판 다음에 그걸로 뭔가 아주 예쁜 것을 만들어서 부인께 선물하려 했습니다."

그러자 그녀는 이렇게 대답했다.

"빠삐용, 날 위해 그런 수고까지 할 필요 없는데요. 정말 고마워요. 하지만 그렇게까지 하지 않아도 돼요."

"괜찮습니다. 제가 알아서 하겠습니다."

그러고는 불쑥 파스티스 한 잔을 달라고 했다. 좀처럼 하지 않던 일이었다. 다행히도 부인은 내가 당황한 것을 눈치채지 못했다. 고마우신 하느님께서 내 편에 서 계신 모양이었다.

비가 매일 왔다. 특히 오후와 밤에. 나는 코코넛 거적을 덮어놓은 얼마 안 되는 흙에 물이 스며들까봐 걱정이었다. 마튜는 연신 흙을 퍼다 옮겼다. 아마도 그 아래에는 물이 흥건할 것이었다. 마튜의 도움을 받아 우리는 거적을 들어올렸다. 물이 관을 거의 뒤덮고 있었다. 위기의 순간이었다. 멀지 않은 곳에는 오래 전에 죽은 두 아이의 지하 묘소가 있었다. 어느 날 나는 그 지하 묘소의 묘비를 들어내고 밑으로 내려가서 광부용 짧은 곡괭이로 내 뗏목을 감춰놓은 무덤 근처의 시멘트를 파냈다. 시멘트가 깨지면서 물줄기가 솟구쳤다. 내 뗏목 무덤에서 흘러나온 물은 그 지하 묘소로 들어갔다. 나는 물이 무릎까지 차자 밖으로 나왔다. 묘비를 다시 제자리에 놓고 나릭이 구해준 하얀 회반죽으로 구멍을 메웠다. 그 작업 덕분에 뗏목 무덤의 물이 반으로 줄었다. 그날 저녁에 마튜가 내게 말했다.

"이 탈출에는 걱정거리투성이네."

"거의 다 됐어, 마튜."

"그러길 빌어."

우리는 정말이지 마음이 시커멓게 타 들어갔다.

나는 아침에 부두에 내려갔다. 샤파르에게 생선 2킬로그램을 구해달라고 부탁하고 오후에 찾으러 가기로 했다. 다시 마튜의 정원 쪽으로 올라가는데 흰색 제모 세 개가 보였다. 왜 정원에 간수들이 있는 거지? 수색이라도 벌이는 것일까? 평소에는 좀처럼 없던 일이었다. 간수 세 명이 한꺼번에 마튜의 정원을 찾는 건 한 번도 본 적이 없었다. 나는 한 시간 넘게 기다리다가 더는 참을 수가 없어서 무슨 일인지 직접 가보기로 했다. 간수들도 내가 다가오는 것을 보았다. 간수들에게서 20미터 정도 떨어진 곳에 이르자 마튜가 슬그머니 머리에 흰 손수건을 얹었다. 나는 그제야 안도의 한숨을 쉬며 마음을 추스르고 그들 곁으로 다가갔다.

"안녕하십니까. 안녕, 마튜. 네가 주기로 한 파파야 가지러 왔어."

"미안한데, 빠삐용. 오늘 아침에 도둑맞았어. 콩을 받쳐놓을 장대를 찾으러 나와보니까 누가 훔쳐가고 없지 뭐야. 하지만 나흘이나 닷새만 있으면 또 익을 거야. 벌써 조금 노랗게 되었거든. 그런데, 간수님들, 상추나 토마토나 무는 필요 없으세요?"

"정원을 아주 잘 가꾸었구나, 마튜 카르보니에리. 대단하다."

그들 중 하나가 말했다. 그들은 토마토와 상추와 무를 받아들고 갔다. 나는 상추 두 개를 들고 그들보다 먼저 가는 체했다.

나는 묘지를 지나갔다. 간밤에 내린 비 때문에 무덤이 반은 드러나 있었다. 열 발자국 정도 떨어진 곳에 코코넛 거적이 보였다. 이번에도 발각되지 않는다면 하느님이 정말 우리 편이신 게다. 바람은 매일 밤 고원 위에서 짐승 울부짖는 듯한 소리를 내며 미친 듯이 불었다. 비도 자주 왔다. 무덤에는 좋지 않지만 탈출하기에는 이상적인 날씨였다.

2미터 정도의 가장 큰 부품이 도착했다. 나는 직접 뗏목의 나머지 부품에 맞추어 끼웠다. 어렵지 않게 아귀가 딱 들어맞았다. 부르세는 내가 가장 중요한 그 부품을 받았는지 확인하기 위해 수용소로 달려왔다. 모든 것이 잘된 것을 알고는 자기 일처럼 좋아했다. 나는 이상해서 물었다.

"뭐 걱정거리 있어? 누가 눈치라도 챈 것 같아? 누구한테 얘기한 거야? 말해봐."

"아니, 아니야."

"그런데 뭔가 걱정거리가 있는 것 같은데. 말해보라니까."

"베베르 셀리에라는 놈이 우리 일에 관심을 갖는 것 같은 기분 나쁜 느낌이 들어서 그래. 아무래도 나릭이 목재 부품을 작업대 아래에 두었다가 석회통에 옮긴 다음 들고 나오는 모습을 본 것 같아. 나릭이 작업장을 나설 때까지 계속 쳐다보더라고. 영 불안해서."

나는 그랑데에게 물었다.

"우리 오두막에 있는 그 베베르 셀리에 말야. 설마 끄나풀은 아니겠지?"

"공공 토목공사 일을 하는 놈이야. 왜, 그런 종류 있잖아. 아프리카에서 모로코와 알제리의 온갖 감옥은 다 전전한 고집스런 군인에, 싸움꾼에, 칼을 소지한 위험 인물에, 어린애들하고 도박에 환장하는 호모 자식 말이야. 절대 평범한 시민으로 살았던 적 없는 그런 놈. 결론적으로 말해서 좋은 면이라고는 하나도 없는 지극히 위험한 인물이지. 그런 놈들에게는 도형지가 목숨이나 같아. 혹시 그놈이 의심스러우면 선수를 쳐서 오늘밤에 죽여버려. 혹시 널 밀고할 생각이 있을지 모른다면 틈을 주지 말라고."

"아직 끄나풀이라는 증거는 없어."

"그건 그래. 하지만 괜찮은 놈이라는 증거도 없잖아. 그런 유형의 도형수들은 누가 탈출하는 걸 좋아하지 않아. 끄나풀은 아닐지 몰라도 탈출에 관해서라면 무슨 짓을 할지 알 수 없어."

갈가니도 그랑데의 말에 맞장구를 쳤다.

나는 마튜 카르보니에리에게도 생각을 물었다. 그도 오늘밤에 죽이라는 의견이었다. 심지어 자신이 직접 해치우고 싶어했다. 그를 말린 것이 나의 실수였다. 그냥 겉보기에만 거슬려 보일 뿐인 사람을 죽이거나 죽게 놔둔다는 생각이 마음에 들지 않았다. 그리고 혹시 부르세가 착각한 거라면? 두려움 때문에 잘못 본 것일 수도 있었다. 나는 나릭에게 물었다.

"나릭, 베베르 셀리에가 뭐 눈치챈 거 아닐까?"

"아니. 문간에 서 있는 열쇠지기가 안을 볼 수 없도록 통을 어깨에 메고 나왔는걸. 일부러 처남이 올 때까지 통도 내려놓지 않고 문 앞에 서 있었다고. 내가 서둘러 나가려는 기색을 보이면 아랍 놈이 의심하고 통을 수색할까봐 말이야. 그런데 처남이 베베르 셀리에가 우리를 유심히 쳐다보는 것 같더라고 말하긴 했어."

"그래서 어떻게 생각해?"

"언뜻 보기에도 그 부품은 중요한 뗏목 감으로 보이기 때문에 처남도 신경이 예민해져서 겁을 먹은 것 같아. 확실히 봤다기보다는 어쩌면 봤을지도 모른다는 거지."

"내 생각도 그래. 그 얘기는 더 이상 하지 말자. 마지막 부품은 확실히 베베르 셀리에가 근처에 없을 때 움직여. 어쨌든 간수뿐만 아니라 그 자도 조심하자고."

나는 밤새도록 판돈이 큰 마르세유 식 도박을 해서 7,000프랑을 땄다. 게임에 신경을 덜 쓸수록 돈은 더 많이 땄다. 나는 새벽 4시 반에 작업하러 가는 척하면서 밖으로 나왔다. 사실, 일은 마르티니크인이 대신 해주었다. 비는 멈추었고, 아직도 짙게 깔려 있는 어둠 속에서 묘지로 향했다. 삽이 보이지 않아서 발로 대충 흙을 정돈했다. 7시에 낚시하러 내려가보니 벌써 햇빛이 눈부셨다. 뗏목을 띄우기로 한 루아얄 남쪽 곶으로 갔다. 바다는 높고 험난했다. 왠지 바위에서 파도가 밀어주지 않으면 섬에서 멀어지기 힘들 것만 같은 느낌이 들었다. 나는 낚시를 시작했고, 얼마 안 있어 숭어를 5킬로그램도 넘게 잡았다. 낚시를 멈추고 바닷물에 숭어를 씻었다. 밤새 미친 듯이 도박을 해서 피곤한 데다가 무척 불안했다. 나는 그늘에 앉아서 아마도 석 달 동안 긴장하면서 살다가 이제 끝이 보여서 그런 거라고 혼자말을 하며 기운을 차리려 애썼다. 셀리에 문제에 대해서는 결국 내가 그를 죽일 권리는 없다고 결론지었다.

나는 마튜를 찾아갔다. 그의 정원을 둘러싼 담장에서는 무덤이 잘 보였다. 무덤 앞길에 흙이 있었다. 점심에 마튜가 쓸어내기로 했다. 나는 소장 부인에게 들러 잡은 숭어의 반을 주었다. 그녀가 말했다.

"빠삐용, 간밤에 당신에 관한 악몽을 꾸었어요. 당신은 피투성이에다가 사슬에 묶여 있었어요. 혹시라도 어리석은 짓은 하지 마세요. 당신에게 무슨 일이 생길까봐 걱정되네요. 꿈 때문에 심란해서 씻지도 못했어요. 망원경으로 당신이 어디서 낚시하는지 찾았는데 보이지 않던데요. 이 물고기들은 어디서 잡은 거예요?"

"섬 반대쪽에서요. 그러니 절 보지 못하셨죠."

"왜 망원경으로도 보이지 않는 먼 곳까지 가서 낚시를 하죠? 칼은 갖고 다니나요? 아무도 볼 수 없으면 혹시 상어 떼가 나타나도 도와줄 수가 없잖아요."

"에이, 별 걱정을 다 하시네요."

"그렇게 생각해요? 이제부턴 섬 뒤에서 낚시하지 못하게 하겠어요. 만일 내 말을 듣지 않는다면 낚시 허가를 철회시킬 거예요."

"진정하세요, 부인. 부인이 마음놓으실 수 있도록 하우스 보이에게 제가 어디서 낚시하는지 미리 말해놓겠습니다."

"좋아요. 그런데 피곤해 보이는데요?"

"네, 부인. 수용소에 가서 한숨 자야겠어요."

"그래요. 그럼 이따가 4시에 커피 마시러 들르세요. 올 거죠?"

"네 부인. 이따 뵙겠습니다."

부인의 얘기를 귀담아 들었어야 했다.

부르세는 이젠 진짜로 누군가가 자신을 지켜보는 느낌이 든다고 말했다. 우리는 보름째 1미터 50센티미터 정도의 마지막 부품을 기다리고 있었다. 나릭과 케니에는 이상한 일은 아무것도 없다고 했지만, 부르세는 마지막 재목을 만들지 않고 고집을 부렸다. 이제 다섯 군데 정도만 정확하게 끼워맞추면 되는 일이라 마튜가 정원에서 할 수도 있을 듯했다. 실제로 뗏목의 늑재 다섯 개만 맞추면 모든 것이 완성이었다. 나릭과 케니에는 예배당 복구 작업을 맡아 하고 있었기 때문에 작업장에서 많은 목재를 들고 드나들기가 쉬웠다. 일을 더 수월하게 하기 위해서 작은 물소가 끄는 수레를 이용할 때도 더러 있었다. 우리는 그 기회를 이용해야 했다.

부르세는 우리 성화에 못 이겨 할 수 없이 작업을 시작했다. 어느 날 그는 자신이 없을 때 누군가가 목재를 건드렸다가 다시 제자리에 놓은 것이 확실하다고 주장했다. 이제 남은 작업은 홈 하나만 파면 되는 상태였다. 우리는 그에게 작업을 한 다음 작업대 밑에 부품을 두라고 했다. 그 위에 머리카락 한 올을 올려두었다가 혹시 누가 건드렸는지 확인하기로 했다. 그는 6시에 홈을 만든 다음 작업장에 남은 사람이 간수밖에 없는지 확인한 뒤 제일 늦게 나갔다. 부품에는 머리카락을 올려두었다. 점심에 나는 수용소에 가서 작업장에서 일하는 80명의 일꾼들이 돌아오기를 기다렸다. 나릭과 케니에는 왔는데, 부르세는 보이지 않았다. 독일인 한 명이 내게 와서 잘 접어서 봉해놓은 쪽지 한 장을 전해주었다. 나는 먼저 누가 열어본 사람이 없는지 확인한 뒤 쪽지를 펴서 읽었다.

'머리카락은 없었어. 누군가 건드렸다는 거지. 간수에게 낮잠 시간에 남아서 지금 작업 중인 작은 장밋빛 목재 상자를 마무리하게 해달라고 부탁해서 허락을 받았어. 난 부품을 갖고 나가서 나릭이 도구를 놓는 곳에 갖다 놓을 거야. 그들에게 미리 알려줘. 나릭은 3시에 부품을 갖고 곧장 나가야 해. 어쩌면 감시하는 놈보다 선수칠 수 있을 거야.'

나릭과 케니에도 동의했다. 그들은 작업장 일꾼들 중에서 제일 앞줄에 섰다. 다들 들어가기 전에 두 사람이 문 앞에서 싸움을 벌이기로 했다. 그 임무는 마튜 카르보니에리의 고향 사람들인 몽마르트르 출신 코르시카인 두 명, 마사니와 장 상티니에게 맡겼다. 두 사람은 이유도 묻지 않고 순순히 따라주었다. 나릭과 케니에는 그 틈을 이용해 싸움에는 아랑곳없이 서둘러 작업하러 가는 척하고 부품을 재빨리 빼내오기로 했다. 우리는 그것이 우리의 마지막 가능성이라는 사실에 모두 동의했다. 그 일에 성공하기만 하면 한두 달은 꼼짝도 하지 않을 작정이었다. 한 사람인지 여러 명인지는 모르겠지만 누군가가 뗏목 준비를 알고 있다는 것이 확실했기 때문이었다. 그들이 비밀 장소를 발견하는 것도 시간 문제일 터였다.

마침내 2시 30분이 되고 모두들 채비를 마쳤다. 점호와 작업줄을 서기까지는 30분이 남았다. 그들은 출발했다. 베베르 셀리에는 네 명씩 스무 줄로 늘어선 대열의 한가운데쯤에 있었다.

나릭과 케니에는 제일 앞줄이었고, 마사니와 장 상티니는 열두 번째, 베베르 셀리에는 열 번째 줄에 서 있었다. 나는 다른 사람들이 작업장에 채 들어서기도 전에 나릭이 무사히 목재를 들고 나올 수 있으리라 생각했다. 싸움이 시작되자 베베르를 포함해 모두들 싸움 구경을 하려고 일제히 몸을 돌렸다. 4시, 모든 일은 순조롭게 진행되었고, 부품은 교회 안의 재료 더미 밑에 숨겨졌다.

나는 소장 부인을 찾아갔는데, 마침 부인이 집에 없었다. 다시 올라오는 길에 행정부가 있는 광장을 지났다. 마사니와 장 상티니가 지하 감방에 들어가기 위해 그늘에서 대기하고 있는 것이 보였다. 예상했던 일이었다. 나는 그들 곁을 스쳐 지나가면서 물었다.

"며칠이래?"

"8일."

상티니가 대답했다.

코르시카인 간수가 말했다.

"동향인들끼리 싸우다니!"

나는 수용소로 돌아왔다. 6시에 부르세가 만면에 미소를 띠고 들어왔다.

"암에 걸린 줄 알았는데 의사가 잘못 알았다는군. 난 아무렇지도 않대."

마튜와 내 친구들은 내가 작전을 무사히 마친 것을 축하했다. 나릭과 케니에도 흡족해했다. 모든 것이 순조로웠다. 도박꾼들이 게임을 하자고 불렀지만 나는 머리가 아픈 척하고 밤새 푹 잤다. 성공을 목전에 둔 것이 만족스럽고 기뻤다. 이제 제일 힘든 고비는 넘긴 것이다.

다음날 아침, 마튜는 임시로 옹벽 구멍 속에 부품을 갖다 두었다. 묘지기가 무덤가의 샛길을 쓸고 있어서 당장은 접근하기가 힘들었다. 나는 새벽마다 나무 삽을 들고 무덤가의 흙을 치우러 허겁지겁 갔다. 빗자루로 얼른 샛길을 쓴 다음에 분뇨 수거를 하러 돌아가서 한쪽 구석 양동이에 빗자루와 삽을 넣어두었다.

탈출 준비를 시작한 지 꼭 넉 달하고도 아흐레 만에 뗏목의 마지막 부품을 받았다. 이제 비는 매일 오지 않고 이따금 밤에만 왔다. 남은 문제는 마지막 두 단계였다. 우선 부품을 꺼내 마튜의 정원에서 뗏목을 맞추어야 했다. 그 작업은 낮에만 할 수 있었다. 그 다음은 탈주였다. 뗏목이 완성되면 그 안에 코코넛과 생필품을 채워넣어야 하기 때문에 곧바로 출발할 수는 없었다.

나는 장 카스텔리에게 진전 상황을 모두 이야기해주었다. 그는 내가 목표 달성에 임박한 것을 알고 기뻐했다.

"달은 지금 초승달이야."

"나도 알아. 그래서 자정엔 곤란하지. 밀물이 10시라서 새벽 2시에 뗏목을 띄워야 할 거야."

마튜와 나는 일을 서두르기로 했다. 다음날 아침에 나는 묘지 정원을 지나서 삽을 들고 담을 뛰어넘었다. 내가 거적 위의 흙을 치우는 동안에 마튜는 돌을 치우고 부품을 갖다 주기로 했다. 우리는 함께 거적을 치우고 옆에 내려놓았다. 뗏목은 제자리에 완벽한 상태로 있었다. 진흙이 좀 묻긴 했지만 괜찮았다. 우리는 한쪽에 공간을 만들어야 하기 때문에 일단 뗏목을 꺼냈다. 다섯 군데 홈은 각각 제자리에 정확히 들어맞았다. 우리는 돌로 때려서 아귀를 완전히 맞추었다. 거의 일이 끝나고 제자리에 다시 집어넣으려는 순간 총을 든 간수 한 명이 나타났다.

"꼼짝 마라, 안 그러면 쏜다!"

우리는 뗏목을 내려놓고 두 손을 들어올렸다. 나도 얼굴을 아는 작업장의 간수장이었다.

"괜히 서툰 짓 하지 마라. 너흰 걸렸어. 순순히 인정하면 목숨은 살려주겠다. 까딱했다간 총을 갈겨버릴 테니까. 자, 양손 모두 들고 앞으로 가! 소장님께 간다!"

묘지 문을 나서다가 열쇠지기를 만났다. 간수가 그에게 말했다.

"모하메드, 정보를 주어서 고맙다. 내일 아침에 나한테 와라, 약속한 걸 주겠다."

"고맙습니다. 꼭 가겠습니다. 그런데 간수장님, 베베르 셀리에도 저에게 돈을 줘야 하는뎁쇼, 네?"

"그건 너희끼리 알아서 해."

아랍인 간수의 대답에 내가 물었다.

"그럼 베베르 셀리에가 우리를 팔았나요?"

"그렇다고는 말 안 했어."

"마찬가지죠."

간수는 여전히 우리 둘에게 총부리를 겨눈 채 말했다.

"모하메드, 몸을 뒤져봐."

아랍인은 나와 마튜의 허리춤에서 칼을 찾아냈다. 나는 그에게 말했다.

"모하메드, 똑똑하군. 우릴 어떻게 찾았지?"

"너희들이 뗏목을 어디에 숨겼는지 보려고 매일 야자나무 꼭대기에 올라가 있었어."

"누가 그러라고 시켰지?"

"베베르 셀리에하고 그 다음엔 간수 브뤼에가."

"출발해, 말이 너무 많다. 이젠 팔을 내리고 더 빨리 걸어."

소장이 있는 곳까지 가는 그 400미터는 내 인생에서 가장 길게 느껴지는 길이었다. 난 온몸의 맥이 다 풀렸다. 그렇게 애를 썼는데 결국 바보들같이 이런 꼴이 될 줄이야. 하느님, 정말 잔인하십니다! 앞으로 나아갈수록 더 많은 간수들이 합류해서 한결같이 우리에게 총을 겨누었다. 다 도착했을 무렵엔 일곱인가 여덟 명이 우리 뒤를 따르고 있었다.

우리보다 앞서 달려간 아랍인에게 소식을 전해들은 소장이 드가와 다른 간수장 다섯 명과 함께 문 앞에 있었다.

"무슨 일이요, 브뤼에 씨?"

소장이 물었다.

"이 두 자가 뗏목을 감추는 걸 현장에서 붙잡았습니다. 뗏목은 거의 완성된 것 같았습니다."

"할 말 있나, 빠삐용?"

"없습니다. 예심에서 얘기하겠습니다."

"감방에 가둬라."

나는 건물 출구 근처, 창이 봉쇄된 독방에 갇혔다. 감방 안은 어두웠지만 바깥에서 사람들이 이야기를 주고받는 소리가 들렸다. 일은 일사천리로 진행되었다. 3시에 우리는 밖으로 끌려나가 수갑이 채워졌다.

일종의 재판이 열렸다. 소장, 보좌관, 간수장이 재판을 맡았다. 간수 한 명이 서기를 보았다. 작은 탁자에 떨어져 앉은 드가는 연필을 손에 쥔 것이 우리의 진술을 받아적으려는 모양이었다.

"샤리에르와 카르보니에리, 브뤼에 씨가 너희들에 대해 작성한 보고서 내용을 들어라. '나, 브뤼에 오귀스트는 살뤼 제도의 작업장 책임을 맡고 있는 간수장으로서 두 도형수 샤리에르와 카르보니에리를 국가에 소속된 재료를 횡령한 혐의로 고발합니다. 목수 부르세는 공범으로 고발합니다. 또한 나릭과 케니에도 공범인 것으로 추정됩니다. 아울러, 샤리에르와 카르보니에리가 프리바 부인의 무덤을 뗏목을 감추기 위한 비밀 장소로 삼아 훼손하는 것을 현장에서 체포했음을 덧붙입니다.'"

"할 말 있나?"

소장이 물었다.

"우선 카르보니에리는 이 일과 아무 상관이 없습니다. 뗏목은 오로지 저 혼자서 계획하고 만든 것입니다. 다만 무덤 위의 거적을 들어올리자니 도저히 혼자 할 수 없어서 강제로 저를 돕도록 한 것뿐입니다. 따라서 카르보니에리는 국유 재산의 절도와 횡령이나 탈출 공모에 책임이 없습니다. 게다가 탈출은 아직 일어나지도 않은 일이니까요. 부르세는 제가 죽이겠다고 협박해서 어쩔 수 없이 관련된 겁니다. 그리고 나릭과 케니에는 잘 알지도 못하는 사람들입니다. 다시 말씀드리지만 그들은 이 일과 아무런 관련도 없습니다."

"제 정보원이 한 말은 다릅니다."

간수가 말했다.

"그 베베르 셀리에라는 자는 이 사건을 이용해 누군가에게 복수를 하려고 한 겁니다. 그런 끄나풀의 말을 어떻게 믿습니까?"

"요컨대, 너희는 국유 재산의 절도와 횡령, 무덤 훼손 그리고 탈출 시도로 정식 기소되었다. 서류에 서명해라."

"카르보니에리와 브루세와 나릭과 케니에 형제에 관한 제 진술을 첨가하지 않는다면 서명하지 않겠습니다."

"좋다. 서류를 꾸며라."

나는 서명했다. 마지막 순간에 일을 그르친 이후 벌어진 상황들은 나 자신도 분명히 설명할 수가 없다. 그 지하 감방에서 나는 미치광이나 다름없었다. 거의 먹지도 않고, 걷지도 않고, 쉴새없이 줄담배만 피워댔다. 드가에게 받은 담배 덕분에 그나마 견딜 수 있었다. 매일 아침 한 시간씩 감방 뜰을 산책하며 볕을 쬐었다.

어느 날 아침 소장이 찾아왔다. 신기한 일은 만일 탈출이 성공했다면 가장 혹독한 문책을 받았을 소장이 내게 가장 화를 내지 않았다는 점이다. 그는 미소 띤 얼굴로 정신이 썩은 인간이 아니고서는 탈출 시도를 하는 것이 당연하다는 아내의 말을 전했다. 그러면서 아주 교묘하게 카르보니에리의 공모를 확인하려고 했다. 나는 카르보니에리가 왜 거절하지 못하고 잠시나마 날 도울 수밖에 없었는지 설명했다. 부르세는 나한테 받은 협박 쪽지를 제출했다. 그 점에 관해 소장은 완전히 납득하는 듯했다. 나는 소장에게 그 절도죄로 얼마나 형을 받을 수 있는지 물었다. 소장은 담담히 말했다.

"18개월은 넘지 않을걸세."

깊은 수렁에서 조금씩 빠져나오는 느낌이었다. 그런 와중에 의무병 샤탈에게 쪽지를 받았다. 그는 베베르 셀리에가 '간 농양'이라는 희귀한 진단을 받고 병원 특실에 격리되었다는 소식을 전해주었다. 행정부와 의사가 짜고 보복을 피해 입원시킨 게 틀림없었다.

내 감방이나 나에 대한 수색은 없었다. 그 덕에 칼 하나를 손에 넣었다. 나는 나릭과 케니에를 통해서 소장에게 작업장 간수와 베베르 셀리에, 부르세와 나를 대질시켜 달라고 부탁했다. 대질 이후에 소장은 수감이든, 징벌이든, 수용소로 돌려보내든 그들에 대해서 공정하다고 생각하는 판결을 내릴 것이다.

아침 산책을 할 때 나릭은 소장이 대질 요청을 받아들였다고 전해주었다. 대질은 다음날 오전 10시로 예정되었다. 그 자리에는 간수장 한 명이 예심판사로 나서기로 했다고 했다. 나는 밤새도록 베베르 셀리에를 죽이는 문제를 곰곰이 생각했다. 탈주를 막은 보상으로 그랑테르로 옮긴 다음에 달아나게 해줄 것이 분명했다. 그렇게 내버려둘 순 없었다. 만일 그를 죽였다가는 내가 사형에 처해질지도 모르지만 상관없었다. 그것이 절망에 사로잡힌 내가 내린 결론이었다. 넉 달 동안 희망과 기쁨을 품고 살다가 일이 성사되려는 찰나에 끄나풀의 간사한 혀 때문에 이 지경이 되다니 분통이 터졌다. 될 대로 되라지, 내일 셀리에를 죽이고 말 테다!

사형되지 않을 유일한 방법은 그가 먼저 칼을 꺼내게 만드는 것이었다. 그러려면 내가 칼을 들고 있는 것을 그가 보게 만들어야 했다. 내 칼을 본다면 그 역시 칼을 꺼낼 게 분명했다. 대질 직전에 혹은 직후에 일을 꾸며야 했다. 대질 동안에 죽이면 내가 간수의 총에 맞을 우려가 있기 때문에 위험했다. 다만 간수들의 만성적인 무관심에 기댈 수밖에 없었다.

나는 밤새도록 그 생각과 싸웠다. 도저히 생각을 꺾을 수가 없었다. 살다 보면 도저히 용서할 수 없는 일들이 생기게 마련이다. 우리에게 멋대로 심판을 내릴 권리가 없다는 건 알지만 그렇게 비열한 인간에게 어떻게 엄중한 심판을 내리지 않을 수 있단 말인가? 나는 그에게 잘못한 것도 없고 심지어 그는 날 잘 알지도 못한다. 그런데 그런 나에게 몇 년이 될지 모르는 격리형을 받게 만든 것이다. 제 놈이 살겠다고 날 매장하려 한 것이다. 안 되지, 안 돼! 난 그가 그런 구역질나는 짓을 해놓고 그 틈에 제 살길을 찾는 꼴을 도저히 참고 봐줄 수가 없었다. 있을 수도 없는 일이었다. 눈앞이 막막했다. 내가 막막한 만큼, 아니 나보다 더 그놈이 막막해야 했다. 그러다가 내가 사형을 받게 되면? 그렇게 천한 인간 때문에 죽는다는 것도 한심한 일이다. 그래서 한 가지 굳은 다짐을 했다. 그가 먼저 칼을 꺼내들지 않으면 절대 죽이지 않으리라.

밤새 잠 한숨 자지 못하고 담배 한 갑을 통째로 피웠다. 아침 6시에 커피가 도착했을 때는 어찌나 긴장했는지 금기를 어기고 간수 앞에서 커피 배달하는 사람에게 이렇게 말했다.

"담배 몇 대만 줄래? 내가 지금 너무 예민해서 말이야."

그러자 옆에 있던 간수가 말했다.

"그래, 있으면 좀 주게. 자네 일은 정말 안됐어, 빠삐용. 난 코르시카 사람이야. 나도 그렇게 비열한 짓은 싫어해."

10시 15분 전, 뜰에서 홀에 들어가기를 기다리고 있었다. 나릭, 케니에, 부르세, 마튜도 와 있었다. 우리를 감시하는 간수는 아침 커피 배달 때 왔던 앙타르타글리아였다. 그는 코르시카어로 마튜와 이야기를 나누었다. 그가 마튜에게 안됐지만 3년 정도 격리 수감

될 것 같다고 말하는 걸 알아들었다. 그때 문이 열리고 야자 나무의 아랍인과 작업장 문지기 아랍인 그리고 베베르 셀리에가 들어왔다. 베베르 셀리에는 날 보더니 흠칫 놀랐다. 그때 옆에 있던 간수가 이렇게 말했다.

"조금 떨어져서 이쪽 오른쪽으로 가. 앙타르타글리아, 저 사람들이 서로 얘기하지 못하게 해."

그래서 우리는 서로 2미터 정도 떨어진 거리에 있었다. 앙타르타글리아가 말했다.

"두 집단은 서로 말하지 말아라."

마튜는 여전히 두 집단을 감시하는 간수와 코르시카어로 이야기를 했다. 간수가 신발끈을 고쳐 묶는 틈을 타 나는 마튜에게 조금 더 앞으로 나오라는 신호를 보냈다. 그러자 그는 얼른 눈치채고 베베르 셀리에를 쳐다보면서 침을 내뱉었다. 마튜가 쉴새없이 간수에게 말을 걸면서 주의를 흐트러뜨리는 사이에 나는 눈치채지 못하게 한 발짝 옮겼다. 그리고 셀리에만 볼 수 있도록 숨겨놓은 칼을 꺼냈다. 셀리에는 재빨리 바지 속에서 칼을 꺼내 내 오른팔을 찔렀다. 하지만 난 왼손잡이였다. 나는 단번에 그의 가슴팍에 칼을 푹 찔러 넣었다. '아악!' 하는 짐승 같은 비명과 함께 그가 나무토막처럼 쓰러졌다. 앙타르타글리아가 손에 총을 들고 내게 말했다.

"뒤로 물러서! 어서! 쓰러진 놈에게 달려들면, 어쩔 수 없이 네게 총을 쏠 수밖에 없어."

마튜가 셀리에 곁에 가서 발로 머리를 건드렸다. 그는 코르시카어로 짤막하게 한 마디했다. 나는 그가 하는 말을 알아들었다. '그는 죽었다.' 앙타르타글리아가 다시 말했다.

"칼 이리 내."

나는 순순히 칼을 넘겼고, 그도 다시 총을 총집에 넣은 다음 철문에 가서 두드렸다. 간수 한 명이 문을 열자 그가 말했다.

"죽은 사람이 있으니 들것 운반자들을 보내."

"누가 죽었는데?"

문을 연 간수가 말했다.

"베베르 셀리에."

"아! 난 또 빠삐용이라고."

우리는 지하 감방으로 돌아갔다. 대질은 연기되었다. 마튜는 복도로 나서기 전에 내게 말했다.

"가엾은 빠삐, 이번엔 별수 없겠다."

"그래, 하지만 난 살았고, 그놈은 뒈졌어."

앙타르타글리아는 혼자 돌아와서 살며시 문을 열고 동요된 목소리로 내게 말했다.

"문을 두드리면서 부상당했다고 말해. 그놈이 먼저 공격한 걸 내가 봤어."

그러고는 다시 조용히 문을 닫았다. 코르시카 간수들은 정말 놀라운 사람들이었다. 덮어놓고 착하든지 덮어놓고 못됐든지 둘 중하나였다. 나는 문을 두드리며 소리쳤다.

"나도 다쳤어. 병원에 데려가서 치료해줘."

앙타르타글리아가 간수장과 함께 왔다.

"무슨 일이야? 왜 이리 소란이야?"

"나도 다쳤어요."

"다쳤다고? 그가 덤비긴 했어도 건드리진 못한 줄 알았는데?"

"오른팔 힘줄이 끊어진 것 같아요."

"문 열어."

문이 열리고 나는 밖으로 나갔다. 정말 오른팔이 심하게 찢겨 있었다.

"수갑 채워서 병원으로 보내. 어떤 일이 있어도 병원에 놔두면 안돼. 치료받는 즉시 다시 이리로 데려와."

밖에 나가니 열 명 넘는 간수들과 소장이 있었다. 작업장 간수가 내게 말했다.

"살인자!"

내가 뭐라고 대답도 하기 전에 소장이 그를 질책했다.

"조용히 해요, 브뤼에 간수. 그가 빠삐용을 먼저 공격한 거요."

"그럴 리 없습니다."

"저도 봤습니다. 제가 증인입니다. 이봐요, 브뤼에 씨. 코르시카인은 거짓말을 하지 않는다고요."

앙타르타글리아가 말했다.

병원에 가니, 샤탈이 의사를 불렀다. 의사는 마취제도 놔주지 않고 상처를 꿰맨 다음 클립 여덟 개로 붕대를 고정시키는 동안 내게 한 마디도 하지 않았다. 나는 불평하지 않고 잠자코 있었다. 치료를 끝내고 의사가 말했다.

"국부 마취제가 다 떨어져서 놔주지 못했네. 자네가 한 짓이 잘한 일은 아니었어."

"아, 그래요? 그래도 어차피 간 농양 때문에 오래 살지 못할 놈이었잖아요."

그는 예상치 못한 내 대답에 할말을 잊은 듯했다.

예심이 다시 이어졌다. 부르세의 책임 문제는 완전히 철회되었다. 나는 그가 겁에 질렸다는 점이 인정되도록 만들었다. 나릭과 케니에 역시 증거가 부족했다. 이제 남은 건 나와 마튜뿐이었다. 마튜의 경우 절도와 횡령 사안은 철회되었다. 탈출 공모죄만 남았다. 그래도 여섯 달 이상의 형은 받지 않을 것이 분명했다. 반면 내 경우는 문제가 복잡했다. 내게 유리한 증인들에도 불구하고 예심판사는 정당방위를 인정하려 들지 않았다. 서류를 꼼꼼히 살펴본 드가는 예심판사가 아무리 우겨도 내가 먼저 공격당했기 때문에 사형을 선고할 수는 없을 것이라고 말했다. 한 가지 내게 불리한 내용은 아랍인 두 명이 내가 먼저 칼을 꺼냈다고 진술한 사실이었다.

예심은 끝났다. 나는 본 재판을 받으러 생 로랑으로 내려가기를 기다렸다. 나는 거의 걷지도 않고 담배만 피워댔다. 간수들은 오후에도 한 시간씩 날 산책시켰다. 작업장 간수와 예심판사를 맡았던 간수만 제외하고는 소장도, 간수들도 내게 적대감을 보이지 않았다. 다들 악의 없이 내게 말을 걸었고, 내가 원하면 담배도 들여보내 주었다. 나는 금요일에 출발하기로 예정되었다. 수요일 아침 10시에 뜰에 있는데 소장이 날 불렀다.

"따라와."

나는 아무 수행 없이 그를 따라갔다. 어딜 가느냐고 물었다. 그는 자신의 집 쪽으로 내려가며 말했다.

"아내가 떠나기 전에 자네를 한번 보고 싶다는군. 무장한 간수를 동행해서 아내를 두렵게 하고 싶지는 않았어. 알아서 잘 처신하길 바라네."

"네, 소장님."

우리는 그의 집에 도착했다.

"쥘리에트, 약속대로 빠삐용을 데려왔어. 점심 전에는 다시 데려 가야 하는 것 알지? 한 시간 정도 얘기할 시간이 있어."

그러고는 소장이 조용히 나갔다.

부인은 다가와 어깨에 한 손을 올리며 내 눈을 들여다보았다. 그 녀는 새까만 눈에 눈물이 그렁했지만 꾹 참고 있었다.

"당신은 바보예요. 내게 떠나고 싶다고 미리 얘기했더라면 일을 더 쉽게 해줄 수 있었을 텐데 말이에요. 남편에게 최대한 당신을 도 와주라고 부탁했지만 불행히도 그건 그의 권한 밖이라고 하더군요. 그래서 우선 당신이 어떤지 보려고 불러달라고 한 거예요. 당신의 용기에 감탄했어요. 당신은 내가 생각했던 것보다 훨씬 대단한 사 람이에요. 그리고 지난 몇 달 동안 당신이 내게 가져다준 생선 값을 지불하고 싶었어요. 여기, 1,000프랑이에요. 이게 내가 줄 수 있는 전부예요. 더 잘 해주지 못해서 미안해요."

"부인, 전 돈이 필요 없습니다. 제발 제가 받을 수 없다는 점을 이 해해주십시오. 그건 우리 우정을 모욕하는 일입니다."

그러면서 500프랑짜리 지폐 두 장을 도로 밀어냈다.

"굳이 원한다면요. 그럼 파스티스라도 한 잔 드릴까요?"

그녀가 말했다.

그리고 한 시간 넘게 그 부인은 다정한 말들만 건넸다. 그녀는 내 가 살인죄는 면하고 18개월에서 2년 정도의 형벌을 받을 것이라고 추측했다. 헤어질 때 그녀는 한참 동안 내 손을 꼭 잡고 말했다.

"잘 가요, 행운을 빌게요."

그러더니 울음을 터뜨렸다.

소장은 다시 날 데려갔다. 가는 길에 나는 소장에게 말했다.

"소장님, 부인은 세상에서 가장 고결한 마음씨를 가진 분입니다."

"나도 알아, 빠삐용. 그녀는 이런 데서 살 사람이 아니야. 여긴 그녀에게 너무 잔인한 곳이지. 그렇지만 어쩌겠어? 그래도 4년만 있으면 돌아갈 거야."

"우리끼리 있으니까 하는 말인데요, 소장님. 제가 만약 성공했더라면 소장님께 큰 누를 끼칠 뻔했는데도 이렇게 잘 대해주셔서 고맙다는 말씀을 드리고 싶습니다."

"그렇지, 자네는 정말 골칫거리가 될 뻔했어. 그런데도 내가 어떻게 생각하는지 아나? 자넨 성공했어야 해."

그러고는 규율 구역 문 가에서 한 마디 더 덧붙였다.

"잘 지내게, 빠삐용. 신의 가호가 있기를."

"안녕히 계십시오, 소장님."

경찰국장이 주재하는 생 로랑의 군사회의는 인정 사정을 봐주지 않았기 때문에 하느님의 도움이 정말 필요하긴 했다. 국유 재산 절도와 횡령, 무덤 훼손, 탈주 시도로 3년에 셀리에 살해로 5년을 더해서 총 8년의 격리 수감형. 그나마 부상이라도 당하지 않았다면 분명히 사형 선고를 받았을 것이다. 내게는 그렇게도 가혹했던 그 재판은 두 명이나 죽인 단도스키라는 폴란드인에게는 오히려 관대했다. 그는 어느 누구도 반박할 수 없는 계획적인 살인을 했음에도 5년형을 받았다.

단도스키는 빵집에서 효모를 만드는 사람이었다. 새벽 3시부터 4시까지만 일을 했다. 그가 일하는 빵집은 바닷가 부두에 있었기 때문에 남는 시간은 낚시를 하며 보냈다. 프랑스어를 잘 못해서 말수가 적었던 그는 사람들과는 거의 어울리지 않고 함께 사는 검은 고양이에게만 애정을 쏟았다. 그 둘은 잠도 함께 잤고, 그가 일을 하러 갈 때면 고양이는 마치 개처럼 그를 졸졸 따라다녔다. 요컨대 고양이와 그는 서로를 무척 사랑했다. 고양이는 낚시할 때도 따라갔지만, 날이 무더워 그늘 한 점 없을 때에는 혼자 빵집으로 돌아와서 주인의 해먹에서 잠을 잤다. 점심에 종이 울리면 주인을 맞으러 나가서 주인이 코앞에 대고 흔드는 물고기를 쫓아 뛰어다니다가 낚아채곤 했다.

빵집에서 일하는 사람들은 빵집 바로 옆 방에서 모두 다 함께 생활했다. 그러던 어느 날, 코라지와 앙젤로라는 도형수 두 명이, 코라지가 일주일에 적어도 한 번씩은 요리하던 토끼 스튜를 함께 먹자고 단도스키를 초대했다. 단도스키는 포도주 한 병을 사들고 가서 그들과 함께 요리를 먹었다. 그날 저녁에 고양이는 돌아오지 않았다. 단도스키는 사방으로 고양이를 찾아 헤맸지만 허사였다. 친구를 잃었다는 슬픔에 단도스키는 식욕마저 잃었다. 자신이 사랑하던 유일한 존재가 온데간데없이 사라졌다는 사실에 몹시 슬퍼했다. 그가 크게 상심해하는 모습을 본 한 간수의 아내가 그에게 작은 고양이 한 마리를 선물했다. 하지만 단도스키는 어떻게 자기 고양이가 아닌 다른 존재를 또 사랑할 수 있겠느냐고 화를 내면서 그 고양이를 내쫓았다. 말하자면, 그에게 그것은 잃어버린 소중한 고양이에 대한 추억을 망치는 일이었던 것이다.

그러던 어느 날, 코라지가 빵 배달도 겸하는 견습공에게 손찌검을 했다. 그 일로 앙심을 품은 견습공은 단도스키를 찾아가서 이렇게 말했다.

"지난번에 코라지와 앙젤로가 너에게 준 토끼 고기가 실은 네 고양이였던 거 알아?"

"증거 있어?"

단도스키는 그의 멱살을 잡고 소리쳤다.

"선착장 뒤쪽에 있는 망고나무 아래에 코라지가 네 고양이 가죽을 묻는 걸 내가 봤어."

단도스키는 정말 그곳에 고양이 가죽이 있는지 확인하러 미친 듯이 달려갔다. 그곳에서 과연 반쯤 부패된 가죽과 머리를 찾아냈다. 그는 찾아낸 유해를 바닷물에 잘 씻어서 햇볕에 말린 다음 깨끗한 천으로 싸서 양지바른 곳에 깊숙이 묻었다.

그날 밤 코라지와 앙젤로는 빵집 옆 방의 긴 의자에 앉아서 다른 두 명과 함께 블롯 게임을 하고 있었다. 단도스키는 중키에 어깨가 딱 벌어진 건장한 40대의 사내였다. 묵직한 쇠몽둥이 하나를 준비한 그는 뒤에서 달려들어 한 마디 말도 없이 두 사람의 머리를 있는 힘껏 한 대씩 내리쳤다. 두 사람의 두개골이 마치 석류 열리듯 깨지며 뇌가 바닥으로 쏟아졌다. 분노에 사로잡혀 이성을 잃은 그는 두 사람을 죽인 것으로도 분이 풀리지 않아 뇌를 집어서 벽에 대고 뭉개버렸다. 피와 뇌수가 사방으로 튀었다. 그렇게 두 사람을 살해한 단도스키는 군사회의에서 5년형을 선고받았다.

두 번째 격리 수감

나는 그 폴란드인 단도스키와 함께 나란히 묶인 채 다시 제도로 향했다. 우리는 월요일에 도착해서 목요일에 군사회의를 받고 금요일 아침에 제도로 돌아왔다.

제도로 돌아가는 배에 탄 열여섯 명 중 열두 명이 격리 수감자들이었다. 바다가 무척 거칠어서 배는 파도에 휩쓸리며 요동을 쳤다. 절망에 빠진 나는 그 낡아빠진 작은 배가 차라리 뒤집히길 바랐다. 어느 누구와도 이야기하지 않고 잠자코 얼굴을 후려치는 축축한 바람에만 집중했다. 바람을 피하려 하기는커녕 모자가 날아가도록 그냥 내버려두었다. 어차피 8년 동안은 쓸 일도 없을 테니까. 바람에 맞서며 내게 채찍질하는 바람을 가슴이 터지도록 들이마셨다. 난파하기만을 바라던 나는 다시 생각을 고쳐먹었다. '베베르 셀리에는 상어 떼에 잡아 먹혔지만 나는 이제 서른 살이고 8년만 견디면 돼.' 그나저나 사람 잡는 섬에 갇혀서 8년을 견딜 수 있을까?

내 경험에 비추어보면 불가능한 이야기였다. 4년이나 5년 정도가 한계일 것이 분명했다. 셀리에만 죽이지 않았더라면 3년이나 2년 정도로 충분했을 텐데, 탈주에 살인이 추가되면서 상황이 나빠졌다. 그 하이에나 같은 놈을 죽이지 말았어야 했다. 나 자신에 대한 본분은 복수가 아니라 무엇보다도 우선 살아남는 것, 살아남아서 탈출하는 것이었다. 어쩌다가 그런 실수를 저질렀단 말인가? 살아남아야 한다, 살아남아야 한다. 살아남아야 한다. 그것만이 과거에도 현재에도 나의 유일한 종교이다.

우리와 동행한 간수들 중에는 전에 격리 감옥에서 알았던 간수도 한 명 있었다. 그의 이름은 모르지만 그에게 한 가지 묻고 싶은 마음을 억누를 길이 없었다.

"간수장님, 한 가지 여쭤볼 게 있습니다."

그가 눈을 동그랗게 뜨며 내게 다가왔다.

"뭔데?"

"8년 동안 격리 수감된 사람을 본 적 있습니까?"

그는 잠시 생각하더니 말했다.

"아니. 하지만 5년을 산 사람은 몇 명 알아. 그 중 한 명은 6년 만에 제법 건강하고 말짱하게 나갔지. 그가 석방될 무렵에 내가 그곳에 있었기 때문에 분명히 기억하고 있어."

"고맙습니다."

"뭘. 자넨 8년이지, 아마?"

"네."

"지내는 동안 벌받는 일만 없으면 무사히 나갈 수 있을 거야."

그 말은 큰 힘이 되었다. 그래, 벌만 받지 않으면 살아서 나갈 수 있다. 사실, 그곳에서의 징벌은 일정 기간 동안 식사량을 줄이거나 식사 자체를 금하는 것이어서 조금만 센 징벌을 몇 차례 받으면 도저히 끝까지 버티지 못하고 죽을 것이다. 결국 코코넛이나 담배를 받는 것도 안 되고 쪽지를 쓰거나 받아도 안 된다는 결론을 얻었다.

나는 배를 타고 가는 내내 그 결심을 되씹었다. 외부와도 내부와도 절대 아무 접촉도 하지 않을 것이다. 그러다가 한 가지 생각이 들었다. 별 무리 없이 조금이라도 잘 먹을 수 있는 유일한 방법은, 외부에서 누군가가 수프 배급자들에게 뇌물을 주어 점심 식사 때 기왕이면 더 크고 좋은 고깃덩어리를 골라서 넣어주도록 손을 쓰는 것이었다. 한 사람은 국물만 담고, 그 뒤에서 접시를 들고 따라다니는 다른 한 사람이 고깃덩어리를 올리기 때문에 비교적 쉬운 방법이었다. 첫 번째 사람이 국자를 바닥까지 긁어서 최대한 채소를 많이 퍼주도록 만들어야 했다. 그 생각을 하니 마음이 한결 편안해졌다. 그 문제만 잘 해결된다면 배를 곯지 않고 제법 충분히 먹을 수 있을 것이다. 그 다음에는 미치지 않도록 행복한 주제를 골라서 최대한 상상에 빠져들 것이다.

제도에 도착했다. 오후 3시였다. 배에서 내리자마자 소장 옆에 선 부인의 밝은 노란색 원피스가 눈에 들어왔다. 줄도 서기 전에 소장이 재빨리 다가와서 물었다.

"몇 년?"

"8년요."

그는 아내에게 돌아가서 무어라 말을 했다. 부인은 감정이 북받치는지 바위 위에 앉았다. 크게 낙담한 듯했다. 남편의 부축을 받아 일어서서는 내게 무거운 시선을 한 번 던지고 두 사람 모두 뒤도 돌아보지 않고 가버렸다.

"빠삐용, 몇 년이야?"

드가가 물었다.

"8년요."

그도 할말을 잊고 차마 내 얼굴을 똑바로 쳐다보지도 못했다. 갈가니가 다가오기에 나는 그가 입을 열기도 전에 먼저 말했다.

"아무것도 보내지 마. 편지도 쓰지 마. 그렇게 오랫동안 버티려면 징벌받을 일을 안 만들어야 해."

"알았어."

나는 소리를 낮춰 얼른 덧붙였다.

"점심과 저녁에 최대한 잘 먹을 수 있게 주선 좀 해줘. 그것만 해결해주면 언젠가 또 만날 수 있을 거야. 잘 있어."

나는 생 조제프로 우리를 실어갈 첫 번째 배로 향했다. 모두들 마치 구덩이 속으로 내려지는 관이라도 보는 듯한 눈길로 나를 바라보았다. 아무도 입을 열지 않았다. 그 짧은 항해 동안 나는 샤파르에게도 갈가니에게 했던 것과 같은 부탁을 했다. 그가 대답했다.

"할 수 있을 거야. 기운 내, 빠삐. 그런데 마튜 카르보니에리는?"

"미안, 깜박했어. 군사회의 재판장은 판결을 내리기 전에 그런 경우에 대해서 보충 자료가 더 있어야 한다고 그랬어. 그건 좋은 거야, 나쁜 거야?"

"좋은 거 같은데."

나는 열두 명 중 제일 앞줄에 서서 격리 형무소로 이어지는 바닷가를 따라 빠르게 올라갔다. 희한하게도 독방에 혼자 있고 싶은 조급한 마음이 들었다. 하도 걸음을 재촉하자 간수가 말했다.

"조금 천천히 가, 빠삐용. 꼭 빨리 집에 돌아가고 싶어서 서두르는 사람 같군."

우리는 형무소에 도착했다.

"모두 옷 벗어! 격리 형무소장님을 소개하겠다."

형식적인 연설이 끝난 뒤에 소장이 내게 말했다.

"다시 만나게 되어 유감이군, 빠삐용. A동, 127번 독방. 제일 좋은 방이다, 빠삐용. 복도 문 정면이니 빛도 더 많이 들어오고 공기도 답답하지 않을 것이다. 제대로 처신해주길 바란다. 8년은 긴 시간이지만 누가 알아. 처신만 제대로 하면 일년이나 2년 정도 감형될 수 있을지? 그러길 바란다. 넌 용감한 사람이니까."

난 그렇게 해서 127번 독방에 갇혔다. 그 방은 과연 복도와 통하는 큰 철창 정면에 있었다. 6시가 다 되어가는 시간이었지만 제법 환했다. 먼젓번 독방보다 썩은 냄새도 덜 났다. 그 사실에 조금이나마 용기를 얻었다. 불쌍한 빠삐용, 이 좁은 방 안에서 8년 동안 살아야 한다. 개월이나 시간 따위는 세지도 말자. 괜한 헛수고니까. 여섯 달 단위로만 계산하자. 여섯 달이 열여섯 번이면 다시 자유로워진다. 최소한 굶어서 죽을 일은 없을 테고, 낮에는 빛이 들어오니 다행이다. 그건 굉장히 중요한 사실이야. 어둠 속에서 죽는 일은 그리 유쾌한 일은 아닐 테니까. 혹시 몸이 아프면 적어도 의사가 와서 봐주겠지. 탈출해서 다시 살아보려 했던 것도, 셀리에를 죽인 것도 후회하지 말자. 내가 여기 있는 동안 그놈이 탈출했더라면 얼마나 분통이 터졌을지 생각하자. 시간은 흘러간다. 어쩌면 사면이 될지도 모르고, 전쟁이나 지진이 나거나 아니면 태풍이 불어서 이 요새가 무너질지 알게 뭐람? 그런 일이 생기지 말란 법도 없지 않은가? 어떤 정직한 사람이 프랑스로 돌아가서 프랑스인들의 마음을 움직여 행정부에서 단두대 없이 사람들의 목을 치는 이 고약한 형벌을 폐지하게 만들지도 모를 일이다. 자신이 목격한 일들에 혐오감을 느낀 의사가 기자나 신부에게 이 모든 이야기를 누설할지 알게 뭐람? 어찌되었든 셀리에는 이미 오래 전에 상어 뱃속에서 소화까지 다 되었을 것이다. 그리고 나는 지금 이곳에 살아 있고. 반드시 이 무덤 속에서 살아서 나갈 것이다.

하나, 둘, 셋, 넷, 다섯, 돌고. 하나, 둘, 셋, 넷, 다섯, 다시 돌고. 나는 다시 걷기 시작했다. 충분한 양의 식사를 받을 수 있는지 알 때까지는 오전에 두 시간과 오후에 두 시간만 걷기로 했다. 처음 며칠 동안은 신경이 예민한 상태이니 괜히 기운 쓰지 않기로 했다.

목적을 달성하지 못한 것은 너무나 분한 일이었다. 겨우 탈출의 첫 부분에 불과했고, 그 약한 뗏목을 타고 150킬로미터를 가야 했는데……. 그리고 그랑테르에 도착한 다음에는 다시 탈출을 해야 했다. 진수가 순조로웠다면 밀가루 부대 세 개로 만든 돛은 시간당 10킬로미터가 넘는 속도로 뗏목을 떠밀었을 것이다. 우리는 적어도 열다섯 시간이나 스무 시간이면 육지에 도착했을 것이다. 물론 그날 비가 왔어야 했겠지. 비가 올 때만 돛을 달았을 테니까. 확실하진 않지만 내가 지하 감방에 갇힌 다음날에 비가 왔던 것도 같다. 나는 무슨 실수를 했는지 생각을 더듬어보았다. 딱 두 가지가 떠올랐다. 우선 부르세는 뗏목을 너무 잘 만들려고 했고, 코코넛을 채우기 위해 뗏목 두 척 분량의 골조를 만들어야 했다. 결국 너무 많은 부품과 너무 많은 시간이 들어서 충분히 주의하지 못했던 것이다.

두 번째 더 큰 실수는 그날 밤에 셀리에를 죽였어야 했다는 점이다. 그랬다면 내가 지금 어디쯤 있을지 알 수도 없었을 것을. 그랑테르에 도착해서나 뗏목을 물에 띄우다가 잡혔다면 8년이 아니라 3년형만 받았을 것이고, 적어도 내 작전에 만족했을 것이다. 모든 일이 제대로 되었더라면 지금쯤 제도에 있을까, 아니면 그랑테르에 있을까? 어쩌면 트리니다드에서 보웬 가족과 잡담을 나누거나 쿠라사우에서 이레네 드 브륀 주교의 보호를 받고 있을지도 모를 일이다. 그 다음에는 분명 우릴 받아줄 나라로 다시 떠났겠지. 그렇지 않았다 해도 작은 배 한 척을 타고 과지라의 내 부족에게 돌아가기는 쉬웠을 것이다.

나는 늦게 잠이 들었다. 그래도 제대로 잘 수 있었다. 그 첫날 밤은 그다지 의기소침하지 않았다. 살아야 한다, 살아야 한다, 살아야 한다. 절망에 빠지려 할 때마다 이 희망의 말을 세 번씩 되뇔 것이

다. '목숨이 붙어 있는 한 희망은 있다.'

일주일이 지나갔다. 어제부터는 식사량이 바뀐 것을 알 수 있었다. 점심에는 커다란 고깃덩어리 하나가 들어 있었고, 저녁에는 물은 거의 없고 콩이 가득 담겨 있었다. 나는 어린아이처럼 말했다.

"콩에는 철분이 들어 있으니까 건강에 아주 좋을 거야."

그렇게 지속된다면 낮에는 열 시간에서 열두 시간씩 걷고, 저녁에는 몰려드는 피로감과 함께 별들 속으로 여행을 떠날 수 있다. 그렇다고 무작정 방황하거나 하지 않고 현실적으로 제도에서 만났던 모든 도형수들의 일을 떠올릴 것이다. 그들은 저마다 사연을 한 가지씩 갖고 있었다. 그리고 제도에 떠도는 전설들도 떠올릴 것이다. 그 중 하나는 언제고 다시 제도에 가면 꼭 한 번 확인해보고 싶은 종에 얽힌 전설이었다.

전에도 말했던 것처럼, 죽은 도형수들은 매장되지 않고 생 조제프와 루아얄 사이의 바다, 상어들이 득시글대는 장소에 던져진다. 시신은 밀가루 부대로 잘 싸서 두 발에 커다란 돌 하나를 밧줄로 묶는다. 지정된 장소에 도착하면 여섯 명의 노 젓는 도형수들이 노를 똑바로 세워 든다. 한 사람이 시신이 담긴 관을 기울이면 또 한 사람이 뚜껑을 연다. 그러면 시신이 물 속으로 떨어진다. 상어들이 곧바로 달려들어 밧줄을 자른다. 어떤 시신도 물 속에 깊이 가라앉을 새가 없다. 시신이 수면에 떠오르면 상어들은 앞을 다투어 달려든다. 그 장면을 직접 본 사람들은 사람이 먹히는 것을 보는 일이 굉장히 충격적이라고 했다. 상어들 수가 워낙 많아서 시신이 물 위로 떠오르기가 무섭게 밀가루 부대를 잡아챈 다음 시신을 갈기갈기 찢어서 가져간다고 했다.

그 부분이 사실인 건 알겠는데, 한 가지 확인하고 싶은 것이 있었다. 죄수들은 그 장소에 상어들을 끌어들이는 것이 죽은 사람이 있을 때 예배당에서 울리는 종소리라고 말했다. 저녁 6시에 루아얄의 부두에 서 있으면 때때로 상어가 한 마리도 보이지 않는 날이 많더라고 했다. 그러다가 작은 교회의 종이 울리면 순식간에 그곳에 상어가 득시글댄다는 것이었다. 그 시간, 그 장소에 상어들이 몰려들 이유는 아무것도 없었다. 나는 그런 처지가 되어 루아얄의 상어들에게 그날의 특별 요리가 되는 일이 없기를 바랐다. 탈출하다가 산 채로 잡아먹힌다면 적어도 자유를 찾아가는 길이었으므로 어쩔 수 없지만, 감방에서 병에 걸려 죽은 뒤에 그런 일이 생기지 않기를 간절히 바랐다.

나는 친구들 덕분에 굶주리지 않고 완벽한 건강을 유지할 수 있었다. 아침 7시부터 저녁 6시까지 쉬지 않고 걸었다. 그래서 저녁에 마른 채소와 렌즈콩, 까서 말린 완두콩, 또는 쌀이 그득한 식사를 금세 먹어치웠다. 언제나 기쁜 마음으로 남기지 않고 먹었다. 걷는 운동은 건강에도 좋았지만 몸을 지치게 해주는 덕에 온전한 정신으로 걸으면서도 상상에 빠질 수 있었다. 예를 들면, 어제는 온종일 아르데슈의 작은 마을인 파브라스의 들판에서 지냈다. 어머니가 돌아가신 다음에는 그 마을 교사인 이모 댁에 몇 주씩 가 있곤 했다. 그곳의 밤나무 숲에서 버섯을 따는데, 양치기 일을 하는 친구가 개를 불러 길 잃은 양 한 마리를 찾아오라거나 너무 나돌아다니는 염소를 벌주라는 명령을 내리는 소리가 들렸다. 그 개는 시키는 일을 완벽하게 해냈다. 나는 시원하고 쌉쌀한 온천수를 입에 대고 홀짝이며 맛을 보았다. 코끝에서 톡 쏘는 느낌이 났다. 15년 전에 그곳에서 보냈던 그 순간보다 더 진짜 같은 느낌, 너무나 강렬하게 그 시절을 다시 사는 능력은 독방 속에서, 모든 소음과 동떨어진 완전한 침묵 속에서만 가능한 것이었다.

심지어 이모의 노란색 원피스까지 생생하게 보였다. 밤나무 숲의 웅웅대는 바람 소리며, 밤송이가 마른 땅에 떨어질 때 내는 메마른 소리, 나뭇잎 위에 떨어질 때 내는 둔탁한 소리까지 들렸다. 거대한 멧돼지 한 마리가 키 큰 골담초 뒤에서 갑자기 뛰쳐나오는 바람에 너무 놀라 허겁지겁 도망가다가 딴 버섯을 거의 다 잃어버렸다. 그랬다, 난 온종일 파브라스에서 이모와 목동 친구 쥘리앵과 함께 보냈다(줄곧 걸으면서). 어느 누구도 너무도 따뜻하고 선명한 그 생생한 추억들에 잠겨서 상처입은 영혼에 필요한 평화를 길어오는 것을 막을 수 없었다.

사회에서 볼 때에는 내가 사람 잡는 섬의 수많은 감방 속에 갇힌 한 사람에 지나지 않을 것이다. 그러나 나는 하루를 고스란히 훔쳐서 파브라스의 들판과 밤나무 숲에서 지내고 '페셰'라고 불리는 온천수를 마시기도 했다.

어느새 여섯 달이 지났다. 나는 처음 다짐대로 여섯 달 단위로 날짜를 셌다. 그날 아침에야 비로소 열여섯이 열다섯으로 줄었다……. 아직도 여섯 달을 열다섯 번 더 보내야 했다.

그 여섯 달 동안에는 아무런 사고도 없었다. 늘 같은 음식이었지만 여전히 넉넉한 양 덕분에 건강은 나빠지지 않았다. 주위에는 자살하는 사람들과 미쳐 날뛰는 사람들이 많았지만 다행히도 금세 실려나갔다. 몇 시간이고 며칠이고 악을 쓰는 소리, 불평하는 소리 혹은 신음하는 소리를 듣다 보면 절로 의기소침해졌다. 나는 귀에는 좋지 않겠지만 제법 유용한 물건을 찾아냈다. 비누를 한 조각 잘라서 양쪽 귀 속에 넣으면 소름 끼치는 소리가 들리지 않았다. 대신 귀가 상해서 하루이틀 지나면 귀에서 진물이 흘러나왔다.

그곳에 온 뒤 처음으로 간수에게 한 가지 부탁을 했다. 수프를 주는 간수는 내 고향과 가까운 몽텔리마르 출신이었다. 더군다나 루아얄에서 알았던 사람이었다. 나는 그에게 미친 사람들이 지르는 소리를 견딜 수 있도록 밀랍 한 덩어리만 갖다 달라고 부탁했다. 다음날 그는 호두만한 밀랍 덩어리를 갖다 주었다. 그 끔찍한 소리가 더 이상 들리지 않는 것만으로도 놀랄 만큼 마음이 평온해졌다.

나는 벌레들에는 아주 익숙했다. 여섯 달 동안 딱 한 번 물렸을 뿐이다. 잠에서 깨었을 때 벌레 한 마리가 벗은 몸 위를 기어다니는 걸 보아도 아무렇지 않았다. 모든 것에 익숙해지는 것은 순전히 자기 통제의 문제였다. 사실, 그 수많은 발과 더듬이가 간질이는 것은 꽤나 불쾌한 느낌이었다. 하지만 섣불리 잡으려다가 놓치면 물렸다. 차라리 알아서 내려갈 때까지 기다렸다가 쫓아가서 밟아 죽이는 편이 나았다. 내 시멘트 의자 위에는 그날 받은 빵을 잘게 찢은 조각 두세 개가 늘 있었다. 벌레가 빵 냄새에 이끌려 그 위로 올라가면 그때 죽였다.

머릿속을 떠나지 않는 한 가지 강박증을 몰아내야 했다. 베베르 셀리에의 비열한 짓거리에 대해 의심을 품었던 그날 왜 그를 죽이지 않았던가? 그러면 언제나 나 자신과 싸워야 했다. 과연 언제 누군가를 죽일 권리가 부여되는가? 그 다음에 내가 내린 결론은 목적이 수단을 정당화할 때라는 것이다. 내 목적은 탈출에 성공하는 것이었고, 운 좋게 뗏목이 완성되어 확실한 장소에 숨겼다. 떠나는 건 시간 문제였다. 셀리에가 위험한 인물이라는 사실을 알았을 때 주저 없이 끝장을 냈어야 했다. 그런데 그게 잘못 안 것이었다면? 그럼 아무 죄 없는 사람을 죽였을 것이다. 그건 끔찍한 일이다. 하지만 무기징역을 사는 도형수 주제에 양심의 문제를 거론한다는 것도 우스운 일이다. 더군다나 8년 격리형을 받은 이 상황에서 말이다.

사회의 쓰레기 취급이나 받는 주제에? 내게 판결을 내린 열두 명의 돌대가리들이 단 한 번이라도 자신들이 그토록 무거운 형벌을 내리는 것이 잘한 일인지 양심적으로 의문을 품어보기나 했을지 알고 싶었다. 아직도 뭘로 혀를 뽑아야 좋을지 결정하지 못한 그 검사 역시 자신의 기소가 지나치지 않았나 한 번이라도 생각해보았을까? 아마 내 변호사들조차 날 기억하지도 못할 것이다. 어쩌면 1932년 중죄재판소의 '가엾은 빠삐용 사건'에 대해서 이렇게 떠벌릴지도 모른다. '그날 말야, 난 컨디션이 아주 안 좋았던 반면에 프라델 검사는 아주 좋은 날이었다고. 검사는 아주 능란하게 사건을 다루었지. 진짜 강력한 적수라니까.' 마치 레몽 위베르가 어느 사교계 모임이나 최고재판소 어느 복도에서 다른 변호사들과 나누는 대화를 옆에서 듣는 듯했다.

단 한 사람 법복에 걸맞은 정직한 사람이 있다면 그건 베뱅 재판장일 것이다. 그는 공정한 사람이기 때문에 사교계 모임에서나 동료들과 함께 있는 자리에서 배심원들이 한 사람을 심판하는 일이 얼마나 위험한지에 대해 토론할지 모른다. 그는 분명 적당한 어휘를 골라서 그 열두 명의 돌대가리 배심원들이 그런 막중한 책임을 질 만한 준비가 안 되어 있고, 기소자나 변호인의 카리스마에 지나치게 감화되는 경향이 있다고 말할 것이다. 양측에서 더 강한 쪽이 만들어내는 긍정적이거나 혹은 부정적인 분위기에 휩쓸려 제대로 알지도 못하면서 너무 성급하게 형을 선고하거나 사면한다고 말할 것이다.

재판장과 내 가족은 아마 그렇게 생각할 것이다. 하지만 내 가족은 나 때문에 피치 못하게 곤란한 일들을 겪어 나를 원망하는 마음을 갖고 있을지도 모른다. 오로지 내 아버지, 가엾은 내 아버지만은 아들이 당신 어깨에 지운 십자가에 대해 불평하지 않았으리라. 정작 본인은 교육자로서 법을 준수하고 심지어 학생들에게도 법을 이해하고 받아들이도록 가르치는 분임에도, 아들을 탓하거나 비난하지 않고 묵묵히 그 무거운 십자가를 지고 계실 것이다. 그러면서 마음속으로는 이렇게 외치실 것이다. '이 나쁜 놈들아, 너희들이 내 자식을 죽이는구나. 사형을 선고한 것만도 못하게 25년 동안 조금씩 말려죽이고 있구나!' 만일 당신 아들이 지금 어디서 어떤 처지에 놓여 있는지 아신다면, 그분은 무정부주의자가 되고도 남으실 거다.

그날 밤 사람 잡는 섬은 톡톡히 제 이름 값을 했다. 두 명이 목을 매달았고 한 사람은 입과 콧구멍에 천을 쑤셔넣어 질식해 죽었다는 사실을 알게 되었다. 127호 독방은 간수들이 교대하는 장소에서 가깝기 때문에 때때로 그들이 나누는 이야기가 단편적으로 들리곤 했다. 가령, 그날 아침에만 해도 그들이 제법 소리높여 이야기했기 때문에 나는 밤새 있었던 사건들에 대해 알 수 있었다.

또 여섯 달이 지났다. 나는 나무에 근사하게 '14'라고 새겨넣었다. 내게는 여섯 달에 한 번씩만 사용하는 못이 하나 있었다. 내 몸과 정신은 여전히 건강한 상태였다.

별들 속으로 여행한 덕분에 오랫동안 절망에 빠지는 일은 아주 드물었다. 절망에 빠졌다가도 곧 극복하고 안 좋은 생각들을 몰아내주는 상상의 여행을 다시 시작하곤 했다. 셀리에의 죽음은 그 날카로운 위기의 순간마다 나를 승리자로 느끼게 해주어 큰 도움이 되었다. 난 되뇌었다. 나는 산다, 산다, 나는 지금 살아 있고, 앞으로도 살아야만 한다, 살아야만 한다, 언젠가 다시 자유를 되찾기 위해 살아야만 한다. 내 탈출을 방해한 그놈은 죽어서 다시는 자유롭지 못하겠지만 나는 언젠가는 반드시, 기필코 자유로워질 것이다. 어찌되었든 서른여덟에 나간다 해도 결코 늙은 나이도 아니고 다음 탈출은 더 나을 것이다, 분명히.

하나, 둘, 셋, 넷, 다섯, 돌고. 하나, 둘, 셋, 넷, 다섯, 또 돌고. 며칠 전부터 다리가 거뭇해지고 잇몸에서 피가 났다. 혹시 병에 걸린 것일까? 엄지손가락으로 다리 아랫부분을 눌러보았더니 눌린 자국이 선명했다. 몸속에 물이 너무 많은 모양이었다. 일주일 전부터는 하루에 열 시간이나 열두 시간씩 걸을 수도 없었다. 너무 피곤해서 그나마 여섯 시간 걷는 것도 두 번에 나누어 걸어야 했다. 이를 닦으면 너무 아프고 출혈이 심해서 비누 묻힌 꺼칠한 수건으로 문지를 수도 없었다. 심지어 어제는 위쪽 앞니 하나가 저절로 빠졌다.

그 새로운 여섯 달은 놀라운 혁명과 함께 끝을 맺었다. 하루는 우리 모두 시키는 대로 고개를 밖으로 내밀었더니 의사 한 명이 지나다니면서 한 사람씩 입술을 들춰보았다. 그리고 오늘 아침에는 내가 그 감방에 갇힌 지 정확히 18개월 만에 감방 문이 열리더니 이런 말이 들렸다.

"나와서 벽에 기대어 서서 기다려라."

내가 제일 먼저 나가고 곧이어 70명에 가까운 사람들이 밖으로 나왔다.

"뒤돌아 서서 왼쪽으로."

방향을 바꾸어 나는 줄의 맨 끝이 되었고, 우리는 건물 끝 뜰로 나갔다. 오전 9시였다. 카키색 반소매 셔츠를 입은 젊은 군의관 한 명이 작은 나무 책상 앞에 앉아 있었다. 그 옆에는 의무병 역할을 하는 도형수 두 명과 간수 한 명이 있었는데, 군의관을 포함해서 모두 낯선 사람들이었다. 무장한 간수 열 명이 우리를 감시하는 가운데 소장과 간수장이 선 채로 묵묵히 우리를 지켜보았다.

"모두 옷 벗어. 옷가지는 한쪽 겨드랑이에 낀다. 맨 처음 이름?"

간수장이 소리쳤다.

"아무개……."

"입을 벌려, 다리도. 이 사람은 치아 세 개를 뽑으시오. 요오드와 메틸렌 블루를 차례로 발라주고 아스코르브산 시럽을 매일 식전에 두 번씩 처방하시오."

제일 마지막으로 내 차례가 되었다.

"이름?"

"샤리에르."

"어라, 유일하게 몸이 봐줄 만하게 보이는군. 새로 왔나?"

"아니오."

"여기 얼마나 있었지?"

"오늘로 18개월째입니다."

"그런데 왜 다른 사람들처럼 마르지 않은 거지?"

"모릅니다."

"좋아, 내가 말해주지. 남들보다 잘 먹고 마스터베이션을 덜 했기 때문일 거야. 입 벌리고, 다리. 하루에 레몬 두 개. 하나는 아침, 하나는 저녁에. 레몬을 빨아서 그 즙을 잇몸에 발라. 괴혈병이야."

요오드와 메틸렌 블루로 잇몸 소독을 받고 레몬 하나를 받았다.

그 일은 진정한 혁명이었다. 병자들을 뜰에 끌어내서 햇빛을 쐬게 해주고 의사의 진단을 받게 해주다니……. 격리 수용소에서는 한 번도 없던 일이었다. 어떻게 된 영문이지? 혹시 어떤 의사가 그 잔인한 규칙에 말 없는 공범이 되기를 거부한 것일까? 후에 내 친구가 되는 그 군의관의 이름은 제르맹 기베르였다. 그날 이후로 오랜 세월이 흐른 후에 그는 인도차이나에서 숨을 거둔다. 그의 아내가 베네수엘라의 마라카이보로 내게 편지를 보내 그 사실을 알려주었다.

우리는 열흘에 한 번씩 햇빛을 쪼였다. 처방은 언제나 같았다. 요오드, 메틸렌 블루, 레몬 두 개. 내 상태는 악화되지도 않았지만 그렇다고 호전되지도 않았다. 내게도 아스코르브산 시럽을 달라고 두 번이나 부탁했지만 의사는 두 번 다 거절했다. 슬슬 신경이 예민해지기 시작했다. 여전히 하루에 여섯 시간 이상은 걸을 수 없었을 뿐만 아니라 검게 부풀어오른 다리에도 차도가 없었다.

어느 날 검진 차례를 기다리면서 나무 밑에 서 있다가 발육 상태가 안 좋아 보이는 그 키 작은 나무가 레몬이 하나도 열리지 않은 레몬나무라는 걸 깨달았다. 나는 나뭇잎을 한 장 뜯어서 씹어보았다. 그러고는 아무 생각 없이 나뭇잎이 몇 장 달린 나뭇가지 하나를 꺾었다. 군의관이 나를 부르자 그 나뭇가지를 뒤에 감추고 그에게 말했다.

"의사 선생, 선생이 주신 레몬 때문인지는 모르겠지만, 보십쇼,

엉덩이에서 뭐가 자라네요."

그러고는 나뭇가지를 엉덩이에 대고 몸을 돌렸다.

간수들이 한바탕 웃고 나자 간수장이 말했다.

"의사에게 함부로 까분 죄로 벌을 받을 것이다, 빠삐용."

"아닙니다. 내가 아무 말도 하지 않는데 이 사람을 벌할 순 없죠. 그래, 이젠 레몬을 먹기 싫다는 건가?"

의사가 말했다.

"네, 선생. 이제 레몬은 지긋지긋합니다. 낫지도 않고요. 저도 아스코르브산 시럽을 먹어보고 싶습니다."

"내가 자네에게 그걸 처방하지 않은 건 양이 부족해서 위중한 환자들에게 먼저 주어야 하기 때문이었네. 어쨌든 레몬과 함께 하루에 한 숟가락씩 줘보도록 하지."

"선생, 전 원주민들이 미역을 먹는 걸 본 적이 있습니다. 루아얄에서도 보았고요. 생 조제프에서도 해보는 게 좋을 것같습니다."

"그거 아주 좋은 생각이군. 나도 바닷가에서 미역을 본 적이 있어. 매일 미역을 배급해봐야겠군. 원주민들이 그걸 날로 먹던가, 아니면 익혀서 먹던가?"

"날로요."

"좋아, 고맙네. 그리고 소장님, 이 사람에게 벌을 내리지 않으실 거라고 믿습니다."

"알았소."

기적이 일어났다. 여드레에 한 번, 두 시간씩 밖에 나가서 햇빛을 쐬며 검진을 받고, 다른 사람들의 얼굴을 보고, 몇 마디 이야기도 나눌 수 있게 되다니, 그런 일이 일어날 거라고 누가 상상이나 했겠는가? 그건 모두에게 반가운 변화였다. 산송장들이 벌떡 일어나서 햇빛 속을 걸으며 말도 할 수 있게 된 것이다. 그건 우리 모두에게 생명을 불어넣어 주는 산소나 다름없었다.

어느 목요일 아침 9시에 찰칵찰칵 하는 소리가 끝없이 나며 모든 감방 문이 열렸다. 모두들 감방 문간으로 나와 섰다.

"격리수들, 총독님이 시찰을 나오셨다."

의사로 보이는 장교 다섯 명과 함께 희끗희끗한 머리에 세련돼 보이는 키 큰 남자 한 명이 복도를 따라 천천히 감방 앞을 지났다. 누군가가 그에게 각 죄수들의 형기와 동기를 설명해주는 것이 들렸다. 내 차례가 되기 전에 오랫동안 서 있지 못하고 쓰러지는 사람을 일으켜세우는 모습이 보였다. 그는 식인 죄수 그라빌이었다. 장교한 명이 말했다.

"걸어다니는 시체네요!"

총독이 맞받았다.

"다들 끔찍한 상태로군."

드디어 내 차례가 되었다. 소장이 말했다.

"이 자는 여기서 제일 형벌이 무거운 사람입니다."

"이름이 뭔가?"

총독이 물었다.

"샤리에르입니다."

"형기는?"

"국유 재산 절도 등등으로 3년, 살인으로 5년, 전부 8년입니다."

"얼마나 복역했지?"

"18개월 되었습니다."

"태도는?"

"좋습니다."

소장이 말했다.

"건강은?"

"괜찮은 편입니다."

군의관이 말했다.

"뭐 할말 있나?"

"이 체제가 프랑스 같은 국가의 국민이 받기에는 너무나 비인간적이라는 겁니다."

"이유는?"

"절대 침묵, 산책 금지 그리고 최근까지는 검진도 없었습니다."

"잘 견디게, 내가 총독으로 지내는 한 사면받을 수도 있으니까."

"고맙습니다."

그날부터 각각 마르티니크와 카옌에서 온 총독과 군의관의 명령으로 매일 한 시간씩 산책을 겸해 해수욕을 할 수 있었다. 그곳은 커다란 돌더미를 쌓아 상어의 습격을 막은 일종의 도형수 수영장 같은 곳이었다. 매일 아침 9시에 우리는 100명씩 무리를 지어 발가벗고 목욕을 하러 바닷가로 내려갔다. 간수들의 아내와 아이들은 우리가 옷을 벗고 내려갈 수 있도록 집 안에서 나오지 않았다.

그렇게 한 달이 지나갔다. 사람들의 얼굴이 완전히 바뀌었다. 일광욕과 해수욕에 매일 한 시간씩 나누는 대화는 정신적으로나 육체적으로나 병들었던 격리 수용자들을 근본적으로 바꾸어놓았다.

어느 날, 해수욕을 마치고 돌아가는 길에 다급한 여자의 비명과 함께 총성 두 발이 들려왔다.

"사람 살려! 내 딸이 물에 빠졌어요!"

비명 소리가 들려오는 곳은 선착장의 배들이 묶여 있는 시멘트 경사로였다. 다른 사람들이 소리쳤다.

"상어다!"

그리고 다시 총성 두 발이 들렸다. 모두들 비명 소리와 총성이 들리는 곳을 돌아보는 사이에 나는 생각할 겨를도 없이 간수 한 명을 밀치고 알몸으로 달려갔다. 정신나간 듯이 소리를 지르는 여자 두 명과 간수 세 명 그리고 아랍인들이 보였다.

"물 속에 뛰어들어요! 아이는 멀지 않은 곳에 있단 말이에요! 난 수영을 할 줄 몰라요. 그렇지만 않으면 내가 갈 텐데. 이 겁쟁이들!"

"상어 떼다!"

간수 한 명이 그렇게 외치고는 다시 총을 쏘았다.

파란 원피스를 입은 어린 여자아이가 약한 파도에 휩쓸려 도형수들의 '묘지'로 곧장 떠내려가고 있었다. 하지만 그리 멀지 않은 곳이었다. 간수들은 연신 총을 쏘아댔는데, 그 중에 몇 마리는 맞췄는지 아이 근처에 소용돌이가 일었다.

"쏘지 말아요!"

내가 외쳤다.

그러고는 얼른 물에 뛰어들었다. 나는 물살을 타고 순식간에 아이 곁으로 헤엄쳐 갔다. 아이는 원피스 때문에 여전히 물위에 둥둥 뜬 채 상어들에게서 멀어지려고 있는 힘껏 발버둥을 치고 있었다.

아이가 있는 곳까지 30~40미터 정도 남겨두었을 무렵에 멀리서 배 한 척이 다가오는 것이 보였다. 배는 나보다 앞서서 아이에게 도착해 아이를 무사히 끌어올렸다. 내가 상어들은 생각도 못하고 분통을 터뜨리며 울부짖는데 마침 내 차례가 되어 배 위로 끌어올려졌다. 쓸데없이 목숨을 걸었던 것이다.

아니, 적어도 그렇게 생각했다. 그러나 한 달 뒤 그 일에 대한 일종의 보상으로 군의관 제르맹 기베르는 의학적 사유를 들어 나의 격리형 중지 허가를 얻어냈다.

루아얄로의 귀환

물소들

나는 기적적으로 루아얄에 돌아왔다. 8년형을 선고받고 섬을 떠났다가 소녀 구출 시도 덕분에 19개월 만에 돌아온 것이다.

나는 친구들을 다시 만났다. 여전히 회계원인 드가, 우편 배달부인 갈가니, 내 탈출 시도 사건에서 무죄 석방된 마튜, 그랑데, 부르세, 손수레 형제들인 나릭과 케니에, 의무병 샤탈 그리고 나의 첫번째 탈출 동료이자 루아얄에서 보조 의무병으로 지내는 마튀레트. 코르시카 산적들도 모두 그곳에 있었다. 에사리, 비치올리, 세자리, 라조리, 포스코, 모퀴에 그리고 샤파르. 1927년도부터 1935년도 사이에 선정적인 신문 지면을 채웠던 사람들이 모두 그곳에 있었다.

뒤프렌을 살해한 마르시노는 지난주에 병으로 죽었다. 그날 상어들은 특별 요리를 받았다. 파리에서 제일가는 보석 전문가 한 명을 먹어치운 것이다.

코미디언이라는 별명을 가진 바라는 리모주 출신의 백만장자 테니스 챔피언이었는데, 자신의 운전사와 그의 절친한 친구 한 명을 살해했다. 바라는 루아얄 병원의 실험실과 약국을 책임지고 있었다.

나는 요란한 환영을 받으며 루아얄에 도착했다. 다시 전에 지내던 건물로 돌아간 날은 토요일 아침이었다. 거의 모두가 오두막 안에 있었고, 한 사람도 빠짐없이 나를 보며 반겨주었다. 심지어 실수로 참수형당할 뻔했던 날 이후로 거의 입을 열지 않던 시계 수선공마저 내게 와서 인사를 건넸다.

"어이, 친구들, 다들 잘 지냈어?"

"그래, 빠삐, 어서 와."

"네 자리는 그대로 있어. 네가 떠난 날 이후로 줄곧 비워두었지."

그랑데가 말했다.

"다들 고마워. 새로운 소식 없어?"

"좋은 소식이 있지."

"뭔데?"

"그날 밤에 야자나무 꼭대기에서 널 훔쳐보다가 고발한 그 비열한 자식이 살해되었어. 네 친구 한 명이 나중에 네가 살아 있는 그놈하고 마주쳐서 괜한 수고하지 않도록 도와준 것 같아."

"그렇겠군. 누군지 알려줘, 고맙다고 인사하게."

"나중에 자기가 직접 밝힐 거야. 아무튼 그날 아침 점호 시간에 보니 가슴 한복판에 칼을 맞고 죽어 있더라. 물론 아무도 본 것도, 들은 것도 없고."

"잘됐어. 게임은 어때?"

"여전하지. 거기에도 언제든 네 자린 있어."

"좋아. 그나저나 이제 다시 무기징역살이가 시작됐군. 언제 어떻게 끝이 나려나."

"빠삐, 네가 8년형을 받았다는 걸 알았을 때 다들 정말 큰 충격에 빠졌어. 이제 이 제도에서 어떤 대가를 치르든 네가 하는 일을 돕지 않을 사람은 아마 단 한 명도 없을 거야."

"소장이 불러."

노인 모범수가 와서 말했다.

나는 그와 함께 나갔다. 경비 초소에서 간수 몇 명이 다정하게 인사말을 건넸다. 나는 노인을 따라서 프루예 소장을 찾아갔다.

"잘 지냈나, 빠삐용?"

"네, 소장님."

"자네가 사면되었다는 소식 듣고 기뻤네. 내 동료의 어린 딸아이를 위해 용기 있는 행동을 보여준 데 감사하네."

"고맙습니다."

"우선 목축 일을 맡길 테니 그 일을 하다가 때가 되면 다시 분뇨 수거를 하면서 낚시를 하게."

"소장님께 누가 되지 않는다면 그렇게 하겠습니다."

"나는 상관없네. 그때의 작업장 간수도 이젠 여기 없고 난 3주 후면 프랑스로 떠나네. 그럼 내일부터 일을 시작하게."

"어떻게 감사를 드려야 좋을지 모르겠습니다, 소장님."

"다음 탈출 시도까지 한 달만 기다려주는 정도?"

프루예는 웃으며 말했다.

우리 방에서는 내가 떠나기 전과 똑같은 사람들이 똑같은 생활을 하고 있었다. 도박꾼들은 여전히 도박 생각만 하고 도박을 위해서만 살았다. 젊은 애인을 둔 사람들은 그들과 함께 먹고 자며 살았다. 남자들끼리 열정과 사랑을 나누는 사람들은 밤낮으로 그 생각만 했다. '남자'와 '여자'가 걷잡을 수 없는 열정과 질투에 사로잡혀 서로를 염탐하고, 둘 중 하나가 상대에게 싫증을 내고 새로운 사랑을 찾아 달아나면 살인까지 불사하는 일도 잦았다.

지난주에는 '아름다운' 샤를리 바라를 위해서 생플롱이라고 불리는 흑인이 시데로라는 녀석을 죽였다. 생플롱이 샤를리 때문에 살인을 한 것은 벌써 세 번째였다.

내가 수용소에 돌아온 지 불과 몇 시간 만에 벌써 두 명이나 날 찾아와서 물었다.

"이봐, 빠삐용, 혹시 마뛰레트가 네 애인이냐?"

"왜?"

"그럴 만한 이유가 있어서."

"잘 들어. 마뛰레트는 나와 함께 탈출해서 2,500킬로미터를 질주했고, 아주 남자답게 행동했어. 내가 해줄 말은 그게 다야."

"그가 네 건지 알고 싶은데?"

"아니. 난 성적인 쪽으로는 마뛰레트를 몰라. 난 그를 친구로서 높이 평가하고 있고, 그 외는 내가 알 바 아니야. 다만 그에게 해만 끼치지 않는다면."

"그럼 혹시 내가 그를 애인 삼는다면?"

"마뛰레트만 동의한다면, 난 아무 상관도 하지 않겠어. 대신 네가 강제로 협박해서 그렇게 만든다면 그땐 날 상대해야 할 거야."

능동적이든 수동적이든 동성애자들은 모두 마찬가지였다. 앞뒤 가리지 않고 자신들의 열정에만 매달렸다.

나는 전에 나와 같은 호송선을 탔던 이탈리아인을 만났다. 그가 인사를 하러 왔다. 나는 그에게 말했다.

"아직 여기 있었어?"

"할 수 있는 건 뭐든 다 해봤지. 어머니가 보내준 1만 2,000프랑에서 간수에게 수수료 6,000주고, 4,000을 들여서 엑스레이 찍는다는 명목으로 간신히 카옌까지 가는 데 성공했지만 결국 아무것도 하지 못했어. 그 다음엔 친구 한 명에게 부상을 입힌 죄로 기소되었지. 너도 알지? 코르시카 산적 라조리 말이야."

"응. 그래서?"

"그 친구와 짜고 그 친구 배에 상처를 낸 다음에 그는 고발자로, 나는 죄인으로 나란히 군사회의에 출두했어. 그래도 결국 우린 흙한 번 못 만져봤어. 보름 만에 모든 게 끝났거든. 난 6개월형을 받고 작년에 격리 형무소에서 지냈어. 내가 거기 있었던 것도 몰랐지? 빠삐, 난 더는 못 참겠어. 차라리 죽고만 싶어."

"죽더라도 탈출하다가 바다에서 죽는 게 낫지, 그럼 적어도 자유롭게 죽는 거니까."

"난 뭐든 준비됐어. 네 말이 맞아. 혹시 뭔가 준비하거든 내게도 알려줘."

"물론이지."

루아얄에서의 생활이 다시 시작되었다. 나는 물소를 모는 목동이 되었다. 내가 맡은 물소의 이름은 브루투스였다. 몸무게가 2,000킬로그램은 나가는 다른 물소들의 암살자였다. 벌써 다른 수컷 두 마리를 죽였다. 그 일을 감시하는 간수 앙고스티는 이렇게 말했다.

"이번이 저 녀석의 마지막 기회야. 한 놈만 더 죽이면 그때는 도살될 거야."

그날 아침, 나는 브루투스를 만났다. 전에 그 일을 하던 마르티니크 출신 흑인이 일주일 간 나와 함께 지내며 일을 가르쳐주기로 했다. 난 브루투스의 코에 오줌을 갈겨서 곧 친구가 되었다. 물소는 짭짤한 맛을 무척 좋아했다. 그 다음에는 병원 뜰에서 주운 초록색 망고 몇 개를 주었다. 나는 소처럼 굵은 수레 채에 묶인 브루투스와 함께 3,000리터 용량의 물통을 싣고 내려갔다. 나와 내 친구 브루투스가 하는 일은 바다에 가서 통에 물을 길어다가 고원으로 올라가 수로에 물을 쏟아서 아침 오물 찌꺼기를 모두 씻어내리는 일이었다. 나는 6시에 일을 시작해서 9시쯤이면 모두 끝냈다.

나흘 만에 마르티니크인은 이제 나 혼자도 충분히 할 수 있겠다고 말했다. 단 한 가지 문제는 매일 새벽 5시에 일하기 싫어서 숨어버린 브루투스를 찾아 연못 속을 헤엄쳐야 한다는 점이었다. 브루투스의 예민한 콧구멍에는 50센티미터 길이의 사슬이 달린 코뚜레가 걸려 있었다. 내가 브루투스를 발견하고 다가가면 브루투스는 뒷걸음을 치며 물 속으로 잠수했다가 멀찍이 떨어진 곳으로 다시 나왔다. 어떤 때는 한 시간도 넘게 숨바꼭질을 하다가 벌레들과 수련으로 가득한 그 불쾌한 고인 물 속에서 간신히 잡기도 했다. 그럴 때면 나는 화가 잔뜩 나서 혼자 소리쳤다. '나쁜 녀석! 고집불통! 나와! 얼른 안 나와!' 브루투스는 코뚜레를 잡아야만 고분고분하게 연못에서 나왔다.

나는 양동이 두 개에 물을 가득 채워서 몸에 묻은 질척거리는 연못물을 씻어냈다. 몸에 비누질을 해서 깨끗이 헹궈냈는데도 양동이의 물이 반도 넘게 남기에 야자나무 가지를 이용해서 브루투스의 몸도 씻겨주었다. 민감한 부분을 잘 문질러주고 물을 뿌려 씻겨주었다. 그러면 브루투스는 내 손에 머리를 문지르고는 혼자 수레 앞으로 갔다. 나는 전에 마르티니크인이 하던 것처럼 막대기로 찌르며 억지로 몰거나 하지 않았다. 브루투스도 그걸 아는지 그와 함께 걸을 때보다 더 빠르게 걸었다.

브루투스를 사랑하는 작은 암컷 물소가 한 마리 있었다. 그 물소는 언제나 우리 옆에서 함께 걸었다. 나는 마르티니크인이 하던 것처럼 그 암컷을 쫓아내지 않았다. 오히려 브루투스와 몸을 맞대고 어딜 가든지 항상 같이 가도록 놔두었다. 예를 들어 둘이 사랑을 나눌 때도 방해하지 않았다. 브루투스는 그것이 고마웠는지 놀랄 만큼 빠른 속도로 물 3,000리터를 끌었다. 마치 암컷 마르그리트와 함께 보내느라고 빼앗은 내 시간을 만회해주려는 듯했다.

어제는 점호 시간에 마르그리트 때문에 작은 소동이 일었다. 마르티니크인은 야트막한 담장 위에 올라서서 매일 그 암컷 물소와 수간을 했던 모양이었다. 그러다가 간수 한 명에게 들켜서 30일 동안 지하 감방에 갇혔었다. 정식 사유는 '동물과의 수간'이었다. 그런데 어제 점호 시간에 마르그리트가 혼자 수용소로 들어오더니 60명이 넘는 사람들 앞을 지나쳐서 그 흑인에게 다가가서는 몸을 돌려 엉덩이를 들이민 것이다. 한바탕 웃음판이 벌어졌고, 마르티니크인은 당황해서 얼굴이 잿빛이 되었다.

나는 하루에 세 번씩 물을 길러 다녀야 했다. 가장 오래 걸리는 일은 통에 물을 채우는 과정이었지만 두 사람이 도와주어서 제법 빨리 끝냈다. 오전 9시면 일을 마치고 낚시를 하러 갔다.

연못에 브루투스를 찾으러 갈 때도 이제 마르그리트와 함께 갔다. 마르그리트의 귀를 긁어주면 마치 열에 들뜬 암말 같은 소리를 냈다. 그 소리를 들으면 브루투스가 절로 물에서 나왔다. 그러면 나는 몸을 씻을 필요가 없었지만, 브루투스의 몸은 전보다 더 열심히 씻겨주었다. 밤새 지낸 더러운 진흙물의 역겨운 냄새를 털고 깨끗해진 브루투스를 보면 마르그리트는 더 좋아하며 눈을 반짝였다.

바닷가에서 올라가는 경사로 중간쯤에 조금 평평한 장소가 있었다. 그곳에서 잠시 굴레를 벗겨주면 브루투스는 5분 정도 쉬면서 숨을 골랐다. 그런데 그날 아침에는 브루투스와 몸집이 맞먹는 또 다른 물소 당통이 작은 야자나무들 뒤에 숨어서 우릴 기다리고 있었다. 당통은 뛰어나와 브루투스를 공격했다. 하지만 브루투스가 얼른 몸을 피하는 바람에 수레를 들이받고 말았다. 당통의 뿔 하나가 물통에 박혔다. 당통이 뿔을 빼려고 몸부림을 치는 사이에 나는 브루투스의 굴레를 벗겨주었다. 그러자 브루투스는 30미터 정도 위쪽으로 올라갔다가 당통을 향해 내달렸다. 당통은 두려움 때문인지 절망 때문인지 브루투스가 달려들기 직전에 가까스로 박힌 뿔을 빼고 몸을 피했다. 하지만 브루투스는 미처 멈추지 못하고 수레를 들이받아 수레를 뒤집고 말았다.

그때 나는 아주 신기한 모습을 보았다. 브루투스와 당통이 뿔을 맞대더니 밀치지 않고 서로 쓰다듬듯이 스치는 것이었다. 마치 소리치지 않고 조용히 이야기를 주고받는 듯했다. 그러더니 암컷이 천천히 옆으로 다가가 두 수컷을 따라갔다. 두 수컷은 이따금 멈추어서 서로의 뿔을 다시 비비며 얽었다. 그것이 너무 오래가자 마르그리트는 힘없이 신음 소리를 내다가 다시 고원을 향해 출발했다. 덩치 큰 수컷 두 놈은 나란히 그 뒤를 따라갔다. 세 번쯤 쉬며 똑같은 의식을 거치는 사이에 우리는 고원에 도착했다. 우리가 도착한 곳은 등대 앞에 있는 일종의 광장 비슷한 곳이었다. 그 끝에는 수용소가 있고, 오른쪽과 왼쪽에 각각 도형수들의 병원과 장교들의 병원이 있었다.

당통과 브루투스는 여전히 스무 발짝 정도 떨어져서 따라갔다. 마르그리트는 차분히 광장 중앙으로 가서 멈추어 섰다. 두 연적도 곧 따라잡았다. 마르그리트는 이따금 성욕을 자극하는 긴 탄식 같은 소리를 질렀다. 수컷 두 놈은 다시 서로 뿔을 스치기 시작했는데, 이번에는 숨소리에 뭔가를 의미하는 듯한 소리가 섞인 것이 정말로 서로 대화를 하는 듯했다.

그 대화 끝에 하나는 서서히 오른쪽으로, 다른 하나는 왼쪽으로 갔다. 두 마리는 300여 미터를 사이에 두고 광장 양끝에 자리를 잡았다. 마르그리트는 여전히 중앙에서 기다리고 있었다. 그제야 난 알아차렸다. 서로 합의하에 암컷 물소를 쟁탈하기 위한 결투를 벌이려는 것이었다. 암컷 역시 자기 때문에 멋진 수컷 두 마리가 결투를 한다는 데 자부심을 갖고 동의한 것이다.

마르그리트의 외침과 함께 두 마리는 서로를 향해 힘껏 내달렸다. 각자 달려가야 하는 거리가 약 150미터이고 두 마리 모두 2,000킬로그램이 넘는 거구이니, 속도가 가중되어 어느 정도의 충격으로 부딪칠지는 설명하지 않아도 알 것이다. 서로 힘껏 머리를 박은 충격으로 두 놈 다 무릎을 꿇고 쓰러져서 5분 넘게 일어나지 못했다. 먼저 기운을 차린 브루투스가 얼른 제자리로 돌아갔다. 그 싸움은 두 시간 가량 지속되었다. 간수들은 브루투스를 죽이려고 했지만 내가 반대했고, 때가 되자 통에 박혀서 상처입었던 당통의 뿔이 부러지고 말았다. 당통은 달아났고, 브루투스는 그 뒤를 쫓았다. 그 싸움은 이튿날까지 이어졌다. 그들이 지나간 곳은 정원이며, 묘지며, 세탁장이며 온통 난장판이 되었다. 밤새도록 싸우고 이튿날 아침 7시쯤이 되어서야 브루투스는 당통을 바닷가에 있는 도살장 벽에 밀어붙이고 배 한가운데를 뿔로 받았다. 브루투스는 마무리로 몸을 두 번 굴리며 당통의 뱃속에 박힌 뿔을 함께 돌렸다. 당통은 위장과 피를 쏟아내며 쓰러져 죽었다.

거물끼리의 싸움 끝에 브루투스의 체력이 너무 약해져서 나는 브루투스가 다시 일어날 수 있도록 뿔을 잡아 끌어주어야 했다. 브루투스는 비틀거리며 바닷가 길을 따라 멀어져갔고, 마르그리트는 뿔이 없는 제 머리로 브루투스의 굵은 목을 받치며 옆에서 따라 걸었다. 그들의 첫날밤은 보지 못했다. 물소들을 책임지는 간수가 브루투스를 풀어준 것에 대해 날 비난해서 물소지기 자리를 잃었기 때문이었다.

나는 브루투스 문제에 대해 소장과 대화를 요청했다.

"빠삐용, 그래 무슨 일인가? 브루투스는 도살되어야 하네, 너무 위험해. 그 녀석이 죽인 물소만 벌써 세 마리라고."

"제가 온 것은 바로 브루투스를 살려달라고 부탁하기 위해서입니다. 물소들을 책임지는 그 간수는 아무것도 이해하지 못합니다. 왜 브루투스가 한 짓이 정당방위인지 설명해드리고 싶습니다."

그러자 소장이 웃으며 말했다.

"해보게."

나는 자초지종을 설명한 다음에 결론으로 말했다.

"……그래서 제 물소가 공격을 한 겁니다. 아마 제가 브루투스를 풀어주지 않았다면 당통은 굴레와 수레에 묶인 채 방어할 능력도 없는 브루투스를 죽이고 말았을 겁니다."

"그렇군."

소장이 수긍했다. 그때 목축 담당 간수가 도착했다.

"안녕하십니까, 소장님. 자넬 찾고 있었어, 빠삐용. 오늘 아침에 일하러 가는 것처럼 나가서는 아무 일도 하지 않았으니 말이야."

"앙고스티 씨, 전 혹시 그 싸움을 멈출 수 있나 해서 나왔습니다. 그런데 불행히도 벌써 끝났더군요."

"그랬군. 하지만 내가 말한 대로 자네는 더 이상 물소를 몰 수 없어. 그리고 일요일 아침엔 그놈을 도살해서 죄수들에게 고기를 나눠줄 거야."

"그러시면 안 됩니다."

"자네는 날 말릴 수 없어."

"아니오. 내가 제르맹 기베르 군의관에게 물어서 브루투스를 살릴 방법이 없나 찾아보겠소."

소장이 말했다.

"소장님이 나서실 문제가 아닙니다."

"저와는 상관 있습니다. 그 물소는 제 책임이고 제 친구니까요."

내가 말했다.

"친구? 물소가? 지금 나한테 농담하는 건가?"

"이봐요, 앙고스티 씨, 잠시 제 얘기를 좀 들어보십시오."

"물소 변호를 하게 해줘봐요."

소장도 거들었다.

"좋아, 말해봐."

"앙고스티 씨, 짐승들이 서로 대화할 수 있다고 생각하십니까?"

"못할 것도 없겠지. 서로 의사소통을 하는 거라면."

"브루투스와 당통은 서로 합의하에 결투를 벌인 겁니다."

그리고는 다시 처음부터 설명을 시작했다.

"맙소사! 자넨 정말 괴짜로군, 빠삐용. 좋아, 그럼 브루투스를 맡아. 대신 다음에 또 한 번만 다른 물소를 죽이는 날엔 아무리 소장님이 거든다 해도 절대 그놈을 구할 수 없을 거야. 자네에게 일을 다시 맡기겠네. 브루투스가 일을 하도록 알아서 해봐."

이틀 후에 브루투스는 아내 마르그리트와 함께 작업장 인부들이 고쳐준 손수레에 바닷물을 가득 싣고 일을 시작했다. 그리고 나는 우리가 늘 쉬곤 하던 광장에 도착해서 돌로 수레를 잘 괴어놓고 이렇게 말했다. '당통은 어디 있지, 브루투스?' 그러자 브루투스는 단번에 수레를 잡아채서는 승자다운 활기찬 발걸음으로 일사천리로 일을 끝마쳤다.

생 조제프의 반란

제도는 사람들이 누리는 그 거짓 자유 때문에 극도로 위험했다. 나는 다들 편안하게 그 생활에 안주해서 사는 모습이 안타까웠다. 어떤 이들은 형기가 끝나기를 기다렸고, 그러지 않은 이들은 방탕한 생활에 빠졌다.

그날 밤에도 나는 해먹에 누워 있었다. 방 안 구석에선 한바탕 게임이 벌어졌는데 워낙 치열해서 내 두 친구인 마튜와 그랑데는 판을 둘로 나누어 각각 게임을 이끌었다. 하나만으로는 충분하지 않은 모양이었다. 나는 지난 일들을 떠올리려고 했지만 뜻대로 되지 않았다. 흐릿한 영상들에 초점을 맞추려 아무리 애를 써도 아무것도 선명하게 떠오르지 않았다. 검사의 비열한 얼굴만 또렷이 보였다. 트리니다드에서 보웬 가족의 집에 있을 때만 해도 내가 이겼다고 생각했는데……. 그 나쁜 놈이 도대체 나에게 무슨 저주를 걸었기에 여섯 번이나 탈출 시도를 해도 자유로워지지 못한단 말인가? 아니면 혹시 내가 그 아름답지만 원초적인 생활을 무시해서 하느님이 벌을 내리시는 것일까? 나만 원했다면, 그 아름다운 곳에서 얼마든지 오랫동안 살 수 있었을 텐데…….

랄리와 조라이마, 내가 사랑하는 두 여인, 법도 규칙도 없이 서로 간에 위대한 배려만이 존재하는 그 부족……. 그렇다, 내가 이곳에 있게 된 것은 순전히 내 실수였다. 하지만 어찌되었든 난 단 한 가지 생각만 해야 한다. 탈출하자, 탈출하자, 아니면 죽으리라. 그 비열한 검사 놈은 내가 다시 잡혀서 도형지로 돌아온 걸 알고 이렇게 생각하면서 의기양양한 미소를 지었겠지. '잘됐군. 그놈은 내가 처음에 집어넣은 그 나락의 길에 다시 들어선 거야.' 하지만 그건 착각이다. 결코 내 영혼도, 정신도 그 나락의 길에 붙잡아둘 수 없다. 오로지 내 육체만이 잡혀 있을 뿐이다. 그저 매일 하루에 두 번씩 점호를 받아야 하는 곳에 내 몸이 갇혀 있다는 사실만으로도 충분하리라. 내 몸이 이곳에 있다는 사실은 내 정신과는 아무런 관계도 없는 일이다. 나는 도형지에 속해 있지도, 어떤 습관에 동화되지도 않았다. 난 언제든 탈출 계획을 세울 것이다. 한참 마음속으로 혼자말을 하고 있을 때 두 사람이 내 해먹으로 다가왔다.

"자냐, 빠삐용?"

"아니."

"얘기 좀 하자."

"말해. 여긴 아무도 없으니까 조용히 말하면 돼."

"실은 우리가 반란을 준비하고 있어."

"무슨 계획인데?"

"아랍인들, 간수들, 간수들의 마누라들, 그 씨앗인 새끼들까지 모조리 죽일 거야. 우선, 나 아르노와 내 친구 오탱은 우리와 뜻이 같은 네 명의 도움을 받아서 소장의 무기고를 습격할 거야. 난 무기고에서 무기 손질을 맡고 있는데, 그곳에 있는 무기는 전부 기관총 스물세 대와 소총과 단총이 80점이 넘어. 작전 개시는……."

"그만! 더 얘기하지 마. 난 사양이야. 날 믿고 얘기해준 건 고마운데 난 동의할 수 없어."

"우린 네가 반란 대장을 맡아줄 거라고 생각했어. 우리가 연구한 나머지 부분을 마저 얘기할 테니까 실패하지 않겠나 봐줘. 우린 다섯 달 전에 일을 꾸미기 시작했어. 지금 우리와 뜻을 모은 사람들은 50명도 넘어."

"나한테 이름 얘기하지 마. 난 그 일에 끼는 것도 대장이 되는 것도 전부 거절이야."

"왜? 우린 널 믿고 전부 얘기했으니 설명을 해줘."

"우선, 난 너희 계획을 말해달라고 한 적 없어. 그 다음 난 평생 내가 하고 싶은 일만 할 거야. 게다가 난 연쇄 살인범이 아니야. 누군가 나한테 심각한 해를 입힌다면 그를 죽일 순 있어도 나한테 아무 짓도 하지 않은 여자들과 애들까지 죽일 순 없어. 그리고 제일 심각한 건데, 너희가 미처 알지 못하는 걸 얘기해주지. 반란이 설령 성공한다 해도 너흰 실패하게 되어 있어."

"왜?"

"가장 중요한 문제는 탈출하는 건데, 그게 불가능하기 때문이야. 100명이 반란을 따른다고 하자. 그 사람들이 어떻게 섬을 빠져나갈 건데? 섬에는 배가 달랑 두 척뿐이야. 두 척을 다 합해도 기껏해야 마흔 명 정도밖엔 못 타. 나머지 60명은 어쩔 건데?"

"우리 마흔 명만 배로 나가면 돼."

"그건 네 생각이지. 나머지 사람들은 너희처럼 멍청하지 않아. 그들도 너희처럼 무장을 했을 테고 약간의 머리만 있다면 네가 말한 사람들을 모두 제거한 다음에는 너희들끼리 서로 총구를 겨누며 배에 탈 권리를 갖고 싸우게 될 거야. 제일 중요한 건, 배 두 척을 타고 나간다 해도 어떤 나라에서도 너희를 받아주지 않는다는 사실이야. 왜냐하면 너희들이 가리라고 추정되는 모든 국가에 너희보다 먼저 전보가 도착해 있을 테니까. 뿐만 아니라 너희 때문에 죽은 사람들도 떼를 지어서 너희 뒤를 쫓아다닐걸. 결국 너희는 어딜 가든지 잡혀서 프랑스로 넘겨지게 돼. 내가 콜롬비아에서 돌아온 건 너희도 알지? 그러니까 내 말 믿어. 그런 짓을 저지르고 달아나면 어디서든지 너희를 돌려보낼 거야."

"좋아. 그럼 거절한다는 거지?"

"그래."

"마지막으로 할 말 없어?"

"내 결심은 확고해."

"좋아, 그럼 우린 가봐야겠군."

"잠깐. 부탁인데, 내 친구들에게는 그 계획 얘기하지 마."

"왜?"

"그들도 거절할 게 뻔하니까, 괜한 헛수고 하지 말라고."

"알았어."

"정말 그 계획 포기할 생각 없어?"

"솔직히 말하면 그래, 빠삐용."

"이해가 안 되는군. 반란에 성공하더라도 절대 자유로워질 수 없다고 그렇게 진지하게 설명했는데도 말이야."

"우리가 하고 싶은 건 무엇보다도 복수야. 네 설명대로 우리가 결국 어느 나라에서도 받아들여지지 않을 거라면 차라리 숲 속에 들어가서 산적 떼라도 될 테야."

"제일 친한 친구에게도 아무 말 않을 테니 난 믿어도 좋아."

"그건 믿어."

"좋아. 한 가지만 더. 일주일 전에 내게 미리 알려줘. 생 조제프에 가서 일이 끝날 때까지 루아얄을 떠나 있게."

"네가 섬을 피할 수 있도록 미리 제때 알려줄게."

"정말 생각을 바꿀 순 없는 거야? 나와 다른 계획을 세워보지 않겠어? 가령 단총 네 자루만 훔쳐서 배를 지키는 초소를 습격한 다음 아무도 죽지 않고 배를 타고 떠날 수도 있어."

"싫어. 우린 그동안 너무 고통받았어. 우리에게 제일 중요한 건 복수를 하는 거야. 목숨을 잃는 한이 있더라도."

"그럼 애들은? 여자들은?"

"전부 같은 씨앗에 같은 혈통이니까 다 같이 죽어야 해."

"더 얘기하지 말자."

"행운을 빌어주지 않을 거야?"

"아니, 난 이렇게 얘기하겠어. 포기해라, 그런 바보 같은 짓보다 더 나은 방법이 있다."

"우리에게 복수할 권리가 있다는 걸 인정하지 않는군?"

"그건 인정해. 하지만 무고한 사람들은 안 돼."

"잘 자."

"잘 자. 우린 아무 말도 안 했어, 그렇지, 빠삐?"

"그럼, 친구들!"

오탱과 아르노는 멀어져갔다. 어처구니가 없었다. 그 얼간이 같은 두 놈 말고도 50명이나 60명이 동의를 하고 행동 개시를 하면 100명 넘는 사람들이 동원된다니! 미친 소리였다. 내 친구들은 내게 그런 귀띔을 한 적이 없는 걸로 보아 그 두 머저리들이 저희들끼리만 얘기한 것이 분명했다. 나와 같은 세계 사람들이 그런 일에 말려들 리가 없었다.

나는 그 주에 아주 은밀하게 아르노와 오탱에 대한 정보를 수집했다. 아르노는 1910년에 부당할 일 때문에 억울하게 무기징역 선고를 받은 것 같았다. 그 전해에 그의 동생도 경찰 한 명을 살해한 죄로 참수된 까닭에 배심원들은 가혹한 판결을 내린 모양이었다. 검사가 그보다 그의 동생에 대해 더 많은 말을 해서 적대적인 분위기를 만들어 그런 끔찍한 형벌을 받은 것이었다. 그는 체포되었을 때도 동생이 한 일 때문에 가혹한 고문을 받았다고 했다.

오탱은 아홉 살 때부터 감옥에서 자라 자유라는 걸 아예 모르는 사람이었다. 소년원에서 나오기도 전인 열아홉 살, 갱생을 위해 해군에 자원했는데 입대 겸 출소 전날에 한 사람을 죽였다. 그는 제정신이 아니었던가 보다.

어느 날 아침 점호에서 아르노와 오탱 그리고 내 친구 마튜 카르보니에리의 동생이 호명되었다. 마튜의 동생인 장 카르보니에리는 부둣가 빵집에서 일하고 있었다. 그들은 아무런 설명이나 근거 없이 생 조제프로 보내졌다. 이유를 알아보려고 했지만 알 길이 없었다. 그런데 아르노는 4년 전부터 무기를 관리하고 있었고, 장 카르보니에리는 5년 전부터 빵집에서 일했다. 아무래도 단순한 우연의 일치가 아닌 듯했다. 무슨 탈출 시도가 있었던 것 같은데, 어떤 종류의 탈출 시도였는지 알 수 없었다.

나는 제일 친한 친구 세 명인 마튜 카르보니에리와 그랑데 그리고 갈가니와 이야기를 해보기로 했다. 세 사람 모두 아무것도 아는 것이 없었다.

"그런데 그들이 왜 나한테 얘기했을까?"

"네가 무슨 일이 있어도 탈출하고 싶어한다는 건 누구나 다 아는 사실이니까."

"그렇다고 무슨 일을 해서든지는 아니지."

"그들은 그 차이를 몰랐던 거지."

"네 동생 장은?"

"어쩌다가 그런 바보 같은 일에 휘말렸는지 알아봐야지."

그 다음에는 일이 빠르게 진행되었다. 그날 밤에 지라솔로가 화장실에 가다가 살해되었다. 마르티니크인 목동의 셔츠에서 피가 발견되었다. 유난히 신속하게 열린 예심을 거쳐 보름 후 마르티니크인은 특별 법정에서 사형 선고를 받았고, 또 다른 흑인 한 명은 격리 수감형을 선고받았다.

가르벨이라는 사보이 출신 늙은 도형수 한 명이 뜰의 세면장으로 날 찾아왔다.

"빠삐, 실은 내가 지라솔로를 죽였어. 난 그 흑인 친구를 살리고는 싶은데 참수될까봐 무서워. 참수될 것 같으면 아무 말도 안 할거야. 하지만 3년이나 5년 정도라면 자수하겠어."

"지금 받은 형기는 몇 년인데요?"

"20년."

"몇 년 살았죠?"

"12년."

"무기징역 받는 길을 찾아봐요, 그럼 격리소에는 안 갈 거예요."

"어떻게?"

"생각해보고 오늘밤에 얘기해줄게요."

저녁이 되었다. 나는 가르벨에게 말했다.

"당장은 자수해서 사실을 밝힐 수 없어요."

"왜?"

"그럼 사형당할 가능성이 커요. 격리소를 피할 유일한 방법은 무기징역이에요. 양심에 걸려서 무고한 사람이 참수형을 당하는 것을 두고 볼 수가 없다고 자수를 하되 코르시카 간수 한 명을 변호인으로 골라요. 내가 적당한 사람을 아니까 먼저 그에게 물어보고 나서 이름을 얘기해줄게요. 서둘러야 해요. 곧 마르티니크인의 머리가 잘릴지도 모르니까. 2~3일만 기다려요."

간수 콜로나에게 그 얘기를 하자 그는 좋은 생각을 말해주었다. 내가 직접 가르벨을 데리고 소장에게 가서 그가 고백할 때 함께 있어주고 변호를 해주는 것이었다. 그리고 그렇게 양심적인 행동을 한 사람을 사형시켜선 안 된다고 주장하는 것이다.

일은 제대로 되었다. 가르벨은 흑인의 목숨을 구해서 다시 자유를 되찾게 해주었다. 거짓 증언으로 흑인을 고발한 사람은 일년형을 받았다. 그리고 로베르 가르벨은 무기징역형을 받았다.

그 뒤로 두 달이 흘렀다. 가르벨은 모든 일이 끝나고 난 그제야 나에게 나머지 설명을 해주었다. 지라솔로는 반란에 동참하라는 제의를 받은 터라 자세한 음모 내용을 알고 있었다. 그가 아르노와 오탱 그리고 장 카르보니에리를 밀고한 것이다. 다행히도 그 외 다른 사람들 이름은 몰랐다고 했다. 간수들은 그 어마어마한 이야기를 믿지 않았다. 그래도 혹시나 하는 예방 차원에서 그 세 사람에게 아무 말을 묻지도, 해주지도 않고 다짜고짜 생 조제프로 보낸 것이다.

"그런데 가르벨 당신이 그를 죽인 이유는 뭐죠?"

"그가 내 '계획'을 훔쳤거든. 난 지라솔로 맞은편에서 자는데, 밤마다 '계획'을 꺼내서 베개로 쓰는 담요 밑에 감추곤 했어. 늘 똑같았지. 그런데 어느 날 밤에 내가 화장실에 갔다가 돌아와 보니 그게 없어진 거야. 주변에서 유일하게 잠들지 않았던 사람이 지라솔로였거든. 간수들은 내 설명을 믿지 않았어. 심지어 그가 반란을 밀고했다는 말도 믿어주지 않았지."

"빠삐용! 빠삐용!"

뜰에서 누군가 날 부르는 소리가 들렸다.

"여기 있습니다."

"옷을 챙겨. 생 조제프로 간다."

"에잇, 빌어먹을!"

프랑스에서 전쟁이 터졌다. 그 바람에 새로운 규칙이 생겼다. 탈출에 책임이 있는 장교들은 누구든지 파면된다는 규칙이었다. 그리고 탈출 도중에 잡힌 죄수들은 무조건 사형이었다. 탈출을 꾀한 사람은 자유프랑스군(드골이 독일에 저항하기 위해 망명지 런던에서 조직한 군대―옮긴이)에 합류하려 한 것으로 간주된다는 것이었다. 탈출 외에는 무엇이든 묵인되었다.

프루예 소장은 두 달 전에 떠났고, 새로 온 신임 소장에 대해서는 아는 것이 없었다. 난 달리 방법이 없어서 친구들에게 작별 인사를 했다. 그리고 8시에 생 조제프로 출발하는 배를 탔다.

내가 목숨을 구해주려 했던 소녀 리제트의 아빠는 이제 생 조제프 수용소에 없었다. 공교롭게도 지난주에 가족과 함께 카옌으로 떠났다. 생 조제프 소장의 이름은 뒤탱이고 르아브르 출신이었다. 그가 날 맞았다. 나는 서류를 들고 나와 동행한 간수장과 함께 부두에 도착해서 그곳 간수에게 인계되었다.

"자네가 빠삐용인가?"

"네, 소장님."

"아주 특이한 인물이군."

그는 내 서류를 뒤적거리며 말했다.

"제가 왜 그렇게 특이하죠?"

"한쪽에서는 모든 관점에서 위험 인물이라고 기재한 다음에 붉은 잉크로 '언제든 탈출을 꾀함'이라고 적고는 또 덧붙이길 '상어 떼 한가운데에서 생 조제프 소장의 자녀를 구하려 했음'이라고 되어 있으니 말야. 내게도 딸이 둘 있네. 빠삐용, 내 딸들을 만나보겠나?"

그는 세 살과 다섯 살 된 딸들을 불렀다. 금발의 계집아이 둘이 온통 흰색으로 입은 젊은 아랍 여자 한 명과 아주 예쁜 갈색 피부의 여자 한 명과 함께 사무실로 들어왔다.

"여보, 이 사람이 당신 대녀 리제트를 구하려 했던 사람이야."

"어머! 우리 악수해요."

그 젊은 여자가 말했다. 도형수에게 악수를 청한다는 건 최대한의 존중의 표시였다. 사람들은 절대 어떤 도형수에게도 손을 내밀지 않았다. 나는 부인의 그 몸짓에 감동했다.

"난 리제트의 대모예요. 우린 그랑두아 가족과 아주 각별한 사이죠. 이 사람을 위해 뭘 해줄 거예요, 여보?"

"일단은 수용소로 갔다가 원하는 일을 얘기하면 주선해주겠소."

"고맙습니다, 소장님. 고맙습니다, 부인. 그런데 왜 제가 생 조제프로 오게 되었는지 말씀해주실 수 있습니까? 이건 징벌에 가까운 일이니까요."

"특별한 이유는 없는 것 같더군. 루아얄의 신임 소장이 자네가 탈출할까봐 겁을 먹은 모양일세."

"틀린 생각은 아니죠."

"탈출 책임자들에 대한 문책이 혹독해졌어. 전쟁 전에는 계급장 하나 잃을까 말까 하는 정도였겠지만 이제는 자동으로 강등되거든. 그래서 자네를 여기에 보낸 걸 거야. 자네가 차라리 루아얄이 아닌 생 조제프에서 탈출을 한다면 그에게는 책임이 없으니까."

"소장님은 여기에 얼마나 더 계셔야 합니까?"

"18개월."

"전 그렇게 오랫동안은 기다릴 수 없습니다. 하지만 소장님께 피해가 가지 않도록 루아얄로 돌아가는 방법을 찾겠습니다."

"고마워요. 당신이 좋은 사람이라는 걸 알게 돼서 기뻐요. 뭐든 필요한 일 있으면 이리 와서 허심탄회하게 이야기하세요. 여보, 당신은 수용소 초소에 명령해서 빠삐용이 언제든 원하면 날 찾아올 수 있도록 해줘요."

부인이 말했다.

"그래, 여보. 모하메드, 수용소까지 빠삐용과 동행하게. 그리고 빠삐용 자네는 직접 원하는 오두막을 고르고."

"아, 그야 쉽죠. 위험 인물들의 건물로 해주십시오."

"어렵지 않지."

소장이 웃으며 말했다. 그러고는 쪽지를 써서 모하메드에게 주었다. 나는 소장의 자택 겸 사무실로 쓰이는 그 집을 나서서 아랍인과 함께 수용소에 도착했다. 초소 대장은 매우 과격한 살인자로 유명한 늙은 코르시카인이었다. 그의 이름은 필리사리였다.

"빠삐용, 온다는 사람이 자네였어? 내가 마음먹기에 따라서 얼마든지 착한 사람도 되고 못된 사람도 되는지 알고 있겠지. 내가 있는 동안은 탈출할 생각일랑 하지 말라고. 만약에 자네가 실패해서 내 손에 걸리면 개 잡듯이 죽여버리겠어. 난 2년 후면 퇴직. 그러니 지금은 험한 꼴을 당할 때가 아니라고."

"당신도 알다시피 난 모든 코르시카인들과 친해요. 내가 탈출하지 않겠다고는 말 못하겠지만 혹시 탈출하게 되면 당신이 근무를 서지 않는 시간으로 골라서 해보죠."

"그거 괜찮군, 빠삐용. 그럼 우리가 적이 되는 일은 없을 거야. 젊은이들은 탈주자 때문에 받는 곤란에 더 잘 견딜 수 있지만 난, 알지? 내 나이에는 근사하게 퇴직을 해야 제격이지. 알아들었지? 자,

배정된 건물로 가봐."

그래서 나는 루아얄에서와 똑같은, 100명에서 120명 가량이 수용된 건물에 들어갔다. 그곳에는 피에르 르 푸, 오탱, 아르노 그리고 장 카르보니에리가 있었다. 논리적으로 따진다면 장이 마튜와 형제이니 그와 같은 참호를 써야겠지만 그가 오탱과 아르노와 친구이기 때문에 나에겐 적당하지 않았다. 그래서 그들을 피해 카리에와 일명 '피에르 르 푸'로 불리는 보르도 사람 옆에 자리를 잡았다.

생 조제프 섬은 루아얄보다 더 거칠었다. 규모는 더 작지만 길이가 긴 탓에 더 크게 느껴졌다. 수용소는 고원 두 개가 서로 만나는 섬 중턱에 있었다. 첫 번째 고원에는 수용소가 있었고, 더 높은 고원에는 무시무시한 격리 형무소가 있었다. 격리 수감자들은 여전히 매일 한 시간씩 해수욕을 했다. 나는 그것이 계속되기를 바랐다.

매일 점심에 소장 집에서 일하는 아랍인이 놋그릇 세 개가 겹쳐진 도시락을 가져왔다가 갈 때는 전날 도시락을 가져가고는 했다. 리제트의 대모인 소장 부인은 매일 가족을 위해 준비한 것과 똑같은 내용물이 담긴 도시락을 보내왔다.

나는 일요일마다 부인을 찾아가서 감사의 인사를 했다. 부인과 대화하고 아이들과 놀면서 오후를 보냈다. 나는 아이들의 금발머리를 쓰다듬으면서 자신의 의무가 뭔지 안다는 것이 때로는 힘든 일이라는 생각을 했다. 그 고집불통의 머저리 두 명이 여전히 같은 생각을 갖고 있을 경우 이 가족에게 어떤 위험이 닥칠지 생각하니 끔찍했다. 간수들은 지라솔로의 말을 듣고도 믿지 않아서 그 두 사람을 격리시키기는 했지만 단순히 생 조제프에 보내는 것으로 그쳤다. 하지만 만일 내가 한 마디라도 한다면 그 계획이 얼마나 심각한 것인지 단박에 확인시키게 될 것이다. 그러면 간수들의 반응은 어떨까? 차라리 입을 다물고 있는 편이 나았다.

아르노와 오탱은 내게 거의 한 마디도 걸지 않았다. 차라리 그게 나았다. 우리는 서로 정중하게 대할 뿐 친근하게 대하지는 않았다. 장 카르보니에리도 내게 말을 걸지 않았다. 내가 자신과 같은 참호에 들어가지 않아서 화가 난 모양이었다. 우리는 모두 네 명이었다. 피에르 르 푸, 로마의 바이올린 대회에서 두 번이나 우승했고 온종일 바이올린을 연주하면서 시간을 보내는 마르케티, 마르소리 그리고 코르시카인 한 명.

나는 어느 누구에게도 입도 뻥긋하지 않았다. 보아하니 그곳에서는 루아얄에서 꾸몄던 반란 계획에 대해 아무도 모르는 눈치였다. 그들이 아직도 같은 생각을 갖고 있을까? 그들은 셋이 함께 노역을 했다. 해수욕장을 만드는 데 필요한 큰 바위들을 골라내는 일이었다. 큰 바위에 15미터에서 20미터 가량의 쇠사슬을 감은 다음 각각의 도형수가 상체와 어깨에 걸린 가슴걸이에 연결해서 끌어야 했다. 중간에 쉬지도 못하고 목적지까지 가축처럼 그 바위를 끌고 갔다. 땡볕 아래에서는 특히 고되고 체력 소모가 심한 노동이었다.

난데없이 부둣가에서 소총, 카빈총, 연발 권총 소리가 거푸 났다. 난 그 미친놈들이 행동을 개시했다는 걸 직감했다. 무슨 일이지? 누가 이겼지? 난 오두막 안에서 꼼짝도 하지 않았다. 모두들 웅성대며 말했다.

"반란이다!"

"반란? 무슨 반란?"

난 아무것도 모르는 체했다. 그날 일을 나가지 않았던 장 카르보니에리가 내게 다가왔다. 그는 얼굴이 햇볕에 그을렸음에도 시체처럼 창백했다. 그가 소리를 낮춰 소곤댔다.

"반란이야, 빠삐."

난 무뚝뚝하게 물었다.

"무슨 반란? 난 처음 듣는 소린데."

카빈총 소리가 계속 들렸다. 피에르 르 푸가 뛰어들어왔다.

"반란이 일어났어. 그런데 아무래도 실패한 것 같아. 바보 같은 놈들! 빠삐용, 칼 꺼내. 죽기 전에 한 놈이라도 더 죽이게!"

"그래, 한 놈이라도 더 죽여야 해!"

장 카르보니에리도 맞장구를 쳤다. 시실리아는 면도칼을 꺼냈다. 모두들 손에 단도를 꺼내 들었다. 내가 그들에게 말했다.

"바보짓 하지 마. 우리가 전부 몇 명이지?"

"아홉."

"그럼 일곱 명은 무기를 버려. 제일 먼저 우릴 위협하는 간수가 있으면 내가 죽이겠어. 난 이 안에서 개처럼 총에 맞아 죽고 싶진 않아. 너도 가담했어?"

"아니."

"그럼 넌?"

"나도 아니야."

"넌?"

"난 아무것도 몰라."

"좋아. 여기 있는 우리는 전부 이 반란에 대해 아무것도 모르는 거야. 알았어?"

"응."

"뭔가 아는 낌새가 느껴지는 사람은 바로 죽은목숨이야. 그러니까 다들 괜히 쓸데없이 입 열지 말아. 전부 양동이 속에 무기 집어넣어. 그들이 곧 들이닥칠 거야."

"만약 죄수들이 이긴 거라면?"

"죄수들이 이겼다면 그 틈에 달아나려고 하겠지. 난 너무 위험해서 싫어. 너희들은?"

"우리도 마찬가지야."

장 카르보니에리를 포함한 나머지 여덟 명 모두가 말했다.

나는 내가 알고 있는 사실에 대해 한 마디도 발설하지 않았다. 결국 총성이 그쳤다. 그건 죄수들이 졌다는 뜻이었다. 예정된 학살은 이미 중단된 상태였다.

간수들이 바위 작업을 하던 도형수들을 개머리판, 몽둥이, 발길질로 마구 밀치면서 도착했다. 그들은 죄수들을 옆 건물에 모조리 집어넣었다. 기타, 만돌린, 체스판, 체커, 등잔, 의자, 기름통, 설탕, 커피, 하얀 제복, 뭐든지 닥치는 대로 짓밟아 뭉개고 부수고 내동댕이쳤다. 그들은 규정에 없는 모든 걸 상대로 화풀이를 해댔다.

분명 연발 권총 소리인 듯싶은 총성이 두 번 들렸다.

수용소에는 전부 여덟 채의 건물이 있었다. 그들은 모든 건물에서 똑같은 일을 하고 때때로 개머리판을 냅다 휘둘렀다. 누군가 한 명이 발가벗은 채로 달아나다가 말 그대로 녹초가 되도록 흠씬 얻어맞고 지하 감방으로 끌려갔다.

그들은 우리 건물 오른쪽까지 왔다. 일곱 번째 오두막이었다. 이제 우리 오두막만 남았다. 우리 아홉 명은 각자 제자리에 있었다. 밖에 일하러 갔던 사람들은 아무도 돌아오지 않았다. 각자 자기 자리에서 얼어붙은 채 아무 말도 하지 않았다. 나 역시 입이 말랐다. 나는 이런 생각을 했다. '공연히 머저리 한 놈이 이 틈을 타서 날 죽이려 들지 않기를!'

"왔다!"

카르보니에리가 겁에 질린 목소리로 말했다.

스무 명이 넘는 간수들이 모두 방아쇠를 당길 태세를 하고 들이닥쳤다. 필리사리가 소리쳤다.

"왜 여태 옷을 벗지 않고 있는 거야? 뭘 기다리는 거야, 이 돌대가리들아! 전부 쏴 죽여버릴 테다. 옷 벗어! 시체가 된 다음에 옷 벗기고 싶은 생각 없으니까."

"필리사리 씨……."

"입 닥쳐, 빠삐용! 지금은 어떤 변명도 통하지 않아. 너희들이 꾸민 일은 무지막지했어! 그리고 이 방은 위험한 놈들만 몰아넣은 데니까 분명히 모두 연루되었을 거야!"

그는 마치 당장이라도 눈이 튀어나올 것만 같아 보였다. 그들의 몸에는 피가 튀어 있었고, 눈에서는 살인자 같은 섬광이 뿜어져 나왔다. 피에르가 뭔가 말을 꺼내려 했다. 나는 얼른 나서서 모든 걸 건 도박을 하기로 했다.

"당신 같은 코르시카인이 무고한 사람들을 말 그대로 살해하려 하다니 정말 뜻밖입니다. 쏘고 싶어요? 좋아요. 그럼 말이 필요 없죠. 탓하지 않을 테니 쏴요. 대신 빨리 쏘라고요! 난 당신이 그래도 남자이고 진정한 코르시카인인 줄 알았는데 내가 잘못 알았습니다. 할 수 없죠. 당신이 총을 쏘는 모습도 보고 싶지 않으니 차라리 당신에게 등을 돌리죠. 다들 간수들에게 등 돌려. 간수들을 공격하려

했다는 말을 듣지 않게 말이야."

모두들 마치 한 사람이 움직이듯 동시에 그들에게 등을 돌렸다. 간수들은 내 태도에 어리벙벙해졌다. 다른 오두막에서 두 명이나 죽이고 온 필리사리는 말할 것도 없었다.

"아직도 할말이 있어, 빠삐용?"

난 여전히 등을 돌린 채 대답했다.

"난 이 반란 사건에 대해서 아무것도 모릅니다. 왜 반란이 일어난 거죠? 간수들을 죽이려고? 그리고 나서 탈출하려고? 어디로 가려고? 난 언제든 탈출하려고 벼르고 있는 사람이고 그 먼 콜롬비아까지 갔다가 돌아왔습니다. 그런데 어떤 나라에서 살인을 하고 달아난 죄수들을 받아준답니까? 그 나라 이름이 뭐래요? 바보 같은 소리 하지 말라고 그래요. 바보가 아닌 다음에야 그런 일에 가담할 리가 없죠."

"너야 그럴지 모르겠지만 카르보니에리는? 그놈은 확실해. 오늘 아침에 그놈이 아파서 일하러 못 가겠다고 하니까 아르노와 오탱이 놀라는 것 같았단 말이야."

"그건 그냥 느낌일 뿐일 겁니다. 제가 장담하죠."

그러고는 그를 똑바로 마주보았다.

"곧 알게 될 겁니다. 카르보니에리는 제 친구예요. 그는 내 탈출에 대한 내막도 모두 알고 있어서 헛된 환상은 품지 않아요. 반란 끝에 탈출하면 어떤 결과가 오는지도 잘 알고 있단 말입니다."

그때 소장이 도착했다. 필리사리는 밖으로 나가고 소장이 문간에 선 채 말했다.

"카르보니에리!"

"여기 있습니다."

"폭력은 쓰지 말고 그를 지하 감방으로 데려가시오. 간수, 그를 따라가시오. 모두 밖으로 나가고 여기는 간수장들만 남는다. 자, 섬에 흩어진 죄수들을 모두 들여보내시오. 아무도 죽이지 말고 전부 예외 없이 수용소에 집결시켜요."

소장과 보좌관 그리고 다른 간수 네 명과 함께 온 필리사리가 수용소 안에 들어왔다. 소장이 내게 말했다.

"빠삐용, 아주 심각한 일이 일어났네. 형무소장으로서 난 막중한 책임을 지게 되었어. 몇 가지 지시를 내리기 전에 속히 알고 싶은 게 있어. 이렇게 심각한 상황에서 자네와 사적으로 이야기를 나누자고 하면 자네가 거절할 것이 뻔하기 때문에 이리로 직접 왔네. 간수 뒤클로가 살해되었어. 그들은 무기를 탈취하려고 했으니 분명한 반란이지. 시간이 몇 분 없네, 난 자넬 믿어, 자네 생각은?"

"만일 반란이 있었다면 왜 우리가 몰랐겠습니까? 왜 우리에게는 아무 말도 하지 않았겠습니까? 몇 명이나 가담했겠습니까? 제가 던진 그 세 가지 질문에 대답을 해드리죠. 하지만 그 전에 우선 몇 명이나 되는 사람이 그 간수를 죽인 다음에 무기를 빼앗아 움직였는지 알고 싶습니다."

"세 명."

"누굽니까?"

"아르노, 오탱 그리고 마르소."

"알겠습니다. 소장님 마음에 들든 들지 않든 반란은 분명 없었습니다."

"거짓말 마, 빠삐용. 이 반란은 루아얄에서부터 계획된 거야. 지라솔로가 그를 밀고했었는데 우리가 믿질 않았어. 그런데 오늘 보니 그가 한 말이 전부 사실이었다고. 그러니 우릴 속일 생각은 하지도 마, 빠삐용!"

필리사리가 거칠게 소리쳤다.

"하지만 그 말이 맞다면 저나 피에르 르 푸, 카르보니에리, 갈가니 그리고 루아얄에 있는 모든 코르시카인들이 연루되었겠죠."

"무슨 소리를 하는 거야? 아무도 그 일에 연루되지 않았다는 거야? 말도 안 돼."

"다른 사람들이 뭘 어떻게 했죠? 그 세 바보 말고 또 움직인 사람 있습니까? 당신 필리사리 씨를 포함해서 무장 간수 네 명이 초소를 지키고 있는데, 무슨 짓을 한단 말이죠? 그리고 생 조제프에 배가 몇 척이나 있습니까? 큰 배 한 척뿐이에요. 그런데 600명이 그 배 하나에 다 탄다고요? 바보 아닙니까? 그리고 탈출을 하려고 살인을 하다니오! 스무 명이 섬을 빠져나간다고 해도 얼마 못 가 체포되어 돌려보내질걸요. 소장님, 부하들이나 소장님이 몇 명이나 죽였는지는 아직 모릅니다만 전 분명 그들이 무고한 사람들이었을 거라고 확신합니다. 그리고 이제는 우리가 가진 얼마 안 되는 것들까지 모조리 부수려 하고 있습니다. 화가 나신 건 충분히 알겠지만, 죄수들에게 최소한의 삶도 용납하지 않는 그때야말로 절망에 찬 사람들이 집단 자살이라도 하듯 반란을 일으킬 수 있다는 걸 잊지 마십시오. 그땐 너 죽고 나 죽자는 심정으로 덤빌 겁니다. 솔직하게 드리는 말씀입니다. 결정을 내리기 전에 저희 생각을 들으러 오신 것만 보더라도 소장님은 충분히 그런 말씀을 드려도 되는 분이라고 생각되니까요. 저희를 제발 그냥 놔두십시오."

"그럼 연루된 놈들은?"

필리사리가 다시 물었다.

"그건 알아서 찾아보십시오. 저희는 아무것도 모르고, 그 문제에 관해서는 아무 도움도 되지 않을 겁니다. 다시 말씀드리지만, 이건 몇 명이 어설프게 벌인 난동일 뿐입니다."

"필리사리 씨, 밖에 있던 사람들이 모두 들어오면 다음 명령이 있을 때까지 문을 잠그시오. 문 앞에 간수 두 명을 세우고 절대 폭행을 하거나 물건을 파손하지 마시오. 갑시다."

소장은 이렇게 말한 뒤 나머지 간수들과 함께 나갔다.

필리사리는 문을 닫으면서 말했다.

"내가 코르시카인인 걸 다행으로 알아!"

채 한 시간도 못 되어서 우리 건물 사람들이 모두 돌아왔다. 빠진 사람은 열여덟 명이었다. 간수들은 황급히 다른 건물에 갇혀 있는 나머지 사람들을 찾아냈다. 뒤늦게 돌아온 사람들은 노역하는 사람들이었기 때문에 일어난 일을 정확히 알고 있었다. 생테티엔 출신 한 명이 소곤거리며 내게 일의 전모를 들려주었다.

"있잖아, 빠삐, 우린 거의 1톤은 되는 바위를 끌고 있었어. 돌을 끌고 가는 길에 소장 집에서 50미터 정도 떨어진 곳에 있는 우물가에 도착했어. 우린 늘 그 우물가에서 쉬곤 했거든. 야자나무 그늘도 있고 딱 길 중간이어서 말이야. 그래서 평소처럼 잠시 쉬며 우물물도 마시고 몇 명은 손수건을 물에 적셔서 얼굴도 닦고 있었지. 보통 10분 정도 쉬기 때문에 간수도 우물가에 앉았어. 그가 모자를 벗고 손수건으로 머리와 이마를 닦는데, 아르노가 괭이를 들고 뒤쪽에서 다가가는 거야. 괭이를 치켜들고 간 것이 아니라서 아무도 소리를 질러 간수에게 알려줄 수가 없었어. 아르노가 갑자기 괭이를 치켜들더니 간수의 정수리 한가운데를 내리쳤어. 순식간에 머리가 두 쪽으로 갈라지고 간수는 소리 한 번 못 질러보고 그대로 뻗었지. 간수가 쓰러지자마자 오탱이 간수의 카빈총을 주워들었고, 마르소는 허리춤에서 권총을 뺐어. 마르소가 손에 총을 들더니 우리 모두를 돌아보며 이렇게 말하는 거야. '이건 반란이다. 우리와 뜻을 같이할 사람은 우리를 따르라.' 열쇠지기 아랍인들도 움직이기는커녕 아무 말도 없었고, 노역하던 사람들 중에서 아무도 그들을 따를 의사를 보이지 않았어. 그랬더니 아르노가 우리더러 이러더라고. '이 겁쟁이들아, 사나이가 뭔지 우리가 보여주지!' 아르노가 오탱의 손에서 카빈총을 빼앗아들고는 둘이 같이 소장의 집으로 달려갔어. 마르소는 그 자리에 남아 뒤로 조금 물러서서는 권총을 들고 명령했어. '움직이지 마. 말도 하지 말고, 소리도 치지 마. 너희 아랍 놈들은 바닥에 엎드려 있어.' 내 자리에서는 일어나는 모든 일들이 훤히 다 보였어.

아르노가 소장 집에 들어가려고 계단을 오르는데, 그 집에서 일하던 아랍 놈이 작은 계집애 둘을, 하나는 손을 잡고 하나는 품에 안고 막 문을 여는 거야. 그러다가 두 사람과 맞닥뜨리고는 깜짝 놀라서 품에 아이를 안은 채로 아르노를 걷어찼어. 아르노가 아랍 놈을 죽이려고 하니까 그놈이 품에 안은 아이를 앞으로 내밀었어. 아무도 소리조차 못 질렀어. 아랍 놈도 다른 사람들도. 네 번인가 다섯 번인가 여러 각도에서 아랍 놈에게 총을 겨눴는데, 그때마다 번번이 총구 앞에 아이를 들이댄 거야. 그러자 오탱이 계단 아래에서 아랍 놈의 바짓가랑이를 붙잡았어. 아랍 놈은 넘어지면서 아이를 아르노가 들고 있는 총 쪽으로 던졌어. 그 바람에 균형을 잃고 옆에서 있던 아이까지 셋 다 쓰러졌지. 그때 첫 번째 비명이 터져나온 거야. 처음엔 아이가, 그 다음엔 아랍 놈이 비명을 질렀고, 그 다음엔 아르노와 오탱이 욕설을 퍼부었고. 아랍 놈이 먼저 바닥에 떨어진 총을 잡았는데 왼손으로 거꾸로 잡았어. 그러자 오탱이 다시 그 놈의 한쪽 다리를 붙잡았지. 아르노는 그놈의 오른팔을 붙잡고 비틀었어. 아랍 놈은 얼른 총을 10여 미터 밖으로 내던졌고.

총을 잡으려고 셋이 동시에 뛰는 순간 마른 나뭇잎 줍는 노역조의 간수 한 명이 첫 번째 총을 발사한 거야. 그 소리에 소장이 창가에 나와 보고는 총을 쏘기 시작했는데 아랍 놈이 맞을까봐 총이 떨어진 장소에만 쏘았어. 오탱과 아르노는 바닷가 길을 따라서 수용소 쪽으로 달아나기 시작했고, 뒤에서는 총알이 빗발쳤어. 오탱은 얼마 안 가서 오른쪽 다리가 뻣뻣해지더니 바닷가에 도착하기도 전에 쓰러지더군. 아르노는 바닷물 속으로 뛰어들었어. 알지, 지금 건축 중인 해수욕장과 간수들 수영장 사이 말이야. 거긴 언제나 상어가 득시글대는 곳이잖아. 소장을 구하러 달려온 다른 간수 한 명하고 나뭇잎 간수가 아르노에게 총구를 겨누었어. 아르노는 커다란 바위 뒤에 숨더군.

'포기하고 나와라, 그러면 목숨은 살려주겠다!' 하고 간수들이 소리쳤어.

그러자 아르노가 이렇게 대꾸했어.

'웃기지 마. 차라리 상어 떼에게 먹히는 편이 낫지, 너희들의 더러운 면상을 다시는 안 보게 말야!'

그러고는 상어 떼가 있는 물 속으로 곧장 들어갔어. 총을 한 발맞았는지 잠시 멈칫하더라. 그래도 간수들은 계속 총을 쐈어. 아르노는 헤엄치지 않고 계속 걸어 들어가다가 상체까지 채 물에 잠기기도 전에 상어 떼의 습격을 받았지. 그가 물 밖으로 반쯤 몸을 내밀고 자기한테 달려드는 상어에게 주먹을 휘두르는 모습이 똑똑히 보이더군. 그러거나 말거나 상어들은 그의 팔다리를 자르지도 않고 사방에서 잡아뜯어서 말 그대로 갈기갈기 찢었어. 5분도 안 되어서 그는 형체도 없이 사라졌지.

간수들은 아르노와 상어들을 향해 적어도 100발은 쐈을 거야. 그중에 한 마리만 죽어서 배를 뒤집고 해변으로 밀려왔어. 마르소는 사방에서 간수들이 몰려드니까 우물 속에 권총을 던지고 목숨이라도 건져보려고 했는데 아랍 놈들이 일어서서 몽둥이와 발길질, 주먹질을 퍼부으면서 간수들 쪽으로 밀어내며 한 패라고 말했지. 마르소는 이미 온몸이 피투성이에다가 두 손을 들고 있었는데도 간수들이 권총과 카빈총으로 쏴 죽였어. 그러고는 그들 중 한 사람이 개머리판으로 머리를 짓찧어서 완전히 끝장을 냈지.

오탱에게는 간수들이 남은 탄환을 다 써버리더군. 전부 30명이 각자 여섯 발씩, 이미 죽었는지 살았는지 신경도 쓰지 않고 마구 갈겨댔어. 150발은 족히 맞았을 거야. 필리사리 손에 죽은 사람들은 아랍 놈들이 처음에 아르노를 따르려고 했다가 겁을 먹고 뒤로 빠졌다고 지적한 사람들이야. 순 거짓말이지. 공범은커녕 아무도 꼼짝도 하지 않았거든."

그 뒤로 이틀 동안 우리 모두 건물 안에 갇혀 지냈다. 일도 나가지 못했다. 문 앞에서는 두 시간에 한 번씩 보초들이 교대했다. 옆 건물 사람들과 이야기도 나눌 수 없었고, 창가에 설 수도 없었다. 철창에 다가가서 뜰을 볼 수 없도록 안쪽 통로에 해먹을 두 줄로 늘어놓았다. 루아얄에서 간수들이 증원되어 왔다. 죄수들은 물론이고 열쇠지기 아랍인들도 밖에 나가지 못했다. 이따금 발가벗은 사람 한 명이 조용히 간수와 함께 규율 감방 쪽으로 가는 것이 보였다. 문 앞에서 보초를 서는 간수들은 두 시간씩 교대했는데, 보초를 서는 동안 절대 앉지도 않고 총을 내려놓지도 않았다. 카빈총을 언제든 당길 수 있게 왼팔에 걸치고 있었다.

우리는 포커놀이를 하기로 했다. 소리가 크게 나지 않도록 다섯 명씩 작은 무리를 지었다. 마르케티는 바이올린으로 베토벤 소나타를 연주하다가 멈출 수밖에 없었다. 간수들은 근엄한 목소리로 호통을 쳤다.

"연주하지 마, 여긴 지금 초상집 분위기라고."

수용소 전체에서 커피도, 수프도 사라졌다. 아침에는 빵 한 덩어리, 점심과 저녁에는 콘비프 깡통 하나를 넷이 나누어 먹었다. 반면에 우리 건물에서는 아무것도 파손된 것이 없었기 때문에 커피와 버터, 기름, 밀가루 등 생필품이 그대로 있었다. 화장실에서 커피를 끓이려고 피운 불에서 연기가 새어 나가자 간수 한 명이 와서 불을 끄라고 했다. 커피를 만드는 사람은 마르세유 출신의 늙은 죄수 니스통이었다. 그가 대담하게 간수에게 맞섰다.

"불을 끄고 싶거든 들어와서 직접 끄쇼."

그러자 간수가 창 너머에서 총을 쏘았다. 커피와 불이 순식간에 흩어졌다. 니스통도 다리에 총을 한 발 맞았다. 모두들 총알 세례를 받는 줄 알고 혼비백산해서 바닥에 배를 깔고 엎드렸다.

그 시간에 초소 대장은 하필 또 필리사리였다. 필리사리는 미친 듯이 간수 네 명과 함께 달려왔다. 총을 쏜 간수가 설명을 했다. 필리사리는 코르시카어로 그에게 욕을 퍼부었지만 오베르뉴 출신인 간수는 한 마디도 알아듣지 못해 이렇게 말할 따름이었다.

"무슨 말인지 못 알아듣겠는데요."

우린 다시 해먹 위로 올라갔다. 니스통의 다리에서 피가 흘렀다.

"나 다쳤다고 얘기하지 마. 밖으로 끌고 나가서 죽일지도 몰라."

필리사리가 철창으로 다가왔다. 그리고 마르케티에게 코르시카어로 말했다.

"커피 만들어 마셔. 또 한 번만 이랬다간 봐라."

그러고는 휑하니 가버렸다.

다행히 총알은 니스통의 다리를 관통했다. 압박대를 만들어서 지혈을 해주자 피가 멈춰서 식초에 적신 붕대를 감아주었다.

"빠삐용, 나와라."

저녁 8시의 일이었다. 내 이름을 부른 간수는 내가 잘 모르는 사람이었는데 말투로 보아 브르통 출신인 듯했다.

"제가 이 시간에 왜 나갑니까? 밖에 할 일도 없는데요."

"소장님이 부르신다."

"소장님께 이리로 오라고 하십시오. 전 나가지 않을 겁니다."

"거부하는 거냐?"

"네, 거부하겠습니다."

내 친구들이 날 둥그렇게 에워쌌다. 간수는 닫힌 방문 너머에서 말하고 있었다. 마르케티가 문가에 가서 소리쳤다.

"소장님이 오시기 전에는 절대 빠삐용을 내보내지 않을 겁니다."

"소장님이 데려오라고 하셨다니깐."

"직접 오라고 하십시오."

한 시간 뒤 젊은 간수 두 명이 문가에 나타났다. 그들은 소장의 집에서 일하는 아랍인과 함께 왔다. 소장을 구하고 반란을 막은 그 아랍인이었다.

"빠삐용, 나야, 모하메드. 널 데리러 왔어. 소장님이 보자셔. 소장님은 직접 오실 수가 없어."

마르케티가 끼어들었다.

"빠삐, 저 친구 손에 카빈총을 들고 있어."

나는 문가로 가서 직접 보았다. 정말 모하메드는 카빈총을 들고 있었다. 도형수가 정식으로 무장을 하고 있다니!

"나와, 필요하면 내가 널 지켜주려고 온 거야."

나는 그 말을 믿지 않았다.

"자, 우리와 함께 가자니까!"

결국 밖으로 나갔다. 모하메드가 내 옆에서 걷고 간수 두 명이 뒤에서 따라왔다. 나는 소장에게 갔다. 수용소를 나서서 경비 초소 앞을 지나는데 필리사리가 말했다.

"빠삐용, 나한테 해가 되는 말은 하지 않길 바란다."

"나도 그렇고 우리 오두막 사람들도 아무도 그런 일은 하지 않아요. 더군다나 난 아는 것도 없고."

가는 길에 모하메드는 프랑스산 담배 한 갑을 내게 건넸다. 백열등 두 개가 환히 밝히고 있는 방 안에는 루아얄 소장과 보좌관, 생조제프 소장, 격리 형무소장 그리고 생 조제프 소장 보좌관이 모여 있었다. 밖에는 아랍인 네 명이 간수들의 감시를 받고 있었는데, 그중 두 명은 문제의 노역조에 속한 사람들이었다.

"빠삐용이 왔습니다."

모하메드가 말했다.

"잘 있었나, 빠삐용."

생 조제프 소장이 말했다.

"안녕하십니까."

"거기 의자에 앉게."

나는 모인 사람들 맞은편에 앉았다. 열린 방문을 통해 리제트의 대모인 소장 부인이 손짓으로 다정한 인사를 보냈다. 루아얄 소장이 말문을 열었다.

"빠삐용, 뒤탱 소장은 자네를 믿을 만한 사람이라고 생각하더군. 부인의 대녀를 구하려고 했다면서? 난 모든 관점에서 극도로 위험하다는 공식적인 평가로밖에는 자네를 알지 못하네. 하지만 그 평가는 잊고 내 동료인 뒤탱의 말을 믿고 싶네. 곧 조사위원회가 오면 모든 도형수들이 자신이 알고 있는 내용을 신고해야 할 거야. 자네와 몇몇 사람들은 다른 죄수들에게 막강한 영향력을 갖고 있어서 다들 자네들의 충고를 따른다는 걸 알고 있네. 우리는 이번 반란에 대한 자네의 의견을 듣고 싶어. 그리고 가능하면 지금 자네 오두막에 대한 생각과 다른 사람들이 우리에게 말할 내용도 미리 귀띔해 주면 좋겠네."

"전 할말도 없고 다른 사람들이 할 말에 대해서도 영향을 미칠 수가 없습니다. 하지만 만일 위원회가 현재 분위기 그대로 조사를 시작한다면 여러분 모두 파면될 겁니다."

"그게 무슨 소리야, 빠삐용? 나와 생 조제프의 내 동료들은 반란을 막은 거란 말이야."

"어쩌면 소장님은 무사할지 몰라도 루아얄 지휘관들은 그렇지 못할 겁니다."

"자세히 얘기해 봐!"

루아얄의 지휘관 두 명이 벌떡 일어섰다가 다시 앉으며 물었다.

"여러분이 '공식적으로' 반란에 대해 계속 언급한다면 여러분 모두 얻는 게 없습니다. 하지만 만일 여러분이 제 제안을 받아들인다면 여러분 모두를 구해드리죠. 필리사리만 제외하고요."

"무슨 제안인데?"

"첫째, 내일 아침부터 당장 평소 생활로 돌아가게 해주십시오. 그러면 나머지 사람들에게 영향을 미칠 수 있는 우리들끼리 의논해서 위원회에 말할 내용을 결정하겠습니다. 좋습니까?"

"좋아. 그런데 우리를 구해준다는 게 도대체 무슨 소리야?"

뒤탱이 물었다.

"루아얄 소장님은 루아얄만 책임지는 것이 아니라 제도 전체를 책임지고 있지 않습니까?"

"그렇지."

"그런데 반란이 준비되고 있다는 지라솔로의 밀고를 분명히 받으셨죠? 주모자는 오탱과 아르노였구요."

"카르보니에리도 포함되어 있었지."

간수가 덧붙였다.

"아니오, 그건 사실이 아닙니다. 카르보니에리는 지라솔로와 마르세유에서부터 개인적인 원한이 있어서 지라솔로가 일부러 이름을 끼워넣은 겁니다. 그런데 여러분은 반란 계획을 믿지 않았습니다. 왜였죠? 그 반란이 여자들, 아이들, 아랍인들과 간수들까지 모조리 죽이겠다는 말도 안 되는 내용이었기 때문입니다. 또 한편으로는 루아얄에는 800명이 있는데 배가 두 척, 생 조제프에는 600명이 있는데 배가 한 척이니 역시 허황하다 싶었겠죠. 제정신을 가진 사람이 그런 계획에 가담하리라고는 생각도 할 수 없는 일이었습니다."

"그걸 어떻게 다 알고 있지?"

"그건 제 문제니까 알려고 하지 마십시오. 그런데 여러분이 계속해서 반란을 언급하신다면 설령 절 제거하신다고 해도 결국은 그 문제가 언급되고 입증될 겁니다. 그럼 결국 그 책임은 그 사람들을 각각 격리도 시키지 않고 생 조제프로 보낸 루아얄에서 지게 되겠죠. 논리적으로 생각해보아도, 만일 조사 결과 그 사실이 밝혀진다면 심각한 문책을 피할 수 없을 겁니다. 한 사람은 디아블로, 다른 한 사람은 생 조제프로 보냈어야 해요. 다시 말씀드리지만, 계속 반란을 언급하시는 것은 스스로 무덤을 파는 격입니다. 그러니까 제 제안을 받아들이십시오. 첫째, 좀전에 말씀드린 것처럼 당장 내일부터 정상적인 생활을 시작할 수 있게 해주십시오. 그리고 둘째, 공모 혐의를 받고 독방에 갇힌 사람들 모두 당장 내보내셔야 합니다. 그들이 공모죄로 심문을 받지 않게 말입니다. 왜냐하면, 반란은 일어나지도 않았으니까요. 셋째, 지금 이 순간부터 필리사리는 루아얄에 보내셔야 합니다. 우선 그의 개인적인 안전 때문입니다. 반란이 일어나지 않았는데 세 사람이나 죽인 걸 어떻게 정당화하겠습니까? 그건 분명한 살인이었고, 사고 당시에 그는 겁에 질려서 저희 오두막 사람들을 포함해 모두를 죽이려고 했습니다. 만일 여러분이 이 제안을 받아들이신다면 다들 아르노, 오탱 그리고 마르소가 죽기 전에 최후의 발악을 한 거라고 신고하도록 조정해보겠습니다. 그들이 한 일은 도저히 예측할 수 없는 일이었습니다. 공범도 없었고, 사전에 일을 아는 사람도 없었습니다. 그 세 사람은 그런 식으로 자살을 하려고 작정한 것이고, 죽기 전에 한 사람이라도 더 죽이려고 했던 것뿐입니다. 괜찮으시다면, 저는 주방에 가 있을 테니 잘 의논들 하시고 대답해주십시오."

나는 주방에 들어가서 문을 닫았다. 뒤탱 부인은 내게 악수를 청하고 커피와 코냑을 주었다. 모하메드가 말했다.

"나에 대해서는 아무 말도 안 했지?"

"그건 소장 문제지. 소장님이 네게 무기를 준 걸로 보아 곧 사면시키려는 것 같던데."

뒤탱 부인이 다정하게 말했다.

"빠삐용, 나도 전부 들었어요. 당신이 우리를 위해 일이 잘되도록 해주려는 걸 알겠네요."

"맞습니다, 뒤탱 부인."

문이 열렸다.

"빠삐용, 들어와."

간수가 불렀다. 방으로 들어가자 루아얄 소장이 입을 열었다.

"앉게, 빠삐용. 의논 끝에 우리는 만장일치로 자네 말이 옳다는 결론을 내렸네. 반란은 없었어. 그 세 죄수들이 자살하기로 마음먹고 한 명이라도 더 죽이려고 발악을 한 거였지. 그러니 내일부터는 전처럼 다시 생활할 수 있을 걸세. 필리사리는 오늘밤 안으로 루아얄로 옮겨질 걸세. 필리사리의 일은 우리 문제이니 우리가 알아서 처리하지. 자네가 입을 다물어줄 거라고 믿네."

"절 믿으십시오. 그럼 안녕히 계십시오."

"모하메드와 간수 두 명은 빠삐용을 데려다 주시오. 그리고 필리사리를 들어오라고 해요. 우리와 함께 루아얄로 갈 거니까."

가는 길에 나는 모하메드에게 자유롭게 되길 바란다고 말했다. 그도 고맙다고 했다. 오두막으로 돌아와서 나는 큰 소리로 모든 일을 한 마디도 빼지 않고 이야기했다.

"누구든 내가 모두를 대신해서 간수들과 약속한 내용에 동의하지 않거나 마음에 안 드는 점이 있는 사람은 기탄 없이 이야기해."

다들 이구동성으로 동의했다.

"정말 다른 사람은 아무도 연루되지 않았다고 생각해?"

"아니. 그렇지만 그들이 제 살길을 찾으려면 그렇게 믿는 수밖에. 그리고 우리도 골치 아픈 일을 원하지 않는다면 그렇게 믿어야 해."

다음날 아침 7시에 감방에 갇힌 사람들이 모두 풀려나왔다. 갇혀 있던 사람들의 수는 120명이 넘었다. 아무도 일을 나가지는 않았지만 방문이 모두 열려 뜰 안 가득 도형수들이 모여서 자유롭게 이야기하고, 담배 피우고, 햇빛을 쬐거나 그늘에 앉아 있었다. 니스통은 병원에 갔다.

모두 모이고 나니 몰랐던 진실이 또 밝혀졌다. 필리사리가 죽인 사람은 한 명뿐이었고, 나머지 두 명은 겁에 질린 젊은 간수 두 명의 칼을 맞고 죽은 것이었다. 그렇게 해서 반란은 다행스럽게도 도형수 세 명의 자살극으로 일단락되었다. 이제 그 일은 전설로만 남을 것이다.

수용소에서 죽은 세 사람과 오탱과 마르소의 장례가 치러졌다. 시신들을 바다에 던질 미닫이문이 있는 관이 하나뿐이었기 때문에 간수들은 다섯 구의 시신을 전부 뱃바닥에 놓았다가 차례차례 상어 떼에 던졌다. 그렇게 하면 먼저 던져진 시신이 상어 떼에 먹히는 동안 뒤에 던져진 시신들은 발에 매달아놓은 돌과 함께 바닥에 가라 앉을 거라고 생각했다. 하지만 다섯 구 중 한 구도 바다 속으로 사라지기는커녕, 흰 수의를 입은 시신들은 어둑어둑한 바다 위에서 마치 잔치를 벌이는 상어들의 주둥이나 꼬리에 매달린 인형처럼 한동안 춤을 추었다. 간수들과 노 젓는 죄수들은 겁에 질려서 얼른 그 자리를 피해 도망을 쳤다고 한다.

위원회가 도착해서 생 조제프에서 닷새 그리고 루아얄에서 이틀 동안 머물렀다. 나는 별다른 심문을 받지 않고 다른 사람들처럼 무사히 지나갔다. 모든 일이 생각보다 더 잘되었다는 걸 뒤탱 소장을 통해서 알게 되었다. 필리사리는 퇴직할 때까지 휴가를 떠나서 다시는 돌아오지 않게 되었다. 모하메드는 형기 전체를 사면받았다. 그리고 뒤탱 소장은 한 계급 특진했다.

항상 모든 일에는 불만을 갖는 사람들이 있게 마련이어서, 하루는 보르도 출신 한 명이 내게 이렇게 말했다.

"간수들과 합의해서 우리 나머지 사람들이 얻은 게 뭐야?"

나는 그 친구를 똑바로 쳐다보며 말했다.

"별것 없지. 50~60명의 도형수들이 공모죄로 5년 동안 격리 수감되는 일이 없게 되었다는 것밖에 말이야. 그게 아무것도 아니라는 거지?"

폭풍은 가라앉았다. 간수들과 도형수들 사이의 일종의 전략적 공모로 조사위원회는 사실을 제대로 확인할 수 없었다. 그리고 조사위원회 역시 모든 일이 잘 해결되기를 바랄 뿐이었다.

나는 개인적으로 얻은 것도, 잃은 것도 없었지만 동료들은 더 혹독한 징계를 받지 않게 된 것에 대해 내게 감사했다. 바위를 끄는 그 가혹한 노역은 폐지되었다. 그 일은 물소들이 맡았고, 도형수들은 자기 자리에서 돌을 쌓기만 하면 되었다. 카르보니에리는 빵집으로 돌아갔다. 그리고 나는 루아얄로 돌아가려고 했다. 생 조제프에는 작업장이 없어서 뗏목을 만들 수 없기 때문이었다.

프랑스에서 페탱(제2차 세계대전 당시 독일에 항복하고 협력 정부인 비시 정부를 세웠다가 전후에 부역죄로 종신 금고형을 받았다 — 옮긴이)이 다시 정권을 잡는 바람에 죄수와 간수들 사이의 관계가 복잡해졌다. 정부 관리들은 한결같이 자신이 '페텡파'라고 주장했다. 심지어 노르망디 출신 간수 한 명은 내게 이렇게 말하기도 했다.

"내가 한 가지 얘기해줄까? 빠삐용. 난 한 번도 공화주의자였던 적이 없어."

제도에는 라디오가 없었기 때문에 아무 소식도 듣지 못했다. 심지어 프랑스가 마르티니크와 과들루프에 독일 잠수함을 공급하고 있다는 소문도 돌았다. 사실을 알 길은 없고 서로 논박만 거듭했다.

"빌어먹을, 내가 무슨 생각을 하는 줄 알아? 빠삐. 지금이야말로 반란을 일으켜서 제도를 드골파 프랑스인들에게 돌려주어야 할 때라고."

"드골에게 도형지가 필요할 거라고 생각해? 무엇 때문에?"

"그래야 2,000~3,000명이라도 더 모을 거 아냐!"

"나병 환자들, 머저리 반편이들, 결핵 환자들, 이질 환자들을? 웃기는 소리 좀 하지 마! 바보가 아니고서야 도형수 군대를 만들어서 뭘 하겠냐?"

"그래도 2,000명은 건강하잖아?"

"남자라고 다 전쟁터에 내보내냐? 전쟁이 무슨 칼싸움인 줄 알아? 제대로 된 군인이 되려면 애국심이 있어야지. 내가 볼 때 여기에는 프랑스를 위해 목숨 바칠 만한 사람이 하나도 없어."

"우리한테 한 짓이 있는데 우리가 뭐 때문에 목숨을 바치겠어?"

"그러게 내 말이 맞다니까. 드골에게는 너희들 말고도 전쟁에 나갈 사람들이 많아. 어쨌든 독일 놈들이 우리나라에 들어와 있다니! 게다가 독일 놈들 편에 붙은 프랑스인들이 있다니! 여기 있는 간수들도 죄다 페탱 편이라잖아."

베락 백작이 말했다.

"어쩌면 그게 석방될 방법일지도 몰라."

바로 그때, 이상한 현상이 일어났다. 그 전에는 어느 누구도 '석방'이라는 말을 꺼낸 적이 없었던 것이다. 그러자 그 가엾은 도형수들 모두에게서 희망의 빛이 반짝이기 시작했다.

"드골 군대에 합류하려면 반란을 일으켜야 하는 거야? 빠삐용."

"미안하지만 난 누구에게도 사면해달라고 할 생각 없어. 프랑스 법에 '복권'이라는 말이 다 뭐야! 난 나 스스로 '복권'시킬 거야. 탈출해서 자유로워지면 사회에 해를 끼치지 않는 보통 사람이 될 거야. 어느 누구도 다른 식으로는 해줄 수 없는 일이라고 생각해. 난 탈출하기 위해서 무슨 짓이든지 할 거야. 제도를 드골에게 주든 말든 관심 없어. 또 너희들이 그런 일을 꾸민다고 해도 높은 데 앉아 있는 놈들이 뭐라 그럴지 알아? 너희들이 프랑스를 자유롭게 하기 위해서가 아니라 너희들 스스로가 자유로워지기 위해서 제도를 탈취했다고 할걸. 게다가 누가 이길 줄 알고? 드골이? 아니면 페탱이? 난 전혀 모르겠어. 단지 내 부모, 내 누이들, 내 조카들을 생각해서 내 조국이 침략당한 것이 가슴 아픈 한심한 죄수일 뿐이야."

"하기야 우릴 눈곱만큼도 불쌍히 여기지 않는 사회를 위해서 이렇게 걱정하고 있어봐야 한심하기만 하지."

"당연하지. 경찰들, 사법기관, 헌병들, 간수들, 그건 프랑스가 아니야. 그저 완전히 정신이 비뚤어진 사람들이 모인 다른 계급일 뿐이지. 그들 중 얼마나 많은 놈들이 지금 독일 놈들의 노예가 되려하고 있냐 말이야? 프랑스 경찰들이 동포들을 붙잡아서 독일 놈들한테 넘기고 있다니까? 다시 말하지만, 난 어떤 이유가 되었든 반란을 일으킬 생각 없어. 탈출을 위한 것이 아니라면."

대단히 진지한 토론이 계속 이어졌다. 드골 편과 페탱 편으로 나뉘어 의견이 분분했다. 결국 제도에는 간수들에게나 죄수들에게나 라디오가 하나도 없었기 때문에 우린 아는 것이 전혀 없었다. 밀가루와 채소와 쌀을 가져다주는 배가 지나갈 때나 간간이 소식을 들을 수 있었다. 우리로서는 그토록 먼 곳에서 일어나는 전쟁은 이해하기 힘든 것이었다. 생 로랑 뒤 마로니에 자유프랑스군을 모집하는 사람이 왔다는 소문이 들렸다. 독일군이 프랑스 전역을 침범했다는 소식밖에는 아무것도 알 길이 없었다.

재미있는 사건이 하나 있었다. 루아얄에 사제 한 명이 와서 미사끝에 설교를 하면서 이렇게 말했다.

"만일 제도가 공격을 받는다면 여러분에게 무기를 주어 간수들을 도와 프랑스 국토를 지키도록 할 겁니다."

정말 그렇게 말했다. 죄수들에게 감방을 지키도록 한다니! 그 다음에는 어쩌라는 건지, 참 재미있는 신부였다.

우리에게 그 전쟁은 이렇게 요약될 수 있었다. 간수들의 수는 두 배로 늘었고, 평소보다 수가 많은 검열관들 중에는 독일어 억양이나 알자스 억양이 뚜렷한 사람들이 많아졌다. 빵은 줄었고, 고기도 구경하기 힘들어졌다. 결국 늘어난 것이라고는 탈출에 실패할 경우 받게 되는 대가뿐이었다. 곧, 잡히면 무조건 사형이었다. 탈출에 '프랑스의 적에게 투항하려는 시도'가 덧붙여졌기 때문이었다.

루아얄에서 지낸 지도 넉 달이 되어갔다. 나는 군의관 제르맹 기베르와 절친한 친구가 되었다. 그의 아내는 나에게 채소밭 관리를 맡아달라고 했다. 나는 부인의 정원에 상추, 무, 강낭콩, 토마토, 가지를 심어주었다. 부인은 몹시 좋아하면서 나에게 더 다정하게 대해주었다. 그 군의관은 간수와도 결코 악수하는 법이 없었는데, 나를 비롯해서 그가 인정하고 존경하는 몇몇 죄수들에게는 종종 악수를 청했다.

후에 자유를 되찾은 다음에도 나는 로젠버그 박사를 통해 제르맹 기베르와 연락을 하곤 했다. 그는 마르세유에서 아내와 함께 찍은 사진을 내게 보내주기도 했다. 그리고 내가 자유로워졌다는 사실을 알고는 진정으로 축하해주었다. 그 뒤 그는 인도차이나에서 부상당한 병사를 구하려다가 목숨을 잃었다. 그는 보기 드문 사람이었고, 그의 아내도 못지않았다. 나는 1967년에 프랑스로 돌아갔을 때 그 부인을 꼭 만나고 싶었지만 곧 포기했다. 부인에게 초청장을 받은 뒤로는 연락이 끊겼기 때문이었다. 왜 갑자기 연락이 끊겼는지는 모르겠지만, 그들이 루아얄에서 내게 다정하게 대해준 것에 대해 언제나 마음 깊이 감사하고 있다.

몇 달 뒤 나는 루아얄로 돌아갈 수 있었다.

생 조제프

카르보니에리의 죽음

어제 내 친구 마튜 카르보니에리가 가슴에 칼을 맞았다. 그 살인을 시작으로 몇 건의 살인이 연쇄적으로 일어났다. 마튜는 세면대에서 옷을 벗고 얼굴 가득 비누질을 하던 중에 칼을 맞았다. 보통 샤워를 할 때는 언제 갑자기 적이 나타날지 모르기 때문에 바로 집을 수 있도록 접칼을 펼쳐서 옷가지 밑에 두고 했다. 그런데 마튜는 그걸 깜박 잊고 있다가 목숨을 잃은 것이다. 내 친구를 죽인 놈은 평생 포주 노릇을 해온 아르메니아인이었다.

나는 소장의 허락을 받고 다른 사람의 도움을 받아 죽은 친구를 부두까지 직접 들고 갔다. 무거워서 중간에 세 번이나 쉬어야 했다. 나는 그의 발에 밧줄이 아닌 철사로 무거운 돌을 묶었다. 그래야 상어들이 쉽게 줄을 끊지 못해 잡아먹히지 않고 바다에 가라앉을 수 있을 테니까.

종이 울리고, 우리는 부두에 도착했다. 저녁 6시였다. 수평선으로 해가 뉘엿뉘엿 지고 있었다. 우리는 배에 올랐다. 누구에게나 관으로 쓰이는 그 상자 속에서 마튜는 영원히 잠들어 있었다.

"앞으로! 노를 저어라!"

뱃머리의 간수가 소리쳤다. 10분도 안 되어서 우리는 루아얄과 생 조제프 사이의 수로에 도착했다. 그때, 나는 갑자기 목이 막혀 왔다. 상어 지느러미 10여 개가 물살을 가르며 빙빙 돌았다. 정확히 시간을 맞춰 온 것이다. 맙소사, 내 친구가 그들에게 잡힐 틈을 주지 않아야 했다. 다들 작별 인사로 노를 치켜들었다. 뚜껑이 열렸다. 밀가루 부대에 둘둘 말린 마튜의 시신이 묵직한 돌의 무게에 이끌려 빠르게 물 속으로 미끄러져 내려갔다.

끔찍했다! 물 속에 들어가서 사라지는가 싶더니 다시 허공으로 치솟아 올라온 것이다. 일곱 마리인지, 열 마리인지 아니면 스무 마리인지 모를 상어들이 배가 뒤로 물러서기가 무섭게 밀가루 부대를 잡아챘고, 도저히 말로 설명하지 못할 일이 벌어졌다. 마튜는 2초 혹은 3초 동안 물 위에 서 있는 듯 보였다. 벌써 오른쪽 팔 앞부분은 잘라지고 없었다. 시신의 절반이 물 밖으로 나온 채 곧장 배를 향해 돌진하더니 세찬 소용돌이 한가운데로 영원히 사라졌다. 상어들은 우리 배 아래를 지나면서 바닥을 들이받아 하마터면 한 사람이 중심을 잃고 물에 빠질 뻔했다. 간수들을 포함한 모든 사람이 혼비백산했다. 나는 처음으로 죽고 싶은 충동을 느꼈다. 작정하고 상어들에게 몸을 던지면 영원히 그 지옥을 벗어날 것만 같았다.

나는 천천히 수용소까지 걸어 올라갔다. 동행하는 사람은 아무도 없었다. 들것을 어깨에 걸치고 내 물소 브루투스가 당통을 공격했던 그 고원에 도착했다. 잠시 발길을 멈추고 앉았다. 겨우 7시 밖에 안 되었는데 벌써 날이 어둑했다. 서쪽 하늘은 수평선으로 사라지는 햇빛 때문에 아직 환했다. 그 나머지 부분은 섬의 등대가 잠시 잠깐씩 그려넣는 하얀 구멍 외에는 캄캄했다. 마음이 무거웠다.

빌어먹을! 그런 장례를 보고 싶어했고 결국 봤잖아! 종과 그 나머지도! 이제 성에 차냐? 그 빌어먹을 호기심이 채워졌냐고?

내 친구를 죽인 놈과 해결할 일이 남았다. 언제? 오늘밤에? 아니, 오늘밤은 너무 이르다. 간수들이 지키고 있을 게 뻔했다. 그의 참호에는 전부 열 명이 있었다. 어설프게 행동했다가는 붙잡힐 위험이 컸다. 내가 믿을 수 있는 사람이 몇 명이지? 나 말고 넷이니까 전부 다섯이다. 좋다. 그놈을 해치우자. 그래, 어쩌면 난 디아블로 보내질 것이다. 그곳에 가면 뗏목도, 탈출 준비도, 아무것도 없다. 코코넛 부대 두 개로 바다에 뛰어드는 것밖에는. 해안까지의 거리는 비교적 짧은 40킬로미터 직선 코스이다. 하지만 파도와 바람과 밀물에 따라 120킬로미터가 될 수도 있다. 문제는 얼마나 잘 버티느냐이다. 난 튼튼하니까 이틀 정도는 부대를 타고 바다에서 견딜 수 있을 것이다.

나는 들것을 메고 다시 수용소로 향했다. 문 앞에서 몸수색을 당했다. 전에는 한 번도 없던 일이었다. 간수가 내 칼을 가져갔다.

"날 죽이려고 작정했습니까? 왜 내 칼을 가져가는 겁니까? 내가 누군가의 손에 죽으면 그건 당신들 잘못입니다."

아무도 대꾸하지 않았다. 간수들도, 열쇠지기 아랍인들도. 그들은 문을 열어주었고, 나는 안으로 들어갔다.

"아무것도 안 보이잖아. 등이 셋이나 되는데 왜 하나만 켠 거야?"

"빠삐, 이리로 와."

그랑데가 내 소매를 잡아끌었다. 방 안은 유난히 조용했다. 뭔가 심각한 일이 일어났거나 일어나는 중인 듯했다.

"난 칼이 없어. 지금 수색에서 빼앗겼어."

"오늘밤에는 필요 없을 거야."

"왜?"

"아르메니아 놈이랑 그 친구 놈이 화장실에 있어."

"거기서 뭐 하는데?"

"죽었어."

"누가 그랬어?"

"내가."

"빨리도 했네. 나머지는?"

"그놈들 참호엔 이제 넷 남았어. 파울로가 남자의 명예를 걸고 움직이지 않기로 약속했어. 일을 여기서 멈추자는 얘기에 네가 동의하는지 알고 싶어해."

"칼 이리 줘."

"자, 여기 내 칼이야. 난 이쪽 구석에 있을게. 가서 얘기해봐."

나는 그들의 참호로 다가갔다. 어느새 내 눈은 희미한 불빛에 익숙해졌다. 마침내 그들 무리가 눈에 들어왔다. 네 사람 모두 해먹 앞에 서로 바짝 붙어 서 있었다.

"파울로, 나한테 할 얘기 있어?"

"응."

"따로 아니면 친구들 앞에서? 원하는 게 뭐야?"

나는 조심스럽게 1미터 50센티미터 정도 거리를 두고 섰다. 왼쪽 소매 속에는 언제든 꺼낼 수 있게 접칼을 감추고 있었다.

"네 친구의 복수는 이 정도면 된 것 같은데. 넌 제일 친한 친구 하나를 잃었고, 우린 둘을 잃었어. 내 생각엔 여기서 그만두는 게 좋을 것 같아. 어떻게 생각해?"

"파울로, 네 제안을 받아들이지. 너희만 괜찮다면 일주일 동안은 서로 아무 짓도 않기로 하자. 다음 일은 다음에 생각하자. 됐지?"

"좋아."

그리고 나는 돌아왔다.

"그래, 뭐래?"

"아르메니아 놈하고 그 친구 놈으로 마튜의 복수는 충분하다고 생각한대."

"천만에."

갈가니가 말도 안 된다는 듯이 말했다. 그랑데는 아무 말도 하지 않았다. 장 카스텔리와 루이 그라봉은 평화조약을 맺는 데 동의했다.

"빠삐, 넌?"

"마튜를 죽인 게 누구지? 아르메니아 놈이야. 그럼 됐어. 일단 타협을 하자. 일주일 동안은 아무도 움직이지 않기로 약속했어."

"마튜의 복수를 하고 싶지 않아?"

갈가니가 물었다.

"이봐, 마튜의 복수는 벌써 끝났어. 마튜 때문에 두 사람이 죽었다고. 다른 사람들은 왜 죽여?"

"나머지가 가담을 했느냐가 중요하지."

"다들 잘 자. 난 자야겠어."

난 혼자 있고 싶었다. 누군가가 내 몸을 더듬는 것 같기에 슬그머니 칼을 꺼냈다. 어둠 속에서 속삭이는 소리가 들렸다.

"맘놓고 한숨 자, 빠삐. 우리가 돌아가면서 보초를 서기로 했어."

너무나 갑작스럽고 끔찍한 친구의 죽음에는 별로 특별한 동기도 없었다. 아르메니아인이 마튜를 죽인 것은 밤중에 도박을 하다가 잃은 돈 170프랑을 한 번에 갚으라고 강요받았기 때문이었다. 그 소심한 아르메니아인은 서른 명인가 마흔 명이 모인 앞에서 당장 돈을 갚으라는 요구를 받자 수치감을 느꼈던 모양이다. 그렇지만 마튜와 그랑데 사이에 끼여서 순순히 따를 수밖에 없었다. 그래서 비겁하게 마튜를 죽인 것이다. 나는 그 일로 크게 상심했지만 살인자들이 죄를 짓고 몇 시간밖에 더 살지 못했다는 사실이 그나마 위안이 되었다. 그러나 그건 시작에 불과했다.

그랑데는 마치 검객처럼 재빠르게 두 사람의 목을 차례로 찔렀다. 그들은 미처 방어할 틈도 없었다. 나는 그들이 쓰러진 자리에 피가 흥건하리라고 상상했다. 그러다 문득 누가 그들을 화장실로 끌고 갔는지 궁금해졌지만 묻지 않기로 했다. 나는 눈을 감고 비극적으로 검붉은 태양이 마지막 광채를 발하며 사라져가던 모습을 떠올렸다. 상어들이 내 친구를 놓고 다투는 무시무시한 풍경 속에서……. 이미 한쪽 팔이 잘린 채 나무토막 같은 시체가 벌떡 일어서서 배를 향해 달려오는 모습! 종소리가 상어들을 부른다는 말은 결국 사실이었다. 그 고약한 짐승들은 종이 울리면 잔칫상이 차려진다는 걸 알고 있었다. 물보라를 일으키면서 잠수함처럼 달려와 원을 그리는 상어 지느러미 10여 개가 눈에 선했다. 100마리도 넘는 듯했다……. 내 친구는 그걸로 끝이었다. 나락의 길은 결국 끝까지 제 역할을 다 한 것이다.

마흔 살에 사소한 말다툼 끝에 칼을 맞아 죽다니! 불쌍한 친구……. 나는 그러고 싶지 않았다. 아니, 아니, 천만에. 상어들의 먹이가 되고 싶은 마음은 추호도 없었다. 밀가루 부대도, 돌멩이도, 밧줄도 없이 자유로운 채로 죽는다면 모를까. 도형수든 간수든 구경꾼 없이 죽고 싶었다. 종소리도 없이. 내가 만일 상어들의 먹이가 된다면, 그것은 살아서 그랑테르에 가기 위해 안간힘을 쓰다가 죽는 것일 게다.

"이제 끝났어. 더 이상 심각하게 계획하는 탈출은 하지 않겠어. 디아블에서는 코코넛 부대 두 개만 있으면, 하느님의 은총만 있으면 할 수 있어."

그때가 되면 문제는 신체적인 강인함이었다. 48시간이나 60시간? 코코넛 부대 위에 움츠리고 그렇게 오랫동안 바다 위에 떠 있다가 다리에 쥐라도 나면 어쩌지? 운 좋게 디아블에 가게 된다면 연습을 할 것이다. 우선은 루아얄을 빠져나가서 디아블로 가야 했다. 그다음 일은 그때 가서 생각할 것이다.

"빠삐, 자?"

"아니."

"커피 한 잔 줄까?"

"그럴래?"

나는 해먹에 앉아서 그랑데가 타준 따뜻한 커피를 마시며 담배에 불을 붙였다.

"지금 몇 시지?"

"새벽 1시야. 내가 12시에 교대했는데 꼼짝도 않기에 안 자는 줄 알았어."

"맞아. 마튜가 죽은 일로 심란한 데다가 상어 장례를 보고 나니 마음이 더 안 좋아. 정말 끔찍했어, 알아?"

"아무 말도 하지 마, 빠삐. 그냥 그러려니 할래. 너는 절대로 그곳에 갈 일 없을 거야."

"종소리 이야기가 허풍인 줄 알았어. 그래서 철삿줄로 커다란 돌을 단단히 묶었거든. 상어들이 그렇게 순식간에 낚아챌 줄은 정말 몰랐어. 가엾은 마튜, 내 평생 그렇게 끔찍한 장면은 다시 못 볼 거야. 그런데 넌 어떻게 그렇게 그놈들을 빨리 해치운 거야?"

"섬 끝에서 정육점에 철문을 달아주다가 그놈들이 마튜를 죽였다는 걸 알게 되었어. 그때가 정오였지. 그래서 수용소로 올라가는 대신에 자물쇠를 달러 가는 척하고 다시 작업장으로 갔지. 거기서 1미터짜리 파이프에 양날 칼을 넣고, 5시에 그 파이프를 들고 수용소로 돌아왔지. 간수가 뭐냐고 묻기에 내 해먹의 나무 막대가 부러져서 오늘밤에 그 파이프를 쓰려 한다고 대답했어. 오두막에 돌아왔을 때는 아직 환해서 세면대에 파이프를 놔두었지. 그리고 점호 전에 갖고 들어왔어. 날이 어두워지더군. 친구들에게 가려달라고 한 다음에 재빨리 파이프에서 단도를 꺼냈어. 아르메니아 놈하고 그 친구는 해먹 앞에 서 있었고, 파울로는 좀 뒤에 있었어. 장 카스텔리와 루이 그라봉은 용감하기는 해도 늙어서 몸싸움을 하기에는 솜씨가 좀 떨어지잖아.

난 네가 이 일에 말려들지 않도록 네가 도착하기 전에 해치우고 싶었어. 넌 전적도 있고 해서 여차하면 큰 곤경에 빠질 테니까. 장이 방구석에 있다가 전등 하나를 껐지. 그라봉은 반대쪽에서 역시 하나를 껐고. 방 안에는 가운데 전등 빼고는 거의 불빛이 없었어. 나는 드가에게 받은 커다란 손전등을 들고 있었어. 장이 앞장을 서고 내가 뒤에 따라갔지. 그놈들이 있는 곳에 다가가서 장이 팔을 들어 등을 위에서 비추었어. 아르메니아 놈이 눈이 부셔서 왼팔로 눈을 가리는 사이에 난 목에 칼을 박아넣었지. 옆의 놈은 시린 눈을 제대로 뜨지도 못하면서 제 칼을 꺼내 허공에 휘두르더군. 내가 그놈에게 어찌나 세차게 칼을 찔렀는지 반대편으로 칼이 뚫고 나올 정도였어. 파울로는 바닥에 엎드려서 제 해먹 밑으로 기어 들어가더군. 장이 전등을 껐기 때문에 내가 파울로의 뒤를 쫓는 걸 포기해서 그놈은 산 거야."

"그럼 누가 화장실에 끌어다 놓은 거야?"

"그건 나도 몰라. 내 생각엔 같은 참호 쓰는 놈들이 그놈들 뱃속에 든 '계획'을 꺼내려고 그런 거 같아."

"그럼 화장실에 피가 흥건하겠네?"

"당연하지. 말 그대로 목을 완전히 땄으니 진까지 다 빠졌을걸. 손전등을 이용할 생각은 칼을 준비하다가 했어. 작업장 간수 하나가 손전등의 건전지를 갈아끼우는 걸 보고 말야. 퍼뜩 그 생각이 나기에 곧장 드가에게 하나 구해달라고 부탁했지. 드가는 손전등하고 칼을 아랍인 열쇠지기에게 맡겼고. 조금도 후회하지 않아. 그놈들은 얼굴에 비누를 묻히고 있는 내 친구를 죽였지만 난 대신에 빛을 가득 채워주었으니까. 이젠 계산 끝난 거야. 안 그래, 빠삐?"

"잘했어. 우리 친구 복수를 위해서 그렇게 빨리 움직여준 것도, 그 일에서 날 빼줄 생각을 한 것도 얼마나 고마운지 몰라."

"이제 그 얘기는 더 하지 말자. 난 내 할 일을 한 것뿐이야. 넌 그

동안 너무 힘들었고 그렇게도 간절히 자유로워지고 싶어하잖아. 그러니 내가 하는 것이 당연하지."

"고마워, 그랑데. 그래, 난 어느 때보다도 더 간절히 떠나고 싶어. 그러니 이 사건이 여기서 끝나도록 도와줘. 솔직히 말하면, 그 아르메니아 놈은 일을 벌이기 전에 같은 참호 사람들에게도 말하지 않았을 것 같아. 파울로가 그렇게 비겁한 살인을 받아들였을 리 없어. 결과를 알 테니까 말야."

"나도 그렇게 생각해. 갈가니만 그놈들 모두 공범이라고 생각해."

"아침에 무슨 일이 일어나는지 보자고. 난 분뇨 일하러 나가지 않을 거야. 아픈 척하고 남아서 일이 어떻게 돌아가는지 지켜볼게."

새벽 5시였다. 오두막 모범수가 우리에게 다가왔다.

"이봐, 초소에 연락해야 할까? 화장실에 두 놈이 죽어 있는데."

일흔 살의 늙은 도형수는 저녁 6시 30분 이후로는 자신은 아무것도 아는 것이 없다고 말했다. 그랑데는 시치미를 떼고 노인에게 대꾸했다.

"뭐라고? 화장실에 두 놈이 죽어 있다고? 언제부터?"

"그걸 어떻게 알아? 난 6시부터 잤는데. 이제야 일어나서 오줌을 누러 갔다가 핏물에 미끄러져서 코를 박을 뻔했단 말이야. 라이터 불을 켜고 보니 화장실이 온통 피바다고 두 놈이 쓰러져 있더라고."

"사람들 불러."

"간수! 간수!"

"왜 그렇게 큰 소리로 소리를 지르고 야단이야, 이 노인네야? 안에 불이라도 났어?"

간수 한 명이 물었다.

"아뇨, 화장실에 두 명이 죽어 있어요."

"그래서 뭘 어쩌라고? 나더러 다시 살리라고? 지금 5시 15분이야. 이따가 6시에 보자고. 아무도 화장실에 가까이 못 가게 해."

"그럴 수 없어요. 그 시간이면 다들 볼일을 보러 간단 말입니다."

"그건 그렇군. 잠깐만, 경비대장에게 보고하고."

곧 간수장과 간수 두 명이 도착했다. 그들은 안에 들어와 보지도 않고 철창 앞에 서서 물었다.

"화장실에 두 명이 죽어 있다고?"

"네."

"언제부터?"

"모르겠어요. 오줌 누러 갔다가 막 발견했어요."

"누군데?"

"모르겠는데요."

"나 참! 내가 말해주지. 한 놈은 아르메니아 놈일 거야. 가서 봐."

"맞습니다. 아르메니아 놈하고 그 친구입니다."

"좋아, 점호 때까지 기다려."

그리고 그들은 도로 가버렸다.

6시에 첫 번째 종이 울렸다. 방문이 열렸다. 커피 배달하는 두 명이 돌면서 커피를 나누어주었고, 그 뒤를 이어 빵이 배급되었다.

6시 반, 두 번째 종이 울렸다. 날이 밝고 보니 과연 통로에는 밤새 피를 밟고 다닌 발자국들이 한가득이었다.

소장과 부관이 도착했다. 간수 여덟 명과 의사도 동행했다.

"모두 옷 벗고 해먹 앞에 똑바로 섯! 완전히 도살장이로군, 사방에 피잖아!"

부관이 먼저 화장실에 들어갔다. 그는 백짓장처럼 하얗게 질려서는 곧바로 나왔다.

"말 그대로 목이 잘렸잖아. 물론 아무도 아무것도 보지도, 듣지도 못했겠지?"

침묵만이 이어졌다.

"노인장, 당신이 이 방 책임자지? 의사 선생, 대략 사망 시간이 언제쯤인 것 같소?"

"8시에서 10시 사이요."

군의관이 말했다.

"노인장이 발견한 건 5시고? 아무것도 보지도, 듣지도 못했어?"

"네. 전 귀도 어둡고 눈도 침침합니다요. 게다가 일흔 살이 먹도록 40년을 도형지에서 보낸걸요. 그러니 아시겠지만 잠을 많이 잡니다. 원래는 6시도 자고 있을 시간이죠. 5시부터 오줌이 마려워서 잠이 깬 해도 일어나지 않다가 종소리가 들려야 일어나거든요."

"그래, 차라리 다행이군. 덕분에 우리도 밤새 편안히 잠을 잤으니까 말이야. 들것 운반자들, 이 시체 두 구를 옮겨. 부검을 해보면 좋겠군요, 의사 선생. 너희들은 한 사람씩 옷을 다 벗고 뜰로 나가."

우리는 지휘관들과 의사 앞을 차례로 지나갔다. 그들은 우리의 신체 부위를 일일이 꼼꼼하게 살폈다. 아무도 부상을 입은 사람은 없었고, 몇 명의 몸에는 피가 튀어 있었다. 그들은 화장실에 가다가 미끄러져서 그렇다고 설명했다. 그랑데와 갈가니와 나는 다른 사람들보다 더 세세하게 검사를 받았다.

"빠삐용, 네 자리는 어디지?" 그리고 칼은?

그들은 내 소지품을 뒤졌다.

"제 칼은 저녁 7시에 문 앞 간수에게 빼앗겼습니다."

"사실입니다. 그 바람에 누가 자길 죽일지도 모른다고 한바탕 소란을 피웠습니다."

간수가 말했다.

"그랑데, 이 칼은 네 거냐?"

"네. 제 자리에 있으니 제 것 맞죠."

그랑데는 얼룩 하나 없이 깨끗한 칼을 꼼꼼히 들여다보았다. 군의관이 화장실에서 나오면서 말했다.

"이 사람들의 목을 딸 때 사용된 칼은 양날입니다. 이들은 선 채로 죽었어요. 도저히 이해가 안 되는군요. 도형수가 저항 한 번 하지 않고 토끼처럼 얌전히 목이 잘리다니요. 분명히 누군가 부상당한 사람이 있을 겁니다."

"직접 봤잖소, 의사 선생. 누구 하나 칼에 긁힌 자국도 없잖소."

"그 두 사람은 위험 인물이었습니까?"

"매우. 아르메니아인은 어제 아침 9시에 세면장에서 살해된 카르보니에리의 살인자로 추정되는 사람이었소."

"사건 종결. 어쨌든 그랑데의 칼은 잘 간수하시오. 다들 환자 말고는 일하러 나간다. 빠삐용, 아프다고?"

소장이 말했다.

"네, 소장님."

"친구 복수할 시간을 낭비하지 않아도 좋게 되었군. 잘 알겠지만 난 바보가 아니야. 불행히도 증거가 부족해서 아무도 찾지 못할 거라는 걸 알아. 마지막으로 묻겠는데, 뭐라도 신고할 사람 없나? 너희 중 누구라도 이 이중 범죄를 해명한다면 섬에서 내보내 그랑테르로 보내준다고 약속하지."

쥐 죽은 듯 조용했다. 아르메니아인의 참호 사람 모두 아프다고 했다. 그 모습을 본 그랑데와 갈가니, 장 카스텔리 그리고 루이 그 라봉도 창백한 안색을 하고 아픈 척을 했다. 120명이 빠져나가고 방 안에는 우리 참호의 다섯 명과 아르메니아인 참호의 네 명, 시계 수선공과 청소할 일이 생겼다며 쉴새없이 투덜대는 노인 모범수, 그리고 알자스 출신의 키 큰 실뱅을 포함해 두세 명의 다른 도형수들만 남았다.

실뱅은 도형지에 있는 사람들이 모두 친구로 생각하는 사람이었다. 범상치 않은 행동으로 20년형을 선고받은, 매우 존경받는 행동가였다. 그는 혼자서 파리-브뤼셀 급행열차의 우편 차량을 습격해서 경비 두 명을 때려눕히고 우편물 부대들을 둑에 있는 동료들에게 던졌는데, 그들은 그 일로 상당한 액수를 챙겼다.

실뱅은 두 참호에서 각자 숙덕거리는 것을 보고 당분간 싸우지 않기로 약속한 것은 모르는 채 먼저 말문을 열었다.

"너희들이 삼총사처럼 줄 맞춰 서서 패싸움을 벌이지는 않았으면 좋겠는데?"

"적어도 오늘은 안 해. 더 나중에는 모를까."

갈가니가 말했다.

"왜 나중에 해? 오늘 할 일을 나중으로 미루면 안 되지. 하지만 서로 죽이고 죽을 이유는 없는 것 같아. 어떻게 생각해, 빠삐용?"

파울로가 말했다.

"한 가지 궁금한 게 있어. 아르메니아 놈이 하려는 짓을 너희들이 미리 알고 있었냐는 거야."

"사나이 명예를 걸고 말할게, 빠삐. 우린 아무것도 몰랐어. 그리고 하나 얘기해줄까? 만일 아르메니아 녀석이 죽지 않았다면 나 역시 그 녀석이 한 짓을 어떻게 받아들였을지 모르겠어."

"그렇다면 이제 이 일은 여기서 완전히 끝내는 게 어때?"

그랑데가 제안했다.

"우린 찬성이야. 이제 손잡고 더 이상 그 슬픈 사건에 대해서는 말하지 말자."

"물론이야."

"내가 증인이야. 일이 잘돼서 기쁘군."

실뱅이 말했다.

"이제 더 얘기하지 말자."

저녁 6시에 종이 울렸다. 종소리를 듣자 어제 본 장면이, 내 친구가 몸을 세우고 배를 향해 다가오던 모습이 떠오르는 것을 주체할 수 없었다. 그 모습이 어찌나 뇌리에 강하게 새겨졌는지 스물네 시간이 지났는데도 아르메니아인과 그 친구가 상어 떼에 던져지기를 바라는 마음이 조금도 들지 않았다.

갈가니는 한 마디도 하지 않았다. 그는 카르보니에리에게 어떤 일이 일어났는지 알고 있었다. 갈가니는 허공을 응시하며 두 다리를 해먹 양쪽에 걸치고 건들거렸다. 그랑데는 아직 돌아오지 않았다. 협상은 10분 전에 끝났지만 갈가니는 여전히 다리를 건들거리면서 내 얼굴을 쳐다보지도 않고 나직한 목소리로 말했다.

"마튜를 뜯어먹은 상어들 중 한 마리가 그 빌어먹을 아르메니아 놈의 살점을 한 조각이라도 먹는 일이 없었으면 좋겠어. 너무 웃기잖아, 살아서 원수진 두 녀석들이 같은 상어의 뱃속에서 만난다면 말이야."

나는 성실하고 소중한 친구를 잃었다는 상실감으로 가슴이 뻥 뚫린 느낌이었다. 루아얄을 떠나서 최대한 빨리 움직이는 편이 좋을 듯했다. 나는 매일 그 생각을 되새겼다.

정신병자들의 탈출

"전쟁에다가 징벌이 더 강화되었으니 지금은 탈출해도 망치기 쉬울 때야, 안 그래, 살비디아?"

호송선에서 금덩이를 갖고 있던 이탈리아인과 나는 탈출 시도에 대한 새로운 조치를 알리는 게시물을 읽고 세면장에 앉아 의견을 나눴다.

"그렇지만 붙잡혀서 사형을 당하는 한이 있더라도 난 어떻게든 떠날 거야. 넌?"

"빠삐용, 난 더는 견딜 수가 없어. 나도 탈출하고 싶어. 일어날 일은 어떻게든 일어나는 거야. 난 정신병자 요양소에 의무병으로 보내달라고 요청했어. 그 요양소의 식량 저장실에는 125리터 용량의 물통 두 개가 있는데, 그 정도면 뗏목 만들기에는 충분하거든. 하나에는 올리브 기름이 가득 담겨 있고, 다른 하나에는 식초가 가득 차있어. 두 개를 서로 단단히 묶어서 떨어지지 않게 만들면 잘하면 그랑테르까지 갈 수 있을 것 같아. 정신병자 병동 주변의 담장 아래 바깥쪽에는 경비도 없어. 안쪽에만 의무병 간수 한 명이 경비를 서면서 환자들을 감시해. 나와 같이 거기에 안 갈래?"

"의무병으로?"

"그건 불가능해, 빠삐용. 절대 너에게 요양소 일을 줄 리 없잖아. 수용소에서 멀찍이 떨어졌지, 감시도 소홀하지, 그런 곳에 널 보낼 리가 없다고. 하지만 미친 척하면 갈 수 있을 거야."

"그건 어려워, 살비디아. 의사가 '정신이상자'로 분류한다는 건 뭐든 멋대로 할 수 있는 권리를 준다는 거야. 의사가 그 증상을 인정하고 처방을 내릴 때 그 의사가 지는 책임을 생각해봤어? 정신이상자는 다른 죄수나 간수 또는 간수의 아내나 어린애를 죽일 수도 있어. 아무 짓이나 저지르고 탈출해도 법은 어떻게도 할 수 없지. 그런 사람에게는 구속복을 입혀서 벽에 완충물을 댄 독방에 가둔다고. 그런 식으로 한동안 지켜보다가 어느 날 처방을 완화하게 되지. 결국 탈출을 포함해서 어떤 심각한 짓을 저질러도 처벌을 받지 않는다는 거야."

"빠삐용, 난 널 믿어. 너와 함께 탈출하고 싶어. 아무리 불가능한 일이라도 미친 척해서 나와 함께 행동해줘. 난 의무병으로 네가 최대한 움직이기 편하게 뒤에서 받쳐줄게. 아프지도 않으면서 그렇게 위험한 사람들 한가운데에서 지낸다는 것이 끔찍한 일이라는 건 나도 알아."

"수용소로 가, 살비디아. 난 그 문제를 충분히 연구해볼게. 무엇보다도 군의관을 감쪽같이 속이려면 정신병의 첫 번째 증상들에 대해 충분한 정보를 얻어야 해. 의사가 나를 금치산자로 분류하도록 만든다는 게 아주 나쁜 생각은 아니야."

나는 그 문제에 대해 심각하게 연구하기 시작했다. 도형지 도서관에는 그에 관한 책이 한 권도 없었다. 나는 가능할 때마다 제법 오래 정신 질환을 앓았던 사람들과 이야기를 나누었다. 그리고 차츰차츰 분명한 생각을 정립하게 되었다.

1. 정신이상자들은 모두 끔찍한 두통에 시달린다.

2. 귓속에서 윙윙대는 소리가 자주 들린다.

3. 신경이 몹시 예민하기 때문에 같은 자세로 오랫동안 누워 있지 못하고 신경 발작으로 몸을 떨면서 잠에서 깨어난다. 그리고 고통스럽게 온몸이 경직되고 경련을 일으킨다.

따라서 그 증상들을 직접적으로 알리지 않으면서 '자연스럽게 발견되도록' 해야 한다. 내 광기는 의사가 나를 수용소에 보낼 결정을 할 만큼 충분히 위험하되 구속복이나 구타, 금식, 약물 주사, 지나친 냉욕 또는 온욕 처방을 받을 만큼 너무 과격해선 안 된다. 연기를 제대로 해서 군의관을 감쪽같이 속여야 한다.

나에게 유리한 점이 하나 있었다. 왜, 무엇 때문에 내가 미친 척을 한단 말인가? 의사는 그 질문에 대해서 아무런 논리적인 설명도 찾을 수 없기 때문에 분명히 승산이 있었다. 다른 해결책은 없었다. 그들은 나를 디아블로 보내기를 거부했다. 난 마튜가 살해된 뒤로는 더 이상 수용소 생활을 견딜 수 없었다. 이제 꾸물거릴 때가 아니다! 결심했다. 나는 월요일에 의사를 찾아갈 것이다. 아니다, 내가 직접 아픈 기색을 비쳐선 안 된다. 다른 사람이 대신 알리게 해야 한다. 그러려면 그 사람이 그렇게 믿어야만 한다. 나는 방 안에서 비정상적인 두어 가지 속임수를 쓰기로 했다. 그러면 모범수가 간수에게 말할 테고, 간수는 나를 검진 명부에 기입할 것이다.

나는 사흘 동안 잠도 자지 않고, 씻지도 않고, 면도도 하지 않았다. 매일 밤 여러 번씩 마스터베이션을 하고 거의 먹지도 않았다.

어제는 옆 사람에게 내 자리에 있지도 않은 사진을 왜 가져갔느냐
고 따져 물었다. 그는 맹세코 내 물건에 손도 대지 않았다고 펄쩍
뛰었다. 그는 걱정스러웠는지 자리를 옮겼다. 나는 식사 시간에 배
급할 수프가 담긴 나무통으로 다가가 모두가 보는 앞에서 거기에
오줌을 쌌다. 다들 내 표정을 보고 놀랐는지 한 마디도 하지 않았
다. 내 친구 그랑데만 이렇게 말했다.

"빠삐용, 왜 그래?"

"소금을 안 뿌렸잖아."

그러고는 천연덕스럽게 내 밥그릇을 가져다가 모범수에게 내밀
며 수프를 달라고 했다. 다들 입을 꾹 다물고 내가 수프 먹는 모습
을 지켜보았다. 그 일만으로 면담 요청도 없이 너끈하게 다음날 아
침 의사와 마주하게 되었다.

"별일 없죠, 의사 선생?"

나는 질문을 두 번 되풀이했다. 의사는 어리둥절한 표정으로 나
를 바라보았다. 나는 아무렇지 않은 표정으로 그와 눈을 마주쳤다.

"그럼, 별일 없지. 그런데 자넨, 어디 아픈가?"

"아니오."

"그런데 왜 왔지?"

"그냥요. 선생이 아프다는 얘기를 들었거든요. 그런데 괜찮으시
다니 다행이군요. 안녕히 계십시오."

"잠깐 기다려, 빠삐용. 거기 맞은편에 앉아. 그리고 날 좀 보게."

군의관은 등불을 들고 내 눈을 들여다보았다. 등에서 작은 광선
이 나왔다.

"아무것도 못 봤어요? 불빛이 그다지 강하진 않지만 그래도 제대

로 눈치채신 것 같은데, 안 그래요? 말해봐요, 봤어요?"

"뭘?"

군의관이 물었다.

"바보같이 굴지 마십쇼, 의사 맞아요? 아니면 수의사요? 미처 볼
새도 없이 그것들이 숨었다고 말하지 말아요. 아니면 나한테 말하
고 싶지 않은 겁니까? 그것도 아니면 나한테 진짜 바보 행세를 하
려는 겁니까?"

내 눈은 피로 때문에 번들거렸다. 면도도 하지 않고 씻지도 않은
내 몰골이 도움이 되었다. 간수들은 내 얘기를 듣고는 놀라서 꼼짝
도 못했지만, 나는 간수들이 나서지 못하도록 어떤 과격한 몸짓도
하지 않았다. 의사는 나를 자극하지 않도록 비위를 맞추며 일어서
서 내 어깨에 한 손을 올렸다. 난 가만히 앉아 있었다.

"그래, 자네에게 얘기하지 않으려고 했네, 빠삐용. 하지만 천천히
시간을 갖고 봐야겠군."

"의사 선생, 괜히 태연하게 거짓말하지 마쇼. 당신은 아무것도 못
봤잖아! 당신이 찾던 건 내 왼쪽 눈 속에 있는 검은 얼룩 세 개일걸.
나도 허공을 볼 때나 글을 읽을 때만 그것들이 보인단 말이오. 하지
만 거울로 들여다보면 눈은 잘 보여도 얼룩 세 개는 안 보인다고.
내가 거울을 잡는 순간 순식간에 숨어버린단 말이오."

"입원시켜요. 수용소로 보내지 말고 당장요. 빠삐용, 나한테 아픈
데가 없다고 그랬지? 어쩌면 그럴지도 모르겠지만, 자네는 지금 무
척 피곤해 보이니까 병원에서 며칠 쉬게 해주겠네. 괜찮지?"

"괜찮아요. 병원이나 수용소나 제도 안에 있긴 마찬가지니까."

일단 첫 단계는 성공이었다. 나는 30분 후에 환한 병실 감방에 있

게 되었다. 침대도 깨끗하고 새하얀 침대보가 깔려 있었다. 문에는 이런 종이가 붙었다. '관찰 대상.' 나는 차츰차츰 암시에 빠져들면서 정신이상자로 변해갔다. 그건 위험한 게임이었다. 입을 발작적으로 비틀고 아랫입술을 깨무는 틱 현상을 몰래 숨겨놓은 거울로 연구하고 부지런히 연습해놓은 덕에 나도 모르게 하는 버릇이 생겼다. 이 게임은 오래 하면 안 돼, 빠삐. 계속 정신적으로 불안정한 척하다가는 정말로 심각한 정신적 결함을 남길지도 몰라. 그렇지만 목적을 달성하고 싶으면 철저하게 연기를 해야 한다. 요양소로 들어가서 금치산자 판정을 받은 다음에 친구와 함께 탈출하는 거야. 탈출! 그 매혹적인 단어에 정신이 번쩍 났다. 커다란 물통 두 개 위에 올라앉아 이탈리아인 친구와 함께 그랑테르로 밀려가는 내 모습이 눈에 선했다.

군의관은 매일 회진을 왔다. 그는 오랫동안 날 검사했고, 우린 항상 예의바르고 다정하게 이야기를 나누었다. 그는 혼란스러운 듯했지만 아직 확신은 못하고 있었다. 나는 목덜미에 심한 통증이 느껴진다고 호소했다. 그건 첫 번째 징후였다.

"괜찮아, 빠삐용? 잠은 잘 잤고?"

"네, 선생님. 그럭저럭 괜찮아요. 선생님이 빌려주신 《마치》 덕분에요. 잠은 별로예요. 실은 제 방 뒤쪽에 배수 펌프가 있는지 밤새도록 펌프질하는 '팡팡' 소리가 뒷덜미까지 올라와요. 꼭 뒷덜미 안쪽에서 '팡팡' 하고 메아리치는 것 같다니까요! 그게 밤새도록 계속되는데 도저히 못 견디겠어요. 방을 바꿔주시면 고맙겠습니다."

군의관은 의무병 간수에게 몸을 돌려 재빨리 속삭였다.

"펌프가 있습니까?"

간수는 고개를 절레절레 저었다.

"병실을 바꿔주십시오. 어느 방으로 가고 싶나?"

"펌프에서 최대한 먼 복도 끝방요. 고맙습니다, 선생님."

문이 닫히고 나는 병실에 혼자 남았다. 문가에서 들릴락 말락한 소리가 났다. 누군가 감시 구멍으로 살피고 있었다. 의사인 듯했다. 그들이 나간 후 멀어지는 발자국 소리가 안 들렸기 때문이었다. 그래서 난 얼른 상상의 펌프가 숨겨져 있는 벽을 향해 주먹을 움켜쥐고 너무 크지 않은 소리로 외쳤다.

"그만해, 빌어먹을 펌프질 좀 그만하라고! 언제까지 물을 줄 건데, 이 망할 놈의 정원사야!"

그러고는 침대에 누워 베개 밑에 얼굴을 파묻었다.

감시 구멍의 쇳조각이 닫히는 소리는 들리지 않았지만 멀어지는 발 소리를 느꼈다. 분명 의사가 들여다본 게 틀림없었다.

오후에 병실이 바뀌었다. 아침에 내가 연기를 제대로 했는지 간수 두 명과 의무병 노릇을 하는 도형수 두 명이 복도 끝까지 나와 동행했다. 그들이 먼저 말을 걸지 않았기 때문에 나도 한 마디도 하지 않았다. 나는 잠자코 그들을 따라가기만 했다. 이틀 뒤 두 번째 증상을 연기했다. 즉, 귓속에서 소리가 나는 증상이었다.

"어때, 빠삐용? 내가 보내준 잡지는 다 읽었나?"

"아니오, 못 읽었어요. 하루 온종일하고 밤늦도록 귓속에 둥지를 튼 파리인지 모기인지하고 싸우느라구요. 귓속에 솜을 틀어막아 봤지만 아무 소용이 없어요. 뭔가 날갯짓하는 소리가 쉴새없이 윙윙대요. 게다가 그 소리가 계속 나면서 미칠 듯이 간지럽다고요. 짜증나 죽겠어요, 선생님! 어떻게 생각하세요? 이것들을 질식사시키지 못하면 물이라도 집어넣어서 죽여야 하지 않을까요? 네?"

나는 연신 입으로 틱 경련을 일으키면서 의사가 그걸 주목하는 걸 눈치챘다. 그는 내 손을 잡고 내 눈을 가만히 들여다보았다.

"그래, 내 친구 빠삐용, 익사라도 시키세. 샤탈, 귀를 씻어줘요."

매일 아침 경련은 다양하게 반복되었지만 의사는 날 요양소로 보낼 결정을 내리지 못한 듯했다. 샤탈은 내게 주사를 놓아주면서 귀띔했다.

"당장은 다 잘 되어가고 있어. 의사가 심각하게 고민하고 있다고. 머지않아 널 요양소로 보낼 것 같아. 의사에게 빨리 결정하지 않으면 네가 위험할 수 있다는 걸 보여줘."

"어떤가, 빠삐용?"

의무병 간수들과 샤탈과 함께 온 의사가 문을 열고 들어오면서 다정하게 인사를 건넸다.

"허풍 그만 쳐, 의사 선생."

내 태도는 공격적이었다.

"내가 좋지 않다는 걸 당신도 잘 알잖아. 너희들 중 누가 날 고문하는 놈하고 한통속이야?"

"누가 자넬 고문하다니? 언제? 어떻게?"

"의사 선생, 당신 아르송발 박사의 작업 알지?"

"나는 다만……."

"그 박사가 십이지장 궤양 환자의 주변 공기를 이온화하려고 다중 파장을 일으키는 진동기를 고안했잖아. 그 진동기로 전기 파장을 내보내지. 내 원수 한 놈이 카옌의 병원에서 그 기계를 하나 훔친 거야. 그래서 내가 얌전히 잘 때마다 단추를 눌러서 내 배와 넓적다리에 충격을 주고 있단 말야. 그러면 갑자기 몸이 뻣뻣해지면서 침대에서 10센티미터는 튀어오른다고. 그런데도 내가 얌전히 자기를 바란단 말이야? 매일 밤 쉬지도 않고 그런단 말이야. 눈만 감았다 하면, 팡! 전기가 와. 사지가 뻣뻣해지면서 용수철처럼 튀어오른다고. 도저히 참을 수가 없어, 의사 선생! 누구든 공모자를 찾아내기만 하면 내가 가만 안 둔다고 사람들에게 말해줘. 난 무기도 없지만 그놈의 목을 조를 정도의 힘은 충분하니까. 미리 경고하는 거야! '어때, 빠삐용?' 하는 위선적인 인사는 집어치우고 날 좀 가만 내버려두라고. 다시 말하지만, 의사 선생, 허풍 좀 집어쳐!"

그 일은 결실을 맺었다. 샤탈은 의사가 간수들에게 각별히 주의를 기울이라고 경고하는 걸 들었다고 했다. 두세 명이 모이기 전에는 절대 내 방문을 열지도 말고, 내게 말을 걸 때는 늘 다정하게 하라는 주의도 주었다고 했다. 피해망상에 사로잡혔으니 최대한 빨리 요양소에 보내야 한다고 말이다.

"제 생각엔 간수 한 명만 붙여 보내도 될 것 같습니다."

샤탈은 내게 구속복을 입히지 못하도록 그렇게 제안했다.

"빠삐, 잘 먹었나?"

"응, 샤탈, 맛있었어."

"자뉘스 씨와 나와 함께 갈래?"

"어딜 가는데?"

"요양소에 약 받으러 갈 거야. 산책도 겸해서."

"가자."

그래서 우리 셋은 병원에서 나와 요양소로 향했다. 샤탈은 거의 도착할 무렵에 적당한 때를 봐서 이렇게 말했다.

"수용소에서 지내기 지겹지 않아, 빠삐용?"

"지긋지긋해. 특히 내 친구 카르보니에리가 없어진 후로는 더."

"요양소에서 며칠 지내지 않을래? 그러면 진동기를 들고 널 괴롭히는 놈이 네가 어디 있는지 찾지 못할 거야."

"그거 좋은 생각이다, 친구. 그런데 내가 머리가 아프지 않아도 날 받아줄까?"

"내가 알아서 할게. 내가 대신 잘 얘기해줄게."

내가 샤탈의 함정에 빠졌다고 생각하고 신이 난 간수가 말했다.

결국 난 100여 명의 정신병자들이 있는 요양소에서 지내게 되었다. 미치광이들과 함께 지내는 건 결코 쉬운 일은 아니었다! 그들은 의무병들이 감방 안을 치우는 동안 30명에서 40명씩 무리를 지어 뜰에서 바람을 쐬었다. 다들 밤이나 낮이나 알몸으로 지냈다. 날이 더워서 다행이었다. 그나마 나는 양말은 신고 지냈다.

의무병 한 사람이 내게 담배에 불을 붙여 건넸다. 나는 햇살 아래 앉아서 벌써 그곳에 온 지 닷새나 되었는데도 아직 살비디아와 연락을 못했다는 생각을 하고 있었다.

그때 정신병자 한 명이 다가왔다. 나는 그의 사연을 알고 있었다. 그의 이름은 푸셰였다. 그의 어머니는 그가 탈출할 수 있도록 살고 있던 집을 팔아 간수 편에 1만 5,000프랑을 보냈다. 간수가 5,000을 갖고 1만 프랑은 넘기기로 했다. 그런데 그 간수는 모두 훔쳐서 카옌으로 가버렸다. 푸셰는 다른 경로를 통해 어머니가 자신에게 돈을 보냈지만 결국 아무 소득도 없이 빈털터리가 되었다는 걸 알고는 미친 듯이 화가 나서 간수들에게 덤벼들었다. 그렇지만 곧 제압당해서 아무 짓도 하지 못했다. 그는 그날부터 3년인지 4년째 정신병자 요양소에서 지내고 있었다.

"넌 누구야?"

난 내 앞에 우뚝 서서 그렇게 묻는 서른 살 가량의 가엾은 청년을 물끄러미 바라보았다.

"내가 누구냐고? 너 같은 인간이지, 그 이상도 그 이하도 아닌."

"바보 같은 대답이군. 거시기도 있고 불알도 있는 걸 보니 사내 녀석이네, 계집애였으면 구멍이 있었을 거 아냐. 난 네가 누구냐고 물었어. 그러니까, 이름이 뭐냐고?"

"빠삐용."

"빠삐용? 네가 나비야? 한심한 놈. 나비는 날개가 있어서 날아다 닌단 말이야. 네 날개는 어디 있어?"

"잃어버렸어."

"그럼 찾아야지. 그래야 달아날 수 있을 거 아냐. 간수들은 날개 가 없으니까 그놈들을 엿먹일 수 있을 텐데. 그 담배 좀 줘."

그는 내가 채 담배를 건네기도 전에 내 손가락 사이에서 담배를 잡아챘다. 그러더니 내 맞은편에 앉아서 맛있게 담배를 피웠다.

"그러는 넌, 넌 누구야?"

내가 물었다.

"난 썩은 고깃덩어리. 내가 뭐든 내 걸 찾으려고 할 때마다 놈들 이 다 훔쳐 가."

"왜?"

"그냥. 그래서 난 간수들을 최대한 많이 죽일 거야. 어젯밤에도 두 놈을 매달아 죽였어. 아무한테도 얘기하지 마."

"왜 매달아 죽였는데?"

"그놈들이 우리 어머니 집을 훔쳤거든. 우리 어머니가 나한테 집을 보냈는데, 그 집이 예쁘니까 그 집을 빼앗아서는 제놈들이 들어가서 사는 거야. 그러니 내가 목매달아 죽인 게 잘한 거 아냐?"

"네 말이 맞아. 그럼 그놈들이 다시는 네 어머니의 집에서 살 수 없겠지."

"저기 보이는 뚱뚱한 간수 있잖아, 철창 뒤에, 보여? 저놈도 그 집에서 살고 있어. 저놈도 죽일 거야, 두고 봐."

그러고는 일어서서 가버렸다.

맙소사! 저런 미치광이들과 함께 살아야 한다니 어처구니없고 위험한 일이었다. 밤마다 사방에서 고함 소리가 들렸고, 보름달이 뜨면 정신병자들은 더욱 흥분했다. 어떻게 달이 정신병자들의 광기에 영향을 미치는 걸까? 도저히 설명할 수는 없지만 수도 없이 눈으로 확인했다.

간수들은 정신병자들을 관찰해서 보고서를 작성했다. 날 상대로도 검증을 했다. 예를 들면, 일부러 날 빠뜨리고 뜰에 내보내지 않았다. 내가 아우성을 치는지 보려는 것이었다. 식사를 주지 않기도 했다. 한번은 간수장이 내게 말했다.

"그게 깨물어, 빠삐용?"

"깨물 수가 없죠. 내가 낚시를 하러 가면 작은 물고기 한 마리가 가는 데마다 따라다니다가 큰 놈이 물려고 하면 이렇게 말하거든요. '조심해, 물지 마, 낚시하는 사람은 빠삐용이란 말야.' 그래서 내가 항상 아무것도 못 낚는 거예요. 그래도 난 계속 낚시할 거예요. 언젠가는 그 말을 믿지 않는 물고기가 있을지도 모르니까."

난 간수가 의무병에게 말하는 걸 들었다.

"저 친구, 진짜 맛이 갔네!"

구내 식당에서 다 같이 식탁에 앉아 밥을 먹게 하면 난 렌즈콩 한 접시도 먹을 수가 없었다. 적어도 키가 1미터 90센티는 되어 보이는 거구에다가 팔다리와 앞가슴에 털이 수북한 고릴라 같은 녀석이 날 제물로 삼았기 때문이다. 그는 늘 내 옆에 앉았다. 렌즈콩은 너무 뜨거워 식기를 기다렸다가 먹어야 했다. 내가 나무 숟가락을 들고 콩을 조금씩 떠서 입김을 불어 막 몇 숟가락 먹었을 때였다. 아이반 호(그는 자신이 아이반호인 줄 알았다)는 제 접시를 들고 손을 깔때기 모양으로 만들어서 5초 만에 전부 집어삼켰다. 그러고는 멋대로 내 접시를 가져다가 똑같이 먹었다. 싹싹 핥은 접시를 소리나게 내 앞에 놓고는 벌겋게 충혈된 커다란 눈으로 날 보면서 마치 이렇게 말하는 듯했다.

'내가 콩 먹는 것 봤지?'

나는 그 아이반호 녀석이 지겨워지기 시작한 데다 아직 정신병자로 분류되지 않았기 때문에 한 방 먹이기로 결심했다. 또 렌즈콩이 나오는 날이었다. 아이반호는 역시 놓치지 않고 내 옆에 앉았다. 머리가 돈 그 녀석은 좋아서 얼굴을 희번득거리며 제 콩을 먼저 먹어 치우고 내 접시에 손을 대려고 했다. 나는 묵직한 물주전자를 앞에 끌어당겨 놓았다. 그 덩치가 내 접시를 낚아채서 렌즈콩을 목구멍에 흘려넣자마자, 난 벌떡 일어서서 있는 힘껏 물주전자로 그의 머리를 내리쳤다. 아이반호는 짐승 같은 소리를 지르며 쓰러졌다. 동시에 정신병자들이 일제히 접시를 무기 삼아 서로 부대끼며 싸웠다. 굉장한 난장판이 벌어졌다. 그 집단 소동은 온갖 유형의 미치광이들의 고함과 조화를 이루었다.

나는 건장한 의무병 네 명에게 붙들려 신속히 내 방으로 옮겨졌다. 나는 아이반호가 내 신분증이 든 지갑을 훔쳐갔다고 미친놈처럼 소리를 질러댔다. 이번엔 제대로 되었다! 군의관은 날 금치산자로 분류하기로 결심했다. 모든 간수들이 내가 얌전한 정신병자이긴 하지만 때로는 매우 위험해진다고 이구동성으로 인정했다. 아이반호는 머리에 붕대만 감았다. 8센티미터도 넘게 찢어진 것 같았다. 그가 나와 산책 시간이 달라서 다행이었다.

간신히 살비디아와 이야기를 나눌 수 있었다. 그는 이미 물통을 보관하는 식료품 저장실의 열쇠를 복사해놓았다. 그러고 나서 물통을 한데 묶을 만한 철사를 구하려고 애쓰고 있었다. 나는 바다에서 물통을 끌어당기다가 철사가 끊어질까 걱정이라고 말했다. 철사보다는 더 유연한 밧줄이 나을 듯했다. 그는 철사와 밧줄을 함께 구하기로 했다. 열쇠도 세 개는 만들어야 했다. 하나는 내 방 열쇠, 또 하나는 내 방으로 이어지는 복도 열쇠, 그리고 마지막 하나는 요양소 정문 열쇠였다. 순찰은 띄엄띄엄 있었다. 경비 한 명이 네 시간에 한 번씩 순찰을 돌았다. 9시에서 새벽 1시 그리고 1시에서 5시 사이였다. 두 명은 경비를 맡아도 내내 잠만 자고 순찰은 돌지 않았다. 그들은 함께 경비를 맡은 의무병 도형수만 믿었다. 결국 모든 건 인내심의 문제였다. 늦어도 한 달이면 일을 저지를 수 있었다.

간수장은 내가 뜰에 나가자 이상한 시가에 불을 붙여주었다. 맛이 고약했지만 맛있는 척했다. 나는 벌거벗은 채로 노래하거나, 울거나, 이상한 몸짓들을 하거나, 혼자 떠들고 있는 정신병자 무리들을 바라보았다. 다들 뜰에 나오기 직전에 한 샤워 때문에 아직도 물기가 남아 있는 그들의 몸에는 누군가에게 얻어맞았거나 스스로 만든 상처들, 너무 꼭 죄는 구속복의 밧줄 자국들이 선명하게 남아 있었다. 그건 분명 나락의 길의 마지막 광경이었다. 얼마나 많은 정신 병자들이 프랑스 의사들에게 금치산자로 판정받았을까?

티탱은 1933년에 나와 같은 호송선에 탄 사람이었다. 그는 마르세유에서 한 사람을 죽인 다음에 삯마차 한 대를 훔쳐서 그 안에 시체를 태우고 병원으로 가서 이렇게 말했다. '자, 이 사람을 치료해 줘요. 다친 모양이에요.' 그는 그 자리에서 체포되었고, 배심원들은 그 뻔뻔한 자에게 책임을 지웠다. 그렇지만 그는 이미 미쳐서 그런 짓을 저질렀던 것이다. 정상적으로 생각해봐도 미치지 않고서야 체포될 걸 생각하지 못했을 리 없으니 말이다. 그래서 티탱은 지금 내 옆에 앉아 있다. 그는 만성 이질까지 걸려서 걸어다니는 시체나 다름없었다. 그는 멍해 보이는 흐릿한 눈빛으로 날 쳐다보았다. 그가 내게 말했다.

"내 뱃속에 작은 원숭이들이 들어 있어. 몇 놈은 심술궂어서 내 창자를 물어뜯어. 그래서 그놈들이 화가 나면 내가 피를 흘리는 거야. 다른 털북숭이 놈들은 손이 깃털처럼 부드러워. 그 손으로 날 부드럽게 쓰다듬으면서 다른 못된 놈들이 날 물지 못하게 해. 그 부드러운 작은 원숭이들이 날 지켜줄 때면 피가 안 나."

"마르세유 기억 나, 티탱?"

"마르세유가 기억 나냐고. 아주 생생하지. 부르스 광장의 기둥서 방들, 좀도둑들……."

"그 중에 이름이 생각나는 사람 있어? 랑주는? 뤼크르는? 그라바는? 클레망은?"

"아니, 이름은 기억 안 나. 몸이 아픈 내 친구와 날 병원에 데려갔던 삯마차 몰던 놈이 나 때문에 그 친구가 아픈 거라고 말한 것밖엔. 그게 다야."

"그럼 친구들은?"

"몰라."

가엾은 티탱에게 남은 담배를 주고 자리에서 일어서는데 개처럼 죽어갈 그 가엾은 친구에 대한 연민이 가슴을 뭉클하게 밀려들었다. 그래, 미치광이들과 함께 산다는 건 너무 위험해. 하지만 어쩌겠어? 어쨌든 그것만이 무사히 탈출할 유일한 방법인 것을.

살비디아가 거의 준비를 마쳤다. 이미 열쇠 두 개를 손에 넣었고, 내 방 열쇠만 남았다. 튼튼한 밧줄에다 해먹 천으로 만든 여분까지 챙겼다. 그쪽으로는 모든 것이 순조롭게 진행되었다.

나는 서둘러 행동에 옮기기로 했다. 연극을 계속하는 것이 정말 견디기 힘들었기 때문이었다. 내 방이 있는 그 요양소 구역에서 계속 지내려면 이따금 발작적으로 주의를 끌어야 했다.

한번은 제대로 연기를 해서 의무병 간수들이 뜨거운 물로 목욕을 시키고 브롬화물 주사를 놓아주었다. 그 욕조는 내가 빠져나가지 못하도록 아주 튼튼한 천으로 덮여 있었다. 구멍 밖으로 머리만 내놓을 수 있었다. 그렇게 두 시간째 욕조 속에 갇혀 있는데, 아이반호가 들어왔다. 나는 그 짐승 같은 녀석이 날 보는 눈빛에 질려버렸다. 그가 내 목을 조를까봐 몹시 두려웠다. 팔이 두꺼운 천 아래에 들어가 있어서 방어조차 할 수 없는 상태였다.

그는 내 곁에 다가와서 커다란 눈으로 날 유심히 바라보았다. 천 밖으로 내밀고 있는 내 얼굴을 어디서 봤는지 생각해내려고 애쓰는 듯했다. 그의 숨결과 썩은 냄새가 내 얼굴을 뒤덮었다. 난 그가 커다란 손으로 내 목을 조르겠구나 생각하며 눈을 감고 기다렸다. 그 두려운 몇 초의 시간을 난 쉽게 잊지 못할 것이다. 마침내 그가 내게서 멀어져 방 안을 돌아 작은 수도꼭지로 다가갔다. 그는 찬물을 잠그고 뜨거운 물을 활짝 틀었다. 난 미친 듯이 소리를 질렀다. 말 그대로 산 채로 익을 판이었던 것이다. 아이반호가 나갔다. 방 안에는 수증기가 자욱했고, 수증기 때문에 숨이 막힌 나는 초인적인 힘을 발휘해서 그 천을 들어올리려고 했지만 소용없었다. 마침내 사람들이 도와주러 왔다. 간수들이 창 밖으로 수증기가 나오는 것을 보았던 것이다. 그 끓는 물에서 꺼내졌을 때 이미 난 끔찍한 화상을 입어서 온몸이 쓰라렸다. 특히 엉덩이와 몇 부분은 살갗이 벗겨졌다. 그들은 내게 피크린산을 바른 다음 요양소의 작은 의무실에 눕혔다. 화상이 심해서 의사를 불렀다. 모르핀 주사를 몇 대 맞은 덕에 첫 스물네 시간은 무사히 지나갔다. 의사가 내게 무슨 일이냐고 묻기에 나는 욕조 속에서 화산이 폭발했다고 말했다. 아무도 무슨 일이 있었는지 알지 못했다. 의무실 경비는 목욕 준비를 한 사람에게 물을 제대로 조절하지 못했다고 야단을 쳤다.

살비디아가 내게 피크린 연고를 발라주고 나갔다. 그는 준비가 다 되었고, 내가 의무실에 있게 되어 차라리 잘됐다고 말했다. 만일 탈출에 실패해도 눈에 띄지 않게 다시 요양소로 돌아올 수 있기 때문이었다. 그는 비눗조각으로 의무실 열쇠를 본떴다. 내일이면 열쇠를 손에 넣을 것이다. 내가 어느 정도 몸이 회복되었다고 느끼면 곧 날을 정해서 순찰을 돌지 않는 간수들이 첫 경비를 설 때를 노리기로 했다.

드디어 며칠 후, 새벽 1시부터 5시 사이의 경비 시간으로 정했다.

살비디아는 근무가 없었다. 그는 시간을 벌기 위해서 밤 11시쯤에 식초통을 비우기로 했다. 나머지 기름통은 가득 찬 채로 굴려야 했다. 바다가 꽤 험해서 기름이 담겨 있는 편이 물에 띄우기가 수월할 것 같았기 때문이다.

나는 밀가루 부대를 잘라 만든 바지 한 벌과 털스웨터 한 벌 그리고 허리춤에 좋은 단도 하나를 챙겼다. 방수 주머니 하나도 구해서 목에 걸었다. 그 안에는 담배와 부시깃통이 들어 있었다. 살비디아는 작은 방수 배낭에 기름과 설탕에 적신 타피오카 가루를 준비했다. 약 3킬로그램 정도 나간다고 했다. 그가 늦게 왔다. 나는 침대 위에 앉아서 친구를 기다렸다. 심장이 세차게 고동쳤다. 잠시 후면 탈출이 시작된다. 운만 좋다면 그리고 하느님이 도우신다면 마침내 나락의 길에서 영원히 승자가 되어 나가는 것이다!

이상한 일이었다. 잠시 생각이 과거를 스치며 아버지와 가족이 떠올랐다. 중죄재판소나 배심원들, 검사의 모습은 떠오르지 않았다. 문이 열리는 순간, 나도 모르게 상어 떼에 떠밀려 서 있던 마튜의 모습이 다시 보였다.

"빠삐, 가자!"

나는 그를 따라 나섰다. 그는 재빠르게 문을 다시 잠그고 열쇠를 복도 한쪽 구석에 감추었다.

"빨리, 서둘러."

우리는 식량 저장실에 도착했다. 문은 열려 있었다. 빈 통을 꺼내는 건 식은 죽 먹기였다. 살비디아는 몸에 밧줄을 감았고, 난 철사를 감았다. 나는 밀가루 가방을 들고 칠흑 같은 어둠 속에서 바다를 향해 통을 굴리기 시작했다. 살비디아는 기름통을 굴리며 뒤에서 따라왔다. 그는 다행히도 힘이 좋아서 절벽 아래로 굴러떨어지기 전에 쉽게 무거운 통을 멈출 수 있었다.

"천천히, 천천히. 너보다 빨리 구르지 않게 조심해."

나는 그가 통을 놓칠 경우 내가 막을 수 있도록 그를 기다렸다. 나는 뒷걸음질로 내려갔다. 우리는 힘 하나 들이지 않고 길 끝에 도달했다. 바다로 이어지는 샛길이 있었지만, 바로 그 다음에 넘기 힘든 바위들이 있었다.

"통을 비워. 통이 가득 차 있으면 바위들을 절대 넘어갈 수 없어."

바람이 세차게 불어와 파도가 사납게 바위에 부딪치며 부서졌다. 통을 비웠다.

"입구를 잘 막아. 잠깐, 이 양철판으로 덮어. 그리고 못을 잘 박아."

바람 소리와 파도 소리가 요란해서 못을 박는 소리는 전혀 들리지 않았다. 서로 단단히 묶인 통 두 개를 바위 위로 들어올리기는 좀처럼 쉽지 않았다. 무게도 무게려니와 부피가 커서 다루기가 쉽지 않았다. 살비디아가 통을 물에 띄우려고 고른 장소도 힘겹긴 마찬가지였다.

"밀어올려, 제기랄! 조금 더 들어. 이쪽 파도 조심해!"

우리는 통들과 함께 둘 다 파도에 떠밀려 바위에 세게 부딪혔다.

"조심해! 끊어지겠어!"

"진정해, 살비디아. 앞으로 나오든지 아니면 뒤로 돌아와. 거기, 그래 좋아. 내가 소리치면 한 번에 끌어당겨. 내가 동시에 밀게. 그러면 바위에서 떨어질 수 있을 거야. 그런데 그러려면 우선 파도가 아무리 덮쳐도 제자리에서 잘 버텨야 해."

나는 요란한 바람과 파도 한가운데에서 힘껏 소리를 지르면서 그 친구가 소리를 들었다고 생각했다. 그 순간, 거대한 파도가 우리를 통째로 뒤덮었다. 나는 있는 힘껏 우리의 뗏목을 떠밀었다. 그도 제 대로 당겼는지 우리는 파도에 휩싸인 채 단숨에 그 바위 틈을 빠져나왔다. 그가 먼저 통 위에 올라갔고, 이번엔 내가 올라가려는데 다시 거대한 파도가 뒤에서 덮치며 유난히 불쑥 튀어나온 뾰족한 바위를 향해 우리를 가뿐히 밀쳐냈다. 그 엄청난 충격에 통들이 산산조각나고 말았다. 파도가 물러가면서 나는 바위에서 20여 미터 떨어진 곳으로 떠밀려갔다. 내가 막 헤엄을 치려는데 다시 한 번 파도가 덮치며 날 곧장 해안으로 실어갔다. 나는 말 그대로 바위 틈에 착륙했다. 그리고 다시 떠밀리기 전에 단단히 바위를 붙잡고 매달렸다. 온몸에 타박상을 입은 채 간신히 그곳에서 빠져나왔지만 정신을 차리고 보니 처음 바다에 뛰어든 장소에서 100미터 이상 떠밀려온 상태였다.

나는 정신 없이 소리쳤다.

"살비디아! 어디 있어?"

아무 대답도 없었다. 나는 아연실색해서 땅바닥에 누웠다. 바지도, 털스웨터도 없어지고 양말만 신은 알몸이었다. 맙소사, 내 친구는 어디로 갔지? 나는 다시 목이 터져라 소리쳤다.

"어디 있어?"

바람과 바다, 파도만이 내 말에 대답할 뿐이었다. 그곳에 얼마나 오랫동안 멍하니 있었는지 모르겠다. 몸이나 정신이나 완전히 맥이 풀린 상태였다. 분을 못 이기고 목에 걸고 있던 작은 가방을 집어던지면서 울부짖었다.

나는 서서 바람을 정면으로 맞으며, 모든 걸 쓸어가 버린 그 괴물 같은 파도를 마주보며 주먹을 휘두르고 신을 원망했다.

"나쁜 놈, 돼지 같은 놈, 더러운 놈, 부끄러운 줄도 모르고 나에게만 그렇게 집착하는 거냐? 선량한 하느님이라고, 네가? 더러운 놈! 사디스트, 저주나 받아라! 사악한 놈! 다시는 네 이름을 부르지도 않을 테다! 넌 그럴 만한 자격도 없어!"

바람이 가라앉으면서 내 마음도 다시 차분하게 현실로 되돌아왔다. 나는 요양소로 거슬러 올라갔다. 가능하다면 의무실로 돌아가야 했다. 운만 따라준다면 가능했다. 나는 바닷가를 따라 올라가면서 오로지 한 가지만 생각했다. 돌아가서 얼른 침대에 눕자. 난 아무것도 못 봤고 아무것도 모른다. 나는 아무 문제 없이 의무실로 이어지는 길에 들어섰다. 요양소 담을 뛰어넘었다. 살비디아가 정문 열쇠를 어디에 두었는지 몰랐기 때문이었다.

나는 오래 헤매지 않고 의무실 열쇠를 찾아냈다. 안으로 들어가서 다시 문을 잠갔다. 그리고 창가로 가서 열쇠를 멀리 던졌다. 열쇠는 벽 반대쪽으로 떨어졌다. 자리에 누웠다. 단 한 가지 문제는 내 양말이 젖었다는 사실이었다. 나는 일어나서 화장실에 가서 양말을 쥐어짰다. 침대보를 얼굴까지 덮어쓰니 조금씩 몸이 따뜻해졌다. 세찬 바람과 바닷물 때문에 몸이 얼어 있었던 것이다. 살비디아는 정말 물에 빠져 죽은 걸까? 어쩌면 나보다 더 멀리 실려가서 섬 끝쪽 어딘가에 매달려 있을지도 모른다. 내가 너무 일찍 올라온 걸까? 조금 더 기다렸어야 했는지도 모른다. 그렇게 빨리 친구가 죽었다고 인정해버린 나 자신을 질책했다.

침대 곁 탁자 서랍 속에는 수면제 두 알이 있었다. 물도 없이 약을 삼켰다. 침만으로도 충분히 삼킬 수 있었다. 나는 의무실 간수가 흔들어 깨울 때까지 잤다. 방 안에는 햇살이 가득하고 창문이 열려 있었다. 밖에서 정신병자 세 명이 들여다보고 있었다.

"어떻게 된 거야, 빠삐용? 죽은 것처럼 자더군. 벌써 10시야. 커피 안 마셨어? 차갑게 식었네. 자, 좀 마셔."

잠이 덜 깼지만 평소와 다른 점이 하나도 없다는 걸 눈치챘다.

"왜 깨운 거요?"

"이제 화상이 다 나았으니 침대를 비워줘야 해. 이제 네 방으로 돌아가도 좋아."

"알았어요."

그러고는 그를 따라 나왔다. 그는 지나는 길에 나를 뜰에 남겨두었다. 나는 그 틈에 젖은 양말을 햇볕에 말렸다.

탈출이 실패한 지 사흘이 지났다. 아무런 소식도 들리지 않았다. 살비디아의 모습은 어디에서도 보이지 않았다. 결국 파도에 쓸려 죽은 모양이었다. 이제 요양소에서 나가야 했다. 내가 다 나았다고 믿게 만들어 수용소로 돌아가는 일은 요양소에 들어올 때보다 더 힘들었다. 그래도 이제 의사에게 멀쩡하다는 걸 믿게 해야 했다.

"루비오 씨(의무실 간수의 이름이다), 밤에 춥던데요. 옷을 더럽히지 않겠다고 약속할 테니 바지하고 셔츠를 주시면 안 될까요?"

간수는 눈이 휘둥그레져서는 말했다.

"여기 같이 앉아봐, 빠삐용. 무슨 일인지 말해봐."

"제가 왜 여기 있는지 모르겠군요. 이곳이 요양소인 걸로 봐서 제가 정신병동에 있는 거겠죠? 혹시 제가 미친 겁니까? 왜 제가 여기 있는 거죠? 말씀해주십시오, 당신은 친절한 분이잖습니까."

"이봐, 빠삐용, 자네는 아팠어. 그런데 지금 보니 많이 좋아진 것 같군. 일할 수 있겠어?"

"네."

"무슨 일을 하고 싶은데?"

"아무거나요."

그렇게 해서 나는 옷을 입고 감방 청소를 도왔다. 간수들은 밤에는 9시까지 내 방문을 열어두었다가 야간 경비를 돌 때에만 방문을 잠갔다. 어느 날 저녁에 도형수 출신의 의무병인 오베르뉴 사람이 처음으로 나와 잡담을 나누었다. 우리는 경비 초소에 단둘이 있었다. 간수는 아직 돌아오지 않고 있었다. 나는 그 친구를 잘 몰랐지만, 그는 날 잘 안다고 했다.

"이젠 연기 그만해도 돼, 친구."

"무슨 말이야?"

"이봐! 나까지 자네에게 속았다고 생각해? 내가 정신병자들을 돌본 지도 벌써 7년째야. 난 첫 주부터 진작에 자네가 꾀병을 부리는 줄 알았다고."

"그래서?"

"살비디아하고 탈출하려다가 실패한 일은 진심으로 안됐어, 친구. 그 친구는 목숨을 대가로 치렀잖아. 정말 가슴 아픈 일이야. 속을 터놓고 얘기한 적은 없지만 그래도 좋은 친구였어. 혹시 뭐든 필요한 일 있으면 나한테 얘기해. 기쁜 마음으로 도와줄게."

그의 눈빛이 너무나 솔직해 보여서 의심할 필요가 없을 것 같았다. 그리고 그에 대해서 특별히 좋은 얘기를 들은 적도 없지만, 그렇다고 안 좋은 얘기도 들은 적이 없었다. 정직한 사람인 듯했다.

불쌍한 살비디아! 그가 없어진 걸 알고 한바탕 소동이 벌어진 모양이었다. 결국 간수들은 바다에 떠밀려온 통 조각들을 찾아냈고, 그가 상어들에게 잡혀먹혔다고 확신했다. 군의관은 올리브 기름을 잃어버린 일 때문에 길길이 화를 냈다. 전쟁 때문에 한동안은 올리브 기름을 구하기 힘들다고 했다.

"나한테 충고해주고 싶은 말은?"

"매일 요양소 밖으로 나가서 병원에 필요한 생필품을 구하러 가는 노역을 하게 해줄게. 산책도 되고 좋을 거야. 이젠 정상적으로 행동하기 시작해. 대신에 열 번에 여덟 번 정도만 분별 있게 굴어. 갑자기 너무 빨리 멀쩡해져도 이상하니까."

"고마워, 그런데 이름이 뭐야?"

"뒤퐁."

"고마워, 뒤퐁. 고마운 충고 절대 잊지 않을게."

내가 탈출에 실패한 지도 벌써 한 달이 다 되어갔다. 그 일이 있고 엿새 후에 물 위에 떠 있는 친구의 시신이 발견되었다. 도저히 설명할 수 없는 일이지만 희한하게도 상어들은 그를 잡아먹지 않았다. 하지만 다른 물고기들이 그의 내장과 다리 일부를 뜯어먹었다고 뒤퐁은 말해주었다. 두개골도 깨져 있었다. 이미 심하게 부패되었기 때문에 부검은 하지 않았다. 나는 뒤퐁에게 혹시 외부로 편지 한 통을 보낼 수 있겠느냐고 물었다. 편지는 갈가니에게 맡겨서 우편물 가방을 닫을 때 슬쩍 밀어넣기로 했다. 나는 이탈리아에 있는 로메오 살비디아의 어머니에게 편지를 썼다.

부인, 아드님은 다리에 쇠고랑을 차지 않고 사망했습니다. 아드님은 간수들과 감옥으로부터 멀리 떨어진 바다에서 용감하게 생을 마쳤습니다. 자유를 얻기 위해 장렬하게 투쟁하다가 자유롭게 숨을 거두었습니다. 우리는 서로 둘 중 하나에게 무슨 일이 생기면 각자의 집에 편지를 보내주기로 약속했습니다. 이 고통스러운 의무를 마치면서 부인의 손에 입을 맞춥니다.

아드님의 친구, 빠삐용.

나는 그 의무를 마치고 다시는 악몽에 대해 생각하지 않기로 결심했다. 인생이란 그런 것이니까. 이제 난 요양소에서 나간 뒤 무슨 일이 있더라도 디아블로 가서 다음 탈출을 시도해야 한다.

간수는 나에게 정원사 일을 맡겼다. 두 달째 나는 정상적으로 행동해왔고, 간수는 날 마음에 들어해서 쉽사리 보내주려고 하지 않았다. 오베르뉴인은 마지막 만났을 때 군의관이 내가 수용소에서 정상적으로 지낼 수 있는지 알아보기 위해 시험 삼아 요양소 밖으로 외출을 보내려 했다고 전해주었다. 그러자 간수가 정원 손질이 충분히 마무리되지 않았다면서 반대했다는 거다.

어느 날 아침, 나는 딸기나무를 모두 뽑아서 쓰레기 더미에 버렸다. 그리고 그 자리에 작은 십자가를 하나씩 꽂았다. 딸기나무 수만큼의 십자가가 생겼다. 뚱뚱한 간수는 그걸 보고 화가 나서 펄펄 뛰었다. 그는 입에 거품을 물고 헐떡이면서 소리를 지르려고 했지만 제대로 말도 못할 지경이었다. 그러더니 끝내 손수레 위에 앉아서 눈물을 떨구며 울기 시작했다. 내가 좀 심했나 싶었지만, 달리 어쩔 도리가 없었다. 군의관은 그 일을 심각하게 받아들이지 않았다. 환자가 정상적인 생활에 다시 적응하도록 하기 위해서 수용소로 '시범 외출'을 보내야 한다고 그는 주장했다.

"말해보게, 빠삐용, 왜 딸기나무를 뽑고 그 자리에 십자가를 꽂았지?"

"저도 그 행동을 설명할 수는 없습니다, 선생님. 간수에게는 미안한 일이에요. 그는 그 딸기나무들을 무척 아꼈거든요. 정말 미안하게 생각합니다. 선량하신 하느님께 그에게 다른 딸기나무들을 주라고 부탁드려야겠네요."

그리고 나는 수용소로 돌아와서 친구들을 다시 만났다. 마튜 카르보니에리의 자리는 비어 있었다. 나는 마치 마튜가 아직도 그곳에 있는 것처럼 그 빈자리 옆에 내 해먹을 갖다 놓았다.

군의관은 내 스웨터를 꿰매주었다.

"특별 처방일세."

그 군의관 말고는 다른 어느 누구도 내게 명령을 할 수 없었다. 그는 내게 매일 아침 8시부터 10시까지 병원 앞 낙엽을 주우라는 명령을 내렸다. 나는 군의관의 집 앞 벤치에 그와 함께 앉아 커피를 마시면서 담배를 몇 대 피웠다. 그의 아내가 우리 곁에 와서 앉자 군의관과 그의 아내는 나의 과거를 얘기해달라고 했다.

"그래서, 빠삐용, 그 다음엔? 진주를 낚는 원주민들을 두고 떠난 다음엔 무슨 일이 있었어?"

매일 오후에 나는 그 매혹적인 사람들과 함께 지냈다.

"매일 와요, 빠삐용. 당신 얼굴도 보고 당신이 겪었던 일도 듣고 싶어요."

군의관의 아내가 말했다. 나는 매일 몇 시간씩 군의관과 그의 아내와 함께 보냈고 때로는 그의 아내와 단둘이 있기도 했다. 두 사람은 내게 지난 이야기를 자꾸 시키다 보면 정신적 균형을 찾는 데 도움이 될 거라고 믿었다. 나는 마음먹고 군의관에게 디아블로 보내달라고 부탁했다.

결국 그렇게 되었다. 드디어 나는 디아블로 떠나게 되었다. 그 의사 부부는 내가 왜 디아블로 가는지 알고 있었다. 그들이 내게 너무 잘 대해주었기 때문에 그들을 속이고 싶지 않았다.

"의사 선생님, 전 이 도형지를 더는 참을 수가 없습니다. 절 디아블로 보내주십시오. 그곳에서 탈출을 하든지 아니면 죽든지, 어떻게든 끝장을 볼 겁니다."

"자네 마음 이해하네, 빠삐용. 이 억압적인 체제는 나도 혐오스러워, 이 행정부는 완전히 썩었어. 잘 가게, 그리고 행운을 비네!"

디아블

드레퓌스의 벤치

디아블 섬은 살뤼 제도의 세 섬 중에서 가장 작은 곳이었다. 가장 북쪽에 위치해 있어서 바람과 파도가 직접적으로 부딪치는 곳이기도 했다. 좁은 연안 평지가 바다를 따라 펼쳐지다가 갑자기 불쑥 솟은 높은 고원에 간수 초소와 10여 명의 도형수들이 쓰는 작은 막사가 하나 있었다. 디아블에는 공식적으로 평범한 죄수들은 보내지 않고 사형수와 정치적 이유로 유배된 죄수들만 보내게 되어 있었다.

그들은 각자 함석 지붕을 얹은 작은 집에서 살았다. 월요일마다 일주일치 식량이 주어졌고 매일 빵 한 덩어리씩이 배급되었다. 리용 근처 어딘가에서 온가족을 독살시킨 레제르 박사가 의무관 역할을 했다. 정치범들은 일반 도형수들과는 어울리지 않았고, 이따금 카옌에 섬의 이런저런 도형수에 대해 항변하는 편지를 보냈다. 그러면 그 사람은 루아얄로 돌려보내졌다.

루아얄과 디아블 사이에는 굵은 밧줄이 연결되어 있었다. 바다가 너무 험해서 루아얄의 배가 시멘트 방파제에 접근할 수 없는 일이 종종 생기기 때문이었다.

수용소 간수장의 이름은 산토리였다(간수는 전부 세 명이었다). 그는 수염도 제대로 깎지 않는 지저분한 키다리였다.

"빠삐용, 디아블에서 처신을 잘 해주길 바란다. 날 곤란하게 만들지만 않으면 나도 널 가만히 놔둘 거야. 수용소로 올라가봐, 저기 보이지?"

나는 여섯 명이 모여 있는 막사 안으로 들어갔다. 중국인 두 명, 흑인 두 명, 보르도 출신 한 명 그리고 릴 출신 한 명이 있었다. 중국인 한 명은 날 잘 아는 사람이었다. 그는 생 로랑에서 살인 혐의로 나와 함께 재판을 기다린 적이 있었다. 인도차이나의 포울로 콘도르 도형지 반란에서 살아남은 사람이었다. 해적이었던 그는 작은 거룻배들을 습격하고 때로는 승선한 일행 모두를 가족과 함께 몰살하기도 했다. 꽤 위험한 사람이었지만, 공동 생활에서 신뢰와 호감을 얻으면서 살고 있었다.

"잘 지냈나, 빠삐용?"

"자넨, 창?"

"좋아. 여긴 지낼 만해. 넌, 나와 함께 먹어. 넌, 저기 내 옆에서 자. 난 하루에 두 번 요리해. 넌, 물고기를 잡아. 여기 물고기 많아."

그는 서툰 프랑스어로 말했다. 산토리가 다가왔다.

"아! 벌써 자리잡았네? 내일 아침에는 창과 함께 돼지들에게 먹이를 줘. 창은 코코넛을 가져가고, 자네는 손도끼로 코코넛을 쪼개. 코코넛 즙은 따로 두었다가 이빨이 없는 새끼 돼지들에게 줘야 해.

매일 오후 4시에 똑같은 일을 하는 거야. 오전에 한 시간, 오후에 한 시간, 그 두 시간만 빼면 섬에서 하고 싶은 일은 뭐든 맘대로 할 수 있어. 낚시하는 사람들은 매일 내 주방에 물고기나 새우를 1킬로그램씩 가져와야 해. 모두들 그 방식에 만족하고 있어. 어때?"

"좋습니다, 산토리 씨."

"자네가 탈출 전문가라는 건 알지만 여기서는 불가능하니까 크게 염려하지 않겠어. 밤마다 문을 잠가도 나가는 사람이 꼭 있더라고. 그리고 정치범들을 조심해. 다들 도살용 칼을 갖고 있어. 혹, 그들 집에 가까이 다가가기라도 하면 네가 암탉이나 달걀을 훔치러 오는 줄 알 거야. 그랬다가는 죽거나 다치게 될지도 몰라. 명심해, 넌 그들이 보이지 않아도 그들은 널 보고 있을 거야."

나는 200마리가 넘는 돼지들에게 사료를 주고 난 다음에는 섬 구석구석을 잘 아는 창과 함께 온종일 돌아다녔다. 흰 턱수염을 길게 기른 한 노인이 섬을 빙 두르고 있는 좁은 바닷가 길에서 우리와 마주쳤다. 그는 1914년 전쟁 동안 독일인들에게 유리한 반프랑스적인 글을 기고했던 뉴칼레도니아 기자였다. 또 1917년에 영국 비행사들을 구했던 영국인 간호사 에디스 카벨을 저격한 놈도 보았다. 뚱뚱하고 기름진 그 불쾌한 인물은 한 손에 막대기를 들고 길이가 5미터 50센티미터도 넘고 내 넓적다리만큼 굵은 거대한 곰치 한 마리를 때려잡고 있었다.

의무관인 레제르 박사도 정치범들이 사는 작은 집들 중 하나에 살고 있었다. 레제르 박사는 키가 크고 건장한 호인이었다. 얼굴은 깨끗한데 희끗희끗한 머리카락이 길게 자라서 목과 관자놀이를 지저분하게 덮고 있었다. 손이 온통 갈라지고 터진 흉터투성이인 걸로 보아 바다의 거친 바위 틈에 매달려 있었던 모양이었다.

"필요한 것이 있으면 언제든 찾아와. 대신 아플 때만 와. 난 사람들이 찾아오거나 내게 말을 거는 걸 좋아하지 않아. 난 달걀과 때때로 암탉을 팔아. 혹시 몰래 새끼 돼지를 죽이거든 뒷다리는 나한테 가져와. 그럼 암탉 한 마리와 달걀 여섯 개를 주지. 기왕 왔으니 퀴닌(말라리아 특효약—옮긴이) 120정도 가져가게. 어차피 탈출하려고 여기 왔을 테니 기적적으로 성공하게 되면 관목 숲에서 이게 필요할 걸세."

나는 매일 아침 낚시를 나가서 저녁마다 숭어를 어마어마하게 잡아왔다. 3~4킬로그램은 간수들에게 가져다 주었다. 산토리는 좋아서 어쩔 줄을 몰라했다. 한 번도 그렇게 다양한 물고기와 새우들을 받아본 적이 없었던 것이다. 밀물 때 잠수해서 새우를 300마리 정도 잡는 일도 종종 있었다.

군의관 제르맹 기베르가 어제 디아블에 왔다. 바다가 잠잠해서 그의 아내와 루아얄 소장도 함께 왔다. 그 마음 착한 부인이 디아블에 발을 디딘 최초의 여자였다. 소장의 말에 따르면, 민간인은 한 번도 그 섬에 온 적이 없었다고 했다. 나는 부인과 함께 한 시간 넘게 이야기를 나누었다. 부인은 드레퓌스가 자신을 버린 프랑스를 그리워하며 바다를 바라보곤 하던 벤치에 나와 함께 앉았다.

"이 반들거리는 바위를 보니 드레퓌스의 심정을 말해주는 듯하네요……."

그녀는 돌을 쓰다듬으며 말했다.

"빠삐용, 우리가 서로 만나는 게 이번이 마지막이 되겠죠. 당신이 곧 탈출을 하겠다고 하니 말이에요. 하느님께 당신을 도와달라고 기도할게요. 그리고 떠나기 전에 잠시라도 내가 쓰다듬은 이 벤치에 들러서 당신도 이 벤치를 만지며 내게 작별 인사를 해주세요."

소장은 내가 원할 때면 언제든지 밧줄을 이용해 새우와 물고기를 보내도 좋다고 허락했다. 산토리도 동의했다.

"안녕히 가십시오, 의사 선생님. 안녕히 가십시오, 부인."

나는 배가 출발하기 전에 최대한 자연스럽게 인사했다. 기베르 부인이 눈을 동그랗게 뜨고 마치 이렇게 말하듯 날 바라보았다.

'우릴 기억해줘요. 우리도 영원히 당신을 잊지 않을 거예요.'

드레퓌스의 벤치는 섬의 북쪽 꼭대기에 놓여 있었다. 그 벤치는 40미터 높이에서 바다를 굽어보았다.

오늘은 낚시를 하지 않았다. 양어장에 100킬로그램도 넘는 숭어들을 담아두었고 바위에 사슬로 묶어놓은 양철통에는 500마리도 넘는 새우를 넣어두었다. 그러니 낚시에 신경 쓰지 않아도 되었다. 군의관에게 보낼 것도, 산토리에게 갖다 줄 것도, 중국인과 내 몫도 충분했다.

올해는 1941년, 내가 수감된 지 벌써 11년이 되었다. 내 나이 서른다섯이었다. 내 인생의 가장 아름다운 시절을 감방이나 지하 감방에서 보낸 것이다. 그 중에 일곱 달만 나의 원주민 부족과 함께 완전한 자유를 누렸을 뿐이다. 나의 두 원주민 아내들이 낳았을 아이들은 지금쯤 여덟 살이 되었을 것이다. 얼마나 끔찍한 일인지! 시간이 어찌 그리 빨리 갔는지! 하지만 돌이켜보면 난 아무리 견디기 힘들 정도로 긴 시간이었을지라도 그 시간을 분까지 세면서 지냈고, 그 시간들 하나하나가 그 십자가의 길에 새겨져 있었다.

서른다섯 살이라! 몽마르트르는 어디 있더라? 블랑슈 광장은?

피갈은? 프티 자르댕의 댄스홀은? 클리시 대로는? 내 아내 네네트
는 어떻게 되었을까? 단아한 성녀 같던 얼굴에 새까만 눈동자 가득
절망을 담고 중죄재판소에서 나를 삼킬 듯 '걱정 말아요, 여보, 내가
그리로 찾아갈게요' 하고 소리치던 내 아내……. 그 열두 명의 돌대
가리 배심원들은 어디 있을까? 형사들은? 변호사는? 내 아버지와
누이가 꾸린 가정은 독일의 굴레 속에서 어떻게 되었을까?

그렇게도 탈출을 시도했는데! 가만 있자, 전부 몇 번이었더라?

첫 번째는 간수들을 때려눕히고 병원에서 달아났다.

두 번째는 콜롬비아 리오 아샤에서였다. 가장 아름다운 탈출이
었다. 그곳에서는 완벽하게 성공했다. 그런데 왜 내 부족을 떠났던
가? 사랑의 전율이 온몸을 타고 흘렀다. 아직도 그 원주민 자매와
사랑을 나눌 때의 감각이 생생하게 느껴지는 듯했다.

그리고 세 번째, 네 번째, 다섯 번째와 여섯 번째는 바란키야에서
였다. 얼마나 운이 없었던지! 예배당에서의 시도는 얼마나 운 없이
실패했던가! 그 다이너마이트만 불발로 그치지 않았더라면, 클루지
오가 그때 바지만 걸리지 않았더라면! 그리고 그 수면제가 조금만
더 일찍 작용했더라면!

루아얄에서의 일곱 번째는 그 나쁜 놈 베베르 셀리에가 밀고하는
바람에 실패했다. 그놈만 없었더라면 성공했을 텐데. 그놈만 입 닥
치고 있었다면, 내 가엾은 친구 마튜 카르보니에리와 함께 자유를
찾았을 텐데.

마지막 여덟 번째는 요양소에서였다. 그건 내 실수였다. 이탈리
아 친구가 진수 지점을 고르도록 놔둔 내 실수였다. 200미터만 더
아래쪽으로 골랐더라면 분명히 쉽게 통을 띄울 수 있었을 것이다.

무고한 드레퓌스가 사형선고를 받고서도 살아갈 용기를 되찾게 해준 그 벤치는 내게도 무언가를 해줄 것이다. 실패했다고 생각하지 말자. 다시 시도하면 된다.

그랬다. 그 반들반들 윤이 나는 바위는 성난 파도가 끝없이 와서 부딪치는 그 구렁 같은 바위들 위로 불쑥 솟아 있어서 내게는 마음의 의지가 될 것만 같았다. 드레퓌스는 결코 굴복하지 않았고, 끝까지 자신의 복권을 위해 투쟁했다. 드레퓌스에게는 에밀 졸라와 에밀이 그를 변호하기 위해 쓴 《나는 고발한다》가 있었다. 어찌되었든 그다지 강인한 사람은 아니었는지 부당하게 깊은 구렁 속으로 내동댕이쳐진 채 이 벤치까지 왔다. 그래도 그는 잘 견뎠다. 나는 그보다 못한 사람이 되어서는 안 된다. '이기지 않으면 죽으리라' 하는 생각을 버려야만 한다. 그 죽는다는 말을 포기하는 대신 반드시 이겨서 자유로워지리라는 생각만 할 것이다.

나는 오랫동안 드레퓌스의 벤치에 앉아 상념에 빠지며 과거를 꿈꾸고 장밋빛 미래를 설계했다. 강렬한 햇빛과 파도머리의 백금 빛 반사광에 눈이 부실 때가 많았다. 오랫동안 아무 생각 없이 바다를 내려다보다가 바다가 얼마나 변덕스러운지 그리고 바람에 따라 파도가 얼마나 다양하게 움직이는지 알게 되었다. 바다는 지칠 줄도 모르고 섬의 돌출된 바위들을 공격했다. 바위들을 뒤지고, 껍질을 벗기면서 마치 이렇게 말하는 듯했다. '저리 꺼져, 넌 사라져야만 해, 내가 그랑테르로 가는 데 거치적거린단 말야. 네가 내 길을 막고 있어. 그래서 내가 이렇게 매일 쉬지도 않고 널 조금씩 들어내는 거야.' 폭풍이 일 때면 바다는 있는 힘껏 달려들어 뭐든지 움켜잡아 쓸어냈다. 후미진 틈바구니까지 구석구석에 물을 던지며 조금씩 아래에서부터 그 거대한 바위섬을 갉아냈다.

그러다가 나는 매우 중요한 것 하나를 발견했다. 드레퓌스 벤치 바로 아래쪽에 당나귀 등처럼 생긴 거대한 바위들 맞은편에서 파도가 달려들어 부서지며 갑작스럽게 뒤로 물러났다. 엄청난 양의 물은 사방으로 튀지 않고 5미터 정도의 폭으로 말굽 모양을 이루고 있는 바위 두 개 사이에 갇혔다. 그것은 자연스럽게 절벽 역할을 하여 그 다음에 오는 파도는 다시 바다로 돌아가는 것 외에 다른 출구가 없었다.

정말 중요한 사실이었다. 파도가 부서져서 그 구렁 속으로 몰려드는 순간에 코코넛 부대 하나를 들고 뛰어내려 그 안으로 곧장 떨어지면 파도가 다시 바다로 돌아갈 때 함께 실려갈 것이 뻔했다. 나는 황마 부대들을 어디 가면 구할 수 있는지 잘 알았다. 돼지 우리에 가면 코코넛을 주워 담을 부대들을 아무 때고 가져갈 수 있었다.

제일 먼저 할 일은 시험을 해보는 것이었다. 보름달이 뜨고 조수가 제일 높을 때 파도가 가장 셌다. 나는 보름달이 뜨기만을 기다렸다. 잘 꿰맨 황마 부대에 마른 코코넛을 채워서 실로 단단히 묶은 다음 작은 수중 동굴에 숨겨놓았다. 그 동굴은 새우를 잡으러 잠수했다가 우연히 발견한 곳이었다. 조수가 빠질 때에만 공기가 들어오는 그 동굴 천장에 새우들이 달라붙어 있었다. 코코넛 자루와 연결한 다른 자루 안에는 35~40킬로그램 정도 나가는 커다란 돌 하나를 넣었다. 내 몸무게가 70킬로그램이니까 그 주머니 두 개와 함께 떠나 보내면 대략 비율이 맞을 것이다.

나는 그 실험 때문에 무척 흥분했다. 섬의 그쪽 방면은 금기시되는 곳이었다. 절대 어느 누구도 파도가 가장 사나운 그 장소를 선택하리라고는 상상도 못했다. 그만큼 탈출하기에 위험한 곳이었다. 그렇지만 해안에서 멀어지는 데 성공한다면 루아얄 섬에 좌초하지 않고 난바다로 휩쓸려 나갈 수 있는 유일한 장소이기도 했다. 다른 어느 곳도 아닌 바로 그곳에서 난 떠나야 했다.

코코넛 부대와 돌 자루는 너무 무거워서 들기도 쉽지 않았다. 도저히 바위 위로 끌어올릴 수가 없었다. 바위는 언제나 바닷물에 젖어 있어서 미끄러웠다. 내게 이야기를 들은 창이 도와주기로 했다. 그는 낚시 도구 일체와 묵직한 밧줄을 가져와서 만일 잡히면 상어를 잡을 덫을 놓으려고 하던 중이라고 둘러대기로 했다.

"가자, 창. 조금만 더 가면 돼."

보름달이 대낮처럼 환히 밝히고 있었다. 파도가 내는 소음에 귀가 멍멍했다. 창이 흥분해서 물었다.

"준비됐어, 빠삐용?"

5미터 높이의 파도가 벌떡 일어서서 미친 듯이 바위로 달려들어 우리가 있는 곳 바로 아래에서 부서졌다. 그 격렬한 충격에 우리는 흠뻑 젖었다. 그래도 우리는 굴하지 않고 소용돌이가 쓸려나가기 직전에 자루를 던졌다. 코코넛 자루는 지푸라기처럼 가뿐히 쓸려서 바다로 나갔다.

"됐어, 창. 좋았어."

"혹시 코코넛 자루가 돌아오지 않는지 기다려봐."

5분 정도 지났을 때 나는 자루가 7~10미터는 됨직한 거대한 파도머리에 걸린 채 돌아오는 걸 보고 대경실색했다. 파도는 그쯤은 아무것도 아니라는 듯 코코넛 자루와 바위를 가뿐히 들어올렸다. 파도머리에 얹혀 처음 출발한 곳보다 약간 왼쪽으로 돌아온 코코넛 자루는 맞은편 바위에 가서 부딪쳤다. 가방이 열리고, 코코넛은 산산조각이 나고 돌들은 구렁 속으로 굴러떨어졌다.

우리는 바닷물을 뒤집어쓰고 뼛속까지 흠씬 젖었다. 창과 나는 바다에 눈길 한번 돌리지 않고 그 빌어먹을 장소에서 최대한 빨리 떠나왔다.

"안 좋아, 빠삐용. 디아블에서 탈출한다는 생각은 안 좋아. 루아얄이 낫겠어. 남쪽 해안에서는 여기보다 더 잘 나갈 수 있을 거야."

"그래, 하지만 루아얄에서는 탈출해봤자 두 시간도 안 되어서 발각될 거야. 코코넛 자루는 제대로 밀쳐지지 않을 테고, 난 섬에서 보낸 배 세 척에 꼼짝없이 붙잡히고 말 거야. 하지만 여기에는 배가 없잖아. 탈출이 발각되기 전까지 밤새도록 바다를 헤쳐 나갈 수 있단 말이야. 게다가 내가 낚시를 하다가 물에 빠져 죽었다고 생각하게 만들 수도 있지. 디아블에는 전화도 없어. 내가 거친 날씨에 떠나면 디아블에 와줄 배도 한 척 없어. 그러니 이곳에서 떠나야 해. 다만, 어떻게 할 것이냐가 문제지.

납덩이처럼 무거운 정오의 태양이 내리쬐었다. 열대 태양은 정수리 속의 뇌까지도 끓게 만들었다. 태양은 모든 식물을 검게 태워서 싹이 나긴 하더라도 충분히 자라지 못했다. 증발되어 사라지는 태양이었다. 그다지 깊지 않은 바닷물 웅덩이는 몇 시간이면 다 말라버려서 하얀 소금만 남았다. 공기를 춤추게 하는 태양이었다. 공기가 말 그대로 내 눈앞에서 춤을 추었고, 바다에 반사된 햇빛은 눈썹을 그을렀다. 그렇지만 다시 드레퓌스의 벤치에 앉자 그 어떤 것도 내가 바다를 연구하는 것을 막지 못했다. 그리고 비로소 내가 진짜 바보라는 사실을 깨달았다.

다른 파도보다 두 배는 더 높은 파도가 내 자루들을 바위들 위로 내동댕이쳐 말 그대로 박살을 냈다. 그 높은 파도는 파도가 일곱 번 칠 때마다 반복되었다. 정오부터 해질녘까지 난 그것이 자동적으로 반복되는지, 아니면 우연한 변화인지, 그 거대한 파도의 형태와 주기성을 관찰했다.

아니었다. 그 높은 파도는 한 번도 시간을 어기지 않았다. 6미터 가량 되는 파도가 여섯 번 밀려오고 난 다음에 연안에서 300미터 정도 떨어진 곳에서 높은 파도가 생겼다. 그 파도는 일자로 곧장 밀려왔다. 다가오면 다가올수록 몸집이 거대해졌다. 다른 여섯 번의 파도와는 달리 파도머리에 거품도 거의 없었다. 그리고 멀리서부터 천둥 같은 특별한 소리를 내며 달려왔다. 두 바위에 부딪쳐 그 사이의 통로로 밀려들어가 절벽에 부딪치면 그 물 더미는 다른 파도들보다도 훨씬 커서 웅덩이 속에서 10초에서 15초 가량 여러 차례 소용돌이쳤다. 그 소용돌이는 거대한 돌들을 잡아채 마치 바위를 실은 덤프트럭처럼 요란하게 덜커덕거리며 앞뒤로 흔들다가 출구를 발견하고는 그곳으로 몰려나갔다.

나는 같은 자루에 코코넛 열두 개와 12킬로그램 정도 나가는 돌덩이를 담았다. 그리고 높은 파도가 부서지자마자 포댓자루를 던져 넣었다. 구렁 속에 흰 거품이 너무 많아서 계속 움직임을 주시할 수는 없었지만 잠시 후에 물이 바다로 빠져나갈 때 자루가 보였다. 자루는 돌아오지 않았다. 여섯 번의 파도는 자루를 해안으로 밀쳐낼 만큼 세지 않았고 300미터 높이의 일곱 번째 파도가 생겼을 때 자루는 이미 파도가 생성되는 지점을 넘어가서 더는 보이지 않았다.

기쁨과 희망에 부풀어 수용소로 향했다. 이제 됐다! 완벽한 진수 방법을 찾아냈다. 이번에는 섣부른 모험을 해서는 안 된다. 나는 나와 꼭 같은 조건을 만들어서 좀더 신중하게 실험을 해보기로 했다. 코코넛 자루 두 개를 서로 단단히 묶은 다음 그 위에 두세 개의 돌을 70킬로그램 무게로 만들어 올리는 것이다. 나는 창에게 이야기를 했다. 그 중국인 친구는 내 설명을 귀담아들었다.

"좋아, 빠삐용. 네가 찾아낸 것 같다. 내가 도울 테니 제대로 실험을 해봐. 8미터 높이의 높은 조수를 기다려. 곧 분점이야."

창의 도움을 받아 8미터 높이의 조수가 나뉘는 시점을 활용해서 그 높은 파도 속으로 돌 세 개를 넣은 코코넛 자루 두 개를 던졌다.

"생 조제프에서 네가 구하려 했던 계집애 이름이 뭐라고?"

"리제트."

"언젠가 널 데려갈 저 파도를 리제트라고 부르자. 어때?"

"좋아."

리제트는 늘 같은 속도로 같은 소리를 내면서 도착했다. 250미터 정도 떨어진 곳에서 생겨나서 깎아지른 절벽처럼 일어선 채로 매순간 더 커지면서 다가왔다. 정말 인상적이었다. 그리고 어찌나 세차게 부서지는지 창과 나는 바위 위에서 균형을 잃을 정도였다. 짐을 실은 자루가 구렁 속으로 떨어졌다. 우리는 그 순간에는 바위 위에 버티고 서 있기가 힘들다는 걸 알기에 얼른 뒤로 물러섰다. 물을 통째로 뒤집어쓰긴 했어도 구렁 속에 빠지지는 않았다. 우리가 실험을 한 시각은 오전 10시였다. 간수 세 명은 섬 반대편 끝에 있기 때문에 아무 걱정 없었다. 포댓자루가 해안에서 아주 먼 곳까지 나가는 것이 선명하게 보였다. 리제트의 뒤를 이은 여섯 차례의 파도는 그 자루를 붙잡지 못했다. 다시 한 번 리제트가 일어나 출발했다.

리제트 역시 자루를 되가져오지 않았다. 그 포댓자루는 결국 리제트의 영향이 미치는 구역을 벗어난 것이다.

다시 한 번 자루가 어디로 갔는지 확인하기 위해 드레퓌스의 벤치에 서둘러 올라온 우리는 아주 멀리서 파도머리 위로 불쑥 솟은 채 서쪽으로 가는 자루를 보고 환희에 사로잡혔다. 실험 결과는 분명히 성공적이었다. 나는 리제트를 타고 원대한 모험을 떠날 것이다.

"저기야, 또 온다."

하나, 둘, 셋, 넷, 다섯, 여섯······.

그리고 다시 리제트가 왔다.

바다는 늘 드레퓌스의 벤치가 있는 곳까지 격랑이 심했지만 오늘은 특히 사나웠다. 리제트는 특유의 소리를 내며 다가왔다. 평소보다 더 거대해 보였다. 그 괴물 같은 파도는 전보다 더 빠르게 곧장 두 개의 바위를 덮쳤다. 그리고 부서져서 두 바위 사이의 틈으로 몰려들 때의 충격 역시 그 어느 때보다 더 얼얼했다.

"저기로 뛰어들겠다고? 이봐, 굉장한 장소를 골랐군. 난 안 할래. 나도 탈출은 하고 싶지만 자살하고 싶은 생각은 없어."

실뱅은 내가 리제트에 대해 설명해주자 무척 놀란 듯했다. 그는 사흘 전에 디아블에 도착했고, 당연히 나는 그에게 함께 떠나자고 제안했다. 각자 하나씩 올라타고. 만일 그가 제안을 받아들인다면 그랑테르에서 다음 탈출을 준비할 동지가 생기는 것이다. 관목 숲을 혼자 헤치고 나가는 건 쉽지 않은 일이니까.

"지레 겁부터 먹을 것 없어. 처음엔 다들 질겁하는 게 당연해. 그렇지만 그 파도만이 우리를 무사히 멀리까지 실어갈 수 있어."

"그래, 진정해. 우린 실험도 했어. 확실해, 일단 떠나기만 하면 디아블로 돌아오거나 루아얄에 가닿는 일은 없을 거야."

창도 거들었다.

실뱅을 설득하느라고 일주일이 걸렸다. 1미터 80센티의 키에 운동선수처럼 균형 잡힌 다부진 근육질의 사내였다.

"좋아. 충분히 먼 곳까지 갈 수 있다는 건 인정해. 그 다음엔, 그렇게 파도에 떠밀린 채 얼마나 있어야 그랑테르에 도착하는데?"

"솔직히 말하면, 실뱅, 나도 몰라. 그건 날씨에 따라 다를 거야. 바람이 많이 불지 않으면 바다에서 꼼짝못할 수도 있어. 하지만 날씨가 나빠서 바람이 세게 불면 우린 더 멀리 관목 숲까지도 갈 수 있을 거야. 일곱, 여덟, 아니 많아야 열 번의 조류면 어느 해안에 닿게 될 거라고. 그러니까 차이는 있지만 48시간에서 60시간 사이면 될 거야."

"계산을 어떻게 했는데?"

"제도에서 해안까지는 40킬로미터가 안 넘어. 단, 해류의 흐름은 빗변 방향이야. 저 파도의 방향을 봐. 멀어야 120~150킬로미터만 가면 돼. 우리가 해안에 접근할수록 파도는 곧장 우리를 인도해줄 거야. 언뜻 봐서는 해변에서부터 그 정도 거리의 표류물이 시속 5킬로미터로 질주할 거라고는 생각 못하겠지?"

그는 날 쳐다보면서 내 설명을 아주 주의 깊게 들었다. 그 거대한 사내는 매우 영리했다.

"아니, 네가 하는 말이 헛소리는 아닌 걸 알겠어. 밀물에 시간을 허비하지만 않는다면 서른 시간이면 해안에 도착할 수 있을 거야. 네 말이 맞는 것 같다. 48시간에서 60시간 사이면 우린 해안에 닿을 거야."

"이제 믿는구나?"

"거의. 일단 그랑테르의 관목 숲에 들어섰다고 치자. 그 다음엔 어쩔 건데?"

"쿠루 근처로 가는 거야. 거기엔 제법 큰 어부들의 마을이 있어. 발라타 고무나무와 금을 찾는 사람들도 있고. 하지만 도형수 수용소도 있으니까 아주 조심스럽게 접근해야 해. 관목 숲에는 카옌이나 '이니니'라고 불리는 중국인 수용소로 이어지는 숲길이 있어. 죄수 한 명이나 흑인 민간인 한 명을 붙잡아서 이니니까지 데려다 달라고 해야 해. 만일 그 사람이 말을 잘 들으면 500프랑을 주면 되고. 만일 죄수라면 우리와 함께 떠나자고 해야지."

"이니니는 인도차이나인들의 특별 수용소인데, 그곳에서 뭘 어쩌려고?"

"거기에 창의 형제가 있어."

"그래, 내 형제가 있어. 그는 너희와 함께 떠날 거고, 배와 생필품도 구할 거야. 치치를 만나면 탈출에 필요한 모든 걸 얻을 수 있어. 중국인은 절대 배신하지 않아. 숲에서 누구든지 베트남 사람을 만나면 치치에게 알려달라고 말해."

"네 형제 이름이 왜 치치냐?"

실뱅이 말했다.

"몰라, 프랑스인들이 치치라고 이름붙였어."

그러더니 다시 덧붙여 말했다.

"조심해. 그랑테르에 거의 도착할 즈음에 유사를 만나게 될 거야. 절대 그 모래 위를 걸으면 안 돼. 너희를 빨아들일 거야. 다른 조류가 관목까지 밀어줄 때까지 기다렸다가 덩굴이나 나뭇가지를 붙잡

아. 그러지 않으면 끝장이야."

"아! 그래, 실뱅. 절대 유사 위를 걸으면 안 돼, 아무리 해안에서 가깝더라도 말이야. 나뭇가지나 덩굴을 잡을 수 있을 때까지 기다려야 해."

"좋아, 빠삐용. 결심했어."

"우린 몸무게가 거의 같으니까 뗏목 두 개를 똑같이 만들면 돼. 서로 너무 멀리 떨어지지 않도록 조심하기만 하면 돼. 하지만 그건 알 수 없는 일이야. 혹시 서로 흩어지면 어떻게 찾을까? 여기서는 쿠루가 안 보여. 하지만 네가 루아얄에 있을 때 쿠루 오른쪽으로 대략 20킬로미터 떨어진 곳에 햇빛을 받으면 분명하게 보이는 하얀 바위 몇 개를 본 적이 있을 거야."

"그래."

"그건 해안에서 유일한 바위들이야. 오른쪽과 왼쪽에 유사가 있어. 그 바위들은 새똥 때문에 하얗게 된 거고. 새똥이 워낙 많아서 아무도 거긴 가지 않아. 거기가 숲 속에 들어가기 전에 기운을 차릴 피신처야. 거기서 우리가 가져간 코코넛과 달걀을 먹을 거야. 불은 피우면 안 돼. 먼저 도착하는 사람이 기다리는 걸로 하자."

"며칠이나?"

"닷새. 닷새 안에 상대가 나타나지 않는 건 불가능해."

뗏목 두 개가 완성되었다. 우리는 포대를 튼튼하게 덧댔다. 그리고 열흘 동안 포댓자루를 타고 최대한 오랫동안 버틸 수 있도록 연습해보기로 했다. 자루가 뒤집히려는 순간에 그 위에서 버티고 있으려면 특별한 노력이 필요하다는 걸 깨달았다. 그럴 때마다 자루 위에 납작하게 엎드려야 했다. 또 잠이 들지 않도록 조심해야 했다.

한번 물에 빠져서 자루를 놓치면 다시 붙잡는 건 거의 불가능하기 때문이었다. 창은 담배와 부싯깃을 담아 목에 걸 작은 쌈지를 만들 어주었다. 우리는 각각 코코넛 열 통씩을 갈았다. 그 과육은 허기와 갈증을 달래줄 것이었다. 산토리한테는 포도주를 담는 얇은 가죽 부대가 하나 있는데, 그는 그걸 사용하지 않는 듯했다. 그래서 그 간수의 집에 자주 들르는 창이 훔쳐 오기로 했다.

출발일자는 일요일 밤 10시로 정해졌다. 보름달이 떠서 조수는 8 미터 높이가 될 것이고, 리제트는 전속력으로 다가올 것이었다. 창 은 일요일 아침에 혼자 돼지 먹이를 주기로 했다. 나는 토요일과 일 요일 내내 실컷 잠을 자둘 것이다. 출발은 밤 10시, 썰물은 두 시간 전부터 시작될 것이다.

내 포댓자루 두 개는 절대 서로 떨어질 염려가 없었다. 대마를 꼬 아 만든 밧줄과 놋쇠 줄로 단단히 묶고 돛 만드는 데 쓰는 실과 바 늘로 꿰매두었다. 우리는 유난히 큰 자루들을 찾아내서 각각의 입 구를 서로 맞물려놓아 코코넛도 절대 빠질 리 없었다.

실뱅은 쉬지 않고 운동을 했고, 나는 오랜 시간 동안 파도를 맞으 며 작은 파도에 다리 마사지를 해두었다. 그 반복적인 타격과 파도 가 칠 때마다 저항하기 위해 근육을 수축시키는 단련을 한 덕분에 내 다리는 무쇠처럼 튼튼해졌다.

섬의 어느 폐쇄된 우물 속에 3미터 가량의 사슬이 있었다. 나는 내 자루를 묶은 밧줄에 그 사슬을 얽어맸다. 그리고 사슬의 고리에 볼트 하나를 넣어 고정시켰다. 도저히 견디지 못할 것 같으면 그 사 슬로 내 몸을 자루에 묶을 것이다. 그렇게 하면 물에 빠져서 뗏목을 놓칠 염려 없이 한숨 잘 수 있을지도 모른다. 만일 자루가 뒤집어지면 저절로 잠이 깰 테고, 그러면 얼른 제자리로 돌려놓으면 된다.

"빠삐용, 이제 사흘 남았어."

우리는 드레퓌스의 벤치에 앉아 리제트를 바라보았다.

"그래, 실뱅. 난 우리가 성공할 거라고 믿어. 넌?"

"당연하지, 빠삐용. 화요일 밤이나 수요일 아침이면 관목 숲에 도착할 거야. 그럼 제대로 된 식사를 하는 거지!"

창은 우리들 각자의 몫으로 코코넛을 열 통씩 갈아주기로 했다. 단도 외에 무기 보관소에서 훔친 날이 넓은 군도도 두 자루 가져가기로 했다.

이니니 수용소는 쿠루 동쪽에 있었다. 아침에 해를 마주보고 걷다 보면 방향이 틀릴 염려는 없을 것이다.

"월요일 아침에는 산토리를 속일 수 있어. 난 월요일 3시 간수가 오후 낮잠을 자기 전에 너와 빠삐용이 사라졌다고만 말할 거야."

창이 말했다.

"차라리 우리가 낚시하다가 파도에 쓸려가는 걸 봤다고 말하는 건 어떨까?"

"안 돼. 난 복잡한 건 싫어. 그냥 이렇게 말할 거야. '빠삐용과 스테판은 오늘 일하러 오지 않았습니다. 저 혼자 돼지 먹이를 주었어요.' 그 이상도, 그 이하도 말고."

디아블에서 탈출하다

일요일 저녁 7시. 이제 막 자다가 깼다. 토요일 아침부터 내내 잤다.

달은 9시나 되어야 나왔다. 그래서 밖은 어두컴컴했다. 하늘에는 별 하나 보이지 않았다. 비를 머금은 두툼한 구름들이 머리 위를 지나 갔다. 우리는 막사에서 나왔다. 밤중에 몰래 낚시를 하러 가거나 섬을 산책하는 일이 종종 있었기 때문에 다른 사람들도 아무렇지 않게 생각했다.

젊은 사내 녀석 하나가 애인인 퉁퉁한 아랍인과 함께 들어왔다. 두 사람은 어느 구석에서 사랑을 나눌 것이다. 그들이 방 안으로 들어가려고 널빤지를 들어올리는 것을 보면서 그 아랍인이 하루에 두세 번씩 애인과 즐기느라고 황홀경에 빠져 정신 못 차리겠구나 하는 생각을 했다. 진한 입맞춤을 실컷 퍼붓노라면 도형지가 천국처럼 느껴지겠지. 그건 젊은 녀석도 마찬가지일 것이다. 그치는 기껏해야 스물셋에서 스물다섯 정도로 보였지만, 그의 육체는 젊음의 싱싱함이라고는 사라지고 없었다. 우윳빛 피부를 간직하려고 아무리 그늘에서만 지냈어도, 이미 아도니스의 모습은 빛을 잃고 있었다. 그렇지만 도형지에서는 자유로울 때 꿈꾸는 것보다 더 많은 애인을 거느릴 수 있었다. 그치는 아랍인 외에도 단돈 25프랑으로 고객들을 상대하기도 했다. 그 가격은 몽마르트르의 로슈슈아르 대로에서 창녀가 버는 것과 같은 액수였다. 청년은 고객들이 주는 기쁨 외에도 그곳에서 살아가는 데 충분한 돈을 벌었다. 그 두 사람과 그의 고객들은 악의 구렁텅이 속에서 기꺼이 몸을 굴렸고, 그들이 도형지에 발을 디딘 그날부터 그들의 머릿속에는 오로지 한 가지 목적, 곧 섹스밖에는 없었다. 그들에게 형을 부과한 검사는 그들을 나락의 길로 내몰 벌을 주려고 했겠지만, 바로 그 나락 속에서 그들은 또다시 행복을 찾은 것이다.

"가자."

우리는 서둘러 섬의 북쪽으로 갔다. 수중 동굴에서 뗏목 두 개를 꺼냈다. 세 사람 다 금세 흠뻑 젖었다. 바람은 특유의 울부짖는 소리를 내면서 불었다. 실뱅과 창은 내 뗏목을 바위 위로 밀어올리는 것을 도왔다. 나는 마지막 순간에 왼쪽 손목에 자루의 밧줄을 묶기로 했다. 순식간에 자루를 잃어버리고 혼자 쓸려갈까봐 무서웠다. 실뱅은 창의 도움을 받아 맞은편 바위 위로 올라갔다. 달이 이미 뜨기 시작해서 앞이 잘 보였다.

나는 머리에 수건을 감았다. 우리는 파도가 여섯 번 치기를 기다렸다. 30분도 남지 않았다. 창이 내 곁으로 돌아왔다. 그는 내 목을 끌어안고 포옹을 했다. 창은 바위 위에 엎드려 리제트가 부서질 때의 충격을 감당할 수 있도록 내 발을 잡아주기로 했다.

"하나 남았어, 그 다음 것 좋다!"

실뱅은 뗏목 앞에 서서 자신의 몸으로 뗏목을 덮어 내리치는 물벼락을 막을 준비를 했다. 나도 같은 자세를 취했다. 내 종아리를 붙들고 있는 창이 흥분과 긴장으로 어찌나 손에 힘을 주는지 그의 손톱이 살에 박히는 것이 느껴졌다.

드디어 리제트가 우리를 데리러 왔다. 리제트는 쏜살같이 달려왔다. 평소처럼 얼얼한 소리와 함께 우리가 있는 두 바위에 와서 부서지며 구렁 속으로 휘말려 들어갔다.

나와 실뱅은 파도가 부서지는 순간에 몸을 날렸고, 리제트는 서로 나란히 붙어 있는 두 뗏목을 현기증이 날 정도의 속도로 바다를 향해 뿜어냈다. 채 5분도 못 되어 우리는 해안에서 300미터는 떨어졌다. 실뱅은 아직 뗏목에 올라앉지 못했다. 나는 곧바로 올라앉았다. 창은 어느새 드레퓌스 벤치에 올라서서 하얀 천을 흔들며 마지막 작별 인사를 보냈다. 우리가 위험한 장소를 벗어난 지 5분 정도 지나자 다시 디아블로 곧장 달려드는 파도들이 형성되었다. 하지만 우리를 실어간 파도는 다른 파도보다 훨씬 길었다. 거품도 거의 없고 흔들림이나 뗏목을 뒤집으려는 위협도 없었다. 우리는 그 깊고 높은 파도와 함께 오르락내리락 하면서 무사히 드넓은 바다에 들어섰다. 그 중 어느 파도머리 위에서 나는 다시 한 번 고개를 돌려 창의 흰 수건을 보았다. 실뱅은 한 50미터나 떨어졌을까, 내게서 그리 멀지 않은 곳에 있었다. 그는 수도 없이 한 팔을 들어서 환희와 승리감의 신호를 보냈다.

밤은 부드럽게 찾아왔다. 우리는 바람의 방향이 바뀐다는 강한 느낌을 받았다. 떠날 때 우리를 바다 쪽으로 잡아끌었던 조수는 이제 그랑테르 쪽으로 밀어주었다.

수평선에서 태양이 솟아올랐다. 그러니까 거의 6시였다. 수면에 너무 바짝 붙어 있어서 해안은 보이지 않았다. 하지만 제도에서 꽤 멀어졌다는 사실은 알 수 있었다. 제도의 섬들은 하나의 덩어리로만 보였다. 자세히는 알 수 없지만, 적어도 30킬로미터는 떨어진 듯했다. 나는 성공했다는 생각에 승리의 미소를 지었다.

뗏목 위에 앉으면 어떨까? 바람이 내 등을 때리며 밀치겠지?

난 뗏목 위에 앉았다. 사슬을 풀어서 허리띠에 한 바퀴 둘러 감았다. 볼트에는 기름을 충분히 발라두었기 때문에 너트를 조이기가 쉬웠다. 나는 두 손을 허공에 치켜들고 바람에 말린 뒤 담배를 한 대 피웠다. 담배 연기를 깊숙이 들이마셨다가 천천히 내뿜었다. 이제는 두렵지 않다. 행동에 옮기던 순간부터 긴장감에 뱃속이 얼마나 욱신거리고 쑤셨는지 모른다. 이젠 하나도 두렵지 않아서 담배를 다 피운 다음에는 코코넛 과육을 몇 입 먹기로 했다. 나는 한 줌 가득 코코넛을 먹고 다시 담배를 한 대 피웠다. 실뱅은 제법 멀리 떨어진 곳에 있었다. 이따금 파도머리에 올라갈 때만 언뜻 서로의 모습이 보일 정도였다. 태양이 뜨겁게 머리를 때려 머리가 익기 시작했다. 나는 수건을 적셔서 머리에 감았다. 털스웨터도 벗었다. 바람이 불었지만 뜨거운 열기에 숨이 막힐 것만 같았다.

맙소사! 내 뗏목이 뒤집혀서 하마터면 물에 빠져 죽을 뻔했다. 바닷물을 두 모금은 마셨나보다. 아무리 애를 써도 자루를 다시 뒤집어 올라타기는 쉽지 않았다. 사슬 때문에 몸을 자유롭게 움직일 수가 없었다. 나는 몸에 묶은 사슬을 풀었다. 손가락을 더듬어 너트를 풀려고 안간힘을 썼다. 신경이 곤두서서 충분히 힘을 쓸 수가 없었다. 휴! 간신히 해냈다! 사슬을 풀지 못하는 줄 알고 절망감에 빠져 그야말로 미칠 뻔했다.

나는 굳이 뗏목을 돌려 눕히지 않았다. 기운이 다 빠져서 그럴 힘이 없었다. 그냥 위로 올라갔다. 위아래가 뒤집힌들 좀 어떠랴? 다시는 사슬이든 무얼로든 몸을 묶지 않을 것이다. 그런 경험은 한 번으로 족했다.

태양은 무자비하게 내 팔과 다리를 태웠다. 얼굴도 불덩이였다. 물을 적시면 더 안 좋은 것 같았다. 순식간에 물이 증발하면서 더 뜨거웠기 때문이다. 오른쪽 다리에 심한 경련이 일어서 마치 누군가가 내 목소리를 듣기라도 하는 듯 소리를 질렀다. 어릴 때 할머니가 해주신 말씀이 생각나 손가락으로 경련이 난 부위에 십자가를 그었다. 할머니의 처방도 소용없었다. 해가 서쪽으로 기울었다. 오후 4

시쯤 된 듯했다. 출발한 이후로 네 번째 조수였다. 그 밀물은 이전 것보다 더 세차게 날 밀어주는 듯했다.

이제는 실뱅이 잘 보였다. 그도 날 잘 보고 있었다. 그도 셔츠를 벗어던진 채 웃통을 드러내고 있었다. 실뱅이 신호를 보냈다. 그는 나보다 300미터 앞에 있었다. 그가 두 손으로 노를 젓고 있는지 그의 주위에 가벼운 거품이 일었다. 내가 다가갈 수 있도록 뗏목을 세우려는 것 같았다. 나는 자루 위에 누워서 두 팔을 물 속에 집어넣고 노를 저었다. 그가 멈추고 내가 계속 나아간다면 우리 사이의 거리가 좁혀지지 않을까? 내가 탈출 동지 하나는 제대로 골랐다. 그는 자신의 역할을 100퍼센트 다 하고 있었다.

나는 손으로 노 젓기를 멈추었다. 피곤했다. 힘을 아껴야 했다. 뭘 좀 먹으려면 다시 뗏목을 뒤집어야 했다. 먹을 것이 든 배낭과 가죽 물병이 아래쪽에 있었다. 갈증도 나고 배가 고팠다. 입술이 벌써 갈라지고 뜨거웠다. 뗏목을 뒤집는 제일 좋은 방법은 내가 뗏목에 매달려서 파도 꼭대기에 올라가는 순간에 발로 힘껏 미는 것이었다. 다섯 번의 시도 끝에 마침내 뗏목을 뒤집는 데 성공했다. 난 완전히 기진맥진해서 힘겹게 뗏목 위로 올라갔다.

태양이 수평선에 걸려 있었고 얼마 안 있으면 사라질 참이었다. 그러니까 오후 6시쯤 된 것이다. 밤에도 바다가 너무 요동치지 않기를 바랐다. 오랫동안 흠뻑 젖어 있으면 기를 다 뺏긴다는 걸 알기 때문이었다.

나는 코코넛 과육을 두 줌 먹은 다음 산토리의 가죽 호리병박에 담긴 물을 한 모금 마셨다. 허기를 채우고 나서 두 손을 바람에 말리고 담배 한 개비를 꺼내 맛있게 피웠다. 날이 어두워지기 전에 실뱅은 수건을 흔들며 잘 자라는 인사를 했고, 나 역시 답례를 했다. 그는 여전히 멀리 떨어져 있었다. 나는 다리를 쭉 뻗고 앉았다. 털 스웨터의 물기를 짜서 다시 입었다. 털스웨터는 물기가 남아 있긴 해도 따뜻했다. 해가 떨어지기가 무섭게 한기가 느껴졌다. 바람이 차가웠다. 서쪽의 구름만이 수평선의 장밋빛에 잠겨 있었다. 나머지는 점점 짙어지는 어둠 속에 있었다. 바람이 불어오는 동쪽에는 구름 한 점 없었다. 그러니 당장은 비가 올 염려가 없었다.

아무 생각도 하지 않았다. 단지 공연히 몸에 물을 묻히지 말아야 겠다는 생각과 피로가 엄습해오면 자루에 몸을 묶는 것이 현명할까 아닐까 하는 생각만 했다. 그러다가 문득 지난번에 몸을 움직이기 불편했던 이유가 사슬이 너무 짧기 때문이라는 사실을 깨달았다. 사슬의 한쪽 끝이 자루의 밧줄과 철삿줄에 얽혀 있었던 것이다. 묶인 부분을 서둘러 풀고 나니 움직임이 훨씬 자유로워졌다. 나는 다시 사슬을 정돈해서 내 허리춤에 묶었다. 기름이 잔뜩 묻은 너트는 손쉽게 돌아갔다. 처음처럼 너무 세게 조이지 않았다. 그러자 마음이 한결 차분해졌다. 깜박 잠이 들어 자루를 놓칠새라 노심초사했던 것이다.

바람이 거세지면서 파도도 거칠어졌다. 우리의 뗏목은 마치 활주로를 달리듯 더욱 빠르게 움직였다. 날이 완전히 어두워졌다. 하늘에는 무수한 별들이 반짝였고, 남십자성이 유난히 빛났다.

실뱅이 보이지 않았다. 어둠이 시작되었다는 건 매우 중요한 일이었다. 운이 따라주어 바람이 밤새도록 같은 속도로 불어준다면 내일 아침까지는 꽤 먼 거리를 움직일 수 있기 때문이었다. 밤이 깊어갈수록 바람은 더 세차게 불었다. 달이 서서히 바다 위로 솟아올랐다. 적갈색의 달이 완전히 떠오르자 둥그런 얼굴 같은 달의 표면 위에 있는 검은 얼룩까지 선명하게 보였다.

그러니까 밤 10시가 넘었을 것이다. 어둠이 점점 희끄무레해졌다. 달이 떠오를수록 달빛은 더욱 강렬해졌다. 파도의 표면에 비친 신기한 반사광 때문에 눈이 시렸다. 반사된 달빛을 제대로 쳐다볼 수도 없었지만, 낮 동안에 태양과 소금물에 자극을 받은 터라 눈은 더욱 시리고 화끈거렸다.

뗏목은 아무 문제 없이 풍랑을 따라 오르락내리락했다. 같은 자세로 오래 앉아 있다 보니 끔찍할 정도로 고통스러운 경련이 일어서 한 자세로 오래 있을 수도 없었다.

골반 밑으로는 계속 젖어 있었다. 바람이 스웨터를 말려주어 가슴은 거의 말랐고, 허리춤 위까지 몸을 적시는 파도는 없었다. 눈은 갈수록 더 화끈거렸다. 난 눈을 감았다. 그리고 이따금 잠이 들었다. '자면 안 돼.' 말이야 쉽지만 쏟아지는 잠을 이기기는 정말 어려웠다. 제기랄! 나는 그 혼수 상태와 싸웠다. 그리고 번번이 현실 감각을 되찾을 때마다 머리에 날카로운 통증이 느껴졌다. 나는 부싯돌을 꺼냈다. 그걸로 이따금 오른팔이나 목을 지졌다. 아무리 안간힘을 써도 졸음을 몰아내지 못할까봐 끔찍이도 불안했다. 잠이 들면 어쩌지? 물에 빠져서 냉기에 잠이 깨면? 나는 몸에 사슬을 단단히 묶었다. 자루를 잃어버리면 끝장이다. 그건 내 목숨이나 다름없으니까. 차라리 바다에 빠져서도 깨어나지 않는다면 모를까.

몇 분 전부터 다시 몸이 젖었다. 다른 파도들의 규칙적인 흐름을 따르길 거부하는 반항적인 파도 하나가 오른쪽에서 날 덮쳤다. 뿐만 아니라 몸이 기우는 바람에 정상적인 다른 두 차례의 파도가 머리끝부터 발끝까지 뒤덮었다.

두 번째 밤이 시작되었다. 몇 시쯤 되었을까? 서쪽으로 기울기 시작하는 달의 위치로 보아 새벽 2시나 3시쯤 된 듯했다. 온몸에 바닷물을 뒤집어 쓴 덕에 한기가 올라 잠이 달아났다. 온몸이 덜덜 떨렸지만 힘들지 않고 눈을 뜨고 버틸 수 있었다. 다리에 감각이 없어지자 엉덩이 밑에 깔고 있기로 했다. 두 손으로 한 발씩 차례로 끌어올려 간신히 엉덩이 밑에 깔고 앉는 데 성공했다. 발톱까지 꽁꽁 얼었는데 내 체온으로 다시 따뜻해지려나?

그 자세로 한참을 앉아 있었다. 자세를 바꾸니 한결 편했다. 바다를 환히 비춰주는 달빛에 실뱅을 찾아보았다. 하지만 달이 너무 낮게 걸려 있는 데다가 바로 정면에 있어서 제대로 보이지 않았다. 실뱅의 모습을 찾을 수가 없었다. 실뱅에게는 자루에 몸을 묶을 도구가 없었는데 아직도 자루 위에 앉아 있을까? 나는 필사적으로 찾았지만 허사였다. 바람이 세긴 해도 규칙적으로 불었다. 그건 꽤 중요한 점이었다. 일정한 바람의 리듬에 익숙해져서 내 몸은 자루와 하나가 되었다.

주위를 계속 응시하다 보니 친구를 찾아야겠다는 생각이 머릿속을 떠나질 않았다. 나는 손가락을 바람에 말려서 입에 대고 있는 힘껏 휘파람을 불었다. 그리고 귀를 기울였다. 아무 응답도 없었다. 실뱅이 손가락으로 휘파람 부는 걸 알기는 할까? 떠나기 전에 물어봐 둘걸. 휘파람 두 번이면 쉽게 서로를 확인할 수 있을 텐데! 진작에 그 생각을 하지 못한 걸 후회했다. 이어서 두 손을 모아 입 앞에 대고 소리쳤다. "야호!" 바람 소리와 파도 소리만 무심히 응답할 뿐이었다.

그래서 이번엔 자루 위에 일어서서 왼손으로 사슬을 움켜잡고 균형을 잡았다. 파도가 높이 떠받칠 때는 완전히 일어섰다가 다시 내려가면 웅크리고 앉았다. 오른쪽에도, 왼쪽에도, 앞에도 아무것도 보이지 않았다. 혹시 뒤쪽에 있으려나? 나는 차마 일어선 자세로 뒤까지 돌아볼 엄두는 나지 않았다. 그 순간, 한 점의 의혹도 없이 눈에 들어온 건 달빛 속에 보이는 왼쪽의 짙은 선 하나였다. 관목 숲이 분명했다. 해가 뜨면 나무들이 보일 것이다. 그걸 보자 한결 힘이 났다.

"내일은 숲을 볼 수 있다, 빠뻬! 잘하면 친구도 보일 거야!"

나는 발톱을 문지른 다음 다시 다리를 뻗었다. 그리고 손을 말려서 담배를 한 대 피우기로 했다. 몇 시쯤 되었을까? 달이 많이 기울었다. 간밤에 달이 지고 해가 뜰 때까지 몇 시간이나 걸렸는지 기억을 더듬어보았다. 눈을 감고 간밤의 장면들을 떠올리면서 생각해내려 애썼지만 소용없었다. 그때 갑자기 동쪽에서 해가 솟아오르는 것이 보이면서 그와 동시에 서쪽 수평선에 달의 한 끝이 보였다. 새벽 5시쯤 된 것이 틀림없었다. 달은 서서히 바다 속으로 내려갔다. 남십자성은 큰곰자리와 작은곰자리와 함께 이미 오래전에 모습을 갖추었다. 북극성만 유난히 빛났다. 남십자성이 사라진 다음에는 북극성이 하늘의 여왕이었다.

바람이 부풀어오르는 듯했다. 적어도 밤보다는 강해졌다. 그 덕에 파도가 더 깊고 강해졌고 흰 물결도 초저녁보다 더 커졌다. 내가 바다에 뛰어든 지도 30시간이 지났다. 일단은 모든 일이 순조롭게 풀렸지만, 이제 시작되려는 새 날은 훨씬 더 힘들 것이라는 사실을 인정해야 했다.

어제는 아침 6시부터 저녁 6시까지 햇빛에 직접 노출되어 살이 익고 또 익었다. 오늘 또다시 햇빛이 내 몸을 두드리면 장난이 아닐 것이다. 입술은 벌써 갈라졌지만 그래도 아직은 밤의 냉기가 남아 있었다. 입술도 눈과 마찬가지로 화끈거렸다. 팔과 손도 마찬가지였다. 가능하면 맨팔을 내놓지 않아야 했다. 스웨터를 벗지 않고 견딜 수 있느냐가 문제였다. 넓적다리와 엉덩이도 끔찍하게 쓰라렸다. 햇빛 때문이 아니라 소금물과 포댓자루와의 마찰 때문이었다.

햇빛에 익었든 안 익었든, 탈출을 했으니 아무리 더 힘든 일이 많이 생긴다 해도 견딜 만했다. 살아서 그랑테르에 도착하게 되리라는 전망은 90퍼센트는 긍정적이었다. 그러면 됐지, 안 그래? 상어 한 마리도 만나지 않았다는 사실을 생각하자. 상어들이 모두 단체로 휴가라도 갔단 말인가?

내가 행운아 중의 행운아라는 점은 부정할 수 없는 사실이었다. 이번에야말로 진짜 행운이 깃든 모양이었다. 이제껏 계획했던 다른 탈출들은 모두 지나치게 많이 생각하고 지나치게 많이 준비를 했다. 결국은 제일 우스꽝스러운 시도가 성공을 하게 된 것이다. 코코넛 자루 두 개로 바람과 바다를 가르면서…….

바람과 파도는 온종일 간밤과 비슷한 세기를 유지했다. 오후에는 육지에 닿을 것이 확실했다.

열대의 괴물이 등뒤에서 불쑥 솟아올랐다. 오늘은 무엇이든 사정없이 구워버리기로 작정이라도 한 듯이 불길을 한껏 내뿜었다. 그 괴물은 세 번 만에 달빛을 몰아냈다. 열대의 제왕은 침대 밖으로 완전히 빠져나오기도 전에 마치 군주처럼 군림했다. 벌써 바람이 미적지근해졌다. 한 시간이면 날이 더워질 것이다. 그 첫 번째 햇살이 몸을 스치자마자 부드러운 열기가 허리춤에서부터 머리까지 훑고 지나갔다. 나는 두건처럼 덮어쓰고 있던 수건을 치우고 장작불에 몸을 쬐듯 두 뺨을 햇살에 노출시켰다. 비록 죽음 앞의 생명일지언정 그 괴물은 내 몸을 그을리기 전까지는 생명의 환희를 느끼게 해주었다. 피가 혈관을 타고 흐르자 젖은 넓적다리에서도 그 활발한 혈액순환이 느껴졌다.

이제는 관목 숲이 나무 꼭대기까지 아주 선명하게 보였다. 그다지 멀지 않게 느껴졌다. 태양이 더 높이 솟아 친구의 모습이 보일 때까지 기다리기로 했다. 적어도 한 시간이면 태양이 하늘 꼭대기에 걸릴 것이다. 날이 뜨거워졌다. 왼쪽 눈이 절반은 감겨 붙었다. 손으로 물을 움켜쥐어 눈에 문질렀다. 눈이 따가웠다. 나는 스웨터를 벗었다. 태양이 못 견디게 뜨거워질 때까지 잠시라도 옷을 벗고 있기로 했다.

다른 파도보다 유난히 거센 파도가 나를 높이 떠밀어 올렸다. 다시 내려오기 전에 스치듯 친구의 모습이 보였다. 실뱅은 뗏목 위에 웃통을 벗고 앉아 있었다. 앞쪽으로 200미터 정도 떨어진 거리였다. 그는 내 모습을 보지 못했다. 바람이 여전히 세게 불었기 때문에 그를 따라잡기 위해 스웨터의 한쪽 소매를 팔에 끼고 아랫부분은 입에 문 채 돛처럼 나부끼면서 전진하기로 했다. 그렇게 하니까 전보다 조금 속도가 붙었다. 그렇게 30분 정도 돛을 만들고 나니 이도 아프고 바람에 저항하기 위한 체력 소모도 상당했다. 힘이 들어 그만두긴 했지만 파도에 실려서 훨씬 빠르게 전진하고 있다는 느낌을 받았다.

마침내 실뱅이 보였다. 그는 이제 100미터 앞에 있었다. 그런데 뭘 하고 있는 거지? 내가 어디 있는지 불안한 기색도 없었다. 다시 파도에 들어올려지면서 오른손을 눈 위에 대고 바다를 두리번거리는 그의 모습이 똑똑히 보였다. 뒤를 봐, 멍청아! 뒤를 돌아본 것도 같은데 내 모습을 발견하지 못했다.

나는 일어서서 휘파람을 불었다. 다시 파도에 떠밀렸을 때 내 맞은편에 서 있는 실뱅이 보였다. 그는 스웨터를 치켜들었다. 다시 자루 위에 앉기 전에 그렇게 적어도 스무 번은 반갑게 인사를 했다. 파도가 높이 칠 때마다 우리는 인사를 주고받았고 운 좋게도 그는 나와 동시에 파도를 탔다. 마지막 두 번 파도가 쳤을 때, 그는 팔을 들어 이제는 분명하게 보이는 관목 숲을 가리켰다. 길어야 10킬로미터 정도만 남았다. 나는 중심을 잃고 뗏목 위로 쓰러지듯 앉았다. 모처럼 친구의 모습과 관목 숲을 그렇게 가까이서 보고 나니 엄청난 환희가 밀려들면서 감정이 북받쳐 아이처럼 울었다. 고름이 생긴 눈을 눈물로 씻어내자 눈앞에 총천연색의 작은 크리스탈들이 무수히 반짝였다. 마치 교회의 유리창 같다는 바보 같은 생각이 들었다. 하느님이 오늘은 네 편이야, 빠삐. 바람, 거대한 바다, 높은 파도, 위압적인 녹색 지붕을 머리에 얹은 관목 숲, 그 괴물 같은 자연의 요소들 한가운데에 있으면 자신을 에워싼 그 모든 것에 비해 상대적으로 무한히 작게 느껴진다. 굳이 하느님을 찾지 않아도 마치 눈앞에 하느님이 나타나 손끝으로 만질 수 있을 듯한 느낌이 든다. 음울한 지하 감방에 한 줄기 빛도 없이 산 채로 묻힌 채 보냈던 그 수많은 시간 속에서 신을 느꼈던 것처럼, 오늘은 감히 저항할 수 없도록 그 모든 것들을 모조리 집어삼킬 듯 솟아오르는 그 태양 속에서 하느님을 온몸으로 느꼈다. 하느님이 내 귓가에 속삭였다.

'넌 지금도 고통받고 있고 앞으로도 더욱 고통받겠지만 이번만큼은 네 편이 되어주기로 했느니라. 너는 자유로운 승리자가 될 것이다, 내가 약속하마.'

어떤 종교적 가르침도 받은 적 없고, 기독교에 관해서는 무엇 하나 아는 것도 없고, 예수의 어머니가 정말 성모 마리아인지 아버지가 목수인지 목동인지도 모를 만큼 무지했지만, 그 비천한 무지도 간절히 찾을 때 하느님을 만나는 것을 막지는 못하는 모양이다. 바람 속에서, 바다 속에서, 햇빛 속에서, 관목 숲 속에서, 별들 속에서 인간이 목숨을 연명할 수 있도록 바다에 뿌려놓은 듯한 물고기에서까지도 하느님을 확인할 수 있었다.

태양이 빠르게 올라왔다. 아침 10시가량 된 듯했다. 내 몸은 보송보송하게 말랐다. 나는 수건을 물에 적셔서 다시 두건처럼 머리에 썼다. 어깨와 등 그리고 팔이 지독하게 쓰라려서 스웨터를 다시 입어야 했다. 종종 물 속에 담글 수밖에 없는 다리는 구워놓은 가재처럼 새빨개졌다.

해안이 훨씬 가까워지자 파도는 거의 일직선으로 해안을 향해 내달렸다. 이제는 관목 숲이 자세히 보였다. 너덧 시간 만에 놀랄 만큼 바짝 다가갔다. 난 첫 번째 탈출 덕분에 어느 정도 거리를 가늠할 수 있었다. 여러 가지 나무들이 자세히 보이는 것으로 보아 5킬로미터도 남지 않았다. 다양한 나무들 사이로 울창한 숲이 보였고, 유난히 높은 파도머리 위에 오르자 거대한 나무 한 그루가 나뭇가지를 바다에 드리우고 있는 것이 아주 선명히 보였다.

어디선가 돌고래들과 새들이 나타났다! 부디 돌고래들이 내 뗏목을 밀치며 장난치지 않기를! 돌고래들이 표류물이나 인간을 해안으로 밀치며 제딴은 돕는답시고 주둥이로 밀치다가 오히려 물에 빠뜨리곤 한다는 얘기를 들은 적이 있었다. 서너 마리의 돌고래들은 빙빙 맴돌다가 다가와서 냄새를 맡긴 했지만 다행히도 내 뗏목은 건드리지도 않고 다시 가버렸다.

정오가 되자 태양이 머리 꼭대기에 놓였다. 필경 나를 산 채로 구우려고 작정한 모양이었다. 눈에서는 쉴새없이 고름이 흘렀고, 입술과 코는 피부가 벗겨졌다. 파도는 더 짧아져서 귀가 멍멍해지도록 난폭하게 해안을 향해 재촉했다.

이제는 실뱅이 꾸준히 보였다. 그의 모습은 거의 사라지는 일이 없었고, 파도는 더 이상 크게 일지 않았다. 이따금 그가 몸을 돌려 팔을 치켜들었다. 그는 여전히 웃통을 드러내고 수건을 머리에 덮고 있었다.

파도는 이제 일종의 두루마리처럼 부서지는 잔물결로 바뀌어 우리를 해안으로 이끌었다. 해변에 부딪치면 굉장한 소음을 내면서 장애물을 넘어 관목 숲을 깊숙이 덮쳤다.

해변에서 1킬로미터 정도 떨어진 거리에 이르자 하얀 새들과 분홍빛 새들이 진흙을 콕콕 쪼면서 거닐고 있는 것이 보였다. 수천 마리는 됨직한 무수한 새들 중에 10미터 이상 날아오르는 것은 한 마리도 없었다. 잠깐씩 날아오를 때도 물거품에 몸을 적시지 않기 위해서였다. 거품이 가득한 바다는 누런 진흙투성이였다. 나무 둥치들 위로 물이 차올랐던 높이를 가리키는 지저분한 선들이 보였다.

파도가 둥글게 말리는 소음도 형형색색의 새들이 내지르는 날카로운 소리를 뒤덮지는 못했다. 짹! 짹! 푸드득! 나는 해변의 진흙을 만져보았다. 물이 얕아서 일어설 수 있었다. 태양을 보니 오후 2시쯤인 듯했다. 출발한 지 40시간 만이었다. 3시쯤이면 밀물이 다시 시작될 것이고, 밤에는 관목 숲에 도착해 있을 것이다. 끊임없이 부서지는 파도가 날 뒤집기 시작할 때 자루를 잡아채 가는 일이 없도록 사슬을 단단히 붙잡고 있어야 했다.

실뱅은 내 오른쪽 앞 100미터 정도 떨어진 곳에 있었다. 그가 날 보며 손짓을 했다. 뭔가 소리를 치려고 하는데 목구멍 밖으로 소리가 나오지 않는 모양이었다. 파도가 사라지고 나니 시끄러운 새들의 소음 외에는 아무 소리도 들리지 않았다. 나는 관목 숲에서 500미터 정도 떨어져 있었고, 실뱅은 내 앞에 100~150미터 정도 떨어져 있었다. 그런데 저 키다리 녀석이 뭘 하는 거지? 그는 일어서서 뗏목을 버렸다. 미쳤나? 아직 걸으면 안 된다. 그러다가는 유사에 빠져서 다시 뗏목으로 돌아오지 못할지도 몰랐다. 휘파람을 불고 싶었지만 할 수가 없었다. 조금 남은 물을 마저 마시고 소리를 질러 그를 세우려고 했다. 그런데 소리가 밖으로 나오질 않았다. 유사에서 기포가 올라왔다. 그건 얕은 곳에 진흙이 있다는 뜻이었고, 가엾은 친구가 곧 빠질 것이 확실하다는 뜻이었다.

실뱅은 날 돌아보며 알아듣지 못할 신호를 보냈다. 난 '안 돼, 안 돼' 하고 소리치는 커다란 몸짓을 했다. '뗏목에서 움직이면 안 돼, 그럼 절대 숲에 닿을 수 없어!' 처음에는 그가 뗏목 근처에 있어서 만일 유사에 빠지더라도 얼른 움켜잡을 수 있을 거라고 생각했다. 하지만 그가 너무 멀리 나갔다는 사실을 깨닫는 순간, 그는 유사에 빠져서 꼼짝도 못했다. 비명 소리가 내가 있는 곳까지 들려왔다. 나는 자루 위에 바짝 엎드려 손으로 온 힘을 다해 진흙을 가르며 20미터 이상 미끄러지며 나아갔다. 일어서서 보니 그 친구는 어느새 배까지 파묻혔고, 뗏목에서 10미터도 넘는 거리에 있었다. 겁에 질려 나도 모르게 소리가 터져나왔다.

"실뱅! 실뱅! 움직이지 마, 엎드려! 다리를 한번 빼봐!"

바람에 내 목소리가 실려가서 그도 그 말을 들었는지 고개를 끄덕였다. 나는 배를 깔고 엎드려서 모래를 움켜잡았다. 공포와 분노에 초인적인 힘이 생겨서 꽤 빠른 속도로 그를 향해 다가갔다. 그러기를 한 시간 넘게 거듭했지만 아직도 50에서 60미터 거리에 있었다. 실뱅의 모습이 잘 안 보였다.

나는 손과 팔과 얼굴에 온통 진흙을 묻히고 앉아서 짭짤한 진흙물이 들어가 쓰라린 왼쪽 눈을 닦아냈다. 그랬더니 오른쪽 눈에까지 진흙이 들어가 앞이 보이지 않았다. 별수없이 그냥 눈물이 흐르게 내버려두었다. 그러자 마침내 그의 모습이 보였다. 그는 더 이상 눕지 않고 서 있었고, 상체만 밖으로 나와 있었다.

첫 번째 잔물결이 날 뛰어넘듯 지나가서는 진흙을 거품으로 뒤덮고 사라졌다. 그 잔물결은 실뱅도 덮쳤다. 퍼뜩 이런 생각이 들었다.

'잔물결이 더 많이 올수록 진흙은 더 부드러워지겠구나. 어떻게든 서둘러서 실뱅에게 가야 해.'

위험에 처한 새끼를 지키려는 어미 새 같은 힘을 발휘해서 진흙을 젓고 또 저으며 그에게 접근해 갔다. 그는 한 마디 말도 없이, 아무런 몸짓도 없이, 눈만 크게 뜬 채 자신을 삼킬 듯 바라보는 내 눈만 쳐다보고 있었다. 그에게 고정된 내 눈은 열심히 진흙을 휘젓는 두 손은 신경도 쓰지 않고 오로지 간절한 그의 눈빛만 놓치지 않고 붙잡고 있었다. 그런데 잔물결이 두 차례 더 덮치고 지나가자 움직임이 한 시간 전보다 훨씬 더뎌졌다. 실뱅은 이제 겨드랑이까지 파묻혔다. 그가 있는 곳까지의 거리는 적어도 40미터는 되었다. 그는 나를 뚫어져라 쳐다보았다. 약속된 땅을 코앞에 두고 진창에 파묻혀 죽을 것이라고 낙담하는 그의 마음이 읽혀졌다.

난 다시 엎드려서 이제 거의 액체나 다름없는 진흙을 잡아챘다. 내 눈과 그의 눈은 서로에게 단단히 못박여 있었다. 그는 내게 됐다, 더 이상 애쓰지 말라는 신호를 보냈다. 난 그래도 멈추지 않았다. 30미터도 채 안 남았을 때 다시 한 번 잔물결이 날 덮치고 지나갔다. 난 하마터면 뗏목에서 떨어질 뻔했다.

잔물결이 지나가고 눈길을 들었을 땐 실뱅은 사라지고 없었다. 거품이 이는 얇은 수막으로 뒤덮인 진창은 매끈하기 이를 데 없었다. 내게 마지막 인사를 건네려는 가없은 친구의 손조차 보이지 않았다. 나는 부끄러울 정도로 동물적인 반응에 사로잡혔다. 즉, 어떻게든 살아남아야겠다는 본능이 모든 감정보다 컸던 것이다.

'넌 살아 있어. 친구 없이 너 혼자라도 관목 숲으로 가야 해. 탈출에 성공한다는 건 결코 쉬운 일이 아니야.'

앉아 있는 내 등에 와서 부딪치는 잔물결이 내게 현실을 일깨웠다. 그 충격에 몸을 구부렸다. 잠시 동안 숨도 쉴 수가 없었다. 뗏목은 몇 미터를 더 미끄러졌고, 그제야 나무들 가까이에서 약해지는 파도를 보면서 실뱅을 위해 눈물을 흘렸다.

'이렇게 가까이 왔는데, 움직일 수가 없었다니! 300미터만 더 가면 되는데! 왜? 왜 그렇게 바보짓을 한 거야? 이 진창 위를 걸어서 해변까지 갈 수 있다고 생각했단 말이야? 햇빛 때문에? 반사광 때문에? 이 지옥을 조금만 더 참고 견디지 그랬어? 너 같은 사람이 고

작 몇 시간을 더 참지 못한다는 게 말이나 되냐고?'

잔물결이 쏴 하는 소리를 내면서 연달아 일었다. 점점 서로 간격을 좁히면서 점점 더 커져갔다. 한 번씩 흠뻑 뒤집어쓸 때마다 몇 미터는 더 앞으로 나아갔다. 5시쯤이 되자 순식간에 잔물결은 다시 큰 물결로 바뀌면서 진흙을 벗어나 물 위에 떴다. 잔물결은 멈추었다. 실뱅의 자루는 이미 관목 숲에 들어가 있었다.

나는 숲에 조심스럽게 도착했다. 큰 물결이 빠져나가자 다시 진창이 되어, 나뭇가지나 덩굴 하나를 움켜잡을 때까지는 자루 위에서 움직이지 않기로 단단히 마음먹었다. 20미터가량 남았다. 한 시간쯤 지나자 마지막 파도가 그야말로 날 숲 속으로 밀쳐냈다. 나는 볼트를 돌려 사슬을 풀었다. 그래도 혹시 또 필요한 일이 있을지 몰라 버리지는 않았다.

숲에서

곧 태양이 지고, 나는 반은 헤엄치고 반은 걸어서 숲 속으로 들어갔다. 그곳에도 유사가 있었다. 바닷물은 관목 숲 안으로 꽤 멀리까지 들어왔고, 날은 어두워졌는데 몸은 아직도 축축했다. 썩은 냄새가 진동을 하는 데다 가스가 올라와 눈이 따가웠다. 다리에는 나뭇잎과 풀잎이 잔뜩 달라붙었다. 나는 아직도 내 포댓자루를 밀고 있었다. 발을 뗄 때마다 조심스럽게 물 아래 땅을 확인하고서야 앞으로 나아갔다.

쓰러진 커다란 나무 위에서 첫밤을 보냈다. 무수한 짐승들이 내 몸 위를 지나갔다. 몸이 화끈거리고 따가웠다. 나는 자루를 나무둥치 위에 끌어올려서 양쪽 끝을 잘 고정시킨 다음 스웨터를 벗었다. 그 자루 속에는 내 목숨이 담겨 있었다. 코코넛을 쪼개어 그걸 먹으며 견디고 있었기 때문이다. 열매를 깰 때 필요한 군도는 오른쪽 손목에 묶었다. 나는 기진맥진한 채 나무 위에 누웠다. 나뭇가지 두 개가 갈라지는 중간 부분이 일종의 커다란 둥지를 이루어주어 무슨 생각을 할 겨를도 없이 잠이 들었다. 그저 두어 번 '가엾은 실뱅!' 하고 중얼거리고는 죽은 듯이 곯아떨어졌다.

새 울음소리에 잠이 깼다. 햇살이 관목 숲 깊숙이 수평으로 뚫고 들어오는 걸로 보아 아침 7시나 8시쯤 된 모양이었다. 주변엔 물이 가득했다. 아마도 열 번째 밀물이 끝난 듯했다.

디아블을 떠나온 지 60시간이 되었다. 내가 바다에서 얼마나 멀리 들어왔는지는 알 길이 없었다. 어쨌든 물이 빠져나가길 기다렸다가 바닷가에 가서 몸을 말리고 햇빛을 쪼이기로 했다. 남은 물도 없었다. 마지막 남은 코코넛 과육 세 줌을 맛있게 먹고 상처에도 발랐다. 과육에는 기름이 많아서 화상을 진정시켜주었다. 그런 다음에 담배를 두 개비 피웠다. 나는 실뱅을 생각했다. 이번엔 아무런 이기심 없이. 친구 없이 혼자 탈출해야 했던 게 아니었을까? 그렇지만 아무것도 달라지는 것은 없었다. 깊은 슬픔만이 가슴을 옥죌 뿐이었다. 눈을 감았다. 마치 그러면 친구가 산 채로 매장되던 모습이 보이지 않기라도 할 것처럼.

자루는 나뭇가지 사이에 잘 고정시켜놓고 코코넛 하나를 꺼냈다. 열매를 다리 사이에 끼고 코코넛을 힘껏 내리쳐서 둘로 쪼갰다. 군도로 깨는 것보다 그렇게 하는 편이 껍질을 까기가 훨씬 더 편했다.

나는 시원한 코코넛 하나를 통째로 먹고 그 속에 들어 있는 달콤한 물을 마셨다. 바닷물이 순식간에 빠져나가고, 나는 쉽게 진창을 걸어서 해변에 도착했다.

태양은 눈부셨고, 바다는 그날 따라 전에 없이 아름다웠다. 나는 실뱀이 사라졌다고 여겨지는 장소를 한참 동안 물끄러미 바라보았다. 그리고 구덩이 속에 고인 바닷물로 몸을 씻었다. 옷과 몸은 금세 말랐다. 담배를 한 대 피웠다. 다시 한 번 마지막으로 친구의 무덤을 바라본 다음 관목 숲 속으로 돌아갔다. 자루를 어깨에 걸치고 천천히 그늘 속으로 들어갔다. 두 시간이 채 안 되었을 때 마침내 물에 젖지 않은 땅을 발견했다. 나무 밑동에도 밀물이 침범한 흔적은 전혀 없었다. 나는 그곳에 자리를 잡고 스물네 시간은 고스란히 쉬기로 했다. 코코넛 껍질을 조금씩 벗겨서 과육을 꺼내 자루 속에 담아 언제든 필요할 때 꺼내 먹을 수 있도록 해놓았다. 불을 피울 수도 있었지만, 그건 아무래도 신중하지 못한 행동인 듯했다.

남은 하루와 그날 밤은 별 탈 없이 지나갔다. 요란한 새 울음소리 때문에 동이 트자마자 잠이 깼다. 코코넛 과육 만드는 일을 마저 끝낸 다음 어깨에 작은 보따리 하나만 걸치고 동쪽으로 길을 떠났다.

오후 3시쯤 샛길 하나를 발견했다. '발라타'(천연 고무) 탐광자들이나 경목 탐광자들 혹은 금 선광자들이 다니는 길인 듯했다. 샛길은 좁지만 나뭇가지 하나 걸쳐진 것 없이 깨끗한 걸로 보아 사람들이 많이 다니는 길인 듯싶었다. 군데군데 당나귀나 노새의 굽 없는 발자국이 찍혀 있었다. 마른 진흙 구덩이 속에 사람의 발자국도 보였다. 진흙 속에 커다란 발가락 자국이 선명히 남아 있었다. 나는 어두워질 때까지 걸었다. 코코넛을 씹으면 허기도 가시면서 갈증도 달래주었다. 간간이 기름과 침을 잘 씹어 섞어서 코와 입술 그리고 뺨에 문지르기도 했다. 눈에 고름이 가득 차 자꾸만 눈꺼풀이 달라붙어서 할 수 있을 때마다 물로 씻어주었다. 보따리 속에는 코코넛과 함께 마르세유 비눗조각 하나, 질레트 면도기, 면도날 열두 개 그리고 면도솔 하나가 방수 통에 담겨 있었다.

나는 한 손에 칼을 들고 걸었지만 길에 장애물이 없어서 칼을 쓸 일은 없었다. 한쪽에 새로 자른 듯한 나뭇가지들이 보이기도 했다. 아무래도 그 샛길을 지나다니는 사람들이 많은 것 같아 최대한 주의를 기울여야 했다.

관목 숲은 내가 처음 탈출했을 때 생 로랑 뒤 마로니에서 겪었던 숲과는 달랐다. 마로니의 숲만큼 울창하지는 않았지만 층이 져 있었다. 첫 번째 식물층은 5미터에서 6미터 높이까지 올라왔고, 그보다 더 높은 관목 숲은 약 20미터 가량 되었다. 샛길 오른쪽으로만 빛이 들어왔고, 왼쪽은 거의 암흑이었다.

나는 빠르게 앞으로 나아갔다. 때로는 인간이나 벼락 때문에 불이 나서 생긴 빈터가 나오기도 했다. 햇살의 기울기는 머지않아 해가 지려 한다는 것을 알려주었다. 나는 햇살을 등지고 쿠루 마을이나 혹은 같은 이름을 지닌 형무소가 있을 동쪽을 향했다.

순식간에 날이 어두워지려 했다. 밤에는 걸으면 안 되기 때문에 관목 숲으로 들어가서 잠을 청할 만한 구석을 찾기로 했다. 샛길에서 30미터 정도 떨어진 곳에 바나나잎과 같은 종류의 매끈한 나뭇잎 더미 위에 자리를 잡고 누웠다. 몸은 어느새 완전히 말라 있었다. 비가 오지 않아서 다행이었다. 나는 담배 두 개비를 피웠다.

그날 밤은 그다지 피곤하지 않았다. 코코넛 과육으로 허기를 달래고 기운을 차린 덕분이었다. 단지 갈증 때문에 입 안이 자꾸만 말랐다. 침으로도 좀처럼 해결이 되지 않았다.

탈출의 제2막이 시작되었고, 그날 밤은 내가 그랑테르에 와서 아무런 불미스러운 사건 없이 보낸 세 번째 밤이었다.

아! 실뱅도 나와 함께 있었더라면! 하지만 이제 그 친구는 없어, 네가 할 수 있는 일도 없고! 살면서 한 번이라도 누군가의 조언이나 후원이 필요했던 적은 없었잖아? 네가 대장이야, 졸병이야? 바보같이 굴지 마, 빠삐용, 친구를 잃은 슬픔에 빠지는 건 괜찮지만 넌 이제 홀로 관목 숲을 헤쳐가야 해. 벌써 탈출을 한 지 엿새나 되었으니 쿠루에서도 지금쯤 그 일을 알고 있을 것이다. 삼림수용소 간수들도, 마을의 흑인들도. 어쩌면 헌병 초소도 하나쯤 있을지도 모른다. 마을 쪽으로 걷는 것이 신중한 일일까? 나는 그 주변에 대해서 아는 것이 하나도 없었다. 수용소는 마을과 강 사이에 붙어 있었다. 그게 내가 쿠루에 대해 아는 전부였다.

루아얄에서는 아무나 제일 먼저 눈에 띄는 사람을 붙잡아 중국인들과 창의 형제인 치치가 있는 이니 수용소 근처로 안내해달라고 위협하려고 생각했다. 그 계획을 바꿔야 하나? 디아블에서 내가 익사한 것으로 결론을 내렸다면 별 문제 없을 텐데. 하지만 그들이 탈출한 사실을 알아냈다면 쿠루도 위험할지 모른다. 그곳이 삼림수용소인 만큼 끄나풀이나 인간 사냥꾼들도 많을 것이다. 조심해야 해, 빠삐! 실수하면 안 돼. 누구든 사람들 눈에 띄기 전에 내가 먼저 눈치채야 한다. 그러려면 샛길로 걷지 말고 숲길로 걸어야 했다. 온종일 군도를 휘두르며 샛길을 걸어온 것을 생각하면 무식한 짓 정도가 아니라 완전히 미친 짓이었다. 그래서 다음날부터는 숲길로 걷기로 했다.

일출을 반기는 짐승들과 새들의 울음소리에 일찌감치 잠에서 깨어났다. 나에게도 새로운 하루가 시작되었다. 나는 코코넛 한 줌을 잘 씹어서 삼켰다. 코코넛 즙을 얼굴에 바른 뒤 길을 떠났다.

샛길에 바짝 붙어서 몸을 숨기고 조금은 힘겹게 걷기 시작했다. 덩굴들과 나뭇가지들을 헤치고 나아가야 했기 때문이었다. 어찌되었든 샛길을 벗어난 건 잘한 일이었다. 얼마 안 가서 휘파람 소리가 들렸던 것이다. 그런데 휘파람을 부는 사람의 모습은 보이지 않았다. 마침내 그가 다가왔다. 흑인 한 명이 어깨에 짐을 메고 오른손에는 총을 들고 다가왔다. 카키색 셔츠에 반바지 그리고 맨발이었다. 그는 어깨에 들쳐 멘 짐의 무게 때문에 등을 구부정하게 구부리고 고개를 숙인 채 땅에서 눈을 떼지 못했다.

나는 샛길가에 있는 굵은 나무 뒤에 몸을 숨긴 채 칼을 꺼내들고 그 흑인이 내가 있는 곳으로 올 때까지 기다렸다. 그가 나무 앞을 지나치려는 순간 그에게 달려들었다. 오른손으로 잽싸게 총을 든 그의 팔을 낚아챈 뒤 비틀어서 총을 떨어뜨리게 했다.

"죽이지 마세요! 맙소사, 제발요!"

그는 여전히 서 있었고, 내 칼끝은 목 왼쪽을 겨누고 있었다. 나는 몸을 숙여서 총을 집어들었다. 총신이 하나뿐인 구식 총이긴 했지만 화약 가루와 납 탄환이 총구까지 가득 차 있는 듯했다. 나는 공이치기를 들어올리고 2미터 정도 거리를 둔 다음에 명령했다.

"짐을 바닥에 내려놔. 뛰어서 달아날 생각은 하지도 마. 그랬다가는 우습지도 않게 죽여버릴 테니까."

겁에 잔뜩 질린 불쌍한 흑인은 시키는 대로 했다. 그러더니 날 쳐다보고 말했다.

"탈주자예요?"

"그래."

"원하시는 게 뭔데요? 제가 갖고 있는 거 다 가지세요. 하지만 부탁이니까 죽이지만 마세요. 전 자식이 다섯이나 있다고요. 제발 불쌍하게 생각하시고 목숨만 살려주십시오."

"입 다물어. 이름이 뭐야?"

"장요."

"어디 가는 길인데?"

"숲에서 나무 자르는 형제들한테 생필품을 가져다 주러요."

"어디서 왔어?"

"쿠루요."

"그 마을에 살아?"

"태어날 때부터요."

"이니니를 알아?"

"네, 수용소 중국인들과 여러 번 밀거래한 적이 있어요."

"이거 보여?"

"그게 뭔데요?"

"500프랑짜리 지폐야. 선택해. 내가 시키는 대로 한 뒤 500프랑에다 네 총을 찾아가든지, 아니면 거절하거나 날 속이려 들었다가 내 손에 죽는 거야. 선택해."

"뭘 해야 하는데요? 뭐든 시키는 대로 다 할게요."

"이니니 수용소 근처까지 날 무사히 데려다 줘야 해. 내가 중국인한 명과 접촉을 한 다음엔 보내주지. 알았어?"

"네."

"날 속일 생각은 하지도 마. 그랬다간 죽은목숨이야."

"안 그럴게요, 맹세코 성심껏 도울게요."

그는 농축 우유를 갖고 있었다. 그는 깡통 여섯 개를 꺼내서 1킬로그램 정도 되는 빵 한 덩어리와 훈제 베이컨을 내게 주었다.

"그 가방은 숲 속에 숨겨놔, 나중에 찾을 수 있게. 자, 내 칼로 나무에 이렇게 표시를 해주지."

나는 깡통 우유를 마셨다. 그는 긴 바지 하나도 주었다. 푸른색의 새 작업복이었다. 난 총을 단단히 붙잡은 채로 그 바지를 입었다.

"앞장서, 장. 아무에게도 눈에 띄지 않도록 조심하고. 만일 누구에게든 붙잡히는 날엔 순전히 네 실수이니 네 신상에 좋을 일 없을 거야."

장은 숲길을 나보다 잘 걸었다. 그가 어찌나 교묘하게 나뭇가지와 덩굴을 피해서 잘 걷는지 간신히 그의 뒤를 놓치지 않고 따라갈 정도였다. 그는 정말 능숙하게 걸었다.

"쿠루에서는 벌써 도형수 두 명이 제도에서 탈출했다는 소식을 알고 있어요. 당신에게 솔직하게 얘기해주는 거예요. 쿠루 수용소 근처를 지날 때는 훨씬 더 위험할 거예요."

"넌 선량하고 솔직해 보이는군, 장. 내가 속는 일이 없을 거라 믿어. 이니니까지 가는 더 좋은 방법 알아? 내 안전이 네 목숨이라는 걸 명심해. 내가 간수들이나 인간 사냥꾼 손에 잡히는 날엔 널 죽일 수밖에 없을 테니까 말이야."

"이름이 뭐죠?"

"빠삐용."

"좋아요, 빠삐용 씨. 관목 숲 속으로 완전히 들어가서 쿠루를 멀찍이 돌아서 가야 해요. 관목 숲을 통해서 당신을 이니니까지 데려다 줄 자신 있어요."

"널 믿을게. 네가 확실하다고 생각되는 길로 가."

우리는 숲 안쪽으로 천천히 걸어 들어갔다. 샛길 가로 걸을 때보다 흑인은 훨씬 긴장이 풀린 듯 보였다. 그는 전처럼 땀을 뻘뻘 흘리지도 않았고 찡그리던 얼굴 근육도 많이 풀린 것이 평정을 되찾은 듯했다.

"장, 이젠 겁이 덜 나는 모양인데?"

"네, 빠삐용 씨. 샛길 가에 있을 때는 당신에게 훨씬 위험했거든요, 그러니 나에게도 마찬가지였고요."

우리는 빠르게 나아갔다. 그 흑인은 영리해서 내게서 절대 3미터나 4미터 이상 떨어지는 법이 없었다.

"잠깐, 담배 한 대 피우고 싶어."

"여기요, 골루아즈(프랑스 산 담배 이름—옮긴이) 한 갑 있어요."

"고마워, 장, 넌 좋은 사람이야."

"맞아요, 난 아주 좋은 사람이에요. 가톨릭 신자인데 도형수들이 백인 간수들에게 어떤 취급을 받는지 보고 마음이 많이 아팠어요."

"그들을 많이 봤다고? 어디서?"

"쿠루의 삼림수용소에서요. 그 사람들이 나무 자르는 작업을 하다가 열병이나 이질에 걸려서 조금씩 죽어가는 걸 보면 너무 불쌍해요. 제도가 훨씬 나은 편이죠. 당신처럼 건강해 보이는 죄수는 처음 봐요."

"그래, 제도에선 훨씬 낫지."

우리는 굵은 나뭇가지 위에 앉아 잠시 쉬었다. 나는 캔 하나를 건 넸다. 그는 사양하고 코코넛 과육을 씹었다.

"아내는 젊어?"

"네, 이제 서른둘이에요. 난 마흔이고. 우린 애들이 다섯이에요. 딸 셋에 아들 둘요."

"먹고 살 만은 하고?"

"자단(열대산 향목 — 옮긴이)으로 그럭저럭요. 아내도 간수들의 빨래와 다림질을 해주는데 그게 조금 도움이 되죠. 우린 굉장히 가난하긴 해도 굶지 않을 정도로 먹고 아이들도 모두 학교에 다녀요. 아이들에게 신길 신발도 항상 있고요."

그 흑인은 아이들에게 신발만 신길 수 있으면 다 좋은 거라고 생각하고 있었다. 그의 키는 나만했고, 검은 얼굴에는 반감을 살 만한 점은 어디에도 없었다. 오히려 감정이 풍부해 보이는 맑은 두 눈은 그를 정직한 사람, 성실한 일꾼, 한 가정의 좋은 아버지, 좋은 남편, 착실한 기독교인으로 보이게 했다.

"당신은요, 빠삐용?"

"난 말이야, 장, 새 삶을 찾으려 애쓰고 있어. 10년 동안 산 채로 매장되어 지내면서 언제고 너처럼 처자식이 있는 자유로운 사람이 되어서, 어느 누구에게도 비록 마음속으로라도 아무런 해도 끼치지 않는 사람이 되려고 끊임없이 탈출을 시도했지. 네가 말한 것처럼 이 도형지는 썩은 곳이어서 제정신을 가진 사람이라면 누구든 이 굴레에서 벗어나려고 할 거야."

"성공할 수 있도록 열심히 도울게요. 갑시다."

장은 탁월한 방향 감각으로 단 한 번도 머뭇거리는 일 없이 중국인 수용소 근처까지 거침없이 날 안내했다. 우리가 그 근처까지 도착했을 땐 이미 두 시간 전부터 날이 어두워져 있었다. 멀리서 뭔가를 두드리는 소리가 들리긴 했지만 불빛 하나 보이지 않았다. 장은 수용소에 제대로 접근하려면 한두 개의 초소를 피해야 한다고 설명했다. 우리는 길을 멈추고 밤을 보내기로 했다.

나는 죽을 듯이 피곤했지만 잠드는 것이 두려웠다. 만에 하나라도 저 흑인에게 속으면? 내가 잠든 사이에 총을 빼앗아서 날 죽인다면? 그가 날 죽일 경우 갑절은 이득인 셈이다. 나로 인한 위험을 벗어나서 탈주자를 죽인 대가로 포상금도 받을 테니까.

그는 꽤 영리한 사람이었다. 뭐라고 말도 하기 전에 먼저 누워서 잠을 청했다. 나에겐 여전히 사슬과 볼트가 있었다. 난 그를 묶을까 하다가 그가 나만큼 볼트를 쉽게 풀어낼 수 있을 것이고 내가 곯아떨어진 다음에 그가 조심스럽게 움직이면 아무 눈치도 못 챌 것이라는 생각이 들었다. 일단은 잠들지 않도록 조심해야 했다. 나에게는 골루아즈 한 갑이 있었다. 나는 잠들지 않도록 무슨 일이든 할 것이다. 장이 아무리 정직한 사람이라 해도 그가 날 범죄자로 알고 있는 한 그를 믿을 수 없었다.

날은 완전히 어두워졌다. 그는 내 옆에 누워 있었고, 그의 맨발바닥만 하얗게 보였다. 숲에서는 어둠 특유의 소리들이 났다. 수십 킬로미터 밖에서도 들릴 만큼 커다랗고 걸걸한 원숭이 울음소리가 연신 들렸다. 그 소리는 꽤 중요한 의미가 있었다. 소리가 규칙적으로 들린다는 것은, 원숭이 무리가 차분하게 뭔가를 먹거나 잠잘 수 있다는 것, 곧 인간이든 짐승이든 아무런 위험도 감지되지 않는다는 표시였기 때문이다.

나는 이따금 담뱃불로 몸을 지지면서 크게 힘들이지 않고 잠을 이겨냈다. 무엇보다도 내 몸의 피를 모조리 빨아먹으려고 작정한 듯한 모기 떼가 오히려 도움이 되었다. 담뱃진과 침을 섞어서 얼굴에 바르면 모기들을 쫓을 수도 있었지만, 모기들이 없으면 잠이 들 것만 같아서 그냥 놔두었다. 그 모기들이 말라리아나 황열병을 옮기지 않기만 바랄 뿐이었다.

나는 간신히 나락의 길에서 벗어났다. 어쩌면 아직은 임시에 불과하겠지만. 내가 그 길에 들어섰을 때는 내 나이 스물다섯인 1931년이었다. 그런데 지금은 1941년이었다. 10년이 지난 것이다. 1932년에 그 피도 눈물도 없는 검사 프라델은 무자비하고도 비인간적인 논고를 통해 젊고 튼튼한 나를 우물 속에 던져넣었다. 그 우물 속에는 끈적거리는 액체가 가득해서 그걸 말끔히 씻어내려면 오랜 시간이 걸릴 듯했다. 하지만 마침내 탈출의 첫째 막을 성공시켰다. 나는 우물 바닥에서 기어 올라와 우물가의 돌에 앉아 있다. 이제 내가 가진 체력과 지력을 모두 발휘해 남은 두 번째 막에서도 성공해야만 했다.

밤은 느릿느릿 지나갔지만 나는 잠들지 않았다. 손에 들고 있는 총을 한 번도 놓치지 않았다. 모기들에게 물린 쓰라린 자국 덕분에 말똥말똥했다. 피로에 굴복해서 내 자유를 위기에 빠뜨리지 않은 스스로에게 흡족했다. 정신은 더 맑았고, 일출이 가까움을 알리는 새들의 첫 울음소리를 듣자 나 자신이 대견해졌다. '남보다 더 일찍 일어난' 새들의 울음소리는 곧이어 들려올 새들의 노랫소리의 전주곡이었다. 흑인은 사지를 뻗어 기지개를 켠 다음 일어나 앉아서 두 발을 문질렀다.

"잘 잤어요? 아니, 안 잔 거예요?"

"응."

"바보 같은 짓을 했네요. 나는 걱정할 것 없다니까요. 난 당신이 계획을 무사히 성공시킬 수 있도록 돕기로 결심했다고요."

"고마워, 장. 이제 곧 햇살이 숲으로 들어오겠지?"

"아직 한 시간은 더 있어야 해요. 짐승들만 날이 밝기도 전에 제일 먼저 알아채죠. 아직 한 시간쯤 더 있어야 날이 밝아질 거예요. 당신 칼 좀 이리 줘봐요, 빠삐용."

나는 주저 없이 칼을 넘겨주었다. 그는 두세 걸음 걸으며 어느 기름진 식물의 나뭇가지를 잘랐다. 그러고는 커다란 조각 하나를 내게 주고, 또 하나는 자기 몫으로 챙겼다.

"그 속의 물을 마시고 얼굴에도 문질러요."

난 그 신기한 나무를 들고 목을 축이고 세수도 했다. 드디어 날이 밝았다. 장은 내 칼을 돌려주었다. 나는 담배 한 대를 피웠고, 장도 한 대 피웠다. 다시 길을 떠났다. 한낮이 다 되었을 때 거대한 진흙 웅덩이를 힘겹게 건너야 했던 일을 제외하고는 별다른 일 없이 무사히 이니니 수용소 근처에 도착했다.

우리는 수용소로 이어지는 길에 다다랐다. 좁은 철로가 넓고 깨끗한 길을 따라 나란히 이어졌다.

"이건 중국인들이 미는 수레만 지나다니는 철로예요. 그 수레들은 끔찍한 소음을 내서 멀리서도 들리죠."

장이 설명해주었다. 우리는 지나는 길에 간수들이 앉는 2인용 의자 위에 한 명이 올라서 있는 모습을 보았다. 그 뒤로 중국인 두 명이 긴 나무 막대기를 들고 수레를 세우고 있었다. 바퀴에서 불꽃이 튀었다. 장은 그 막대기들의 끝이 강철로 되어 있어서 수레를 밀거나 제동을 걸 때 쓰인다고 설명했다.

그 길은 매우 북적였다. 중국인들은 어깨에 덩굴 다발을 짊어지거나, 야생 돼지를 몰거나, 야자나무 잎 꾸러미를 지고 지나갔다. 모두들 수용소 쪽으로 가는 듯했다. 장은 그들이 숲으로 가는 데에는 여러 가지 이유가 있다고 말해주었다. 사냥거리를 찾으러 가거나, 가구를 만들 덩굴이나 태양의 열기를 피해 정원의 채소들을 덮을 거적을 만들려고 야자나무 잎을 구하러 가거나, 나비나 파리 또는 뱀을 잡으러 가는 것이었다. 몇몇 중국인들은 행정부에서 부여받은 임무를 마친 다음에는 숲에서 몇 시간씩 보낼 수 있다는 허락을 받기도 했다. 그들 모두는 저녁 5시 이전에 돌아가야 했다.

"자, 장. 여기 500프랑과 네 총이야. 내게는 단도와 군도가 있어. 이제 넌 가도 좋아. 고마웠어. 내가 새 삶을 찾도록 도와준 것에 대해 하느님에게 더 나은 보상을 받길 원해. 넌 성실했어, 정말 고마워. 나중에 이 이야기를 네 아이들에게 할 때는 이렇게 말하길 바란다. '그 도형수는 용감한 사람 같아 보였어. 아버진 그 사람을 도와준 것을 후회하지 않는단다' 하고 말이야."

"빠삐용 씨, 이제 늦었어요. 내가 얼마 가지도 못해서 날이 어두워질 거라고요. 총은 좀더 갖고 있어요. 난 내일 아침까지 당신과 함께 있을 거니까. 원한다면 치치에게 기별을 해줄 중국인을 내가 직접 찾아올게요. 아마 탈출한 백인보다는 날 보는 편이 겁을 덜 먹을걸요. 이제 길로 나갑시다. 하다못해 간수와 맞닥뜨리더라도 날 보면 아무 생각 안 할 거예요. 카옌의 목재 하치장에 보낼 자단을 구해오는 길이라고 말하면 돼요. 나만 믿어요."

"자, 네 총을 받아. 숲에서 무장한 낯선 사내를 보면 누구든 이상하게 생각할 거야."

"그건 그래요."

장이 갑자기 길 중간에 우뚝 섰다. 가벼운 휘파람 소리가 들리더니 마음에 들어 보이는 중국인 한 명이 나타났다.

"안녕하쇼."

어깨에 바나나나무 줄기를 짊어진, 작달막한 키에 늙수그레한 그 중국인이 사투리로 말했다. 먼저 인사를 건네는 그 정중한 노인이 마음에 들어 나도 휘파람을 불었다.

"안녕하쇼, 중국인. 잠깐, 나와 얘기 좀 합시다."

장이 말했다.

"왜 그러시오?"

그러고는 그가 발길을 멈추었다.

그들은 거의 5분 동안 이야기를 나누었다. 그들이 나누는 이야기는 하나도 들리지 않았다. 중국인 두 명이 막대기에 커다란 암사슴 한 마리를 매달고 지나갔다. 두 발이 묶인 채 거꾸로 매달린 암사슴은 바닥에 머리가 스쳤다. 그들은 흑인에게는 인사도 하지 않고 지나쳤지만 자신들의 동포에게는 두어 마디 인사말을 주고받았다.

장이 노인을 숲으로 데리고 들어왔다. 두 사람은 내가 있는 곳까지 왔다. 그는 내게 다가와서 손을 내밀었다.

"당신, 탈주자?"

"네."

"어디서?"

"디아블에서."

"좋아."

노인은 웃으면서 갸름한 눈으로 날 바라보았다.

"좋아, 이름은?"

"빠뻬용."

"나, 몰라."

"나, 창 친구, 창 바우치엔, 치치 형제."

"아! 좋아."

그러더니 노인은 내게 다시 손을 내밀었다.

"뭐 원해?"

"치치에게 내가 여기서 기다린다고 전해줘요."

"안 돼."

"왜?"

"치치, 수용소 대장 오리 60개 훔쳤다. 대장, 치치 죽이기 원해. 치치, 도망갔다."

"언제?"

"두 달."

"바다로 갔어요?"

"난 몰라. 난 다른 중국인하고 얘기하러 수용소 간다. 그 중국인 치치 친한 친구. 그 사람, 결정해. 넌, 여기 있어. 나, 오늘밤에 돌아온다."

"몇 시에?"

"몰라. 하지만 먹을 거, 담배 가지고 온다. 너, 여기서 불 피우면 안 돼. 나 휘파람 〈라 마들롱〉 불어. 너 소리 들으면 길에 나온다. 알았지?"

"알았어요."

그리고 노인이 떠나갔다.

"어떻게 생각해, 장?"

"손해 볼 건 없어요. 당신이 원하면 쿠루로 돌아가서 바다로 나갈 수 있도록 내가 카누와 생필품 그리고 돛을 준비해줄게요."

"장, 난 굉장히 멀리 가야 하기 때문에 혼자 떠난다는 건 불가능해. 어쨌든 고마워. 최악의 경우에는 그 제안을 받아들일게."

우리는 중국인이 주고 간 커다란 종려나무 싹을 먹었다. 향기가 그윽한 것이 아주 시원하고 맛있었다. 장이 깨워주기로 했고, 나는 그를 믿었다. 다시 모기들이 달려들기 시작해서 손과 얼굴에 담뱃진을 발랐다.

"빠삐용, 〈라 마들롱〉이 들렸어요."

장이 날 깨웠다.

"지금 몇 시지?"

"그렇게 늦진 않았어요, 아마 9시쯤."

우리는 길로 나갔다. 날은 어두워졌다. 휘파람 소리가 가까워지기에 나도 응답했다. 그가 근처까지 다가온 것이 느껴지긴 했지만 모습은 보이지 않았다. 여전히 번갈아 휘파람을 불면서 우리는 거리를 좁혀갔다. 그들은 전부 세 명이었다. 돌아가며 내게 악수를 청했다.

"길가에 앉읍시다. 그늘에 있으면 우리 모습이 안 보여요."

나머지 두 사람 중 하나가 완벽한 프랑스어로 말했다. 장도 우리와 함께 앉았다.

"일단 뭘 좀 먹고 이야기해요."

무리 중에서 교육을 잘 받은 듯한 사람이 말했다. 장과 나는 따뜻한 야채 수프를 먹었다. 그걸 먹으니 몸이 훈훈해졌다. 남은 음식은 두었다가 나중에 먹기로 했다. 우리는 박하 향이 나는 달콤한 차를 마셨다. 따뜻하고 맛있었다.

"창의 친구라고요?"

"그래요, 창은 내게 치치를 찾아서 함께 달아나라고 했어요. 난 멀리 콜롬비아까지 탈출한 적이 있었거든요. 난 솜씨 좋은 뱃사람이라서 창이 날 믿고 동생을 맡기고 싶어한 거요."

"좋소. 그럼 창에게 어떤 문신이 있죠?"

"가슴에 용 하나, 왼손에 점 세 개. 창은 그 점 세 개가 자신이 파울로 콘도르 반란의 주모자들 중 하나였다는 표시라고 했어요. 제일 친한 친구인 반 위가 또 한 사람의 주모자였다죠. 그는 왼팔이 잘리고 없다고 했어요."

"그게 나요. 당신은 틀림없는 창의 친구이군. 그러니까 우리 친구도 되는 거요. 잘 들어요. 치치는 아직 바다로 나가지 못했소. 배를 몰 줄 모르거든. 여기서 10여 킬로미터 떨어진 숲 속에 혼자 있어요. 숯을 만들고 있죠. 친구들이 그의 숯을 사고 돈을 줘요. 돈이 충분히 모이면 배를 사 함께 바다로 달아날 사람을 찾을 거예요. 그가 있는 곳은 아무 위험도 없어요. 그가 있는 섬 구석엔 아무도 가지 못해요. 주변이 온통 유사거든요. 누구든 그 늪에 한번 빠지면 절대 빠져나오지 못하죠. 동이 트면 내가 다시 와서 당신을 치치에게 데려다 줄게요. 우리와 함께 갑시다."

우리는 길 가장자리로 나왔다. 달이 떠서 50미터 거리까지는 보일 정도로 밝아졌다. 나무로 만든 다리에 도착하자 그가 말했다.

"이 다리 아래로 내려가요. 거기서 자고 있어요, 내일 아침에 찾으러 올게요."

우리는 악수를 하고 헤어졌다. 그들은 숨지도 않고 걸었다. 만일 잡히더라도 낮에 숲에 놓은 덫을 확인하러 갔다 오는 길이라고 둘러댄다고 했다. 장이 내게 말했다.

"빠삐용, 여기서 자면 안 돼. 숲에서 자, 내가 여기서 잘게. 그 사람이 오면 내가 불러줄게."

"그래."

나는 숲 속으로 들어가서 담배 몇 대를 피우고 따뜻한 수프로 배를 채운 다음 행복한 마음으로 잠이 들었다.

반 위는 동이 트기도 전에 약속 장소에 나타났다. 우리는 시간을 아끼기 위해 날이 밝아올 때까지 도로 위를 걸었다. 40분쯤 지나자 단숨에 동이 트고 멀리서 철로 위를 지나는 요란한 수레 소리가 들렸다. 우리는 녹음 속으로 들어갔다.

"잘 가, 장. 고마워 그리고 행운을 빌어. 하느님이 너와 네 가족을 축복해주시길."

나는 부득부득 500프랑을 그에게 건넸다. 그는 만일 내가 치치와 함께 떠나는 계획에 실패할 경우, 어떻게 하면 자신의 마을 쪽으로 와서 그를 처음 만났던 샛길을 찾을 수 있는지 설명해주었다. 그는 일주일에 두 번씩 그 길을 지나다닌다고 했다. 나는 그 마음씨 좋은 흑인과 악수를 나누었고, 그는 다시 갈 길을 갔다.

"가죠."

반 위가 숲 속으로 들어가면서 말했다. 그는 서슴없이 방향을 잡았고, 우리는 관목이 그다지 무성하지 않아서 제법 빠른 속도로 전진했다. 그는 거치적거리는 나뭇가지나 덩굴을 군도로 자르는 대신 헤치면서 나아갔다.

치치

세 시간도 못 되어서 늪을 발견했다. 활짝 핀 수련과 커다란 나뭇잎들이 진창에 붙어 있었다. 우리는 진창 가장자리를 따라 걸었다.

"미끄러지지 않게 조심해요, 그랬다간 다시 올라오지도 못하고 그대로 사라지는 거예요."

내가 비틀거리는 걸 본 반 위가 말했다.

"계속 가요, 조심해서 잘 따라갈게요."

약 150미터 전방에 작은 섬 하나가 나타났다. 그 섬 한가운데에서 연기가 피어올랐다. 숯 굽는 가마인 듯했다. 늪 속에 눈만 뻐끔히 내놓고 있는 악어 한 마리가 보였다. 저 악어는 진창 속에서 뭘 먹고 사는 걸까?

늪 가장자리를 따라 1킬로미터 남짓 걸은 다음에 반 위가 멈추더니 중국어로 목청껏 노래부르기 시작했다. 한 사내가 섬 끝으로 다가왔다. 키 작은 사내는 반바지 하나만 달랑 걸치고 있었다. 중국인들은 저들끼리 이야기를 나누었다. 한참을 기다리다가 초조해지기 시작할 무렵에 마침내 그들이 이야기를 끝냈다.

"이쪽으로 와요."

반 위가 말했다. 나는 그를 따라갔다.

"다 잘됐소, 이 사람은 치치의 친구예요. 치치는 사냥 갔대요. 조금 있으면 돌아올 거요. 저기서 기다리죠."

우리는 앉았다. 한 시간쯤 후에 치치가 도착했다. 비쩍 마른 자그마한 동양인은 치아는 시커멓게 빛이 나고, 눈은 영리하고 솔직해 보였다.

"당신이 내 형 창의 친구야?"

"그래."

"좋아. 넌 가도 좋아, 반 위."

"고마워."

반 위가 말했다.

"자, 이 자고새 가져가."

"아냐, 됐어."

반 위는 나와 악수를 한 다음 돌아갔다.

치치는 앞장서서 걷는 돼지 한 마리 뒤로 날 이끌고 갔다. 그는 말 그대로 돼지를 따라갔다.

"조심해, 빠삐용. 한 발만 잘못 디뎌도 늪에 파묻히고 말아. 그런 일이 생겨도 우린 서로 도와줄 수 없어. 까딱했다간 둘이 함께 사라지고 마니까. 유사는 움직이기 때문에 길이 늘 달라져. 하지만 돼지는 언제나 바른 길을 찾아내지. 한번은 이틀이나 기다렸다가 지나간 적도 있지만."

과연 새까만 돼지는 코를 킁킁대면서 재빨리 늪 사이를 지나갔다. 중국인은 중국어로 돼지에게 말했다. 나는 그 작은 짐승이 마치 개처럼 주인의 말에 복종하는 걸 보고 신기해했다. 치치는 유심히 지켜보고 난 눈을 휘둥그레 뜨고 내려다보는 가운데, 돼지는 몇 센티미터 이상은 절대 빠지는 법 없이 맞은편으로 건너갔다. 나의 새 친구도 얼른 그 뒤를 따라가면서 내게 말했다.

"내가 발 디딘 곳으로만 걸어야 해. 빨리 움직여야 해. 돼지가 남긴 발자국은 금세 없어지니까."

우리는 힘들이지 않고 늪을 건넜다. 나는 끝까지 장딴지 이상은 한 번도 빠지지 않았다.

돼지가 두 번 크게 우회하는 바람에 우리는 200미터 넘게 그 단단한 진창 위를 걸어야 했다. 온몸에서 땀이 비오듯 흘렀다. 단순히 겁에 질린 정도가 아니라 공포에 사로잡힌 것이다.

탈출의 첫째 막에서 내가 실뱅처럼 죽는 게 아닌가 하는 생각을 했다. 마지막 순간까지 멀쩡한 정신으로 날 응시하던 그 가엾은 친구의 모습이 떠오르면서 실뱅의 얼굴이 내 얼굴과 겹치기도 했다. 그 길은 지옥의 고난 같은 느낌이었다. 그 느낌을 쉽게 떨쳐낼 수 없을 것이다.

"손 이리 줘."

뼈와 가죽만 앙상한 그 작달막한 사내가 내가 둑 위로 올라가는 것을 도와주며 말했다.

"이봐, 친구. 이 길로는 인간 사냥꾼들이 우릴 찾으러 오지 못할 것 같은데."

"그럼. 그건 걱정하지 않아도 돼."

우리는 작은 섬 중앙으로 들어갔다. 탄산가스 냄새가 목에 걸려서 기침을 했다. 두 군데에서 숯을 구우면서 나는 연기였다. 그곳에서는 모기 걱정할 필요가 없을 것 같았다. 나뭇잎 지붕과 역시 나뭇잎을 얽어 만든 거적으로 벽을 두른 그 작은 오두막은 연기가 자욱한 바람 속에 서 있었다. 치치를 만나기 전에 보았던 키 작은 사내가 문 앞에 서 있었다.

"안녕하쇼."

"사투리로 말하지 말고 프랑스어로 말해. 내 형의 친구야."

그 중국인은 날 머리에서 발끝까지 훑어보더니 만족한 듯 웃으면서 손을 내밀었다.

"들어와, 앉아."

전체가 주방인 그 오두막은 깨끗했다. 불 위에서는 커다란 냄비에 뭔가를 굽고 있었다. 침대는 나뭇가지를 바닥에서 1미터 정도 높이로 쌓아 만든 것 하나뿐이었다.

"오늘밤에 이 친구가 잘 수 있게 자리 만드는 것 좀 도와줘."

"알았어, 치치."

30분도 안 되어서 내 잠자리가 만들어졌다. 두 중국인은 식탁을 차렸고, 우리는 맛있는 수프와 양파와 고기를 곁들여 흰 쌀밥을 먹었다.

치치의 친구는 숯을 파는 사람이었다. 그는 섬에서 살지 않았기 때문에 해가 지고 나서는 치치와 나만 남았다.

"난 수용소장의 오리를 몽땅 훔치는 바람에 도망 나온 거야."

서로 마주보고 앉은 우리 두 사람의 얼굴은 작은 모닥불의 불꽃에 잠깐씩 환해졌다. 우리는 서로를 더 잘 알고 이해하려고 애쓰며 이야기를 나누었다.

치치의 얼굴은 그다지 노랗지 않았다. 햇빛에 그을려서 타고난 노란 피부가 구릿빛이 되었다. 몽골 족 특유의 째진 눈은 검게 빛나면서 정면을 응시했다. 그는 검은 담뱃잎으로 직접 만든 긴 시가를 피웠다. 나는 그 외팔이가 건네준 찹쌀 먹인 종이로 담배를 말아 줄 담배를 피웠다.

"그래서 도망을 나온 거야. 그 오리 주인인 소장이 날 죽이려고 해서 말이야. 벌써 석 달째야. 도박을 하다가 오리 값뿐만 아니라 석탄 값까지 모두 잃었거든."

"어디서 도박을 하는데?"

"숲에서. 매일 밤 이니니 수용소 중국인들과 카스카드에서 온 해방죄수들이 도박을 벌여."

"바다로 나갈 작정이야?"

"내가 원하는 건 그것뿐이야. 난 숯을 팔아서 배를 산 다음에 배를 몰 줄 아는 친구를 하나 찾아서 같이 떠날 거야. 3주 후면 숯을 판 돈으로 배 한 척을 사서 떠날 수 있어. 그런데 네가 조종할 줄 안다니까."

"나한테 돈 있어, 치치. 그러니까 숯을 팔 때까지 기다리지 않아도 돼."

"그거 잘됐네. 1,500프랑에 내놓은 괜찮은 배가 한 척 있어. 나무 자르는 흑인이 그걸 팔아."

"좋아, 배는 봤어?"

"응."

"하지만 내가 직접 보고 싶어."

"내일 쇼콜라를 만나러 갈 거야. 그 친구 별명이 쇼콜라야. 네 탈출 얘기나 해봐, 빠삐용. 디아블에서 탈출하는 건 불가능한 줄 알았는데. 왜 우리 형 창은 너하고 같이 나오지 않은 거야?"

나는 그에게 파도 얘기부터 실뱅의 죽음까지 모두 들려주었다.

"창이 왜 같이 나오지 않았는지 이제 알겠군. 정말 위험한 일이었네. 넌 운이 좋은 특별한 사람이야. 여기까지 살아서 온 걸 보면 말이야. 아주 마음에 들어."

치치와 나는 세 시간도 넘게 대화를 했다. 우리는 일찌감치 잠자리에 들었다. 그가 동틀 무렵에 쇼콜라를 찾아가기로 했기 때문이었다. 우리는 밤새도록 온기를 유지할 수 있도록 불 위에 굵은 나뭇가지 하나를 올려놓고 잠을 청했다. 연기에 기침이 나고 목이 메었지만 그래도 모기를 피할 수 있다는 장점이 있었다.

나는 초라한 침대에 누워 담요를 덮고 눈을 감았다. 도통 잠을 이룰 수가 없었다. 너무 들떠 있었다. 그래, 탈출은 잘 진행되고 있어. 배만 괜찮으면 일주일 후에 바다로 나가는 거야. 치치는 작고 말랐지만 힘도 좋고 끈기도 있어 보였다. 그는 친구들에게는 성실하고 정직한 사람이지만, 적들에게는 아주 무자비할 것 같았다. 동양인들은 얼굴에 감정을 잘 드러내지 않기 때문에 표정을 읽기가 힘들었다. 그래도 눈은 그의 생각을 말해주었다.

나는 간신히 잠이 들었고, 태양이 내리쬐는 바다에서 배를 타고 활기차게 물살을 가르며 자유를 찾아 떠나는 꿈을 꾸었다.

"커피 마실래, 차 마실래?"

"넌 뭘 마시는데?"

"차."

"나도 차 줘."

막 하루가 시작되었다. 밤 사이에도 불은 꺼지지 않아 냄비 속에서 물이 끓었다. 수탉 한 마리가 쾌활하게 꼬꼬댁거렸다. 우리 주위에는 숯 굽는 연기 때문에 새들이 얼씬거리지 않아 아무 소리도 들리지 않았다. 시커먼 돼지가 치치의 침대 위에 누워 있었다. 게으른

놈인지 여태 자고 있었다. 쌀가루로 만든 비스킷을 숯불에 구웠다. 치치는 내게 설탕을 넣은 차를 따라준 다음 비스킷을 둘로 잘라서 마가린을 발라주었다. 우리는 함께 식사를 했다. 나는 구운 비스킷 세 개를 먹었다.

"이제 갈 거야, 늦까지만 따라와. 누군가 외치는 소리나 휘파람 소리가 들려도 대답하면 안 돼. 걱정할 건 없어, 아무도 여긴 못 와. 하지만 늪 가장자리에 모습을 드러냈다가는 누군가가 총을 쏠지도 몰라."

주인의 외침 소리에 돼지가 벌떡 일어났다. 돼지는 먹고 마신 다음에 밖으로 나갔고, 치치는 그 뒤를 따라갔다. 돼지는 곧장 늪으로 갔다. 우리가 어제 왔던 장소에서 제법 먼 곳까지 내려갔다. 10여 미터를 가다가 방향을 바꾸어 길을 돌아갔다. 길이 마음에 들지 않은 모양이었다. 세 번 시도한 끝에 마침내 늪을 건너가기 시작했다. 치치는 두려운 기색 없이 돼지를 따라 건넜다.

치치는 저녁에 돌아오기로 했다. 나는 그가 불 위에 올려놓은 수프를 혼자 먹었다. 닭장에서 달걀 여덟 개를 주워와서 달걀 세 개와 마가린으로 오믈렛을 만들었다. 바람의 방향이 바뀌어 오두막 맞은 편에 있는 두 가마의 연기가 옆 쪽을 향했다. 오후에 떨어지는 비를 피해서 나무 침대에 누운 나는 이제 그 탄산가스에 크게 불쾌감을 느끼지 않았다.

오전 나절에는 섬을 한 바퀴 둘러보았다. 거의 중앙에 커다란 빈 터가 있었다. 나무들이 쓰러져 있었고, 잘린 나무를 보니 치치가 그 곳에서 숯을 만들 나무를 구한다는 걸 알 수 있었다. 하얀 점토 구덩이가 보였다. 나무가 탈 때 불꽃을 내지 않도록 덮는 흙인 것 같았다.

암탉들이 빈터에 모이를 쪼아먹으러 왔다. 거대한 쥐 한 마리가 내 발치를 지나 달아났고, 몇 미터 떨어진 곳에는 약 2미터 길이의 뱀 한 마리가 죽어 있는 것이 보였다. 방금 그 쥐가 죽인 것이 분명했다.

온종일 혼자 섬에서 지내며 많은 것을 발견했다. 이를테면, 개미 일가를 발견했다. 어미와 새끼 세 마리였다. 커다란 개미집 주변에는 일대 혼란이 일었다. 아주 작은 원숭이 10여 마리가 빈터의 나무들 사이를 뛰어다녔다. 내 모습을 본 원숭이들은 귀가 찢어질 정도로 소리를 질러댔다. 치치는 저녁에 돌아왔다.

"쇼콜라를 못 만났어, 배도 못 봤고. 카스카드의 그가 사는 작은 마을에 생필품을 구하러 갔나봐. 뭐 좀 먹었어?"

"응."

"더 먹을래?"

"아니."

"군인들이 피우는 싸구려 담배 두 갑 가져왔어. 그거밖에 없더라고."

"고마워, 난 상관없어. 쇼콜라가 한번 나가면 얼마나 있어야 돌아오는데?"

"이틀이나 사흘, 하지만 난 내일도 가고 매일 갈 거야. 그가 언제 떠났는지를 모르니까."

이튿날은 비가 억수같이 쏟아졌다. 그래도 치치는 맨몸으로 길을 떠났다. 그는 옷을 벗어서 밀랍 칠을 한 천으로 잘 싼 다음 겨드랑이에 꼈다. 난 그를 배웅하지 않았다. 치치는 나가면서 말했다.

"공연히 몸을 적실 필요 없어."

비가 멈추었다. 태양을 보니 10시에서 11시쯤 된 듯했다. 가마두 개 중 하나가 엄청난 비를 이기지 못하고 무너져버렸다. 나는 그 끔찍한 광경을 보려고 다가갔다. 폭우에도 장작에 붙은 불은 완전히 꺼지지 않고 여전히 연기가 피어올랐다. 갑자기 뜻하지 않은 것을 발견한 나는 너무 놀라 눈을 비비고 다시 보았다. 가마 바깥으로 신발 다섯 개가 나와 있었다. 각각의 신발은 곧 발과 다리로 연결되었다. 결국 사람 세 명이 그 탄갱 속에서 구워지고 있었다는 얘기였다. 내 반응은 자세히 묘사할 필요도 없다. 그걸 발견하는 순간 등골에 소름이 쫙 끼쳤다. 나는 몸을 구부리고 반쯤 재가 된 숯을 발로 밀어서 여섯 번째 발도 찾아냈다.

치치는 철두철미한 사람이었던 것이다. 그는 자신이 죽인 사람들을 연달아 잿더미로 만들고 있었다. 나는 너무 놀라서 햇살이 비치는 빈터로 달려갔다. 열기가 필요했다. 그 숨막히는 더위 속에서도 몸이 오싹해지면서 따뜻한 열대의 햇살이 필요해졌다.

이 글을 읽는 사람들은 말도 안 된다고, 그런 걸 보고 나서는 식은땀을 흘려야 마땅하다고 생각할지도 모르겠다. 하지만 사실은 그렇지 않았다. 나는 한기에 사로잡혀 몸도 마음도 꽁꽁 얼어붙었다. 그리고 한 시간이 지나고 나니 그제야 비로소 굵은 땀방울이 이마에서 흘러내리기 시작했다. 생각하면 할수록 내가 돈이 많다는 얘기까지 해놓고서도 여태 살아 있다는 게 기적이라고 생각되었다. 혹시 날 세 번째 가마의 밑천으로 쓰려고 아껴둔 건 아닐까?

난 치치가 해적질과 어느 선상에서의 살인 사건으로 유죄 선고를 받았다고 그의 형 창이 해준 이야기를 떠올렸다. 그들은 약탈하려고 배에 올랐다가, 어떤 정치적 이유가 있긴 했다지만 일가족을 몰살했다고 했다. 그러니 결국 이미 연쇄 살인을 저지른 친구였던 것이다. 다른 한편으로는 나 역시 이곳의 포로나 마찬가지였다. 내 처지가 한심하게 느껴졌다.

어디 끝까지 가보자. 내가 만일 섬에서 치치를 죽이고 그를 가마솥에 집어넣는다 해도 아무도 보지도 알지도 못할 것이다. 하지만 돼지가 내 말은 따르지 않을 것이다. 그 돼지는 치치가 하는 중국어에 길들어 있었기 때문이다. 따라서 나 혼자서는 섬을 빠져나갈 방법이 없었다. 만일 치치를 위협해서 그가 순순히 따라준다면 일단 섬을 빠져나간 다음 단단한 땅에 진입해서 그를 죽이면 된다. 그리고 늪에 밀어넣으면 감쪽같이 사라질 것이다.

하지만 일단은 그가 사람들을 손쉽게 늪에 밀어넣지 않고 불에 태운 이유를 들어볼 필요가 있었다. 그들이 간수들인지는 내 알 바 아니지만, 어쨌든 그의 친구인 중국인들이 내가 그를 죽인 걸 알면 당장 인간 사냥꾼으로 돌변할 게 분명했다. 그들이 숲에 대한 해박한 지식을 바탕으로 날 찾아내는 것은 식은 죽 먹기일 것이다.

치치에게는 총구로 탄약을 채워야 하는 단발총 한 자루뿐이었다. 그는 심지어 수프를 만들 때에도 그 총을 내려놓는 법이 없었다. 잠잘 때에도 총을 옆에 두고 잤고, 심지어 볼일을 보느라 오두막을 비울 때에도 들고 갔다. 나는 항상 칼을 꺼낼 준비를 하고, 잘 때도 경계를 해야 했다. 어쩌다가 그런 인간을 탈출 동지로 삼았는지!

온종일 아무것도 먹지 못했다. 치치의 노랫소리를 들었을 때에도 어떻게 행동해야 할지 결정하지 못한 상태였다. 마침내 치치가 돌아왔다. 나는 나뭇가지 뒤에 숨어서 그가 오는 것을 지켜보았다. 그는 머리 위에 꾸러미 하나를 이고 있었다. 그가 가장자리에 거의 다 왔을 때에야 나는 모습을 드러냈다. 그는 웃으면서 밀가루 부대로 싼 꾸러미를 내게 건네고는 곧장 오두막으로 향했다. 나는 그의 뒤를 따라갔다.

"좋은 소식이 있어, 빠삐용. 쇼콜라가 돌아왔어. 그는 아직도 배를 갖고 있어. 500킬로그램 정도는 짐을 실어도 된대. 네가 갖고 갈 물건은 돛과 삼각돛을 만들 밀가루 부대들이야. 내일 나머지 물건을 가져와야 하니까 나와 함께 가서 배가 마음에 드는지 한번 봐."

그 설명을 다 마칠 때까지 치치는 한 번도 나를 돌아보지 않았다. 우리는 돼지가 맨 앞에, 그 다음엔 치치가, 내가 맨 뒤에 서서 줄줄이 걷고 있었다. 나는 그가 당장은 날 가마 속에 던질 생각이 없나보다고 생각했다. 내일 배를 보러 데려가서 탈출 경비를 지불해야 하니까. 벌써 밀가루 부대도 사지 않았는가.

"이런, 가마 하나가 무너졌네. 비 때문이로군. 그렇게 폭우가 쏟아졌으니 놀랄 일도 아니지."

그는 심지어 가마를 보러 가지도 않고 곧장 오두막으로 들어갔다. 나는 무슨 말을 해야 할지, 어떻게 처신해야 좋을지 알 수가 없었다. 아무것도 보지 못한 척하는 것도 우스울 듯했다. 오두막에서 불과 25미터 거리에 있는 가마에 온종일 한 번도 가까이 가지 않았다면, 차라리 그게 더 이상했다.

"불은 껐어?"

"응."

"그런데 아무것도 안 먹은 거야?"

"응. 배가 안 고파서."

"어디 아파?"

"아니."

"그런데 왜 수프도 안 먹었어?"

"치치, 앉아봐. 할말이 있어."

"불 좀 지피고."

"아니야. 지금 당장 얘기하고 싶어. 날이 어두워지기 전에."

"무슨 일이야?"

"가마가 무너지면서 네가 그 안에 넣고 굽던 세 사람이 보였어. 어떻게 된 일인지 설명해줘."

"아하! 그래서 그렇게 이상해 보였구나!"

그러고는 조금도 놀라지 않고 날 똑바로 쳐다보면서 말했다.

"그런 걸 봤으니 침착할 수가 없었겠지. 이해해, 당연한 일이야. 오히려 등뒤에서 날 칼로 찌르지 않은 게 다행이네. 이봐, 빠삐용, 그 세 사람은 인간 사냥꾼들이었어. 일주일 전에, 아니 정확하게는 열흘 전에 나는 쇼콜라에게 상당한 양의 숯을 팔았어. 네가 전에 본 그 중국인이 내가 섬에서 자루를 실어나르는 걸 도와줬지. 조금 복잡한 이야기야. 200미터 조금 넘는 밧줄로 자루를 늪 위로 끌었어. 간단히 이야기하면 이래. 여기서부터 쇼콜라의 카누가 있는 작은 물길이 있는 곳까지 우리는 아무런 흔적도 남기지 않았어. 그런데 자루가 조금 엉성해서 숯 몇 조각을 흘렸던 거야. 그 바람에 첫 번째 인간 사냥꾼이 얼쩡거리기 시작했지. 난 짐승들 소리를 듣고 누군가 숲 속에 들어왔다는 걸 알아차렸어. 그가 눈치채지 못하게 살폈지. 그러고는 그의 반대편으로 돌아가서 뒤에서 덮쳤어. 별로 어렵지도 않았어. 그는 누가 자기를 죽이는지 알지도 못한 채 그대로 죽고 말았지. 나는 유사가 시체들을 며칠 만에 다시 위로 밀어낸다는 걸 알기 때문에 이곳으로 끌고 와서 가마에 넣어두었던 거야."

"그럼 나머지 둘은?"

"그건 네가 도착하기 사흘 전이었어. 아주 어둡고 조용한 밤이었지. 이 숲에서 좀처럼 보기 드문 밤이었어. 그 두 사람이 해가 떨어진 뒤부터 늪 주변을 어슬렁거리더라고. 둘 중 하나가 이따금 연기 때문에 기침을 했어. 그 기침 소리 때문에 그들이 나타난 줄 알았지. 난 동이 트기 전에 기침 소리가 들려온 장소 반대편에서 늪을 건너갔어. 그리고 둘 중 하나의 목을 먼저 잘랐지. 그는 소리 한 번 질러보지 못했어. 다음 사람은 사냥총을 들고 있었지만 덤불 쪽을 살피느라 정신이 팔려서 섣불리 모습을 드러내는 바람에 총 한 방으로 간단히 쓰러뜨렸지. 그래도 죽지 않아서 심장에 칼을 한 번 더 꽂아야 했어. 이봐, 빠삐용, 네가 가마 속에서 발견한 세 사람은 그렇게 된 거야. 둘은 아랍인이었고, 하나는 프랑스인이었어. 저 사람들을 하나씩 어깨에 들쳐 메고 늪을 건너기는 쉽지 않았어. 굉장히 무겁더군. 하지만 결국 그렇게 해서 가마에 그들을 넣게 되었던 거야."

"정말 그렇게 된 거 맞아?"

"그래, 빠삐용, 맹세할 수 있어."

"왜 늪에 집어넣지 않았어?"

"아까 말했잖아, 늪이 시체들을 다시 밀어올린다니까. 이따금 커다란 암사슴들이 빠지기도 하는데, 일주일 후면 다시 지면으로 올라와. 그럼 썩은 내가 진동을 해서 독수리들이 몰려들어 먹어치운다고. 한참 동안 그 소리와 날갯짓에 괜한 시선만 끌고. 빠삐용, 맹세코 나 때문에 겁먹을 것 없어. 자, 네가 마음놓을 수 있도록 원한다면 이 총을 너한테 줄게."

나는 그 총을 선뜻 받고 싶은 마음이 굴뚝같았지만 애써 참고 최대한 자연스럽게 말했다.

"아니야, 치치. 내가 여기 있는 건 친구와 함께 있으면 마음이 놓이기 때문이야. 내일 넌 저 인간 사냥꾼들을 다시 태우도록 해. 우리가 여길 떠난 다음에 무슨 일이 일어날지 모르잖아. 나는 내가 저지르지도 않은 살인 세 건 때문에 비난받고 싶지 않아."

"그래, 내일 다시 태울게. 하지만 걱정 마. 아무도 이 섬엔 걸어서 못 들어와. 불가능하다니까."

"하지만 고무 뗏목을 타고 오면?"

"그 생각은 미처 못 했네."

"누군가 여기까지 헌병들을 데리고 온다면 분명히 뗏목을 타고 늪을 건널 거야. 그러니 최대한 빨리 여길 떠야 해."

"맞아. 내일 꺼지지 않은 가마에 다시 불을 붙이자. 굴뚝은 두 개뿐이야."

"잘 자, 치치."

"잘 자, 빠삐용. 그리고 다시 말하지만 편히 자. 난 너라면 믿을 수 있어."

나는 담요를 턱까지 끌어올려 덮고 담요가 주는 열기에 감사해했다. 그러고는 담배 한 대를 피웠다. 10분도 안 걸려서 치치는 코를 골았다. 그의 돼지도 옆에서 쌔근거렸다. 장작에는 아직도 잉걸불이 벌겋게 타올라 미풍이 들어오면서 평화롭고 차분한 느낌을 자아냈다. 나는 그 안락함을 만끽하면서 잡념과 함께 서서히 잠이 들었다. 내일 일어나면 치치와 나 사이에는 여전히 아무 일도 없거나 아니면 그가 철저히 자신의 의도를 감추고 이야기를 꾸며내는 데 능통한 가증스런 배우일 것이다. 만일 그렇다면 나는 다시는 태양을 볼 수 없겠지. 자신에 대해 너무 많은 것을 알고 있는 내가 그에게는 걸림돌이 될 테니까.

그 연쇄 살인범은 한 손에 커피 잔을 들고 아무 일도 없었다는 듯이 천연덕스럽게 친근한 미소를 지으며 아침 인사를 건넸다. 날이 밝았다.

"자, 커피 마셔. 비스킷도 먹고. 마가린도 미리 발라두었어."

나는 먹고 마신 다음에 밖에서 간단히 세수를 했다.

"나 좀 도와줄래, 빠삐용?"

"그래."

난 뭘 도와야 하는지도 모르고 일단 그렇게 대답했다.

우리는 반쯤 타다 만 시체들의 발을 잡아당겼다. 나는 시체 세 구의 배가 모두 갈라져 있는 것을 발견했다. 치치가 그들의 창자를 갈라 혹시 숨긴 돈이 없나 찾은 모양이었다. 이 사람들이 정말 인간 사냥꾼이었을까? 그저 평범한 나비 채집가나 사냥꾼들은 아니었을까? 그는 자기 몸을 지키기 위해 그들을 죽인 것일까, 아니면 뭔가를 훔치려고 죽인 것일까? 됐다, 이제 그 생각은 그만 하자. 우리는 시체들을 다시 가마 구멍 속에 집어넣고 나무와 점토로 잘 덮었다. 굴뚝 두 개가 활짝 열리고 가마는 다시 제 기능을 하기 시작해 숯을 만드는 동시에 시체 세 구를 잿더미로 만들었다.

"가자, 빠삐용."

돼지는 금세 갈 길을 찾아냈다. 우리는 일렬로 늪을 건넜다. 자칫 늪에 빠질 뻔했을 때는 견딜 수 없는 불안감이 엄습했다. 실뱅 사건에 너무 큰 충격을 받아서 도저히 차분하게 건널 수가 없었다. 나는 식은땀을 뻘뻘 흘리면서 치치의 뒤를 따라갔다. 그가 남긴 발자국

으로만 조심스럽게 발을 디뎠다. 그가 건넌다면 나도 건널 수 있다
는 생각뿐이었다.

두 시간 넘게 걸은 끝에 마침내 쇼콜라가 나무를 자르는 곳에 도
착했다. 우리는 숲에서 아무도 마주치지 않았기 때문에 굳이 몸을
숨길 이유도 없었다.

"잘 있었나."

"잘 있었어, 치치?"

"별일 없지?"

"응. 별일 없어."

"내 친구에게 배를 보여줘."

배는 아주 튼튼한 일종의 소형 화물선이었다. 꽤 무거웠지만 그
래도 견고했다. 나는 여기저기에 칼을 박아보았다. 어느 곳에서도 5
밀리미터 이상은 들어가지 않았다. 바닥도 역시 흠잡을 데 없었다.
목재는 일등급이었다.

"얼마에 팔겠나?"

"2,500프랑."

"2,000프랑 줄게."

거래는 성사되었다.

"이 배에는 용골이 없어. 500프랑 더 줄 테니까 용골과 키 그리고
돛대를 달아줘. 용골은 단단한 목재로, 키도 마찬가지고. 돛대는 유
연하고 가벼운 목재로 3미터 높이로. 언제쯤 끝나겠나?"

"여드레 후에."

"여기 1,000프랑짜리 지폐 두 장과 500프랑짜리 하나야. 이 지폐
들을 둘로 자를 거야. 나머지 반쪽은 배를 넘길 때 주겠어. 이 세 장

은 자네가 갖고 있고. 알았지?"

"좋아."

"그리고 과망간산염과 물 1톤, 담배와 성냥, 네 명이 한 달 동안 버틸 수 있는 생필품, 그러니까 밀가루, 기름, 커피, 설탕이 필요해. 이 물건들 값은 따로 쳐줄게. 전부 쿠루 강으로 가져다 줘."

"난 하구까지 너희들을 따라 나갈 수 없는데."

"그게 아니라 배를 그 강으로 가져다 달라는 거야."

"밀가루 부대와 밧줄, 그리고 돛을 만들 실과 바늘은 여기 있어."

치치와 나는 우리의 은신처로 돌아왔다. 우리는 밤이 오기 전에 아무 문제 없이 도착했다. 돌아오는 길에는 돼지가 피곤해 보여서 치치가 어깨에 떠메고 왔다.

나는 이튿날도 오두막에 혼자 남아 돛을 꿰매고 있었다. 그런데 갑자기 고함 소리가 들렸다. 숲 속에 몸을 숨기고 늪 가까이 다가가서 반대편을 살펴보았다. 치치가 반 위와 요란한 몸짓을 섞어가며 말씨름을 하고 있었다. 반 위는 섬을 건너오고 싶어하는데, 치치가 반대한다는 걸 알 수 있었다. 그들은 각자 한 손에 군도를 들고 있었다. 외팔이 반 위가 더 흥분한 상태였다. 제발 그가 치치를 죽이는 일이 없기를! 나는 내 모습을 보이기로 했다. 내가 휘파람을 불었다. 그들이 나를 돌아보았다.

"무슨 일이야, 치치?"

"난 당신과 얘기하고 싶어, 빠삐용. 그런데 치치가 보내주려 하질 않아."

반 위가 소리쳤다.

다시 10분 넘게 중국어로 말싸움을 한 끝에 돼지가 앞장을 서고 두 사람 모두 섬을 건너왔다. 우리는 각자 찻잔을 손에 들고 오두막에 앉았다. 치치가 말문을 열었다.

"저 친구는 어떻게든 우리와 함께 달아나고 싶대. 난 이 일에서 그런 권한이 없고 네가 돈을 내는 사람이니 모든 걸 지휘한다고 설명했어. 그런데 내 말을 안 믿으려고 해."

"빠삐용, 치치는 날 데려가야만 해."

반 위가 말했다.

"왜?"

"2년 전에 도박 문제로 싸움을 하다가 내 팔을 자른 게 바로 치치거든. 그때 나는 그를 죽이지 않겠다고 맹세하면서 한 가지 조건을 내걸었어. 평생 그가 날 먹여살리는 조건이었어. 적어도 내가 요구할 때는 말이야. 그런데 만일 그가 가버리면 내 평생 다시는 보지 못할 거 아냐. 그러니까 너 혼자 보내든지, 아니면 날 데려가야만 해."

"나 참, 별일을 다 봤네! 이봐, 우리와 같이 가도 좋아. 배는 상태도 좋고 크니까 원하면 한 사람 더 가도 괜찮아. 치치만 동의한다면 데려가겠어."

"고마워."

반 위가 말했다.

"할말 있어, 치치?"

"나도 좋아, 너만 괜찮다면."

"한 가지 중요한 점이 있어. 어두워지기 전에 수용소에서 사라진 걸 눈치 못 채게 강까지 나올 수 있겠어?"

"그야 쉽지. 오후 3시에 나와서 두 시간 안에 강가에 올 수 있어."

"치치, 밤에 시간 낭비하지 않고 네 친구를 태울 만한 장소를 찾을 수 있겠어?"

"그럼, 문제없지."

"그럼 지금부터 일주일 후 여기로 오면 출발 날짜를 알려줄게."

반 위는 나와 악수를 하고 신이 나서 돌아갔다. 나는 건너편에서 서로 헤어지는 두 사람의 모습을 지켜보았다. 그들은 악수를 하고 헤어졌다. 치치가 오두막으로 돌아왔다.

"친구와 아주 우스운 계약을 맺었더군. 평생 먹여살린다니, 아주 특이한 계약인걸. 그 친구 팔은 왜 자른 거야?"

"도박 끝에 벌어진 단순한 싸움이었어."

"차라리 죽이지 그랬어."

"그는 아주 좋은 친구였거든. 그 일로 군사회의에 출두했을 때, 반 위는 자신이 먼저 날 공격해서 내가 정당방위로 행동한 거라고 철저히 날 옹호해주었어. 그래서 나도 그 계약을 흔쾌히 받아들였고, 오히려 내가 고집하기까지 했지. 너한테 차마 그 얘기를 하지 못한 건 네가 탈출 비용을 다 내기 때문이었어."

"괜찮아, 치치. 그 얘긴 더 하지 말자. 하지만 일단 자유로워지면 네가 하고 싶은 대로 행동할 수 있어."

"난 내 약속을 지키겠어."

"언젠가 자유로워지면 뭘 할 거야?"

"레스토랑. 난 요리를 아주 잘하고, 반 위는 일종의 중국식 스파게티인 초면 전문가거든."

그 사건 덕에 나는 기분이 좋아졌다. 그 우스꽝스러운 이야기 때문에 치치를 연신 놀려댔기 때문이었다.

쇼콜라는 약속을 지켰다. 닷새 후에는 만반의 준비가 되었다. 우리는 억수같이 내리치는 비를 맞으며 배를 보러 갔다. 흠잡을 데라고는 한 군데도 없었다. 돛대와 키, 용골 모두 일등급 재질로 완벽하게 갖추어져 있었다. 배는 강 모퉁이에서 물과 생필품을 싣고 우리를 기다렸다. 반 위에게 알릴 일만 남았다. 쇼콜라가 수용소에 가서 그에게 말을 전하는 일을 맡았다. 반 위를 태우느라고 강둑에 가까이 가는 위험을 피하기 위해 쇼콜라가 직접 배를 숨긴 곳으로 데려오기로 했다.

쿠루 강의 출구에는 등대가 두 개나 서 있었다. 만일 비가 온다면 눈에 띄지 않게 돛을 올리지 않고 강 중앙으로 무사히 나갈 수 있었다. 쇼콜라는 우리에게 검정 페인트와 붓을 가져다 주었다. 우리는 돛에 커다랗게 K자와 숫자 21을 그리기로 했다. K 21은 이따금 밤에 낚시를 하러 나오는 낚싯배의 등록 번호였다. 바다로 나갈 때 돛을 펴는 모습을 들키면 다른 배 행세를 하기 위해서였다.

출발은 이튿날 저녁, 일몰 한 시간 후인 7시로 정해졌다. 치치는 배를 숨긴 곳까지 잘 찾아갈 수 있다고 자신했다. 우리는 해가 남아 있을 때 한 시간 걸을 작정을 하고 5시에 섬을 떠나기로 했다.

우리는 기분 좋게 오두막으로 돌아왔다. 치치는 뒤 한 번 돌아보지 않고 돼지를 어깨에 떠메고 가면서 쉴새없이 이야기를 했다.

"결국은 도형지를 떠나는구나. 너와 우리 형 창 덕분에 자유를 되찾게 되었어. 언젠가 프랑스인들이 인도차이나에서 떠나게 되면 난 고향으로 돌아갈 수도 있을 거야."

이제 그는 날 완전히 믿었고, 내가 배를 마음에 들어하는 걸 보고 전에 없이 쾌활해졌다. 나는 섬에서의 마지막 밤을 보내며 그것이 기아나 땅에서의 마지막 밤이 되기를 바랐다.

강을 벗어나 바다로 들어서기만 하면 그땐 분명한 자유다. 전쟁 이후로는 어떤 국가에서도 탈주자들을 돌려보내지 않았기 때문에 한 가지 위험이 있다면 난파의 위험뿐이었다. 그런 면에서 적어도 전쟁은 우리에게 도움이 되는 점도 있었다. 물론 실패해서 체포된다면 사형을 당할 것이다. 나는 실뱅을 생각했다. 그가 지금 내 곁에 함께 있었더라면, 그가 그런 경솔한 실수만 저지르지 않았더라면. 나는 마음속으로 전보 문구를 작성하면서 잠을 청했다. '프라델 검사님, 드디어 마침내 당신이 날 처넣은 그 나락의 길에서 내가 승리를 거두었습니다. 딱 9년 걸렸군요."

치치가 날 깨웠을 때는 태양이 제법 높이 걸려 있었다. 차와 비스킷. 깡통이 사방에 널린 가운데, 나는 버들가지로 만든 새장 두 개를 발견했다.

"이 새장은 뭐하게?"

"가는 길에 잡아먹을 암탉들을 담을 거야."

"미쳤어, 치치? 암탉은 못 가져가."

"싫어, 난 가져가고 싶어."

"정신나갔어? 썰물 때문에 아침이나 되어야 바다에 나갈 텐데, 닭들이 강에서 소리치고 울면 얼마나 위험할지 생각해봤어?"

"그래도 닭들을 버리지 않을 거야."

"차라리 지금 구워서 유지로 잘 싸. 그러면 상하지 않고 사흘은 너끈히 먹을 수 있을 거야."

치치는 간신히 내 설득에 넘어가서 닭을 잡으러 갔다. 하지만 그가 처음에 잡은 네 마리가 하도 시끄럽게 소리를 지르는 통에 다른 닭들이 이상한 낌새를 챘는지 모두 숲 속으로 달아나버려 그 이상은 한 마리도 잡지 못했다. 정말 짐승들의 위험 감지 능력은 나로선 불가사의이다.

노새처럼 짐을 잔뜩 짊어진 우리 두 사람은 돼지 뒤를 따라 늪을 건넜다. 치치는 돼지를 데려가게 해달라고 애원했다.

"정말 돼지가 소리를 안 지를까?"

"내가 장담할게. 이 돼지는 내가 말만 하면 바로 입을 다물어. 언젠가 두세 번 호랑이에게 쫓긴 적이 있었는데, 그때도 소리를 안 질렀어. 온몸에 털이 곤두섰는데도 말이야."

결국 나는 치치를 믿고 그가 아끼는 돼지를 데려가기로 했다. 배를 숨긴 곳에 도착하자 날이 어두워졌다. 쇼콜라는 반 위와 함께 이미 와 있었다. 나는 전등 두 개로 꼼꼼히 확인했다. 하나도 빠진 것은 없었다. 돛을 돛대에 매달 고리들과 삼각돛도 모두 제자리에 완벽하게 준비되어 있었다. 치치는 내가 시키는 대로 두세 가지 조작을 해보았다. 그는 곧 내가 기대하는 조작 방법을 익혔다. 나는 정직하게 일을 마쳐준 흑인에게 돈을 지불했다. 그는 어찌나 순진한지 지폐 절반과 함께 테이프를 가져와서 내게 붙여달라고 했다. 그는 한순간도 내가 돈을 도로 가져갈 거라고는 의심하지 않았던 것이다. 다른 사람을 의심할 줄 모르는 사람들은 그들 자신이 정직하고 선량한 사람들이다. 쇼콜라는 용감하고 정직한 사람이었다. 그는 도형수들이 어떤 취급을 받는지 보았던 터라 선뜻 세 사람이 그 지옥에서 달아나는 것을 도왔다.

"잘 있어, 쇼콜라. 너와 네 가족에게 행운이 깃들이길."

"정말 고마워."

열한 번째 노트

도형지에 작별을 고하다

중국인들과의 탈출

내가 제일 나중에 올라탄 뒤 쇼콜라가 밀어준 배는 강을 향해 나아 갔다. 우리는 짧고 넓적한 카누용 노 대신 제대로 된 튼튼한 노 두 자루를 갖추고 하나는 치치가 앞에서, 또 하나는 내가 뒤에서 저었 다. 두 시간이 채 안 걸려서 우리는 강에 도착했다.

한 시간째 비가 내렸다. 색칠한 밀가루 부대가 방수복 역할을 해 주었다.

강의 물살은 빠르고 소용돌이가 심했다. 세찬 물살에도 한 시간 만에 우리는 물길 한가운데에 들어섰다. 밀물의 도움을 받아서 세 시간 후에 두 등대 사이를 지났다. 등대들이 보통 하구의 끝 지점에 있는 사실로 미루어볼 때 바다가 가까웠다는 걸 알았다. 돛을 나부 끼면서 우리는 거침없이 쿠루를 벗어났다. 바람이 어찌나 세차게 배 옆구리를 때리는지 돛을 느슨하게 풀어야 했다. 우리는 힘겹게 바

다에 진입해서 쏜살같이 해협을 지나 이내 해안에서 멀어졌다. 40
킬로미터 전방에서 루아얄의 등대가 우리에게 길을 알려주었다. 13
일 전에 나는 디아블 섬에서 그 등대를 지켜봤었다. 그렇게 밤바다
에 나서서 그랑테르에서 빠르게 멀어졌어도 감정을 쉽게 밖으로 드
러내지 않는 나의 두 중국 동료들은 벅찬 환희를 마음껏 표현하지
않았다. 일단 바다에 들어선 뒤에 치치는 가라앉은 목소리로 이렇
게 말했을 뿐이었다.

"출발은 좋다."

그러자 반 위가 덧붙였다.

"그래, 순조롭게 바다에 들어섰어."

"나 목말라, 치치. 타피아 좀 줘."

내가 먼저 마시고 나서 그들도 럼주를 한 잔씩 마셨다.

나는 나침반도 없이 출발했지만 이미 첫 번째 탈출 경험에서 해
와 달, 별과 바람을 보면서 방향을 잡는 방법을 터득한 터였다. 그
래서 망설임 없이 북극성을 지표 삼아 돛대를 곧장 바다를 향해 세
워두었다. 배는 잘 움직여주었다. 유연하게 파도를 오르내리면서도
거의 흔들림이 없었다. 바람은 아주 세서 아침에는 살뤼 제도의 연
안에서 꽤 멀리 떨어져 있었다. 너무 위험하지만 않다면, 디아블에
접근해서 편안한 마음으로 섬을 바라보고 싶었다.

엿새 동안 파도가 높았지만 다행히도 비나 폭풍은 없었다. 세찬
바람은 우리를 제법 빠른 속도로 서쪽으로 밀어주었다. 치치와 반
위는 훌륭한 동료들이었다. 그들은 궂은 날에도, 땡볕에도, 밤의 추
위에도 절대 불평 한 마디 하지 않았다. 단 한 가지 아쉬운 건, 두
사람 모두 단 몇 시간이라도 내가 눈을 붙일 수 있도록 대신 키를

잡아줄 생각을 하지 않는다는 점이었다. 그들은 하루에 서너 차례 먹을 것을 준비했다. 닭들은 이미 전부 먹어치웠다. 한번은 내가 농담 삼아 치치에게 이렇게 말했다.

"돼지는 언제 먹는 거야?"

그는 정말 울상을 지었다.

"돼지는 내 친구야. 돼지를 잡아먹으려거든 나부터 죽여야 해."

내 동료들은 날 살뜰히 보살펴주었다. 그들은 내가 원할 때 담배를 피울 수 있도록 자신들은 피우지 않았다. 그리고 차는 언제나 따끈했다. 그들은 내가 무어라 말하기 전에 뭐든지 알아서 했다.

우리가 길을 떠난 지 이레째였다. 나는 더는 견딜 수가 없었다. 태양이 어찌나 강렬하게 내리쬐는지 중국인 동료들조차 가재처럼 익어버렸다. 나는 잠시 눈을 붙이기로 하고 키의 손잡이를 묶은 뒤 돛을 아주 약간만 남겨두었다. 배는 바람이 미는 대로 흘러갔다. 나는 네 시간 가까이 죽은 듯이 잤다.

갑자기 심상치 않은 흔들림에 화들짝 잠에서 깼다. 세수를 하다가 내가 잠든 사이에 치치가 면도를 해준 것을 알고 적잖이 놀랐다. 그러는 동안에도 나는 아무것도 느끼지 못했던 것이다. 내 얼굴에는 정성껏 기름까지 발라져 있었다.

전날 저녁부터 너무 북쪽으로 치우쳤다는 생각에 남서쪽으로 방향을 잡았다. 그 묵직한 배의 장점은 바다에서 잘 버틴다는 점 외에도 쉽게 표류하지 않는다는 점이었다. 나는 미처 그걸 깨닫지 못하고 배가 너무 치우쳤다고 생각한 것이다. 별안간 하늘에 비행선이 나타났다. 내 평생 처음 보는 비행선이었다. 그 비행선은 우리를 향해 오는 것 같지는 않았다. 너무 먼 거리에 있어서 우리를 쉽게 발견하지 못하는 듯했다.

비행선의 알루미늄에 반사된 햇빛이 어찌나 눈부신지 우리는 똑바로 쳐다볼 수도 없었다. 비행선이 방향을 바꾸었다. 이번엔 우리를 향해 오는 것 같았다. 과연 비행선이 점점 빠르게 커지더니 20분 만에 우리 위에 떠 있었다. 치치와 반 위는 비행선을 보고 너무 놀라서 쉴새없이 중국어로 지껄였다.

"맙소사, 프랑스어로 말해! 내가 못 알아듣잖아."

"영국 관측 기구야."

치치가 말했다.

"아니야, 저건 관측 기구가 아니라 비행선이야."

우리는 그 거대한 물체를 자세히 뜯어보았다. 이제는 고도를 낮추어 우리 머리 위를 맴돌았다. 깃발들이 내걸리면서 뭔가 신호를 보냈다. 하지만 우리는 그 신호를 이해하지 못했기 때문에 아무런 응답도 할 수가 없었다. 비행선은 고집스레 우리 머리 위를 지나다녔고, 우리는 마침내 동체 속의 사람들을 알아보았다. 이윽고 그들은 곧장 육지로 향했다. 그리고 한 시간 만에 비행기 한 대가 나타나 우리 위를 몇 차례 지나다녔다.

바다가 거칠어지고 바람이 별안간 더 세게 불었다. 수평선이 맑은 것으로 보아 비는 올 것 같지 않았다.

"저기 봐."

반 위가 말했다.

"어디?"

"저기, 육지 쪽을 보란 말이야. 저 까만 점은 배야."

"그걸 어떻게 알아?"

"짐작이긴 하지만 쾌속 전함인 것 같아."

"왜?"

"연기가 안 나잖아."

정말 한 시간 후에는 우리를 향해 곧장 다가오는 듯한 회색 전함이 분명하게 보였다. 그 배가 어찌나 빠른 속도로 다가오는지 나는 그 배가 우리를 너무 바짝 스치고 지나갈까 봐 무서웠다. 그랬다가는 험한 파도에 우리 배가 뒤집힐 우려가 있었다.

그 배는 소형 구축함이었다. 가까이 다가오자 옆면에 적힌 '타폰호'라는 글자를 읽을 수 있었다. 뱃머리에는 영국 국기가 나부끼고 있었다. 그 구축함은 반 바퀴를 돌아 우리 뒤편에서 서서히 접근했다. 신중하게 우리가 있는 지점까지 다가와 속도를 우리와 같이 맞추었다. 푸른 영국 해군복을 입은 대부분의 승무원들이 갑판에 나와 있었다. 장교 한 사람이 확성기를 입에 대고 소리쳤다.

"스톱. 유 스톱."

"돛을 내려, 치치!"

순식간에 돛과 삼각돛을 모두 끌어내렸다. 우리는 배를 거의 멈추다시피 했고, 파도만이 우리를 옆으로 떠밀고 있었다. 모터든 바람이든 자체 추진력이 없는 배는 키로 움직일 수가 없어 파도가 높을 때는 상당히 위험한 법이다. 나는 두 손을 모아 입에 대고 소리쳤다.

"프랑스어 할 줄 아십니까, 선장님?"

또 다른 장교가 확성기를 받아들고 말했다.

"그렇소, 프랑스어 할 줄 아오."

"우리에게 바라는 게 뭡니까?"

"당신네 배를 우리 뱃전에 대시오."

"안 됩니다, 너무 위험합니다. 그랬다가는 배가 부서질지도 모릅니다."

"우리는 바다를 감시하는 전함이니 순순히 따르시오."

"그게 무슨 상관입니까? 우린 전쟁과 아무 관계도 없는데요."

"당신들은 구축함의 생존자들이오?"

"아니오, 우린 프랑스 도형지의 탈주자들입니다."

"도형지라니, 그게 뭐요, 도형지가 무슨 뜻이오?"

"감옥, 형무소, 죄수, 중노동."

"아! 알았소, 알았어, 알아들었소, 카옌?"

"네, 카옌."

"어디 가는 길이오?"

"영국령 온두라스요."

"그건 안 됩니다. 당신들은 남서쪽으로 방향을 돌려 조지타운으로 가야 합니다. 순순히 따르시오, 이건 명령이오."

"오케이."

나는 치치에게 돛을 올리라고 말하고 구축함에서 지시하는 방향으로 배를 몰았다.

뒤에서 모터 소리가 나서 돌아보니 구축함에서 큰 똑딱선 한 척이 내려와 우리를 따라잡았다. 멜빵에 걸린 총으로 무장한 해병 한 명이 뱃머리에 서 있었다. 그 배는 오른쪽으로 와서 멈추지도 않고 우리에게 멈추라는 지시도 하지 않은 채 말 그대로 우리 배에 바짝 붙었다. 해병이 단숨에 우리 배로 건너왔다. 그 배는 다시 구축함으로 돌아갔다.

"굿 애프터눈."

해병이 말했다.

그는 내게 다가와 내 옆에 앉더니 키에 손을 올리고 내가 하던 것 보다 더 남쪽으로 배를 몰았다. 나는 배 조종을 그에게 맡기고는 그가 하는 걸 관찰했다. 그는 아주 능숙하게 배를 몰았다. 그래도 나는 내 자리에 그대로 서 있었다.

"담배?"

그는 영국산 담배 세 갑을 꺼내어 한 갑씩 건넸다.

"분명히 자기 배에서 내리기 전에 이 담배를 받았을 거야. 담배를 세 갑씩 들고 다니는 사람은 없잖아."

치치가 말했다.

나는 그 말을 듣고 웃었다. 그러고는 나보다 훨씬 배를 잘 모는 그 영국 해병을 지켜보았다. 나는 느긋하게 생각했다. 이번에야말로 탈출에 성공한 것이다. 나는 자유인이다, 자유인. 뜨거운 것이 목구멍까지 울컥 치솟으며 눈가에 눈물이 맺히는 것이 느껴졌다. 전쟁 이후로는 어느 나라에서도 탈주자들을 돌려보내지 않으니 정말로 나는 마침내 자유인이 된 것이었다.

전쟁이 끝나기 전에 시간을 갖고 어느 나라에 가서 정착하면 좋을지 잘 알아보고 판단할 것이다. 단 한 가지 불편한 점은 전쟁 때문에 정착할 나라를 내 마음대로 선택할 수 없을지도 모른다는 점이었다. 하지만 어디서 살든 그런 건 중요하지 않았다. 나는 어딜 가든 머지않아 나무랄 데 없는 내 삶의 방식으로 그 나라 사람들과 당국의 인정과 신뢰를 받을 자신이 있었다.

드디어 나락의 길에서 승리했다는 자신감 때문에 다른 생각은 할 겨를이 없었다. 결국은 네가 해낸 거야, 빠삐용! 9년 만에 네가 이긴 거야. 고맙습니다, 하느님. 좀더 일찍 도와주실 수도 있었겠지만, 저로선 이해할 수 없는 당신의 방식에 대해서 불평하지 않겠습니다. 당신의 보살핌 덕분에 저는 아직 젊고 건강하고 그리고 자유로우니까요.

도형지에서 보낸 9년의 세월과 그 전에 프랑스에서 보낸 2년을 더해서 총 11년 동안 거쳐온 길을 생각하고 있는데 갑자기 해군 병사가 말했다.

"육지입니다."

오후 4시, 우리는 불 꺼진 등대를 지나쳐 거대한 데메라라 강에 진입했다. 좀전의 배가 다시 나타나자 해군 병사는 내게 키를 넘기고 뱃전에 섰다. 그는 배에서 던져준 굵은 밧줄을 받아 좌판에 묶었다. 그리고 직접 돛을 모두 내렸고, 우리는 그 배에 부드럽게 이끌려 20킬로미터 가량 그 누런 강을 거슬러 올라갔다. 구축함은 200미터 뒤에서 우리를 따라왔다. 한 굽이를 돌자 눈앞에 거대한 도시가 불쑥 솟았다.

"조지타운."

영국 해병이 알려주었다.

우리가 구축함에 이끌려 들어선 곳은 과연 영국령 기아나의 수도 조지타운이었다. 화물선과 똑딱선, 전함들이 많았다. 강가에는 포탑들이 세워져 있었다. 육지는 물론이고 함대 위에도 온통 무기고 천지였다.

전쟁이었다. 전쟁이 벌어진 지 2년이 넘었건만 나는 한 번도 실감하지 못했다. 영국령 기아나의 수도이자 데메라라 강의 주요 항

구인 조지타운은 100퍼센트 전쟁에 총력을 기울이고 있었다. 그렇
듯 무장한 도시를 보는 느낌은 너무나 생소했다. 선창에 닿자마자
우리 뒤를 따라오던 구축함이 서서히 다가와 정박했다. 치치는 자
기 돼지와 함께, 반 위는 작은 보따리 하나를 들고, 나는 빈손으로
부두에 올랐다. 해군 전용 선창이라 민간인은 한 명도 없었다. 전부
해군 병사와 군인들뿐이었다. 장교 한 명이 다가왔다. 구축함에서
나와 프랑스어로 이야기를 나누었던 사내였다. 그가 내게 정중하게
악수를 청하며 말했다.

"건강은 괜찮습니까?"

"네, 선장님."

"좋아요. 그래도 일단 의무실에 가서 주사 몇 대를 맞으셔야 합니
다. 친구 분들도 함께요."

열두 번째 노트

조지타운

조지타운에서의 생활

오후에 여러 대의 예방 주사를 맞은 뒤, 우리는 그 도시의 경찰서로
이송되었다. 수백 명의 경찰들이 쉼 없이 들락거리는 일종의 대형
사무소였다. 그 대형 항구의 안녕을 책임지는 경찰의 최고 권력자
인 조지타운 경찰 총감이 사무실에서 우리를 맞았다. 그의 주변에
는 카키색 제복 차림의 영국 장교들이 있었다. 총감은 우리에게 앞
에 앉으라는 몸짓을 하고 순수한 프랑스어로 말했다.

"바다에서 발견되었을 때 어디에서 오는 길이었습니까?"

"프랑스령 기아나의 유형지에서요."

"당신들이 탈주한 정확한 지점을 말씀해주십시오."

"저는 디아블 섬에서, 나머지 두 사람은 프랑스령 기아나의 쿠루
근처에 있는 이니니 준정치범 수용소에서요."

"당신의 형기는?"

"무기징역입니다."

"동기는?"

"살인입니다."

"중국인들은?"

"역시 살인입니다."

"형기는?"

"무기징역입니다."

"직업은?"

"전기공입니다."

"저 사람들은?"

"요리사들입니다."

"당신들은 드골 편입니까, 페탱 편입니까?"

"우리는 그런 건 전혀 모릅니다. 우리는 자유롭게 부끄러움 없는 새 삶을 찾고자 하는 죄수들일 뿐입니다."

"밤낮으로 열려 있는 감방을 내드리겠습니다. 지금 한 말을 확인한 다음에는 곧장 석방할 겁니다. 당신들 말이 사실이라면 아무 걱정할 것 없습니다. 지금은 전시라 평상시보다 더 신중을 기할 수밖에 없다는 점을 이해해주시기 바랍니다."

여드레 만에 우리는 풀려났다. 우리는 그 8일 동안 경찰서에서 지내며 적당한 소지품을 구비했다. 그 덕에 나와 두 중국인은 제대로 차려입고 아침 9시에 거리로 나섰다. 우리 사진이 부착된 신분증을 들고.

2만 5,000명이 거주하는 도시는 거의 전체가 영국식 목조 건물이었다. 1층만 시멘트로 지어지고 나머지는 전부 목재였다. 거리와 대

로는 백인, 흑인, 인도인, 영국과 미국 해군들, 북유럽 사람들 등 갖
가지 인종의 사람들로 북적였다. 우리는 홀린 듯 그 군중 속에 섞여
들었다. 우리가 느끼는 가슴 벅찬 환희가 얼굴에 고스란히 드러났
는지 지나는 사람들이 우리를 쳐다보고 다정하게 미소를 지었다.

"어디로 가지?"

치치가 물었다.

"흑인 경찰 한 명이 프랑스인 두 명의 주소를 주었어."

우리가 찾아간 동네는 인도인들만 모여 사는 곳이었다. 나는 흰
색 제복을 입은 경찰에게 다가가 주소를 보여주었다. 그는 대답 전
에 우리에게 신분증을 요구했다. 나는 자랑스럽게 신분증을 건넸다.

"좋습니다, 고맙습니다."

그는 전차 운전수에게 말을 건넨 다음 우리를 태워주었다. 도심
을 벗어나 20분 정도 지나자 운전수가 우리를 내려주었다. 다 온 모
양이었다. 거리에 나서니 누군가가 물었다.

"프렌치멘?"

한 청년이 우리에게 따라오라는 손짓을 했다. 그는 우리를 어느
작은 집으로 곧장 안내했다. 집 앞에 도착하자마자 세 사람이 반기
는 몸짓을 하며 집에서 나왔다.

"어떻게 된 거야, 빠삐? 세상에! 들어와. 여긴 내 집이야. 이 중국
인들은 네 일행이야?"

머리가 하얗게 센, 제일 나이 들어 보이는 사람이 말했다.

"응."

"들어와, 어서들 와요."

그 늙은 도형수는 일명 기투로 불리는 기투 오귀스트였다. 순수

한 마르세유인으로 1933년, 그러니까 9년 전에 나와 같은 '라 마르티니에르 호'로 호송된 사람이었다. 그는 탈출에 실패한 뒤 주요 형기가 풀려 해방 죄수로 지내다가 3년 전에 달아났다고 설명했다. 다른 두 사람은 아를 출신의 프티 루이와 툴롱 출신 쥘로였다. 그들 역시 형기를 마치고 떠나온 사람들이었다. 하지만 각각 구형받았던 10년과 15년만큼 프랑스령 기아나에서 지내야 했던 모양이었다.

그 집에는 침실 두 개와 주방과 작업장이 있었다. 그들은 숲에서 구한 천연고무인 발라타로 신발을 만들었다. 발라타는 가황 처리가 되지 않아 햇볕에 심하게 노출되면 녹기 때문에 쉽지는 않은 작업이 있다. 그래서 그들은 발라타의 여러 층 사이에 아마포를 끼워 넣어 그 문제를 해결했다.

그들은 같은 고충을 겪은 사람들답게 따뜻하게 우리를 맞아주었다. 기투는 우리 셋이 지낼 방을 하나 마련해서 아무 망설임 없이 자기 집에 묵게 해주었다. 한 가지 문제는 치치의 돼지였지만, 치치는 돼지가 절대 집 안을 어지럽히지 않을 것이고 볼일은 혼자 밖에 나가서 해결할 거라고 주장했다.

기투가 말했다.

"좋아, 두고 보면 알겠지. 당장은 네가 잘 보살펴."

낡은 군용 모포로 바닥에 임시 잠자리 세 개를 마련했다. 그리고 우리 여섯 명은 문 앞에 앉아서 다 함께 담배를 피웠다. 나는 기투에게 9년 동안 겪은 모험담을 들려주었다. 세 사람은 다들 열심히 내 이야기를 들으며 마치 자기 일인 것처럼 생생하게 느꼈다. 나머지 두 명은 실뱅을 알고 있어서 그의 끔찍한 죽음을 듣고는 진심으로 애통해했다. 우리 앞으로는 온갖 인종의 사람들이 지나다녔다.

때때로 구두나 빗자루를 사려는 사람이 들어오기도 했다. 기투와 그 친구들은 생계를 유지하기 위해 빗자루도 만들었기 때문이다. 나는 그들을 통해 조지타운에 30여 명의 탈주자들이 있다는 사실을 알게 되었다. 그들은 밤마다 도심의 술집에서 만나 럼주나 맥주를 마신다고 했다. 다들 생계비를 벌기 위해 일을 하고 대부분은 바른 생활을 하고 있다고 했다.

우리가 그늘에 앉아 더위를 피하는 동안 문 앞에 중국인 한 명이 지나가자 치치가 그를 불러세웠다. 치치는 내게 한 마디 말도 없이 반 위와 함께 그를 따라 어딘가로 갔다. 돼지가 따라갔으니 멀리 가지는 않았을 것이다. 두 시간 뒤, 치치가 작은 짐수레를 끄는 당나귀를 데리고 돌아왔다. 그는 의기양양하게 중국어로 그 작은 당나귀를 세웠다. 당나귀는 중국어를 알아듣는 모양이었다. 짐수레에는 조립식 철제 침대 세 개와 매트리스 세 개, 베개, 트렁크 세 개가 들어 있었다. 그가 건네준 트렁크 속에는 셔츠와 팬티, 신발 두 켤레, 넥타이 등이 가득 채워져 있었다.

"이걸 어디서 구했어, 치치?"

"내 동포들이 줬어. 내일 괜찮으면 그들을 만나러 갈래?"

"물론이지."

우리는 치치가 당나귀와 짐수레를 끌고 다시 갈 줄 알았지만 그는 당나귀를 풀어서 안뜰에 묶었다.

"그들이 짐수레와 당나귀도 선물로 주었어. 이걸로 돈을 쉽게 벌 수 있을 거래. 내일 아침에 고향 친구 한 명이 와서 방법을 가르쳐 준댔어."

"중국인들은 행동도 빠르다."

기투는 짐수레와 당나귀를 임시로 안뜰에 보관해주기로 했다. 자유의 첫날은 모든 면에서 순조로웠다. 저녁에 우리 여섯 명은 작업대에 둘러앉아 쥘로가 만든 야채 수프와 스파게티를 먹었다.

"각자 돌아가면서 설거지와 청소를 하는 거야."

기투가 말했다. 그 공동 식사는 훈훈한 작은 공동체의 상징이었다. 자유 속에 내디딘 첫걸음에서 누군가의 도움을 받게 되었다는 그 느낌은 큰 힘이 되었다. 치치와 반 위와 나는 행복감으로 충만했다. 우리에게는 비를 막아줄 지붕도 있고, 침대도 하나씩 있고, 곤경에 처하면 언제든 나서서 우리를 도와줄 마음씨 좋은 친구들도 있었다. 거기서 뭘 더 바라랴?

"오늘밤에는 뭐 하고 싶어, 빠삐용? 탈주자들이 모이는 바에 가볼래?"

기투가 물었다.

"오늘밤에는 그냥 여기 있고 싶어. 난 신경 쓰지 말고 다녀와."

프티 루이와 기투는 정장에 넥타이까지 매고 도심으로 나갔다. 쥘로만 남아서 신발 몇 켤레를 만들었다. 내 동료들과 나는 주변 거리를 한 바퀴 돌면서 그 동네를 살폈다. 그곳은 인도인 천지였다. 흑인 약간, 백인은 거의 없고, 이따금 드물게 중국 식당이 있었다.

그 동네 '페니턴스 리버스'는 인도인들 혹은 자바인들의 구역이었다. 젊은 여자들은 매우 아름다웠고, 노인들은 기다란 흰옷 차림이었다. 대부분이 맨발로 다녔다. 가난한 동네였지만 다들 옷차림은 정갈했다. 거리는 어두운 편이었고, 먹고 마시는 바들은 사람들로 북적였으며, 도처에서 인도 음악이 들렸다.

흰 정장에 넥타이를 맨 흑인 한 명이 날 불러세웠다.

"프랑스인입니까?"

"네."

"여기서 동포를 만나다니 반갑네요. 제가 한잔 사도 될까요?"

"좋긴 한데, 여기 두 친구와 일행인데요."

"상관없습니다. 두 분도 프랑스어 할 줄 아십니까?"

"네."

우리 네 사람은 바의 복도 쪽에 위치한 탁자에 앉았다. 그 마르티니크인은 우리보다 고급스런 프랑스어를 구사했다. 그는 우리에게 영국 흑인들은 모두 거짓말쟁이니까 조심하라고 했다.

"그들은 우리 프랑스인과는 다릅니다. 우리는 약속을 지키지만 그들은 그렇지 않아요."

나는 그 새까만 흑인이 '우리 프랑스인'이라고 하는 말을 듣고 속으로 웃었다. 하지만 내심 혼란스럽기도 했다. 그 흑인 신사는 완벽한 프랑스인이었던 것이다. 어쩌면 나보다 더 순수한 프랑스인일지도 모른다고 속으로 생각했다. 그 사람은 프랑스를 위해서는 목숨도 내놓을 사람 같았지만 나는 아니었던 것이다. 그러니 그가 나보다 더 프랑스인다운 사람이었다.

"내 나라 말을 하는 동포를 만나니 참 반갑군요. 나는 영어는 잘 못하거든요."

"난 잘하는 편입니다. 문법에 맞게 유창한 영어를 구사할 수 있죠. 혹시 도움이 될 수 있다면 언제든 돕겠습니다. 조지타운에 온 지는 오래되었나요?"

"딱 8일 됐습니다."

"어디서 왔습니까?"

"프랑스령 기아나에서요."

"맙소사, 그럼 탈주자이거나 도형지 간수겠군요?"

"탈주자입니다."

"친구들은요?"

"마찬가지고요."

"앙리 씨, 당신들의 과거는 알고 싶지 않지만 지금은 프랑스를 도와 속죄해야 할 때입니다. 난 드골 편이고 영국행을 기다리고 있죠. 내일 마르티니에 클럽으로 날 찾아오세요. 여기 주소가 있습니다. 당신들을 우리 편에 가담시킬 수 있다면 기쁘겠습니다."

"성함이 어떻게 되십니까?"

"오메르입니다."

"오메르 씨, 당장은 결정을 내릴 수 없습니다. 우선 내 가족에 대해서 알아봐야 하고, 또 그렇게 중대한 결정을 내리기 전에 곰곰이 생각해봐야 하니까요. 오메르 씨, 냉정하게 말하자면, 프랑스는 내게 큰 고통을 주었고 나를 비인간적으로 다루었습니다."

오메르는 열정적으로 진심을 다해 날 설득하려고 애썼다. 프랑스를 위해 그토록 열성을 다해 논지를 펼치는 사람의 주장을 듣는 것은 감동적인 일이긴 했다.

우리는 아주 늦게 집에 돌아왔다. 나는 누워서 그 프랑스인이 내게 해준 말들을 생각해보았다. 그의 제안에 대해서 진지하게 생각해봐야 했다. 어쨌든 형사나 법관들, 형사 재판소가 프랑스 전체는 아니니까. 나는 나 자신이 마음속으로는 여전히 내 조국을 사랑하고 있음을 느꼈다. 프랑스 전역에 독일인들이 들어와 있다니! 맙소사, 내 가족들이 얼마나 고통받고 있을까! 그리고 이 얼마나 수치스러운 일인가!

자고 일어나 보니 당나귀와 짐수레, 돼지, 치치와 반 위는 나가고 없었다.

"어이, 잘 잤나, 친구?"

기투와 친구들이 물었다.

"응, 고마워."

"밀크커피 마실래, 아니면 차 마실래? 커피와 버터 바른 빵 몇 조각 어때?"

"고마워."

나는 그들이 작업하는 모습을 지켜보면서 빵과 커피를 먹었다.

"작업을 많이 하나?"

"아니. 하루에 20달러 벌 정도만 일해. 5달러로는 집세를 내고 먹을 걸 사고, 나머지는 각자 5달러씩 용돈으로 갖고 옷을 사 입거나 치장을 하지."

"만든 걸 전부 팔아?"

"아니, 때로는 한 사람이 조지타운 거리에 신발과 빗자루를 가지고 팔러 나가야 해. 땡볕 아래를 걸어다니면서 물건을 파는 건 고역이야."

"필요하다면 내가 그 일을 할게. 여기서 기생충처럼 지내긴 싫어. 나도 뭔가 하고 싶어."

"좋아, 빠삐."

나는 온종일 조지타운의 인도인 동네를 거닐었다. 큼지막한 영화 포스터를 보니 평생 한 번도 보지 못한 유성 영화라는 걸 직접 보고 듣고 싶어서 미칠 것 같았다. 나는 기투에게 그날 밤에 데려가 달라고 부탁했다. 하루 종일 페니턴스 리버스의 거리를 걸어다녔다. 그 사람들의 정중한 태도가 아주 마음에 들었다. 그들에게는 정갈하고 아주 정중하다는 두 가지 장점이 있었다. 그렇게 혼자서 그 동네를 돌아다니며 보낸 한나절은 9년 전에 트리니다드에 도착했을 때보다 더 웅대하게 여겨졌다.

트리니다드에서는 군중 속에 섞이면서 받는 온갖 환상적인 느낌 속에서도 계속해서 한 가지 질문이 맴돌았다. 언제고 2주나 3주 안에는 바다로 떠나야만 했다. 어떤 나라가 날 받아줄 것인가? 내게 안식처를 내어줄 국가가 있을 것인가? 미래는 어떻게 될까? 하지만 이곳에서는 달랐다. 나는 완전히 자유로웠고, 내가 원하기만 한다면 영국으로 가서 자유프랑스군에 투신할 수도 있었다. 어떻게 해야 하나? 만일 내가 드골 편에 가담한다면 사람들은 내가 어느 편에 끼어야 좋을지 몰라서 그곳에 갔다고 생각하지 않을까? 혹시 다른 피신처를 찾지 못해 그곳에 온 도형수로 취급하진 않을까? 아무튼 프랑스는 페탱과 드골로 양분된 것 같았다. 내가 자유프랑스군에 가담하더라도 나중에 같은 프랑스인들에게 총구를 겨누게 되는 일은 없겠지?

그곳에서는 제대로 처신하기가 쉽지 않았다. 기투와 쥘로와 프티루이는 하루에 5달러를 벌기 위해 열심히 일했다. 그들은 무엇보다 내게 자유롭게 사는 방법을 가르쳐주었다. 나는 1931년부터 죄수였고, 당시는 1942년이었다. 자유를 찾은 첫날부터 그 모든 낯선 것들을 해결할 수는 없었다. 게다가 말로만 전기공이었지 특별한 기술도 없었다. 마음속으로 한 가지를 다짐했다. 뭘 하든 정직하게 살자. 나는 오후 4시가 다 되어서야 집에 돌아갔다.

"그래 빠삐, 자유의 공기를 마신 기분이 어때? 산책은 잘 했어?"

"그래, 기투. 동네 거리를 구석구석 돌아다녔어."

"중국인 친구들은 봤어?"

"아니."

"지금 뜰에 있어. 아주 영리한 친구들이야. 벌써 40달러를 벌었더라고. 막무가내로 내게 20달러를 내미는 거야. 물론 사양했지. 어서 가서 봐."

치치는 돼지에게 줄 양배추를 써는 중이었다. 반 위는 당나귀를 씻기고 있었다.

"어때, 빠삐용?"

"난 좋아, 너희들은?"

"우린 아주 기분 좋아. 40달러를 벌었어."

"뭘 해서?"

"새벽 3시에 고향 사람을 따라서 들판에 나갔어. 거기서 그가 빌려준 200달러로 토마토, 상추, 가지, 온갖 신선한 채소들을 샀어. 암탉 몇 마리랑 달걀이랑 염소젖도. 그리고 항구 근처의 시장에 가서 일단 고향 사람들에게 거의 다 팔고 조금 남겨서 미국 해군들에게도 팔았어. 다들 가격에 만족해했지. 내일은 시장에 안 가고 항구 입구에서 기다리면 그들이 와서 다 사준댔어. 이것 봐, 돈이야. 넌 여전히 우리 대장이니까, 네가 이 돈을 받아."

"나한테도 돈 있는 거 잘 알잖아. 그러니 그 돈은 필요없어."

"이 돈을 받지 않으면 우린 일하지 않겠어."

"이봐, 프랑스인들은 겨우 5달러를 벌려고 일을 해. 그러니 우리도 각자 5달러씩만 갖고 5달러는 집주인에게 식비로 주자. 나머지는 잘 됐다가 너희에게 200달러를 빌려준 고향 친구들에게 갚아."

"물론이지."

"내일은 나도 너희와 함께 나가보고 싶어."

"아니야, 넌 자고 있어. 원하면 7시에 항구 입구에서 만나자."

"좋아."

다들 만족했다. 우선 우리는 친구들에게 짐이 되지 않고 우리 힘으로 생계를 꾸릴 수 있다는 사실에 만족했다. 기투와 다른 두 친구들도 아마 우리가 언제쯤 우리 앞가림을 할 수 있을까 하는 걱정을 했을 것이다.

"빠삐용, 오늘 네 친구들이 진짜 어려운 일을 해냈으니 파티를 벌이자. 파스티스를 준비할게."

한 시간 뒤 우리는 마르세유에서처럼 파스티스를 마셨다. 알코올이 들어가니 평소보다 목소리와 웃음소리들이 한결 더 커졌다. 옆집에 사는 인도 사람들이 그 소리를 듣고 찾아왔다. 남자 셋과 젊은 여자 둘이 후추와 고추로 양념한 매콤한 닭고기와 돼지고기 꼬치구이를 가져왔다. 두 여자는 흔히 볼 수 없는 미모를 지니고 있었다. 흰옷을 곱게 차려입고, 신발을 신지 않은 맨발의 왼쪽 발목에는 은 발찌를 걸고 있었다. 이마 한가운데에 찍어놓은 점은 묘한 분위기를 자아냈다. 두 사람은 상냥하게 우리에게 말을 걸었다. 그나마 조금 아는 영어 덕에 조지타운에 온 걸 환영한다고 말하는 모습이 사랑스러웠다.

그날 밤, 기투와 나는 중앙로에 나갔다. 우리가 살던 문명과는 완전히 다른 새로운 문명이었다. 백인들, 흑인들, 인도인들, 중국인들, 군복 차림의 병사들과 해군들 등 무수한 인파가 들끓었다. 바,

레스토랑, 카바레, 그리고 나이트클럽들이 눈부신 조명으로 거리를 대낮처럼 환히 밝혔다.

나는 난생 처음으로 유성 영화를 보고 나서 그 새로운 경험에 아직도 얼떨떨한 채로 기투를 따라 큰 바에 갔다. 20여 명의 프랑스인이 홀 한쪽 구석을 차지하고 있었다. 모두 탈주자들이었다. 제대로 된 일거리도 없이 배고픔에 시달리고 기아나의 공무원과 시민들에게 푸대접을 받으면서 지내는 사람들은 다른 나라로 떠나 더 나은 삶을 살고 싶어했다. 하지만 쉽지 않은 일이라고 그들은 말했다. 점점 얼큰히 취기가 오르면서 다들 목소리를 높여 자신의 사연을 털어놓으며 푸념을 했다. 그들의 이야기를 듣다 보니 제 밥벌이를 한다는 게 정말 쉬운 일이 아니구나 하는 생각이 들었다.

하지만 큰 걱정은 되지 않았다. 1930년부터 1942년까지 나는 책임감과 처세술을 상실한 채로 지냈다. 그 오랜 시간 동안 먹을 것이나 살 집 또는 입을 옷은 전혀 신경 쓸 것 없는 죄수로 지내왔던 것이다. 혼자 하는 일이라고는 하나도 없이 오로지 명령에만 기계적으로 따라야 했다. 그러던 사람이 불과 몇 주 만에 느닷없이 대도시에 오게 되었으니 사람들과 부딪치지 않고 인도 위를 걷는 법, 남에게 발을 밟히지 않고 길을 건너는 법, 식당이나 술집에서 자연스럽게 주문하는 법, 곧 하나에서 열까지 살아가는 법을 다시 배워야 하는 건 당연했다. 예를 들면, 나도 모르게 뜻하지 않은 반응을 보일 때가 있었다. 그 바에서 탈주한 죄수들이 프랑스어에 영어 단어나 스페인어 단어를 섞어서 이야기하는 걸 열심히 듣다가 갑자기 화장실에 가고 싶어졌다. 그런데 잠시 몇 초였지만, 나도 모르게 허락을 구할 간수를 찾았다. 아주 잠깐의 일이었지만, 나 자신이 너무나 우스꽝스러웠다. 빠삐용, 이제 넌 화장실에 가고 싶을 때 다른 사람의 허락을 받지 않아도 돼.

극장에서도 안내원 아가씨가 우리 자리를 찾아주는데, 그 아가씨에게 이렇게 말하고 싶은 충동을 느꼈다.

"아가씨, 나 때문에 괜한 수고 하지 마세요. 난 그렇게 배려해줄 가치도 없는 한심한 죄수라고요."

극장에서 나와 바까지 걸어가는 동안에도 자꾸만 뒤를 돌아보게 되었다. 그 경향을 익히 알고 있는 기투가 웃으면서 말했다.

"간수가 따라오나 보는 거야? 이제 간수 따윈 없어, 빠삐. 간수들은 도형지에 두고 왔잖아."

그날 밤 늦게 잠들었지만 난 아침 7시에 항구 입구로 나갔다. 30분 뒤 치치와 반 위가 수레 가득 아침에 딴 신선한 채소와 달걀 그리고 암탉 몇 마리를 싣고 도착했다. 나는 그들에게 장사하는 법을 가르쳐줄 고향 친구는 어디 있느냐고 물었다. 치치가 대답했다.

"어제 보여준 걸로 충분해. 이젠 아무도 필요없어."

"이걸 사러 멀리까지 갔다온 거야?"

"응, 두 시간 반 넘게 걸렸어. 새벽 3시에 출발해서 이제 도착한 거야."

치치는 마치 20년도 넘게 그 생활을 해온 것처럼 능숙하게 따뜻한 차와 비스킷을 찾아냈다. 수레 옆 인도 위에 앉아서 우리는 먹고 마시며 손님을 기다렸다.

"어제 그 미국인들이 올 것 같아?"

"그러길 바라지만 혹시 안 오더라도 다른 사람들한테 팔면 돼."

"그럼 가격은? 어떻게 정하는데?"

"내가 얼마라고 이야기하는 게 아니라 그들에게 묻지. 얼마 줄 거냐고."

"하지만 넌 영어 못 하잖아."

"그렇지. 하지만 손가락과 손을 쓰면 돼. 이렇게 하면 쉬워."

"무엇보다도 네가 물건을 사고 팔 정도의 말은 충분히 하잖아."

치치가 내게 말했다.

"그래, 하지만 나는 우선 네가 혼자 하는 걸 보고 싶어."

곧 사령차라고 불리는 커다란 지프 한 대가 도착했다. 운전수와 하사관 한 명 그리고 해병 두 명이 차에서 내렸다. 하사관이 수레에 올라가더니 물건을 살폈다. 꾸러미마다 꼼꼼히 확인하고 닭들을 만져보았다. 그러고는 흥정이 시작되었다.

"전부 얼마지?"

미국 해병이 콧소리로 말했다. 나는 그가 하는 말을 한 마디도 알아들을 수가 없었다. 치치도 중국어와 프랑스어를 섞어가며 도저히 알아들을 수 없는 말을 했다. 그들이 서로 의사소통이 되지 않는 것을 보고 나는 치치를 따로 불러냈다.

"전부 얼마나 썼는데?"

그는 주머니를 뒤적이더니 17달러를 찾아냈다.

"183달러."

치치가 말했다.

"저 사람은 얼마를 주겠대?"

"210인가 본데 그걸론 충분하지 않아."

나는 하사관에게 다가갔다. 그는 내게 영어를 할 줄 아느냐고 물었다. 나는 아주 조금 한다고 대답했다.

"천천히 말해주세요."

"오케이."

"얼마를 낼 건데요? 안 돼요, 210달러는 말도 안 됩니다. 240요."

그는 받아들이지 않았다. 그러고는 일부러 가는 척 지프에 올랐지만, 나는 그것이 연극이라는 걸 알아차렸다. 그가 막 차에서 다시 내리려는데 때마침 옆집의 아름다운 인도 아가씨 두 명이 다가왔다. 그들은 멀리서 그 장면을 지켜본 모양인지 일부러 우리를 모르는 체했다. 둘 중 하나가 짐수레에 올라서 물건을 살펴본 다음 우리에게 물었다.

"전부 얼마예요?"

"240달러입니다."

내가 대답하자 그녀가 말했다.

"좋아요."

그러자 그 미국인이 240달러를 꺼내서 치치에게 주면서 인도 아가씨들에게 자신이 벌써 샀다고 말했다. 그 아가씨들은 가지 않고 미국인들이 짐수레에서 물건을 내려서 사령차에 싣는 것을 지켜보았다. 마지막 순간에 해병 한 명이 돼지도 거래에 포함된 것인 줄 알고 붙잡았다. 당연히 치치는 돼지를 내줄 생각이 없었다. 그는 돼지가 거래에 포함되지 않았다는 걸 미처 설명하지 못한 거라고 따지기 시작했다.

나는 인도 아가씨들을 이해시키려고 했지만 그들마저 이해하지 못했다. 미국 해병들은 돼지를 놓으려고 하지 않았고, 치치는 돈을 돌려주려고 하지 않아 곧 싸움이 벌어질 기세였다. 미군 헌병대 경찰차가 지나가자 반 위는 얼른 수레의 손잡이를 잡았다. 하사관이 휘파람을 불었다. 헌병대가 다가왔다. 나는 치치에게 돈을 돌려주라고 했지만, 그는 도통 말도 들으려 하질 않았다. 해병들 역시 돼지를 들고 내놓으려 하지 않았다. 치치는 지프 앞에 버티고 서서 길을 막았다. 그 소란 통에 제법 많은 구경꾼이 모여들었다. 미국 경찰은 미군들이 옳다고 생각한 데다 그들 역시 우리가 지껄이는 말을 하나도 이해하지 못했다. 오히려 우리가 해병들을 속이려 했다고 생각하는 눈치였다. 어째야 하나 쩔쩔매던 나는 마침 지난번에 만났던 프랑스인의 전화번호를 생각해냈다. 나는 그 번호를 경찰관에게 주면서 이렇게 말했다.

"통역."

그는 나를 전화기가 있는 곳으로 데려갔다. 다행히도 그 흑인이 전화를 받았다. 나는 그에게 돼지는 거래에 포함되지 않은 것이었고 길들여진 돼지여서 치치에게는 애완견과 마찬가지인데 우리가 그 얘기를 하는 것을 깜빡했다고 설명해달라고 부탁했다. 그 다음에 경찰관을 바꿔주었다. 잠시 후 경찰관은 전부 이해했다. 그리고 직접 돼지를 받아서 치치에게 넘겨주었고, 치치는 아주 만족한 얼굴로 얼른 돼지를 품에 안아 수레에 실었다. 일은 무사히 끝났다. 얘기를 전해들은 미국인들은 아이들처럼 웃음을 터뜨렸다.

우리가 조지타운에 온 지도 벌써 석 달이 되었다. 우리는 옆집 인도인 친구들의 집 절반을 세 얻었다. 밝고 널찍한 침실 두 개, 식당 하나, 작은 거실 하나 그리고 한쪽 구석에 헛간이 딸린 널찍한 안뜰. 수레와 당나귀는 헛간에 넣어두었다. 나는 중고로 산 커다란 침대에서 혼자 자기로 했다. 옆 방에서는 나의 두 중국인 친구들이 각자 침대 하나씩을 쓰며 함께 지냈다. 우리는 탁자 하나와 의자 여섯 개, 그리고 간이 의자도 네 개도 구비했다. 드디어 우리도 우리 집을 갖게 된 것이다. 석 달 동안 셋이 함께 일해서 소박하지만 밝고 깨끗한 우리 집을 처음으로 갖게 되었다는 사실은 나 자신과 미래에 대한 확신을 심어주기에 충분했다.

이튿날은 일요일이라 온종일 자유 시간이었다. 우리 셋은 우리 집에서 기투와 친구들 그리고 인도 아가씨들과 그들의 형제들에게 저녁 대접을 하기로 했다. 또 치치와 반 위에게 당나귀와 수레를 선물하고 200달러를 빌려주어 장사를 시작할 수 있도록 도와준 중국인도 초대했다. 그의 접시에는 200달러가 든 봉투와 중국어로 감사하다는 말을 적은 쪽지를 놓아두기로 했다.

치치가 돼지 다음으로 좋아하는 사람은 나였다. 그는 늘 내게 배려를 아끼지 않아서 집에 올 때 자신이 모은 돈으로 내게 줄 셔츠와 넥타이 또는 바지를 종종 사들고 왔다. 치치는 담배도 피우지 않고 술도 거의 마시지 않았다. 그의 유일한 낙은 돈을 아껴서 중국인 클럽에 가서 도박을 하는 것이었다.

우리는 이제 아침에 산 물건을 내다파는 데 별 어려움을 느끼지 않았다. 나는 이미 물건을 사고 팔 정도의 영어는 구사했다. 우리는 매일 25달러에서 30달러는 벌었다. 얼마 안 되는 돈이긴 했지만 우리는 그렇게 빠른 시간 안에 생계를 유지할 방법을 찾았다는 사실에 크게 만족했다. 나는 그들보다 돈을 더 많이 챙겼는데, 매일 아침 그들과 함께 물건을 사러 나가는 대신 파는 일을 내가 맡았다. 물건을 사기 위해 잠시 상륙한 많은 미국과 영국 해군들이 날 알아보았다. 우리는 늘 정중하게 흥정을 했다. 이탈리아계 미국인 한 명은 항상 내게 이탈리아어로 말을 걸었다. 그는 내가 이탈리아어로 대답하는 것에 기분이 좋아져서 흥정을 시작하자마자 내가 제시한 가격에 물건을 전부 사가기도 했다.

우리는 아침 8시 반에서 9시 사이에 집에 돌아왔다. 반 위와 치치는 가볍게 아침 식사를 한 후에 늦은 잠을 잤다. 나는 기투를 만나러 가거나 아니면 옆집 인도 아가씨들과 함께 집에서 시간을 보내곤 했다. 집안일은 그다지 할 것도 없었다. 청소하고, 빨래하고, 침대 정리하는 일이 고작이었는데, 그 일은 두 아가씨들이 하루에 단 2달러만 받고 대신 해주었다. 나는 미래에 대한 불안감 없이 자유롭게 지낼 수 있다는 사실에 감사했다.

나의 인도 가족

그 도시에서 가장 흔한 이동 방법은 자전거였다. 그래서 나도 어디든 편하게 갈 수 있도록 자전거 한 대를 장만했다. 도시는 물론이고 인근 외곽까지 전부 평지였기 때문에 먼 거리도 수월하게 갈 수 있었다. 자전거에는 튼튼한 짐받이가 앞뒤로 두 개 있었다. 그래서 대부분의 현지인들처럼 두 사람은 너끈히 태울 수 있었다.

나는 일주일에 적어도 두 번은 한두 시간씩 인도 아가씨들과 함께 산책을 했다. 두 사람은 좋아서 어쩔 줄을 몰라했다. 나는 둘 중에 더 어린 아가씨가 나를 좋아하는 것을 눈치챘다.

그들의 아버지가 모처럼 집에 왔다. 그는 우리 집에서 그리 먼 곳에 살지는 않았지만 좀처럼 그 집에 오는 일이 없어서 이제껏 그들

자매밖에 본 적이 없었다. 그는 눈처럼 새하얀 긴 수염을 기른 키가 큰 노인이었다. 은발 머리에 지적이고 고상해 보이는 이마가 돋보였다. 그는 인도어밖에 할 줄 몰라서 어린 공주(내가 붙여준 별명이었다)가 통역해주었다. 그는 나를 자신의 집에 초대하면서 자전거로 가면 먼 거리도 아니라고 딸을 통해 말했다. 나는 머잖아 한번 들르겠다고 약속했다.

그는 차 한 잔과 비스킷 몇 조각을 먹고 나서 집 안을 구석구석 둘러본 후에 갔다. 어린 공주는 아버지가 만족한 표정으로 돌아가자 몹시 행복해했다. 나는 서른여섯 살이고 아주 건강했다. 사람들은 다들 나를 실제 나이보다 젊게 보았다. 친구들은 내가 서른도 안되어 보인다고 말해주었다. 어린 공주는 열아홉 살에 보기 드문 미모를 지녔고 차분한 성격에 운명을 믿는 순진한 아가씨였다. 그렇게 젊고 매혹적인 아가씨를 사랑하고 사랑받을 수 있다는 건 하늘의 선물이나 다름없었다.

그날 저녁에 우린 단둘이 극장에 가기로 했다. 그녀의 언니는 두통을 핑계로 우리 둘이서만 오붓하게 시간을 보내게 해주려는 듯했다. 그녀는 발목까지 내려오는 흰 모슬린 원피스를 차려입었다. 걸을 때마다 발목에서 은고리 세 개가 찰랑였다. 금빛 고리 모양의 끈에 엄지발가락을 끼우는 샌들을 신었는데, 그 샌들 때문에 발이 매우 우아해 보였다. 오른쪽 콧구멍에는 아주 작은 금빛 조개껍질을 매달았다. 얼굴을 가린 모슬린 베일은 어깨를 살짝 덮고, 머리에 맨 황금빛 리본이 베일을 고정시켜주었다. 그리고 리본에서 이마 한가운데까지 갖가지 색깔의 보석이 달린 줄 세 개가 매달려 있었다. 그녀가 몸을 움직이면서 이마의 파란 점이 살짝 보일 때는 그야말로 아름다운 환상 그 자체였다.

내 가족인 치치와 반 위와 인도인 식구들 모두 우리 두 사람이 행복한 표정으로 집을 나서는 것을 보고 행복해했다. 우리는 함께 자전거를 타고 시내로 나갔다. 가는 도중에 조금 으슥한 도로에 이르자 그 매혹적인 공주는 내 입에 스칠 듯 가벼이 입을 맞추었다. 그녀가 먼저 입맞춤을 할 거라고는 생각도 못했던 나는 너무 놀라서 하마터면 자전거에서 떨어질 뻔했다.

우리는 손을 맞잡고 객석 뒤쪽에 자리잡았다. 그녀의 손가락, 잘 다듬은 긴 손톱이 내 손바닥을 간질이며 노래하듯 말을 걸어왔다. 나에 대한 그녀의 사랑과 내 여인이 되고 싶어하는 욕망이 간절하게 느껴졌다. 그녀가 내 어깨에 머리를 기대자, 나는 너무도 순수한 그녀의 얼굴에 입을 맞추었다. 극장에서 상영되는 영화는 우리 눈에 보이지도, 들리지도 않았다.

그 수줍은 사랑은 어느새 완전한 열정으로 바뀌었다. 나는 그녀에게 프랑스에서 결혼을 했기 때문에 그녀와 결혼할 수 없다고 설명했다. 어느 날 밤, 그녀는 나와 함께 집에 있었다. 그녀는 자신의 가족이나 이웃의 인도인들을 생각해서라도 나와 함께 아버지 집에서 살고 싶다고 말했다. 나는 그 제안을 받아들이고, 그녀의 아버지 집으로 이사했다. 그렇게 그녀와 나는 부부가 되었다. 그녀의 아버지 혼자 사는 그 집에는 먼 친척인 젊은 인도 여성이 함께 지내면서 집안일을 거들어주었다. 그곳은 치치가 사는 집에서 500미터 남짓 떨어진, 그리 멀지 않은 곳이었다. 그래서 내 두 친구들은 매일 저녁 날 만나러 와서 우리와 함께 한 시간 정도 이야기를 나누곤 했다. 함께 식사를 하는 일도 종종 있었다.

우리는 항구에서 채소 파는 일을 계속했다. 나는 6시 30분에 집을 나섰는데, 거의 언제나 나의 인도인 아내가 동행했다. 큼지막한 가죽 가방에 차를 가득 담은 커다란 보온병, 잼 단지 그리고 구운 빵을 넣어 갔다. 그녀는 직접 그렇게 아침식사를 준비하기를 고집했다. 그녀의 가방 속에는 필요한 것이 모두 들어 있었다. 우선 인도 위를 솔로 한 번 쓸어낸 다음 그 위에 가장자리에 레이스가 달린 아주 작은 돗자리를 깔고 받침접시 위에 도자기 컵 네 개를 올렸다. 그런 다음 우리는 인도 위에 앉아서 아주 엄숙하게 식사를 했다.

마치 주방에서 식사를 하듯 인도 위에서 차를 마신다는 게 좀 우습기도 했지만, 그녀는 너무나 당연하게 생각했고 그건 치치도 마찬가지였다. 그들은 심지어 지나치는 행인들도 전혀 신경 쓰지 않고 자연스럽게 행동했다. 그녀가 원하지 않았다면 그런 수고스런 일을 시키지 않았을 텐데, 그녀는 우리에게 먹을 것을 나눠주고 토스트에 잼을 발라주는 일을 무척 마음에 들어했다.

지난 토요일에는 한 가지 미스터리의 실마리를 제공하는 일이 일어났다. 우리가 함께 지낸 지 두 달째였는데, 나의 인도 여인 인다라는 내게 종종 소량의 금을 건네고는 했다. 그 금은 항상 부서진 보석 조각들이었다. 금반지 반쪽, 귀고리 한쪽, 끊어진 금줄, 메달 반쪽이나 4분의 1, 이런 식이었다. 내게는 그런 것이 별로 필요없었지만, 그녀가 내게 그것들을 팔라고 하는지라 서랍 안에 보관해두었다. 그동안 모인 것이 거의 400그램 정도 되었다. 내가 그것이 어디서 났느냐고 물으면, 그녀는 늘 아무런 설명도 해주지 않고 그저 빙그레 웃으며 날 끌어안을 뿐이었다.

그런데 토요일 아침 10시쯤, 인다라는 내게 자전거로 아버지를 어딘가에 태워다 달라고 부탁했다.

"아버지가 길을 알려주실 거예요. 난 집에서 다림질이나 하고 있을게요."

나는 그 노인이 제법 먼 곳으로 누군가를 찾아가는 모양이라 생각하고 호의를 베풀기로 했다.

앞쪽 짐받이에 탄 인다라의 아버지는 아무 말도 하지 않다가 가야 할 방향을 팔을 뻗어 가리키기만 했다. 목적지는 꽤 멀었다. 한 시간쯤 페달을 밟은 끝에 마침내 바닷가의 어느 부유한 동네에 도착했다. 온통 아름다운 저택 천지였다. 그는 긴 웃옷 소매 속에서 흰 돌멩이 하나를 꺼내더니 어느 집의 첫 번째 층계 위에 쭈그려 앉았다. 그러고는 층계 위에서 그 돌멩이를 굴리면서 노래를 불렀다. 잠시 후 인도식 복장을 한 여자가 저택에서 나와 그에게 한 마디 말도 없이 뭔가를 건넸다.

그는 오후 4시가 다 되도록 집집마다 전전하면서 똑같은 장면을 되풀이했다. 영문을 알 길이 없었다. 마지막 저택에서 흰옷 차림의 남자가 그에게 다가왔다. 그 남자는 인다라의 아버지를 일으켜세워 팔짱을 끼고 집으로 데리고 들어갔다. 15분쯤 지나서 두 사람은 함께 나왔고, 헤어지기 전에 그 신사는 그의 이마에 입을 맞추었다. 우리는 집으로 향했다. 벌써 4시 반이 넘은 시간이라 나는 더 빠르게 페달을 밟았다.

다행히 어두워지기 전에 집에 도착했다. 인다라는 아버지에게 먼저 인사한 다음 내 목에 달려들어 마구 입을 맞추며 샤워실로 이끌었다. 깨끗한 수건이 날 기다리고 있었다. 씻고 면도하고 옷을 갈아입은 나는 식탁에 앉았다. 그녀는 평소처럼 직접 음식을 만들었다. 나는 궁금해서 죽을 지경이었지만 인도인이나 중국인에게는 뭔가를 억지로 말하도록 강요해선 절대 안 된다는 사실을 알고 있었다. 그들이 스스로 말을 꺼낼 때까지 여유를 가지고 기다려야 했다.

잠자리에 들어서 오랫동안 실컷 사랑을 나눈 다음에야 그녀는 내 겨드랑이에 아직도 뜨거운 뺨을 대고 말을 꺼냈다.

"우리 아빠가 금을 구하러 갈 때는 나쁜 일은 하지 않아요. 오히려 그 반대죠. 아빠는 돌을 굴리면서 그 집을 지키는 영혼들을 불러요. 그리고 감사의 뜻으로 금붙이 조각을 받는 거예요. 그건 우리 자바 지방의 아주 오랜 풍습이에요."

그것이 내 공주가 들려준 설명이었다. 그런데 어느 날, 그녀의 친구 한 명을 시장에서 만났다. 그날 아침은 그녀도 중국인들도 여태 도착하지 않고 있었다. 그때 역시 자바 출신인 그 귀여운 아가씨가 나에게 다른 이야기를 해주었다.

"주술사의 딸과 살면서 왜 굳이 일을 해요? 이렇게 이른 시각부터 당신을 깨워서 일을 내보내는 게 부끄럽지도 않대요? 비라도 오는 날엔 어쩌고요? 아버지가 벌어오는 금이면 일하지 않고도 살 수 있을 텐데. 아무래도 그녀는 사랑할 줄을 모르나봐요."

"그녀의 아버지가 무슨 일을 하는데요? 설명해줘요. 난 아무것도 몰라요."

"그녀의 아버지는 자바의 주술사예요. 그가 원하기만 하면 당신이나 당신 가족에게 죽음이 닥치게 만들 수도 있어요. 그가 그 마법의 돌로 거는 주문을 피하는 유일한 방법은 그에게 충분한 금을 주어 죽음을 부르는 방향의 반대 방향으로 돌을 굴리게 하는 거죠. 그러면 모든 저주를 풀어서 반대로 건강과 생명을 빌어줘요."

"그건 인다라가 내게 해준 얘기와는 전혀 다른데요."

나는 두 사람 중 누구의 말이 맞는지 확인해보기로 마음먹었다. 며칠 뒤 나는 그 마을을 가로질러 데메라라 강으로 떨어지는 샛강변에 흰 수염을 길게 기른 '장인'과 함께 있었다. 인도 어부들의 표정은 내 마음까지도 환하게 만들었다. 그들은 인다라 아버지에게 저마다 물고기 한 마리씩을 선물하고는 최대한 빨리 강둑에서 멀어져갔다. 나는 알아차렸다. 이제 더는 다른 사람에게 물어볼 필요도 없었다.

나로선 주술사 장인이 전혀 성가실 이유가 없었다. 그는 인도어 밖에 할 줄 몰랐고 내가 잘 알아듣지 못한다는 걸 알고 있었다. 오히려 그런 것이 좋은 면도 있었다. 굳이 의견 다툼을 벌일 일이 없었던 것이다. 그는 내게 일거리를 찾아주었다. 나는 열셋에서 열다섯 살 사이의 어린 여자아이들의 이마에 문신을 해주었다. 이따금 가슴을 드러내면 젖꼭지를 꽃의 암술 삼아 그 주위에 초록색, 분홍색, 푸른색 꽃잎이나 나뭇잎을 그려주었다. 소녀들은 많이 아플 텐데도 용감하게 잘 참고 젖꼭지 주변의 검은 동심원에 노란색 카나리아 문신을 새겼다. 심지어 몇 명은 드물게도 젖꼭지까지 노랗게 해달라고 주문하기도 했다.

인다라의 아버지는 집 앞에 인도어로 '문신 예술가 — 저렴한 가격 — 확실한 솜씨'라고 적힌 표지판을 세웠다. 그 일로 버는 수입은 꽤 괜찮아서 어린 자바 소녀들의 아름다운 가슴도 감상하고 돈도 번다는 일석이조의 만족을 얻었다.

치치는 항구 근처에서 매물로 내놓은 레스토랑을 찾았다. 그는 아주 자랑스럽게 그 소식을 전하며 함께 그걸 사자고 했다. 가격도

800달러로 적당했다. 주술사의 금을 팔고 우리가 모은 돈을 합하면 그 레스토랑을 살 수 있었다. 나는 그 레스토랑을 보러 갔다. 비좁은 거리에 있긴 했지만 항구와 아주 가까웠다. 이른 시간에도 사람들로 북적였다. 바닥에 흑백의 바둑판 무늬가 깔린 제법 널찍한 홀, 양쪽에 여덟 개씩 늘어선 탁자, 중간에는 전채 요리와 과일들을 전시할 수 있는 둥근 탁자가 있었다. 주방도 널찍하고 환했다. 큰 오븐 두 개와 거대한 가스렌지 두 개도 있고.

레스토랑과 나비

우리는 사업을 시작했다. 인다라는 우리가 갖고 있던 금을 모두 직접 팔았다. 그녀의 아버지는 내가 금 조각을 단 하나도 건드리지 않은 걸 보고 놀란 눈치였다.

"내가 너희에게 그걸 준 건 너희가 잘 활용하라는 뜻이었다. 그건 너희 두 사람 몫이니 언제든 내게 묻지 않고 처분해도 좋다. 좋을 대로 하거라."

인다라는 내 연인이자, 아내이자, 친구였다. 우리는 말다툼을 할 일이 없었다. 그녀는 내가 무슨 말을 하든 언제나 동의했다. 단지 내가 인도 소녀들의 가슴에 문신을 해줄 때에만 조금 샐쭉할 따름이었다.

그렇게 해서 나는 조지타운 항구 한복판의 워터 스트리트에 있는 빅토리 레스토랑의 주인이 되었다. 치치는 요리를 맡기로 했다. 그건 그의 기쁨이자 직업이기도 했다. 반 위는 시장을 보고 중국 국수인 '초면'을 만들었다.

그 레스토랑은 중국 요리를 맛보러 몰려드는 손님들로 단번에 유명해졌다. 인다라는 '다야'라는 매우 귀여운 젊은 인도 아가씨와 함께 손님들의 시중을 들었다. 그 구역의 프랑스인들도 왔다. 돈이 있는 사람은 돈을 내고, 없는 사람들은 공짜로 먹었다.

"배고픈 사람들에게 먹을 걸 주면 복 받는대."

치치가 말했다.

딱 한 가지 불편한 점이 있었다. 인다라와 다른 한 아가씨의 매력이 그것이었다. 두 사람의 얇은 베일 원피스 아래로 젖꼭지가 고스란히 드러났다. 게다가 발목에서부터 엉덩이 아래까지 터진 치마 때문에 움직일 때마다 다리와 넓적다리가 살짝 보였다. 미국, 영국, 스웨덴, 캐나다, 노르웨이 해군들은 하루에 두 번씩 그 모습을 보기 위해 식사를 하러 왔다. 친구들은 내 레스토랑을 관음증 환자들의 식당이라고 놀리며 모두들 나를 '보스'라고 불렀다. 우리 레스토랑에는 현금출납기가 없었다. 서빙하는 사람들이 돈을 가져오면 나는 호주머니 속에 넣고 필요할 때는 잔돈을 내주었다.

레스토랑은 저녁 8시부터 새벽 6시까지 문을 열었다. 자연히 새벽 3시쯤에는 그 구역에서 밤새 일한 매춘부들이 그들의 기둥서방이나 고객과 함께 닭고기 커리나 샐러드를 먹으러 왔다. 영국산 맥주나 위스키, 럼주 그리고 소다수나 코카콜라도 팔았다. 뿐만 아니라 우리 레스토랑은 어느새 탈주한 프랑스인들의 약속 장소가 되어서 나는 그들의 피난처이자 조언자이자 속내를 털어놓는 친구가 되었다.

그러다 보니 때로 성가신 일이 생기기도 했다. 나비 수집을 하는 한 프랑스 친구는 나에게 숲에서 나비를 잡는 법을 설명해주었다. 그는 나비 모양으로 자른 마분지에 자신이 잡은 나비들의 날개를 붙여놓았다. 나는 1미터 높이의 막대기 끝에 그 마분지를 고정시켜서 진열창에 나비며 파리, 작은 뱀들 그리고 작은 흡혈박쥐들을 전시했다. 수집품보다 구매자들이 더 많았다. 당연히 가격은 높아졌다. 한 미국인은 강철 같은 푸른빛 날개를 가진 나비 한 마리를 가리키며 그게 자웅동체 나비를 구해주면 500달러를 주겠다고 했다. 나비 수집가와 이야기를 해보니 그는 그런 나비를 손에 넣은 일이 있는데 50달러에 팔았다고 했다. 그런데 나중에 전문 수집가의 이야기를 듣고서 그런 종류가 거의 2,000달러의 가치가 있다는 걸 알았다는 것이었다.

"그 미국 놈은 널 바보로 아는 거야, 빠삐용. 그렇게 희귀한 품종은 적어도 1,500달러 정도의 가치가 있는데도 네가 아무것도 모르는 줄 알고 이용할 속셈인 거라고."

"네 말이 맞아, 아주 나쁜 놈이야. 그렇다면 거꾸로 우리가 그를 이용하면 어떨까?"

"어떻게?"

"예를 들면 암컷 나비 한 마리에 수컷의 날개 두 개를 붙인다든가, 아니면 그 반대로 하는 거야. 눈에 띄지 않게 잘 붙이는 일이 어렵긴 하겠지만."

우리는 여러 차례 시도한 끝에 암컷 표본 위에 수컷 날개 두 개를 완벽하게 붙이는 데 성공했다. 미세한 절개 부분에 끝을 맞추어 발라타 수액으로 접착시켰다. 그렇게 하니 붙인 날개를 붙잡고 들어올릴 수 있을 정도로 잘 붙었다. 우리는 마치 아무것도 모르는 것처럼 그 나비를 20달러짜리 다른 수집품들과 함께 나란히 진열창에 올렸다. 그 미국인은 그걸 발견하자마자 뻔뻔스럽게도 20달러짜리 지폐 한 장을 들고 와서 사겠다고 했다. 나는 이미 어떤 스웨덴 사람에게 팔기로 약속했다고 대답했다.

이틀 동안 그 미국인은 나비가 담긴 상자를 적어도 열 번은 들었다 놨다 했다. 마침내 그가 더는 참지 못하고 나를 불렀다.

"저 가운데 나비를 20달러에 사겠소. 잔돈은 당신이 가져요."

"저 나비가 그리 특별한가요?"

그러고는 그를 죽 훑어보다 윽박질렀다.

"저게 자웅동체 나비라고 말하지 그래!"

"뭐라고요? 그래요, 맞아요. 전에는 확신하지 못했지만. 유리창 너머로는 잘 안 보였어요. 한번 자세히 보게 해주겠소?"

그는 나비를 꼼꼼히 살펴보더니 다시 말했다.

"얼마에 팔겠소?"

"언젠가 그렇게 드문 종류는 500달러는 나간다고 당신이 말하지 않았소?"

"나비 수집가들에게는 그런 얘기를 여러 번 했어요. 이 나비를 잡은 사람의 무지를 이용하고 싶은 생각은 없소."

"그럼 500달러를 내든지, 아님 관두든지."

"사겠소. 자, 여기 계약금으로 수중에 있는 돈 60달러를 주겠소. 영수증을 써줘요. 내일 잔금을 가져오겠소."

"좋습니다. 저 나비는 다른 곳에 보관해두죠. 여기 영수증이오."

이튿날 개점 시간에 맞추어 그 미국인이 왔다. 이번에는 돋보기를 들고 나비를 자세히 살폈다. 그가 그 나비를 뒤집어 볼 때는 조금 겁이 났다. 그는 아주 흡족한 얼굴로 내게 돈을 주고 자신이 가져온 상자에 나비를 담은 다음 영수증을 가지고 떠났다. 두 달 뒤 나는 형사들에게 체포되었다. 경찰서에 도착하자 경찰 총감은 프랑스어로 내가 한 미국인에게 사기죄로 고소되었다고 설명했다.

"당신이 사기를 쳐서 500달러에 판 날개 붙인 나비 때문입니다."

두 시간 후에 치치와 인다라가 변호사를 동반하고 찾아왔다. 변호사는 프랑스어를 유창하게 구사했다. 그에게 나는 나비 수집가도 채집가도 아닌 만큼 나비에 대해 전혀 아는 것이 없다고 주장했다. 그저 내 고객들인 채집가들을 돕기 위해 나비를 팔고 있었는데, 그 미국인이 먼저 500달러를 제시한 것이라고 설명했다. 더군다나 그 나비가 진짜라고 생각했다면 거의 2,000달러의 가치가 있으니 오히려 그가 도둑이라고 주장했다.

이틀 뒤 나는 법정에 섰다. 변호사가 나 대신 통역을 해주었다. 나는 내 주장을 되풀이했다. 변호사는 나비들의 가격이 적힌 목록에서 그런 희귀 품종은 적어도 1,500달러 이상으로 적힌 내용을 증거로 제시했다. 결국 그 미국인이 법정비를 지불하고 200달러가 넘는 내 변호사의 수임료까지 지불했다.

모든 탈주한 프랑스인과 인도인들이 한데 모여 집에서 담근 파스티스로 내 석방을 축하했다. 재판을 지켜보았던 인다라의 가족 모두 집안에 대단한 사람이 들어왔다며 자랑스러워했다. 하지만 그들은 속지 않고 내가 날개를 붙였을 거라고 생각하는 눈치였다.

끝내 우리는 레스토랑을 팔 수밖에 없었다. 인다라와 다야가 너무나 아름다운 데다 속살이 비치는 그들의 옷차림으로 혈기 왕성한 해군들을 너무 자극했기 때문이었다. 결국은 아슬아슬하게 비치는 속살의 유혹을 참지 못한 청년과 말리려던 나 때문에 레스토랑 안에서 한바탕 싸움판이 벌어지고 말았다. 그 결과 미군 다섯이 머리에 큰 부상을 입고, 몇 명은 치치가 휘두른 포크 때문에 온몸 여기저기에 구멍이 났다. 사방에 유혈이 낭자했다.

결국 우리는 레스토랑을 헐값에 팔았다.

"이제 뭘 하지, 반 위?"

"당분간 아무것도 하지 말고 좀 쉬자. 그러고 나서 생각하자."

우리는 매일 저녁 프랑스인들이 모이는 바에 갔다. 그곳에서 즐거운 시간을 보냈지만, 슬슬 조지타운이 지겨워지기 시작했다. 게다가 전에는 인다라가 절대 질투하는 일이 없어서 언제든 자유롭게 행동할 수 있었는데, 이제는 내가 어디에 가든 항상 따라다니며 함께 시간을 보내려 했다. 조지타운에서 다른 사업을 하기에는 복잡한 일이 많았다. 그러던 어느 날, 불쑥 영국령 기아나를 떠나 다른 나라로 가고 싶은 욕구가 치밀었다. 때는 전시라서 위험할 일도 없었다. 어떤 나라도 우리를 돌려보내지는 않을 것이라고 나는 생각했다.

조지타운을 벗어나다

기투도 동의했다. 그 역시 영국령 기아나보다 더 살기 좋은 나라가 얼마든지 있을 것이라고 생각했다. 우리는 탈출 준비를 하기 시작했다. 사실, 영국령 기아나를 벗어나는 일은 꽤 심각한 범죄에 해당했다. 전시인 데다 우리 중 어느 누구도 여권을 갖고 있지 않았기 때문이었다.

카옌에서 달아난 샤파르가 석 달 전 그곳에 도착했다. 그는 일당 1달러 50을 받고 중국 과자점에서 아이스크림 만드는 일을 했다. 그 역시 조지타운을 떠나고 싶어했다. 디종 출신 도형수인 드플랑크와 보르도 출신 한 명도 함께 떠날 뜻을 밝혔다. 치치와 반 위는 그곳에 남겠다고 했다. 인다라를 생각하면 가슴이 미어졌지만 어쩔 수가 없었다. 데메라라 강의 출구는 감시가 삼엄하기 때문에 우리는 조지타운에 등록된 낚싯배를 위장해서 빠져나가기로 했다. 탈출 준비는 조심스럽게 이루어졌다. 넓고 기다란 배에 좋은 돛과 삼각돛, 일등급 키를 달았다.

철저하게 중국 낚싯배로 위장한 우리 배는 무사히 데메라라를 벗어나 바다로 들어섰다. 발각될 위험을 벗어났다는 기쁨에도 불구하고 나의 인도 공주에게 알리지 않고 도둑처럼 몰래 떠났다는 사실이 마음에 걸려서 성공을 만끽할 수가 없었다. 나 자신이 마음에 들지 않았다. 그녀와 그녀의 아버지 그리고 그녀의 동포들은 내게 잘 대해주었는데 나는 그런 식으로 배은망덕하게 되갚은 것이다. 탁자 위에 눈에 띄게 600달러를 올려두고 나오긴 했지만, 그 돈으로는 절대 내가 받은 것들을 갚을 수 없었다.

우리는 북북쪽으로 마흔여덟 시간을 항해했다. 나는 옛 기억을 더듬으며 영국령 온두라스로 가려 했다. 그러려면 이틀 이상 험한 바다를 거쳐야 했다.

바다에 나선 지 서른 시간이 갓 넘었을 무렵, 무시무시한 폭풍우와 함께 태풍이 뒤따라왔다. 번개, 천둥, 비, 거대하고 무질서한 파도, 허리케인이 바다 위에서 소용돌이치자 우리는 저항 한 번 못해보고 성난 바다에 정신없이 떠밀렸다. 바람이 방향을 바꾸어 무역풍은 완전히 사라지고 우리는 반대 방향으로 휘청거리며 춤을 추었다. 만일 그대로 일주일만 계속되었다면 아마 도형지로 돌아갔을 것이다. 게다가 그 태풍은 나중에 들어 안 사실이지만 대농장의 야자나무 6,000그루를 두 동강낼 만큼 굉장한 위력을 지닌 것이었다. 가옥들이 송두리째 멀리 날아가 육지나 바다에 떨어졌다. 우리는 모든 걸 잃었다. 생필품이며 가방은 물론이고 물통까지 모조리. 돛대도 부러지고 돛도 온데간데없었으며 가장 심각한 것은 키가 부러졌다는 사실이었다. 기적적으로 샤파르가 작은 노 하나를 건져서 그 작은 노로 배를 조종했다. 우리는 모두 옷을 벗어서 임시로 돛을 만들었다. 외투며 바지, 셔츠까지 모두 벗었다. 그렇게 우리가 걸치고 있던 옷과 갑판에 있던 철삿줄로 만든 돛으로 간신히 항해를 해나갔다.

나는 무역풍이 방향을 바꾼 틈을 타서 배를 남쪽으로 돌려 영국령 기아나든 어디든 육지로 가려고 안간힘을 썼다. 어디에서 어떤 대접을 받든 바다 위보다는 나을 듯했다. 동료들은 그 엄청난 폭풍이 몰아치는 동안에도 그리고 그 후에도 의연히 행동했다.

마침내 엿새 만에 육지가 보였다. 하지만 구멍이 숭숭 뚫린 엉성한 돛 때문에 우리가 원하는 방향으로 정확히 항해할 수가 없었다. 그 작은 노로 배를 제대로 몰기에는 충분하지 않았다. 속옷밖에 걸치지 못한 우리는 온몸이 쓰라린 상처투성이여서 힘을 제대로 쓸수도 없었다. 살갗이 온전히 남아난 곳이 없었다. 입술도, 발도, 사타구니도, 넓적다리도 완전히 생살이 드러난 상태였다. 한번은 갈증이 너무 나자 드플랑크와 샤파르가 더는 참지 못하고 바닷물을 마시고야 말았다. 그러고 나서는 더 고통스러워했다. 우리를 괴롭히는 갈증과 굶주림에도 불구하고 한 가지 좋은 점은 있었다. 아무도 불평하지 않는다는 사실이었다. 우리 중 어느 누구도 다른 사람에게 잔소리를 하지 않았다. 바닷물이라도 마시고 싶은 사람이나 몸을 시원하게 해줄 거라며 바닷물을 몸에 끼얹고 싶어하는 사람은, 결국 바닷물이 고통을 더 가중시키고 증발되고 나면 더욱 쓰라릴 뿐이라는 사실을 스스로 터득했다.

동료들 모두 두 눈이 고름으로 가득 차서 제대로 눈도 뜨지 못했지만, 나만 유일하게 한쪽 눈이 멀쩡했다. 눈만큼은 아무리 쓰라려도 잘 씻어내고 크게 뜨고 있어야 했다. 납처럼 무거운 태양이 화상부위를 강렬하게 덮쳐서 견디기 힘들었다. 드플랑크는 반쯤 정신을 잃고 차라리 물 속에 뛰어들고 싶다고 말할 정도였다.

그렇게 한 시간쯤 지나고 나니 수평선에 육지가 다시 보였다. 하지만 확신이 서지 않았기 때문에 동료들에게 아무 말도 하지 않고 그쪽으로 향했다. 새들이 날아와서 머리 위를 선회하는 것으로 보아 착각은 아닌 듯했다. 태양과 피로에 녹초가 된 채 뱃바닥에 누워 팔로 얼굴을 가리고 있던 동료들도 새들의 울음소리를 들었다.

기투가 물었다.

"육지가 보여, 빠삐?"

"응."

"얼마나 있어야 도착할 것 같아?"

"다섯 시간이나 일곱 시간. 이봐, 친구들, 난 도저히 견딜 수가 없어. 너희들과 똑같이 화상을 입은 데다 의자의 나무와 바닷물에 엉덩이가 다 까졌다고. 바람이 그리 세지 않아서 배는 천천히 움직일 텐데, 너무 오랫동안 노를 잡고 있어서 팔과 손에 계속 경련이 나. 부탁 하나만 들어줄래? 돛을 걷어 배 위에 천막처럼 펼쳐서 이 불 같은 태양을 좀 피하자. 배는 저절로 육지 쪽으로 흘러갈 거야. 대신 너희들 중 하나가 여기 앉아서 노를 좀 잡아줘."

"안 돼, 안 돼, 빠삐. 그러지 말고 그냥 그늘을 만들어서 한 사람만 보초를 서고 다 같이 한숨 자자."

오후 1시쯤에 나는 결국 더 참지 못하고 누워버렸다. 그늘 아래 누우니 짐승 같은 만족감이 나른하게 덮쳐왔다. 동료들은 내가 바깥에서 들어오는 시원한 공기를 쐴 수 있도록 제일 좋은 자리를 양보해주었다. 보초를 서는 사람도 그늘 아래 앉았다. 보초 서는 사람만 빼고 다들 순식간에 곯아떨어졌다.

별안간 경보 소리가 들려 다들 벌떡 일어났다. 돛을 젖히고 보니 날이 어두웠다. 몇 시쯤 되었을까? 내가 다시 자리에 앉아 노를 잡았을 때는 서늘한 바람이 온몸을 간질였다.

우리는 돛을 올렸다. 바닷물에 눈을 씻고 나니 오른쪽과 왼쪽에 육지가 선명하게 보였다. 여기가 어디일까? 둘 중 어느 쪽으로 가야 하지? 다시 한 번 경보 소리가 들렸다. 나는 그 소리가 오른쪽 육지에서 들려온다는 걸 알았다. 무슨 말을 하려는 걸까?

"어디로 갈 거야, 빠삐?"

샤파르가 물었다.

"솔직히 나도 모르겠어. 만일 저 땅이 섬이 아니라 만이라면 아마도 영국령 기아나의 곳일 거야. 하지만 오른쪽 땅과 왼쪽 땅 사이에 제법 큰 공간이 있다면 그건 반도가 아니라 트리니다드야. 왼쪽은 베네수엘라일 테고, 그러면 우리는 파리아 만에 있다는 뜻이겠지."

예전에 해군 지도를 본 기억을 더듬어서 나는 그렇게 말했다. 오른쪽이 트리니다드이고 왼쪽이 베네수엘라라면 어디로 가야 하지? 그 결정에 우리 운명이 달려 있었다. 적당히 불어오는 바람 때문에 해안에 닿기는 그리 힘들 것 같지 않았다. 당장은 어느 쪽으로도 가지 않고 중간 지점으로 나아가기로 했다. 트리니다드는 영국령 기아나와 별반 다를 것이 없는 곳이었다.

"대접은 잘 받을 거야."

기투가 말했다.

"그래, 하지만 전시에 허가도 받지 않고 몰래 자신들 영토를 떠난 것을 어떻게 받아들일까?"

"그럼 베네수엘라는?"

"지금은 어떨지 모르지. 고메스 대통령 재임 시기에는 도형수들에게 지독히 힘든 노동을 시킨 뒤 프랑스로 돌려보냈어."

드플랑크가 말했다.

"그래, 하지만 지금은 다를 거야, 전시니까."

"조지타운에서 듣기로는 전쟁에 참여하지 않은 중립국이래."

"확실해?"

"그럴 거야."

"그렇다면 우리에게는 더 위험해."

양쪽 육지에서 불빛이 보였다. 다시 한 번 경보 소리가 들렸다. 이번에는 연속으로 세 번 길게 울렸다. 우리는 불빛 신호에 이끌려 오른쪽 해안에 도착했다. 전방에 뾰족하고 시커먼 바위 두 개가 바다 위로 높이 솟아 있었다. 아마도 그것 때문에 우리에게 위험을 알려주려고 경보를 울린 모양이었다.

"저기, 부표다! 부표 하나에 배를 묶고 여기서 날이 밝기를 기다리면 어떨까? 돛을 내려, 샤파르."

기투는 내가 고집스럽게 돛이라고 부르는 바지와 셔츠들의 끝자락을 내렸다. 다행히 태풍에도 무사히 남아 있었던 밧줄로 배를 묶는 데 성공했다. 이상하게 생긴 부표 자체에 묶은 것이 아니라 부표들을 연결하고 있는 사슬에 묶었다. 그 사슬은 필시 수로를 연결한 케이블 같았다. 우리는 오른쪽 해안에서 집요하게 울리는 경보 소리에는 신경도 쓰지 않고 뱃바닥에 누워 돛을 이불 삼아 덮었다. 나는 밤바다의 바람에 뻣뻣하게 굳은 몸에 따스한 온기가 스며들자 아마도 제일 먼저 코를 골면서 잠이 들었던 것 같다. 날이 샐 무렵에 잠에서 깼다. 태양이 막 솟아오르고, 조금 짙어진 바다의 청록색은 바닥이 산호로 이루어져 있다는 사실을 알려주었다.

"이제 어쩌지? 육지로 갈 거야? 난 배고프고 목말라 죽겠어."

정확히 이레째 굶는 동안 누군가 투덜댄 건 그게 처음이었다.

"육지에 가까이 왔으니 그렇게 해야겠지."

샤파르가 말했다.

내가 앉은 자리에서는 바다 위에 솟은 거대한 바위들 뒤로 균열된 해안선이 잘 보였다. 이제 의심의 여지가 없었다. 오른쪽은 트리니다드이고, 왼쪽은 베네수엘라였다. 우리는 파리아 만에 있는 것이다. 물이 오리노코 강의 충적토로 누렇지 않고 푸른색을 띠고 있다면 두 국가 사이를 지나 곧장 바다로 이어지는 수로에 들어와 있는 것이었다.

"어떻게 할까? 혼자 결정을 내리기엔 너무 중대한 일이야. 오른쪽에는 트리니다드의 영국 섬이 있고, 왼쪽에는 베네수엘라가 있어. 어디로 갔으면 좋겠어? 배 상태와 우리 몰골을 생각하면 최대한 빨리 육지로 가야 해. 기투와 코르비에르는 해방 죄수들이었으니 상관없지만, 샤파르와 드플랑크 그리고 나까지 우리 셋은 꽤 위험해. 그러니 우리가 결정해야 해. 너희들은 어떻게 생각해?"

"제일 좋은 방법은 트리니다드로 가는 거야. 베네수엘라는 어떤지 모르잖아."

"굳이 우리가 결정할 필요 없을 것 같은데. 저기 순양함이 우릴 데리러 오는 모양이야."

드플랑크가 말했다. 과연 순양함 한 대가 빠르게 우릴 향해 다가오고 있었다. 그 똑딱선은 50미터 이상 떨어진 곳에 멈추어 섰다. 한 남자가 확성기를 들었다. 깃발을 보니 영국 깃발은 아니었다. 별이 더 많고 아주 아름다운, 평생 처음 보는 깃발이었다. 베네수엘라 깃발인 것 같았다. 훗날 그 깃발은 '나의 국기' 내 새로운 조국의 깃발이 된다. 그 사람이 스페인어로 말했다.

"어느 나라 사람들이오?"

"프랑스인들입니다."

"당신들 미쳤소?"

"왜요?"

"지뢰에 배를 묶고 있잖소?"

"그래서 다가오지 않는 겁니까?"

"그렇소, 빨리 밧줄을 풀어요."

샤파르는 부리나케 밧줄을 풀었다. 우리는 다름아닌 바다 위에 떠 있는 지뢰의 사슬에 배를 묶었던 것이다. 그러고서도 죽지 않고 살아 있는 건 기적이었다. 순양함 승무원들은 배에 오르지도 않고 우리에게 커피와 설탕을 탄 따뜻한 우유 그리고 담배를 건넸다.

"베네수엘라로 가요, 분명히 좋은 대접을 받을 거요. 우리는 지금 바리마스 등대에 중상을 입은 사람이 있다고 해서 긴급 출동하는 길이기 때문에 당신들을 육지까지 끌어줄 수 없습니다. 절대 트리니다드에는 가지 말아요, 십중팔구 탄광으로 끌려갈 거요."

'잘 가요, 행운을 빌어요' 하는 인사말을 남기고 순양함은 멀어졌다. 그들은 우리에게 우유 2리터를 남겨주었다. 우리는 다시 돛을 정비했다. 커피와 우유 덕분에 간신히 아사 위기를 면한 나는 결이 고운 모래사장에 배를 댔다. 해변에는 50여 명의 사람들이 모여서 부러진 돛대에 셔츠와 바지와 재킷을 묶어 만든 돛을 올린 이상한 배가 다가오기를 기다리고 있었다.

베네수엘라

이라파의 어부들

그곳에 모인 이들은 내게는 전혀 낯선 사람들이었다. 베네수엘라 땅에 발을 디딘 그 첫 순간은 정말 감동적이어서 그 너그러운 사람들이 우리에게 보여준 따스한 환영의 분위기를 제대로 설명하고 표현하려면 더 뛰어난 글솜씨가 있어야 할 듯하다. 백인도, 흑인도 있었지만 대다수 사람들의 피부색은 더 밝은, 햇볕에 여러 날 그을린 흰색에 가까웠다. 거의 모두 바지를 무릎까지 걷어올려 입었다.

"가엾어라, 어쩌다가 이런 몰골이 됐는지!"

사람들이 혀를 찼다.

우리가 도착한 어촌은 '이라파'라고 불리는 곳이었다. 젊은 여자들은 하나같이 예쁘장했다. 키가 조금 작은 편이었지만 그녀들은 상냥하고 개방적이었다. 또 중년 여성이나 노인들은 곧 간호사나 박애 사업을 하는 수녀 혹은 든든한 어머니로 돌변해 우리를 보살

퍼주었다.

그들은 어느 헛간에 양모 해먹 다섯 개와 탁자 하나와 의자들을 가져다 놓은 뒤에 우리 발끝부터 머리끝까지 코코아 버터를 발라주었다. 생살 한 군데도 놓치지 않고 구석구석 챙겨주었다. 우리는 너무 오랫동안 굶은 탓에 탈진 상태였다. 사람들은 우리가 일단 잠을 자고 아주 소량씩 먹어야 한다는 걸 알고 있었다.

우리는 각자 해먹 하나씩 차지하고 누워 마치 어미 새에게 먹이를 받아먹듯 부인들이 주는 음식을 먹었다. 나는 완전히 탈진한 상태여서 몸에 바른 버터에 녹아들 듯 무슨 일이 일어나는지 의식도 하지 못한 채 자고, 먹고, 마셨다. 텅 비어 있던 위장은 숟가락으로 조금씩 받아먹은 일종의 타피오카도 받아들이지 못했다. 우리는 부인들이 떠넣어준 음식 대부분을 게워냈다.

마을 사람들은 찢어지게 가난했다. 그렇지만 다들 예외 없이 우리를 도와주려고 했다. 사흘 뒤 그 사람들의 보살핌과 아직은 젊은 나이 덕에 우리는 거의 정상으로 회복되었다. 나와 동료들은 한참씩 서 있다가 야자나무 잎으로 만든 헛간에 앉아 그 사람들과 이야기를 나누었다. 그들의 형편은 우리 모두에게 한 번에 입을 것을 줄만큼 넉넉하지 않았다. 그래서 여러 모임으로 나뉘어 한 무리는 기투를, 다른 무리는 드플랑크를 보살피는 식으로 한 사람씩 맡았다. 약 10여 명의 사람들이 날 보살펴주었다.

처음 며칠 동안 우리는 다 낡은 허름한 옷을 입고 있었지만 그래도 흠잡을 데 없이 청결했다. 그들은 여유가 생길 때마다 우리에게 새 셔츠, 바지, 허리띠, 슬리퍼를 사주었다. 날 보살펴주는 여자들 중에 젊은 여자 둘은 스페인이나 포르투갈의 피가 섞인 혼혈 원주민이었다. 한 사람의 이름은 티비지이고, 한 사람의 이름은 네니타였다. 두 사람은 내게 셔츠와 바지 그리고 그들이 '아스파르가테'라고 부르는 슬리퍼를 사다 주었다. 굽 없는 가죽 바닥에 발가락은 내놓고 발등만 천으로 덮는 슬리퍼였다.

"당신들이 어디서 왔는지 물어볼 필요도 없어요. 문신을 보고 당신들이 프랑스 도형지의 탈주자들이라는 사실을 알고 있었어요."

나는 그 말에 더욱 감동받았다. 중죄를 짓고 형을 언도받은 죄수들에, 감옥에서 탈출한 탈주자들이라는 사실을 책이나 신문을 통해 알고 있었으면서도 어떻게 그리 당연하게 우리를 도와주었단 말인가? 유복하게 잘살면서 배고픈 이방인에게 먹을 것과 입을 것을 주는 것은 별일 아니지만 자신들이 먹을 것도 변변치 않아 옥수수빵 한 덩어리도 나누어 먹는 판국에 그 소박한 음식을 이방인에게, 그것도 법망을 피해 도망친 사람들에게 나누어 준다는 것은 정말 존경할 만한 일인 것이다.

어느 날 아침, 마을 사람들이 이상하게 조용했다. 그들의 표정은 어둡고 그늘져 보였다. 무슨 일일까? 티비지와 네니타가 내 곁에 앉았다. 나는 보름 만에 처음으로 면도를 했다. 그날은 진심으로 우리를 대해준 그 사람들 곁에서 지낸 지 여드레째 되는 날이었다. 턱수염이 있는 동안 그들은 내 나이를 막연히 짐작만 했었는데 면도를 하자 굉장히 젊어 보인다며 감탄했다. 내 나이는 서른다섯 살이었지만 스물여덟 정도로 보였다. 친절한 마을 사람들 모두 우리를 걱정하고 있다는 것이 느껴졌다.

"무슨 일입니까? 말해봐요, 티비지, 무슨 일이죠?"

"우리는 지금 구이리아 경찰을 기다리고 있어요. 구이리아는 옆 마을 이름이에요. 여긴 경찰서가 없어요. 어떻게 알았는지는 모르지만, 그곳 경찰이 당신들이 이곳에 있다는 소식을 들은 모양이에요. 곧 올 거예요."

키가 크고 아름다운 흑인 여성이 벌거벗은 상반신에 흰 바지를 무릎까지 걷어 입은 젊은 남자와 함께 내게 다가왔다. 육상선수 같은 청년의 몸은 보기 좋게 균형이 잡혀 있었다. 라 네그리타 — 베네수엘라에서 인종 차별의 의미 없이 흑인 여성들을 흔히 부르는 다정한 이름이다 — 가 나를 불렀다.

"세뇨르 엔리케(앙리 씨), 경찰이 올 거예요. 당신들에게 좋은 일인지 나쁜 일인지는 모르겠군요. 잠시 산에 숨어 있을래요? 제 동생이 아무도 찾을 수 없는 집까지 안내해드릴 거예요. 티비지와 네니타와 내가 매일 번갈아 당신에게 먹을 것을 가져다 주면서 일이 돌아가는 상황을 알려 줄게요."

그 말에 감동한 내가 그 고결한 아가씨의 손에 입을 맞추려 하자 그녀는 부드럽게 손을 빼더니 내 뺨에 입을 맞추었다.

말을 탄 경찰들이 전속력으로 질주해 도착했다. 모두 왼쪽 옆구리에 군도를 하나씩 차고, 탄환이 주렁주렁 매달린 널찍한 허리띠에는 권총이 꽂혀 있었다. 그들이 땅에 내렸다. 원주민처럼 찢어진 눈에 몽골 족 같은 얼굴을 한 키가 크고 마른 체구의 사내가 우리쪽으로 다가왔다. 40대로 보이는 그 남자는 커다란 볏짚 모자를 쓰고 있었다.

"안녕하시오. 나는 경찰서장이오."

"안녕하십니까."

"당신들은 왜 카옌의 탈주자 다섯 명이 여기 있다는 사실을 미리 알리지 않았소? 벌써 여드레나 되었다던데. 대답해봐요."

"저희는 이 사람들의 상처가 나아 걸을 수 있게 되기를 기다렸습니다."

"우리가 이들을 구이리아로 데려갈 거요. 조금 있으면 트럭이 올 거요."

"커피 드릴까요?"

"고맙소."

모두 둥글게 둘러앉아 커피를 마셨다. 나는 경찰서장과 경찰관들을 살펴보았다. 그다지 나쁜 인상은 아니었다. 어쩔 수 없이 상부의 명령에 복종하는 듯한 느낌이었다.

"당신들은 디아블에서 탈출한 사람들이오?"

"아닙니다. 우린 영국령 기아나의 조지타운에서 왔습니다."

"왜 그곳에서 지내지 않고?"

"거기서는 먹고 살기가 힘들어서요."

그가 웃으면서 덧붙였다.

"이곳 영국 사람들과 지내면 살기가 더 나을 것 같아서요?"

"그래요. 하지만 우리도 당신들과 같은 라틴 계입니다."

일고여덟 명의 무리가 우리가 앉아 있는 곳으로 다가왔다. 맨 앞에 선 50대 남자는 1미터 65센티가 약간 넘는 키에 백발, 아주 밝은 초콜릿색 피부를 가진 사람이었다. 크고 새까만 눈은 그가 영리하고 흔치 않게 강인한 정신력을 가진 사람이라는 인상을 주었다. 오른손은 옆구리부터 길게 늘어뜨린 총검 위에 올려져 있었다.

"서장, 이 사람들을 어쩔 셈이오?"

"구이리아 형무소로 데려갈 겁니다."

"우리와 함께 살게 하면 안 됩니까? 한 가정에 한 사람씩 받아들이면 됩니다."

"그건 안 됩니다. 총독의 명령입니다."

"하지만 이 사람들은 베네수엘라 땅에서 아무 죄도 짓지 않았소."

"나도 그건 압니다. 하지만 굉장히 위험한 사람들이에요. 프랑스 도형지 형을 받은 걸로 보아 매우 심각한 죄를 지은 것이 틀림없습니다. 게다가 신분증도 없이 달아나서 이들이 베네수엘라에 도착하면 곧 알려달라는 그 나라 경찰의 요청도 있었고요."

"그래도 우리는 이 사람들을 우리 곁에 두고 싶습니다."

"그건 안 됩니다. 총독의 명령이라니까요."

"안 될 게 뭐가 있습니까? 총독이 이렇게 힘든 상황에 놓인 사람들에 대해서 뭘 안답니까? 뭐 하나 잃어본 게 없는 사람일 텐데요. 이들이 살면서 한때 무슨 일을 저질렀든, 언제든 새 삶을 찾아 공동체에 필요한 선량한 사람이 될 수 있는 법입니다. 다들 그렇게 생각하지 않습니까?"

"맞아요. 이 사람들을 여기 놔둬요. 우리가 새 인생을 살 수 있도록 도울 거예요. 여드레 동안 우리는 벌써 그 사람들을 알 만큼 알게 되었는데 분명히 선량한 사람들이에요."

다들 이구동성으로 말했다.

"우리보다 문명화된 사람들도 그들이 더 이상 나쁜 짓을 하지 못하도록 감방에 가두었단 말입니다."

서장이 말했다.

"문명이 뭡니까, 서장님?"

내가 물었다.

"엘리베이터나 비행기, 지하철을 갖고 있다는 것이, 우리를 맞아주고 치료해준 이 사람들보다 더 문명화되었다는 증거입니까? 제 짧은 소견으로는, 자연 속에서 소박하게 살면서 기계 문명의 어떤 혜택도 받지 못하는 이 공동체 사람들이야말로 더 인간적인 문명, 더 고귀한 정신, 더 넓은 이해심을 갖고 있습니다. 진보의 혜택을 받지 못하는 대신 문명화되었다고 자부하는 어떤 사람들보다 더 고상한 박애 정신을 갖고 있단 말입니다. 저는 파리 소르본의 박사가 되기보다는 차라리 이 촌락의 문맹자가 되겠습니다. 인간으로 존재하는 방법조차 잃어버린 사람보다는 인간으로 사는 편이 낫단 말입니다."

"당신 마음은 이해합니다. 그렇더라도 저는 그저 하나의 도구에 불과한 사람입니다. 저기 트럭이 오는군요. 부탁이니 말썽 일으키지 말고 따라주십시오."

여자들은 자신들이 보살펴온 사람들을 포옹했다. 티비지, 네니타, 라 네그리타는 뜨거운 눈물을 흘리며 날 끌어안았다. 남자들은 우리를 감옥에 보내게 되어 얼마나 가슴 아픈지 표현하면서 우리와 악수를 나누었다.

"안녕히 계십시오, 이라파 분들, 자국 경찰들과 맞서면서까지 우리같이 비천한 이방인을 지키려고 애써준 용감하고 고귀한 사람들. 이곳에서 먹었던 빵은 박애를 상징하는 빵이었습니다. 언제고 제가 자유로워진다면 당신들에게서 배운 대로 다른 사람들을 도우면서 살겠습니다."

나는 몇 년 후에 그들과 같은 사람들을 더 많이 만나게 되었다.

엘도라도 도형지

두 시간 뒤 우리는 구이리아에 도착했다. 그곳은 꽤 큰 항구 도시였다. 경찰서장은 직접 우리를 그 지방 경찰에 인도했다. 그곳 경찰서에서 우리는 그다지 나쁜 대접은 받지 않았지만 심문과 예심을 거쳤다. 그들은 우리가 영국령 기아나에서 자유롭게 지내다 왔다는 사실을 인정하려 하지 않았다. 게다가 조지타운에서 파리아 만까지 그리 멀지도 않은 거리인데, 그토록 형편없는 여건 속에서 기를 쓰고 베네수엘라까지 오게 된 이유를 설명하라고 다그쳤다. 우리가 태풍 이야기를 할 때에는 자신을 놀린다고 생각하기까지 했다.

"커다란 바나나나무가 송두리째 쓰러지고 보크사이트를 실은 화물차가 전복되었는데, 당신들이 그 악천후 속을 5미터 남짓한 배로 뚫고 나와서 살았다고? 그런 이야기를 누가 믿는단 말이오? 시장에서 동냥질하는 노망난 거지도 안 믿겠네. 거짓말하지 말아요."

"조지타운에 알아보시죠."

"영국인들 일에 관여하고 싶은 생각 없소."

그 고집 세고 의심 많고 거만한 얼간이는 어딘가에 보고서를 보냈다. 결국 우리는 어느 날 새벽 5시에 수갑에 묶인 채 트럭에 실려 또 한 번 낯선 운명에 내맡겨졌다.

우리 다섯 외에 열 명도 넘는 경관이 함께 탄 그 트럭은 볼리바르주의 주도 시우다드볼리바르를 향했다. 그 육로 여행은 몹시 피곤했다. 썰매를 탄 것보다 더 심하게 요동치는 트럭 속에서 서로 짐짝처럼 부대끼면서 닷새도 넘게 달렸다. 매일 밤 우리는 트럭 안에서 잠을 잤고, 아침이면 낯선 운명을 향해 미친 질주를 계속했다.

바다에서 1,000킬로미터 이상 떨어진, 시우다드볼리바르에서 엘도라도까지 이어지는 육로가 관통하는 처녀림에서 마침내 그 숨막히는 여행이 끝났다. 엘도라도 마을에 도착해서 보니 군인과 죄수들 모두 상태가 형편없어 보였다.

엘도라도가 뭐란 말인가? 우선은 그 지역 출신 원주민들이 금을 가진 것을 보고 적어도 반은 금으로 뒤덮인 산이 있으리라고 굳게 믿었던 스페인 정복자들의 희망이었다. 실제로 엘도라도는 피라냐(불과 몇 분 만에 사람이나 짐승 하나를 먹어치우는 육식 물고기)와 전기물고기 템블라도르가 가득한 강가에 있는 마을이었다. 전기물고기는 사람이든 짐승이든 먹이를 에워싸고 재빨리 감전사시킨 다음 부패시켜서 빨아먹는 물고기이다. 강 한가운데에 섬이 하나 있고, 그 섬에 진짜 강제 수용소가 있었다. 그곳이 베네수엘라 도형지였다.

그 강제 노동수용소는 내가 겪었던 가장 혹독하고 야만적이며 비인간적인 곳이었다. 철조망 울타리로 둘러싸인 지역에서 약 400명가량의 사람들이 악천후 속에 한뎃잠을 잤다. 수용소 주변에 하늘을 가려줄 함석 지붕은 몇 개 되지 않았다.

우리는 아무런 설명도 듣지 못하고 그 결정에 대한 정당한 사유도 듣지 못한 채, 오후 3시에 엘도라도 도형지에 갇혔다. 오후 3시 반에 그들은 우리 이름도 묻지 않은 채 두 사람에게는 삽 하나를, 나머지 세 사람에게는 곡괭이 하나를 주었다. 우리는 총과 쇠가죽 채찍을 손에 든 다섯 명의 군인들에게 둘러싸인 채 하사의 명령을 받으며 일터로 내몰렸다. 당장은 고분고분 복종하지 않았다가는 극도로 위험할 듯했다.

죄수들이 노동을 하는 장소에 도착하자 처녀림 한가운데에 건설 중인 도로 옆에 참호를 파라고 했다. 우리는 군소리 없이 고개 한 번 들지 않고 힘껏 일했다. 그런데도 죄수들이 쉴새없이 모욕과 야만적인 폭행을 당하는 소리가 들려왔다. 죄수들이 어떤 처우를 받는지 짐작되고도 남았다.

작업이 끝나고 땀과 먼지로 뒤범벅된 채 이번에도 역시 아무런 절차도 없이 죄수 수용소로 끌려갔다.

"프랑스인 다섯 명, 이쪽으로."

하사가 말했다. 190센티미터 거구의 혼혈인이었다. 그는 한 손에 채찍을 들고 있었다. 그 추잡한 짐승이 수용소 내부의 규율을 책임지고 있었다. 우리는 지정된 장소에 해먹을 걸었다. 수용소 출입구 근처였지만 다행히도 그곳에는 함석 지붕이 있어서 비와 태양은 가려주었다.

대다수 죄수들은 콜롬비아인들이었고, 나머지는 베네수엘라인들이었다. 그곳의 공포는 프랑스 도형지의 어떤 수용소와도 비할 바가 못 되었다. 그런데도 다들 건강 상태는 좋아 보였다. 음식이 양이 많고 맛이 좋았던 것이다.

우리끼리 작은 작전회의를 열었다. 우리 중 누군가가 군인에게 맞기라도 한다면 다 함께 일을 멈추고 바닥에 누워서 어떤 처벌을 받더라도 일어나지 않을 것이었다. 그러다 보면 책임자가 와서 아무 잘못도 하지 않은 우리가 어쩌다가 이 강제 노동수용소에 왔는지 묻겠지. 해방 죄수들인 기투와 바리에르는 프랑스에 돌려보내 달라고 말할 생각이었다. 우리는 니그로 블랑코라고 불리는 하사관을 부르기로 했다. 말은 내가 하기로 했다. 기투가 그를 찾으러 갔다. 그는 여전히 한 손에 채찍을 들고 왔다. 우리 다섯은 그를 에워쌌다.

"원하는 게 뭐야?"

"너에게 할 말이 있어. 우린 규칙에 어긋나는 어떤 잘못도 하지 않을 거야. 그러니 우리를 때릴 이유는 없겠지. 하지만 네가 아무 이유 없이 우리 중 누구 하나라도 건드린다면 분명히 말해두는데 넌 그날로 죽은목숨이야. 알아들었어?"

"알았어."

니그로 블랑코가 말했다.

"충고 하나 더 하지."

"뭔데?"

"내가 지금 한 말을 어디 가서 일러바치려거든 졸병에게 하지 말고 장교에게 해."

"알았어."

그리고 그는 나갔다. 일이 일어난 건 죄수들이 일을 하지 않는 일요일이었다. 장교 한 명이 도착했다.

"이름이 뭔가?"

"빠삐용."

"네가 프랑스인들의 우두머리냐?"

"우린 모두 다섯이고 우리 모두 우두머립니다."

"그런데 왜 네가 하사에게 얘기한 거야?"

"제가 스페인어를 제일 잘하니까요."

그는 국가 보안대 대장이었다. 형무소장은 아니라고 했다. 그의 상사 둘이 자리를 비운 터라 그가 임시로 총 지휘를 맡고 있었다. 그 둘은 화요일에 올 예정이었다.

"네가 하사관을 위협했다는데, 사실인가?"

"네, 그것도 심각한 위협을 했죠. 자세히 말씀드리면, 아무 이유 없이 우리에게 체벌을 하지 말라고 했습니다. 대장님, 우리가 베네수엘라에서 아무 죄도 짓지 않았다는 걸 아십니까?"

"난 그런 건 몰라. 너희들은 그저 '이 사람들이 도착하자마자 일을 시킬 것'이라는 쪽지만 달랑 갖고 수용소에 도착했으니까."

"좋습니다. 당신은 군인이니 공정하게 처신해주십시오. 상사들이 올 때까지 부하들에게 우리를 다른 죄수들과는 다르게 취급하라고 하십시오. 분명히 말씀드리지만, 저희는 죄수 취급을 받을 수 없습니다. 베네수엘라에서 아무 잘못도 한 적이 없으니까요."

"좋다. 그렇게 명령하지. 날 속인 것이 아니길 바란다."

나는 일요일 오후 내내 죄수들을 관찰했다. 제일 충격적인 건 그들이 모두 신체적으로 건강하다는 점이었다. 둘째 체벌은 일상적인 일이어서 일요일 같이 쉬는 날에도 불장난을 하듯 체벌을 자초한다는 점이었다. 그들은 주사위놀이, 화장실에서 젊은 남자와 재미보기, 동료의 물건 훔치기, 죄수들에게 사탕이나 담배를 가져오는 마을 여자들에게 음탕한 말 걸기 등 금지된 일들을 쉴새없이 해댔다. 마을 여자들은 물물 교환도 했다. 광주리나 작은 조각상들을 푼돈이나 담배 몇 갑과 바꾸었다. 철조망 사이로 여자들이 주는 것을 낚아채서는 아무 대가도 주지 않고 줄행랑을 치는 죄수들도 있었다. 그 결과, 무차별적으로 무자비하게 가해지는 체벌은 수용소 내에 공포감을 심어놓았다. 물론 생 조제프 격리소의 침묵보다는 덜 공포스러웠다. 이곳에서 공포는 일시적인 것이었다. 작업 시간을 제외하고 밤이나 일요일에는 이야기도 할 수 있고, 음식도 풍부하고 훌륭해서

734 빠삐용

5년만 넘지 않는다면 누구라도 무사히 형기를 마칠 수 있었다.

우리는 담배를 피우고 커피를 마시고 우리끼리 이야기를 나누면서 일요일을 보냈다. 콜롬비아인 몇 명이 다가왔지만, 우리는 정중히 그러나 단호하게 그들을 떼어냈다. 그들이 우리를 일반 죄수들과는 다른 사람으로 인식하게 만들어야 했다.

이튿날 월요일 6시에 아침식사를 한 뒤에 다른 사람들과 함께 줄지어서 일터로 나갔다. 50명의 죄수와 50명의 군인들이 서로 마주보고 두 줄로 늘어섰다. 죄수 하나에 군인 하나인 셈이었다. 두 줄 사이에는 50개의 도구들이 놓였다. 그 두 줄은 서로를 관찰했다. 불안한 죄수들과 신경질적이고 사디스트적인 군사들이.

하사관이 소리쳤다.

"아무개, 곡괭이!"

호명된 사람이 허둥지둥 나와서 곡괭이를 어깨에 메고 일터로 향하기 무섭게 하사관이 다시 소리쳤다.

"아무개 병사."

군인 한 명씩이 앞에 호명된 죄수 뒤를 쫓아가며 채찍을 휘둘렀다. 그 끔찍한 장면은 하루에 두 번씩 되풀이되었다. 수용소를 가로질러 일터까지 가는 동안 그들이 당나귀 뒤를 쫓아가며 채찍질을 하는 목동들 같다는 인상을 받았다. 우리는 공포에 질린 채 차례를 기다렸다. 다행히도 우리에게는 달랐다.

"프랑스인 다섯, 이리로! 젊은 사람들은 곡괭이들을 들고, 나이든 두 명은 이 삽을 들어라."

우리는 병사 네 명과 하사 한 명의 감시를 받으며 빠른 걸음으로 일터로 갔다. 그날 하루는 전날보다 더 길고 절망적이었다. 체벌을 받는 사람들은 미친 듯이 소리를 지르며 무릎을 꿇고 더는 때리지 말아달라고 애원했다. 그들은 매일 오후에 불에 타다 만 나무 조각들을 산더미처럼 쌓아야 했다. 다른 사람들은 뒤에서 청소를 했다. 그러고 나면 여기저기 흩어진 불에 그을린 나무 막대기들이 모여 수용소 한가운데에 거대한 장작불을 만들었다. 각각의 병사는 자기가 맡은 죄수에게 채찍질을 하면서 더 빨리 움직이게 만들었다. 그 악마의 계주 때문에 이미 정신발작을 일으킨 죄수들은 불타는 나무를 허둥지둥 집어들기도 했다. 그들은 손에 불이 붙은 채로 야만적인 채찍질을 당하며 맨발로 숯불 위나 아직도 불타고 있는 나뭇가지 위를 걸었다. 그 끔찍한 장면은 세 시간이나 계속되었다. 다행히도 우리 다섯은 그 수용소 청소를 거들지 않았다. 우리는 계속 고개를 숙인 채 땅을 파면서 여차 하면 우리를 지키는 하사관을 포함한 병사 다섯 명에게 달려들어 무기를 빼앗고 그 야만인 무리에게 총을 갈기기로 결심했다.

화요일에는 일을 나가지 않았다. 우리는 장교 사무실로 불려갔다. 두 장교는 우리가 법정 서류 한 장 없이 엘도라도에 와 있다는 사실에 무척 놀라는 눈치였다. 그들은 이튿날 우리에게 해명을 해주기로 약속했다. 그 일은 오래 걸리지 않았다. 장교들은 매우 엄격해 보이긴 해도 공정했다. 우리는 도형지 소장이 직접 와서 우리에게 해명할 것을 요구했다. 도형지 소장이 자신의 러시아인 처남과 장교 두 명과 함께 도착했다.

"프랑스인, 내가 엘도라도 식민지 책임자다. 나에게 할 말이 있다고? 원하는 게 뭐지?"

"먼저, 어떤 법정이 우리에게 이 강제 노동수용소에서 형을 받아야 한다고 했습니까? 무슨 죄목으로, 얼마 동안이나요? 우리는 바다를 통해 이라파에 도착했습니다. 그리고 조그마한 잘못도 저지르지 않았습니다. 그런데 저희가 지금 여기서 뭘 하고 있는 겁니까? 저희에게 강제로 노동을 시키는 정당한 사유가 뭡니까?"

"지금 우리는 전쟁 중이다. 따라서 너희가 누구인지 정확하게 알아야 한다."

"좋습니다. 하지만 그 정도로는 저희가 여기 도형지에 갇혀 있어야 하는 이유가 되지 못합니다."

"너희는 프랑스 법을 피해 달아난 탈주자들이다. 그래서 프랑스에서 너희의 송환을 원하는지 알아야 한다."

"그건 좋습니다. 하지만 다시 말하건대, 왜 우리가 유죄를 선고받은 죄수들처럼 취급돼야 합니까?"

"너희에 대한 자료를 수집하는 동안 방랑죄로 이곳에 수용한 것이다."

장교 한 명이 말을 자르고 나서지 않았더라면 그 논쟁은 한참 지속되었을 것이다.

"소장님, 우리는 솔직히 이 사람들을 다른 죄수들처럼 취급할 수 없습니다. 카라카스가 이 특별한 상황을 알 때까지는 도로 노동 외의 다른 일을 시킬 방법을 찾아야 합니다."

"이 자들은 위험 인물이다. 자신들을 때리면 하사관을 죽이겠다고 위협했다는데, 사실인가?"

"단순한 위협이 아니라 누구든 재미 삼아 저희를 때리는 사람은 정말로 죽일 겁니다."

"그 사람이 만일 군인이라면?"

"마찬가지입니다. 우리는 그런 취급을 받을 만한 일은 전혀 한 적이 없습니다. 우리나라의 사법 체제가 당신네 것보다 훨씬 더 끔찍하고 비인간적일지는 모르지만, 짐승처럼 채찍을 맞는 건 도저히 받아들일 수 없습니다."

소장은 그것 보라는 듯이 장교들을 돌아보았다.

'내가 위험 인물들이라고 그랬지?'

둘 중 나이가 더 많은 장교가 잠시 머뭇거리더니 놀랍게도 이렇게 결론을 내렸다.

"이 프랑스인 탈주자들의 말이 옳습니다. 베네수엘라에는 이들에게 식민지의 형벌과 규칙을 강요할 만한 정당한 이유가 없습니다. 나는 이들의 말에 동의합니다. 소장, 이들에게 다른 죄수들과는 별도로 일을 찾아주든지 아니면 일을 내보내지 마십시오. 다른 사람들과 함께 있다가는 언제든 병사에게 구타를 당할 겁니다."

"그건 그때 되어봐야 알 일이죠. 어쨌든 당장은 수용소에 두겠습니다. 너희에게는 내일 할 일을 알려주겠다."

그리고 소장은 일행과 함께 나갔다.

나는 장교들에게 감사의 말을 전했다. 그들은 우리에게 담배를 주면서 군인들에게 어떤 이유로도 우리를 때리지 말라고 지시하겠다고 약속했다.

우리가 그곳에 온 지 여드레가 되었다. 우리는 이제 일을 하지 않았다. 그런데 일요일에 끔찍한 일이 일어났다. 콜롬비아인들이 제비뽑기로 사람을 정해서 하사관 니그로 블랑코를 죽이기로 한 것이다. 뽑힌 사람은 30대의 사내였다. 그들은 그에게 쇠숟가락 하나를 주었다. 그 숟가락은 손잡이를 시멘트에 갈아 뾰족하게 만든 거라

양날 단도나 마찬가지였다. 그 사내는 용감하게 친구들과의 계약을 이행했다. 그는 니그로 블랑코의 가슴 부위를 세 차례 찔렀다. 하사관은 긴급하게 병원으로 이송되었고, 살인자는 수용소 한가운데 말뚝에 묶였다. 병사들은 미친 듯이 다른 무기들을 찾아 사방을 뒤졌다. 여기저기에서 비오듯 구타가 자행되었다. 내가 미처 바지를 벗지 못하고 꾸물대자 광기 어린 분노에 사로잡힌 병사 하나가 내 넓적다리에 채찍을 휘둘렀다. 그러자 코르비에르가 의자 하나를 집어 그 병사의 머리 위로 치켜들었다. 또 다른 병사가 총검으로 그의 팔을 내리치는 것과 동시에 나는 나를 때린 병사의 복부를 발로 걷어찼다. 내가 이미 그의 총을 주워들었을 때 커다란 목소리가 들렸다.

"전부 그만! 프랑스인들 건드리지 마! 프랑스인, 총 내려놔!"

명령을 외친 건 첫날 우리를 맞았던 플로레스 대장이었다.

그가 제때 나서지 않았다면 아마 나는 두어 명에게 총을 쏘고 세상 끝에 위치한 베네수엘라의 도형지에서 아무것도 해보지 못하고 개처럼 목숨을 잃었을 것이다.

대장의 강력한 개입 덕분에 병사들은 일제히 우리에게서 손을 떼고 짐승 같은 욕구를 채우러 다른 곳으로 갔다. 그러고 나서 우리가 목격한 장면은 세상에서 가장 추악한 광경이었다.

수용소 한복판 말뚝에 묶인 가엾은 사내는 세 사람에게 동시에 쉴새없이 구타를 당해 녹초가 되었다. 그 체벌은 오후 5시부터 이튿날 새벽 6시, 동이 틀 때까지 계속되었다. 오로지 구타만으로 사람을 서서히 죽이다니! 그 살인적인 행위가 잠깐씩 멈춘 것은 그에게 다른 공범이 있는지, 누가 숟가락을 주었는지 물을 때였다. 그 사내는 이름을 대면 체벌을 멈추겠다는 약속에도 불구하고 아무도 밀고하지 않았다. 그는 수도 없이 의식을 잃었다. 그러면 물을 끼얹어 다시 정신을 차리게 했다. 최악의 일은 새벽 4시에 일어났다. 그들은 그 사내가 더 이상 아무 반응도 보이지 않자 구타를 멈추었다.

"죽었나?"

장교 하나가 물었다.

"모르겠습니다."

"줄을 풀어서 엎드리게 해봐."

그는 네 명에게 붙들린 채 땅에 엎드렸다. 그러자 한 사람이 정확히 엉덩이 골짜기 사이로 성기까지 닿도록 채찍을 휘둘렀다. 그 교묘한 타격에 찢어질 듯 고통에 찬 비명 소리가 울려퍼졌다.

"계속해, 아직 안 죽었잖아."

장교가 말했다.

그는 날이 밝을 때까지 맞았다. 중세에나 걸맞을 법한 그 태형은 튼튼한 말이라도 벌써 죽었겠지만 불행히도 그 사내는 쉽게 죽지 않았다. 그는 한 시간 동안 맞지 않고 내팽개쳐졌다가 물세례를 받은 뒤 병사들의 부축을 받고 간신히 일어섰다. 그러자 의무병이 물잔을 들고 왔다.

"이걸 마셔라. 그럼 기운이 날 거다."

장교 한 명이 명령했다. 그는 잠시 망설이다가 단숨에 물을 들이마셨다. 1분 후에 쓰러진 그는 죽어가면서 이렇게 말했다.

"바보, 독약이었어."

우리를 포함해 어떤 죄수들도 감히 손가락 하나 까딱하지 못했다. 다들 겁에 질렸다. 내 인생에서 죽고 싶다는 생각이 든 건 그게 두 번째였다. 나는 아주 잠깐이지만 근처에 무심히 총을 들고 서 있는 병사에게서 총을 빼앗을까 하는 생각을 했다. 하지만 제대로 총 한 번 못 쏴보고 죽을지 모른다는 생각에 꾹 참았다.

한 달 뒤 니그로 블랑코는 돌아왔고, 수용소에는 전에 없던 공포가 팽배했다. 그래도 그는 결국 엘도라도에서 죽을 운명이었던 모양이다. 어느 날 밤, 보초를 서던 병사 한 명이 그의 곁을 지나가다가 별안간 그에게 총을 겨누었다.

"무릎 꿇어."

니그로 블랑코는 순순히 시키는 대로 했다.

"기도나 해, 곧 죽을 테니까."

병사는 잠시 기도할 틈을 준 다음에 총 세 발을 쏘아 그를 쓰러뜨렸다. 병사가 하사관을 죽인 이유는 그가 불쌍한 죄수들을 짐승처럼 때리는 것에 염증을 느껴서일 거라고, 죄수들은 말했다.

그 일련의 사건들 때문에 우리에 대한 결정이 지연되었다. 게다가 다른 죄수들도 보름 동안이나 일을 나가지 않았다. 코르비에르는 마을 의사에게 총검에 입은 상처를 치료받았다.

우리는 당장은 존중을 받았다. 샤파르는 어제 마을의 소장 집에 요리사로 떠났다. 기투와 코르비에르는 석방되었다. 프랑스에서 우리 모두에 대한 정보가 도착했기 때문이었다. 그들에게는 형기를 모두 마친 사람들이니 석방시키라는 조치가 내려졌다. 나는 이탈리아 이름을 댔는데 내 진짜 이름과 함께 내 지문과 무기징역 형기가 보고되었고, 드플랑크와 샤파르 역시 20년 형기가 보고되었다. 소장은 자랑스럽게 프랑스에서 받은 소식을 우리에게 전했다.

"어쨌든 베네수엘라에서는 잘못한 것이 없으니 한동안 이곳에 가두었다가 석방시킬 것이다. 하지만 그러려면 일을 하고 똑바로 처신해. 너희는 관찰 기간이다."

나와 대화를 나누던 장교들은 마을에서 신선한 채소를 구하기가 어렵다는 불평을 곧잘 토로했다. 식민지에는 농작물 수용소가 있긴 해도 채소는 재배하지 않았다. 쌀과 옥수수 그리고 검정콩이 전부였다. 나는 그들에게 씨앗만 주면 채소밭을 하나 만들어보겠다고 제안했다. 그들은 흔쾌히 동의했다.

그 덕에 드플랑크와 나는 수용소 밖으로 나갔다. 시우다드볼리바르에서 체포된 유형수 둘이 도착해서 우리와 합류했다. 한 사람은 파리 출신의 토토라는 사람이었고, 또 한 사람은 코르시카인 앙타르글리아였다. 우리 넷은 수용소 밖에 있는 나무와 야자나무 잎으로 작은 오두막 두 채를 지었다. 드플랑크와 내가 한 집에서 살고, 다른 집에는 그 두 사람이 살았다.

토토와 나는 개미들이 씨앗을 먹지 못하도록 기름을 가득 채운 상자 위에 다리를 걸친 탁자 식의 틀을 만들어서 그 속에 씨앗을 심었다. 얼마 안 가서 우리는 싱싱한 토마토, 가지, 멜론, 강낭콩들을 키워냈다. 키가 작은 식물들은 개미들을 잘 이겨내지 못하기 때문에 다시 옮겨 심었다. 일종의 구덩이를 파서 그 주변에는 물을 채웠다. 그렇게 하면 항상 적당한 습기를 유지하고 기생충도 막을 수 있었다.

"어라, 이게 뭐지? 이 조약돌 좀 봐, 반짝거려."

토토가 말했다. 그러더니 그걸 건넸다.

"한번 씻어봐."

그건 이집트 콩처럼 굵은, 작은 크리스탈이었다. 씻고 나니 불순

물이 벗겨진 부분이 더욱 반짝였다. 일종의 단단한 껍질에 둘러싸여 있었던 것이다.

"혹시 다이아몬드가 아닐까?"

"조용히 해, 토토. 만약 이게 다이아몬드라면 함부로 지껄이면 안 돼. 어쩌면 우리가 운 좋게 다이아몬드 광산을 찾아낸 건지도 몰라. 저녁까지 기다렸다가 잘 숨기자."

그날 저녁에 나는 장교 시험을 준비하는 한 하사관에게 수학 수업을 해주었다. 어떤 시련이 있어도 항상 강직하고 청렴한(그는 25년 넘게 나와 우정을 유지하며 그 사실을 충분히 증명했다) 그 하사관은 현재는 프란시스코 볼라뇨 우트레라 대령이다.

"프란시스코, 이게 뭐지? 혹시 수정일까?"

"아니. 이건 다이아몬드야. 잘 숨기고 아무에게도 보이지 마. 어디서 찾았어?"

그는 자세히 살펴보고 나서 그렇게 말했다.

"내 토마토 밭에서."

"이상하네. 혹시 강물을 푸다가 딸려온 것이 아닐까? 삽으로 물을 풀 때 모래까지 같이 푼 것 아니야?"

"글쎄, 그럴 수도 있지."

"그래, 분명히 그럴 거야. 네 다이아몬드는 카로니 강에서 나온 걸 거야. 혹시 다른 것들이 또 있지 않나 잘 살펴봐. 분명히 여러 개가 더 있을 거야."

토토는 작업에 착수했다. 그가 그렇게 열심히 일하는 모습을 한 번도 본 일이 없는 나머지 두 동료가 이렇게 말할 정도였다.

"일 좀 작작해, 토토. 강물 퍼올리다가 쓰러져 죽겠다. 게다가 넌 지금 모래까지 푸고 있잖아!"

"땅을 더 부드럽게 만들려고 그러는 거야. 모래를 섞으면 물이 더 잘 스며들거든."

토토가 대답했다. 토토는 우리 모두가 아무리 놀려대도 쉬지 않고 삽질을 했다. 그러던 어느 한낮에 그는 모래를 옮기다가 그늘에 앉아 있는 우리들 앞에서 코를 박고 엎어졌다. 그런데 쏟아진 모래 속에서 굵은 다이아몬드 하나가 반짝였다. 이번에는 불순물이 이미 벗겨지고 없어서 아무도 그걸 놓칠 리가 없었다. 게다가 그는 허둥지둥 줍는 실수까지 저질렀다.

"어라, 저거 다이아몬드 아니야? 군인들이 강에 다이아몬드와 금이 있다고 그러더니."

드플랑크가 말했다.

"그래서 내가 그렇게 열심히 물을 길었던 거야. 이제 내가 얼간이가 아니란 걸 알았겠지!"

토토는 마침내 자신이 그렇게 열심히 일한 이유를 설명할 수 있게 되어 자랑스럽다는 듯이 말했다.

결국 여섯 달 만에 토토는 7~8캐럿 정도의 다이아몬드를 갖게 되었다. 나는 10여 개의 다이아몬드에다가 작은 보석 서른 개를 손에 넣었다. 어느 날 나는 6캐럿도 넘는 다이아몬드 하나를 발견했다. 후에 카라카스에서 4캐럿짜리 반지로 만든 뒤 지금까지 밤낮으로 끼고 다닌다. 드플랑크와 앙타르타글리아도 보석 몇 개를 모았다. 나는 그때까지도 여전히 도형지에서 챙긴 '계획'을 몸속에 지니고 있었다. 다른 동료들은 갖고 있던 돈으로 쇠뿔 상자를 만들어서 그 안에 작은 보석들을 간직했다.

프란시스코 하사관 외에는 아무도 모르는 사실이었다. 토마토와 다른 식물들은 쑥쑥 자랐다. 장교들은 매일 은밀히 우리에게 돈을 주고 채소를 사갔다.

우리는 비교적 자유로웠다. 아무런 감시도 받지 않고 일을 했으며 우리만의 오두막에서 생활했다. 절대 수용소에 가는 일도 없었다. 우리는 존중받고 좋은 대접을 받았다. 물론 기회가 있을 때마다 소장에게 언제쯤 우리를 석방시켜줄 거냐고 묻고는 했다. 그럴 때마다 돌아오는 대답은 '곧'이었다. 그러나 여덟 달이 되도록 아무 변화도 일어나지 않았다. 그래서 나는 탈출 얘기를 꺼내기 시작했다. 토토와 다른 사람들은 달아날 방법에 대해 아무것도 아는 게 없었다. 나는 강을 파악하기 위해 낚시 도구를 장만했다. 곧 채소 외에 물고기도 팔게 되었다. 특히 그 유명한 피라냐들을 잡아서 팔았다. 상어나 다른 끔찍한 식인 물고기들과 같은 이빨을 지닌 물고기였다.

수용소에는 상반신 전체에 문신을 한 특이한 사람이 한 명 있었다. 그의 목에는 이렇게 쓰여 있었다. '빌어먹을 이발사.' 그는 오른팔을 쓰지 못했다. 입이 비뚤어져 종종 두꺼운 혀를 뽑고 침을 흘리는 것이 마비성 발작을 일으키는 게 분명했다. 그는 우리보다 오래 그곳에서 지내고 있었다. 출신지는 분명치 않지만, 확실한 건 그가 탈출한 죄수라는 점이었다. 그의 가슴이나 목에 새겨진 문신의 문구를 보면 틀림없는 죄수였다.

간수들이나 죄수들이나 모두 그를 '피콜리노'라고 불렀다. 그는 좋은 대접을 받았고, 하루에 세 번씩 꼬박꼬박 먹을 것과 담배를 받았다. 그의 푸른 눈은 강렬하게 살아 있었고 한 번도 슬픈 빛을 보인 적이 없었다. 자신이 좋아하는 사람을 쳐다볼 때는 눈동자가 기뽐으로 반짝였다. 그는 사람들이 하는 말을 다 알아듣긴 했지만 말을 하거나 글을 쓰지는 못했다. 마비된 오른팔은 전혀 말을 듣지 않았고, 왼손도 엄지손가락과 다른 두 손가락이 없었다. 그 가엾은 친구는 몇 시간씩 철조망에 달라붙어서 내가 채소를 건네주기를 기다렸다. 내가 장교들의 찬합에 올릴 채소들을 가지고 항상 그 길로 다녔기 때문이다. 그래서 매일 아침 채소를 가지고 갈 때마다 잠시 길을 멈추고 그에게 말을 걸었다. 피콜리노는 철조망에 몸을 기대고는 거의 죽은 것이나 다름없는 육체와는 대조적으로 삶의 활력으로 가득 찬 푸른 눈을 빛내며 나를 바라보았다. 내가 다정한 말을 건네면 그는 고갯짓을 하거나 눈을 깜박이며 내가 하는 말을 다 알아들었다는 표시를 했다. 그의 마비된 가엾은 얼굴이 한순간 환해지고 눈동자가 반짝이며 내게 말하고 싶은 것들을 표현하는 듯했다. 나는 그에게 언제나 토마토나 상추 혹은 오이에 식초 소스를 뿌린 샐러드나 작은 멜론, 숯불에 구운 생선 같은 맛있는 것들을 가져다주었다. 베네수엘라 도형지의 식단은 늘 풍성하고 맛이 있었으므로 그가 굶주린 건 아니었지만 식단에 변화를 줄 수는 있었다. 그 작은 선물 외에 담배 몇 개비도 함께 주고는 했다. 매일 잠깐씩 피콜리노를 만나는 일은 어느새 규칙적인 습관이 되어서 군인들과 죄수들은 그를 '빠삐용의 아들'이라고 부를 정도였다.

해방

특별한 일이 일어났다. 베네수엘라인들이 무척 매력적인 사람들이라는 사실을 깨닫고 그들을 믿기로 마음먹은 것이다. 나는 탈출하지 않기로 했다. 죄수라는 그 비정상적인 생활을 받아들이고 언젠가 그 국민의 일원이 되기를 희망했다. 어떻게 보면 역설적인 일이기도 했다. 그들이 죄수들을 가혹하게 다루는 방식을 보면 그 사회에서 살고 싶다는 생각이 조금 꺾이긴 했다. 하지만 죄수나 군인들이나 할 것 없이 그런 체벌을 당연하게 생각한다는 사실을 깨달았다. 군인이 잘못을 저지르면 그에게도 역시 매서운 채찍질을 가했다. 그리고 며칠이 지나면 그 군인은 자신에게 채찍질을 한 하사나 장교와 아무 일도 없었다는 듯이 허물없이 이야기를 나누었다.

그 야만적인 체제는 오랫동안 그들을 통치한 독재자 고메스의 작품이었다. 사람들은 그 체제에 완전히 길들여져 일반 관리들이 주민들에게 벌을 내릴 때에도 그런 식으로 채찍질을 할 정도였다.

내가 석방된 것은 혁명이 일어나기 직전이었다. 반은 시민이, 반은 군대가 주도하는 쿠데타가 일어나 공화국 대통령이었으며 베네수엘라 역사상 가장 위대한 자유주의자였던 앙가리타 메디나 장군을 하야시켰다. 매우 훌륭한 민주주의자였던 그는 그 쿠데타에 저항할 수가 없었다. 그는 자신의 자리를 지키자고 베네수엘라인들끼리 피를 흘리게 하는 데 반대했던 모양이었다. 그 위대한 민주주의자 군인은 엘도라도에서 무슨 일이 일어나는지 아무것도 몰랐을 것이다.

어찌되었든 혁명 한 달 후 장교들이 모두 바뀌었다. 니그로 블랑코를 찔렀던 죄수의 죽음에 대한 조사가 착수되었다. 소장과 그의 처남은 사라지고 예전에 외교관을 지낸 변호사 출신 소장으로 대체 되었다.

"그래, 빠삐용, 내일 자네를 석방시킬 셈이네. 기왕이면 자네가 보살피는 그 가엾은 피콜리노를 데려가 주었으면 좋겠네. 그에게는 신분증이 없으니 내가 하나 내줌세. 자, 이건 자네 본명으로 만들어진 신분증이야. 대신 조건이 있네. 일년 동안은 작은 마을에서 살다가 그 다음에 큰 도시로 옮겨가게. 어느 정도 감시가 따르는 해방인 셈이야. 그동안 자네가 어떤 식으로 사는지 파악할 수 있지. 일년 후에 그 지방 경찰이 모범적인 시민이라는 증명서를 주면 그때는 그 '유폐' 생활도 끝이 나는 거야. 내 생각엔 카라카스가 자네에게 이상적인 마을일 것 같군. 어찌되었든 자네는 그 지방에서 살아도 좋다는 합법적인 허가를 받은 거야. 우리는 이제 자네의 과거에 관심이 없네. 자네는 우리가 다시 기회를 주어도 좋을 만큼 훌륭한 사람이라는 사실을 입증했어. 5년 안에 새로운 조국에 귀화해서 진정한 나의 동포가 되기를 바라네. 하느님의 가호가 있기를! 이 가엾은 피콜리노를 돌봐주어서 고맙네. 피콜리노의 경우 누군가가 그를 돌봐주겠다고 나서야만 석방시킬 수가 있거든. 그가 병원에서 치료를 받고 완치되기를 바라자고."

이튿날 아침 7시, 나는 피콜리노와 함께 진정한 자유의 몸이 되어서 밖으로 나왔다. 심장이 뜨거워졌다. 마침내 내가 '나락의 길'에서 벗어나 영원한 승자가 된 것이다. 1944년 8월이었다. 13년 전부터 그날만을 기다려왔다.

나는 정원의 오두막으로 돌아갔다. 동료들에게 잠시 혼자 있게 해달라고 양해를 구했다. 사람들 앞에서는 도저히 표출할 수 없을 만큼 벅찬 감동이 밀려왔기 때문이다. 나는 소장에게 받은 내 신

748 빠삐용

분증을 보고 또 보았다. 왼쪽 구석에 내 사진이 붙어 있고, 위에는 1944년 7월 3일 날짜로 교부된 신분증 번호 1728629가 적혀 있었다. 한가운데에 내 이름이 있고, 그 아래에 성이 있었다. 뒷면에는 출생일자 1906년 11월 16일이 적혀 있었다. 그 신분증은 완벽하게 합법적인 것이어서 신분증명서 발급처 책임자의 서명과 직인도 찍혀 있었다. 베네수엘라에서 내 신분은 '주민'이었다. '주민'이라는 단어는 정말 근사했다. 그건 내가 베네수엘라 거주자라는 뜻이었다. 나는 무릎이라도 꿇고 하느님께 감사드리고 싶은 심정이었다. 하지만 세례도 받은 적이 없고 더군다나 기도할 줄도 몰랐다. 그나저나 특정 종교가 없으니 어떤 신에게 기도를 해야 하나? 가톨릭의 선량한 하느님에게? 개신교도들의 하느님에게? 유대인들의 하느님에게? 아니면 이슬람교도들의 신에게? 제대로 된 기도를 올리려면 아무래도 종교 하나를 골라야 할 듯했다. 하지만 어떤 신에게 기도를 한들 뭐가 어떠랴? 그동안 살면서 신에게 호소할 때나 저주할 때 내가 늘 떠올렸던 신은 광주리에 아기 예수가 담겨 있고 옆에 당나귀와 소가 있는, 그 신이 아니었던가? 내 잠재의식 속에는 여전히 콜롬비아에서 만났던 수녀들에 대한 원망이 남아 있을까? 그렇다면 숭고한 쿠라사우의 주교 이렌 드 브륀과 더 나아가 콩시에르주리의 선량한 신부만 생각하면 어떨까?

내일이면 자유의 몸이 된다, 완전한 자유의 몸이. 5년 후에는 베네수엘라인으로 귀화할 것이다. 내게 안식처를 제공하고 나를 신뢰해준 그 땅에서는 아무런 잘못도 저지르지 않았으니까. 그동안 내가 떠돌이 방랑자가 되었던 것은 나의 인간성을 둘러싼 말도 안 되는 너절한 거짓말들 때문이었다. 남의 금고를 연다는 것은 분명 추천받을 만한 직업이 아니므로 사회는 그런 사람으로부터 스스로를 지킬 권리와 의무가 있다. 하지만 내가 나락의 길에 던져졌던 것은, 내가 정직하게 그 사실을 인정해서가 아니라 언젠가 그렇게 될지도 모른다는 사실 때문이었다. 그런 식의 처벌은 프랑스 국민에게는 어울리지 않는 것이다. 한 사회가 스스로를 지키는 것과 그토록 비열하게 복수를 가하는 것은 완전히 다른 것이다. 내 과거를 스펀지로 닦아내듯 지울 수는 없을 것이다. 나는 스스로 내 명예를 되찾아야만 한다. 우선 나 자신이 생각하기에도, 그 다음에는 다른 사람들이 보기에도 반듯한 사람이 되어야 한다.

'하느님, 제가 기도할 줄 모르는 걸 용서하시고 제 마음을 봐주십시오. 그러면 저를 여기까지 인도해주신 것에 대해 감사하는 마음을 말로는 충분히 표현하지 못한다는 사실이 보일 겁니다. 그동안의 투쟁은 정말로 치열했습니다. 사람들에게 채찍질을 당하며 골고다의 언덕을 기어오르느라 참으로 힘겨웠습니다. 제가 그 모든 장애를 극복하고 축복받은 이 날까지 건강하게 살아올 수 있었던 건 당신이 도와주셨기 때문일 겁니다. 제가 진심으로 감사하고 있다는 걸 어떻게 표현하면 좋을까요?'

'복수를 포기하거라.'

그 말을 정말 들은 걸까? 아니면 들었다고 생각한 걸까? 잘은 모르겠지만 느닷없이 따귀를 한 대 맞은 듯 정신이 얼얼해지며 정말로 그 말이 들린 것만 같은 느낌이었다.

'그건 안 되죠! 그렇게 말씀하지 마십시오. 그들은 제게 너무나 큰 고통을 주었습니다. 그 타락한 경찰들을, 가증스런 위증자들을 용서하라고요? 그 비인간적인 검사의 혀를 뽑는 일을 포기하라고요? 말도 안 됩니다. 저에게 너무 많은 요구를 하시는군요. 안 됩니다, 안 돼요, 안 되고 말고요! 죄송하지만 무슨 일이 있어도 복수는 반드시 해야겠습니다.'

나는 마음이 약해질까 두려워서 얼른 밖으로 나왔다. 포기하고 싶지 않았다. 정원을 몇 걸음 걸었다. 토토는 강낭콩 줄기들이 타고 올라갈 수 있도록 장대를 꽂고 있었다. 토토와 앙타르타글리아, 드 플랑크가 내게 다가왔다. 드디어 자유로워진 날 보고 진심으로 기뻐해주는 기색이 역력했다. 머잖아 그들의 차례도 올 것이다.

"마을에서 포도주나 럼주라도 가져오지 그랬어, 작별 파티라도 하게."

"미안해, 가슴이 너무 벅차서 미처 생각도 못했어. 미안해."

"무슨 말이야. 우리한테 미안할 게 뭐 있어. 내가 커피를 탈게."

토토가 말했다.

"좋겠다, 빠삐, 그토록 오랫동안 몸부림친 끝에 드디어 자유의 몸이 되었구나. 우리도 정말 기쁘다."

"너희 차례도 곧 올 거야."

"당연하지. 대령이 그러는데, 보름에 한 사람씩 석방시킬 거래. 자유로워지면 뭘 할 거야?"

나는 잠시 망설였지만 이내 친구들 앞에서 망신당할지도 모른다는 소심한 마음을 떨쳐내고 당당하게 대답했다.

"뭘 할 거냐고? 그야 간단하지. 일을 시작할 거고 항상 정직하게 살 거야. 날 믿어준 이 나라에서 작은 죄라도 지었다가는 부끄러워서 살 수 없을 거야."

나는 세 사람이 그런 대답에 비아냥거리지 않고 모두 동시에 이렇게 털어놓아서 내심 놀랐다.

"나도 그래, 나도 정직하게 살기로 결심했어. 네 말이 맞아, 빠삐용. 정직하게 사는 게 힘들진 모르지만 그럴 만한 가치가 있어. 이 베네수엘라 사람들은 존중받을 만한 자격이 있는 사람들이야."

나는 내 귀를 의심했다. 바스티유 구렁텅이에서 부랑자로 살던 토토가 그런 생각을 했다고? 게다가 평생 남의 주머니나 뒤지면서 살던 앙타르타글리아도? 포주였던 드플랑크는 여자 하나를 잡아서 그 여자나 갈취하면서 살 생각이 아니었던가? 신기하고 놀라운 일이었다. 우리 모두 다 함께 웃음을 터뜨렸다.

"내일이라도 당장 몽마르트르에 돌아가서 이런 얘기를 한다면 아마 아무도 안 믿을 거야!"

그렇다. 나는 정직하게 살기 위해 최선을 다할 것이다. 단 한 가지 문제가 있다면, 한 번도 제대로 된 일을 해본 적이 없어서 할 줄 아는 게 아무것도 없다는 점이었다. 하지만 먹고 살기 위해서라면 무슨 일이든 할 것이다. 결코 쉽진 않겠지만 분명히 익숙해질 것이다. 내일이면 나는 다른 사람들과 똑같은 사람이 된다.

나는 죄수로서의 긴 방랑을 끝내는 마지막 밤의 흥분 때문에 밤새도록 이리저리 뒤척였다. 그러다 벌떡 일어나서 지난 여러 달 동안 정성껏 돌보았던 정원으로 나갔다. 달빛이 대낮처럼 환했다. 강물은 소리 없이 하구를 향해 흘러나갔다. 새들도 모두 자는지 아무 소리도 들리지 않았다. 하늘에는 별이 총총했지만 달이 워낙 밝아서 별을 보려면 달을 등지고 서야 했다. 자연이 주는 그 고요한 평화가 내 마음을 달래주었다. 차츰 흥분이 가라앉으면서 마음이 차분해졌다.

나는 서른일곱 살이고 아직도 젊다. 신체적으로도 완벽한 상태이다. 한 번도 심각하게 아파본 적 없었고, 정신 상태도 지극히 정상이었다. 나락의 길은 나에게 어떤 오점도 남기지 못했다. 그건 무엇보다 내가 결코 단 한 번도 진정으로 그 길에 속한 적이 없기 때문이었다.

자유인이 된 처음 몇 주 동안은 먹고 살 길뿐만 아니라 가엾은 피콜리노를 치료하고 살 수 있게 할 방법까지 찾아야 했다. 그건 막중한 책임이었다. 그렇지만 그가 아무리 무거운 짐이 될지라도 소장과 한 약속을 지켜서 병원의 유능한 의사들 손에 맡길 것이다.

아버지에게 내가 자유인이 되었다는 사실을 알려야 할까? 아버지는 여러 해 전부터 내 소식을 듣지 못했을 것이다. 지금은 어디에 계실까? 나에 대해 들은 소식이라고는 헌병들이 찾아가서 전한 탈출 소식뿐일 것이다. 아니다, 서두를 필요 없다. 이제는 거의 흉터만 남았을 과거의 상처를 공연히 들쑤실 권리가 내게는 없다. 조만간 안정된 신분을 얻게 되면 편지를 써서 이렇게 말할 것이다.

'사랑하는 아버지, 제가 자유인이 되었습니다. 선량하고 정직한 인간이 되었습니다. 지금은 이렇게 저렇게 살고 있습니다. 더 이상 아들 생각에 고개를 떨구실 필요 없습니다. 아버지, 사랑합니다. 그리고 항상 존경하고 있습니다.'

전쟁 중에 혹시 독일군이 내 작은 고향 마을까지 들어갔으면 어쩌지? 설마, 밤나무 숲밖에는 볼 것도 없는 그 작은 마을까지 갔으려고? 그래, 충분히 안정을 찾고, 편지를 써도 좋을 만한 상태가 되었을 때 집에 편지를 쓰자.

이젠 어디로 가야 하나? 나는 '레 칼라오'라고 불리는 마을의 금광에 정착하기로 했다. 그곳의 작은 공동체 속에서 요구받은 일년 동안 살 것이다. 그런데 뭘 하지? 그건 두고 보면 알겠지! 지레 겁먹지 말자. 필요하다면 땅이라도 파면 된다. 우선 자유롭게 살아가는 방법을 배워야만 한다. 쉽지는 않을 것이다. 조지타운에서 몇 달 지낸 것을 제외하고는 13년 동안 내 밥벌이를 해본 적이 없었으니까. 어찌되었든 조지타운에서도 잘 해내지 않았던가. 모험은 계속될 것이다. 남에게 피해를 입히지 않으면서 살아갈 길을 개척하기 위해서 내일부터 레 칼라오에서 다시 시작하는 것이다.

아침 7시. 열대의 아름다운 태양이 빛났다. 푸른 하늘에는 구름 한 점 없었으며, 새들은 활기차게 노래했다. 정원 문 앞에는 친구들이 모여 있었다. 나와 함께 떠날 피콜리노는 단정하게 면도하고 깔끔하게 차려입은 모습이었다. 자연이며, 짐승들이며, 사람들 모두 기뻐하며 내가 자유인이 된 것을 축하해주었다. 중위 한 명이 내 친구들과 함께 엘도라도 마을까지 우리를 배웅해주었다.

"한번 안아보자. 정말 잘됐어."

토토가 말했다.

"잘 있어, 소중한 친구들아. 혹시 레 칼라오에 들르면 날 꼭 찾아. 내 집은 곧 너희들 집이기도 할 거야."

"잘 가, 빠삐. 행운을 빌어!"

우리는 금세 부두에 도착해서 거룻배에 올랐다. 피콜리노는 아주 잘 걸었다. 마비된 골반 위쪽을 제외하고 다리는 멀쩡했다. 우리는 15분도 채 안 걸려서 강을 건넜다.

"자, 여기 피콜리노의 서류야. 행운을 비네, 프랑스인. 자네는 이제부터 자유인이야. 아디오스!"

그것은 13년 동안 발목을 묶고 있던 쇠고랑을 벗는 것보다도 쉬웠다. '자네는 이제부터 자유인이야.' 그들은 우리에게서 등을 돌렸다. 이제는 감시를 그만둔다는 뜻이었다. 그게 전부였다. 강을 거슬러 올라가는 자갈길은 굉장히 가파른 비탈길이었다. 우리가 들고 있는 작은 꾸러미에 든 거라고는 셔츠 세 벌과 갈아입을 바지 한 벌이 전부였다. 나는 푸른 해군복 바지를 입고 흰 셔츠에 잘 어울리는 푸른색 넥타이를 맸다.

단추를 다시 꿰듯 인생을 다시 살 수는 없을 것이다. 25년이 지난 지금 내가 결혼해 카라카스에서 베네수엘라의 시민으로 행복하게 살고 있는 것은 그동안 숱한 모험을 거치면서 여러 차례의 성공과 실패를 맛본 결과이다. 물론 자유로운 인간으로서 그리고 정직한 시민으로서. 언젠가는 그 얘기도 하게 될지 모르겠지만, 그것 역시 여기에 기록한 사건들처럼 결코 평범하지는 않은 과정이었다.

옮긴이 **문신원**

이화여대 불어교육과 졸업. 현재 전문 번역가로 활동하고 있다.

역서로 《왕비의 침실》《뉴욕의 역사》《베르낭의 그리스 신화》《느리게 사는 즐거움》

등이 있다.

빠삐용

첫판   1쇄 펴낸날 2005년 11월 30일

개정판 2쇄 펴낸날 2022년 12월 15일

지은이 | 앙리 샤리에르

옮긴이 | 문신원

펴낸이 | 지평님

본문 조판 | 성인기획 (010)2569-9616

종이 공급 | 화인페이퍼 (02)338-2074

인쇄 | 중앙P&L (031)904-3600

제본 | 서정바인텍 (031)942-6006

후가공 | 이지앤비 (031)932-8755

펴낸곳 | 황소자리 출판사

출판등록 | 2003년 7월 4일 제2003-123호

대표전화 | (02)720-7542   팩시밀리 | (02)723-5467

E-mail | candide1968@hanmail.net

ISBN 979-11-85093-54-3 03860

* 이 도서의 국립중앙도서관 출판시도서목록(CIP)은 서지정보유통지원시스템

  홈페이지(http://seoji.nl.go.kr)와 국가자료공동목록시스템(http://www.nl.go.kr/kolisnet)에서

  이용하실 수 있습니다.(CIP제어번호: CIP2017008995)

* 잘못된 책은 구입처에서 바꾸어드립니다.